Le sang du silence

CHRISTIANE HEGGAN

Le sang du silence

BEST SELLERS

éditions Harlequin

Si vous achetez ce livre privé de tout ou partie de sa couverture, nous vous signalons qu'il est en vente irrégulière. Il est considéré comme « invendu » et l'éditeur comme l'auteur n'ont reçu aucun paiement pour ce livre « détérioré ».

Cet ouvrage a été publié en langue anglaise
sous le titre :
WHERE TRUTH LIES

Traduction française de
CLAIRE POUTIERS-STEPHAN

HARLEQUIN®

est une marque déposée du Groupe Harlequin
et Best-Sellers® est une marque déposée d'Harlequin S.A.

Photos de couverture
Sang : © CHRISTOPHE STEVENSON / GETTY IMAGES
Paysage : © FRANK KRAHMER / GETTY IMAGES

83-85, boulevard Vincent-Auriol, 75013 PARIS — Tél. : 01 42 16 63 63
Service Lectrices — Tél. : 01 45 82 47 47
ISBN 978-2-2800-8775-9 — ISSN 1248-511X

A Gerd et Maria, pour leur merveilleuse hospitalité et leur chaleureux accueil.

A Anne et Jerry, qui ont eu bien raison de nous pousser à les accompagner en Autriche.

Et à Bob, qui transforme chaque escapade de vacances en une aventure inoubliable.

Prologue

Point Pleasant, Pennsylvanie
13 juin 1986

— Comment ça, *morte* ? Qu'est-ce que tu racontes ?

Les deux hommes âgés d'une vingtaine d'années, solidement bâtis, se tenaient debout l'un en face de l'autre par cette nuit sans lune. Celui qui venait de parler était un peu moins grand que son compagnon, mais à part ça, leurs silhouettes n'auraient pas pu être plus semblables. Quant à leur état d'ébriété avancé, dû aux réjouissances de ce début d'été, il avait été vite dissipé par cet événement inattendu.

— Je… je ne sais pas ce qui s'est passé. Elle allait très bien il y a deux minutes à peine, et puis elle s'est arrêtée de respirer. Comme ça, sans prévenir.

— Arrête de dire n'importe quoi ! Tu étais en train de te la taper, merde ! Tu sais forcément ce qui s'est passé !

Celui qui venait de parler ne cessait d'envoyer des coups d'œil furtifs en direction de la voiture arrêtée un peu plus loin, comme si son contenu lui causait une sorte de terreur indéfinissable mais suffisamment puissante pour le tenir à bonne distance du véhicule.

— Bon sang, qu'est-ce que tu lui as fait ? reprit-il d'une voix assourdie par l'angoisse.

— Mais rien ! Rien du tout ! Enfin… pas grand-chose. Je lui ai juste balancé une petite claque quand elle s'est mise à hurler comme une folle furieuse. C'était pas bien méchant : je voulais juste la faire taire. Mais elle était tellement hystérique que j'ai dû frapper un peu plus fort, et ensuite…

Il s'interrompit, le temps de déglutir avec difficulté, puis il termina son aveu délicat :

— Ensuite, elle s'est cogné le crâne contre la portière et… enfin, c'est pas ma faute si elle s'est jetée en arrière comme ça !

— Bon Dieu de bon Dieu ! jura l'autre, les yeux écarquillés d'horreur.

— Mais je ne voulais pas la tuer ! Je te jure ! C'est quand même pas ma faute si…

— Attends ! l'interrompit son compagnon. Si ça se trouve, on se met la pression pour rien : elle n'est peut-être pas morte, en fin de compte.

Prenant son courage à deux mains, le moins grand des deux hommes se dirigea à pas lents, presque à reculons, vers la vieille Chevrolet garée en contrebas sur la route déserte. Visiblement, il n'avait pas du tout envie de s'approcher de la voiture : à contrecœur, il appuya son front contre la vitre arrière pour examiner l'intérieur du véhicule. Leur passagère gisait sur la banquette, étendue de tout son long, un bras pendant mollement sur le côté. Devant cette vision cauchemardesque, le garçon dut se retenir pour ne pas céder à la nausée qui menaçait de le terrasser d'un instant à l'autre. Il inspira profondément et, d'une main tremblante, ouvrit la portière arrière.

— Qu'est-ce que tu fous ? lui lança l'autre d'une voix chevrotante.

— A ton avis ? répondit le premier, tout en lui jetant un regard de reproche. Tu crois que ça m'amuse ? Je veux juste voir si elle est bien morte, comme tu as l'air de le penser. Avec un peu de chance, ce ne sera qu'une fausse alerte...

Retenant sa respiration, il se pencha sur le corps inerte de la jeune fille pour poser le bout de ses doigts sur sa gorge. Il resta quelques secondes immobile, essayant désespérément de percevoir un battement de pouls, même très faible.

— Alors ? chuchota le plus grand des deux, resté prudemment en retrait.

— Alors, elle est morte et bien morte ! conclut l'autre d'un air écœuré. Et nous, on est dans la merde jusqu'au cou, je te signale !

Les jambes flageolantes, il s'assit lourdement sur le sol pierreux pour se prendre la tête dans les mains.

— Ah ! Je te l'avais bien dit que c'était une mauvaise idée ! Que ça ne nous apporterait que des ennuis ! Mais non, il a fallu que tu t'obstines ! Si seulement tu m'avais écouté au lieu de n'en faire qu'à ta tête !

— Hé là ! protesta l'autre avec véhémence. C'est un peu facile de me critiquer, maintenant que ça a mal tourné ! Mais si je me souviens bien, tu n'as pas râlé tant que ça au départ. Tu étais même plutôt partant pour prolonger la rigolade ! Ne me dis pas que tu n'avais pas envie de te la faire, toi aussi, espèce de faux-jeton ! Sinon, pourquoi tu t'es pas tiré quand je l'ai chopée dans la voiture, hein ? T'attendais ton tour, ne dis pas le contraire !

— Ta gueule !

— Pas la peine de me parler sur ce ton ! T'as voulu tirer ton coup pareil que moi, alors maintenant, on est dans les emmerdes tous les deux, à part égale ! Pas de raison que tu rejettes toute la faute sur moi !

— N'empêche que c'est *toi* qui l'as tuée !

— Peut-être, mais je l'ai pas fait exprès. Et d'ailleurs, c'est *toi* qui l'as forcée à monter dans la voiture, si je me souviens bien !

— Oh là là ! Je sens que je vais me trouver mal. J'ai envie de vomir ! geignit le moins grand des deux hommes.

Comme pour appuyer ses dires, il se mit à se balancer d'avant en arrière tout en se tenant le ventre.

— Qu'est-ce qu'on va faire ? gémit-il. Qu'est-ce qu'on va bien pouvoir faire ?

— Faut commencer par le commencement, répondit l'autre d'une voix étonnamment assurée.

— Ça veut dire quoi, ça ?

— Il faut qu'on se débarrasse du corps.

Affolé, l'homme assis par terre tourna la tête de tous côtés, comme pris au piège.

— Mais où on va le mettre ? Où ça, hein ?

— Et si on le jetait dans la rivière ?

— T'es dingue ! C'est le premier endroit où les flics iront voir une fois que sa disparition sera signalée. Et quand ils auront retrouvé son cadavre, ils n'auront pas de mal à remonter jusqu'à nous, vu les traces qu'on a laissées sur elle ! Il faut une cachette plus sûre, sans ça on est cuits, tu peux me croire !

— Eh bien, puisque t'es tellement intelligent, pourquoi tu trouves pas l'endroit idéal dans ta grosse tête futée, Einstein ?

Il y eut un court silence pendant lequel les deux hommes

réfléchirent intensément. Puis, celui qui était toujours prostré à terre se leva d'un bond, comme touché par un trait de génie.

— Attends deux secondes ! Elle faisait du stop, pas vrai ? Donc, n'importe qui aurait pu la prendre en voiture. Pas seulement nous.

— Ouais, et alors ?

— Et alors ? Tout le monde en ville sait bien qu'elle n'en est pas à sa première fugue. Elle a commencé à quinze ans, et si je me souviens bien, elle a remis ça quand elle avait à peine dix-sept ans. Tu te rappelles pas ? Elle s'est même retrouvée au fin fond du Tennessee, cette fois-là. Et elle a fait la morte une bonne semaine avant d'appeler ses vieux pour leur annoncer que tout allait bien. Ils étaient complètement paniqués.

— Et alors ? répéta l'autre d'un air excédé. Je ne vois pas où tu veux en venir. Tu pourrais être un peu plus clair ?

— C'est bien simple : ça ne surprendra personne d'apprendre qu'elle a encore disparu. Mieux : ça risque même d'en lasser certains ! La dernière fois qu'elle a fait des siennes, le commissaire Baxter était pas mal remonté contre elle, tu te souviens pas ? Pour la retrouver, il avait mis tous ses hommes sur le coup. Il avait même fait appel à une bonne centaine de volontaires pour passer toute la campagne au peigne fin. Et elle, pendant ce temps-là, elle se prélassait tranquillement dans un autre Etat, sans s'inquiéter de rien ! Quand on a su le fin mot de l'histoire, qu'est-ce que le commissaire a pu râler !

— D'accord, mais je ne vois pas en quoi ça peut nous aider !

— Tu es vraiment bouché, ma parole ! Tu ne comprends donc pas ? Vu son passé, les flics ne vont certainement pas se casser le cul pour la retrouver ! Bon, bien sûr, ils vont faire des recherches pendant deux, trois jours — le minimum, quoi. Mais ils en arriveront vite à la conclusion qu'elle s'est fait la malle, comme d'habitude, et ils ne s'inquiéteront pas plus que ça. Même si elle ne reparaît pas de sitôt.

L'autre se frappa le front. Il avait enfin compris.

— Ce qui veut dire, en gros, qu'on n'a pas besoin de se prendre la tête, conclut-il d'un air soulagé. La seule chose qu'il nous reste à faire, c'est trouver un endroit où on puisse l'enterrer sans risque. Un endroit où personne n'ira jamais la chercher.

— A t'entendre, c'est déjà réglé ! lui reprocha son comparse. Mais moi, je ne trouve pas cette partie du plan si évidente.

— Mais si ! Fais-moi confiance : je sais exactement où il faut l'enterrer.

1.

Boston, Massachusetts
9 octobre 2006

— Ah ah ! Surtout, n'oublie pas cette merveille, chérie ! s'exclama Angie Viero en désignant la petite robe noire qu'elle venait de sortir du placard de son amie Grace. Pas question de te laisser partir en vacances sans une tenue un peu aguichante !

Grace McKenzie poussa un soupir à la fois amusé et exaspéré. Angie ne pouvait pas s'arrêter deux minutes de penser aux hommes ! Petite et rondelette, elle portait ses trente-cinq ans comme un charme, avec son joli visage encadré de lourdes boucles noires que tout le monde s'accordait à trouver ravissantes — à l'exception d'Angie, évidemment, l'éternelle insatisfaite.

D'un geste un peu brusque, Grace arracha la robe des mains de son amie pour la remettre à sa place dans la penderie.

— Combien de fois faudra-t-il que je te le répète ? fit-elle à l'intention d'Angie qui avait froncé les sourcils devant sa rébellion inattendue. Je vais à Napa Valley pour rendre visite à mon père, pas pour passer un casting de films X ! Inutile de faire des frais de toilette, crois-moi sur parole.

— Et comment comptes-tu trouver un homme dans ces conditions ? répliqua Angie tout en levant les yeux au ciel. Enfin, Grace, tu as un corps splendide : pourquoi ne pas le mettre en valeur ? C'est criminel de dissimuler une jolie plante comme toi sous des vêtements informes !

Presque comme un fait exprès, Grace sortit deux jeans délavés de sa garde-robe : c'était ses préférés, et ça se voyait ! Usés jusqu'à la corde, tachés par endroits malgré les lessives répétées, ils n'avaient pas fière allure — mais ils lui convenaient parfaitement. Elle les déposa sur son lit, à côté de sa valise ouverte, puis se tourna vers son amie qui tapait impatiemment du pied devant sa mauvaise volonté évidente.

— Tu as la mémoire courte, Angie. Tu ne te rappelles pas que j'ai fait une croix sur les hommes depuis ma dernière expérience ratée ?

— Mais ça fait au moins deux mois que tu as largué ce pauvre machinchouette !

— Preston, précisa Grace.

Elle regretta aussitôt d'avoir prononcé le nom de son ex-petit ami : la grimace qui se peignit sur les traits d'Angie était suffisamment éloquente pour révéler ce qu'elle pensait de ce traître !

— Ouais, c'est ça : Preston. Mais enfin, ce n'est pas parce que ce type s'est révélé être un minable de première que tous les hommes vont forcément te jouer des tours pendables ! Regarde-moi : j'ai bien réussi à trouver chaussure à mon pied. Alors, pourquoi pas toi ? Seulement, si tu veux y arriver, il faut mettre toutes les chances de ton côté, ma belle !

— Et si je n'ai pas envie de *trouver chaussure à mon pied*, comme tu dis ?

— Alors là, ma jolie, je t'arrête tout de suite : toutes les femmes sont à la recherche du prince charmant. Et d'ailleurs, j'en ai un à te proposer, là, tout de suite ! Qu'est-ce que tu en dis ?

Comme une prestidigitatrice chevronnée, Angie sortit triomphalement une photo de sa poche de pantalon pour l'agiter devant le nez de Grace. Celle-ci poussa un grognement de mécontentement que son amie choisit d'ignorer délibérément.

— Alors ? Qu'est-ce que tu dis de ça ? répéta-t-elle, les yeux brillant de satisfaction. Un vrai canon, tu ne trouves pas ?

Grace jeta un coup d'œil désabusé en direction du cliché qui montrait un bel homme vêtu d'un short de gym plutôt ajusté et d'un T-shirt en lycra assorti qui moulait ses pectoraux de façon spectaculaire.

— Et où l'as-tu déniché, cet énième candidat ? demanda-t-elle en soupirant.

— Sur Internet, voyons ! Il existe des dizaines — non, des centaines de sites de rencontre. Tu ne le savais pas ? Non, bien sûr, puisque tu refuses de faire le moindre petit effort pour sortir de ton isolement. C'est ça, ton problème, Grace : tu n'essaies même pas de rencontrer des gens !

— Mon vrai problème, c'est qu'en matière de petits amis, je suis carrément nulle : je fais toujours le mauvais choix ! Et je ne parle pas uniquement de Preston, qui s'est quand même avéré un summum dans le genre « goujat ». Je n'ai pas arrêté d'enchaîner les fiascos, ces derniers temps. Alors, tu m'excuseras, mais ça ne me donne pas vraiment envie de partir en campagne. Je me demande même si je ne ferais pas mieux de me faire nonne…

— Oh là là ! Quelle exagération ! s'exclama Angie. Ecoute, je me mets à ta disposition comme conseillère matrimoniale. Qu'est-ce que tu en dis ? A partir d'aujourd'hui, je te l'annonce solennellement : plus de losers pour Grace McKenzie !

— Qu'est-ce que tu penses de ce chemisier en soie ? Il irait bien avec mes jeans, non ? fit Grace tout en brandissant le vêtement dont elle parlait, comme si elle n'avait rien écouté du petit laïus de son amie.

— Grace, tu veux bien m'accorder deux minutes d'attention ? Je te répète que les hommes bien ne tomberont pas à tes pieds sans que tu y mettes un peu du tien !

— Et ce pantalon blanc ? Ça irait ? Non, ça fait trop « bourgeoise en vacances ». Qu'est-ce que je pourrais choisir à la place ?

Sans se laisser démonter, Angie lui colla d'autorité la photo du « beau gosse » sous le nez.

— Il s'appelle Chuck, reprit-elle sur un ton prometteur. Un vrai nom de mec, cette fois ! D'ailleurs, c'est un sportif émérite : il court des marathons régulièrement, il fait du kayak en amateur, et il projette une ascension de l'Everest une fois qu'il sera suffisamment entraîné. Ah ! Et j'allais oublier un détail crucial : c'est un véritable cordon-bleu. Tu entends ça, Grace ? Ce type est exactement celui qu'il te faut : il est viril et il sait cuisiner.

— C'est bien beau, tout ça, mais tu ne me dis rien de son QI, contre-attaqua la jeune femme. Est-ce parce qu'il pêche de ce côté-là ?

— Arrête de faire la difficile ! Il a une licence de quelque chose, c'est déjà pas mal ! grommela Angie tout en agitant de nouveau le portrait de son poulain devant le visage de Grace. Alors, il ne te tente pas ? Moi, si je n'étais pas mariée et heureuse en ménage, je craquerais tout de suite. Allez, regarde-le bien : je suis sûre que tu vas l'apprécier, celui-là !

Au lieu d'obtempérer, Grace rangea soigneusement le pantalon blanc dans le placard pour le remplacer par un ensemble de jogging bleu marine.

— Ecoute, Angie, ce n'est pas la peine d'insister : je ne vais pas perdre mon temps à fantasmer sur la photo d'un type que je ne contacterai jamais. Et au fait, je te signale que ta carrière de marieuse professionnelle vient de prendre fin, du moins en ce qui me concerne.

— Tu exagères ! Tu ne m'as même pas laissé une chance de faire ton bonheur !

— Mais je te répète que je n'ai pas besoin d'homme dans ma vie. Point final. Quant à tes remarques habituelles sur le temps qui passe, et toutes tes histoires d'horloge biologique et blablabla, tu peux les garder pour toi : je te rappelle que je n'ai que trente-quatre ans.

— Peut-être, mais le monde fourmille de créatures splendides qui n'ont que vingt ans et qui se jettent comme des sangsues sur tous les beaux mâles trentenaires !

Devant cette description haute en couleur, Grace ne put s'empêcher de pouffer de rire. Angie avait vraiment le chic pour dramatiser les situations les plus banales !

— Allez, arrête de t'occuper de ma vie amoureuse, tu veux ?

— Il faut bien que quelqu'un s'en occupe, vu que toi, tu as déclaré forfait, répliqua Angie d'un air sentencieux.

Bien que certaines personnes aient pu juger déplacé l'intérêt d'Angie pour les aventures sentimentales de son amie, Grace ne s'en formalisait aucunement. La jolie brune était née aux Etats-Unis et y avait grandi, mais sa famille lui avait inculqué les valeurs et les traditions italiennes. Des valeurs que l'on pouvait trouver un peu dépassées mais qui inspiraient le respect. En tout cas, dans la famille Viero, le premier rôle d'une femme consistait à fonder une famille ; la réussite professionnelle ne venait qu'en second plan.

Les deux jeunes femmes s'étaient rencontrées quatre ans plus tôt, lorsque Grace avait décroché le poste de conservateur du musée d'art moderne de Boston où Angie travaillait comme archiviste. Elles avaient découvert en peu de temps qu'elles partageaient la même passion pour l'art, les cannellonis, les films d'avant-guerre, et elles étaient devenues les meilleures amies du monde.

Grace continuait à fourrager dans sa garde-robe quand le grésillement de l'Interphone l'interrompit. Elle traversa la chambre pour prendre le combiné qui la reliait à la loge du gardien et appuya sur le bouton qui les mettait en communication directe.

— Oui, Sam ?

— Bonjour, mademoiselle McKenzie. Il y a quelqu'un qui veut vous voir. Une certaine Sarah Hatfield. Je la laisse monter ?

L'exclamation étouffée qui sortit de la gorge d'Angie fit écho au choc que ressentit la jeune femme à l'annonce de cette visite. Dix ans plus tôt, Sarah Hatfield avait bien failli devenir sa belle-mère par alliance. Elles ne s'étaient jamais tellement appréciées, toutes les deux, et voilà que brusquement, Sarah refaisait surface sans crier gare…

— Qu'est-ce que cette satanée bonne femme peut bien te vouloir après tout ce temps ? murmura Angie.

— Ça, je n'en ai pas la moindre idée, répondit Grace. Je ne savais même pas qu'elle connaissait mon adresse.

— La puissante Mme Hatfield sait tout sur tout le monde, chuchota Angie d'un air effrayé, comme si elle avait affaire à une manifestation de sorcellerie. En tout cas, moi, je file ! Je ne tiens pas à la croiser.

— Quoi ? Tu ne vas pas me laisser seule avec elle !

— Désolée, ma belle. Mais sur ce coup-là, je ne peux rien pour toi. Je ne supporte pas cette femme.

— Mais… tu ne l'as jamais rencontrée !

— Peut-être, mais sa réputation me suffit : je n'ai pas du tout envie de connaître ce dragon.

Sur ce, elle déposa un baiser rapide sur la joue de Grace, lui glissa à l'oreille un « Reste cool ! », et fila sans demander son reste.

— Mademoiselle McKenzie ? fit Sam d'un ton où perçait une nervosité palpable. Je laisse monter Mme Hatfield ou pas ?

Jetant un coup d'œil nerveux de l'autre côté de l'écran de soie qui séparait sa chambre du reste de l'appartement, Grace enregistra en un éclair le désordre qui régnait dans la grande pièce. Deux tasses à thé vides traînaient sur la table basse de verre dépoli, non loin d'un petit pain rond largement entamé. Sur le sol gisaient les pages froissées du *Boston Globe*, et le courrier de la veille s'empilait en équilibre instable sur le canapé où la jeune femme l'avait déposé à la hâte, juste avant d'aller se coucher. Ce n'était plus une pièce à vivre, c'était un véritable capharnaüm ! D'ailleurs, c'était bien simple : elle ne se rappelait même plus quand elle avait fait le ménage pour la dernière fois.

Non, décidément, son appartement n'était guère le lieu

pour recevoir Sarah Hatfield… qui risquait de penser deux fois plus de mal d'elle après sa visite !

— Mademoiselle McKenzie ? s'impatienta le gardien. Excusez-moi d'insister, mais si vous pouviez me donner une réponse claire… Voulez-vous que je dise à votre visiteuse qu'elle tombe mal et qu'il vaudrait mieux qu'elle repasse plus tard ?

« Oui, Sam, c'est exactement ce qu'il faut lui dire ! » Voilà ce que Grace avait envie de répondre. Ou mieux : « Dites-lui que j'ai déménagé sans laisser d'adresse et que vous ne savez absolument pas où me joindre »…

Inspirant profondément pour se calmer, la jeune femme s'obligea à prendre une voix neutre pour répondre à son interlocuteur :

— Non, non, Sam, tout va bien. Cette dame peut monter. Et merci encore d'avoir attendu.

Elle relâcha le bouton de l'Interphone pour aller ranger tant bien que mal la salle de séjour. Car Mme Hatfield abhorrait le désordre. C'était d'ailleurs l'une des nombreuses raisons pour lesquelles elle méprisait celle qui avait failli devenir sa belle-fille. D'autant que Grace ne se sentait à l'aise que dans un certain désordre. Les univers trop policés, trop bien rangés lui tapaient sur les nerfs. Elle avait tenté de justifier son principal défaut auprès de Sarah en osant prétendre que le désordre pouvait être *artistique*. Malheureusement, sa future belle-mère ne possédait pas une once d'humour. A cette petite repartie amusante, elle avait répondu par un haussement de sourcil désapprobateur qui avait tout bonnement glacé le sang de Grace.

Et voilà qu'aujourd'hui, elle se retrouvait dans le même état d'affolement que dix ans plus tôt, alors qu'elle n'avait plus aucune raison de vouloir plaire à cette femme hautaine et désagréable !

La sonnette de la porte d'entrée retentit soudain, interrompant ses réflexions moroses. D'un pas qu'elle espérait tranquille et assuré, elle se dirigea vers la porte et l'ouvrit en grand, un sourire de convenance plaqué sur son visage.

Les années n'avaient fait qu'effleurer la mère de Steven. Elle devait approcher des soixante-dix ans, mais elle paraissait beaucoup moins. Ses yeux noisette n'avaient rien perdu de leur assurance ni de leur acuité. Il y brillait toujours la même détermination sans faille, mêlée à autre chose — quelque chose de nouveau et de difficile à identifier.

— Bonjour, Grace, fit Sarah en promenant sur la silhouette de la jeune femme un regard sans complaisance, notant au passage la minceur de son corps élancé, les courtes boucles blondes, toujours ébouriffées, qui encadraient son visage dépourvu de maquillage, le grand T-shirt informe de football américain qui lui servait de haut et son jean bleu pâle déchiré au genou à force d'avoir été porté.

Grace eut tout juste la force d'esquisser un bref mouvement de tête. Elle ne trouvait jamais ses mots face à cette représentante de la bonne société de Philadelphie. Pourtant, elle n'aurait pas dû se sentir aussi intimidée, maintenant qu'elles n'avaient plus aucun lien, toutes les deux. Mais c'était plus fort qu'elle : devant Sarah, elle avait toujours l'impression d'être une écolière prise en faute.

— Sarah, fit-elle enfin, après s'être discrètement éclairci la gorge. Quelle surprise de vous voir ici !

— En effet, je me doute que vous ne m'attendiez pas, répondit la grande dame avant de se livrer à sa mimique favorite : le haussement de sourcil interrogateur. Mais je vous dérange peut-être ?

Une façon de faire remarquer à Grace qu'elle ne l'avait toujours pas invitée à entrer !

— Un peu… enfin, je veux dire, non, pas du tout… enfin, si, mais ce n'est pas bien grave, bredouilla la jeune femme avec le sentiment qu'elle se comportait comme une adolescente attardée. Si vous voulez bien vous donner la peine d'entrer… Surtout, ne faites pas attention au désordre !

Evidemment, la première chose que fit Sarah, une fois la porte refermée derrière elle, fut d'examiner l'environnement familier de Grace d'un air qui en disait long sur ce qu'elle pouvait penser de sa « tanière ». Aucun détail ne devait échapper à son œil perçant — pas plus le canapé de chintz assorti aux chaises que la lampe arrachée aux enchères chez Tiffany's, ou les jolis tapis de couleurs vives qui égayaient le plancher de bois sombre. Son regard s'arrêta sur le petit pain dont la mie se racornissait petit à petit.

— J'espère que je n'ai pas interrompu votre déjeuner ?

— Oh, non, ne vous inquiétez pas ! Ça, c'est un reste du petit déj ! s'exclama la jeune femme avec une certaine jubilation. Pour le repas de midi, il y a de la pizza froide. Ça vous tente, peut-être ?

Elle s'attendait à une exclamation dégoûtée, mais elle eut la surprise de voir apparaître un sourire sur les lèvres de Sarah.

— Merci, mais je ne compte pas rester très longtemps.

Un peu gênée, Grace enleva prestement un magazine d'art qui encombrait l'une des chaises fleuries pour le poser sur la table basse.

— Je vous en prie, asseyez-vous. Vous voulez boire quelque chose ?

— Non, merci.

Le regard de Sarah tomba alors sur la valise que Grace avait déjà remplie, et qui attendait sagement dans un coin de la pièce le départ de sa propriétaire.

— Vous aviez prévu de partir en voyage ?

— Oui. A Napa Valley. Pour rendre visite à mon père.

— J'ignorais qu'il habitait en Californie.

— Eh oui ! Il a finalement décidé de réaliser son rêve : devenir exploitant vinicole sur la côte Ouest. Et il ne se passe pas un instant sans qu'il se félicite de ce choix.

— Pourrez-vous lui transmettre tous mes vœux de santé et de prospérité ?

— Mais certainement ! répondit Grace, un peu étonnée de cette sollicitude.

Pourquoi se donnait-elle tant de mal pour être aimable avec celle qu'elle avait toujours considérée comme une moins-que-rien ? Et pourquoi Steven ne l'avait-il pas avertie de la visite prochaine de sa mère ? Il aurait au moins pu la prévenir ! Quoique... peut-être n'était-il tout simplement pas au courant des intentions de sa redoutable génitrice qui avait toujours adoré prendre les gens au dépourvu — une manière comme une autre d'asseoir un peu plus son autorité sur son entourage.

— Grace, poursuivit Sarah d'un ton étrangement hésitant, tout en retirant posément les gants de cuir noir qu'elle portait en toutes circonstances. J'aurais besoin de votre aide pour une petite affaire qui me préoccupe.

Décidément, c'était la journée des surprises ! Sarah possédait une véritable armée de conseillers et d'exécutants capables de régler toutes les « petites affaires » du quotidien dont elle ne tenait pas à s'encombrer inutilement. Avocats, amis intimes, domestiques... la liste était longue. Et même en cas de défection inattendue d'un membre de cette équipe de choc, elle ne se serait adressée à Grace qu'en ultime recours. Et encore, contrainte et forcée ! A l'instant même où Steven avait présenté sa fiancée à sa mère, Sarah avait manifesté clairement sa désapprobation : elle n'approuvait pas le choix de son fils unique ; elle le considérait ni plus ni moins que comme une mésalliance. Grace appartenait à la classe moyenne — pas aux masses laborieuses, mais c'était très proche dans l'esprit de Sarah. A ses yeux, elle ne serait jamais capable de comprendre quel rang et quelle position se devait d'assumer une Hatfield digne de ce nom. Elle ne saurait jamais tenir le quadruple rôle d'épouse modèle, de maîtresse de maison diligente, d'hôtesse exquise et de dame patronnesse charitable que les représentantes du sexe faible de la dynastie Hatfield mettaient un point d'honneur à respecter.

Pourtant, au début, Sarah n'avait pas vraiment poursuivi Grace de sa vindicte. Tout au plus lui avait-elle fait remarquer en maintes circonstances qu'elle ne se comportait pas comme on pouvait l'attendre. Leur relation n'avait pris un tournant véritablement houleux que lorsque Steven avait déclaré qu'il voulait être un artiste, contrairement à son père et son grand-père qui avaient épousé la carrière politique. A cette nouvelle, Sarah était montée sur ses grands chevaux, rejetant la faute sur la « petite roturière » que son fils avait choisi d'épouser, et qui lui avait sûrement fourré ces idées grotesques dans la tête ! Furieuse de voir son unique enfant lui tenir tête et briser la tradition familiale vieille de plus d'un siècle, Sarah lui avait coupé les vivres et, au passage, elle lui avait signalé dans un élan de rage froide qu'elle ne comptait certainement pas assister à ce qu'elle considérait comme un mariage de pacotille.

Sur un point, au moins, Sarah avait vu juste : le mariage

prévu de longue date n'avait jamais eu lieu. Déjà, à l'époque, Grace commençait à se poser de sérieuses questions sur le bien-fondé de sa relation avec un homme dont la famille ne la reconnaîtrait probablement jamais comme une des leurs. Aussi, lorsqu'elle avait eu vent de la liaison qu'entretenait son fiancé avec une jeune artiste peintre, elle s'était empressée de rompre leur engagement, avec un sentiment de soulagement qui avait adouci son humiliation. A partir de ce jour, elle n'avait plus jamais eu le moindre contact avec son ex-future belle-mère. Jusqu'à aujourd'hui.

— Une *petite affaire* ? répéta-t-elle, cherchant à comprendre pourquoi Sarah mettait tant de temps à en venir au fait. Est-ce que cela a quelque chose à voir avec le domaine artistique ? Parce que si c'est le cas, je suis sûre que Steven pourrait vous être de bien meilleur conseil que…

— Non, Steven ne peut pas m'aider sur ce point, l'interrompit Sarah dont le regard, d'ordinaire si direct, s'était brusquement voilé. Il ne le peut pas, et pour une raison bien simple : il est mort.

2.

Pendant quelques secondes, Grace se sentit incapable de dire quoi que ce soit, ou même de penser de façon cohérente. Les jambes coupées, le souffle court, la gorge nouée, elle se laissa tomber sur le canapé, anéantie par la terrible nouvelle qu'elle venait d'apprendre. Lorsqu'elle retrouva enfin l'usage de sa voix, elle eut du mal à la reconnaître tant le choc la rendait rauque et malaisée.

— Steven… mort ? Mais… comment ? Pourquoi ?

— Il a été assassiné, répondit Sarah d'une voix blanche. On lui a tiré une balle à bout portant alors qu'il se trouvait dans sa galerie d'art. Il n'a pas survécu à la blessure.

Grace en avait la tête qui tournait : Steven, assassiné ? Par une balle tirée à bout portant ? Ça ne lui correspondait tellement pas ! Il avait toujours été quelqu'un de tranquille, serein, qui suivait son petit bonhomme de chemin sans faire de vagues. Qu'avait-il bien pu se passer pour qu'on lui en veuille au point de l'éliminer ?

Au moment même où son esprit formulait cette question, Grace devina qu'elle en possédait certainement la réponse.

— Il y avait une femme impliquée là-dedans, non ? demanda-t-elle à Sarah.

— Oui. Et mariée, par-dessus le marché ! Une certaine Denise Baxter. Apparemment, son époux légitime a eu vent de sa liaison avec Steven, ce qui l'a mis dans une telle rage qu'il a pris son arme pour aller lui tirer une balle en plein cœur.

A ces mots, Grace ne put s'empêcher de porter les deux mains à sa bouche pour étouffer le cri qui lui montait aux lèvres.

— Mon Dieu, mais c'est atroce ! C'est tout bonnement monstrueux. Je… je suis tellement désolée !

— Je lui avais bien dit qu'un jour, son comportement répréhensible lui apporterait de graves ennuis, et qu'il ne pourrait pas toujours compter sur son charme et son bagout pour se tirer d'affaire, reprit Sarah, les yeux perdus dans le vague. Mais il n'a pas voulu m'écouter. Il ne m'écoutait jamais, d'ailleurs. C'était bien là le drame…

— Je… Quand est-ce arrivé ?

— Il y a une semaine.

— Une semaine ? répéta Grace d'un ton courroucé. Et vous avez attendu tout ce temps pour me le dire ?

— Pourquoi vous aurais-je prévenue en priorité ? riposta la mère de Steven sur un ton hautain qui exaspéra Grace au plus haut point. Vous aviez rompu depuis plus de dix ans, dois-je vous le rappeler ?

— Peut-être, mais nous étions restés amis, et nous avions des contacts assez réguliers. Nous nous étions parlé au téléphone il y a moins d'un mois !

— Je n'étais pas au courant, fit Sarah d'un ton sec, en guise d'excuse.

— Si vous n'estimiez pas nécessaire de m'annoncer la mort de Steven, pourquoi avoir pris contact avec moi ? reprit la jeune femme.

— A cause du testament.

Encore une nouvelle inattendue ! Il y avait de quoi perdre le fil — surtout après le choc que Grace venait d'encaisser.

— Le testament ? Vous voulez dire que… mon nom figure sur le testament de Steven ? Mais je ne savais même pas qu'il en avait rédigé…

— Il vous laisse sa galerie d'art, la coupa froidement Sarah.

Cette fois, Grace se laissa tomber contre les coussins moelleux du canapé, trop abasourdie pour se soucier encore des règles de bienséance qui auraient voulu qu'elle reste le dos bien droit, face à son invitée. Au diable les convenances ! Dans des circonstances pareilles, qui irait se formaliser d'un manquement aussi infime à la politesse ?

Pendant ce temps, Sarah avait fouillé dans son sac en crocodile assorti à ses escarpins noirs pour en ressortir un épais document plié en trois qu'elle tendit à Grace sans plus de formalités.

— Voici une copie du testament. Vous devriez regarder directement en quatrième page.

D'une main tremblante, la jeune femme prit le document et l'ouvrit sans attendre à la page quatre. Elle eut alors la confirmation de ce que Sarah venait de lui annoncer. Le texte était rédigé avec des formules juridiques d'usage au sens un peu obscur, mais l'essentiel était on ne peut plus clair : Steven lui avait effectivement laissé sa galerie d'art, simplement dénommée « la galerie Hatfield », établie dans la petite ville de New Hope, en Pennsylvanie.

Grace dut s'y reprendre à deux fois pour être certaine de ce qu'elle lisait, mais il n'y avait pas d'erreur possible :

c'était bien elle l'unique héritière de ce qui avait constitué l'une des plus grandes fiertés de son ex-fiancé.

Lorsqu'elle leva les yeux du document, ce fut pour secouer la tête d'un air accablé.

— Je… je suis désolée, Sarah, mais je… je ne peux pas accepter…

— Steven s'en doutait, l'interrompit Sarah, nullement affectée par l'expression peinée de son interlocutrice. Vous n'avez pas tout lu, il me semble ; vous devriez poursuivre.

Ce fut à voix haute que Grace lut le paragraphe suivant :

— Dans l'éventualité où Mlle Grace McKenzie refuserait mon offre, je la prie, en souvenir des liens qui nous ont toujours unis, de bien vouloir passer une semaine complète à gérer la galerie avant de prendre sa décision finale. Si, passée cette période de sept jours et sept nuits, elle ne revenait pas sur ses positions, la galerie Hatfield deviendrait la possession exclusive de ma mère, Mme Sarah Hatfield.

— Avez-vous au moins visité la galerie de Steven ? demanda Sarah, cependant que Grace repliait lentement la copie du testament.

— Non, jamais. Steven m'avait envoyé une invitation pour le vernissage, mais à cette époque, le musée de Boston était en pleins préparatifs pour une exposition très importante, et je ne pouvais absolument pas m'absenter de mon poste, même pour une journée.

Ce qu'elle ne disait pas, c'est qu'elle avait été soulagée d'avoir cette excuse pour ne pas se rendre à l'ouverture de la galerie : au moins, elle ne risquait pas de tomber sur Sarah, dont elle redoutait les jugements à l'emporte-pièce et la langue acérée !

— J'avais prévu de m'y rendre en voiture, lors d'un

week-end, l'année suivante, mais c'est tombé à l'eau pour de multiples raisons, et…

— C'est regrettable. Je peux vous assurer que vous auriez adoré visiter cette galerie en compagnie de mon fils.

Il y avait une pointe d'aigreur, comme une nuance de rancune, dans la voix de la grande dame. Sans doute n'avait-elle pas encore digéré le fait que la petite roturière fauchée qu'était Grace dix ans plus tôt eût pris l'initiative de rompre ses fiançailles avec son fils adoré !

Mais le chagrin lui brouillait peut-être l'esprit, se dit Grace qui décida de ne pas se braquer pour si peu.

Elle reprit donc d'une voix plutôt douce et compatissante :

— J'en suis persuadée, Sarah. Steven parlait toujours de sa galerie avec une immense fierté, et je suis sûre que c'était — que c'est toujours — un lieu à ne pas manquer quand on aime l'art.

D'un air décidé, elle tendit le testament à Sarah qui ne fit aucun mouvement pour le reprendre. Un peu énervée par la mauvaise volonté dont elle faisait preuve, Grace insista.

— Tenez, Sarah. Compte tenu de ma décision, il ne servirait à rien que je conserve cette copie du testament de Steven. D'ailleurs, vous auriez dû m'appeler avant de venir me l'apporter. Cela vous aurait évité un voyage inutile.

Peine perdue : Sarah n'avait visiblement pas l'intention de récupérer le document.

— Apparemment, reprit-elle, Steven vous considérait comme quelqu'un de vraiment remarquable, aussi bien sur le plan humain que sur le plan professionnel.

Curieusement, le ton qu'elle avait employé n'avait plus rien de hautain ni de dédaigneux : pour un peu, Grace l'aurait presque crue sincère !

Un peu ébranlée par ce premier pas vers un semblant d'amabilité de la part de celle qu'elle avait toujours considérée comme une ennemie, la jeune femme rétorqua plus vertement qu'elle ne l'aurait souhaité :

— Ce n'est pas comme si j'étais aux abois, Sarah. J'ai un métier, et un travail que j'apprécie énormément. Je ne peux pas me défiler comme ça…

— Pourtant, il m'avait semblé entendre dire — mais je peux me tromper, bien sûr — que le musée Griff était fermé pour rénovation jusqu'à Thanksgiving ? répliqua Sarah d'un air faussement innocent.

Décidément, elle n'avait rien laissé au hasard !

Maugréant intérieurement contre tant de ténacité, Grace changea de tactique, consciente que les excuses qu'elle pourrait produire ne tiendraient pas la route face à la détermination de Sarah.

— De toute façon, mon père m'attend. J'avais prévu ces vacances de longue date, et…

Elle s'arrêta net. Pourquoi diable se donnait-elle tant de peine pour se justifier ? Elle n'avait qu'à répéter un « Non » bien ferme, et cela suffirait amplement !

— D'après ce que j'ai pu en voir pendant les deux ou trois jours que j'y ai passés, continua Sarah sur le même ton mondain qu'elle employait lorsqu'elle discutait de sa dernière acquisition vestimentaire ou du nouveau thé qu'elle avait goûté chez l'une de ses amies, New Hope est une charmante petite ville où il fait bon vivre. Les gens sont très proches les uns des autres, et l'essentiel de l'animation tourne autour de l'art et des touristes qui viennent visiter cet endroit paisible. Naturellement, l'assassinat de Steven a profondément choqué les résidents permanents. Il n'y a eu qu'une affaire de ce genre dans toute l'histoire de la communauté de New Hope. C'était il y a vingt ans : la disparition d'une habitante du coin, dont on n'a jamais retrouvé la trace.

— Sarah, je…

— Une semaine, Grace ! fit la mère de Steven sur un ton soudain suppliant qui secoua davantage la jeune femme que le plus élaboré des discours. Rien qu'une petite semaine — c'est tout ce que mon fils vous demande depuis sa tombe. Vous m'avez bien dit tout à l'heure que vous considériez toujours mon fils comme un ami. Dans ce cas, il vous est impossible de négliger ses dernières volontés.

— S'il vous plaît, Sarah… Ne jouez pas cette carte-là avec moi. Ce n'est pas juste…

Mais Sarah n'avait aucune pitié.

— Je suis certaine que votre père comprendra très bien les raisons de votre défection quand vous lui aurez exposé la situation.

Grace se sentit faiblir un peu plus. Cette femme était d'une habileté diabolique ! D'autant plus qu'elle avait parfaitement raison sur ce dernier point : le père de Grace serait tout à fait disposé à lui pardonner son absence momentanée lorsqu'il en connaîtrait la raison. Et il leur resterait tout de même trois semaines complètes à passer ensemble, puisque la jeune femme avait posé des congés d'un mois.

— Je vais peut-être pouvoir m'arranger…, admit-elle du bout des lèvres.

Il n'en fallut pas plus à Sarah pour repartir en guerre. Elle possédait vraiment des ressources d'énergie inépuisables !

— Merveilleux ! s'exclama-t-elle sur le ton assuré qu'elle employait la plupart du temps. Je vous donne donc carte blanche pour rouvrir la galerie Hatfield et en gérer les transactions ou les expositions éventuelles. Vous constaterez par vous-même que certains tableaux font partie du stock permanent, tandis que d'autres ont été acquis il y a peu de temps, pour être exposés ou vendus. Quelques-uns auront probablement été retenus par des acheteurs potentiels. La majorité des acquisitions de Steven consiste en une production régionale ou locale. Un excellent choix, si j'en crois son livre de comptes : ce genre de peintures se vend très bien.

Sarah s'interrompit juste assez longtemps pour reprendre sa respiration. Elle employait un ton si professionnel et son débit était tellement rapide qu'on aurait plutôt dit un agent immobilier en train de faire l'article à une acheteuse indécise plutôt qu'une mère éplorée par la perte de son fils unique…

— Ah oui ! Je préfère vous prévenir : pour vous éviter de découvrir des taches de sang ou autres dégoûtations qui vous auraient rappelé les tristes circonstances dans lesquelles vous héritez de la galerie Hatfield, j'ai pris la liberté d'engager une équipe de nettoyage qui a briqué les lieux du sol au plafond. Jamais on ne devinerait qu'un meurtre a été commis dans cet endroit. Quant à la Porsche de Steven, après avoir été saisie par la police, elle nous a été restituée. J'ai embauché un chauffeur pour la ramener chez nous, à Philadelphie. Malheureusement, nous n'avons pas eu autant de chance avec son téléphone cellulaire ou son ordinateur portable dernier cri : les forces de l'ordre ont insisté pour les garder comme pièces à conviction. Apparemment, c'est une procédure d'usage dans les cas d'assassinats — c'est du moins ce que l'on m'a affirmé.

Grace se serait bien passée de ces détails, mais elle ne se sentait pas le courage d'interrompre Sarah qui continuait à parler de manière compulsive, comme pour évacuer la tension et la douleur qu'elle devait ressentir au plus profond de son être.

— Le seul souvenir que j'ai eu le droit de conserver, c'est sa Rolex, à cause de son importante valeur marchande. Il y avait aussi une série impressionnante de vêtements que je n'ai pas voulu emporter. Pour l'instant, je les ai laissés dans ce qu'il appelait son « cottage », mais je songe à en faire cadeau à un organisme de charité. Quant à l'ensemble des papiers administratifs qui pourraient s'avérer indispensables pour la reprise de la galerie — j'entends par là les promesses de vente déjà signées, les contrats, le planning des expositions passées et à venir ou encore les factures attestant des opérations commerciales en cours ou à terme —, ils sont rangés à leur place, dans l'un des tiroirs du bureau de Steven. Ah oui ! J'allais oublier : vous aurez besoin du code pour désactiver l'alarme électronique. J'ai préféré ne pas le mettre par écrit pour des questions de sécurité qui ne vous auront sans doute pas échappé, professionnelle comme vous l'êtes. Mais je pense que vous n'aurez aucune difficulté à vous en souvenir.

— Voyons, Sarah, vous savez très bien que je n'ai aucune mémoire des chiffres !

— Je vous répète que ceux-là, vous les retiendrez sans aucun problème. Et pour cause : le code correspond à votre date de naissance. Quant au mot de passe, au cas où l'alarme se déclencherait accidentellement, c'est « Madame Bovary ». Ne me demandez pas pourquoi !

Grace songea que son ex-fiancé avait dû conserver des sentiments très forts à son égard pour avoir choisi de tels codes de sécurité. Sa date de naissance, et ensuite… *Madame Bovary*… Le roman que Grace préférait, au point de l'avoir lu et relu jusqu'à en connaître des passages quasiment par cœur. Elle se rappelait avoir insisté pour que Steven le lise à son tour. Après de vigoureuses protestations, il avait fini par céder. Bien entendu, il avait détesté cette histoire où, selon lui, *il ne se passait rien* ! Cet épisode était devenu pour eux une blague dont ils riaient volontiers, mais jamais Grace n'aurait imaginé qu'il s'en servirait pour protéger ce qui comptait le plus au monde pour lui : sa galerie d'art.

Troublée par les émotions qui se bousculaient dans son âme, Grace reprit d'un ton qu'elle aurait souhaité plus ferme :

— Vous savez, Sarah, je ne voudrais pas que vous vous fassiez de fausses idées : je vous ai déjà dit que je n'accepterais pas ce testament, et je ne compte pas revenir sur ma décision, même si je passe une semaine à la galerie.

— Mais je vous ai parfaitement comprise, Grace.

La jeune femme jeta un dernier coup d'œil au document qu'elle tenait toujours à la main. Difficile d'en vouloir à Steven pour la position délicate dans laquelle il la mettait. Il avait toujours fait preuve d'un caractère impulsif, même lorsqu'ils étaient encore fiancés. Sa propension à prendre des décisions à la dernière minute avait d'ailleurs le don d'énerver Grace au plus haut point. Mais à présent, il n'était plus là pour se défendre, et elle ne pouvait lui en tenir rigueur. Après tout, il lui faisait un merveilleux cadeau…

De même, elle ne se sentait pas le droit de se braquer contre l'insistance de Sarah : quoi de plus naturel pour une femme si attachée aux convenances que de tenir à ce que les dernières volontés de son fils unique fussent respectées ? Certes, du vivant de Steven, tout n'était pas rose entre eux, loin de là. Mais le lien d'affection qui les unissait avait perduré malgré tout — la preuve en était qu'aujourd'hui, la grande dame paraissait prête à tout pour que Grace accepte les conditions posées par Steven, sans doute par fidélité à la mémoire de ce fils en qui elle avait placé tant d'espoir.

— Vous ne contestez donc pas la décision de Steven de me léguer sa galerie d'art ? demanda Grace prudemment, désireuse de savoir où Sarah se plaçait dans cette histoire pour le moins embarrassante.

— Mais je n'ai jamais douté de vos talents en matière d'expertise artistique, Grace ! rétorqua la mère de Steven d'un air distingué.

Ce n'était pas exactement la réponse que la jeune femme attendait, mais c'était déjà bien, et elle décida de ne pas tergiverser davantage.

— Bien, dit-elle en soupirant. J'accepte de me rendre à New Hope pour une semaine. Mais attention : pas un jour de plus. Que ce soit bien clair entre nous.

— Une semaine, jour pour jour, c'est ce qui est stipulé dans le testament de Steven, acquiesça Sarah tout en fourrageant de nouveau dans son sac à main d'où elle extirpa une épaisse enveloppe kraft. Tenez, Grace, vous trouverez là toutes les informations nécessaires à votre installation : l'adresse exacte de la galerie, celle du « cottage » de Steven où vous pourrez résider pendant votre séjour à New Hope, les deux trousseaux de clés dont vous aurez besoin, ainsi qu'une attestation établie par l'avocat de Steven au cas où quelqu'un s'étonnerait de votre présence.

— Pourquoi cette dernière précaution ? demanda Grace en fronçant les sourcils. Vous pensez que je risque d'être mal accueillie là-bas ?

— Personnellement, je ne le crois pas, non. Lors de mon passage à New Hope, j'ai pu discuter avec Josh Nader, le commissaire, qui s'est montré on ne peut plus accommodant. Je lui ai naturellement parlé du testament, sans entrer dans les détails concernant votre possible refus. Je lui ai juste dit que la nouvelle propriétaire de la galerie Hatfield ne devrait pas tarder à arriver, et il m'a promis de prévenir ses concitoyens, afin que personne ne vienne vous regarder sous le nez comme une curiosité exotique lorsque vous aurez pris possession des lieux. Il a même proposé de vous venir en aide si jamais vous éprouviez la moindre difficulté ; il a d'ailleurs insisté pour que je note le numéro de sa ligne directe au poste de police — vous le trouverez dans l'enveloppe, avec le reste des renseignements.

— Vous étiez certaine que j'accepterais, n'est-ce pas ? lança Grace d'un ton un peu acide.

Au lieu de répondre, Sarah se contenta de pointer négligemment du doigt l'enveloppe qu'elle avait mise d'autorité dans les mains de la jeune femme.

— Je me suis permis d'ajouter cinq mille dollars pour couvrir les frais divers que ce voyage ne manquera pas de vous occasionner, et…

— Pas question ! s'exclama Grace.

Avant que Sarah ait pu protester, la jeune femme avait ouvert le papier kraft et elle tendait déjà la grosse liasse de billets à sa propriétaire, stupéfaite.

— Mais, enfin, Grace, soyez raisonnable ! Vous n'aviez sûrement pas prévu ce déplacement, et je sais que le métier de conservateur peut…

— Je vous en prie, Sarah. Reprenez cet argent avant que je ne me fâche pour de bon.

— Votre billet d'avion, par exemple, est-ce qu'il est remboursable ?

— Je n'en sais rien, mais ça n'a aucune importance,

répondit Grace avec détermination. Je ne veux pas de votre argent, Sarah. Je suis tout à fait capable de me débrouiller seule. Alors, remettez ces billets dans votre sac et trouvez-leur un meilleur usage.

La redoutable Mme Hatfield n'avait pas l'habitude de recevoir des ordres. Un instant, son regard fier et hautain croisa le fer avec celui, non moins assuré, de Grace. Pourtant, lorsqu'elle vit que la jeune femme ne cillait pas, Sarah laissa échapper un petit rire appréciateur.

— J'aurais dû prendre le temps de mieux vous connaître quand vous étiez encore fiancée à Steven, reconnut-elle d'un ton amusé. Contrairement aux apparences, j'aurais peut-être fini par vous apprécier à votre juste valeur !

3.

Innsbruck, Autriche
9 octobre 2006

L'agent spécial Matt Baxter, du FBI, s'arrêta un instant afin de reprendre son souffle, puis il se retourna pour vérifier que ses deux collègues autrichiens le suivaient toujours. Stefan Birsner et Ernst Verlag comptaient parmi les policiers les plus aguerris et les plus dynamiques de la région, mais l'ascension du glacier Hintertux s'avérait un exercice épuisant autant que périlleux. Y compris pour les grimpeurs les plus expérimentés et les agents de terrain les plus tenaces !

Le téléphérique les avait déposés tous les trois au sommet de l'Aiguille de Gefrorene, au départ d'une course de haute montagne qui requérait beaucoup de cran et d'énergie. Au bout de la piste malaisée qui serpentait devant eux se trouvait un refuge exigu où ils espéraient toucher au but après une longue année de cache-cache rocambolesque. Pour l'heure, il fallait se concentrer sur les derniers mètres de dénivelé à pic qu'il leur restait à parcourir.

Stefan, qui était un peu en retrait, adressa un bref signe

de la main à Matt pour lui faire comprendre que lui et son compagnon ne tarderaient pas à le rejoindre. Après avoir hoché deux fois la tête en signe d'acquiescement, Matt reprit sa pénible progression dans la neige.

Ils pouvaient s'estimer heureux qu'on ait mis le téléphérique en marche de si bon matin, juste pour eux. Les conditions étaient idéales pour la traque qu'ils menaient : pas un seul touriste ne s'était aventuré si tôt sur les pentes ardues de l'Aiguille de Gefrorene, ce qui leur éviterait la curiosité gênante des badauds lorsqu'ils passeraient à l'action. La dernière chose dont ils avaient besoin, dans l'éventualité où leur plan capoterait, c'était d'un public qui risquait de pâtir de l'incident !

Jetant un regard vers le haut du pan de montagne qu'il escaladait, Matt inspira l'air raréfié à grandes goulées. Le refuge n'était plus très loin, à présent : sa silhouette esseulée se détachait nettement sur le blanc immaculé des grands névés qui l'entouraient comme un écrin de duvet neigeux. Malheureusement, aucun panache de fumée ne s'élevait de la petite cheminée qu'on apercevait, noire et tordue sur le fond montagneux — ce qui semblait vouloir dire que l'endroit était vide. Si c'était le cas, l'heure était grave : selon les informations que Matt avait obtenues auprès de l'antenne de Vienne, Basim Rashad, l'un des terroristes les plus recherchés de la planète, aurait normalement dû se trouver dans ce refuge perdu au cœur des cimes. Mais il avait peut-être eu vent de l'expédition secrète assez tôt pour prendre la poudre d'escampette, une fois de plus !

Pourtant, Matt avait redoublé de prudence pour organiser la traque de celui qu'il considérait, depuis le temps qu'il le pistait, comme son ennemi juré. Il avait recruté deux policiers autrichiens qui connaissaient les montagnes comme leur poche et dont l'efficacité en matière de pistage n'était plus à démontrer. Ensemble, ils avaient élaboré leur itinéraire soigneusement, un œil fixé sur la météo qui risquait toujours de faire tomber à l'eau leur parcours du combattant. On leur avait bien suggéré de se simplifier la vie en utilisant l'un des hélicoptères que le commissariat central mettait gracieusement à leur disposition. Mais Matt avait refusé tout net, arguant que le bruit des pales alerterait le fugitif de leur présence. Etant donné le nombre de cadavres que ce maudit Rashad avait semés dans son sillage, il savait que le terroriste pouvait s'avérer extrêmement dangereux lorsqu'il se sentait aux abois. Y compris pour lui-même. Or, la mission de Matt était de ramener l'Iranien vivant afin qu'il puisse être jugé et condamné pour sa participation à un attentat meurtrier contre l'ambassade des Etats-Unis en Indonésie.

Une nouvelle fois, Matt marqua une pause. Il avait enfin quitté le glacier, et se trouvait à quelques encablures du refuge. Il pria de toutes ses forces pour que le terroriste fût encore à l'intérieur, si possible occupé à dormir sur ses deux oreilles et non posté à sa fenêtre, à l'affût d'éventuels poursuivants. Il fallait absolument que lui et ses deux collègues de la police puissent bénéficier de l'effet de surprise sinon, avec Rashad, on pouvait s'attendre à tout — et surtout au pire ! D'un autre côté, si l'on y réfléchissait bien, l'Iranien n'avait aucune raison de se méfier. Jusqu'ici, il avait toujours triomphé des embûches, se moquant des tentatives infructueuses du FBI pour l'arrêter dans sa course. Le Bureau — comme on disait chez les initiés — avait bien failli le coincer à plusieurs reprises, mais Rashad s'en était tiré chaque fois, y compris quelques semaines plus tôt, quand il s'était brusquement volatilisé entre Bangkok et Rangoon, sans laisser de trace.

Evidemment, Matt avait activé tous les contacts qu'il possédait aux quatre coins du globe pour retrouver le terroriste évanoui dans la nature. Quand il avait entendu parler d'un refuge au cœur de la vallée de Ziller, dans les Alpes autrichiennes, où Rashad pouvait s'être réfugié, il n'avait pas hésité une seconde : il s'était envolé pour la station de ski la plus proche et avait réservé une chambre dans le luxueux hôtel Innertalerhof, à deux pas des pistes. Là, il avait attendu en rongeant son frein que l'antenne de police viennoise lui confirme les informations qu'il avait reçues, et lui donne le feu vert pour partir à la poursuite de Basim Rashad.

Une semaine complète s'était écoulée depuis son arrivée en Autriche, sans qu'il ait encore rien pu tenter contre le monstre sanguinaire qui se terrait dans les montagnes. Ce qui voulait probablement dire que Rashad se sentait en sécurité à l'heure qu'il était — et qu'ils n'auraient pas trop de mal à l'alpaguer.

Deux précautions valant mieux qu'une, Matt sortit une paire de jumelles de son sac à dos pour observer le refuge à distance. L'endroit donnait vraiment l'impression d'être vide : pas un bruit, pas une lumière aux fenêtres en cette heure où l'aube pointait à peine, et surtout, pas le moindre petit panache de fumée.

Soit ce satané Rashad appréciait les températures avoisinant les zéro degrés, soit il avait été prévenu de leur arrivée — auquel cas il était déjà loin.

Matt allait jeter ses jumelles dans la neige dans un geste de rage impuissante lorsqu'un bref sifflement lui fit tourner la tête en direction de ses acolytes qui s'étaient postés à proximité de sa cache. Stefan pointait du doigt la porte sur le côté du refuge avec tant d'insistance qu'il y jeta un coup d'œil, et faillit crier de soulagement : contre la barrière qui longeait le mur de bois patiné par les intempéries, une paire de skis attendait sagement son propriétaire. Il y avait donc quelqu'un à l'intérieur !

Satisfait, Matt fit signe aux deux policiers autrichiens de se déplacer vers l'arrière de la petite cabane pour éviter que le terroriste ne s'enfuie en douce. Lui s'occuperait de la porte de devant. Il jubilait déjà à l'idée de passer enfin les menottes à l'un des criminels les plus recherchés du siècle, quand tous ses beaux projets s'écroulèrent d'un seul coup.

Il avait à peine esquissé un pas en direction du refuge que la porte d'entrée s'ouvrit à grand fracas pour laisser le passage à un homme en combinaison matelassée, chaussé de skis dernier modèle, qui s'élança sur la pente plus vite que son ombre.

— Et merde ! jura Matt avant de chausser ses propres skis, arrimés à son sac à dos, pour se lancer à la poursuite du fugitif qui filait à vive allure.

Le temps de réagir, les trois hommes avaient déjà perdu de précieuses secondes. D'autant que le « Tux », comme le surnommaient familièrement les habitants de la région, constituait un espace de glisse absolument fabuleux pour les skieurs avertis. En raison de l'altitude élevée et des conditions climatiques idéales, le glacier était ouvert toute l'année, et offrait une neige de rêve, dès le début du mois d'octobre. Par le passé, Matt avait descendu les pentes de cette grande piste naturelle à plusieurs reprises pour son plaisir personnel, goûtant à la satisfaction de sentir le vent de la vitesse siffler à ses oreilles. Mais aujourd'hui, loin de savourer les délices d'une descente en schuss, il n'avait plus que deux idées en tête : rattraper le salaud qui menaçait de lui filer sous le nez et essayer de rester en vie.

La pente devenait plus abrupte, moins praticable, à mesure que le terroriste et ses poursuivants descendaient. A contrecœur, Matt dut s'avouer que ce risque-tout de Rashad s'avérait aussi doué sur des skis que derrière le volant d'un véhicule tout-terrain ou aux commandes d'un avion bimoteur. Comme quoi, l'intelligence et le talent n'allaient pas forcément de pair avec la tolérance ou l'envie de faire le bien ! Le résultat, c'était que la capture de ce criminel international risquait de leur poser plus de problèmes encore que prévu.

D'après la direction qu'avait prise l'Iranien, Matt devina sans peine le but de sa course folle : il fonçait tout droit vers le parking qui se trouvait onze kilomètres plus bas, au pied du flanc est du glacier. Malin comme il l'était, Rashad y avait probablement laissé une voiture pour pouvoir s'échapper si jamais il se faisait cerner dans sa cachette perdue au milieu des glaces.

— Bien vu, Rashad ! grommela Matt entre ses dents. Mais cette fois, tu ne t'en tireras pas comme ça !

Juste à cet instant, le terroriste regarda par-dessus son épaule et, malgré la vitesse impressionnante de sa course, il adressa un grand salut ironique à son poursuivant du bout de son bâton.

— Espèce d'ordure ! siffla Matt tout en courbant le dos au maximum pour augmenter encore son allure.

Les genoux pliés, la tête rentrée dans les épaules, ses bâtons de ski collés à son corps, il fonça vers le fugitif, les oreilles assourdies par le bruit du vent. Derrière lui, l'un des Autrichiens lui cria de faire attention, mais Matt préféra l'ignorer pour se concentrer sur sa course.

Lancé sur la piste comme une flèche vers sa cible, il dépassa le terroriste à toute allure et attendit d'avoir descendu quelques dizaines de mètres supplémentaires pour freiner brusquement, dans un dérapage superbement contrôlé qui envoya une gerbe de neige fraîche éclabousser le ciel sans nuage.

Surpris, Rashad tenta d'infléchir sa course vers la droite, mais l'issue était bloquée : Ernst le talonnait dans cette direction, cependant que Stefan maintenait le cap sur sa gauche. Pris au piège, l'Iranien continua sa descente infernale droit devant lui, sans paraître s'inquiéter de la présence de Matt en contrebas.

Celui-ci eut une seconde d'hésitation. Quelle mouche avait donc piqué Rashad pour qu'il ne ralentisse même pas ? Il voulait donc les tuer tous les deux ?

Refusant de céder à l'intimidation, l'agent Baxter se campa sur ses skis, ses bâtons solidement enfoncés dans la neige, attendant le choc inévitable. Mais à la toute dernière minute, Basim Rashad stoppa son schuss suicidaire, à moins d'un mètre de Matt.

En deux temps trois mouvements, l'agent du FBI avait immobilisé le criminel.

— Vous avez un grand courage, agent Baxter, fit Rashad dans un anglais fortement teinté de sonorités arabes. C'est une vertu que j'admire chez un homme.

— Arrête ton char, Basim ! rétorqua Matt. C'est fini pour toi.

— Pas nécessairement. Laisse-moi partir et je te promets que tu en seras largement dédommagé.

— Parce que tu t'imagines que je suis intéressé par ton

argent sale, Basim ? Mais j'aurais du sang d'innocents sur les mains si je le prenais !

— Sale ou pas, l'argent, c'est de l'argent, répliqua le terroriste. Réfléchis bien, agent Baxter, à tout ce que tu pourrais t'offrir avec ce que je te propose. Une retraite dorée, par exemple. Ça ne te tenterait pas, une île privée pour y couler des jours paisibles, loin de toute cette agitation qui t'épuise sans te récompenser à ta juste mesure ? Mais peut-être es-tu trop borné pour envisager cette option ? Peut-être préfères-tu mourir jeune, abattu par une balle de tueur à gages ? Car c'est ça qui t'attend, mon ami, si tu t'obstines à vouloir m'arrêter : en me mettant sous les verrous, tu signes ton arrêt de mort, sache-le bien, agent Baxter.

La menace n'effraya pas Matt outre mesure : il en avait déjà entendu de bien pires au cours de sa carrière.

— Pour autant que je sache, le seul qui risque la peine de mort dans un futur proche, c'est toi, Basim !

Les policiers autrichiens avaient ôté leur bonnet et leurs lunettes de ski pour s'approcher de Rashad et Matt. Stefan, le plus jeune et le plus blond des deux, balançait négligemment une paire de menottes neuves au bout de sa main gantée.

Laissant le soin à ses acolytes de maîtriser le terroriste, Matt sortit son portable pour contacter son supérieur hiérarchique à l'hôtel Sacher de Vienne.

— Mission accomplie, chef : on a chopé ce salopard ! tonna Matt, au grand déplaisir de Basim Rashad qui lui décocha un regard meurtrier auquel il répondit par un signe de tête ironique. Et l'hélico que vous nous aviez promis, il arrive ? J'en ai ma claque de la neige, et je n'ai pas du tout l'intention de rechausser mes skis pour terminer de descendre ce glacier infernal !

A l'autre bout de la ligne, il entendit un claquement de langue satisfait. Roger Fairfax était content de son agent spécial.

— Il est déjà en route, Matt, fit le patron d'un ton plein d'enthousiasme. Félicitations ! Vous avez fait du bon boulot. Rappelez-moi de vous payer une bonne bière fraîche quand vous serez revenu à la civilisation, mon vieux !

Le temps pour eux d'échanger encore quelques mots et le bruit de l'hélicoptère tant attendu se fit entendre dans le lointain.

— Ça y est, notre carrosse arrive, patron ! lança Matt en plissant les paupières pour mieux distinguer la forme arrondie de l'engin qui allait les emmener, policiers et prisonnier, jusqu'au commissariat central. A très bientôt pour la chope promise !

Il raccrocha et leva les yeux vers le ciel soudain assombri : l'énorme appareil s'était stabilisé juste au-dessus de leurs têtes, et le pilote commençait à faire descendre lentement le gros câble d'acier où ils allaient pouvoir accrocher Rashad, dûment menotté et entravé aux chevilles.

A cet instant, le téléphone de Matt se mit à grésiller.

— Allô ? cria-t-il pour couvrir le bruit des pales de l'hélicoptère, le portable collé à l'oreille. C'est toi, Lucie ?

— Oui, c'est moi ! lui répondit une voix qu'il connaissait bien — celle de sa sœur cadette. C'est quoi, ce bruit infernal que j'entends derrière toi ?

— Qu'est-ce que tu dis ? Parle plus fort, j'ai du mal à te comprendre !

— Il y a urgence, Matt : il faut que tu reviennes tout de suite à la maison.

L'estomac soudain noué, Matt sentit un mauvais pressentiment l'envahir.

— Pourquoi ? hurla-t-il. Qu'est-ce qui se passe ? C'est grave ?

— C'est Papa. On vient de l'arrêter pour meurtre.

4.

L'horloge du tableau de bord indiquait 20 h 45 lorsque Grace arriva en vue de New Hope. La sortie de Boston s'était transformée en un véritable cauchemar, avec des embouteillages à n'en plus finir, et le reste du trajet n'avait pas été de tout repos, mais finalement, après deux erreurs d'orientation, un pneu crevé et un bouchon de cinq kilomètres sur l'I 95, la jeune femme avait aperçu le panneau indiquant la route 29 qu'elle devait prendre pour arriver à New Hope.

Grace ne savait pas grand-chose sur cette petite ville pittoresque, sinon qu'elle était située au cœur de l'une des plus belles régions rurales de Pennsylvanie — le comté de Bucks — et qu'elle possédait un certain intérêt historique et touristique. C'était un endroit calme et paisible. Si l'on exceptait l'histoire que Sarah avait racontée à Grace — et que celle-ci avait vérifiée en consultant à la hâte le site internet d'un journal régional —, rien de très exceptionnel ne s'était produit à New Hope depuis un bon bout de temps. Jusqu'à l'assassinat de Steven.

Bien sûr, vingt ans plus tôt, la disparition inexpliquée de Felicia Newman, une jeune fille de dix-neuf ans, avait déjà dû entacher la réputation de cette petite ville provinciale.

On n'avait jamais retrouvé le corps, et malgré l'absence de preuves tangibles, dans les cinq jours qui avaient suivi la disparition de la jeune fille, la police avait arrêté un suspect souffrant de désordres psychiques. Mais l'affaire avait été classée sans suite, et la vie avait repris son cours normal. Jusqu'à la mort de ce pauvre Steven qui avait dû ranimer l'inquiétude des habitants.

Grace ralentit l'allure pour relire brièvement les recommandations écrites que lui avait laissées Sarah, tout en gardant un œil sur les panneaux indicateurs qui se succédaient à l'entrée de New Hope.

— Alors..., marmonna-t-elle pour elle-même. Si je prends tout de suite à droite, je vais vers le cottage de Steven. Pour la galerie, il faudrait plutôt que je continue tout droit, sur la rue du Pont — pas très original comme nom !

Cela faisait plus de neuf heures qu'elle était au volant, et elle commençait à sentir le poids de la fatigue. L'idée de se pelotonner dans un lit douillet, même si ce n'était pas le sien, lui paraissait infiniment plus attrayante que d'aller inspecter une galerie d'art dont elle n'avait que faire, en somme ! Pourtant, elle ne put s'empêcher de prendre la direction de la galerie Hatfield. Pure curiosité de sa part : elle mourait d'envie de se faire sa propre opinion de ce que Steven lui avait invariablement décrit comme la huitième merveille du monde. En tant que professionnelle, elle saurait au premier coup d'œil s'il lui avait vraiment fait un cadeau hors du commun — qu'elle n'avait toujours pas l'intention d'accepter, d'ailleurs.

Elle ne tarda pas à constater que la rue du Pont était une voie en partie commerçante et en partie résidentielle, ce qui signifiait que trouver une place pour sa voiture, à cette heure avancée de la soirée où tout le monde était rentré chez soi, relèverait du miracle ! Mais la chance était avec elle, car elle finit par découvrir un emplacement libre juste assez grand pour sa vieille Ford, devant une boutique nommée « Rouge Passion » qu'elle se promit d'aller explorer dès le lendemain matin.

Une fois le moteur de sa voiture coupé, elle s'extirpa de l'habitacle, heureuse de pouvoir enfin se dégourdir les jambes.

La jolie rue pavée possédait un certain cachet, et la jeune femme se sentit ragaillardie par cette petite marche dans l'air frais du soir. Elle ne tarda pas à arriver devant la galerie dont, curieusement, la porte n'était pas verrouillée. Elle poussa le battant prudemment et, contrairement à son attente, aucune alarme ne se déclencha. Bizarre…

Laissant la porte retomber derrière elle, la jeune femme chercha à tâtons un interrupteur sur le mur à sa droite. Il faisait noir comme dans un four à l'intérieur du local, et elle ne tenait pas à renverser un tableau de maître par inadvertance. D'autant que cette galerie, elle n'était pas du tout certaine de la conserver pour son bénéfice exclusif…

Mais avant qu'elle ait eu le temps de trouver la lumière, une silhouette massive bondit vers elle pour lui décocher un coup d'une telle puissance qu'elle fut projetée contre le mur, avec l'impression que sa tête explosait sous le choc.

Pendant quelques secondes, elle resta hébétée, les tempes bourdonnantes. Mais lorsqu'elle comprit, malgré l'obscurité qui l'empêchait de distinguer les traits de son agresseur, que celui-ci se préparait à la frapper de nouveau, son instinct de survie prit le dessus en un éclair. Elle poussa un hurlement strident dans l'espoir d'alerter les voisins ou au moins de surprendre l'inconnu. Il parut hésiter une fraction de seconde, ce qui suffit à Grace pour mobiliser ses souvenirs du cours d'autodéfense qu'elle avait suivi peu de temps auparavant. Avec maestria, elle exécuta un impeccable coup de pied retourné en direction des parties sensibles de son adversaire. Au borborygme qui s'échappa de ses lèvres, elle sut qu'elle avait fait mouche.

Jubilant presque, elle adressa un remerciement silencieux mais sincère à la tendance de mode qui lui avait fait acheter de splendides bottes à bouts pointus. Elle les avait payées outrageusement cher, mais aujourd'hui, elle ne regrettait pas d'avoir sacrifié quelques économies pour un article aussi efficace en matière de self-defence.

— Ah, la garce !

L'homme respirait bruyamment, comme une bête sauvage prête à déchiqueter sa proie. Il aurait sûrement continué à la rouer de coups si elle lui en avait laissé l'occasion. Mais c'était mal connaître Grace ! Au lieu de chercher à se protéger, elle prit son élan pour lui assener un second coup de pied, cette fois dirigé vers son tibia. Hélas ! L'inconnu était sur ses gardes, désormais, et il vit le coup venir. Il fit un petit saut en arrière pour se mettre hors de portée, puis, sans lui donner le temps de repartir à l'attaque, il la poussa violemment avant de s'enfuir à toutes jambes dans la nuit.

La jeune femme tituba et se cogna de nouveau contre le mur. Cette fois, elle vit trente-six chandelles. Incapable de se maintenir debout, elle se sentit glisser lentement par terre. Malgré ses efforts pour garder les yeux ouverts, elle ne parvint pas à rester consciente bien longtemps. Sa vision se brouilla, et elle eut l'impression d'être happée par un gouffre sombre dont elle ne savait comment sortir. Elle aurait voulu crier de plus belle, appeler au secours, mais les sons s'étranglèrent dans sa gorge nouée. C'était trop dur — elle n'avait plus la force de résister au trou noir qui l'appelait inlassablement. Vaincue, elle ferma ses paupières soudain terriblement lourdes et se laissa sombrer.

Lorsque Grace rouvrit les yeux, elle eut l'agréable surprise de découvrir, sur fond de mur vert pâle, le visage souriant d'un bel homme vêtu de blanc qui se penchait sur elle, une lumière brillante à la main.

— Ah ! Mademoiselle McKenzie ! fit-il tout en rangeant dans la poche de sa blouse la lampe dont il s'était servi pour examiner ses pupilles dilatées. Bienvenue parmi nous. Je me présente : Dr Fenley. Vous êtes au service des urgences. Comment vous sentez-vous ?

Instinctivement, la jeune femme porta la main à l'arrière de son crâne où elle ressentait une sourde douleur.

— Aïe ! A vrai dire, on m'aurait balancé un coup de poêle en fonte sur le crâne que je n'aurais pas plus mal !

Le Dr Fenley laissa échapper un petit rire amusé.

— Heureusement pour vous, ce n'est pas le cas. Juste un mur que vous avez dû heurter un peu violemment. Mais je suis persuadé que la sensation est extrêmement désagréable.

D'un seul coup, Grace se rappela tout : son voyage pour arriver à New Hope, son passage par la galerie de Steven et sa tentative d'arrêter le mystérieux cambrioleur qu'elle avait sûrement dérangé en pleine action.

— Comment est-ce que j'ai atterri chez vous ? demanda-t-elle tout en retenant une grimace de douleur — la bosse à l'arrière de sa tête devait enfler à vue d'œil…

— Ce sont les infirmiers du Samu qui vous ont amenée sur un brancard, il y a quelques dizaines de minutes.

Apparemment, un jeune couple serait passé non loin de la galerie d'art où vous vous trouviez. Alertés par vos cris, ils se sont précipités pour vous venir en aide. Juste au moment où ils arrivaient au coin de la rue, ils ont vu un homme s'enfuir du bâtiment et sauter dans un 4x4 qui a filé dans la nuit. A l'intérieur de la galerie, ils vous ont trouvée étendue sur le sol, inconsciente ; ils ont tout de suite appelé le Samu, et c'est ainsi que vous êtes arrivée dans mon service.

— Est-ce que j'ai quelque chose de cassé ?

— Vous vous en êtes plutôt bien tirée. Pas de fracture ni de plaie, pas de traumatisme crânien. Juste une légère commotion assortie d'une grosse bosse à l'arrière du crâne qui risque de vous faire mal pendant une petite semaine tout au plus. Reste à savoir si votre vision n'a pas été affectée par le choc que vous avez reçu.

— Je vous distingue parfaitement, si c'est ce qui vous inquiète.

— Parfait. Pas de flou non plus ?

— Non.

L'air satisfait, le médecin décrocha la fiche médicale suspendue au pied du lit de la jeune femme pour y griffonner des observations qu'elle supposa positives.

— Bien. Nous allons vous garder en observation cette nuit, et demain matin, je passerai vous faire une petite visite pour voir comment vous vous sentez.

Grace se redressa sur son séant, en essayant d'avoir l'air guilleret malgré la douleur lancinante qui lui martelait les tempes.

— Il est vraiment indispensable que je passe la nuit ici ? Je me sens tout à fait en forme, je vous assure !

Sauf qu'elle mentait comme une arracheuse de dents.

Tout ça pour se donner une contenance devant le bel urgentiste qui s'occupait d'elle ! Elle avait vraiment besoin de vacances…

— Je suis désolé, mademoiselle McKenzie, mais ce sont les procédures d'usage. Pas question de vous laisser sortir avant d'être certain que le choc que vous avez reçu ne vous créera pas de complications. Les commotions cérébrales peuvent s'avérer extrêmement dangereuses.

Avec un soupir de déception, Grace se laissa retomber sur ses oreillers.

— C'est vous qui décidez. Vous êtes médecin, après tout !

— Merci bien, chère patiente ! déclara le médecin avec un clin d'œil complice. Au fait, puisque vous vous sentez d'aplomb, êtes-vous prête à recevoir vos tout premiers visiteurs ?

— Des visiteurs, déjà ? s'étonna la jeune femme. Mais je viens d'arriver à New Hope !

— Ne vous réjouissez pas trop vite : ce n'est pas un comité d'accueil particulièrement folichon qui vous attend. En fait, c'est le commissaire et son adjoint qui veulent vous voir, pour vous poser quelques questions au sujet de votre mésaventure.

Cela tombait bien ! Parce qu'elle aussi, elle avait « quelques questions » à poser aux représentants de la police locale.

— Bien sûr, je vais leur parler, répondit-elle. Sauf si vous me l'interdisez, évidemment.

Le Dr Fenley hocha la tête et reposa la fiche médicale dûment annotée de sa patiente.

— Je les fais entrer. Mais je vais les prévenir qu'ils ne seront pas autorisés à rester plus de quelques minutes.

Surtout, si vous vous sentez fatiguée, n'hésitez pas à les renvoyer.

Sur un dernier sourire encourageant, le beau médecin disparut dans le couloir où Grace l'entendit parler à voix basse — sans doute donnait-il ses instructions aux deux policiers postés non loin de sa chambre. Effectivement, à peine une ou deux minutes plus tard, la porte se rouvrit pour laisser le passage à deux hommes en uniforme qui se dirigèrent vers son lit.

Le premier affichait un air d'autorité qui ne trompait pas sur sa position hiérarchique : grand, le regard acéré, le menton légèrement en avant, il marchait d'un pas assuré et portait une tenue impeccable dont le bleu marine accentuait son allure martiale, déjà soulignée par la coupe en brosse de ses cheveux bruns. Malgré l'heure tardive, son visage où persistaient des cicatrices d'acné ne montrait aucun signe de fatigue ; il devait avoir une quarantaine d'années, et s'adonner régulièrement à la pratique d'un sport, à en juger par sa carrure. Il n'était pas franchement beau, et sa mâchoire carrée lui donnait presque l'air d'une caricature de militaire. Un vrai petit chef, en somme ! Quant à son acolyte, il paraissait plus jeune et nettement plus avenant, avec son gentil sourire et ses yeux bleu clair.

— Bonsoir, mademoiselle McKenzie, fit le premier d'un ton parfaitement impersonnel. Je suis le commissaire Josh Nader, et voici mon adjoint, Rob Montgomery.

Etant donné qu'il n'avait pas perdu son temps en formalités d'usage, Grace ne voyait pas pourquoi elle se fatiguerait à se montrer plus polie que nécessaire. D'autant que la question de la galerie la préoccupait par-dessus tout. Elle alla donc droit au but et demanda d'un ton impatient :

— Avez-vous attrapé le cambrioleur ?

— Pas encore. C'est d'ailleurs la raison de notre présence ici à cette heure de la nuit. Pouvez-vous nous donner une description détaillée de votre agresseur ?

— Eh bien… C'était un homme, à n'en pas douter…

L'adjoint du commissaire tira un calepin de sa poche pour noter les informations qu'elle allait leur livrer, mais lorsqu'il vit qu'elle n'ajoutait rien, il s'arrêta, le crayon en l'air.

— C'est tout ce que vous pouvez nous dire ?

— Malheureusement, oui : il faisait très sombre.

Elle jeta un regard circonspect au commissaire Nader. A sa mine sévère, elle doutait qu'il possédât un sens de l'humour très développé, mais elle pouvait toujours essayer…

— En fait, il y a un détail qui vous permettrait peut-être de le coincer, reprit-elle, une étincelle moqueuse dans les yeux. Sa démarche pourrait bien être malaisée.

Aussitôt, le policier parut intéressé.

— Et pourquoi donc ? A-t-il un défaut physique facilement repérable ? Une infirmité quelconque ?

— En quelque sorte, mais pas de naissance : avant qu'il ne s'enfuie, j'ai donné un bon coup de pied dans ses bijoux de famille !

L'adjoint du commissaire partit d'un grand éclat de rire qu'il interrompit net devant le regard noir que lui lançait son supérieur. C'était clair : le commissaire Josh Nader n'appréciait pas du tout les plaisanteries. Autant essayer de dérider une porte de prison !

— Se battre contre un cambrioleur n'est jamais une bonne idée, mademoiselle McKenzie, reprit le policier de l'air d'un professeur sermonnant une élève indisciplinée.

— Je ne suis pas d'accord, rétorqua Grace vivement.

Quand on sait se défendre, on ne se laisse pas faire, tout de même !

— Il aurait pu vous faire très mal, se borna à constater le commissaire d'un ton glacial.

Elle aurait voulu protester encore, mais une vive douleur à l'arrière du crâne lui rappela qu'elle avait effectivement eu de la chance de s'en sortir à bon compte après cette confrontation pour le moins musclée.

Elle se redressa un peu plus sur son lit en évitant de bouger trop brusquement pour ne pas accentuer son mal de tête lancinant.

— Comment a-t-il réussi à mettre le système d'alarme hors circuit ?

— Facile, répondit aussitôt le chef de la police locale, tout en exhibant un petit sac en plastique fermé hermétiquement dans lequel se trouvait une mince languette argentée. Avec ça.

— Et… qu'est-ce que c'est ?

— Un bout de métal, tout simplement. Votre cambrioleur l'a placé contre le détecteur magnétique, de manière à ce que la porte puisse s'ouvrir sans que l'alarme ne se déclenche. C'est un jeu d'enfant, croyez-moi ! Enfin, grâce au couple qui est venu à la rescousse, notre homme n'a pas eu le temps de se débarrasser de cette preuve. Avec un peu de chance, il aura laissé ses empreintes dessus et nous pourrons remonter jusqu'à lui.

— Je ne savais pas qu'il était aussi facile de réduire une alarme au silence, dit la jeune femme d'un air rêveur.

— Malheureusement, le modèle n'était pas franchement sophistiqué. Ce qui n'a rien de surprenant. Vous seriez surprise d'apprendre le nombre de commerces qui possèdent des systèmes d'alarmes inefficaces, de nos jours.

— Est-ce que ce mystérieux cambrioleur a emporté des pièces de la collection ?

— A première vue, non. La salle d'exposition avait l'air en ordre. Seule la seconde salle, celle où les tableaux sont mis en dépôt avant d'apparaître en vitrine, a été visitée. Et encore, une partie seulement. On a retrouvé plusieurs toiles sur le sol, mais pour le moment, nous ne disposons pas de suffisamment d'informations pour décider si oui ou non, des tableaux manquent à l'appel.

— L'homme qui m'a agressée n'avait rien dans les mains, dit Grace en étouffant un bâillement de lassitude. Alors, à moins qu'il n'ait chargé sa voiture avant mon arrivée, je ne vois pas bien comment il aurait pu emporter des toiles.

— Bon. De toute façon, nous allons mener une enquête en bonne et due forme sur ce point épineux. Bien entendu, vous serez tenue informée de l'évolution de nos recherches.

— Je vous en remercie. Quand pensez-vous que je serai autorisée à rouvrir la galerie au public ?

— Eh bien, l'équipe chargée d'examiner les lieux se trouve déjà sur place, et elle devrait en avoir terminé d'ici une heure environ. Donc, techniquement parlant, vous devriez pouvoir rouvrir dès demain matin. Mais au préalable, je souhaiterais que vous passiez par mon bureau pour signer votre déposition. Mon adjoint ici présent se fera une joie de venir vous chercher en voiture pour vous conduire au commissariat.

Puisqu'on lui proposait un carrosse, elle n'allait pas se faire prier ! D'autant qu'elle sentait la fatigue monter irrésistiblement à l'assaut de ses paupières, et qu'elle avait du mal à suivre la conversation.

— Merci, commissaire. J'accepte volontiers. Cela dit, ma voiture est toujours garée en ville. Elle ne risque rien ?

— Votre véhicule est-il de la marque Ford ? Noir, immatriculé dans le Massachusetts ?

— Tout à fait, répondit la jeune femme sans pouvoir réfréner un bâillement.

— Bien. Ne vous inquiétez pas : nous veillerons à ce qu'il vous attende sagement là où vous l'avez laissé. Permettez-moi d'ajouter une dernière chose : j'espère sincèrement que l'incident désagréable que vous avez subi à votre arrivée ne vous fera pas prendre en grippe notre jolie ville de New Hope. C'est un endroit charmant, peuplé d'honnêtes citoyens qui n'ont pas pour habitude de chercher des noises aux visiteurs de passage.

Sauf que, dans ce petit paradis, Steven avait trouvé la mort, songea Grace avant de refermer les yeux pour plonger dans un sommeil réparateur.

Le lendemain matin, comme promis, après un examen médical complet, Grace obtint l'autorisation de quitter l'hôpital. Ce qu'elle fit en compagnie de Rob Montgomery qui l'attendait depuis 9 heures précises au volant de la confortable voiture de police mise à sa disposition par le commissariat de New Hope.

Une fois arrivée à destination, la jeune femme signa sa déposition, puis Rob l'accompagna jusqu'à la galerie Hatfield. Ce fut donc au bras d'un fringant officier de police qu'elle retourna sur le lieu de sa mésaventure nocturne, ce qui la rassura plus qu'elle ne l'aurait imaginé.

La nuit à l'hôpital lui avait fait du bien : elle se sentait fraîche et dispose.

Seule dans la salle d'exposition dont Steven lui avait tant vanté les mérites, Grace put enfin inspecter les lieux comme elle le souhaitait. Seul problème : l'équipe chargée de relever les empreintes et de photographier la « scène de crime » avait laissé un désordre inouï ! Il y avait de la poussière crayeuse partout. Les meubles avaient été déplacés, au mépris des règles d'agencement les plus élémentaires, y compris le grand bureau dont le plateau en forme de L était jonché de papiers.

Ne sachant pas trop par où commencer, Grace releva une chaise qui gisait à terre et s'y assit pour laisser son regard errer sur la galerie dont elle avait la charge pour une semaine complète. La pièce était plutôt spacieuse. Steven avait accroché côte à côte des tableaux de tailles variées afin d'éviter l'uniformité ennuyeuse d'une disposition en rang d'oignons. Quant aux peintures de dimensions trop importantes pour tenir sur les murs déjà bien remplis, elles étaient exposées sur de beaux chevalets de bois, disposés çà et là dans la pièce selon des angles différents, ce qui créait une impression de profusion et permettait d'éviter la froideur formelle de certaines galeries plus « classiques ». En tout, il y avait quarante-cinq œuvres, dont les prix s'échelonnaient de 1.500 à 15.000 dollars. Seule une petite partie des tableaux exposés correspondait à la catégorie « Art de la côte Ouest », et portaient des signatures déjà connues. Le reste de la collection comprenait essentiellement des paysages représentant le comté de Bucks, peints par des artistes locaux dont elle ne connaissait pas les noms.

Grace se leva, traversa la pièce en admirant au passage certaines œuvres particulièrement colorées, et s'arrêta près du grand bureau surchargé de factures, de catalogues d'art, de lettres qui, pour certaines, n'avaient pas encore été ouvertes, et de journaux dont une partie des pages manquait… Un beau capharnaüm ! Sarah en aurait eu des sueurs froides ! La jeune femme décida de remettre à plus tard le tri de tous ces documents. Pour l'instant, il y avait plus urgent : elle devait inspecter l'arrière-salle dont l'ouverture en ogive semblait l'appeler, juste derrière le bureau de Steven.

Manifestement, cette pièce avait également été visitée par la police, en plus du cambrioleur présumé. Il y avait un certain nombre de tableaux au sol, face contre terre, comme si quelqu'un — sûrement son mystérieux agresseur — les avait examinés les uns après les autres avant de les laisser retomber négligemment. Outre ces œuvres ainsi dédaignées, Grace découvrit une demi-douzaine de toiles dont la position indiquait clairement que le voleur n'avait pas eu le temps d'y toucher. Elles étaient sagement adossées au mur et paraissaient attendre qu'on les accroche au mur ou qu'on les pose sur un chevalet.

L'intrus n'éprouvait visiblement aucun respect pour l'art, se dit Grace tout en contemplant d'un œil distrait les quelques tableaux encore debout. Il devait chercher une œuvre bien précise et, comme il ne l'avait pas trouvée, il avait tout simplement traité les autres toiles comme des posters sans valeur.

La poussière blanche qui témoignait des efforts des inspecteurs pour dénicher des empreintes dans l'ensemble de la galerie était la seule trace des travaux de la police. Dans un coin, sur une grande table en formica, il y avait un four à micro-ondes et une cafetière électrique, ainsi qu'un assortiment d'échantillons de cadres pour tableaux et une pile de catalogues spécialisés. Dans un petit placard, Grace trouva des dosettes de café lyophilisé, du sucre et de la crème liquide.

Sur une étagère placée en hauteur, elle découvrit avec

étonnement une boîte de matériel de pêche. Bizarre. Autant qu'elle s'en souvienne, Steven détestait la pêche à la ligne, une activité qu'il trouvait ennuyeuse à mourir !

Piquée par la curiosité, Grace ouvrit la boîte qui contenait des mouches et des appâts synthétiques. Pas n'importe quel genre : les modèles qui s'étalaient devant ses yeux comptaient parmi les meilleurs disponibles sur le marché. Elle les aurait reconnus entre mille, et pour cause : son père était un inconditionnel de la pêche en rivière et en lac, et il l'avait initiée à ce passe-temps dès son plus jeune âge.

La jeune femme resta immobile à contempler la sélection d'appâts bien rangés dans leurs compartiments individuels. Il y avait des tentacules de calamars, des vers luisants criants de vérité, plus tout un assortiment de mouches et d'insectes variés. Elle repéra même un leurre de la marque « Wigg-Lure », l'un des appâts artificiels les plus efficaces de tous les temps, aux dires des spécialistes.

Que pouvait donc bien faire Steven avec ce genre d'articles absolument inutiles pour quelqu'un qui n'aimait pas la pêche ?

Perplexe, Grace remit le leurre « Wigg-Lure » dans sa case avant de refermer la boîte et de la reposer soigneusement à sa place, sur l'étagère recouverte de poussière blanche. Après tout, les goûts de Steven avaient peut-être évolué en dix ans, et les raisons de son nouvel intérêt pour la pêche à la ligne ne la concernaient en rien. Elle avait des choses nettement plus urgentes à régler dans l'immédiat.

D'un pas décidé, elle se dirigea vers les tableaux éparpillés sur le sol, et entreprit de les redresser l'un après l'autre, sans omettre de les examiner un par un, scrupuleusement. A l'arrière des cadres se trouvaient des Post-it où étaient inscrits le nom de l'artiste, le titre de l'œuvre et son prix.

Aucun des tableaux ne lui rappelait quoi que ce soit, et d'ailleurs, les noms des peintres lui étaient parfaitement inconnus. Mais lorsqu'elle retourna la toute dernière toile qui gisait à terre, elle reconnut instantanément la touche très spéciale d'Eduardo Arroyo, un artiste célèbre qui avait réalisé une bonne centaine d'œuvres au cours de sa carrière. La toile que Grace avait devant les yeux, une gouache de 70 sur 58 centimètres, faisait partie de la fameuse série dite « de Santa Fe », un ensemble de six représentations colorées inspirées de la vie quotidienne des habitants de cette région. Celle-ci constituait le dernier panneau de la suite en question, et représentait, comme l'indiquait son titre, un *Jour de marché* : sur une place, des marchants exposaient leurs poteries sur des tapis de couleurs vives, dans le style navajo si cher aux habitants de la côte Ouest.

Décidément, Steven avait développé de drôles de goûts depuis qu'ils avaient rompu leurs fiançailles ! Une œuvre de cette importance, par un artiste aussi connu et apprécié qu'Eduardo Arroyo, aurait dû se trouver à la place d'honneur dans la salle d'exposition, avec tous les projecteurs disponibles braqués sur elle, et non pas reléguée dans un coin de l'arrière-salle au milieu d'autres tableaux de facture tout à fait banale ! C'était à croire que Steven avait perdu tout sens artistique…

Grace jeta un coup d'œil intéressé au Post-it derrière le cadre de l'Arroyo et faillit s'étrangler de stupeur. Il n'était étiqueté que 25.000 dollars, alors qu'il en valait au moins 4 fois plus ! Quel crime de sous-évaluer ainsi un chef-d'œuvre !

La jeune femme tenta de se ressaisir. Steven n'avait jamais été très fort en matière d'évaluation. Mais, même en admettant qu'il se fût grossièrement trompé sur la valeur marchande de l'œuvre qui lui avait été confiée, le négociant en art ou le collectionneur à qui appartenait ce fabuleux *Jour de marché* aurait dû être un peu plus au courant et donner des instructions dans ce sens au gérant de la galerie où il avait choisi de l'exposer…

Heureusement, Sarah avait bien spécifié à Grace qu'elle avait « carte blanche » pour réorganiser l'ensemble de la galerie Hatfield, y compris en matière de transactions commerciales. Quel soulagement ! La jeune femme allait pouvoir rendre à ce splendide spécimen de l'art d'Arroyo la place qu'il méritait. En premier lieu, elle avait bien l'intention d'emporter dans la galerie proprement dite les seize peintures reléguées dans la salle du fond, pour mieux les examiner et, éventuellement, les inclure dans l'exposition en cours. Ensuite, elle vérifierait dans les papiers de Steven s'il possédait des informations plus détaillées sur le tableau d'Eduardo Arroyo avant de le ré-étiqueter à sa juste valeur.

Grace se mit immédiatement au travail, poussée par l'énergie qui la motivait toujours quand elle s'adonnait à sa passion — s'occuper d'œuvres d'art.

Une brosse douce à la main, elle époussetait un cadre doré avec grand soin lorsqu'une voix féminine s'éleva derrière elle, la faisant légèrement sursauter.

— Alors c'est vous, Grace McKenzie ?

5.

Grace se retourna vivement : une femme ravissante, qu'elle ne se rappelait pas avoir jamais rencontrée, était adossée au chambranle de la porte, une main sur la hanche, l'autre à hauteur de son visage. Elle jouait négligemment avec l'une de ses longues boucles blondes, l'air à la fois blasé et très intéressé. L'inconnue ne devait pas avoir beaucoup plus de trente ans. Elle était plutôt petite — pas plus d'un mètre cinquante-sept ou cinquante-huit —, et possédait des yeux en amande d'un bleu lumineux et une jolie bouche sensuellement rehaussée de rouge vif. Auréolée de la lumière automnale de cette belle matinée, vêtue d'un jean moulant rentré dans une paire de bottes montantes en cuir souple et d'une veste en jean vert kaki rebrodée de motifs orientaux, elle avait beaucoup d'allure sans être trop apprêtée. A ses oreilles dansaient des pendentifs argentés qui scintillaient dans le soleil.

Sans cacher sa curiosité, la jolie jeune femme inspecta Grace des pieds à la tête, l'air appréciateur.

— Eh bien ! Je dois reconnaître qu'au moins, Steven avait bon goût en matière de femmes !

Elle esquissa un geste en direction de la porte derrière elle.

— J'ai frappé, mais vous ne m'avez pas répondu, alors je me suis permis d'entrer. Ça ne vous gêne pas trop ?

— Non. Je ne vous avais pas entendue, effectivement, répondit Grace du même ton affable et décontracté que sa visiteuse impromptue.

Les deux jeunes femmes avancèrent de concert dans la salle d'exposition, après avoir refermé la porte. Ce fut le moment que l'inconnue choisit pour lancer négligemment :

— Au fait, je ne me suis pas présentée : je suis Denise Baxter.

Baxter ? faillit s'exclamer Grace. Mais alors... elle se trouvait en présence de l'épouse légitime de Fred Baxter, l'homme accusé d'être responsable de la mort de Steven !

Elle n'eut pas le temps de se remettre de sa surprise, car Denise enchaîna aussitôt, avec un naturel désarmant :

— Je me suis dit qu'il valait sans doute mieux que je vienne en personne vous raconter toutes les horreurs qui circulent sur mon compte avant que d'autres ne s'en chargent à leur façon. Comme ça, au moins, vous pourrez vous faire par vous-même une idée de ce que je vaux.

Un peu troublée par tant de spontanéité, Grace s'essuya nerveusement les mains sur un chiffon qui traînait dans un coin de la pièce.

— Vous savez, rien ne vous oblige à me parler de cette histoire, madame Baxter..., commença-t-elle d'un ton hésitant.

— Je vous en prie, appelez-moi Denise. Personne ne me donne du « madame Baxter » par ici ! C'est tellement cérémonieux...

— Puisque vous y tenez... Denise. Je disais que vous ne me deviez rien — ni explication ni excuse ni je ne sais quoi d'autre. Et je tiens à préciser que je ne suis pas franchement fan de ragots, croustillants ou pas !

Denise Baxter la contempla un instant sans mot dire, comme pour mesurer sa sincérité. Ce qu'elle tira de cet examen dut lui paraître satisfaisant, car elle hocha gravement la tête tout en constatant :

— Mmm-hmm ! Eh bien, vous êtes tout à fait comme Steven vous avait décrite : honnête et sans détour. Ça me plaît bien, vous savez ? Ce n'est pas si fréquent, de nos jours…

Elle changea brusquement d'attitude, comme accablée par un fardeau trop lourd pour elle. Les yeux baissés, fixés sur un point invisible, à mi-chemin entre le bureau et la porte d'entrée, elle reprit d'une voix éteinte, en fort contraste avec son ton assuré du début :

— Ça fait drôle de revenir ici. C'est la première fois que je remets les pieds dans cette galerie depuis que…

Elle s'interrompit pour soupirer discrètement. Elle devait avoir la gorge trop serrée pour terminer sa phrase, et Grace ne put retenir une bouffée de compassion pour cette femme qu'elle ne connaissait pas. Voyant qu'elle gardait toujours les yeux fixés sur le même point, elle demanda à tout hasard :

— C'est à cet endroit qu'ils ont trouvé Steven, n'est-ce pas ?

Denise acquiesça d'un signe de tête.

— Personne n'a été autorisé à pénétrer ici tant que l'équipe des relevés travaillait. Tout ce que j'ai pu entrevoir, quelques jours plus tard, c'est le contour à la craie du corps de Steven… Ensuite, comme la police avait terminé ses vérifications, Mme Hatfield a engagé des gens pour nettoyer la galerie à fond. Elle voulait qu'il ne reste aucune trace du drame, et…

La jeune femme s'interrompit de nouveau, cette fois pour lever son regard vers Grace, une expression mi-fâchée, mi-ironique dans ses beaux yeux limpides.

— C'est un sacré numéro, cette Mme Hatfield. Inutile de vous préciser qu'elle m'a détestée dès qu'elle m'a vue.

A ces mots, Grace ne put retenir un sourire de connivence.

— Vous ne devriez pas vous mettre martel en tête pour ça, confia-t-elle à Denise. Sarah Hatfield est extrêmement difficile à contenter. Vous pouvez me croire sur parole : j'en ai fait moi-même l'expérience !

— D'après ce que m'a dit Steven, elle a une grande part de responsabilité dans votre rupture…

C'était bien le genre de Steven, en effet, de vouloir faire porter le chapeau à quelqu'un d'autre dès qu'il essuyait un échec, professionnel ou personnel.

— C'est vraiment ce qu'il vous a dit ? demanda Grace.

Denise dut percevoir le ton légèrement pincé de la jeune femme, car elle s'empressa de préciser sa pensée.

— Surtout, ne croyez pas qu'il ait rejeté toute la faute sur sa mère ! Il m'a raconté qu'il s'était mal comporté, et qu'il était normal que vous lui en vouliez terriblement au départ. Mais il était persuadé que, si sa mère ne s'était pas montrée aussi pénible avec vous, vous auriez fini par lui pardonner et vous seriez revenue vers lui.

— Si c'est vraiment ce qu'il croyait, il se trompait, rétorqua Grace d'un ton sans réplique. J'ai rompu avec Steven parce qu'il m'avait trompée avec quelqu'un d'autre, un point c'est tout. Et il n'était pas question que je revienne sur ma décision.

Vous allez peut-être me trouver vieux jeu, mais pour moi, la confiance et la loyauté sont indispensables pour réussir une vie de couple. Je ne vois pas comment nous aurions pu nous marier — et, qui sait, avoir des enfants — sans cette base solide sur laquelle fonder notre existence commune. Je peux donc vous affirmer que l'attitude de Sarah n'a rien eu à voir avec notre séparation. Je m'étais faite à son manque de chaleur à mon égard ; je dois même vous avouer que j'en étais venue à ignorer royalement ses petites remarques assassines, pour éviter d'envenimer la situation. Cela dit, je dois avouer qu'après la rupture, j'ai éprouvé un certain soulagement à l'idée que la redoutable Sarah Hatfield ne deviendrait jamais ma belle-mère !

Denise adressa à Grace un regard empli d'une admiration non déguisée.

— Eh bien, vous avez plus de cran que moi, ça, c'est certain ! Il suffit que j'aperçoive cette espèce de mégère, même de loin, pour que mes genoux se mettent à jouer des castagnettes !

Elle observa une petite pause avant de reprendre d'un air sincèrement ému :

— Je comprends mieux pourquoi Steven vous appréciait tellement. Vous, au moins, vous ne vous laissez pas marcher sur les pieds !

Une fois de plus, Grace ne put se retenir de sourire.

— Pourquoi ? C'est comme ça qu'il me décrivait ?

— Non, mais c'est ce que tout le monde ici pense de vous ! Les gens n'arrêtent pas de commenter votre sens de la repartie plutôt… percutant. Il paraît que vous vous êtes battue contre le cambrioleur qui vous a agressée hier soir, et que vous l'avez laissé plutôt mal en point. Où avez-vous appris à donner des coups de pieds pareils ?

— J'ai pris des cours de self-defence. Quand on est une femme seule et qu'on habite dans une grande ville, si on veut pouvoir rentrer du boulot tard le soir, il vaut mieux savoir se débrouiller face à un bonhomme mal intentionné qui vous chercherait des noises…

— Vous aviez déjà été agressée ?

— A vrai dire, non. Pas avant hier soir. Et j'espère bien que ce sera la première et la dernière fois que j'aurai à appliquer les principes de kickboxing que j'ai appris au cours !

— Vous allez bien, au moins ? demanda Denise avec un intérêt qui fit absurdement chaud au cœur de son interlocutrice. Lorraine — la dame qui tient le café le plus sympathique de la ville — répète à qui veut l'entendre que vous l'avez échappé belle, et que vous avez dû passer la nuit à l'hôpital.

Les nouvelles allaient vite ! Dans une petite ville comme New Hope, le téléphone arabe était le plus sûr moyen de se tenir au courant des dernières actualités, et Grace en faisait les frais. Pourtant, venant de Denise, cette curiosité très « provinciale » ne la choquait pas parce qu'elle était bon enfant.

— Mais oui, je vais bien ! répondit-elle vivement. Je n'ai récolté qu'une grosse bosse et quelques égratignures. Rien de bien grave, en somme.

Sans attendre que Grace l'y invite, Denise tira un tabouret qui traînait devant le bureau pour s'y asseoir, montrant clairement qu'elle était une habituée des lieux.

— Vous avez l'air d'une personne bien, vous savez ? dit-elle en adoptant une expression pénétrée qui donna envie de rire à Grace.

Flattée malgré tout, elle protesta faiblement.

— Vous dites ça alors que vous ne me connaissez que depuis quelques minutes…

— Peut-être, mais j'ai la réputation d'être assez fine psychologue — du moins, c'est ce qu'on raconte dans la région, avec d'autres choses moins agréables… Mais assez parlé de moi : et vous, est-ce que vous pensez être une fine psychologue ?

— Eh bien… Il m'arrive d'estimer que je ne me débrouille pas trop mal…

— Et si on vous mettait à l'épreuve ? enchaîna Denise avec une vivacité contagieuse. Allez, répondez sans trop réfléchir : qu'est-ce que vous pensez de moi ?

Grace se mit à rire franchement. Cette femme ne s'arrêtait jamais ! Pourtant, elle possédait un je ne sais quoi d'attachant — quelque chose de frais et naïf qui vous désarmait.

— Ce que je pense de vous ? répéta-t-elle gaiement. Je vous trouve diablement jolie, pour commencer.

— Vous savez bien que je ne voulais pas parler de ça.

— Evidemment, fit Grace tout en s'installant dans le fauteuil pivotant de l'autre côté du bureau, face à sa visiteuse, pour caler confortablement ses coudes sur les accoudoirs rembourrés. Bon, je vais être directe, alors : je vous trouve sincère et droite. Pas très sûre de vous, par moments, ce qui n'altère en rien votre candeur plutôt sympathique. Et contrairement à ce que vous semblez penser de vous-même, j'estime que vous avez du cran, et pas qu'un peu ! Le simple fait que vous ayez eu le courage de venir me voir le prouve.

— Hmm…, marmonna la jeune femme tout en baissant les yeux.

— J'ai raison ou je me trompe sur toute la ligne ?

— Eh bien, dans l'ensemble, vous avez cerné ma personnalité de façon remarquable. Raison de plus pour que je vous trouve sensass. Vous savez, on pourrait devenir amies en un rien de temps, toutes les deux… Et Dieu sait que j'ai besoin d'une amie ! Comme vous ne tarderez sans doute pas à le découvrir, je ne suis pas précisément la personne la plus populaire de la ville, ces derniers temps.

— Pourquoi ? A cause de votre liaison avec Steven ?

— Oui, mais pas uniquement. En fait, c'est surtout l'arrestation de Fred qu'on me reproche. Vous comprenez, les habitants de New Hope l'adorent — et le mot est faible. C'est tout juste s'ils ne le considèrent pas comme un demi-dieu ! Il représentait tellement plus qu'un simple commissaire ! Pour ses concitoyens, il était tout à la fois : ami fidèle, protecteur courageux, conseiller avisé… Beaucoup de gens estiment lui être redevables. Et pas seulement sur le plan de la sécurité. Fred était toujours disponible, toujours prêt à écouter les malheurs des autres et à leur proposer des ébauches de solution. Je ne compte plus le nombre de mariages qu'il a contribué à sauver. Il était une sorte de médiateur. Résultat : les gens le portaient aux nues avant que cette histoire avec Steven… Enfin, vous voyez pourquoi on m'en veut tellement ? Leur bon Samaritain a été mis sous les verrous à cause de moi, en somme.

— Vous ne devriez pas vous sentir coupable à ce point, Denise. De toute façon, ça ne sert strictement à rien, sinon à vous donner encore plus le cafard !

— Vous avez sûrement raison, mais c'est plus fort que moi. Je me sentirais sans doute moins angoissée si Fred était effectivement coupable, mais ce n'est pas le cas. Il n'a pas tué Steven !

Il y avait une telle conviction dans sa voix que Grace

eut envie de la croire sur-le-champ. Pourtant, si quelqu'un avait de bonnes raisons de vouloir éliminer Steven, c'était Fred Baxter, à n'en pas douter.

— Je crains de ne pas pouvoir vous suivre sur ce point, dit-elle prudemment, de crainte d'étouffer dans l'œuf les débuts de cette nouvelle amitié qu'elle sentait poindre. D'après ce que j'ai cru comprendre, votre…

— Je sais bien ce qu'on vous a raconté sur cette histoire sordide, la coupa Denise d'un ton virulent. Mais tout le monde se trompe ! C'est n'importe quoi ! Je vous le répète solennellement, et je suis prête à le jurer devant un tribunal : mon mari n'a pas tué Steven Hatfield.

— Mais… c'est bien son pistolet qu'on a retrouvé juste devant la galerie ! Avec ses empreintes, par-dessus le marché !

— Pfff ! fit Denise tout en secouant dédaigneusement ses boucles blondes. Vous croyez à cette version officielle ? Voyons, il faudrait être complètement idiot pour abandonner l'arme du crime dans un endroit aussi évident ! Or, mon mari est loin d'être idiot, je peux vous l'assurer. Et pourtant, c'est cette hypothèse que le commissaire Nader a retenue, et c'est pour cela qu'il s'est permis de mettre son ancien chef sous les verrous ! Vous vous rendez compte ?

— Je dois admettre que cette explication me semble un peu…, commença Grace avec hésitation.

— Tirée par les cheveux, exactement ! conclut Denise d'une voix farouche. Jamais un flic n'aurait commis une telle bévue. Surtout pas Fred qui, comme je vous l'ai dit, est plutôt du style perfectionniste. Donc, même en admettant qu'il ait des tendances meurtrières ou psychopathes, ce dont je doute fort, il n'aurait jamais agi de cette façon ! C'est ce que j'ai répété à Josh sur tous les tons, mais cet âne bâté n'a rien voulu entendre. Quand il a quelque chose dans le crâne, lui… Et pourtant, il est bien placé pour savoir comment Fred procède : il a travaillé sous ses ordres plusieurs années avant de passer commissaire à son tour. Alors, vous pensez s'il le connaît !

— J'ai cru comprendre qu'une enquête en bonne et due forme avait été menée avant l'arrestation de votre époux ?

— « En bonne et due forme », je ne suis pas sûre que ce soit les termes qui conviennent ! rétorqua Denise en levant les yeux au ciel. Josh a procédé à quelques investigations bâclées pour impressionner la galerie. En fait, il était persuadé dès le départ de la culpabilité de Fred.

— Mais vous, Denise, que croyez-vous qu'il se soit réellement passé ? demanda Grace, curieuse d'avoir la version de la « femme adultère », ne fût-ce qu'à titre de comparaison.

Denise se leva brusquement pour faire les cent pas dans la galerie, ne s'arrêtant qu'occasionnellement devant une toile qu'elle regardait d'un air absent, tout en cherchant ses mots.

— Ce que je sais, c'est que tout a commencé « Chez Pat » — au pub où Fred a l'habitude de s'arrêter pour prendre une bière avant de rentrer à la maison. Le soir où… bref, ce soir-là, il a entendu une conversation qui lui a fait voir rouge. Cal et Lou Badger, deux abrutis notoires, étaient en train de déblatérer sur Steven et moi. D'après ce qu'on m'a raconté, il s'agissait de plaisanteries plus que douteuses, si vous voyez ce que je veux dire… Vous imaginez la réaction de mon mari ! Il aurait volontiers étranglé ces deux imbéciles si Eddie, le gérant du pub, ne s'était pas interposé. Ensuite, Fred a quitté les lieux en écumant de rage. Du coup, tout le monde a pensé qu'il s'était immédiatement rendu à la galerie pour se venger. Forcément, après son coup d'éclat au bar !

— Et… ce n'est pas ce qu'il a fait ?

— Certainement pas ! Fred ne ferait jamais une scène à quelqu'un dans un lieu public, surtout sur un sujet d'ordre aussi personnel. Tout ce qu'il a fait, ce soir-là, c'est rentrer directement à la maison pour m'attendre. Après tout, c'était moi la première concernée par ce qu'il avait entendu, et il voulait apprendre la vérité de ma bouche.

— Alors, vous pouvez vous porter garante de lui ? Vous pouvez lui fournir un alibi inattaquable ?

— Eh non, malheureusement ! soupira Denise, les épaules affaissées comme sous le poids du désespoir. Ce soir-là, je n'étais pas encore rentrée. Je travaillais sur une nouvelle ligne — je suis créatrice de bijoux, au cas où vous ne le sauriez pas. Je n'ai quitté la boutique qu'à 19 heures bien sonnées. Quand je suis arrivée chez nous, il était trop tard : la police était déjà sur place, et Fred menotté comme un vulgaire bandit. Je n'ai rien pu faire : ils l'ont emmené manu militari en prison. Il faut dire que toutes les apparences étaient contre lui…

— Mais si ce n'est pas votre mari qui a tué Steven, alors qui cela peut-il bien être ?

— Bof ! Il n'y a que l'embarras du choix !

Grace tiqua à cette remarque. Le Steven qu'elle connaissait n'était pas ce qu'on pouvait appeler un homme à problèmes, et elle ne lui connaissait pas d'ennemis. Mais peut-être avait-il beaucoup changé depuis leur rupture ?

— Qu'est-ce que vous entendez par là ? demanda-t-elle à Denise.

— Eh bien, ce n'est un secret pour personne que Steven

avait des ennemis à New Hope. A commencer par Buzz Brown.

— Qui est-ce ?

— Le propriétaire d'une grande ferme sur la route 232. Il y a environ six mois, sa femme est tombée gravement malade. La pauvre Alma aurait eu besoin d'un changement d'air radical, et Buzz a voulu vendre son terrain à un promoteur immobilier. Il comptait en tirer un bon prix et aller s'installer en Arizona, où Alma aurait bénéficié d'un climat plus approprié. Mais pour ça, il fallait qu'il obtienne l'aval du comité municipal d'urbanisme. Steven, qui en faisait partie, s'est farouchement opposé au projet du promoteur qui prévoyait la construction de trois cents maisons individuelles sur le site.

Lui et d'autres membres du comité d'urbanisme ont convaincu l'ensemble de la population que la subdivision du terrain en parcelles détruirait l'harmonie du paysage de New Hope, augmenterait la circulation routière et les risques d'embouteillages, et ferait monter en flèche les impôts locaux. Du coup, le comité a voté contre à l'unanimité. Quelques semaines après cette décision, Alma Brown est décédée. Buzz en a tenu Steven pour responsable, et ils ne se sont plus jamais adressé la parole.

— Six mois…, murmura Grace avant de s'éclaircir la voix. C'est plutôt long, comme délai, vous ne trouvez pas ? Si Buzz Brown était suffisamment furieux contre Steven pour avoir envie de l'expédier dans l'autre monde, il aurait sans doute agi dès la mort de sa femme, vous ne croyez pas ?

— Peut-être, mais s'il était allé se venger de Steven tout de suite, il aurait immanquablement été désigné comme suspect numéro un, objecta Denise. Il a dû attendre un peu pour éviter de se faire piéger comme un bleu !

Visiblement, l'épouse de Fred Baxter n'était pas très objective. La culpabilité de ce Buzz Brown paraissait tout à fait improbable…

— Vous disiez qu'en matière d'assassins possibles, il n'y avait que l'embarras du choix, reprit Grace. Alors, qui sont les autres ?

— Il y a John Amos, le doyen de l'université.

— L'université où Steven donnait un cours d'histoire de l'art deux fois par semaine ?

Denise hocha la tête en signe d'acquiescement.

— Comme vous le savez mieux que quiconque, Steven était un infatigable coureur de jupons. L'une de ses étudiantes s'est plainte auprès de l'administration qu'il la harcelait sexuellement. Le doyen voulait renvoyer Steven sans attendre, mais les membres du haut conseil de la faculté sont intervenus en sa faveur, et il a conservé son poste. Evidemment, le doyen n'a pas du tout apprécié cette entorse à son autorité normalement toute-puissante !

— Mais s'il était vraiment accusé de harcèlement à l'encontre d'une étudiante, pourquoi les autorités universitaires l'ont-elles protégé ?

— A votre avis ? La mère de Steven, cette chère Sarah, est intervenue, bien sûr ! Elle a offert une généreuse donation à l'université, et hop ! Le tour était joué. A vrai dire, je suis surprise que ce ne soit pas John Amos lui-même qui ait été viré, en représailles !

Grace réfléchit un court instant. Cet épisode avait dû représenter une sérieuse humiliation pour le doyen de la faculté, mais de là à commettre un meurtre, il y avait un fossé gigantesque.

— Et les autres ? Qui aurait pu en vouloir suffisamment à Steven pour le tuer à bout portant ?

— Je ne pourrais pas vous citer de noms, répliqua Denise en plissant son joli front. Mais vu sa façon de flirter avec toutes les femmes du coin…

Elle leva encore une fois les yeux au ciel tout en soupirant.

— Evidemment, nous, en tant que femmes, nous adorions les petites attentions dont il nous entourait. Mais vous vous doutez bien que ce n'était pas le cas des maris et des petits amis officiels !

— Est-ce qu'il avait eu des liaisons sérieuses à New Hope ? Je veux dire, des vraies relations, qui auraient dépassé le stade du simple flirt ?

Pour la première fois depuis qu'elles avaient entamé leur conversation, Denise évita le regard de Grace, comme si elle avait eu quelque chose à se reprocher ou qu'elle lui avait dissimulé un élément important.

— Je… Non, répondit-elle d'une voix mal assurée. Non, il n'y a eu que moi.

Grace la contempla intensément. Cette question avait visiblement mis sa visiteuse très mal à l'aise, et elle se demanda brusquement si tout le mystère entourant la disparition de Steven ne se résumerait pas finalement à une banale histoire de jalousie entre maîtresses.

Denise dut sentir ses soupçons car elle se tourna de nouveau vers elle pour la regarder d'un air grave.

— Si vous me soupçonnez d'avoir assassiné Steven, vous vous trompez du tout au tout. Je serais incapable de tirer sur quelqu'un, même si ma vie était en danger. Vous pouvez demander à Carmine, l'homme qui tient le stand de tir de New Hope. Il vous confirmera ce que je dis à deux cents pour cent. Fred a bien essayé de m'apprendre à tirer quand il allait s'entraîner, mais au bout de quelques essais catastrophiques, il a déclaré forfait. Je suis vraiment nulle dans ce domaine. En fait, je suis plus dangereuse pour moi que pour un éventuel agresseur ! Et puis, comme je vous l'ai dit, je ne pouvais pas me trouver à la galerie ce soir-là à l'heure où Steven a été tué, puisque j'étais encore au magasin, en train de travailler sur mes dernières créations. Vous n'aurez qu'à interroger les gens en ville : je suis sûre que vous en trouverez un bon paquet qui m'ont vue à la boutique, et qui pourront témoigner de ma présence là-bas au moment critique.

Comme en art, les gens changeaient suivant l'angle sous lequel on les approchait. On s'apercevait toujours qu'il y avait plusieurs couches dans les personnalités, tout comme sur les toiles les moins élaborées en apparence. Il s'agissait donc de ne pas se fier totalement à sa première impression. Denise ne faisait pas exception à la règle : si elle avait pu paraître directe, franche et honnête au premier abord, son attitude venait de changer radicalement. Elle cachait quelque chose, c'était évident. Mais pour quelle raison ? Pour se protéger en tant qu'ancienne maîtresse de Steven et meurtrière potentielle ? Ou pour ne pas accabler son mari qui se trouvait déjà en bien mauvaise posture ? Cela restait à découvrir, et Grace avait bien l'intention de s'y atteler — du moins, jusqu'à ce qu'elle reparte chez elle.

— Pour revenir à cette affaire de meurtre, je suis certaine qu'un bon avocat ne devrait pas mettre trop de temps à trouver le vrai coupable, reprit-elle sur un ton empreint de chaleur car elle éprouvait une sorte de compassion inhabituelle envers Denise, malgré les réticences perceptibles de celle-ci à lui livrer l'entière vérité.

— Pfff ! fit Denise tout en haussant les épaules dans un geste fataliste. Si vous voyiez l'avocat commis d'office qu'on lui a attribué, vous vous arracheriez les cheveux ! Miles est bien gentil mais il manque cruellement d'expérience et il n'a pas deux sous d'inventivité ! Je voulais engager un avocat chevronné, avec un carnet d'adresses digne de ce nom, capable de faire pencher la balance du bon côté, mais Fred refuse de me parler ou même de m'écouter. Il ne veut même pas que je lui rende visite en prison !

Elle avait l'air résigné. Non, pas résigné. Plutôt démoralisé, songea Grace.

Emue par tant de détresse, elle murmura un « Je suis désolée » banal mais sincère.

— Oh ! Il ne faut pas, vraiment ! protesta Denise dans un regain de dynamisme. Je peux très bien supporter une bouderie prolongée de mon mari. Après tout, il a raison de m'en vouloir pour mon faux pas, surtout que c'est à cause de ça qu'il est injustement soupçonné… Non, ce qui m'horripile, c'est de le savoir derrière les barreaux alors qu'il est aussi innocent qu'un agneau. Tout ce que je souhaite, c'est que la vérité éclate au grand jour. Enfin, pour la première fois depuis le début de ce terrible quiproquo, je crois qu'il existe une chance de disculper totalement Fred. Matt devrait arriver d'un moment à l'autre. Lui, il pourra sûrement faire quelque chose.

Lorsqu'elle avait prononcé le nom de « Matt », son visage s'était littéralement illuminé, comme sous l'effet d'une soudaine bouffée d'espoir.

— Matt ? répéta Grace d'un air interrogateur.

— Matt Baxter. Le fils de Fred. C'est Lucie, ma belle-fille, qui a pris la décision de l'appeler à la rescousse. Contre l'avis de son père, évidemment. Fred ne voulait rien entendre : selon lui, il était inutile de déranger Matt pour si peu. Comme si une inculpation pour assassinat n'était pas un cas de force majeure ! Bref, mon mari avait formellement interdit à sa fille de téléphoner à Matt. D'après lui, Josh devait revenir à la raison sous peu. Résultat des courses : il est toujours en prison, et Josh n'a pas modifié ses convictions d'un iota ! Du coup, quand nous avons compris que *le commissaire Nader*, comme il aime qu'on l'appelle, ne reviendrait pas sur sa décision, Lucie s'est empressée de contacter son frère, sans en souffler mot à Fred, évidemment. Matt lui a promis de se mettre en route sans tarder, et il devrait arriver aujourd'hui. Sa présence ne pourra qu'arranger les choses, j'en suis sûre !

— Pourquoi ? C'est un avocat renommé ? Un inspecteur de la Crime ?

— Un peu des deux. Et même plus que ça ! répondit Denise sur un ton empreint d'admiration. Il travaille pour le FBI. C'est l'un des meilleurs agents de terrain. Lui et son père se ressemblent beaucoup : ils sont tous les deux bougons, têtus comme des bourriques et un peu soupe au lait, mais bourrés de talent et diablement futés. Bref, ce sont des types bien. Et vous savez ce qu'on dit : tel père…

Devant cette déclaration passionnée, Grace ne put retenir un petit sourire où se mêlaient l'ironie et l'attendrissement.

— Vous parlez comme si votre mari comptait beaucoup pour vous…

— S'il compte pour moi ? Le mot est faible ! s'exclama Denise en plongeant son regard dans celui de Grace pour mieux appuyer ses dires. J'aime profondément Fred, en réalité. Je sais bien que ça peut vous paraître bizarre, étant donné mon comportement avec Steven, mais c'est la stricte vérité. S'il y a un homme sur terre dont je sois follement amoureuse, c'est Fred Baxter, mon époux devant Dieu et les hommes !

— Est-ce que je peux vous poser une question un peu indiscrète ?

— Vu mon entrée en matière, je ne vois pas bien comment je pourrais refuser…

— Etant donné que vous saviez parfaitement quel genre d'homme était Steven et que vous aimez votre mari d'un amour sincère, pourquoi vous être lancée dans une liaison qui, de toute façon, n'était pas destinée à durer ?

— Pour la même raison qui fait que toutes les femmes de cette ville devenaient un peu stupides dès que Steven était dans les parages : parce qu'il possédait un charme absolument irrésistible, répondit Denise avec un sourire las. Il en était littéralement pétri, comme vous le savez. Et il adorait la compagnie des femmes. Discuter chiffons, débiter des compliments exagérés, souhaiter les anniversaires ou les fêtes… il aimait par-dessus tout faire plaisir aux dames : les jeunes filles comme les grand-mères ! Lorsqu'il s'approchait d'une femme pour lui faire la cour, il lui donnait invariablement l'impression d'être la seule personne présente sur terre à cet instant précis. Qu'elle soit jolie ou pas, d'ailleurs. Parce que Steven Hatfield savait vous donner le sentiment d'être une vraie beauté, même si ce n'était pas le cas ! C'est ce qui m'a fait craquer, comme toutes celles qu'il a embobinées avant moi, je suppose — sans vouloir être grossière envers vous, bien sûr. J'avais beau être heureuse en ménage, je ressentais le besoin d'être admirée, fêtée comme une reine, adulée comme une créature exceptionnelle. Vanité, vous me direz… Vous aurez sans doute raison. Mais Fred travaillait tellement qu'il n'avait guère de temps à me consacrer. A l'époque où je me suis laissé tenter par une aventure avec Steven, mon mari aidait l'un de ses amis à traverser une crise particulièrement pénible. Du coup, nous n'avions plus beaucoup d'occasions pour nous retrouver en amoureux. Alors, quand Steven a commencé à s'intéresser à moi et à me couvrir d'attentions, je dois avouer que ça m'est monté à la tête.

— Pourtant, vous connaissiez sa réputation, non ?

— Oui, mais j'ai complètement occulté ce que je savais de lui pour ne penser qu'au plaisir de me sentir pleinement femme. Bref, je n'ai pas fait preuve de plus de jugeote qu'une adolescente…

Elle laissa sa phrase en suspens, une expression gênée sur son ravissant visage. Cette fois, Grace ne voulut pas la perturber davantage en se montrant trop curieuse. Elle préféra changer de sujet.

— Quel âge a votre belle-fille — Lucie, c'est bien ça ?

— Dix-neuf ans tout juste, répondit Denise en soupirant.

— L'arrestation de son père a dû lui causer un sacré choc.

— Terrible ! Mais elle tient le coup, malgré tout. Fort heureusement, nous sommes très proches l'une de l'autre. Nous nous soutenons mutuellement.

Grace laissa échapper un hoquet de surprise.

— Vous voulez dire qu'elle vous a déjà pardonné votre incartade ?

Les épaules de Denise s'affaissèrent un peu plus, et elle secoua lentement la tête de droite à gauche.

— Non, et je ne pense pas qu'elle me pardonne de sitôt. A mon avis, notre relation ne sera plus jamais la même, surtout si son père est condamné. En tout cas, pour le moment, elle sait qu'à deux, on a de meilleures chances de supporter cette épreuve. L'union fait la force, comme dit le vieil adage.

Dans un grand geste qui fit virevolter ses boucles blondes et tinter les bracelets qu'elle portait au poignet, Denise parut vouloir effacer tous les ennuis auxquels elle se trouvait confrontée. Ce fut d'un ton nettement plus enjoué qu'elle reprit la parole en se tournant vers son hôtesse, une lueur d'intérêt dans ses yeux pétillants.

— Mais assez parlé de moi ! Je veux tout savoir de vous, maintenant que vous êtes des nôtres. Jusqu'au plus petit détail de votre existence !

— Désolée, mais je crains de devoir interrompre cette conversation pourtant fort intéressante, fit Grace, l'air abattu. J'ai pas mal de pain sur la planche : les papiers à trier et la galerie à remettre en ordre. Je veux pouvoir accueillir les clients dès que possible. Et je n'ai toujours pas eu le temps de m'installer au cottage de Steven ni de défaire mes bagages. Il faut dire qu'avec cette agression, mon emploi du temps déjà serré s'est trouvé un peu bouleversé, et…

— Bon, bon, je vais vous laisser tranquille, coupa Denise tout en levant les bras au ciel, comme pour arrêter le flot d'explications qui sortait de la bouche de Grace. Mais que diriez-vous de déjeuner avec moi ?

— Eh bien…, bredouilla Grace. En fait, je… je m'étais dit, en voyant tout le travail à abattre, que je ferais mieux de sauter le repas de midi…

— Comment ? s'exclama Denise, l'air horrifié. Mais vous ne pouvez pas continuer à trimer comme une esclave avec l'estomac vide, voyons ! Allez, c'est décidé : je vais nous confectionner un pique-nique dont vous me direz des nouvelles. Et pour que vous n'ayez pas l'impression de perdre du temps, je viendrai vous chercher à midi et je vous ferai faire le tour de la ville pendant que nous mangerons. Tout le monde meurt d'impatience de vous rencontrer, vous savez ? Surtout après vos exploits nocturnes. Vous ne pourrez pas échapper bien longtemps à la curiosité de vos concitoyens, alors autant vous y mettre dès aujourd'hui !

— Mais… comment savez-vous que les gens ont tellement envie de me voir ? rétorqua Grace, un peu prise de court par la détermination enthousiaste de sa visiteuse.

— C'est Lorraine qui me l'a dit. Elle qui tient le meilleur café de la ville — le « Tout va bien ». En fait, c'est la seule qui m'adresse encore la parole, ces temps-ci, à l'exception du père Donnelly, bien sûr.

Grace voulut protester, puis elle se dit qu'après tout, elle pouvait bien s'accorder une petite pause. D'autant que son estomac criait famine, ce qui n'était guère étonnant puisqu'elle n'avait rien avalé depuis la collation nocturne qu'on lui avait apportée à l'hôpital. Et puis, Denise avait visiblement besoin de compagnie. Même si cette amitié qu'elle avait senti naître entre elles ne devait durer que huit jours, elle pouvait s'avérer agréable et même enrichissante pour l'une comme pour l'autre.

6.

Matt avait toujours éprouvé des sentiments contradictoires lorsqu'il revenait à New Hope. Oh, il appréciait de se retrouver dans sa maison et, après plusieurs mois d'absence, il se sentait toujours réconforté lorsqu'il descendait la rue principale au volant de sa voiture et que de vieilles connaissances lui adressaient un signe amical au passage. Seulement, à New Hope, il y avait Josh Nader. Il avait beau tout faire pour éviter de rencontrer celui qui se faisait maintenant appeler « monsieur le commissaire », il finissait toujours par tomber dessus. C'était comme si Josh possédait une sorte de sixième sens l'avertissant de l'endroit où se trouvait son ennemi de longue date. Ils commençaient par se saluer du bout des lèvres et échanger des nouvelles dont ils n'avaient que faire, puis la conversation prenait invariablement un tour aigre, et ils se quittaient au bout de quelques minutes, furieux l'un contre l'autre et aussi énervés que quand ils étaient encore adolescents et qu'ils se battaient pour un rien.

Mais cette fois, la balance penchait nettement en faveur de Josh, et c'était bien ce qui contrariait Matt. S'il revenait à New Hope en catastrophe, c'était pour voler au secours de son père que Josh avait mis sous les verrous. La balle était donc dans le camp adverse. Et le nouveau commissaire de New Hope devait tirer une joie mauvaise de cette situation. Pour une fois qu'il en avait l'occasion, il allait se faire un plaisir d'écraser son adversaire sous ses sarcasmes. Il devait déjà être en train de préparer ses petites remarques assassines, à l'heure qu'il était. Matt l'imaginait parfaitement, installé confortablement derrière l'ancien bureau de Fred Baxter, un sourire mesquin sur les lèvres, attendant tranquillement que le fils de celui qu'il traitait comme un assassin vienne rendre visite au prisonnier et s'aplatisse devant lui, le commissaire tout-puissant !

Bon, il noircissait peut-être un peu le tableau, mais ça le faisait rager de penser à la jubilation que devait éprouver Josh. Il serra instinctivement les poings sur le volant avant de s'en vouloir de cette réaction puérile. L'essentiel, c'était de garder son calme, quoi qu'il advienne. Pas question d'envenimer la situation en prenant la mouche dès que « M. le Commissaire de New Hope » lui adresserait un commentaire désobligeant. Son père avait déjà suffisamment d'ennuis sans qu'il lui en crée de nouveaux.

Dommage que la relation qu'il entretenait avec Josh se fût à ce point détériorée au fil des années, songea Matt. Par le passé, l'atmosphère n'était pas si tendue. Il y avait même eu une époque où ils s'entendaient comme larrons en foire, tous les deux. Lorsqu'ils étaient en CP, Matt, Josh et un troisième petit garçon du nom de George Renshaw avaient tissé des liens d'amitié qui avaient duré des années. Ils s'étaient même pompeusement surnommés « les trois mousquetaires » — une appellation pas très originale mais qui leur semblait parfaitement adaptée au trio soudé qu'ils formaient alors. D'autant qu'ils partageaient, entre autres choses, une véritable passion pour les histoires de cape et d'épée. Ensemble, ils avaient eu leur content d'aventures et collectionné les bêtises. Matt et Josh se montraient toujours les plus intrépides, alors que George avait plutôt tendance à les freiner quand ils se lançaient dans des farces qui risquaient de mal tourner. Studieux et nettement plus pondéré que ses deux camarades, il jouait un peu le rôle du grand frère. C'était lui qui les empêchait de pousser le bouchon trop loin.

Mais lorsque les trois compères étaient passés en classe de quatrième, leur franche camaraderie de gamins turbulents s'était brutalement détériorée. Une histoire de fille, évidemment ! Une jolie brunette avait emménagé juste à côté de chez Josh, et les trois inséparables étaient tombés follement amoureux d'elle, bien entendu. Cette amourette de jeunesse n'aurait pas eu de conséquences à long terme si Josh ne s'était pas braqué contre Matt lorsque Mary Ellen Sanders — la nouvelle petite voisine — avait choisi ce dernier comme « fiancé » officiel. Alors que George, en apprenant la nouvelle, s'était incliné et avait accepté la défaite avec sa bonhomie coutumière, Josh était entré dans une rage noire et avait tout bonnement déclaré la guerre à celui qu'il considérait désormais comme un traître de la pire espèce.

Longtemps après le départ de Mary Ellen, l'animosité de Josh envers Matt avait continué de croître en intensité. Et puis, les hasards de la vie avaient plus ou moins éloigné les anciens « mousquetaires » de New Hope. Matt et George avaient obtenu leur diplôme universitaire, tandis que Josh se faisait renvoyer de l'armée avec pertes et fracas, ce qui n'avait fait qu'entretenir son ressentiment à l'égard de Matt. Cet été-là avait d'ailleurs été placé sous le signe de la discorde pour les deux anciens amis. C'était à la même période, en effet, que Felicia Newman, l'ancienne petite amie de Matt, qui venait de fêter ses dix-neuf ans, avait disparu par une belle nuit étoilée. Plusieurs jours s'étaient écoulés sans apporter de nouvelles d'elle, et une enquête avait été lancée. L'hypothèse d'un meurtre avait été évoquée, et la police avait posé des questions à un certain nombre de jeunes de la ville, dont Josh. Ce dernier s'était empressé de désigner Matt comme possible suspect, arguant du fait qu'il aurait entendu le couple se disputer peu de temps avant l'incident. Du coup, Fred Baxter, qui était encore commissaire, à l'époque, n'avait eu d'autre choix que de soumettre son fils à un interrogatoire serré. Heureusement pour Matt, quelques jours plus tard, on avait arrêté Dusty Colburn, un garçon un peu simplet qui avait un faible pour Felicia. Comme ce dernier n'avait pas pu — ou pas voulu ? — se défendre, l'affaire avait été classée et Matt s'était trouvé disculpé.

Toutefois, le drame avait bouleversé la petite ville de New Hope, ébranlant les certitudes paisibles sur lesquelles la plupart des habitants s'appuyaient sans même y penser. Une poignée de résidents était restée convaincue que Dusty Colburn avait été accusé à tort. En effet, comment un homme aussi simplet aurait-il pu dissimuler son forfait aussi efficacement ? Car le corps de Felicia n'avait jamais été retrouvé, malgré les efforts conjugués de la police locale et des volontaires qui avaient soigneusement fouillé les environs. Certes, personne ne songeait plus à accuser le fils du commissaire. Mais cet épisode déplaisant avait appris une chose à Matt : New Hope n'était plus assez grande pour Josh et lui. Leur rivalité avait pris de telles proportions qu'ils risquaient de mettre la ville en émoi à leur prochaine anicroche.

Aussi, lorsque Josh avait annoncé à la cantonade son projet d'entrer dans la police municipale, Matt avait décidé que c'était à lui de partir. Deux mois plus tard, il avait été admis à rejoindre les élèves triés sur le volet de l'académie de Quantico, en Virginie, où le FBI formait entre autres des agents de terrain.

Une fois ses études supérieures terminées brillamment, Matt avait pris bien soin de ne pas venir se pavaner dans sa ville natale. Mais le bouche à oreille avait si bien fonctionné que les habitants de New Hope avaient passé des semaines à se féliciter du fait qu'un de leurs « gamins » eût accédé à un poste aussi prestigieux qu'agent du FBI. Evidemment, Josh avait ressenti de nouveau les affres de la jalousie. Il n'était encore qu'un « bleu » au sein des forces de police, mais il avait voulu damer le pion à Matt en postulant chez Interpol, l'organisme policier international spécialisé dans la traque des criminels à grande échelle. Mais malgré le rapport élogieux que lui avait concocté le commissaire Baxter, il n'avait pas été accepté au sein de cette élite.

En dépit de sa déception et de son amertume, Josh avait gardé la tête haute après cet échec cuisant. Il s'était énormément investi dans son travail, et avait rapidement gravi les échelons à force de persévérance. Pourtant, Matt, qui le connaissait bien, restait persuadé que son ex-meilleur ami gardait rancune à Fred pour lui avoir gâché une occasion unique de faire valoir son talent. Imbu de sa personne comme il l'était, Josh ne pouvait envisager un seul instant qu'Interpol eût refusé sa candidature tout simplement parce qu'il n'était pas à la hauteur de leurs exigences… Il avait ravalé sa fierté et son ressentiment, mais au fond, il n'avait jamais digéré cette claque. Son dépit avait été un peu atténué par les démarches de Fred qui, par la suite, avait soutenu sa nomination au rang de commissaire. Mais Josh avait la dent dure, et Matt savait qu'il n'avait sûrement pas pardonné à son ancien supérieur sa mésaventure avec Interpol.

Quant à George Renshaw, le troisième de la bande, il ne s'était pas trop mal débrouillé, lui non plus. Il avait décroché un poste d'avocat d'affaires au sein d'une grande compagnie new-yorkaise. Ensuite, il s'était décidé à rentrer au pays pour continuer à exercer son métier dans des conditions moins stressantes. Parallèlement, il s'était lancé dans la politique avec succès, puisqu'il s'était fait élire maire de New Hope à deux reprises. Son deuxième mandat étant encore en cours, il se trouvait donc à la tête de la municipalité, à égalité avec Josh pour le côté « application des lois ».

Des rumeurs couraient selon lesquelles George Renshaw serait bientôt appelé à de plus hautes fonctions, mais rien n'était encore officiel. En tout cas, on pouvait dire que le plus timoré des « trois mousquetaires » avait bien mené sa barque !

Cela dit, Matt ne songeait nullement à se plaindre de la réussite de ses anciens collègues. Car il avait lui aussi évolué positivement dans son domaine. Vingt et un ans après son intégration dans les forces vives du FBI, il avait atteint le statut prestigieux d'agent spécial et il dirigeait à Philadelphie le département anti-terroriste. Il n'hésitait pas à mouiller sa chemise pour coincer les plus dangereux criminels de la planète ; il allait même les traquer à l'autre bout du monde.

Le reflet d'un gyrophare dans son rétroviseur arracha brusquement Matt à ses souvenirs doux-amers. Il se serra obligeamment sur le bas-côté de la route avec l'intention de se laisser dépasser par le véhicule de police qui le suivait.

Mais contre toute attente, la voiture lui adressa un appel de phares insistant et se rangea derrière lui pour l'obliger à s'arrêter.

Pestant entre ses dents, Matt coupa son moteur et attendit que le conducteur du véhicule officiel veuille bien descendre de voiture pour venir lui parler. Evidemment, ce fut un Josh tout faraud, vêtu d'un uniforme bleu marine impeccable, le chapeau vissé sur la tête, qui se dirigea vers lui en prenant largement son temps, comme pour bien remuer le couteau dans la plaie.

— Génial ! marmonna Matt tout bas avant de se rappeler qu'il avait décidé de rester poli et affable même si « M. le commissaire » le prenait de haut.

— Salut, Matt ! Bienvenue à la maison ! fit Josh avec un grand sourire.

Il avait repoussé son couvre-chef en arrière d'une pichenette, sans doute pour mieux jauger les réactions de son vieil ennemi. Comme la vitre de Matt était largement ouverte, il en profita pour y appuyer négligemment ses grandes mains costaudes. Ainsi installé, il avait exactement la même allure que l'année précédente, lorsque Matt l'avait revu à la petite fête que son père avait donnée pour son départ à la retraite. Il fallait bien reconnaître que Josh donnait une impression de puissance et de maîtrise absolue en toutes circonstances.

— C'est un accueil personnel, commissaire ? demanda Matt du même ton tranquille qu'avait employé son interlocuteur. Ou est-ce que j'ai dépassé la vitesse autorisée ?

Il n'aurait pas pu se montrer plus aimable, et il s'en félicita intérieurement.

— J'aurais plutôt envie de te mettre une amende pour excès de lenteur ! rétorqua Josh, une lueur belliqueuse dans les yeux. Qu'est-ce qui t'arrive, Matt ? Tu as des problèmes de vue depuis la dernière fois que tu es revenu dans le coin ? Les panneaux indicateurs ne sont pas écrits assez gros pour toi ?

Contre toute attente, Matt parvint à garder son sourire de circonstance.

— Je prenais le temps d'admirer le paysage ! dit-il. Un an, ça fait long pour quelqu'un qui reste attaché à ses racines, comme moi…

— Eh bien, tu sais que tu es toujours le bienvenu ici !

Matt se retint de lui répliquer qu'il se serait volontiers passé de sa permission comme de son accueil mi-figue mi-raisin, et qu'il ne comptait pas lui demander son avis chaque fois qu'il revenait au bercail… Mais il tint bon, et reprit sans trahir son énervement :

— Bon, excuse-moi, mais je ne peux pas bavarder plus longtemps avec toi : j'ai terriblement hâte de voir mon père. Donc, je suppose que tu ne m'en voudras pas si je…

— Quoi ? Qu'est-ce qui te fait croire que je vais te laisser rendre visite à ton père ?

Matt inspira profondément, prit le temps de compter lentement jusqu'à cinq pour ne pas hurler, et rétorqua d'un air sombre :

— Il a parfaitement le droit de recevoir des visites. Mais peut-être que tu as sauté ce chapitre dans le manuel du parfait petit officier de police ?

C'était plus fort que lui. Il savait bien qu'il n'aurait pas dû dire ça, mais bon sang ! Cette espèce de fumier l'avait bien cherché, non ?

— Dois-je te rappeler que ton père est accusé de meurtre avec préméditation ? Et que par conséquent, ses droits s'en trouvent nettement restreints ? Enfin, je veux bien me montrer magnanime avec toi : je t'autorise à aller lui rendre visite sans déposer de demande préalable, en souvenir du bon vieux temps. Mais dis-toi bien que tu bénéficies d'un privilège exceptionnel ! Et profites-en pour faire entendre raison à ton père : il vaudrait mieux pour lui et pour tout le monde qu'il plaide coupable dans cette affaire. Ça évitera aux contribuables de dépenser inutilement de l'argent pour un procès long et coûteux, et ça lui permettra sûrement de s'en tirer avec une condamnation moins lourde que s'il s'obstine bêtement.

— Tu ne peux pas forcer un innocent à plaider coupable, Josh. Ou alors, les lois de cet Etat auraient drôlement changé !

— Matt, ton père est coupable de ce meurtre, répliqua Josh avec une calme détermination. Il va bien falloir que tu l'acceptes un jour.

Une fois de plus, Matt sentit ses doigts se crisper sur le volant. Les mâchoires contractées, il lança entre ses dents serrées :

— Ça y est, c'est terminé ? Je peux y aller, maintenant ?

Sans se démonter, Josh s'écarta de la voiture de Matt pour rejoindre son 4x4 dont le gyrophare tournait toujours, non sans lancer en guise d'avertissement :

— Pour l'instant, oui. Mais rappelle-toi de ne pas abuser de ma générosité.

— Oh ! Ça ne me viendrait pas à l'idée, *commissaire* !

7.

Matt avait beau s'y être préparé psychologiquement, voir son père derrière les barreaux lui causa un choc sans précédent. Dire que cet homme avait représenté pendant des années l'ordre et la justice ! Heureusement, Fred prenait cette histoire plutôt bien. A soixante-trois ans, l'ancien commissaire de New Hope n'avait jamais eu l'air plus en forme. Il avait minci sans perdre de muscles, ce qui lui donnait bien meilleure allure. Depuis qu'il était à la retraite, il devait prendre le temps de faire de l'exercice régulièrement… Malgré la semaine qu'il venait de passer en prison, il avait l'air plutôt serein. Assis sur sa paillasse, adossé au mur décrépit de sa cellule, une jambe à l'équerre, il parcourait sans hâte les pages du *Courrier du Bucks*, comme tout honnête citoyen profitant de son temps de loisir.

— Alors, P'pa, dans quoi tu es encore allé te fourrer ? lui lança Matt d'un ton qu'il espérait léger. Tu t'es fait arrêter rien que pour te replonger dans la chaude ambiance du commissariat, c'est ça ?

Fred leva le nez du journal froissé, une lueur de soulagement dans ses pupilles bleu clair. Reposant le *Courrier du Bucks* sur un coin de sa couchette peu reluisante, il se leva d'un bond.

— Bonjour, fiston ! s'exclama-t-il tout en examinant Matt des pieds à la tête. Tu as l'air en pleine forme, dis-moi ! Tu es tout bronzé ! Tu as pris des vacances au soleil ?

— On peut dire ça, oui, répondit Matt sans s'appesantir sur le sujet.

Il n'évoquait jamais ses missions devant personne, et son père ne faisait pas exception à la règle. D'ailleurs, Fred n'avait jamais insisté pour obtenir des renseignements. Il savait bien que, quand on travaillait pour le FBI, certaines choses devaient demeurer secrètes.

Les deux hommes se serrèrent la main avec effusion à travers les barreaux.

— Comment ça se fait qu'on ne t'ait pas encore transféré à la prison centrale ? reprit Matt. Au moins, tu n'aurais pas à supporter la présence de cet abruti de Josh !

— Tu n'es pas au courant ? Le mois dernier, la prison centrale a été sérieusement inondée. Il vaut mieux que je n'y sois pas : j'aurais les pieds dans l'eau et je risquerais d'attraper un gros rhume ! Apparemment, ça n'est pas près d'être réglé. Ce qui veut dire que je suis coincé ici pour un bout de temps.

— Pas sûr, P'pa. Je compte bien te tirer d'affaire.

— J'espère que tu y parviendras... Mais autant te prévenir : Josh ne va pas te rendre la tâche facile.

— Josh n'est qu'un crétin prétentieux, rétorqua Matt avec vigueur. D'ailleurs, je n'ai toujours pas compris pourquoi tu avais tellement appuyé sa candidature au poste de commissaire. Enfin, P'pa, ça se voit à dix mètres que ce type est borné !

— Personne n'aurait pu me remplacer mieux que lui,

déclara Fred. Il est entièrement dévoué à sa tâche, honnête et juste…

— *Juste ?* Compte tenu de ce qu'il te fait subir ?

— Bah ! répondit Fred en haussant les épaules d'un air fataliste. Il ne fait que son travail, Matty. Et il faut reconnaître qu'il s'y tient, malgré les pressions auxquelles il est soumis. Il s'est mis à dos à peu près toute la ville en m'arrêtant. Et d'un autre côté, le procureur insiste pour que je sois maintenu en état d'arrestation. Tu vois que sa tâche n'est pas vraiment une partie de plaisir !

— Parce que tu lui trouves des excuses, en plus ? Mon pauvre Papa, tu as vraiment le chic pour voir le bon côté des gens, même quand il n'y en a pas ! Enfin, pour le problème avec le procureur, ce n'est qu'une question de défense. Ton nouvel avocat va sûrement se débrouiller pour faire valoir tes droits un peu mieux que l'ancien.

— Pourquoi ? Quel nouvel avocat, d'abord ?

— Eh bien, Lucie n'était pas très contente des services de Miles Stewart, alors j'ai contacté un de mes amis qui travaillait autrefois pour le FBI. Il a ouvert un cabinet à New York, et il est considéré comme l'un des meilleurs spécialistes du droit pénal. Malheureusement, il s'occupe d'un cas particulièrement épineux en ce moment, et il ne sera disponible qu'à partir du 20 novembre. Ça ne devrait pas nous créer trop de difficultés, mais…

— Je n'ai pas besoin d'un avocat renommé, fiston, l'interrompit Fred avec un sourire amusé. C'est en toi que j'ai confiance, et le fait que tu sois à mes côtés me suffit largement, même si je suis très fâché contre Lucie qui a sciemment désobéi à mes ordres en te faisant venir à New Hope alors que tu avais sûrement mieux à faire.

— Ne te braque pas contre Lucie ! Elle a bien fait de

m'appeler, et je lui en suis reconnaissant. Je n'allais pas te laisser croupir ici sans rien faire, P'pa !

Il y eut un petit temps de silence avant que Fred ne reprenne, comme si cette pensée venait de lui traverser l'esprit :

— Au fait, tu t'es installé à la maison, j'espère ?

— Non, P'pa. J'ai pris une chambre à l'Auberge du Pont.

— Lucie va être drôlement déçue…

— Je me charge de lui expliquer mes raisons.

— D'accord. Mais n'oublie pas que tu es toujours chez toi à la maison. Et que rien au monde ne pourra changer ça.

— Merci, P'pa, répondit Matt en s'appuyant contre la grille. Bon, et si on passait à ta version des faits ? Ça m'aiderait peut-être à y voir un peu plus clair dans tout ce micmac !

Cette fois, Fred observa une pause nettement plus longue. Respectueux de son silence, Matt croisa les bras et attendit patiemment.

— Je dois reconnaître que tu avais raison, déclara finalement Fred avec une certaine réticence.

— Raison ? A propos de quoi ?

— De Denise. Je n'aurais jamais dû l'épouser : elle était trop jeune. Et puis, les sœurs Newman n'apportent que des ennuis aux hommes de cette ville, à commencer par toi et moi. Baxter et Newman, l'alliance impossible… Enfin, toi, tu t'es mieux débrouillé que moi. Au moins, tu as eu le bon sens de rompre avec Felicia avant que les choses n'aillent trop loin entre vous. Alors que moi, bêtement, j'ai obéi à mes sentiments et au désir que j'éprouvais pour Denise…

— On n'est pas obligés de parler de ça maintenant, tu sais ?

Matt se sentait mal à l'aise face à cette confession inattendue.

— Si, si, il le faut ! répondit Fred, l'air plus déterminé que jamais. Parce que ta désapprobation a changé la donne entre nous, et que ça m'en a rendu malade. Notre relation n'a plus jamais été la même depuis que Denise est entrée dans ma vie. Et le pire, c'est que je me suis entêté à tort : j'étais trop amoureux pour la voir telle qu'elle était.

— Il y a tout de même une chose que tu ne peux pas effacer : elle t'a rendu heureux.

— C'est vrai, fiston. Enfin, *c'était* vrai — jusqu'à ce que j'apprenne qu'elle avait une liaison avec Steven Hatfield… Tu vois, le vieil adage se vérifie une fois de plus : c'est toujours le mari cocu qui est le dernier au courant dans ce genre d'affaires !

— Lucie m'a dit que tu n'étais au courant que depuis une semaine, mais j'avoue que j'ai du mal à le croire. C'est vrai ?

Fred passa machinalement les doigts dans son épaisse chevelure grisonnante.

— Ça fait « dindon de la farce », hein ? Eh bien, pourtant, je dois reconnaître que je n'avais aucune idée de ce qui se passait entre Denise et cet artiste de pacotille. Le soir où tout a basculé, je rentrais de Doylestown où j'avais rendu visite à des amis qui avaient besoin de conseils. Sur le chemin, j'ai eu envie de m'arrêter « Chez Pat » pour boire une bière. Seulement, au comptoir, il y avait ces imbéciles de frères Badger. Ils avaient dû écluser déjà pas mal de chopes, parce qu'ils parlaient drôlement fort et ils se tapaient sur l'épaule en s'étouffant de rire entre deux histoires salaces. A un moment, ils ont parlé de Denise, et j'ai tout de suite vu rouge.

— Pourquoi ? Qu'est-ce qu'ils ont dit exactement ?

— Je ne me rappelle pas les termes exacts mais en gros, c'était quelque chose dans le genre : « Ouais, on s'en doutait que cette fille-là était un sacré bon coup, depuis le temps qu'elle fait ses minauderies dans le coin ! » Et ils ont ajouté que pour être sûr, mieux valait demander son avis à Steven Hatfield, puisque c'était lui qui la sautait le plus souvent, en ce moment !

— Et comme par hasard, ils ont parlé de Denise et Steven juste au moment où tu entrais dans le bar ? demanda Matt, l'air soupçonneux.

— Mmmh… Sur le moment, j'étais tellement furax que ça ne m'a pas paru bizarre. Mais après, avec le recul, je me suis posé la même question que toi. La coïncidence était troublante, en effet.

— Bon, on verra ça plus tard. Continuons : après avoir entendu leur remarque *salace*, comme tu dis, qu'est-ce qui s'est passé ?

— Eh bien, tu me connais… J'aurais dû faire celui qui n'avait rien entendu, mais mon sang n'a fait qu'un tour et je me suis énervé. Ça m'avait mis hors de moi de les entendre parler de ma femme comme ça.

— Donc, tu as cherché la bagarre.

Ce n'était pas une question, mais bien une affirmation. Matt avait déjà été mis au courant par Lucie, qui lui avait raconté comment leur père, d'habitude si pondéré, avait provoqué ces deux armoires à glace imbibées d'alcool.

— A ma place, qu'est-ce que tu aurais fait ? rétorqua Fred. Si deux abrutis notoires salissaient la réputation de ta femme en public et s'ils rigolaient de ses prétendues frasques ? Tu ne leur volerais pas dans les plumes, peut-être ?

Matt réfléchit un quart de seconde avant de hocher la tête. Son père avait raison : il n'aurait sûrement pas laissé passer l'insulte sans réagir. D'autant que le passé de ces types ne plaidait pas en leur faveur…

— J'aurais certainement fait la même chose que toi, répondit-il. Mais là n'est pas la question. Qu'est-ce qui s'est passé après ?

— Heureusement, je n'ai pas eu le temps de passer à l'acte. Eddie s'est interposé avant que son bar ne se transforme en champ de bataille. Je le comprends : il n'avait pas envie de payer les pots cassés. Du coup, emporté par ma colère, je suis parti en claquant la porte et j'ai foncé à la maison pour mettre Denise au pied du mur. Mais elle n'était pas encore rentrée de son magasin. Et avant que tu ne me poses la question, non, personne ne m'a vu prendre le chemin de chez nous, ce soir-là. Evidemment !

— Donc, tout le monde croit dur comme fer que tu es allé directement à la galerie Hatfield pour te venger de celui qui t'avait fait cocu, conclut Matt d'un air soucieux.

— Et que voulais-tu que je fasse ? Que je me promène un peu partout avec un panneau « JE NE VAIS PAS A LA GALERIE, JE RENTRE CHEZ MOI ! », comme un homme-sandwich ?

— Non, mais tu aurais mieux fait d'aller trouver Denise sur son lieu de travail, tu ne crois pas ? Ça nous aurait nettement simplifié les choses…

— Tu sais bien que ce n'est pas mon style de faire une scène en public. Je n'avais pas du tout l'intention de laver mon linge sale devant témoins ! En tout cas, pendant que j'attendais à la maison en rongeant mon frein, quelqu'un d'autre assassinait Steven.

— Avec ton arme, soit dit en passant !

Comme son père ne réagissait pas à sa remarque, Matt reprit :

— Ça t'ennuierait beaucoup de me raconter comment ton ancien pistolet de service s'est retrouvé dans le parterre de fleurs devant la galerie d'art ?

— Je suppose que le vrai sens de ta question, c'est : est-ce que je soupçonne quelqu'un ? Eh bien, désolé, fiston, mais je donne ma langue au chat. Note que je ne suis pas dupe : la personne qui a commis ce meurtre odieux a fait exprès de laisser mon pistolet bien en évidence près de la galerie Hatfield… Comme si j'étais assez stupide pour commettre une erreur de débutant, alors que j'ai porté une arme à la ceinture pendant toute ma carrière et que je ne l'ai jamais égarée !

— Qui est au courant de l'endroit où tu ranges ton pistolet, P'pa ?

— Tous ceux qui me connaissent un peu savent que je garde mes armes dans la grande armoire de ma chambre, celle qui ferme à clé. On n'est jamais trop prudent — un accident domestique est si vite arrivé…

— Ce qui veut dire que celui qui t'a fait porter le chapeau pour son crime possédait non seulement la clé de la maison, mais aussi celle de l'armoire de ta chambre. C'est bien ça, P'pa ? Parce que si c'est le cas, ça réduit nettement notre champ d'investigation.

— Sauf que, quand je rentre à la maison, j'ai l'habitude de laisser traîner mon trousseau complet sur le comptoir de la cuisine. C'est toujours dans cette pièce que je lis mon journal ou que je partage une tasse de café avec les amis de passage. Pas seulement les amis, d'ailleurs : quand quelqu'un frappe à la porte de chez nous, neuf fois sur dix, on le reçoit dans la cuisine. Ça fait moins cérémonieux… Enfin, tout ça pour dire qu'il y a pas mal d'allées et venues. N'importe qui aurait donc pu me subtiliser mes clés pour en faire un double sans que je m'en aperçoive. En ville, il y a un serrurier qui fait des clés en moins d'une heure. Il aurait suffi à cette personne de revenir chez moi sous un prétexte quelconque, de remettre les clés à l'endroit où il les avait trouvées, et hop ! le tour était joué.

— Et ce mystérieux voleur de clés, tu n'aurais pas une vague idée de son identité, par hasard ?

Pour la première fois depuis le début de leur entretien, Fred secoua la tête avec une expression désabusée.

— Non, aucune idée, malheureusement ! Tu sais, beaucoup de gens s'arrêtent à la maison, surtout depuis que je suis à la retraite. On dirait qu'ils n'ont que moi pour discuter de la pluie et du beau temps ! Je ne vais pas me plaindre, c'est plutôt flatteur d'avoir tout ce monde qui me rend visite, mais bon, ça n'arrange pas vraiment notre affaire, hein ?

— En tout cas, ça nous ramène à la question de départ : qui pouvait détester Steven Hatfield au point de vouloir l'éliminer ? reprit Matt en fronçant les sourcils.

— Eh bien, on ne peut pas dire qu'il était très apprécié à New Hope, en particulier parmi la gent masculine qui le trouvait nettement trop… comment dire ? Entreprenant. Mais de là à vouloir le tuer ? Le fossé me paraît bien grand. Quoique… Moi-même, je dois avouer que j'ai eu des envies de meurtre quand j'ai appris pour Denise et lui.

— Attention, P'pa ! Ce n'est pas le genre de choses à répéter si Josh pointe le bout de son nez ! Bon, je suppose que tu le sais. Dis-moi plutôt qui tu placerais en tête dans la liste des suspects.

Fred réfléchit un court instant avant de hausser les épaules.

— A une époque, j'aurais répondu sans hésiter : Buzz Brown. Mais il a coulé tellement d'eau sous les ponts depuis sa prise de bec avec Steven que je l'imagine mal se venger si tardivement. Même s'il était vraiment remonté contre lui au moment où sa femme a succombé à sa maladie. A cette époque-là, il criait sur tous les toits que Steven était un vrai criminel et qu'il n'aurait que ce qu'il méritait s'il devait mourir prématurément.

— Oui, j'ai entendu parler de cette histoire. Mais pourquoi Steven s'opposait-il si farouchement à ce que les terres de Buzz soient transformées en résidence par le promoteur immobilier ?

— Oh ! Les raisons classiques : risques d'embouteillages, augmentation prévisible des impôts locaux et des effectifs scolaires, entre autres... Il n'empêche que Buzz n'y a pas cru. Il était persuadé que Steven avait des raisons personnelles de s'acharner comme il le faisait.

— Comment ça, personnelles ?

— Ecoute, tu n'auras qu'à poser la question à Buzz quand il rentrera de son voyage au Kansas, d'ici quelques jours. En attendant, tu peux toujours aller en discuter avec Duke Ridgeway. Il siège au comité d'urbanisme et il jouait régulièrement au golf avec Steven. Lui, il saura peut-être quelque chose à ce sujet.

— Bonne idée, P'pa. Je vais passer un coup de fil à Duke dès que possible, ce qui ne m'empêchera pas d'aller voir Buzz. A part eux, qui dois-je interroger, à ton avis ?

— Eh bien, compte tenu de la popularité de Hatfield auprès

des femmes de la ville, tu n'as que l'embarras du choix ! Par exemple, le beau Steven, comme on le surnommait, a eu des ennuis à l'université où il donnait des cours d'*initiation à l'estimation artistique*. De gros ennuis, même : une accusation de harcèlement sexuel. Il a failli se faire virer, et si le doyen avait eu les coudées franches, c'est exactement ce qui se serait passé. Et puis, il y a aussi cette histoire avec une jeune artiste de Milford. Apparemment, Steven lui avait promis de l'aider à monter son one-woman show, mais évidemment, il n'a pas tenu ses engagements. Plusieurs personnes ont affirmé les avoir vus à la galerie, en train de se jeter des insultes à la tête.

— Le nom de cette jeune femme ? demanda Matt qui notait scrupuleusement toutes les informations que lui donnait son père.

— Elisabeth Runyon. Elle travaille à temps partiel dans la boutique de sa tante qui est antiquaire, rue de l'Eglise.

— J'irai sûrement lui poser quelques questions, dit Matt en soupirant. Mais je ne me fais pas trop d'illusions : à mon avis, sur ces deux derniers cas, je risque de perdre mon temps. Je ne vois pas comment l'une ou l'autre de ces femmes aurait pu se transformer en meurtrière. Leurs motifs seraient vraiment trop minces.

— Je sais bien, dit Fred. C'est justement là le problème : je suis le seul suspect crédible. Avec moi, ils ont tout à la fois : un motif plausible, des circonstances aggravantes, des preuves matérielles accablantes... Pourquoi iraient-ils chercher plus loin ?

Matt réfléchit quelques instants. Il ne voulait pas céder au découragement, mais il fallait bien admettre que les choses ne se présentaient pas sous le meilleur angle. Pourtant, pas question de le dire à son père : Fred n'avait vraiment pas besoin qu'on lui confirme que sa situation était quasiment désespérée. Il se rendait certainement compte lui-même de la panade dans laquelle il s'était fourré. Le vrai responsable de la mort de Steven n'avait négligé aucun détail pour faire porter les soupçons sur Fred. Un crime parfait — du moins, en apparence, car Matt était bien décidé à démasquer le vrai coupable.

— Hier soir, il s'est passé quelque chose de bizarre, ajouta Fred après quelques minutes de silence.

— Quoi donc ? Raconte, P'pa. Ça peut peut-être nous aider.

— J'en doute, mais on ne sait jamais. Voilà : tu n'es peut-être pas encore au courant, mais dans son testament, Steven léguait la galerie à son ex-fiancée, une jeune femme pleine de talent, apparemment, puisqu'elle occupe le poste de conservateur dans un grand musée de Boston. Bref, elle est arrivée en ville hier soir, sans doute pour prendre ses nouvelles fonctions, et elle a surpris un intrus à la galerie Hatfield. Je ne sais pas ce qu'il lui est passé par la tête, mais elle a voulu l'arrêter dans sa fuite. Conclusion : elle a passé la nuit à l'hôpital. Elle s'appelle Grace McKenzie. Elle et Steven étaient fiancés il y a une dizaine d'années, et après leur rupture, ils avaient réussi à rester en assez bons termes. La preuve, c'est qu'il lui a laissé sa précieuse galerie d'art en héritage !

— L'intrus dont tu parles, c'était un cambrioleur ? Il a emporté des tableaux ?

— On n'en sait rien pour le moment. En tout cas, Josh n'a pas retenu l'hypothèse d'un acte de vandalisme.

— Je suis prêt à parier que le cambrioleur cherchait une œuvre en particulier. Mais est-ce que ça nous avance vraiment dans l'affaire qui nous occupe ? Ça, je n'en jurerais pas…

— Tu n'auras qu'à demander à Mlle McKenzie ce qu'elle pense de tout ça. Et elle te dira si oui ou non il y a des tableaux qui manquent à l'appel.

— A bien y réfléchir, poursuivit Matt, cette effraction pourrait s'avérer plus importante qu'elle n'en a l'air, même si rien n'a été dérobé. Est-ce que Josh s'en occupe ou est-ce qu'il la juge trop peu intéressante pour un commissaire de son envergure ?

Le ton ironique que Matt avait employé n'échappa pas à son père, qui répondit avec un clin d'œil complice :

— Il est bien obligé de s'en charger, même si ça n'a rien de très folichon pour lui. Ne serait-ce que parce que la nouvelle a déjà fait le tour de la ville, et que certaines personnes commencent à murmurer que l'enquête sur l'assassinat de Steven devrait être réouverte, compte tenu des circonstances.

— Pour en revenir à cette Grace McKenzie, elle est comment ? Tu as eu des échos ?

— D'après Rob, elle est bigrement jolie, plutôt délurée, intelligente et volontaire. Et ce n'est pas le genre à avoir froid aux yeux, vu sa réaction face au cambrioleur ! Je ne connais pas beaucoup de femmes qui auraient eu le courage de se bagarrer comme ça en pleine nuit…

Avec un petit gloussement amusé, Fred reprit :

— Apparemment, elle sait se servir de ses pieds, cette petite !

— Pourquoi ?

— Elle a balancé au type un grand coup de botte dans les roubignoles. Il n'a pas dû apprécier !

— Aïe aïe ! s'exclama Matt, une lueur moqueuse dans les yeux.

— C'est exactement ce que j'ai pensé quand j'ai entendu cette histoire ! Même Josh était impressionné, et tu le connais : tu sais qu'il ne s'en laisse pas si facilement conter.

Le sourire aux lèvres, Matt regarda son père avec une tendresse mêlée d'admiration.

— Dis-moi, pour un gars coincé dans sa cellule depuis une semaine, tu m'as l'air plutôt bien informé !

Fred eut un petit haussement d'épaules qui trahissait son auto-satisfaction.

— Je dois avouer que mon ancien adjoint me tient au courant de l'évolution de la situation.

— Et Josh ? Il en pense quoi, des indiscrétions de son subordonné ?

— Eh bien, à vrai dire, il n'en sait rien. Mais après tout, on s'en fiche un peu, des états d'âme de Josh, hein ?

8.

— Voyons, Sarah, soyez raisonnable !

Elle était au volant, et elle détestait répondre au téléphone tout en conduisant. Mais avec Sarah, elle n'avait pas tellement le choix. Heureusement, elle venait de s'arrêter à un feu rouge, ce qui lui permit d'installer son oreillette.

— Je vous assure que vous n'êtes absolument pas obligée de venir à New Hope, reprit-elle d'une voix lasse. Il n'y a pas de dégâts notoires à déplorer à la galerie. D'ailleurs, je suis pratiquement certaine qu'aucun tableau n'a été volé. Mais bon, dès que j'aurai fait l'inventaire, je vous promets de…

— Bon sang, Grace, vous ne comprenez donc pas ? l'interrompit la redoutable Sarah Hatfield. Ce n'est pas l'inventaire ni les pertes matérielles qui me tracassent : c'est votre état de santé ! Le commissaire Nader m'a dit que vous aviez subi un gros choc à la tête, et c'est pour cette raison que je vous appelle. C'est pour vous que je m'inquiète !

Vraiment ? Grace avait du mal à le croire… Pourtant, elle tint à réconforter Sarah.

— Tout est rentré dans l'ordre, je vous assure. Sinon, je n'aurais pas pu quitter l'hôpital aussi vite !

Elle allait ajouter qu'on lui avait même fait un check-up quand le feu passa au vert.

— Je suis désolée, Sarah, mais il faut que je vous laisse. Je suis en voiture, et je n'aime pas conduire en téléphonant, même avec une oreillette. Ça ne vous ennuie pas si je raccroche ? Je vous rappellerai plus tard pour qu'on discute de ma petite mésaventure, si ça peut vous rassurer.

— Bien sûr ! Appelez-moi quand vous voudrez, Grace. Et bonne route !

Sur un rapide « au revoir », Grace coupa son portable et ôta prestement son oreillette avant de repasser la première pour dégager le carrefour encombré. Ce coup de fil, elle ne s'y attendait vraiment pas ! A croire que la mort de Steven avait transformé Sarah… Parfois, après un choc monumental, les gens changent. En tout cas, Grace se promettait bien de la rappeler le soir même, dès qu'elle aurait un moment de calme. Pas parce qu'elle désirait particulièrement discuter avec une femme qui ne l'avait jamais beaucoup appréciée, mais parce qu'elle se sentait soudain pleine de pitié et de compassion envers elle. Malgré sa position sociale enviable, sa fortune incommensurable et ses nombreux domestiques, Sarah devait se sentir bien seule, depuis que son unique enfant était parti pour l'autre monde.

Grace laissa New Hope derrière elle pour suivre la route de la Rivière du Nord dont le tracé sinueux l'emportait plus avant dans les terres du comté de Bucks. La brume matinale s'était dissipée pour faire place à un soleil radieux, et le paysage lui apparut bientôt dans toute sa splendeur champêtre. Elle comprit brusquement pourquoi Steven, en véritable amateur de la beauté sous toutes ses formes, était tombé amoureux de ce coin paisible de Pennsylvanie.

Enfin, paisible jusqu'à un certain point, car deux personnes y avaient disparu de façon tragique…

Refusant de se laisser troubler par des considérations lugubres, Grace décida de relever son pare-soleil pour mieux profiter de la vue. De part et d'autre de la route s'élevaient des chênes centenaires et des érables superbes, dont les feuillages rouge, orange et jaune d'or proposaient toute la palette des couleurs automnales. Bien cachées derrière ces arbres majestueux, on devinait des demeures ancestrales, érigées au bord du fleuve Delaware, l'un des cours d'eau les plus célèbres de l'histoire des Etats-Unis. Grace avait appris, comme tous les élèves de primaire en Amérique, que George Washington avait traversé les eaux du Delaware sur un bateau improvisé, au cours de la guerre d'indépendance, pour remporter une victoire éclatante qui allait décider du sort de la Pennsylvanie. Un épisode aussi marquant du passé collectif ne s'oubliait pas, surtout quand on avait la chance de contempler les rives du fleuve où s'était jouée une partie du destin des futurs Etats-Unis d'Amérique. Le comté de Bucks conjuguait ainsi une beauté remarquable et un intérêt historique incontestable.

Quand elle arriva en vue du « cottage » de Steven, Grace retint sa respiration. Bien que de proportions modestes, la maison avait un cachet absolument fabuleux. Avec ses colombages typiques de l'architecture européenne du seixième siècle, elle faisait aussitôt penser à ces chaumières de contes de fées qui cachaient les princesses en détresse au cœur des bois touffus… Le bâtiment possédait un charme indéniable avec ses poutres apparentes de bois foncé et son toit de bardeaux. Les fenêtres étroites, dont le treillage de plomb accentuait le côté ancien, étaient en parfaite harmonie avec le reste de la maison.

Après avoir garé sa voiture sur l'allée de graviers, Grace se dirigea vers l'entrée du cottage. A l'intérieur, elle découvrit une ravissante pièce à vivre, meublée de canapés confortables et de chaises capitonnées de bleu marine. Le sol de la maisonnette était entièrement recouvert de moquette, ce qui devait s'avérer particulièrement utile pour isoler l'endroit du froid pendant l'hiver. Un coin de la pièce avait été aménagé en salle à manger, avec une jolie table ronde en bois d'érable. L'impression d'espace était surprenante, bien que le bâtiment paraisse exigu, vu de l'extérieur. Sans doute cela avait-il à voir avec la hauteur peu commune des plafonds, ainsi qu'avec l'organisation intérieure. On passait d'une pièce à l'autre sans vraie séparation, ce qui permettait une certaine liberté de mouvement. Pour monter à l'étage, il fallait emprunter une volée de marches qui démarrait directement au milieu de la pièce principale, sans cloison ni cage d'escalier pour les isoler du reste. Encore un détail qui accentuait l'impression d'espace.

Grace nota ici et là le goût averti de Steven pour la décoration. Il y avait un vieux crochet de bois ouvragé auquel il avait suspendu une peinture plutôt contemporaine, une lampe originale, faite avec une calebasse peinte en blanc, une vasque de jardin reconvertie en desserte, des photos de famille partout sur les meubles et les murs.

La jeune femme s'approcha de l'un des clichés qui l'attirait plus que les autres, et pour cause : mise en évidence sur le dessus de la cheminée où elle trônait, cette photo la représentait, aux côtés de Steven, souriante et détendue. Plus de dix ans s'étaient écoulés depuis que ce cliché avait été pris, mais elle se rappelait cet instant comme s'il datait de la veille. Ils étaient partis en amoureux à Santa Barbara pour un festival artistique, quelques mois avant qu'elle ne rompe leurs fiançailles.

Dire qu'ils avaient passé ensemble deux années de bonheur presque parfait ! songea Grace, les yeux perdus dans le vague, debout devant cette photo qui lui rappelait tant de moments enfuis à jamais. Dire qu'ils avaient échafaudé le projet enthousiasmant de monter tous les deux une galerie d'art où ils auraient exposé de jeunes artistes prometteurs qu'ils auraient « sortis » du lot, comme on disait dans le métier ! Dire qu'ils s'étaient imaginé le bonheur côte à côte, malgré les objections que Sarah ne cessait de leur opposer !

Au début, Grace avait sincèrement cru, avec la belle naïveté de la jeunesse, que Steven et elle pouvaient faire fi des critiques acerbes de sa future belle-mère, et que leur couple résisterait à sa désapprobation comme à l'épreuve du temps. Mais au fur et à mesure que la date du mariage approchait, elle avait fini par se dire que leur relation risquait de se détériorer inéluctablement sous les assauts répétés de Mme Hatfield. Elle en avait d'ailleurs touché deux mots à son père qui lui avait répondu d'un air soucieux :

— Si tu te poses autant de questions, ma fille, c'est que tu n'es pas prête à t'engager pour la vie avec Steven. Si c'est le cas, surtout, ne te marie pas à contrecœur. Ce serait la pire des choses à faire !

C'était peut-être pour cette raison que la trahison de Steven l'avait moins touchée qu'elle ne l'aurait cru. Certes, elle avait ressenti une profonde humiliation mêlée de colère à l'égard de ce coureur de jupons invétéré qui lui avait joué la comédie de la fidélité. Mais au bout de quelques jours, elle avait relativisé : finalement, cette rupture était moins une tragédie qu'un heureux hasard ! La suite des événements n'avait donc pas pris la tournure dramatique qu'elle s'était imaginée. Et quand, deux ou trois mois après la fin de leur liaison, Steven l'avait appelée pour lui demander si elle accepterait de venir expertiser une sculpture qu'il comptait acheter, elle avait accepté sans la moindre hésitation.

En fait, maintenant qu'elle se trouvait devant ce rappel du passé, elle se sentait heureuse pour Steven. Au moins, avant de quitter ce monde, il avait réussi à réaliser son rêve : devenir propriétaire d'une galerie d'art et vivre de sa passion. Quelle tristesse, toutefois, qu'il n'ait pu en jouir que si peu de temps ! Malgré ses défauts et son cœur d'artichaut qui lui avait valu bien des déboires, il ne méritait pas une fin aussi sordide…

Elle resta pensive devant la photographie, ne sachant trop ce qu'elle devait conclure de la place de choix qui lui avait été accordée. Steven avait-il continué à éprouver de tendres sentiments à son égard, même après leur rupture et son changement de vie ? Avait-il installé ce cliché au beau milieu de sa cheminée pour se rappeler l'existence qui aurait pu être la sienne ? Ou n'était-ce rien d'autre que la marque du sentimentalisme parfois excessif dont il pouvait faire preuve ?

Grace se rappela soudain qu'il lui restait mille choses à faire. Elle reposa alors le cadre, souleva sa valise et entreprit de monter l'escalier.

A l'étage, elle trouva une charmante chambre peinte en blanc, avec un grand lit à baldaquin aux montants de cuivre poli et une salle de bains attenante disposant de tout le confort moderne. L'ensemble créait une atmosphère reposante et élégante, dont la relative froideur était atténuée par des touches boisées tout à fait dans le style général du cottage.

Dans le placard encastré, il y avait encore la quasi-totalité des vêtements de Steven, bien accrochés sur des cintres de bois lisse. Avec un petit sourire ironique, Grace contempla le monceau de chemises de marque, de vestes de cachemire, de costumes sur mesure et de cravates de soie qui constituait la garde-robe de son ex-fiancé. Il avait toujours eu un côté dandy dont elle se moquait volontiers, et son acharnement à accumuler les vêtements avait quelque chose de risible.

Tout en se félicitant de n'avoir emporté que très peu d'affaires avec elle, la jeune femme ouvrit sa valise et suspendit ses propres vêtements sur les rares cintres restés libres. Puis un rapide coup d'œil à sa montre lui rappela brusquement son rendez-vous avec Denise Baxter. Il lui restait juste assez de temps pour prendre une douche et passer une tenue plus décontractée si elle ne voulait pas être en retard !

— Croyez-le ou non, fit Denise qui prenait son rôle de guide touristique très au sérieux, New Hope était autrefois un pôle industriel important. Il y avait des usines à chaque coin de rue, et l'activité se répartissait entre la manufacture de papier, l'extraction de pierre et le traitement du grain à moudre.

Elle marqua une courte pause, le temps de déballer un sandwich coupé en triangles qu'elle tendit obligeamment à Grace, et reprit avec un sérieux imperturbable :

— Pourtant, même à cette époque, la beauté du comté de Bucks était évidente. Très vite, de nombreux artistes vinrent s'établir le long des berges du fleuve Delaware, et

New Hope ne tarda pas à se transformer en une véritable colonie pleine de talents prometteurs.

— Ça n'a rien d'étonnant, dit Grace, ravie de cette promenade fort instructive. Le paysage que j'ai découvert tout à l'heure sur la route de la Rivière est tout simplement époustouflant.

— Et encore, vous n'avez vu que le côté nord ! ajouta Denise, l'air sincèrement enthousiaste.

Tout en dégustant son sandwich « thon-crudités sur pain complet », Grace admira au passage les jolies boutiques de la rue principale. Toutes les catégories de marchandises « couleur locale » y étaient proposées, depuis les bonbons à l'ancienne jusqu'aux livres rares, en passant par les antiquités, la restauration raffinée et les accessoires indispensables à l'aménagement des jardins. Pour symboliser l'automne et les traditions d'Halloween et de la Toussaint, les commerçants avaient décoré leurs devantures de bouquets de chrysanthèmes de toutes les couleurs. Quant aux poteaux électriques, ils avaient été enrubannés au moyen de grandes tiges de maïs au bout desquelles des épis subsistaient, donnant un air de fête au centre-ville.

— Certaines maisons sont vraiment splendides sur le plan architectural, remarqua Grace. Est-ce que leur histoire est ancienne ?

— Pour beaucoup de bâtiments, oui. En fait, on pourrait faire un voyage à travers le passé rien qu'en regardant les constructions de cette rue ! Du coup, les Monuments Historiques ont classé bon nombre de maisons, comme par exemple l'auberge du Logan devant laquelle nous sommes passées un peu plus tôt. D'ailleurs, la ville tout entière est inscrite au patrimoine régional, à cause de son intérêt historique. Tenez, la grande bâtisse imposante que vous voyez là (elle pointa son index dans la direction d'une maison victorienne aux proportions non négligeables), c'est le Manoir Parry, du nom de Benjamin Parry, un grand industriel du dix-neuvième siècle, qui a beaucoup contribué au développement de New Hope.

— En ce qui concerne les galeries d'art, j'en ai compté cinq depuis que nous avons commencé notre visite. Ça fait beaucoup pour une ville de taille modeste. Steven n'avait pas peur de la concurrence ?

— Si, bien sûr ! C'était même sa bête noire ! Son souci principal, c'était de rivaliser avec la galerie la plus proche de la sienne, juste en haut de la rue qui en fait le coin. Vous l'avez peut-être déjà remarquée : la galerie Haas-Muth. Le propriétaire est lui-même artiste peintre, mais il ne se limite pas à l'exposition de tableaux. Il a eu l'idée géniale de vendre des tapis d'Orient, ce qui lui assure une clientèle nettement plus nombreuse que celle de ses confrères. Je sais que Steven caressait le projet de se lancer dans une entreprise similaire. Evidemment, il ne comptait pas vendre des tapis : cela aurait été ridicule et surtout infructueux. Non, il voulait proposer des pendules anciennes. Hélas ! Il n'en a pas eu le temps…

Voyant que la jeune femme s'était assombrie, Grace choisit de changer de sujet. Pointant le menton en direction d'une jolie église à deux clochers dont les flèches montaient en spirale vers le ciel bleu azur, elle demanda d'un ton intéressé :

— Qui est-ce, le monsieur qui profite du soleil devant ce ravissant bâtiment ?

— Lui ? C'est le père Donnelly, notre curé. Il a commencé à officier chez nous, puis il a été nommé dans une autre paroisse pendant un certain temps. Aujourd'hui, il est de retour à New Hope, et pour de bon, apparemment. Tant mieux, parce que c'est un véritable saint, vous pouvez me croire.

Un grand sourire aux lèvres, Denise adressa un petit signe amical au beau quadragénaire qui les regardait s'approcher. Dans sa tenue noire impeccable, il aurait pu passer pour un businessman, n'eût été la présence discrète de son col romain blanc indiquant sa position d'ecclésiastique.

— Bonjour, mon père ! lança la jeune femme. Vous devez avoir les oreilles qui sifflent, parce que nous parlions justement de vous !

— C'est très flatteur de votre part, rétorqua le prêtre avec un bon sourire.

Puis il se tourna vers Grace et s'inclina très légèrement devant elle.

— Vous devez être mademoiselle McKenzie, n'est-ce pas ?

Spontanément, Grace tendit la main.

— Oui. Ravie de vous rencontrer, mon père.

— Mais c'est moi qui suis enchanté de faire votre connaissance, répondit le père Donnelly. Soyez la bienvenue à New Hope. J'espère que le malheureux incident dont vous avez été victime hier soir sera vite oublié et ne gâchera pas l'opinion que vous pourrez vous faire de notre charmante ville. Vous semblez déjà remise de vos émotions, si je ne me trompe.

— Tout à fait, merci.

— Dans ce cas, vous trouverez peut-être le temps de venir assister à la messe dominicale ? suggéra le prêtre avec une lueur amusée dans ses grands yeux bleus.

Grace n'était pas franchement pratiquante, mais comment refuser une aussi gentille invitation ? Si elle disait non au père Donnelly, toute la ville serait au courant dans la journée, et elle ne tenait pas à s'attirer les foudres de ses voisins, même pour une courte semaine…

— Eh bien, je…, bafouilla-t-elle. Bien sûr, je serai là. Vous pouvez compter sur moi.

— Décidément, vous êtes incorrigible, mon père ! s'esclaffa Denise. Toujours en train de recruter de nouveaux paroissiens ! A l'allure où vous allez, votre église va bientôt devenir trop petite !

— Pour ça, ne vous en faites pas, Denise. La maison du Seigneur pourra toujours accueillir ses enfants, si nombreux soient-ils. Et le fait de les voir tous réunis me remplit immanquablement d'une grande félicité. A présent, si vous voulez bien m'excuser, mesdames, je pars pour ma tournée des malades. Bonne journée à vous deux !

— Ça, c'est un homme bon, soupira Denise en regardant le père Donnelly s'éloigner à petits pas tranquilles. Il a su m'apporter un grand réconfort. Il sait vous écouter sans critiquer ni jamais faire de prêchi-prêcha. Et il ne vous pousse jamais à lui parler de choses que vous préférez garder pour vous. Quand je le rencontre, il a toujours un moment pour s'asseoir avec moi et discuter, malgré les multiples activités caritatives auxquelles il se consacre. En général, après une conversation avec lui, je me sens d'attaque pour le reste de la journée.

La jeune femme mordit avec appétit dans son sandwich, avala consciencieusement sa bouchée, prit une gorgée d'eau et s'essuya délicatement les lèvres avant de reprendre :

— Par exemple, ce matin, je lui ai demandé son avis sur un nouveau modèle de boucles d'oreilles que je veux commercialiser. Et comme toujours, il a été d'excellent conseil.

Grace ne put s'empêcher de pouffer à l'idée que le très respectable père Donnelly pût parler chiffons.

— Ces boucles d'oreilles, ne me dites pas qu'il est allé jusqu'à les essayer ?

Denise joignit son rire musical à celui de Grace.

— Non, voyons ! Mais sans rire, je suis sûre que, si je l'en avais instamment prié, il l'aurait fait. Il est comme ça, le père Donnelly : toujours le cœur sur la main, prêt à rendre service. Au fait, puisqu'on parle de ces fameuses boucles d'oreilles, voici mon magasin. Vous entrez un moment ?

Les deux femmes s'étaient arrêtées devant une boutique toute pimpante dont l'enseigne annonçait : « Babioles et fantaisie ». Denise sortit ses clés, ouvrit la porte et s'effaça pour laisser entrer sa nouvelle amie.

Dans le magasin, Grace se trouva au milieu d'une véritable féerie de couleurs et de reflets, tout à fait à l'image de sa propriétaire. Non loin de la porte, deux grands présentoirs de verre proposaient tout un assortiment de colliers, bagues, bracelets et pendants d'oreilles de toutes les formes et de tous les styles. Plusieurs comptoirs exposaient toutes les tailles imaginables de chaînes en or ou en argent, élégamment disposées sur des arceaux métalliques. Quant aux broches, elles occupaient un autre coin de la petite boutique, et leurs coloris attrayants ajoutaient une note de fantaisie à l'ensemble.

Ce magasin possédait un charme absolument irrésistible, se dit Grace, tout en admirant les créations originales et pleines d'inventivité. La moins coquette des femmes y aurait passé des heures, forcément séduite par la joyeuse débauche de matériaux et de teintes qui parsemait chaque centimètre carré de la pièce.

— Vous êtes vraiment très douée, Denise. Et vos goûts sont très éclectiques. Il y en a pour tous les goûts.

— Merci beaucoup. Mais je n'ai pas grand mérite : j'adore mon travail. Il occupe agréablement mes journées qui sont parfois longues, surtout depuis que Fred est… n'est plus à la maison.

Grace avait perçu l'hésitation de son amie. Jugeant plus délicat de ne pas s'appesantir sur les difficultés actuelles que connaissait Denise, elle poursuivit son exploration des trésors proposés par les présentoirs.

— Où avez-vous appris à confectionner ce genre de bijoux ? C'est tellement délicat, tellement raffiné…

— J'ai été formée « sur le tas », comme on dit. L'ancienne propriétaire de la boutique était une excellente amie à moi. Elle m'a embauchée comme vendeuse le lendemain du jour où j'ai décroché mon bac. On s'entendait à merveille, et elle n'a pas hésité à me confier tous ses secrets, avec patience et générosité. Pour toutes ces raisons, j'ai continué à travailler avec elle, même après avoir épousé Fred, alors que son salaire suffisait largement à nous faire vivre. Ce métier me plaisait trop pour que je l'abandonne. Et puis, un beau jour, Alice — c'est le nom de mon amie — a déclaré qu'elle voulait vendre son fonds de commerce pour aller s'installer dans le nord de l'Etat de New York. Elle m'a mise au courant immédiatement en pensant que j'allais lui faire une offre intéressante. Seulement, je lui ai d'abord dit non : je ne voulais surtout pas emprunter de l'argent à Fred parce qu'il devait d'abord le consacrer à ses enfants. Et pourtant, une semaine plus tard, sans que nous en ayons parlé, il m'a donné une enveloppe dans laquelle se trouvaient les clés du magasin. Il l'avait acheté à mon nom, avec ses économies, pour m'en faire la surprise. Vous imaginez un peu ! J'ai failli m'évanouir sous le choc, mais je me suis contentée de fondre en larmes et de l'étouffer de baisers.

— Eh bien, si vous voulez mon avis, votre mari n'a pas à regretter son investissement. Parce que votre talent est absolument renversant !

Le sourire radieux qui éclaira le joli visage de Denise valait tous les discours.

— Puisque ça vous plaît tellement, dit-elle, allez-y ! Servez-vous ! Ce sera mon cadeau de bienvenue.

— C'est vraiment très gentil à vous, Denise, mais je ne peux pas accepter..., commença Grace, un peu gênée.

— Ah, mais si ! J'insiste ! lança la jeune femme tout en ressortant le pendentif de citrine qui avait attiré l'attention de Grace. Ce collier-ci irait à merveille avec vos yeux noisette. Sauf si vous préférez autre chose, bien sûr ! Ce bracelet de corail, par exemple ? J'ai vu que vous vous arrêtiez pour le regarder. Ou cette bague bohême ? Vous sembliez vous y intéresser, il y a un instant...

Comment résister à tant de prévenance de la part d'une femme aussi charmante et déterminée ? Pourtant, Grace ne céda pas tout de suite : elle craignait d'abuser de la générosité de son hôtesse.

— Je vais peut-être revoir mon jugement sur vos qualités de commerçante, dit-elle sur le ton de la plaisanterie. Parce que si vous avez l'habitude d'offrir vos créations à vos clientes au lieu de les leur faire payer, vous courez droit à la faillite !

— Mais non, ne soyez pas bête ! rétorqua Denise avec un clin d'œil. Je ne fais pas ça avec tout le monde ! C'est parce que je vous aime bien... Alors, qu'est-ce que vous voulez ? Le bracelet ou le pendentif ? Allez, choisissez !

— Le pendentif, alors, répondit Grace, vaincue. Merci infiniment. Mais c'est beaucoup trop !

— Pas du tout, ça me fait plaisir ! répondit Denise tout en se dirigeant vers le comptoir principal derrière lequel elle fourragea un bref instant avant de sortir un ravissant emballage capitonné de satin blanc pour y empaqueter le collier de citrine. Vous avez bien choisi, Grace. Ça ira parfaitement pour ce soir !

— Ce soir ? répéta Grace, interloquée.

— Mais oui ! Vous dînez chez nous. Et ne dites pas non, s'il vous plaît ! Lucie meurt d'envie de vous rencontrer. Je ferai un bon dîner sans prétention, à la fortune du pot, et nous passerons une agréable soirée entre filles. Vous aimez la cuisine italienne ?

Cette femme était un véritable tourbillon ! Mais son enthousiasme était contagieux, car Grace se prit à rire gaiement devant tant d'insistance.

— Si j'aime la cuisine italienne ? J'en raffole, vous voulez dire !

— Eh bien, c'est votre jour de chance, ma chère : je suis la spécialiste des lasagnes à la napolitaine, tout le monde vous le dira ! Voilà, maintenant, je vous laisse retourner à vos affaires. Rendez-vous chez nous à 19 heures précises. Nous habitons rue du Pont, à quelques pâtés de maisons de la galerie Hatfield. Vous ne pouvez pas vous tromper : c'est la grande maison bleue de style colonial où flotte en permanence un drapeau américain. Et surtout, ne grignotez pas avant de venir : j'aime que mes invités aient de l'appétit et qu'ils fassent honneur à ma cuisine !

9.

Duke Ridgeway approchait des quatre-vingts ans, mais les années ne semblaient pas avoir de prise sur lui. Après le pub, la quincaillerie de New Hope était l'endroit le plus fréquenté de la ville. A vrai dire, même pendant les périodes de vacances, le magasin ne désemplissait pas. Duke se trouvait depuis quarante ans à la tête de ce commerce florissant qu'il dirigeait d'une main de fer. Natif du comté, il n'avait jamais quitté la région, et il jouissait d'une réputation de commerçant honnête, serviable et travailleur. C'était l'une des raisons pour lesquelles sa candidature au comité d'urbanisme avait été acceptée avec enthousiasme : sa droiture et son sens des réalités représentaient des qualités extrêmement appréciables pour orienter les décisions de la municipalité.

— Eh bien, Dieu me pardonne si ce n'est pas ce chenapan de Matty qui vient nous faire une petite visite ! s'exclama Duke dès que Matt eut poussé la porte de la quincaillerie.

A part Duke qu'il considérait presque comme son grand-père, seuls le père et la sœur de Matt employaient ce surnom affectueux. L'entendre de la bouche de ce sacré bonhomme de Duke Ridgeway lui fit étrangement chaud au cœur. C'était bon de rentrer au pays et d'y être accueilli de cette façon !

En bon commerçant, Duke rendit d'abord la monnaie au client dont il s'occupait, puis il lui souhaita une bonne journée avant de refermer sa vieille caisse enregistreuse et de se tourner vers Matt.

— Alors, mon garçon, quel bon vent t'amène ? Et comment vas-tu ?

— Pas trop mal, merci. Mais toi, Duke ? Qu'est-ce que tu deviens, depuis le temps qu'on ne s'est pas vus ?

— Bah ! soupira le vieil homme en esquissant un geste fataliste. Toujours cette sacrée jambe qui me fait souffrir. Mais ces derniers temps, elle se rappelle un peu trop à mon souvenir, je trouve ! Tu crois que je suis trop vieux pour continuer à faire ce boulot de dingue ?

Il se gratta la tête avec une expression faussement intriguée. Devant son petit manège, Matt éclata de rire.

— Mais non, tu n'es pas vieux, Duke ! Ce n'est pas la date de naissance inscrite sur tes papiers qui compte, mais bien l'âge que tu as dans la tête !

Un sourire malicieux vint éclairer le visage parcheminé du quincaillier.

— Je m'en souviendrai, merci du conseil ! Bon, trêve de plaisanterie : comment va ton paternel ?

— Il tient le coup. Et même plutôt bien, étant donné les circonstances.

— Il faut absolument que tu te débrouilles pour le faire sortir de là, Matty, ajouta Duke, soudain très sérieux. Il n'a rien à faire dans une prison ! C'est complètement absurde, cette histoire de meurtre. S'il y a quelqu'un dans cette ville qui est incapable de commettre un crime, c'est ce bon vieux Fred !

— Voilà justement ce que je m'emploie à démontrer, Duke. C'est d'ailleurs pour ça que je suis chez toi : j'avais dans l'idée que tu pourrais peut-être m'aider.

— Je ferai tout mon possible, Matt. Tu n'as qu'à me dire ce que tu attends de moi.

— Eh bien, quand j'ai parlé avec lui, tout à l'heure, il a tenu des propos qui m'ont mis la puce à l'oreille. J'aurais bien demandé directement à Buzz, mais d'après ce que j'ai compris, il ne rentre pas avant la fin de la semaine, et j'ai besoin d'une réponse rapide.

Duke hocha la tête en signe d'acquiescement.

— Buzz songe à déménager dans le Midwest, c'est pour ça qu'il n'est pas là : il prospecte, précisa Duke en faisant glisser une publicité cartonnée pour de la peinture acrylique au bout de son comptoir. Alors, qu'est-ce que tu voulais savoir, Matty ?

— Tu te rappelles la proposition de développement immobilier qui concernait les terres de Buzz ?

— Tu parles si je m'en souviens ! On a mis des mois à décider si oui ou non, on allait donner suite au projet.

— Tu n'aurais pas une idée des raisons qui ont poussé Steven à s'opposer si catégoriquement à cette transformation ?

— C'est simple : il avait peur que les impôts locaux soient revus à la hausse de façon pharamineuse si les trois cents habitations prévues voyaient le jour. Pourtant, le promoteur avait développé pas mal d'arguments intéressants pour appuyer son projet. Il avait même souligné le fait qu'avec un tel agrandissement, notre commune pouvait gagner énormément en autonomie : d'après lui, la création de nouveaux logements aurait entraîné un développement des commerces de proximité, donc une croissance économique forte et une certaine affluence. Il avait même imaginé une régulation de la circulation pour éviter que la nouvelle affluence de véhicules ne cause trop d'embouteillages dans le voisinage. Et il avait joint au plan d'urbanisation une proposition d'association de résidents qui aurait offert des services à prix réduit aux gens du quartier.

— Et toutes ces propositions d'aménagement n'ont pas réussi à convaincre Steven du bien-fondé de ce projet ?

— Il n'y avait pas que Steven dans le lot des mécontents. Quand on s'est penchés un peu plus sur les détails, on s'est rendu compte qu'aucune sécurité n'était prévue pour empêcher les enfants de s'approcher des réservoirs d'eau à ciel ouvert. Evidemment, on a posé la question au promoteur qui a bredouillé que cet aspect des choses était en cours d'examen... Bref, il n'avait visiblement pas pensé au danger ! Du coup, le nombre des opposants au projet de réaménagement territorial a grimpé en flèche, et bientôt, la majeure partie de la ville s'est ralliée à Steven. A la fin, c'en est devenu ridicule tellement les gens paraissaient attachés à ce bout de terrain, somme toute insignifiant : il aurait abrité de l'or en barres que personne ne l'aurait mieux défendu !

— Si je te suis bien, le vote a débouché sur un « non » à l'unanimité ?

— Moins deux voix. La mienne et celle de Mel Frisk.

— Je suppose que cet épisode a dû créer des tensions entre Steven et Buzz, dit Matt d'un air soucieux. Peut-être même que le promoteur s'est retourné contre son principal opposant ?

— En ce qui concerne l'investisseur immobilier, personne ne l'avait jamais vu avant qu'il ne vienne proposer son projet de développement, et personne ne l'a revu dans le coin après l'échec cuisant qu'il a essuyé. Quant aux relations entre Steven et Buzz, tu penses bien qu'elles ont évolué par la suite, et pas dans le bon sens ! Ils n'avaient jamais eu d'accrochage auparavant, mais après cet incident, Buzz s'est mis à détester cordialement Steven. Surtout quand sa pauvre femme est morte. Il a mis ça sur le compte de ce qu'il appelait « le complot » orchestré par Hatfield.

Duke ôta ses lunettes pour les nettoyer soigneusement avec un coin de sa chemise de flanelle, l'air préoccupé.

— Tu ne penses tout de même pas que Buzz aurait pu tirer sur Steven ? reprit-il après quelques secondes de réflexion. Parce que je suis prêt à te jurer sur ce que tu voudras que ce n'est pas lui le coupable. Buzz est incapable de tuer qui que ce soit, même quelqu'un qu'il ne peut pas encadrer. Il est aussi innocent que ton père, Matty.

— Je sais bien, ne t'inquiète pas. J'essaie juste de rassembler toutes les pièces du puzzle, dit Matt, attendri par la chaleur avec laquelle Duke défendait ses vieux compagnons. Revenons à Steven. Est-ce qu'il s'entendait bien avec les membres du comité municipal ?

— Plutôt, oui. J'étais le seul avec lequel il discutait vraiment, y compris en dehors des réunions, mais il ne comptait pas d'ennemis au sein du comité. Il faut dire qu'il en avait dans le ciboulot, ce petit gars : ça se voyait à la façon dont il s'exprimait, et dont il s'habillait aussi. Jamais une faute de grammaire ou de goût, toujours à l'heure pour les sessions ; et avec ça, il ne prenait pas de grands airs par rapport aux autres. Je sais bien ce qu'on raconte sur lui en ville, et si ça se trouve, il y a une partie de ces ragots qui doit être vraie. Mais moi, j'estime que Hatfield était un bon garçon, désireux de s'intégrer le mieux possible à la vie de New Hope.

— Tu ne l'as jamais vu flirter avec les épouses de certains membres du comité ?

Cette remarque toute simple déclencha un bon gros rire chez Duke.

— Eh bien, je ne voudrais pas manquer de respect à mes confrères du comité d'urbanisme, mais franchement, ils n'avaient pas de souci à se faire de ce côté-là ! Tout simplement parce que Steven n'aurait jamais accordé le moindre regard à leurs chères et tendres, même si elles s'étaient trouvées les seules femmes sur terre, si tu vois ce que je veux dire… Mais attention, hein, gamin ! Motus et bouche cousue. Si jamais je t'entends raconter ça ailleurs, je ferai en sorte qu'on te prenne pour le plus grand menteur de l'univers ! Je ne tiens pas à avoir des ennuis avec mes concitoyens.

Matt se mit à rire, lui aussi.

— Compris, Duke : ce sera notre petit secret.

Il venait juste de terminer sa phrase et d'adresser un clin d'œil complice au vieil homme quand un client entra dans la quincaillerie.

Tendant la main à Duke, Matt jugea bon de mettre fin à leur entretien.

— Encore merci, en tout cas. Je dirai à mon père que tu penses à lui : ça lui fera sûrement plaisir.

— J'y compte bien. Et n'oublie pas d'aller voir Buzz dès qu'il sera rentré de voyage. Il se fera peut-être un peu prier : il n'aime pas trop parler de ce sujet, parce que ça lui rappelle la mort d'Alma. Mais avec un peu de chance, tu tomberas sur un de ses bons jours, et il te donnera des informations utiles. En tout cas, je l'espère pour toi — et surtout pour ton père.

*
* *

Fondée en 1893 par un riche industriel du nom d'Everett J. Anderson, l'université privée Anderson, où Lucie était inscrite, proposait un large choix de spécialisations, y compris dans l'art. Situé sur la route 202, le campus, au départ modeste, s'était étendu parallèlement à la réputation de la faculté, et pouvait maintenant s'enorgueillir d'un bon millier de résidents, venus des quatre coins du pays.

Sur le parking bondé, trouver une place pouvait s'avérer un exercice long et pénible. Heureusement, juste au moment où il arrivait, Matt vit deux étudiants sauter dans une trois portes garée à deux pas de l'entrée principale et démarrer sur les chapeaux de roues. Il n'eut donc pas à tourner longtemps pour pouvoir garer son propre véhicule.

Il attendait tranquillement, adossé à sa voiture, les bras croisés, le visage offert au soleil de cette belle journée, quand une cloche retentit dans le bâtiment principal de l'université. Quelques secondes plus tard, une cinquantaine de jeunes filles franchit les portes à double battant, tout en riant et en chahutant.

Matt se redressa légèrement, cherchant sa sœur parmi la marée humaine qui commençait à s'égailler joyeusement. Difficile de la repérer parmi ses camarades : les étudiantes semblaient mettre un point d'honneur à se ressembler toutes. La mode était visiblement aux jeans délavés, aux baskets et aux cheveux longs et lâchés dans le dos !

Enfin, il aperçut Lucie dont les boucles blondes rebondissaient à chaque pas. Elle paraissait plongée dans une conversation enthousiaste avec plusieurs camarades. Mais à la différence des autres filles dont Matt percevait les rires et les bavardages excités, elle avait l'air plutôt calme, voire même effacée. Aussitôt, Matt sentit une bouffée de tendresse émue l'envahir. Sa sœur était beaucoup plus jeune que lui, puisqu'il fréquentait déjà l'université quand elle était venue au monde. Par conséquent, en tant que « petite dernière », elle n'avait pas tardé à prendre une place très spéciale au sein de la famille, en particulier dans le cœur de Fred qui adorait sa fille. Matt l'aimait beaucoup, lui aussi, et depuis la disparition de leur mère, dix ans plus tôt, le frère et la sœur s'étaient encore rapprochés.

— Luce !

La jeune fille dut entendre le surnom familier par-dessus le brouhaha de ses congénères, car elle leva brusquement la tête, un grand sourire sur son joli visage. Les soucis que Matt avait cru lire sur ses traits expressifs s'effacèrent comme par magie, tandis qu'elle se mettait à courir vers lui pour se jeter dans ses bras avec effusion.

— Oh, Matty ! Comme je suis contente de te voir !

Il la souleva de terre pour la serrer contre lui, sans se préoccuper de son sac de livres qui avait glissé au sol dans sa précipitation à le rejoindre. Ils restèrent enlacés quelques secondes, heureux de se retrouver. Puis Matt la reposa doucement sur le sol et l'écarta légèrement pour mieux la contempler.

— Moi aussi, je suis drôlement content de te retrouver, Boucles d'Or. Laisse-moi te regarder un peu, tu veux ?

Ses grands yeux bleu clair brillant de contentement, elle se soumit complaisamment à son examen. Elle n'avait pas changé depuis la dernière fois qu'ils s'étaient vus, si ce n'est qu'elle ressemblait peut-être encore plus à leur défunte mère dont elle avait hérité la beauté remarquable. Cheveux d'un blond soyeux, presque blanc, carnation délicate, petite bouche bien dessinée qui semblait faite pour sourire et consoler... Elle était absolument ravissante, comme toujours.

— Eh bien, tu m'as l'air plutôt en forme, sœurette ! conclut Matt.

— Je pourrais te retourner le compliment, répondit Lucie. Qu'est-ce que tu es bronzé !

Comme pour confirmer cette déclaration admirative, les deux meilleures amies de Lucie vinrent se poster à leurs côtés, une lueur d'intérêt dans les yeux. Ginny Peruso, l'amie d'enfance de Lucie, lissa ses longs cheveux bruns à la hâte avant de décocher un sourire éblouissant à Matt. Quant à Barbara, une grande blonde qui attirait tous les regards, elle adopta une pose très starlette, une moue évocatrice sur ses lèvres minces rehaussées de rouge.

— Salut, Matt ! lancèrent les deux jeunes filles à l'unisson.

Matt se sentit soudain bien vieux, à quarante et un ans révolus, face à ces gamines qui, il n'y avait pas si longtemps, portaient encore des appareils dentaires et des nattes ! Entourant les épaules de sa petite sœur d'un bras, il esquissa un léger salut, très cérémonieusement.

— Mesdemoiselles...

— Tu comptes rester combien de temps dans le coin ? demanda Barbara, les yeux étincelants.

Elle avait toujours été assez délurée, mais c'était la première fois que Matt remarquait sa propension à battre des cils et ses minauderies suggestives. Même sa voix donnait l'impression qu'elle était disposée à se laisser séduire, « et plus si affinités » ! Cela rappela brutalement au jeune homme que les *gamines* de son souvenir n'étaient plus des enfants, ni même des adolescentes gauches ou empruntées. Elles étaient maintenant de vraies femmes. Et Lucie en faisait partie.

— Je ne sais pas encore..., commença-t-il, peu désireux de s'étendre sur le sujet.

Comme si elle sentait que son grand frère avait besoin d'aide, Lucie le prit par le bras avec détermination.

— Allez, les filles, ça suffit pour la séquence flirt ! Ginny, on se voit ce soir, après le dîner, comme d'hab. D'accord ? A plus !

Sans attendre de réponse, Lucie ignora consciencieusement les regards dépités de ses amies et leur tourna le dos pour pointer du doigt la jeep de Matt.

— C'est la tienne ?

— Eh oui !

Sans plus tarder, elle s'installa d'un bond sur le siège passager, attendant que Matt se fût mis au volant et eût tourné la clé de contact pour lui lancer sur le ton de la plaisanterie :

— Tu sais que tu courais un gros risque en venant me chercher ? Tu aurais pu te retrouver complètement à poil, tes vêtements déchirés par des admiratrices en furie !

Avec un haussement d'épaules, Matt manœuvra son véhicule pour sortir du parking.

— Par deux fillettes de dix-neuf ans ? Tu veux rire, p'tite sœur !

— Il n'y a pas que mes copines sur le campus, lui fit remarquer Lucie, amusée par l'air bravache qu'il avait adopté. Je te signale que l'endroit est plein à craquer de filles affamées qui n'attendent que l'arrivée d'un type comme toi pour se jeter sur lui et le dépecer vivant ! Ce n'est pas tous les jours qu'on a la visite d'un beau gosse dans ton genre, tu sais ?

— Voyons, Lucie, c'est ridicule ! J'ai deux fois l'âge de tes copines !

— C'est justement là que ça devient intéressant, mon garçon, fit la jeune fille d'un ton tellement sentencieux que Matt ne put s'empêcher d'éclater de rire.

— O.K., c'est bon. Qu'est-ce que ça cache, tous ces compliments ? Tu as besoin d'argent de poche ? Tu veux que je te paye une voiture ? Ou juste un ciné ?

— Je n'ai besoin de rien, et je n'exagère pas — ou à peine. Ce n'est que la vérité. Tu n'as pas vu comme elles te dévoraient des yeux ? Et pas seulement les étudiantes : même les profs ! Mme Adler était littéralement scotchée !

— Mme Adler n'a jamais vu plus loin que le bout de son nez, répliqua Matt. Elle est myope comme une taupe, alors je ne vois pas comment elle aurait pu me remarquer !

— Pour ta gouverne, elle s'est fait opérer des yeux. Au laser. Ça a parfaitement marché. Et par la même occasion, elle s'est fait refaire les seins ! Tu ne l'aurais jamais deviné tout seul, pas vrai, frérot ?

Heureux de la voir plaisanter comme au bon vieux temps, Matt reprit avec un petit sourire en coin :

— Maintenant que tu le dis, je trouve qu'elle avait l'air plus… comment dire ? Plus étoffée.

Avec affection, Lucie posa la main sur l'épaule de son frère, riant de concert avec lui.

— Au fait, où est-ce que tu as élu domicile ? demanda-t-elle, une fois leur petit quota de blagues épuisé.

— A l'auberge du Pont.

— Tu sais que tu es toujours le bienvenu à la maison, n'est-ce pas ? Denise m'a dit de te rappeler que ton ancienne chambre t'attendait.

— Merci, Luce, mais je préfère mon petit arrangement

actuel. De cette façon, je peux aller et venir comme ça me chante, sans avoir besoin de prévenir personne et sans que ça dérange les habitudes de la maison.

— Arrête de me donner des fausses excuses ! trancha Lucie.

Elle avait raison. Pourtant, Matt choisit de faire comme si de rien n'était. C'était peut-être un peu lâche, mais il ne se sentait pas le courage de ternir la joie de leurs retrouvailles. Il préféra passer à un autre sujet.

— Que dirais-tu d'un bon déjeuner ? fit-il tout en garant sa voiture devant le « Tout va bien », son café préféré. Je meurs de faim !

— Que dirais-tu de répondre à ma question ? rétorqua Lucie, l'air sévère.

Il soutint son regard quelques instants : dans les yeux bleus de sa sœur brillait toute la détermination de leur mère, et il capitula aussitôt.

— Bon, puisque tu insistes, tu avais déjà dû te rendre compte que mes relations avec Denise n'étaient pas précisément amicales. Mais maintenant, avec ce qu'elle a fait à Papa, je pense qu'il vaut mieux que je ne sois pas trop près d'elle. Parce qu'on aura beau retourner la question dans tous les sens, ça ne changera rien : c'est sa faute si Papa se retrouve en prison alors qu'il est innocent.

— Je suis fâchée contre elle, moi aussi, Matt, et il me faudra sans doute pas mal de temps pour lui pardonner. Mais elle est vraiment désolée de ce qui arrive, tu sais ? Parfois, la nuit, je l'entends pleurer toute seule dans sa chambre, et ça me brise le cœur de savoir qu'elle souffre autant.

C'était typique de Lucie, comme réaction : elle était toujours prête à s'émouvoir.

— Dans ton cas, je peux comprendre. Denise a été

une seconde mère pour toi. Moi, par contre, je ne lui dois rien. Alors, ne t'attends pas à ce que je me montre aussi charitable envers elle.

Mais Lucie ne semblait pas prête à abandonner. A peine étaient-ils tous deux sortis de la jeep qu'elle revint à la charge.

— Au fait, est-ce que Papa t'a raconté comment elle a attaqué Josh quand il est venu pour l'arrêter ?

— Attaquer Josh ? répéta Matt, incrédule. Comment ça? Tu veux dire, *physiquement* ?

— Quand Josh a voulu menotter Papa, Denise l'a plaqué contre le mur en le menaçant de lui faire rentrer ses satanées menottes à l'endroit où je pense ! expliqua Lucie en pouffant de rire. Josh a été tellement surpris par sa contre-attaque qu'il a rangé les menottes dans son blouson et qu'il s'est contenté de demander à Papa de le suivre jusqu'au fourgon de police.

Matt éclata de rire, malgré le ressentiment qu'il éprouvait envers Denise.

— Il faut au moins lui accorder ça : elle a du cran !

Et sur cette déclaration, il ouvrit tout grand la porte du café.

Il y avait foule dans l'établissement — surtout des étudiants attablés devant de grosses barquettes de frites ou de généreuses portions de la fameuse tarte aux pommes maison, spécialité de la patronne.

Ravie de voir Matt, Lorraine leur libéra une table en un tournemain, passa un rapide coup de torchon, mit le couvert en deux temps trois mouvements, et leur tendit le menu avec un chaleureux sourire.

— Dis donc, Matt, j'ai préparé un petit colis pour ton père avec plein de bonnes choses qu'il aime. Je comptais le lui apporter, mais puisque tu es là, ça ne t'ennuie pas de le lui déposer ? Je suis sûre que ça lui fera doublement plaisir si c'est toi qui t'en charges.

— Tu es vraiment adorable, Lorraine, répondit Matt. Merci beaucoup.

Il attendit que la patronne se fût éloignée pour demander à Lucie en se cachant à demi derrière la carte qu'il avait dépliée en guise de paravent :

— Elle fait ça souvent ?

— Quoi ? Faire livrer à P'pa ses plats préférés ? Tous les jours ! A croire que c'est son idole ! fit Lucie avant de baisser la voix pour continuer. En fait, tu veux que je te dise ? Je crois qu'elle avait des vues sur notre vieux père. Mais Denise l'a coiffée au poteau.

— Vraiment ? Je ne m'en serais jamais douté…

— Normal : tu es tout le temps parti à l'autre bout du monde. Avec ta manie de pourchasser les grands méchants loups… Pas vraiment pratique pour te tenir au courant des rumeurs qui circulent à New Hope !

— Comment a-t-elle pris la chose ? Je veux dire, quand Denise lui a soufflé la place ?

— Avec sa philosophie et son bon sens coutumiers. En fait, elle n'en a voulu à personne. Elle fait d'ailleurs partie des rares habitants de New Hope qui adressent encore la parole à Denise.

— Est-ce qu'elle connaissait bien Steven ?

Lucie parut étonnée de cette question.

— Lorraine ? Je ne crois pas. Pourquoi ?

— Simple curiosité. Et les autres ? Comment ont-ils réagi quand ils ont appris la mort de Steven Hatfield ?

Les poings sur les hanches, Lucie roula de gros yeux, faisait semblant d'être furieuse contre son frère.

— Matthew Frederick Baxter ! Je rêve ou tu essaies de me soutirer des informations ?

— Et comment crois-tu pouvoir me dédommager pour ce déjeuner ?

— Espèce de monstre ! lança-t-elle en lui assenant un léger coup de menu sur la main.

— Monstre, moi ? Pas du tout ! C'est tout le contraire. Dis-toi bien que plus j'en saurai sur ce qui se passe ici, mieux je pourrai aider Papa.

— Ça, c'est vrai, conclut Lucie.

Elle jeta un regard circonspect alentour, et se pencha un peu plus vers son frère.

— Eh bien, reprit-elle, pour répondre à ta question, les réactions ont été plutôt… mitigées. Je suppose que Papa t'a déjà raconté que Steven n'était pas apprécié par tout le monde, en ville.

Matt hocha la tête en guise de réponse.

— Il y avait quand même des gens à son enterrement ?

Lucie ouvrit la bouche, mais la referma aussitôt : le garçon venait de s'approcher pour déposer une carafe d'eau sur leur table. Elle attendit qu'il se fût éloigné pour reprendre :

— Quelques membres du comité municipal, un prof de l'université, cinq ou six étudiants… pas plus. C'est la messe dite par le père Donnelly à la mémoire de Steven qui a réuni le plus de monde. Des commerçants se sont déplacés, y compris un ou deux gérants de galeries d'art qui se sont éclipsés rapidement, plus quelques grossistes et les représentants officiels de la communauté. Ajoute à ça la famille proche, et tu auras le compte.

— Et Denise ? Elle a assisté à la cérémonie ?

— Non, répondit Lucie d'un air bizarre avant de s'absorber ostensiblement dans la lecture de son menu.

Matt nota le soudain mutisme de sa sœur, et devina aussitôt qu'elle lui cachait quelque chose : il lisait en elle comme à livre ouvert.

Il prit le temps de boire un verre d'eau avant de reprendre son interrogatoire :

— Pourquoi ? Tu aurais une idée là-dessus ?

— Pas la moindre, grommela Lucie en gardant obstinément les yeux baissés.

— C'est étrange, tu ne trouves pas ? Etant donné les relations qu'elle entretenait avec Steven…

— Les gens ne se sont pas gênés pour dire du mal d'elle, ces derniers temps. D'ailleurs, ils avaient commencé avant la disparition de Steven. Voilà pourquoi elle a jugé plus sage de ne pas assister à la messe.

A cet instant, une serveuse s'arrêta à leur table.

— C'est vous, Matt, pas vrai ? Je vous aurais reconnu entre mille ! On vous a déjà dit que vous ressembliez à George Clooney ?

— George qui ?

— Clooney ! Vous savez bien : l'acteur de cinéma ?

Avec une grimace interloquée, Matt déplia sa serviette en papier pour la poser sur ses genoux.

— Jamais entendu parler, marmonna-t-il d'un air bougon.

— Je… Vous plaisantez, n'est-ce pas ?

Riant sous cape, Lucie prit les choses en main.

— Ne te formalise pas, Renée : mon frère est nettement

à côté de la plaque, question people. Elle a raison, tu sais ? ajouta-t-elle en se tournant vers Matt. Tu ressembles vraiment à George Clooney. Surtout quand tu souris. Et c'est un compliment, soit dit en passant !

Peu désireux d'entrer dans des considérations aussi futiles, Matt referma son menu pour le rendre à la serveuse.

— On va prendre deux sandwichs pain complet bacon crudités et deux Coca. A moins que tu préfères autre chose, Luce ?

— Non, non, c'est parfait !

La serveuse s'éloigna, et Lucie quitta aussitôt son air amusé pour redevenir sérieuse.

— Alors, qu'est-ce que tu comptes faire pour aider Papa à s'en sortir ?

— Eh bien, je vais interroger les gens officieusement, fouiner un peu partout… la routine, quoi.

— Et qu'est-ce que tu espères trouver ?

— Je veux savoir si Steven attendait quelqu'un, le soir où on l'a tué, et si cette personne — homme ou femme, je n'en sais rien pour l'instant — est venue au rendez-vous qu'il lui aurait fixé. Il y a juste un problème de timing : on était déjà en période creuse au moment de sa mort, ce qui veut dire que la plupart des commerçants du centre-ville commencent à remballer leur marchandise aux alentours de 16 ou 17 heures. J'ai parlé à certains d'entre eux sur le chemin, et ils m'ont tous dit qu'ils fermaient boutique à 18 heures au plus tard. Du coup, on ne peut pas leur demander s'ils auraient vu ou entendu quelque chose d'inhabituel, ce soir-là.

— Et Elisabeth Runyon, tu as pu lui poser quelques questions ? Elle avait une dent contre Steven à cause de cette histoire de spectacle qui n'aboutissait pas. C'est peut-être elle qui s'est vengée…

— Je lui ai parlé. Non, ce n'est pas elle.

— Comment peux-tu en être sûr ?

— Elle a un alibi en béton. Elle dînait dehors avec sa tante, ce soir-là. Le restaurant dans lequel elle s'est rendue était plein à craquer, ce qui nous fait au minimum 50 personnes prêtes à appuyer ses dires, sans compter les serveurs.

— Bof ! Si on veut, on peut s'éclipser discrètement de n'importe quel lieu public sans que personne remarque votre absence ! rétorqua Lucie, l'air peu convaincu.

— Et comment tu sais ça ? Tu as déjà tenté l'expérience ?

— Non, mais je regarde *Desperate Housewives* !

Le regard inexpressif que lui adressa Matt acheva de la désespérer.

— Oh là là ! Mais dans quel coin perdu as-tu passé ces dix derniers mois ? *Desperate Housewives* est LA série culte du moment à la télé ! C'est une combinaison géniale d'intrigues, de sexe et de combines plus ou moins réglos pour démasquer les coupables !

Matt ne put s'empêcher de sourire.

— Une série télé, hein ? Mais dans la vraie vie, les choses sont un peu différentes, ma puce. Les accusations de meurtre ne se règlent pas en un épisode !

Lucie fronça ses sourcils blonds.

— Qu'est-ce que tu veux dire par là ? Que le cas de Papa est désespéré ? Qu'il ne va pas s'en tirer ?

D'un geste impulsif, Matt prit ses petites mains dans les siennes, et s'étonna de les trouver glacées.

— Mais non, ce n'est pas du tout ce que je voulais insinuer, rassure-toi, répondit-il avec plus d'assurance et d'optimisme qu'il n'en ressentait réellement. C'est juste qu'à mon avis, ça ne va pas être aussi facile que dans ta série télé. Mais je suis confiant : le vrai meurtrier n'a pas pu commettre un sans-faute. Les crimes parfaits, ça n'existe pas ! On réussit toujours à remonter la piste jusqu'au coupable. Il faut simplement trouver le détail qui cloche, et ça suffira comme déclencheur.

Il lui serra la main pour la réconforter, et reprit sur un ton de conspirateur :

— D'ailleurs, est-ce que tu serais prête à m'aider ?

Le visage de Lucie s'illumina instantanément, comme il l'espérait.

— T'aider à disculper Papa ? Je ne sais même pas pourquoi tu me poses la question ! Qu'est-ce que tu veux que je fasse ?

— Eh bien, si tu pouvais m'en dire un peu plus sur cette jeune femme conservateur de musée, ça m'arrangerait beaucoup. D'après ce que j'ai cru comprendre, c'est elle qui a hérité de la galerie Hatfield.

— C'est aussi ce que j'ai entendu dire.

— Tu la connais ?

— Non, mais Denise, oui. Elle m'a dit qu'elle était très gentille, et drôlement jolie par-dessus le marché.

— Comment se sont-elles rencontrées ? Dans la rue, par hasard ?

— Pas du tout. C'est Denise qui est allée à la galerie pour se présenter. Tu sais comment elle est : quand elle veut quelque chose, elle n'hésite pas ; elle fonce. En fait, ça s'est très bien passé : elles ont tout de suite accroché, toutes les deux.

Cela ne surprit pas vraiment Matt. Denise était très sociable et extrêmement sympathique.

Comme la serveuse arrivait avec leur commande, ils se turent momentanément. Tout en déposant les sandwichs et les boissons sur la table, Renée adressa un sourire prometteur à Matt avant de s'éloigner en roulant légèrement des hanches. Lucie, qui n'avait rien perdu du petit manège de la serveuse, mordit dans le gros cornichon posé sur le bord de son assiette bien garnie, une lueur d'amusement dans ses grands yeux bleus. Puis elle prit un ton innocent pour demander à son frère :

— Tu veux que je te présente ?

— A qui ? fit Matt en haussant les sourcils. A Renée ? Je crois que c'est déjà fait, non ?

— Mais non, idiot ! s'esclaffa Lucie. A Grace McKenzie ! Je suis certaine que Denise serait d'accord pour t'arranger un entretien avec elle.

— Merci beaucoup, mais je n'ai pas besoin d'aide pour aborder une femme. En général, j'arrive à me débrouiller seul ! rétorqua Matt d'un air vexé.

Ils mangèrent en silence pendant quelques instants, savourant le bon goût du bacon grillé. Puis Matt reprit :

— Et Steven Hatfield ? Tu pourrais m'en dire plus sur lui ? Je ne le connaissais pas très bien. C'était quel genre de type ?

Lucie prit le temps d'ôter une rondelle de tomate de son sandwich et de la poser sur l'assiette de son frère avant de répondre :

— Sympathique. Plutôt aimable. Et c'était un excellent prof d'art. Il savait transmettre sa passion des belles choses — il nous faisait même apprécier des détails aussi simples que les fleurs des champs ou les couchers de soleil dans les tableaux…

— Et les femmes ?

— Eh bien… Sur ce point, tu as déjà dû être informé par d'autres que moi !

— Je connais sa réputation de tombeur, si c'est ce que tu veux dire. Mais il me manque des noms. Tu n'en connaîtrais pas quelques-uns, en plus de Denise ?

— Tu veux les interroger ? Pour quoi faire ?

— Parce que les épouses et les maîtresses sont toujours les premières suspectes dans les histoires de meurtre, c'est bien connu.

Lucie secoua la tête d'un air désapprobateur.

— Voyons, Matt, en ce qui concerne Denise, tu sais bien qu'elle serait incapable de tuer qui que ce soit. En plus, elle était à la boutique, le soir où Steven…

— Tu l'as vue ? A la boutique ?

— Non, mais…

— Personne ne peut témoigner de sa présence là-bas. J'ai demandé aux autres commerçants susceptibles de l'avoir vue, mais aucun n'a pu me confirmer sa version des faits. Les deux magasins qui encadrent le sien sont fermés le lundi. Quant à Jay Dunn et Gloria Saunders, les propriétaires des boutiques qui lui font face, ils ont baissé le rideau de fer à 17 h 30, ce soir-là. Ils m'ont dit qu'ils avaient vaguement le souvenir d'avoir vu les lumières de « Babioles et fantaisie » encore allumées au moment où ils quittaient leur boutique, mais ils ne sont pas prêts à le jurer. Pas plus qu'ils ne sont prêts à affirmer que Denise est bien restée là jusqu'à 19 heures, comme elle le prétend.

— Comme elle le *prétend* ? répéta Lucie d'un air sincèrement offusqué. Enfin, Matt, tu ne crois pas que tu vas un peu loin ? D'accord, Denise a trompé Papa, mais c'est quelqu'un de foncièrement honnête. Jamais elle ne laisserait la police accuser son mari pour quelque chose dont elle serait elle-même responsable !

— Ce *quelque chose*, comme tu dis, je te rappelle que c'est tout de même un meurtre avec préméditation, rétorqua Matt d'un ton dur. Même avec les meilleures intentions du monde, il me semble que c'est un élément qui prête à réflexion, tu ne crois pas ?

— Depuis quand es-tu aussi cynique, Matty ? demanda Lucie en soupirant.

Le visage impassible, Matt récupéra un morceau de bacon croustillant qui était tombé de son sandwich et le mit dans sa bouche. Il prit le temps de le mâcher consciencieusement et de l'avaler avant de répondre d'un air sombre :

— Je ne suis pas cynique, Lucie. Je suis juste réaliste.

10.

Après avoir fait le plein à la fois de nourriture et d'informations sur les habitudes de New Hope grâce à sa promenade avec Denise, Grace retourna à la galerie Hatfield revigorée et pleine d'entrain à l'idée de se remettre à l'ouvrage. Bien décidée à abattre le maximum de travail avant le soir, elle s'installa derrière le bureau de Steven, posa les paumes bien à plat sur le sous-main de cuir souple, inspira profondément et ouvrit enfin le gros classeur métallique où elle espérait trouver les noms et adresses des gens qu'elle allait devoir contacter.

Le système de classement utilisé par Steven s'avéra pitoyable. Visiblement, l'organisation n'était pas son fort ! Dans la boîte contenant les fiches clients régnait un joyeux désordre : pas d'étiquetage ni de tri par ordre alphabétique. Du coup, toutes les informations dont Grace avait besoin se trouvaient sens dessus dessous. Sans compter que les fiches de renseignements avaient été mélangées avec des dizaines de factures hétéroclites qui ne concernaient pas forcément la galerie. Notes d'encadrement, de pressing, de polissage de bois, de vernissage et de décoration extérieure avaient été jetées là pêle-mêle, ou pour certaines agrafées ensemble selon une logique incompréhensible…

A y regarder de plus près, Grace s'aperçut que si une partie de ces notes de frais avait été réglée dans les délais impartis, le reste avait nécessité un, voire deux rappels des fournisseurs. Pour autant qu'elle se souvienne, payer ses factures à l'heure n'avait jamais constitué une priorité pour Steven, et il n'avait apparemment pas changé sur ce point, après leur séparation.

Au milieu de tout ce fatras, Grace finit par trouver une liste des tableaux actuellement exposés dans la galerie, ainsi que les doubles des lettres envoyées par Steven aux propriétaires ou aux acheteurs potentiels desdites œuvres, ainsi que des certificats d'authenticité et des papiers attestant de leur provenance. Finalement, les miracles existaient !

Certes, le tri de ces quelques documents se révéla plus long et fastidieux que Grace ne l'aurait cru. Elle aurait préféré passer du temps à remettre en valeur les tableaux découverts dans l'arrière-salle plutôt que de se pencher sur ces paperasses… Mais il fallait bien qu'elle s'y attelle à un moment ou à un autre, et plus vite ce serait réglé, moins elle aurait de soucis d'organisation par la suite.

Même en travaillant, elle n'avait pas perdu de vue son intérêt premier, à savoir, trouver des informations sur l'Eduardo Arroyo qui avait été relégué dans le fond. Elle se replongea dans le monceau de papiers qui encombrait le classeur métallique et en extirpa enfin, avec un sentiment de triomphe, un accord passé entre la galerie Hatfield et un certain Victor Lorry, négociant en art à Philadelphie. Sur le document, il était précisé que le tableau en question devait être exposé pendant une période de quinze jours, à partir du 5 octobre. Si, après ce délai, la toile n'avait toujours pas trouvé preneur, le marchand était censé la récupérer sous deux jours.

Intriguée, Grace relut le contrat au bas duquel Steven et Victor Lorry avaient apposé leur signature, en bonne et due forme. C'était la brièveté de la période d'exposition qui la tracassait : pourquoi deux semaines seulement, alors que les autres œuvres bénéficiaient d'au moins un mois ?

Laissant le classeur ouvert devant elle, Grace sortit son téléphone portable de sa poche et composa le numéro d'Angie. Après quatre sonneries dans le vide, le répondeur de son amie se mit en route.

« Bonjour, les amis ! disait sa voix enjouée. Désolée, mais je ne peux pas vous répondre pour l'instant. Dès que vous entendrez le bip, à vous de jouer ! »

Grace lui laissa un message détaillé avant de raccrocher, déçue de n'avoir pu obtenir de conseil tout de suite. Enfin, Angie la rappellerait sûrement dès qu'elle le pourrait... Dans l'intervalle, pas question de se tourner les pouces ! Posant le doigt sur la première ligne de la liste qu'elle avait posée au centre du bureau, la jeune femme se mit en devoir de contacter chacune des personnes qui avaient mis leurs œuvres en dépôt à la galerie.

La plupart d'entre elles étaient déjà au courant de la mort de Steven. Les quelques personnes à qui Grace dut annoncer la triste nouvelle lui adressèrent toutes leurs condoléances avant de s'inquiéter du sort de leurs œuvres. Heureusement, une fois qu'elle leur eut dit qui elle était, ils parurent rassurés. Qui mieux qu'un conservateur de musée aurait pu veiller sur leurs possessions ? D'autant que les conditions de leurs accords avec Steven ne seraient absolument pas remises en question.

Grace n'eut pas autant de chance avec Victor Lorry. Son répondeur s'enclenchait systématiquement après trois brèves sonneries, ce qui voulait dire qu'il était absent ou qu'il filtrait ses appels. Elle décida donc de lui laisser un message pour lui demander de la joindre à la galerie dès qu'il le pourrait.

Retournant à son entreprise de rangement, la jeune femme se mit à classer les factures, les relevés bancaires, les rappels d'impôts que la police avait déjà dû examiner. Il ne lui fallut pas longtemps pour se rendre compte que les affaires de Steven ne marchaient pas si bien que cela. Bizarre ! Pendant les quatre années où il avait géré sa galerie — la grande fierté de son existence —, il s'était vanté auprès d'elle de l'immense réussite de son entreprise, chaque fois qu'ils se parlaient au téléphone, c'est-à-dire trois ou quatre fois par an. Pourtant, maintenant qu'elle avait la totalité de ses comptes sous les yeux, elle voyait bien que ses dépenses dépassaient très largement ses profits, et qu'il n'avait certainement pas pu mener la grande vie, comme il s'était évertué à le lui faire croire.

A la tombée du jour, ni Victor Lorry ni Angie ne l'avaient rappelée. Alertée par la baisse d'intensité de la lumière extérieure, Grace se rappela brusquement qu'elle devait dîner chez les Baxter. Elle était tellement plongée dans ses occupations qu'elle n'avait pas vu le temps passer ! Elle jeta un coup d'œil inquiet en direction de la pendule et laissa échapper un cri étouffé.

Non loin d'elle, sur le petit côté de la galerie, un visage d'homme s'encadrait dans la fenêtre, illuminé par l'éclairage municipal qui venait de se mettre en route.

Ses cheveux d'un roux éclatant, coupés court sur les côtés, bien dégagés autour des oreilles, lui faisaient une sorte de couronne de boucles épaisses sur le haut du crâne. Il devait avoir dans les trente ans, mais son expression était presque enfantine. Ses grands yeux ronds prirent un air affolé lorsqu'il vit Grace saisir la première arme qui lui était tombée sous la main — un coupe-papier en forme de dague.

Une fraction de seconde plus tard, il avait disparu.

Arme au poing, Grace se rua vers la porte d'entrée dans l'espoir de l'apercevoir ou, au moins, de noter l'immatriculation de son véhicule, mais il avait profité de l'obscurité pour s'enfuir sans demander son reste.

Un peu secouée par cette visite imprévue, la jeune femme se dépêcha de rentrer pour verrouiller la porte à double tour et afficher le panneau « Fermé ». Puis elle attrapa son sac à main et en sortit le carton sur lequel le commissaire Nader lui avait noté le numéro du poste de police. Elle le composa d'une main tremblante.

Un adjoint qu'elle ne connaissait pas lui demanda poliment ce qu'elle voulait. Elle s'empressa de raconter ce qui venait de lui arriver.

— Bien, tout est noté, mademoiselle McKenzie, répondit le policier. Nous allons venir vérifier dans quelques instants. Où vous trouvez-vous en ce moment ? Toujours à la galerie ?

— Oui, mais je m'apprêtais à partir, en fait. Dites au commissaire Nader que je reste joignable sur mon portable. Ou s'il préfère m'appeler sur un fixe, dites-lui de me contacter chez Denise Baxter. J'y serai pour le dîner.

— Peut-être devriez-vous rester où vous êtes jusqu'à ce que notre équipe arrive, mademoiselle.

— Ecoutez, la maison des Baxter n'est vraiment pas loin d'ici, reprit Grace tout en empochant le coupe-papier qu'elle avait bien l'intention d'emporter avec elle. Ne vous inquiétez pas pour moi, ça va aller. Et merci d'avoir répondu si rapidement.

Sur ce, elle mit fin à la communication. Après avoir enfilé sa veste de cuir rouge qu'elle avait abandonnée sur un siège près de l'entrée, elle remit l'alarme en route et éteignit toutes les lumières à l'exception de la lampe de bureau. Précaution inutile, sans doute, mais cela la rassurait de ne pas se retrouver dans le noir complet. Elle s'assura une dernière fois que personne ne la guettait, tapi dans l'ombre, et, prenant son courage à deux mains, elle sortit de la galerie pour se rendre d'un bon pas chez son hôtesse.

La famille Baxter avait élu domicile dans une délicieuse demeure coloniale dont le perron abrité d'un auvent était décoré de lanternes en forme de citrouilles et de grands épis de maïs, selon la coutume locale en cette période d'Halloween. Sur le côté, une brouette à la retraite avait trouvé une nouvelle jeunesse grâce à une énorme touffe de chrysanthèmes jaune d'or.

Grace regarda le petit bouquet de chrysanthèmes jaune pâle qu'elle tenait à la main : il faisait bien piètre figure à côté de la gigantesque gerbe qui ornait le perron de ses hôtes ! Le moins qu'on puisse dire, c'était qu'elle ne se ferait pas remarquer pour son originalité…

Ce fut Denise qui lui ouvrit la porte, toute souriante, vêtue d'un tablier brodé qui suggérait aux invités d'embrasser la cuisinière ! Elle se montra absolument enchantée du bouquet que lui tendit Grace.

— Merci beaucoup, mais il ne fallait pas ! Comme elles sont belles ! Comment saviez-vous que le jaune était ma couleur préférée ?

— Eh bien, à vrai dire, je l'ignorais jusqu'à maintenant ! répondit Grace avec naturel. J'ai juste remarqué qu'il y avait beaucoup de jaune dans votre boutique, alors je me suis dit que cette couleur ne vous déplairait pas trop…

— Vous êtes très observatrice, dites-moi ! Allez, ne restez pas là dans le froid. Entrez donc !

Elle précéda son invitée dans une grande cuisine accueillante où une flambée crépitait joyeusement. Une délicieuse odeur de tomates fraîches, d'ail et de basilic flottait dans l'air, et Grace se sentit soudain en appétit.

Debout devant l'évier, une jeune fille qui ne devait pas dépasser les vingt printemps était en train de nettoyer la salade.

— Vous devez être Lucie ? fit Grace en s'avançant vers elle avant même que Denise ait eu le temps de faire les présentations.

La jolie blondinette se retourna, ses grands yeux bleus brillant de sympathie, et prit volontiers la main que Grace lui tendait.

— Et vous, vous devez être Grace, si je ne m'abuse ! rétorqua-t-elle avec un gentil sourire.

Après s'être essuyé les mains sur le torchon qui pendait à une patère, elle prit la veste de leur invitée et l'accrocha au portemanteau près de la fenêtre.

— Vous savez, vous n'avez pas du tout l'air d'un conservateur de musée ! Enfin, comparé à ceux que j'ai pu rencontrer…

— Si c'est un compliment, merci beaucoup ! répondit Grace avec amusement.

— Mais oui, c'en est un ! Et pas la peine de me remercier : ce n'est que la stricte vérité.

Pendant ce temps, Denise avait sorti une bouteille de vin, puis avait rempli trois élégants verres à pied.

— Bienvenue chez nous, Grace !

Elles trinquèrent toutes les trois, appréciant le tintement des verres de cristal avant d'en goûter le contenu non moins précieux.

— Oh ! Mais vous portez le pendentif ! s'exclama Denise, l'air ravi. J'avais raison : il vous va à la perfection.

Instinctivement, Grace effleura la pierre du bout des doigts, comme pour en éprouver le poli.

— En tout cas, je l'adore, ce bijou. Merci encore de me l'avoir si gentiment offert, Denise. Et merci également de cette invitation à dîner. Je me sens presque chez moi à New Hope, maintenant !

Sur ce, elle prit une gorgée du vin italien, et savoura le goût délicat et réconfortant du liquide couleur rubis. Elle sentit alors retomber la tension accumulée pendant cette journée riche en émotions. Cette soirée détendue et conviviale allait lui faire beaucoup de bien, elle en était persuadée.

Denise l'observait par-dessus le cristal de son verre.

— Que se passe-t-il, Grace ? demanda-t-elle d'une voix où perçait l'inquiétude. Vous avez l'air toute chose.

Un petit rire nerveux s'échappa de la gorge de Grace.

— Pourquoi ? Ça se voit tant que ça ?

— Vous n'arrêtez pas de jeter des coups d'œil en direction de la fenêtre, depuis que vous êtes arrivée.

Grace soupira. Elle ne voyait pas pourquoi elle aurait caché les raisons de son anxiété à ses hôtesses ; aussi leur confia-t-elle sans se faire prier davantage ce qui lui était arrivé à la galerie.

— C'est sûrement le même homme qui vous a attaquée la nuit dernière ! déclara Denise. Quel culot ! Oser revenir dans les parages après ce qu'il vous a…

— Non, ce n'était pas lui, coupa Grace, l'air déterminé.

Cet homme-là était nettement moins costaud que celui avec lequel je me suis battue. Et de toute façon, j'aurais remarqué ses cheveux roux, la première fois. Même dans la pénombre. Une couleur pareille, ça ne passe jamais inaperçu.

— Des cheveux roux ? répétèrent Denise et Lucie à l'unisson avant d'échanger un regard significatif.

— Est-ce qu'il avait de grands yeux bleus ronds comme des boules de billard ? demanda Denise.

— Je n'ai pas remarqué leur couleur, mais il avait effectivement de grands yeux ronds.

Denise hocha vigoureusement la tête.

— Alors, c'est Bernie Buckman, conclut-elle d'un ton sans réplique. Steven et lui étaient amis. Ne me demandez pas pourquoi : ça nous a tous surpris. Ils n'avaient pas grand-chose en commun. Vous avez connu Steven mieux que moi : vous savez donc qu'il était plutôt du genre sorties à tout-va et mondanités jusqu'à plus soif !

Grace ne put s'empêcher de sourire à cette description plutôt juste de son ex-fiancé.

— Bernie, lui, a toujours été un solitaire, poursuivit Denise. Il n'avait pas d'amis ni de famille, à part sa grande sœur qui habite avec lui. D'où le choc sans précédent qu'a constitué pour lui la disparition de Steven.

— Qu'est-ce qu'il pouvait bien me vouloir ? reprit Grace, l'air soucieux.

— Bah ! Il était juste curieux de voir la tête de la nouvelle propriétaire de la galerie Hatfield, comme tout le monde en ville.

— Mais pourquoi n'est-il pas venu me parler ?

— Parce qu'il est bien trop timide pour oser vous aborder comme ça, intervint Lucie. Vous avez dû lui flanquer une de ces frousses quand vous avez sorti votre coupe-papier !

C'est sûrement pour ça qu'il s'est enfui sans demander son reste.

— Le pauvre ! Si j'avais su, je n'aurais pas réagi comme ça ! dit Grace tout en refusant d'un signe de tête le vin que Denise voulait lui resservir. Vous croyez qu'il va avoir des problèmes avec le commissaire à cause de moi ?

— Non, pourquoi ? fit Denise après avoir reposé la bouteille sur le comptoir de la cuisine. Il n'a rien fait de mal, après tout. Par contre, quand Josh Nader vous posera des questions sur ce qui s'est passé cette nuit, il vaudrait mieux pour Bernie que vous n'en remettiez pas une couche. Vous n'aurez qu'à dire qu'après votre mésaventure, le soir de votre arrivée, vous étiez un peu sur les nerfs et que vous vous êtes fait une montagne de pas grand-chose.

— Si cela peut éviter des ennuis à ce pauvre Bernie, bien volontiers ! répondit Grace avant de poser son verre vide. Mais je n'arrive toujours pas à comprendre quels liens il avait pu tisser avec Steven s'ils n'avaient rien en commun.

— J'ai peut-être exagéré en disant « rien », corrigea Denise. Ils partageaient tout de même une passion : la pêche.

— Vraiment ?

— Oui, vous savez, la pêche à la ligne ! fit Denise tout en mimant le geste d'amorcer une canne à pêche.

Aussitôt, Grace repensa à la boîte d'appâts qu'elle avait découverte à la galerie.

— C'est bizarre, dit-elle, parce que je suis certaine que Steven détestait la pêche !

— C'est exactement ce qui m'a frappée quand il s'est mis à accompagner Bernie dans ses tournées de pêche, renchérit Denise, debout devant le four d'où elle venait de sortir une énorme portion de lasagnes fumantes pour la poser sur un dessous-de-plat en métal argenté. Steven était bien trop délicat pour vider un poisson ou accrocher des vers vivants à un hameçon. Ça l'aurait dégoûté !

Elle ôta ses maniques et posa des couverts de service à côté du plat. La bonne odeur du fromage gratiné, mélangée au parfum alléchant de la sauce tomate encore bouillante, s'était répandue dans la cuisine, mettant l'eau à la bouche de Grace.

— Il n'empêche que Steven partait rejoindre Bernie au bord du fleuve tous les matins, ajouta la jeune femme en haussant les épaules. C'est comme ça qu'ils sont devenus amis. Peut-être que Bernie a réussi à lui communiquer le goût de la pêche ? En tout cas, Steven ne m'en a pas soufflé mot. D'ailleurs, je n'ai jamais remarqué aucun matériel de pêche chez lui : pas plus au cottage qu'à la galerie.

— Moi, si.

Interloquées, les deux femmes tournèrent la tête vers Grace.

— J'ai trouvé une boîte pleine de matériel de pêche à la galerie, pas plus tard que ce matin. Et tenez-vous bien : elle était remplie d'appâts de luxe, tout neufs !

Denise hocha la tête d'un air entendu.

— Tout neufs, vous dites ? Dans ce cas, je sais de quoi il s'agit. Steven m'avait confié qu'il voulait acheter une belle collection de mouches artificielles pour l'offrir à Bernie en cadeau d'anniversaire. Ce pauvre garçon en rêve depuis longtemps, mais avec le modeste salaire qu'il touche pour s'occuper des tombes au cimetière municipal, tout ce qu'il peut se permettre, ce sont des appâts vivants — des vers de vase, surtout.

— Ah bon ? Je comprends mieux, fit Grace. Et vous

dites que c'était pour son anniversaire ? Je vais m'assurer qu'il aura son cadeau, alors.

Les trois jeunes femmes en étaient là de leur conversation lorsque quelqu'un frappa bruyamment à la porte, déclenchant une grimace excédée chez Denise.

— Pff ! On ne peut jamais être tranquilles ! Je parie que c'est Josh. Il n'y a que lui pour s'obstiner à tambouriner à la porte alors qu'il y a une sonnette qui fonctionne parfaitement !

Elle quitta la cuisine et, quelques instants plus tard, revint accompagnée du commissaire de New Hope.

— Bonsoir, Lucie. Bonsoir, mademoiselle McKenzie, fit Josh Nader tout en ôtant galamment son couvre-chef. Vous avez signalé une seconde tentative d'effraction à la galerie ?

Grace se demanda si son imagination ne lui jouait pas des tours : elle avait eu un instant l'impression que le commissaire se montrait sceptique.

— Non, non… enfin, si, mais…, bafouilla-t-elle avant de réaliser que sa réponse devait être confuse. En fait, c'était une erreur.

— Une erreur ? répéta Josh Nader en plissant le front. Vous voulez dire que vous avez inventé l'homme qui vous regardait par la fenêtre ?

— Non, je ne l'ai pas inventé, mais ce n'était pas une tentative d'effraction, voilà tout, reprit Grace avec un petit rire nerveux. Ce qu'il y a, c'est que l'épisode d'hier soir m'a un peu… comment dire ? Il m'a mise sur les nerfs, conclut-elle en employant à dessein les mots de Denise. Du coup, je crois que j'ai réagi de façon un peu excessive. Mais il n'y avait rien de grave, en réalité.

— Si vous le permettez, c'est plutôt à moi d'en juger

d'après ce que vous allez me dire, intervint le commissaire tout en sortant son calepin et son stylo de sa poche. Pourriez-vous me décrire l'homme qui vous a effrayée ? Ou est-ce qu'il faisait encore une fois trop sombre pour que vous ayez pu distinguer ses traits ?

Cette fois, Grace n'avait pas rêvé : il y avait une note nettement sarcastique dans le ton qu'il avait employé. Un peu énervée, elle dut se contenir pour ne pas répondre vertement au policier.

— Ce n'était pas le même homme que la dernière fois, et je ne compte pas porter plainte. Alors, si vous pouviez le laisser en paix… Ce n'est pas sa faute si j'ai eu peur pour rien !

— Vous parlez de cet individu comme si vous connaissiez son identité, fit remarquer le commissaire.

Désemparée, Grace jeta un coup d'œil implorant à Denise qui vint aussitôt à son secours.

— C'était Bernie.

Stylo en main, Josh Nader se tourna une nouvelle fois vers Grace.

— Cheveux d'un roux très vif, coupés court sur les côtés et bouclés sur le dessus ? Yeux bleus et ronds ?

Grace hocha la tête en guise de réponse.

Avec un soupir, le chef de la police rempocha son calepin.

— D'accord. C'est bien Bernie que vous avez vu.

Denise tenta de proposer une explication à sa présence.

— Il devait être curieux de voir à quoi ressemblait Grace, mais il était trop timide pour se présenter… Si vous pouviez le laisser tranquille, ce serait nettement mieux. Il a suffisamment souffert comme ça, le pauvre garçon !

— Ne me faites pas passer pour un monstre, Denise, d'accord ? lança le commissaire.

Mais au lieu de baisser les bras, la jeune femme parut redoubler de combativité. Le menton en avant, un air de défi sur son joli visage, elle répliqua sèchement :

— Je ne changerai d'avis sur vous qu'une fois que vous aurez fait relâcher Fred, *commissaire* !

D'un geste las, Josh Nader remit son couvre-chef.

— Bien, dans ce cas, il ne me reste plus qu'à vous souhaiter une bonne soirée, mesdames. Et à vous prier de ne pas vous mettre inutilement en danger.

Grace attendit qu'il fût parti pour reprendre la parole.

— Vous croyez que Bernie va avoir des ennuis à cause de moi ?

— Non, lui assura Denise. Josh peut se montrer étonnamment borné sur certains points, mais c'est quand même un homme de parole.

Saisissant le dessous-de-plat par ses poignées ignifugées, elle l'apporta triomphalement sur la table de la cuisine où un ravissant couvert avait été dressé.

— Allez, les lasagnes n'attendent pas ! Vous avez faim, j'espère ?

— Faim ? répéta Grace. Vous voulez rire ? Je ne suis qu'un estomac !

— Eh bien, prenez une chaise et installez-vous. Et comme on dit en italien, « *mangiamo* » !

Un vent frisquet s'était levé lorsque Grace quitta la maison des Baxter, peu après 22 heures. Le dîner avait été absolument délicieux, et les convives s'étaient montrées charmantes. Elle avait apprécié la compagnie de Lucie qui, bien qu'un peu timide et effacée au début, s'était révélée adorable et pleine d'entrain. On pouvait lui pardonner ses moments de silence si l'on considérait la situation dans laquelle elle se trouvait plongée malgré elle : à vingt ans, savoir que son père était le principal suspect dans une affaire de meurtre, ce n'était pas rien !

En tout cas, sur tout ce qui ne concernait pas ce drame, la jeune fille s'était ouverte à Grace de façon naturelle et touchante. Sans doute la considérait-elle comme une interlocutrice privilégiée, vu l'orientation qu'elle avait choisie pour sa future carrière. Encouragée en cela par Steven, dont elle avait suivi l'enseignement pendant son cursus d'art à l'université, elle avait échafaudé le projet un peu fou d'aller passer tout l'été en Provence pour se consacrer à la peinture, son domaine de prédilection. Seulement, les événements des derniers jours avaient quelque peu freiné son enthousiasme.

Quant à sa relation avec Denise, elle semblait étonnamment solide, si l'on prenait en compte le fait que cette dernière avait trompé le père de Lucie. Certes, ce rapprochement était bien compréhensible, étant donné les circonstances : après tout, la jeune fille n'était âgée que de dix ans quand son père, veuf, s'était remarié. Par contre, d'après les bribes d'informations que Grace avait pu saisir au cours de la soirée, les relations entre Denise et Matt, le frère aîné de Lucie, ne devaient pas être aussi simples.

Plongée dans ses pensées, la jeune femme venait de sortir ses clés de voiture de son sac quand elle perçut un léger bruissement provenant du chemin parallèle au canal, derrière l'endroit où elle se trouvait stationnée. Au même moment, elle vit un faible faisceau de lumière balayer le sol.

— Décidément…, marmonna-t-elle en serrant immédiatement dans sa main glacée le coupe-papier dont elle doutait qu'il lui fût d'une grande utilité.

Au même moment, son regard tomba sur une pelle dont le manche était appuyé contre le mur de la galerie. Retenant sa respiration, elle l'attrapa fermement et s'avança à pas de loups vers le sentier couvert de feuilles mortes. Heureusement, le lampadaire prodiguait suffisamment de lumière pour qu'elle pût distinguer les traits du mystérieux noctambule.

L'homme — car c'était un homme, et bien bâti, qui plus est — se tenait debout, dos à elle, et paraissait complètement absorbé dans la contemplation du sol qu'il éclairait au moyen d'une lampe torche. Grand, les épaules larges, il aurait pu facilement la maîtriser si l'envie lui en était venue. Mais pour le moment, il restait obstinément penché vers le sol, indifférent à tout ce qui l'entourait.

Ce n'était pas Bernie Buckman, aucun doute là-dessus. Par contre, Grace n'aurait pas pu jurer que l'homme n'avait rien à voir avec l'inconnu qui l'avait agressée la veille au soir, à son arrivée à la galerie…

Peu désireuse de renouveler son expérience malheureuse, Grace leva bien haut la pelle au-dessus de son épaule, comme elle aurait tenu une batte de base-ball, et lança d'une voix qu'elle espérait assurée :

— Ne bougez plus ! A moins que vous n'ayez envie de vous retrouver avec une commotion cérébrale, vous aussi !

11.

L'homme qu'elle avait interpellé se tourna lentement vers elle. Mais au lieu de s'enfuir à toutes jambes en la bousculant au passage, comme le cambrioleur de la veille, il se contenta de rester là, debout, à la toiser de haut en bas, une expression vaguement moqueuse sur son visage noyé d'ombre.

— Eh bien, dites-moi ! Quelle belle position ! déclara-t-il enfin d'une voix grave où ne perçait pas la moindre trace d'inquiétude. Vous pourriez briguer un poste de batteuse professionnelle : je suis sûr que vous seriez engagée dans les plus grandes équipes de base-ball du pays !

Elle avait affaire à un comique. Mais un comique absolument pas drôle, à son goût ! Sans montrer à quel point sa remarque ironique l'avait décontenancée, elle esquissa un geste du bout de sa pelle et poursuivit sur le même ton menaçant :

— Avancez un peu pour vous mettre en pleine lumière, que je vous voie bien ! Et mettez les mains en l'air. Pas de gestes brusques, je vous préviens !

— Oui, m'dame. A vos ordres !

Nonchalamment, l'inconnu obéit à ses injonctions. Maintenant qu'elle le voyait mieux, Grace put l'observer à loisir : elle lui donnait entre trente-cinq et quarante ans. Ses cheveux sombres et épais auraient conféré à son visage viril une allure ténébreuse, n'eût été la présence de deux yeux pétillant de malice qui la regardaient fixement. Si l'on ajoutait à cela son petit sourire en coin, il ressemblait davantage à un étudiant facétieux qu'à un dangereux agresseur ! Dans d'autres circonstances, elle lui aurait certainement rendu son sourire. Mais il n'était pas question de plaisanter, vu la situation.

— Vous devriez peut-être baisser votre arme avant que le coup ne parte par surprise…, lui conseilla l'homme dont le sourire désarmant s'était encore accentué.

— Et vous, vous devriez arrêter de prendre tout ça comme une bonne blague ! rétorqua la jeune femme, plus vexée qu'elle ne voulait l'admettre. Je parle sérieusement, vous savez ?

— D'accord. Toutes mes excuses, fit-il en s'inclinant à demi, l'air moqueur.

— S'introduire par effraction dans un bâtiment privé relève du délit passible de prison ! reprit Grace, tout en fourrageant de sa main libre dans son sac, à la recherche de son portable.

Elle avait reposé le manche de la bêche sur son épaule, et le poids commençait à se faire sentir. Pourvu que la police de New Hope consente à se déplacer une nouvelle fois pour lui venir en aide, après la fausse alerte de tout à l'heure !

— Mais je n'étais pas en train de commettre une effraction ! protesta l'inconnu d'un ton calme qui eut pour effet de l'énerver un peu plus.

— Peut-être pas ce soir, mais hier, c'est bien ce que vous

avez fait ! J'ai une bosse derrière le crâne qui en témoignera devant n'importe quel tribunal !

— Désolé pour la bosse et aussi pour la commotion cérébrale, mais ce n'est pas moi qui vous ai fait ça !

Grace avait déjà le doigt sur le clavier de son téléphone, mais en entendant cette réponse, elle s'arrêta net.

— Comment êtes-vous au courant ? Pour la commotion cérébrale ?

— C'est vous qui en avez parlé, il n'y a pas deux minutes… Pardonnez-moi si je ne me présente que maintenant : je suis Matt Baxter.

Sur le coup, elle faillit lâcher son portable. Matt Baxter ? Mais alors, c'était lui, l'agent du FBI — le fils de Fred Baxter !

— Est-ce que je suis autorisé à baisser les mains ? demanda-t-il d'un air comique.

Confuse, la jeune femme laissa tomber sa pelle dans le parterre de fleurs.

— Oui, évidemment. Mais qu'est-ce qui vous a pris de venir fouiner dans les parages, à cette heure de la nuit ?

— Je suis vraiment désolé si je vous ai effrayée… Et si on recommençait depuis le début ? proposa-t-il avec un nouveau sourire à faire fondre n'importe quelle femme. Bonsoir. Matt Baxter. Enchanté de faire votre connaissance.

Cette fois, elle lui sourit en prenant la main qu'il lui tendait aimablement.

— Ravie de vous rencontrer, fit-elle. Je suis Grace McKenzie.

— Je sais parfaitement qui vous êtes. C'est vous la nouvelle propriétaire de la galerie Hatfield.

— Et vous, vous êtes là pour enquêter sur la mort de Steven Hatfield, répliqua Grace pour lui montrer qu'il n'était pas le seul à posséder des informations précises.

— Effectivement. D'ailleurs, je vous l'aurais dit si vous m'en aviez laissé le temps.

— Et que cherchiez-vous par ici ?

Il s'appuya négligemment contre le lampadaire.

— Un indice quelconque que le coupable aurait oublié dans sa fuite.

— La police a déjà fait des recherches tout autour de la galerie, mais ça n'a rien donné.

— Avec tout le respect que je leur dois, ils n'étaient peut-être pas tout à fait assez... comment dire ? motivés pour trouver ce qu'ils cherchaient. Moi, par contre, je le suis. Et pour cause !

— Vous voulez dire que vous avez fait une découverte ?

— Pas ici, malheureusement, répondit Matt en lui adressant un nouveau sourire éblouissant. Mais si vous acceptiez de me faire entrer, je dénicherais peut-être un indice intéressant.

Charmant et direct ! songea Grace. Une combinaison à toute épreuve !

— Vous voulez entrer dans la galerie ?

— Pourquoi ? Ça vous pose un problème ?

— Vous savez, Sarah Hatfield a déjà fait nettoyer l'endroit de fond en comble. Alors, question indices, vous risquez de faire chou blanc...

— J'en suis bien conscient.

— Et vous voulez tout de même jeter un coup d'œil ?

— Oui. Si ça ne vous dérange pas, bien sûr.

Comment aurait-elle pu refuser ? D'autant qu'il le

demandait si poliment ! D'ailleurs, elle le trouvait charmant. Elle qui l'imaginait comme un agent fédéral autoritaire et prétentieux, elle s'était largement trompée sur son compte ! En fait, il avait même l'air… humble. Et il était plutôt bel homme, ce qui ne gâchait rien. Certes, elle n'avait pas pour habitude de céder aux arguments de n'importe quel séduisant spécimen de la gent masculine, mais celui-là ne la laissait pas indifférente…

Sans rien dire, elle déverrouilla la porte d'entrée, et s'effaça pour le laisser entrer. Au passage, elle huma les effluves de son eau de toilette : un parfum frais et boisé, avec une note épicée — un peu musquée… Un bon choix !

Il ressemblait beaucoup à Fred Baxter, dont elle avait vu des photos, lors du dîner avec le reste de la famille. Sauf que le fils était encore plus beau que le père. Ses grands yeux d'un bleu profond, presque marine, semblaient vous transpercer jusqu'à l'âme. Sa barbe de trois jours lui donnait l'air à la fois canaille et sexy. Il portait un pantalon de velours côtelé noir et un blouson de cuir, noir lui aussi, par l'échancrure duquel elle apercevait une chemise écrue dont il n'avait pas fermé les derniers boutons. Bref, il avait une allure à la fois chic et décontractée — un cocktail particulièrement attirant.

— Si j'ai bien compris, c'est la pièce du fond qui a été mise à sac par notre mystérieux cambrioleur ?

— *Mise à sac* est un peu exagéré, répondit Grace. Il a fait tomber quelques toiles, voilà tout.

— Ce qui veut dire qu'il était à la recherche d'un tableau précis.

— C'est exactement ce que je me suis dit. Je n'ai pas encore eu le temps de me livrer à un inventaire complet, mais dès que ce sera fait, je saurai s'il manque une toile, et laquelle.

Matt pointa l'index vers l'ouverture en ogive dans le fond de la salle d'exposition.

— C'est par là ?

— Oui.

— Est-ce que vous m'autorisez…

— Mais bien sûr ! répondit Grace en le guidant vers la pièce en question qu'elle éclaira au moyen de l'interrupteur placé juste derrière le grand bureau de Steven.

Matt se posta dans l'ouverture pour prendre la mesure des dégâts, avant de pénétrer dans l'arrière-salle.

Il alla droit aux tableaux que Grace avait replacés contre le mur pour les examiner un à un. Au bout de quelques instants, il conclut sans quitter les toiles des yeux :

— Steven Hatfield s'était donc spécialisé dans les représentations paysagères par des artistes de la région ?

— C'est exact.

— La police a-t-elle confisqué tous les documents administratifs concernant la galerie ? Contrats, notes de téléphone, factures…

— Je l'ignore mais en tout cas, il en reste pas mal ici.

— Et son ordinateur portable ?

— Il est toujours au commissariat. Tout comme son téléphone mobile, d'ailleurs.

Elle venait de terminer sa phrase quand son propre mobile se mit à sonner. Avant de répondre, elle tendit à son interlocuteur une petite clé qu'elle avait détachée de son trousseau.

— Qu'est-ce que c'est ?

— C'est la clé qui ouvre le gros classeur métallique que vous trouverez dans le dernier tiroir du bureau, expliqua Grave tout en jetant un coup d'œil à l'écran de son portable.

Le numéro d'Angie venait de s'afficher, et elle se dirigea vers l'autre bout de la pièce, une main sur le haut-parleur du téléphone.

— Désolée, souffla-t-elle à l'intention de Matt, mais il faut absolument que je prenne cet appel. Commencez sans moi !

Puis elle répondit enfin :

— Salut, Angie !

— Salut, ma belle. Désolée d'avoir tant tardé à te rappeler. Mon ordi avait planté, alors j'ai été obligée de courir au musée pour récupérer les infos que tu m'avais demandées.

— Et alors ?

— L'Arroyo dont tu m'as parlé faisait partie de la collection exposée lors d'une grande rétrospective au musée Griff au printemps 2000. En tout, quarante-deux tableaux, y compris ton *Jour de marché*. A l'époque, c'était un certain Ronald Sutherland qui en était propriétaire. Il nous l'avait prêté avec deux autres œuvres du maître. Depuis, il est décédé, ce qui veut dire que la toile a très bien pu être vendue, soit de manière privée, soit lors d'une vente aux enchères. J'ai essayé de contacter la veuve de Sutherland pour avoir plus de renseignements, mais elle est actuellement en voyage au Japon et elle ne rentrera qu'après Thanksgiving.

— Tu as une idée de la valeur du tableau ?

— Au moment de l'expo, il était estimé à 85.000 dollars. J'ai demandé à un ami basé en Californie, spécialiste de l'art de la côte Ouest, si la cote du tableau avait pu augmenter depuis. A son avis, étant donné que *Jour de marché* constitue le dernier volet d'une série, et que l'œuvre d'Arroyo a encore pris de la valeur, le tableau peut difficilement être étiqueté à moins de 100.000 dollars. Personnellement, ça me paraît tout à fait crédible. Vu la popularité que rencontre Arroyo actuellement, personne de sensé n'irait brader une toile aussi recherchée ! Ce qui veut dire qu'il y a quelque chose qui cloche dans le prix affiché par la galerie de ton ex. Si ça se trouve, Steven ou le négociant qui lui avait confié le tableau avait tout intérêt à ce qu'on l'en débarrasse vite fait…

Du coin de l'œil, Grace vit que Matt avait déjà ouvert l'un des dossiers qui se trouvaient dans la boîte.

— Merci beaucoup, Angie, murmura-t-elle vivement. Tu es un amour d'avoir cherché tout ça pour moi.

— Hé là ! Ne raccroche pas si vite, ma jolie ! s'exclama son amie à l'autre bout de la ligne. C'est comment, New Hope ?

Se sentant observé, Matt leva les yeux et adressa un sourire contagieux à Grace.

— Eh bien, c'est… comment dire ? Tout à fait surprenant ! fit-elle en réprimant son envie de rire.

— Comment ça, *surprenant* ? Allez, raconte ! répliqua Angie d'un ton suppliant.

— Pas maintenant. Une autre fois, Angie. Allez, bonne nuit ! Et merci encore ! Quand je rentre, je t'offre un bon dîner pour me faire pardonner de t'avoir envoyée courir à l'autre bout de Boston !

— Comme tu voudras. Du moment que ce n'est pas toi qui cuisines, je suis partante !

— Ha ha ! Très drôle ! rétorqua Grace d'un ton faussement vexé, avant de raccrocher.

Elle revint vers le bureau où Matt continuait de s'affairer.

— Alors ? Vous avez trouvé quelque chose ?

— Bof ! Rien de très intéressant, répondit-il en mettant une facture de côté. Mais parlons plutôt de vous : ça vous plaît de diriger la galerie Hatfield ?

— Eh bien, pour être sincère, je n'ai pas encore eu le temps de me faire une opinion. Vous savez, je ne suis là que depuis hier, et j'ai passé le plus clair de ma journée à classer des papiers, à passer des coups de fil et à ranger. Je n'ai même pas pu ouvrir la galerie au public, tellement j'ai été absorbée par les tâches administratives.

— Mais vous étiez déjà venue, non ? Je veux dire, quand Steven était encore en vie…

S'asseyant nonchalamment sur le bord du bureau, Grace soupira.

— Non.

Matt leva le nez du dossier qu'il venait de refermer, la main sur une autre liasse de documents, l'air soudain très intéressé.

— Ah ! Dans ce cas… Peut-être pourrez-vous m'en dire un peu plus sur votre travail au musée Griff ? Ça fait combien de temps que vous en êtes le conservateur ?

— Quatre ans.

— Et avant ? Que faisiez-vous ?

— C'est un interrogatoire dans les règles, dites-moi ! s'exclama Grace d'un air espiègle. Bon, si vous voulez mon CV complet, le voilà : avant de décrocher mon poste actuel, j'ai passé trois ans à la fondation Poltiss comme archiviste. Et avant ça, je travaillais à la galerie Beacon Hill. Toujours à Boston.

Matt eut un sourire absolument éblouissant.

— Et c'est là que vous avez rencontré Steven ?

— Pas du tout ! C'était à Philadelphie, lors d'une vente aux enchères à laquelle nous assistions tous les deux. A l'époque, il était encore étudiant en art. Mais après notre rencontre, il en a eu vite assez de faire des allers-retours entre Philadelphie et Boston, et il s'est arrangé pour faire transférer son dossier à la fac de Boston.

— Et c'est à ce moment-là que vous vous êtes fiancés ?

Elle hocha la tête en signe d'acquiescement, secrètement impressionnée par la facilité avec laquelle Matt semblait capable de mener plusieurs réflexions de front. Il était parfaitement à l'aise dans leur conversation, alors qu'il continuait de parcourir les documents étalés sous ses yeux. Elle réalisa soudain qu'il s'était arrangé pour la faire parler uniquement d'elle-même. C'était à la fois flatteur et un peu troublant. Parce qu'elle avait l'impression d'être vaguement suspectée. Mais de quoi ? Elle n'aurait su le dire…

Elle choisit de lui retourner un sourire innocent.

— Vous pourriez me dire pourquoi l'histoire de ma vie vous passionne tellement ?

— Eh bien, répondit Matt en haussant les épaules, la façon dont vous avez agressé ce cambrioleur a fait de vous une sorte de célébrité locale ! Alors, j'étais curieux de découvrir la femme qui se cachait derrière la légende…

— Balivernes ! rétorqua Grace. Ne me prenez pas pour plus bête que je ne suis. Je me rends bien compte que vous me posez des questions archi-précises depuis le début. Est-ce que, par hasard, vous me soupçonneriez d'avoir assassiné Steven, agent Baxter ?

— Pas exactement.

En tout cas, il ne recourait pas à des faux-semblants.

— Et qu'entendez-vous par « pas exactement » ? insista la jeune femme.

— Je veux dire que je travaille à rebours, en éliminant les suspects possibles, jusqu'à ce que je me retrouve avec le coupable évident sous les yeux. J'espère que je ne vous ai pas froissée avec mes questions, mais mettez-vous à ma place. Vous êtes l'ex-fiancée du défunt et vous avez hérité d'une affaire en apparence rentable, alors que vous m'assurez ne jamais l'avoir visitée auparavant. Je ne vous cacherai pas qu'il y a des personnes qui tueraient pour moins gros qu'une galerie d'art !

— Puisque vous êtes si franc avec moi, vous me permettrez sûrement de vous dire à mon tour le fond de ma pensée : c'est que les agents fédéraux, si doués soient-ils, n'ont pas la science infuse.

— Entièrement d'accord, fit Matt d'un air contrit qui la surprit une fois de plus. Il nous arrive, à nous autres, modestes employés du FBI, de nous tromper sur le compte de quelqu'un. Mais dans ces cas-là, nous savons présenter nos plus plates excuses. Et c'est ce que je voudrais faire vis-à-vis de vous, si vous voulez bien les accepter.

En réalité, Grace se sentait bien moins offensée qu'il ne semblait le croire. A dire vrai, leur petite escarmouche l'avait plutôt amusée.

— Cela signifie-t-il que vous m'avez effacée de votre liste de suspects potentiels ?

— Exactement.

— Dans ce cas, j'accepte bien volontiers vos excuses, agent Baxter.

— Merci, mademoiselle McKenzie, répondit Matt en s'inclinant galamment. Accepterez-vous de déjeuner avec moi demain midi, pour sceller notre réconciliation ?

Il était tellement charmant, il parlait tellement bien, il se tirait d'affaire tellement élégamment qu'elle se demanda s'il n'en faisait pas un peu trop. Mais au fond, quelle importance ? Elle n'allait tout de même pas refuser un déjeuner avec un homme aussi délicieux sous prétexte qu'il ne se comportait pas comme un rustre !

12.

— Merci, madame Vernon, fit Grace en raccompagnant sa toute première cliente à la porte de la galerie. Et si vous me permettez un commentaire personnel, vous avez fait un excellent choix. Surtout, profitez bien de ce tableau.

— Telle est mon intention, jeune fille ! répondit la dame d'un certain âge qui venait de lui acheter une toile de dimensions modestes représentant un paysage du comté.

Au passage, elle jeta un coup d'œil à l'Arroyo que Grace avait mis au centre de l'exposition, avec son nouveau prix : 100.000 dollars.

— Et comme je vous l'ai dit tout à l'heure, je suis certainc que mon époux ne tardera pas à vous rendre une petite visite. Eduardo Arroyo compte parmi ses artistes préférés, vous savez ?

— Mais je le recevrai avec grand plaisir, madame Vernon. Avez-vous besoin d'aide pour transporter votre acquisition jusqu'à votre voiture ? ajouta Gracc tout en pointant du doigt le tableau bien emballé que la vieille dame aux cheveux blanc argent tenait sous son bras. Il pleut à torrents, aujourd'hui, ct il ne faudrait pas risquer de l'abîmer !

— Non, non, ça ira très bien. D'ailleurs, vous l'avez si bien emballé qu'il survivrait au déluge !

Grace attendit quelques instants pour s'assurer que la cliente avait posé la toile dans le coffre de son break, puis elle referma la porte de la galerie. Alors, un intense sentiment de satisfaction s'empara d'elle. Elle venait de conclure sa première vente ! Elle pouvait être fière d'elle, et pas seulement parce que le compte de la galerie Hatfield allait s'enrichir de quelques milliers de dollars. Ce qui l'emplissait de contentement, c'était l'intérêt que suscitait le tableau d'Eduardo Arroyo. Et tout ça parce qu'elle l'avait dépoussiéré et posé sur un grand chevalet, bien en vue ! Comme quoi, il suffisait de pas grand-chose pour qu'une œuvre retrouve la place de choix qui lui était due…

Elle venait de glisser le chèque de Mme Vernon dans la boîte réservée aux paiements quand le téléphone fixe se mit à sonner. En trois enjambées, elle rejoignit le bureau pour aller répondre d'un air qu'elle espérait suave mais sans excès :

— Allô ? Ici, la galerie Hatfield.

Une voix douce et effarouchée se fit entendre à l'autre bout du fil.

— Je… oui, allô, ici… ici Bernie Buckman, balbutia son interlocuteur visiblement très mal à l'aise. Je… Denise Baxter m'a raconté que je vous avais fait drôlement peur, hier soir et… Enfin, voilà, je téléphonais pour… parce que je voulais m'excuser. Je suis vraiment désolé, vous savez ? Je ne voulais pas vous…

— C'est très aimable à vous de m'appeler, Bernie, lui dit gentiment Grace, touchée par sa démarche. Et ça tombe bien que vous ayez pris votre téléphone, parce que je voulais vous dire que vous auriez dû frapper à la porte de la galerie au lieu de rester dehors ! J'aurais été ravie de discuter un peu avec vous. D'autant que j'ai quelque chose ici qui vous est destiné.

— Ah bon ? Mais… mais qu'est-ce que c'est ? demanda Bernie d'un ton empreint d'étonnement.

— Une boîte d'appâts artificiels absolument superbes que Steven comptait vous offrir pour votre anniversaire.

Il y eut une pause de quelques secondes, avant que Bernie ne reprenne d'une voix presque essoufflée de surprise :

— Vous êtes sûre ?

— Certaine ! C'est Denise qui me l'a dit. Je serais ravie de vous l'apporter… Par exemple ce soir. Vous travaillez au cimetière, c'est bien ça ?

— Je… Oui, mais ne vous donnez pas la peine de vous déplacer. Je peux très bien passer à la galerie.

— Parfait ! Disons ce soir, alors ? Je ferme vers 18 heures. Est-ce que ça vous va, comme horaire ?

— Euh… A vrai dire, je… je ne crois pas que je pourrai me libérer aussi tôt. Le soir, comme il n'y a plus personne, c'est le seul moment où je peux nettoyer les bureaux des employés, et… En fait, je ne termine pas avant 21 heures, vous comprenez…

— Qu'à cela ne tienne. Je vais emporter la boîte de matériel de pêche chez moi, et vous n'aurez qu'à passer au cottage pour la récupérer. Vous savez où se trouve l'ancien domicile de Steven, je suppose ?

— Bien sûr, mam'zelle McKenzie.

— Bon, dans ce cas, je vous attends ce soir, aux alentours de 21 heures, 21 h 30. C'est entendu ?

— Pas de problème, je serai là. Et… merci. Merci beaucoup, mamz'elle McKenzie.

— Mais je vous en prie, Bernie.

Elle venait juste de raccrocher, le sourire aux lèvres, quand le téléphone se remit à sonner. Décidément…

— Allô, ici Victor Lorry.

Grace ne put retenir un soupir de soulagement.

— Ah ! Monsieur Lorry ! Je suis bien contente que vous me rappeliez. Je ne sais pas si vous êtes au courant, mais j'ai une triste nouvelle à vous annoncer : Steven Hatfield est décédé, et…

— Mais oui, je le savais ! l'interrompit Lorry d'un ton sec. Vous avez vendu le tableau ? C'est pour ça que vous m'appeliez ?

Il ne perdait pas de temps, celui-là ! Il aurait pu au moins avoir l'air touché par la disparition de son ancien collaborateur… Sa hâte à obtenir des informations frisait la goujaterie.

— En réalité, je vous appelais bien à propos de la toile d'Arroyo que vous nous aviez confiée, répondit la jeune femme d'un ton courtois, alors qu'elle bouillait d'envie de dire son fait à ce grossier personnage. Je voulais discuter de certains points avec vous, et…

— Discuter ? Quelle perte de temps ! Et de quoi voulez-vous donc *discuter* ?

— Eh bien, pour commencer, la valeur du tableau est lourdement sous-estimée…

— Et comment le savez-vous ? Vous êtes plus qualifiée qu'un autre pour débiter des sornettes pareilles ?

Il commençait à lui taper sérieusement sur les nerfs, avec sa manie de l'agresser à tout bout de champ ! Ce fut d'un ton nettement moins aimable qu'elle rétorqua :

— Il se trouve que je suis effectivement plus qualifiée qu'un autre, monsieur Lorry, puisque j'exerce les fonctions de conservateur de musée. Certes, je ne suis pas spécialiste de la peinture de la côte Ouest, mais je me suis renseignée, et il se trouve que *Jour de marché* vaut considérablement plus que le prix qu'en proposait Steven Hatfield. D'ailleurs, j'ai déjà rectifié l'erreur, et l'œuvre est désormais proposée à 100.000 dollars.

— Vous n'aviez absolument pas le droit de vous livrer à de telles modifications ! aboya Lorry avec tant de véhémence que Grace en fut abasourdie.

— Que… Je vous demande pardon ?

— Vous êtes bouchée, ou quoi ? Je vous dis que vous n'en aviez pas le droit ! Steven m'avait déjà trouvé un acquéreur pour le prix dont nous étions convenus au départ. Il avait même noté ses coordonnées dans le fichier me concernant, que vous devriez trouver avec le reste des commandes. Il vous suffit de contacter cette personne, et la vente sera faite. Bon sang, ce n'était tout de même pas compliqué !

— Je vous signale que j'ai déjà téléphoné à l'acheteur potentiel auquel vous faites allusion — un certain M. Lombardi, charmant au demeurant. Lorsque je lui ai expliqué la situation, à savoir que l'Arroyo qu'il désirait acquérir avait été victime d'une grave erreur d'estimation, il m'a priée de bien vouloir lui laisser le temps de réfléchir avant de donner suite à sa réservation. Bien entendu, je lui ai dit que ça ne me posait pas de problème, étant donné l'augmentation considérable du prix de départ.

— Eh bien, vous avez gagné, vraiment ! cria Lorry. Pas la peine d'attendre qu'il vous rappelle : il n'achètera pas ce foutu tableau à un prix aussi indécent !

Elle l'entendit marmonner des imprécations dans sa barbe.

— Bon, voilà ce que je vais faire, reprit-il avec un autoritarisme qui déplut souverainement à Grace. Je passerai à la galerie demain matin à la première heure pour récupérer mon tableau.

Se mordant la langue afin de ne pas l'insulter copieusement, Grace s'efforça d'employer un ton neutre et professionnel pour lui répondre :

— Il ne sera pas nécessaire de vous déplacer, monsieur Lorry. Vous n'avez pas la possibilité de reprendre votre toile avant la fin de la période d'exposition. Le contrat précise bien que *Jour de marché* est considéré comme faisant partie de la collection de la galerie pendant une durée de…

— Ce contrat avait été conclu entre M. Hatfield et moi !

— Faux ! L'accord a été passé entre vous et la galerie Hatfield. Par conséquent, en tant que nouvelle propriétaire de ladite galerie, je…

Elle n'eut pas l'occasion de terminer sa phrase : Victor Lorry lui avait brutalement raccroché au nez.

Perplexe, elle resta immobile quelques secondes avant de raccrocher à son tour. De tous les collectionneurs et négociants en art avec lesquels elle avait traité depuis le début de sa carrière, ce Lorry s'avérait sans conteste le plus grossier ! Le plus nerveux, également. Qu'est-ce qui le rendait aussi irritable ? Pourquoi s'était-il emporté de la sorte alors qu'elle lui offrait la possibilité d'empocher une somme nettement plus importante que celle qu'il prévoyait au départ ?

La jeune femme sentit une boule de stress se former dans sa gorge. Que lui avait dit Angie tout à l'heure au téléphone ? Qu'elle ne voyait pas bien pourquoi l'Arroyo avait été si mal évalué, à moins que Steven ou le négociant aient tout intérêt à ce qu'on les en débarrasse au plus vite…

Tant d'empressement n'était effectivement pas bon signe.

En connaisseuse du milieu parfois trouble de l'art, Grace voyait deux raisons à l'énervement de Lorry : soit la toile avait été volée, soit c'était un faux.

Un peu affolée par le tour inattendu que prenaient les événements, elle s'assit pour vérifier la première hypothèse sur son ordinateur portable. Heureusement, le réseau wifi fonctionnait à New Hope. Il ne lui fallut que quelques secondes pour se connecter au site du musée Griff et trouver la page qu'elle cherchait, accessible uniquement au personnel muni d'un code secret : celle qui répertoriait les œuvres d'art volées, avec leur valeur et la date de leur disparition. Lentement, elle parcourut le menu déroulant où s'affichaient des dizaines de noms.

Elle atteignit le bas de la liste avec un soupir de soulagement : *Jour de marché* n'y figurait pas. Ce qui éliminait d'emblée la première possibilité à laquelle elle avait songé.

Mais pas la deuxième…

Troublée, elle éteignit son ordinateur pour aller se planter devant la toile qui lui causait autant d'ennuis, cherchant à décider si oui ou non, elle avait été exécutée par un faussaire. Même en la scrutant sous tous les angles, elle ne parvenait pas à se faire une idée. Certes, elle n'était pas spécialiste de ce genre de toile, mais elle possédait quelques notions sur les techniques employées par Eduardo Arroyo. Par exemple, elle savait qu'il réalisait chacune de ses œuvres avec une grande méticulosité : il apportait un soin extrême à chaque détail, si infime soit-il, afin de donner à ses personnages une allure tellement réelle que l'on s'attendait à les voir sortir du cadre à tout instant.

Or, la toile qu'elle avait sous les yeux lui paraissait bien relever de cette caractéristique du maître. Elle examina de plus près le tableau. Il lui semblait reconnaître la touche délicate d'Arroyo dans les bijoux aztèques étalés sur des tapis de couleurs vives, dans les visages expressifs des marchands assis à l'ombre des arcades, et jusque dans la terre battue baignée de soleil qui recouvrait le sol de la place du village où se tenait le marché artisanal. Mais pouvait-elle en jurer ? Elle en doutait fort…

En proie à un grave dilemme, la jeune femme laissa errer le bout de ses doigts sur la surface irrégulière du tableau. Comment une réalisation aussi exquise, aussi remarquable, aurait-elle pu être l'œuvre d'un faussaire ? Seul un artiste exceptionnellement doué — passé au côté obscur de la force, en somme — aurait été capable d'exécuter une copie aussi parfaite…

13.

D'aussi loin que Matt se souvienne, le pub « Chez Pat », installé à l'angle de la rue principale et de la rue East Mechanics, avait toujours bénéficié d'une affluence record, surtout en fin d'après-midi, quand les commerçants et les ouvriers quittaient leur travail pour venir se détendre autour d'un verre.

Eddie O'Hara, la quarantaine, avait pris la suite de son père Pat aux commandes du pub plus de dix ans auparavant. Tout comme lui, il savait satisfaire sa clientèle tout en veillant à ce que les discussions parfois animées ne se transforment pas en bagarre générale. Matt connaissait bien Eddie : ils jouaient au base-ball ensemble lorsqu'ils étaient gamins. Eddie excellait dans le lancer de balle, et son talent avait d'ailleurs attiré l'attention des professionnels alors qu'il n'était encore qu'étudiant.

Au cours de sa dernière année de licence, il avait été recruté par l'équipe des Reading Phillies en tant que lanceur. Il avait exercé ses talents de sportif avec passion et compétence pendant une dizaine d'années, avant de voir sa carrière se terminer brutalement à cause d'une blessure irréparable. Sans protester ni se lamenter sur son sort, il était revenu au bercail pour reprendre tout naturellement la tête du pub où il soignait ses clients aussi bien qu'un masseur ses sportifs !

Lorsque Matt entra dans le bar, Eddie se trouvait comme d'habitude derrière le comptoir, occupé à servir des boissons bien fraîches à une bonne douzaine d'employés du bâtiment assoiffés par leur longue journée de labeur. Il était presque aussi grand que Matt, et même s'il avait raccroché son gant de lanceur professionnel depuis longtemps, il aurait pu en remontrer à n'importe qui si on lui avait mis une balle de base-ball entre les mains.

— Matt ! s'exclama-t-il, tout en adressant à son vieil ami un signe par-dessus la tête de ses clients. Viens donc par ici me montrer si ta sale bobine a beaucoup changé depuis la dernière fois qu'on t'a vu dans le coin !

Avec un sourire entendu, Matt se pencha vers Eddie, toujours campé derrière le zinc, pour le serrer dans ses bras.

— Comment ça marche, les affaires, Eddie ? demanda Matt. Et ton père, comment va-t-il ?

— Bah ! Tu le connais : il a toujours son fichu caractère ! Ma mère l'envoie ici de temps en temps, quand il lui casse trop les pieds !

Puis Eddie changea de ton au moment d'ajouter, la main sur l'épaule de Matt :

— Pour Fred, je suis vraiment désolé. Si tu veux savoir, je trouve que les charges retenues contre lui sont complètement bidons.

— Merci, Eddie. En tout cas, ça fait plaisir de l'entendre dire. Surtout par un ami.

— Je ne suis pas le seul à penser ça, figure-toi ! déclara Eddie en déposant devant Matt une bouteille de bière tout embuée. La ville entière est d'accord sur ce point : Fred serait incapable de commettre un meurtre, même si son honneur se trouvait en jeu... Enfin, ça va sûrement s'arranger pour lui puisque tu as décidé de prendre l'enquête en main ?

— C'est effectivement pour ça que je suis là.

— Et alors ? Tu as trouvé une piste sérieuse ?

Matt n'avait pas encore ouvert la bouche pour répondre qu'un gros rire gras éclatait derrière lui. Il se retourna d'un bloc et eut la désagréable surprise de découvrir les frères Badger qui le regardaient à la dérobée, tranquillement installés à une table, un air narquois sur leur visage de brute épaisse.

— J'ai deux ou trois idées, marmonna-t-il à l'intention d'Eddie.

Puis il se dirigea d'un pas décidé vers les deux hommes.

Cal et Lou Badger n'étaient pas jumeaux mais ils se ressemblaient comme deux gouttes d'eau. Ils avaient tous deux la boule à zéro, ce qui leur donnait une allure plutôt inquiétante. Si l'on ajoutait à cela deux ventres proéminents, imbibés de bière, et deux paires de bras couverts de tatouages, on devinait immédiatement que ces deux-là n'étaient pas précisément des anges. Cal avait une passion pour les sirènes topless, Lou préférait les serpents et les motos, mais à part ça, ils étaient semblables en tout point. Natifs du comté de Hunterdon, ils s'étaient forgé une solide réputation de mauvais garçons qui avait débordé la frontière de leur région d'origine, et ils donnaient du fil à retordre aux autorités des deux comtés limitrophes depuis qu'ils avaient atteint l'adolescence. D'ailleurs, ils n'avaient pas tellement dû évoluer par la suite, au moins d'un point de vue intellectuel, comme disaient les gens du coin. Tous deux avaient décroché un poste dans l'entreprise de construction Hawkins, et comme la plupart de leurs collègues, ils s'arrêtaient tous les soirs au pub avant de rentrer chez eux.

— Salut, les gars ! lança Matt d'un ton peu amène. Alors, on se fend la poire, pas vrai ?

— Salut, p'tit agent ! ricana Lou. T'as chopé des espions récemment ? Ou tu fais rien qu'à te tourner les pouces dans ton job de planqué ?

— Hé, Matt ! fit Cal d'une voix tonitruante, ses épaules de déménageur secouées de rire. Vas-y, fais-nous voir un truc d'agent secret avec ta montre ! T'es un vrai James Bond, hein ?

Sans broncher, Matt posa ses deux mains bien à plat sur la table des Badger pour baisser son visage au niveau des yeux de Cal, le plus proche de lui.

— Ecoute-moi bien, Calvin Badger, fit-il d'une voix sourde qui ne plaisantait pas. Je n'ai pas vraiment le temps ni l'envie de t'entendre débiter tes blagues à deux balles, mon gars. Alors, si tu ne veux pas avoir d'ennuis, tu ferais mieux de fermer ta grande gueule d'abruti pendant que je te parle. Pigé ?

— Ouh là là ! J'en pisserais dans ma culotte tellement j'ai la trouille, p'tit agent de mes deux ! répliqua Cal d'une voix bien moins assurée qu'il ne voulait en donner l'impression.

De l'autre côté de la table, Lou se tortilla sur son siège, visiblement très mal à l'aise.

— Qu'est-ce que tu nous veux, d'abord ?

— J'ai quelques questions à vous poser à propos du soir où Steven Hatfield s'est fait assassiner.

Cal et Lou échangèrent un regard inquiet. Ces deux

imbéciles étaient tellement demeurés qu'ils ne parvenaient même pas à dissimuler leurs réactions. Cela en devenait risible, et Matt aurait sûrement éclaté de rire dans d'autres circonstances.

— Nous, on sait rien de rien là-dessus, bredouilla Lou.

— Ah oui ? Pourtant, vous étiez là quand mon père est entré au bar.

— Ah ! C'est ça qui te tracasse ! reprit le premier des frères Badger d'un air soulagé, avant de porter sa chope de bière à sa bouche pour en avaler une grosse gorgée dont il essuya la mousse restée sur son visage d'un revers de main. Ben, comme j'ai dit à la police quand ils nous ont demandé de témoigner, Fred est entré pour commander une St Pauli Girl — c'est toujours ça qu'il prend comme bière.

— Et vous deux, vous étiez là, en train de discuter, comme par hasard, poursuivit Matt d'un air soupçonneux.

— Ben ouais ! Qu'est-ce qu'y a de mal à ça ?

— Vous parliez de Denise, hein ?

— Ouais, et alors ?

— Et alors ? Je trouve que le hasard fait parfois bien les choses, si vous voyez ce que je veux dire…

Au regard vide d'expression que lui renvoya Lou, Matt comprit qu'il allait devoir leur mettre les points sur les i. Avec deux crétins pareils, il aurait dû s'y attendre.

— Je trouve ça bizarre, reprit-il en pesant chacun de ses mots et en regardant les deux frères tour à tour dans les yeux, que vous ayez choisi pile le moment où mon père est entré pour vous mettre à déblatérer des insanités sur sa femme. Vous me suivez, là ? Si je ne me trompe pas, ça faisait bien une heure que vous étiez au bar, et comme par hasard, c'est au moment où mon père a poussé la porte du pub que vous vous êtes mis à raconter que Denise avait une liaison avec Steven Hatfield… Ça me paraît un peu gros, comme coïncidence !

— P'têt bien qu'on avait terminé notre autre sujet de conversation ! T'avais pas pensé à ça, dans ta p'tite tête d'intello ? s'esclaffa Cal, l'air particulièrement content de sa repartie.

— J'ai une autre hypothèse, mon gars, rétorqua Matt en lui adressant un regard glacial. Peut-être bien que quelqu'un vous avait demandé de parler de ça à ce moment-là ? Qu'est-ce que tu en penses, de mon idée ? Pas trop bête pour un p'tit agent dans mon genre, hein ?

— Ah ouais ? Et qui c'est qui nous aurait soufflé nos répliques, hein ?

— Ça, je n'en sais rien. Mais il me semble que ce serait plutôt à vous de me le dire, non ?

— J'te ferais bien cette faveur, p'tit agent, mais ça va pas être possible, reprit Lou d'un air faussement désolé. Parce que j'veux bien être pendu si j'comprends de quoi tu causes !

— Dans ce cas, tu pourras peut-être m'éclairer sur un autre point : comment avez-vous su que Denise et Steven entretenaient une liaison ?

Lou s'humecta les lèvres, soudain nerveux.

— Bof ! J'me souviens plus bien. Mais de toute façon, tout le monde était au courant en ville. Faut dire qu'ils étaient pas vraiment discrets, les tourtereaux, hein !

Voyant qu'il n'obtiendrait rien d'autre de Lou, Matt se tourna vers l'autre.

— Et toi, Cal ? Est-ce que ta mémoire est aussi défaillante que celle de ton frère ?

— Bah ! fit l'interpellé en haussant les épaules. Quand on

traîne suffisamment dans l'coin, on apprend plein de trucs sur un peu tout le monde, alors… N'empêche que la mère Denise, on en a entendu de belles sur son compte !

N'y tenant plus, Matt saisit Cal par le col et le souleva de son siège aussi facilement que s'il avait été une poupée de chiffons, alors que le gaillard devait peser dans les cent vingt kilos.

— Mets-toi bien ça dans la tête, Cal : tu n'as pas intérêt à me pomper l'air avec tes réponses à la mords-moi le nœud ! Parce que quand je m'énerve, ça peut faire très, très mal, crois-moi !

— Enlève tout de suite tes sales pattes de ma chemise ! brailla Cal comme un goret affolé.

Matt allait le traîner dehors pour lui expliquer un peu mieux ce qu'il entendait par « énervé », quand une main ferme se posa sur son épaule.

— Du calme, Matt ! fit Eddie tout en accentuant la pression de ses doigts pour obliger son ami à lâcher prise. Laisse-le tranquille, tu veux ?

Matt prit une grande inspiration, puis il libéra Cal.

— Allez, laisse tomber ! reprit Eddie tout en entraînant gentiment Matt vers le comptoir. Ta bière t'attend, et à force, elle risque de se réchauffer.

Un peu calmé, Matt le suivit, bon gré mal gré.

— Surtout, ne va pas croire que j'ai pris le parti de ces deux crétins, lui confia Eddie, une fois qu'il eut repris sa place derrière le bar. Rien ne me ferait plus plaisir que de les voir enfin essuyer la correction qu'ils méritent. Mais je préférerais que ce ne soit pas toi qui t'en charges, c'est tout.

En un tournemain, il avait rempli un bol de noix de cajou pour le déposer devant Matt.

— Tiens ! Aux frais de la maison ! ajouta-t-il obligeamment.

Matt esquissa un hochement de tête en guise de remerciement, avant de prendre quelques noix de cajou pour les croquer pensivement.

— Pourquoi ? fit-il d'un air vaguement vexé. Tu crois que je ne serais pas capable de leur coller une bonne raclée ?

— Voyons, qu'est-ce que tu vas t'imaginer ? rétorqua Eddie dans un grand éclat de rire. Tu oublies que je t'ai vu faire pleurer des hommes nettement plus costauds que cet idiot de Cal Badger ! Non, si je t'ai empêché de leur rendre la monnaie de leur pièce, c'est uniquement parce que Josh serait trop heureux d'utiliser ce prétexte pour te coller en prison avec ton paternel. Pas la peine de lui tendre le bâton pour te faire battre.

Matt fut bien obligé de reconnaître qu'Eddie avait raison à cent pour cent. Se bagarrer dans un lieu public avec les deux plus grands abrutis que New Hope eût jamais accueillis en son sein ne résoudrait rien. Il y avait d'autres moyens d'obtenir les informations qui lui manquaient encore. Pour le moment, Matt se contenterait de l'idée que sa petite altercation avec les frères Badger les avait suffisamment secoués pour qu'ils s'éclipsent sans demander leur reste. Sachant qu'il les soupçonnait de quelque chose, ces deux imbéciles allaient peut-être commettre l'erreur qui lui permettrait de dénouer l'imbroglio dans lequel son père s'était fait prendre.

14.

L'après-midi était déjà largement entamé, et Grace n'avait pas encore pris sa pause déjeuner. Il faut dire qu'elle n'avait pas chômé : un véritable flot de visiteurs avait déferlé sur la galerie Hatfield, et même si cette affluence record n'avait pas débouché sur d'autre vente de tableau, elle avait eu le mérite d'attirer l'attention sur l'Arroyo qui trônait toujours en place d'honneur. La jeune femme n'avait pas ménagé ses efforts pour mettre en valeur les spécificités des différentes toiles qui composaient l'exposition, et elle raccompagnait un couple de visiteurs quand un homme à l'allure imposante fit irruption dans la galerie.

— Je suis Victor Lorry ! lança-t-il sans perdre de temps en politesses inutiles. Je vous ai passé un coup de fil il y a…

Il s'arrêta brusquement devant le tableau d'Eduardo Arroyo, les yeux exorbités, la bouche encore entrouverte, comme frappé par la foudre. Puis ce fut d'une voix tremblante, où se mêlaient le désarroi et la fureur, qu'il reprit en se tournant vers Grace :

— Qu'avez-vous donc fait ?

— Pardonnez-moi, mais je ne comprends pas bien le sens

de votre question, prétendit la jeune femme, alors qu'elle savait parfaitement ce qu'il entendait par là.

— Le prix ! Vous avez changé le prix ! cria Lorry en pointant un doigt accusateur vers la discrète étiquette apposée dans le coin supérieur du cadre. Vous avez outrepassé mes ordres ! Votre conduite est vraiment inqualifiable !

— Si vous gardiez votre calme, nous pourrions discuter tranquillement, comme deux personnes civilisées, répondit Grace d'un ton volontairement posé. Et si vous ne m'aviez pas raccroché au nez, tout à l'heure, j'aurais eu le temps de vous expliquer que, selon les termes de notre accord, la galerie Hatfield se réservait le droit de modifier le prix de toute œuvre d'art mise en dépôt dans ses locaux. Ce qui signifie que vos reproches ne sont absolument pas justifiés.

Entraînée par son élan, elle faillit lui demander pourquoi il était si pressé de se débarrasser de *Jour de marché*, mais elle se retint juste à temps.

— Je suis trop occupé pour perdre du temps avec vous, fit Lorry impatiemment. Il est clair que nous ne parviendrons pas à nous entendre sur ce point. Ni sur aucun autre, d'ailleurs. Conclusion : nous ne pourrons pas faire affaire ensemble.

Et sans prévenir, il ôta l'Arroyo du chevalet où il était exposé.

— Que croyez-vous faire ? s'écria Grace.

— Ça ne se voit pas ? rétorqua Lorry avec insolence. Je reprends mon bien, un point, c'est tout !

— Si vous croyez que je vais vous laisser faire, vous vous trompez lourdement, répliqua la jeune femme en saisissant à son tour le tableau à deux mains pour l'empêcher de l'emporter. Vous avez signé un contrat par lequel vous cédiez l'exclusivité de la vente à la galerie que je dirige, ce qui veut dire que, pendant la durée d'exposition de la toile, vous n'avez aucun droit sur elle ! Et si vous persistez à vouloir me la reprendre sans autorisation, je vais être obligée d'appeler la police.

— Tout va bien ? demanda une voix grave et paisible depuis la porte d'entrée.

Grace et Lorry se retournèrent en même temps, pour découvrir la silhouette bien découplée de Matt, debout dans l'encadrement. Les mains nonchalamment appuyées de chaque côté du chambranle, il ôtait toute possibilité de fuite au négociant, et Grace lui en fut infiniment reconnaissante. Heureusement qu'il était arrivé à temps ! Seule, elle n'aurait pas pu empêcher Lorry de filer avec l'Arroyo — ou plutôt, le faux Arroyo, elle en était certaine, à présent.

Elle décida de sauter sur l'occasion pour arracher définitivement la toile aux griffes du négociant. Il lui suffit d'une petite poussée pour la récupérer.

— Je ne manquerai pas de vous avertir quand le tableau sera vendu, monsieur Lorry.

Il ne répondit pas tout de suite, trop occupé à jauger du regard celui qu'il considérait visiblement comme un empêcheur de tourner en rond. De son côté, Matt soutenait son regard sans trahir la moindre inquiétude.

Après un dernier coup d'œil meurtrier en direction de l'agent fédéral, Lorry se tourna vers Grace, l'air menaçant.

— Je reviendrai ! lança-t-il avant de tourner les talons.

Matt s'écarta légèrement de la porte pour lui permettre de filer.

— Charmant personnage ! C'est un ami à vous ?

— Pas exactement. C'est un négociant en art avec qui Steven travaillait.

— Un négociant en art, vous dites ? Il a plutôt l'allure du parfait petit truand, si vous voulez mon avis !

Sans révéler ses soupçons, Grace alla chercher un chiffon doux sur le grand bureau encombré de papiers pour essuyer délicatement les traces de doigts laissées par son visiteur.

— Il était furieux, c'est tout.

— Et peut-on savoir pourquoi ?

— Comme c'était avec Steven qu'il avait établi un contrat, il voulait reprendre sa toile. Il refuse catégoriquement de faire affaire avec moi… Quand vous êtes arrivé, j'étais en train de lui expliquer qu'il ne pouvait pas agir de la sorte, et…

— Vous n'alliez quand même pas vous battre pour un tableau ?

— Eh bien… je crois que si !

Matt s'approcha du tableau, l'air curieux.

— Qu'est-ce qu'elle a donc, cette toile ?

Malgré le faible qu'elle éprouvait pour lui, Grace n'avait pas l'intention de confier ses inquiétudes à un agent fédéral, si séduisant qu'il fût. Après tout, elle ne le connaissait que depuis quelques heures.

— Mais rien du tout ! répondit-elle d'un air faussement innocent. Pourquoi ?

— Bah ! Je ne sais pas, moi. Mais votre type, là, le propriétaire, si j'ai bien compris, il avait l'air drôlement décidé à la récupérer. Et vous, vous étiez prête à vous battre bec et ongles pour la garder. Alors, je trouve ça plutôt curieux…

— Pour en finir avec cette histoire déplaisante, disons

tout simplement que Victor Lorry et moi-même souffrons d'une… comment dire ? D'une incompatibilité de personnalités ! Enfin, maintenant qu'il est parti et que tout est rentré dans l'ordre, je me sens un peu ridicule. J'ai réagi de manière excessive, il faut bien l'avouer.

— Parce que votre estomac crie famine ! conclut Matt avec un clin d'œil complice. Vous avez vu l'heure ? Allez, je vous emmène déjeuner, comme convenu !

— Vous avez sûrement raison : quand j'ai faim, je suis sur les nerfs, fit Grace avec un sourire amusé. Donnez-moi juste deux minutes, que j'aille me refaire une beauté, et je suis à vous.

Elle s'éloigna vers l'arrière-salle, mais pas pour retoucher son maquillage qui, à vrai dire, n'en avait nul besoin. Discrètement, elle sortit son téléphone portable et composa le numéro du Pr Fishburn, un vieil ami à elle spécialisé dans l'art de la côte Ouest. A la quatrième sonnerie, le répondeur se mit en route. Essayant de se montrer aussi concise qu'explicite, Grace exposa son problème au professeur et lui demanda de passer la voir à New Hope pour confirmer ou infirmer ses soupçons concernant l'authenticité du tableau.

Après avoir raccroché, elle demeura pensive. Il ne lui restait plus qu'à prier le ciel pour que le Pr Fishburn ne se fût pas envolé pour une destination inconnue, à la recherche de nouvelles pièces de collection.

Dans l'intervalle, elle ne pouvait rien faire de plus. Alors, autant profiter de la charmante compagnie qui s'offrait à elle !

*
**

— Dites-moi, quelles sont les fonctions exactes d'un conservateur ? lança Matt tout en regardant Grace saisir son énorme sandwich à deux mains et y mordre voracement.

Le moins qu'on puisse dire, c'est que la jeune femme avait un solide appétit, ce que l'on n'aurait jamais soupçonné au premier abord, compte tenu de son tour de taille.

— Eh bien, ça dépend. Vous voulez la version courte ou la version longue ?

Matt laissa échapper un rire amusé.

— Donnez-moi une version facile à comprendre.

— D'accord, fit la jeune femme après avoir avalé sa deuxième bouchée de « bœuf fumé / fromage fondu sur pain complet » — un vrai régal, apparemment, vu l'enthousiasme qu'elle mettait à le dévorer. En règle générale, les conservateurs sont chargés d'organiser et de gérer le référencement des collections, mais aussi leur disposition dans les musées où elles sont domiciliées et leurs déplacements pour des expositions temporaires. Ce qui veut dire que, lorsque le musée où je suis en poste prête des œuvres d'art à un autre musée, aux Etats-Unis ou en Europe, je suis en partie responsable de l'agencement dans lequel elles apparaîtront. Mais nos fonctions ne se limitent pas à cela : nous avons aussi à notre actif l'organisation de conférences et d'ateliers de recherche universitaire, sans oublier la collecte de fonds. Dans un musée de taille plus modeste comme le Griff, le conservateur peut également être appelé à effectuer un certain nombre de tâches confiées à d'autres personnes dans les très grands établissements. Moi, par exemple, je suis directrice du département des impressionnistes américains.

Matt avait passé un certain temps au département des fraudes artistiques au sein du FBI, ce qui signifiait qu'il n'avait nul besoin de se faire expliquer le métier de conservateur. Il en savait certainement autant que Grace elle-même sur les fonctions d'un restaurateur de tableaux ou celles d'un archiviste attaché à un musée. Mais il préférait faire semblant d'être un parfait néophyte, juste pour le plaisir de voir la jeune femme s'animer en parlant de ce métier qu'elle semblait adorer.

Les rumeurs qui s'étaient répandues sur son compte ne lui avaient pas rendu justice. Il avait entendu dire qu'elle était jolie, mais le mot lui semblait bien faible maintenant qu'il l'avait rencontrée en chair et en os : elle était tout simplement fascinante ! D'autant plus attirante qu'elle paraissait complètement inconsciente de son charme dévastateur. Elle n'avait même pas remarqué le regard admirateur des autres consommateurs. Son attention semblait exclusivement concentrée sur leur conversation, ce qui n'était pas pour déplaire à Matt.

Surtout qu'elle avait des yeux absolument fabuleux, d'un gris-vert indéfinissable et troublant. Quant au reste de son visage, il frappait par sa perfection : tous ses traits étaient ciselés, impeccablement proportionnés — elle aurait pu poser comme modèle pour des étudiants en art ou pour des portraitistes renommés. Ses pommettes hautes, son menton volontaire, sa bouche charnue et sensuelle que rehaussait un délicat brillant à lèvres rosé, tout en elle révélait un formidable appétit de vivre. Quant à sa tenue vestimentaire, elle était élégante mais discrète. Exactement le genre de femme que Matt appréciait.

Il se prit à rêvasser à l'allure qu'elle pouvait avoir en privé, après une journée de travail, quand elle se laissait aller. Elle devait revêtir une grande chemise d'homme en flanelle douillette, passer de grosses chaussettes confortables pour emmitoufler ses petits pieds, dégrafer son soutien-gorge et s'en débarrasser négligemment sur le dossier d'une chaise...

Une note plus aiguë que les autres dans la voix de sa compagne le ramena rapidement à des considérations moins périlleuses. Il la regarda avec un amusement mêlé d'admiration, tandis qu'elle continuait d'évoquer son métier. Emportée par l'enthousiasme, elle bougeait beaucoup les mains et les bras, sans pour autant lâcher son sandwich. Pour l'heure, elle lui racontait ses démêlés avec le directeur rigide et sans fantaisie du musée Griff.

— Une fois, il a refusé d'accueillir une exposition de première importance parce qu'il ne pouvait pas la programmer pour la période qu'il avait prévue ! Les organisateurs de l'expo en question lui proposaient de l'installer au musée pour deux mois pleins, de début janvier à fin février, mais il a refusé. Il a prétendu que ce serait une catastrophe financière et que le musée ne rentrerait jamais dans ses frais parce que les visiteurs ne se déplaceraient jamais en plein hiver ! D'accord, il peut faire très froid à Boston, mais vous croyez vraiment que les passionnés d'art se seraient laissé décourager par une petite tempête de neige ? Difficile à imaginer ! Enfin, résultat des courses, vous savez ce qui est arrivé ? C'est un autre musée qui a accueilli l'expo, à la date proposée par les organisateurs. Evidemment, ils ont fait salle comble tous les jours, et ils ont vu leurs bénéfices monter en flèche. Comme quoi, quand on est borné... Vous ne finissez pas vos frites ?

Un peu estomaqué par ce brusque changement de sujet, Matt la dévisagea quelques secondes avant de lui tendre son assiette.

— Non, non. Mais si vous en avez envie, allez-y, ne vous gênez pas !

— Merci, dit-elle avec un sourire gourmand.

— Vous permettez que je vous pose une question un peu indiscrète ?

Elle prit le temps de piocher deux ou trois frites avant de répondre :

— Bien sûr !

— C'est quoi, vos mensurations ? Un mètre soixante-deux, soixante-trois, pour quarante-cinq kilos ?

Sa question n'eut pas l'air de la troubler outre mesure. Imperturbable, elle continua à manger ses frites, s'arrêtant juste assez longtemps pour répliquer :

— Mon poids exact, c'est quarante-neuf kilos. Pourquoi ?

— Comment pouvez-vous manger autant et ne pas grossir ? Où mettez-vous tout ce que vous engloutissez ?

— Ah ! C'était donc ça ! Si vous saviez le nombre de gens qui m'ont déjà posé cette question… En fait, c'est très simple : je suis nulle en cuisine. Du coup, chaque fois que je vais au restaurant, je fais des réserves. Un peu comme les chameaux qui stockent autant d'eau qu'ils le peuvent dans leurs bosses avant de partir traverser le désert !

L'image était tellement incongrue que Matt éclata de rire.

— Quand vous dites que vous êtes nulle en cuisine, vous êtes sérieuse ? reprit-il en s'essuyant les yeux.

Elle hocha la tête d'un air faussement grave.

— Tout à fait. Il faut dire que je n'ai pas eu de mère pour m'apprendre ces choses-là…

— Vous avez été élevée par votre père ?

— Ouais. Il se chargeait de la cuisine, du ménage et de mille autres choses pendant que je faisais mes études. C'est un homme merveilleux, vous savez ? Je suis sûre que vous l'aimeriez beaucoup.

Emu par l'inflexion attendrie qu'elle avait spontanément adoptée en parlant de son père, Matt se dit qu'elle était forcément hors de cause dans l'affaire du meurtre de Steven. Un criminel endurci n'aurait pas parlé de sa famille avec des larmes dans les yeux.

— Est-ce qu'il habite avec vous à Boston ? demanda-t-il.

— Plus maintenant. Il s'est installé à Napa Valley, il y a quelques années de cela, pour se reconvertir dans la viticulture. Il a vendu tout ce qu'il possédait pour avoir une mise de départ, il a fourré tous ses vêtements dans une grosse malle qu'il a mise dans le coffre de sa vieille Bronco avec quelques souvenirs de notre vie passée, et hop ! Direction : la Californie !

— C'est courageux de prendre une telle décision à l'âge de la retraite, dit Matt, sincèrement impressionné. Et comment vont ses affaires ?

— Super bien ! Evidemment, la viticulture, ce n'est pas facile tous les jours. Mais il a enfin pu réaliser son rêve de gamin, alors il ne se plaint jamais.

— Vous le voyez souvent ?

— Deux ou trois fois par an, répondit la jeune femme avant de terminer son thé glacé avec un soupir de bien-être. Et vous ? Vous revenez souvent dans la région ?

— Pas assez à mon goût. Avec mon métier, je voyage tout le temps, et ce n'est pas facile de maintenir les liens avec ma famille quand je suis loin.

— Lucie m'a dit que votre travail était drôlement dangereux.

— Lucie s'inquiète exagérément, c'est dans sa nature,

rétorqua Matt, peu désireux de rentrer dans les détails de ses missions pour le FBI.

Grace sourit d'un air entendu.

— C'est bon, j'ai compris. Vous n'aimez pas trop parler de votre job, hein ?

— En fait, je préférerais continuer à parler de vous.

— Je viens juste de terminer l'histoire de ma vie, et vous voulez encore qu'on en discute ? Ça va finir par devenir lassant !

— Certainement pas ! Vous pourriez m'en dire un peu plus sur Victor Lorry, par exemple ?

Elle haussa les épaules.

— Vous savez déjà tout. Il refuse catégoriquement de traiter avec moi, c'est là le hic.

— Vous savez pourquoi ?

— Eh bien, à mon avis, il a l'habitude de traiter avec des gens qu'il connaît. Mais maintenant, le problème devrait être réglé, puisqu'il m'a rencontrée en chair et en os.

Elle mentait bien mal, se dit Matt, plus amusé par sa dérobade que véritablement inquiet. Il avait passé trois ans au service profilage, et il savait reconnaître au premier coup d'œil un comportement trahissant un manque d'honnêteté fondamental. Ce n'était pas le cas pour Grace, même si, à l'évidence, elle lui cachait quelque chose. Il y avait des signes qui ne trompaient pas. Par exemple, le soin qu'elle mettait à ne pas le regarder en face, depuis quelques instants, alors qu'elle n'avait pratiquement pas détourné les yeux pendant le déjeuner. Ou encore, cette façon qu'elle avait de tambouriner des doigts sur la table, maintenant qu'elle n'avait plus ni nourriture ni boisson pour s'occuper les mains. Autant d'indices qui clamaient haut et fort qu'elle ne lui avait pas dit toute la vérité sur ses relations avec

Lorry. Un personnage sérieusement antipathique, à n'en pas douter ! Cette manière agressive qu'il avait eue de le dévisager, son comportement belliqueux avec Grace, son ton menaçant quand il lui avait dit qu'il reviendrait… tout portait à croire que ce prétendu négociant en art n'avait pas la conscience tranquille. Certes, il ne fallait pas en déduire automatiquement que ce déplaisant bonhomme avait quelque chose à voir avec la disparition de Steven Hatfield. Mais Matt se promettait bien de se pencher un peu plus sur son cas. Pour cela, il allait devoir mettre Grace dans la confidence. Question de loyauté : après tout, c'était de l'un de ses clients dont il s'agissait, alors, pas question d'agir dans son dos.

Il décida de prendre le taureau par les cornes. Autant mettre les choses au clair dès maintenant, sinon ce serait de plus en plus difficile.

— J'ai un aveu à vous faire, fit-il d'un air de conspirateur, en se penchant vers la jeune femme pour capter son regard.

— Je le savais ! lança-t-elle. Je vous ai ennuyé à mourir avec mes histoires d'expositions ratées, et comme par hasard, vous venez de vous rappeler que vous aviez une course urgente à faire !

Il ne put s'empêcher de rire à cette démonstration de joyeuse autodérision.

— Mais non, vous n'y êtes pas du tout ! s'exclama-t-il avant de baisser d'un ton, pour ne pas attirer l'attention des quelques consommateurs encore attablés à cette heure de l'après-midi. En fait, je voulais vous expliquer pourquoi votre M. Lorry m'intéressait tellement : c'est tout simplement parce qu'il ne me dit rien qui vaille, question honnêteté. Voyez-vous, j'ai travaillé au département des fraudes et des contrefaçons artistiques, il y a quelque temps. Là-bas, j'ai côtoyé des trafiquants d'art et des receleurs. Eh bien, à mon avis, Lorry est l'un d'eux.

Grace croisa les mains devant elle, comme une juge prête à énoncer une sentence, et lança à son compagnon un regard sévère.

— Ce qui signifie que votre prétendu intérêt pour mon travail, c'était du pipeau ? Vous me décevez, agent Baxter !

— Non, je ne bluffais pas sur ce coup-là. J'ai même trouvé ça passionnant de vous écouter, rétorqua Matt avec un sourire désarmant. Vous êtes drôlement douée comme conteuse, vous savez ? Ce n'est pas tous les jours que j'ai la chance de rencontrer quelqu'un qui aime son métier autant que vous !

Elle parut se décrisper légèrement. Il y eut un silence de quelques instants, pendant lequel elle continua à tapoter machinalement le bord de son assiette vide, puis elle reprit d'une voix nettement plus douce :

— Avez-vous l'intention d'enquêter sur Lorry ?

— Pourquoi ? Ça vous ennuierait ?

— Non, mais…

— Eh bien, ça alors ! s'exclama une voix d'homme juste derrière eux. Je veux bien être pendu haut et court si ce n'est pas cette vieille canaille de Matt qui est assis à cette table !

Jetant un coup d'œil intrigué par-dessus son épaule, Matt sourit amicalement à George Renshaw, son ami d'enfance, devenu le très apprécié maire de New Hope. La veste ouverte, le ventre proéminent, il s'approchait d'eux avec un air débonnaire. C'était un bon vivant, et malgré ses efforts occasionnels pour perdre du poids et suivre des régimes plus ou moins équilibrés, il n'avait jamais réussi à retrouver la silhouette de sa jeunesse, tant il était tenté par les petits plats appétissants que lui concoctait son cordon-bleu d'épouse.

— George, espèce de vieux brigand ! s'exclama Matt en se levant pour serrer la main de son ami. C'est si bon de te retrouver !

Il s'effaça pour lui permettre de s'avancer vers Grace.

— Tu n'as pas encore rencontré Grace McKenzie, je suppose ?

Le maire de New Hope tendit la main à la jeune femme, un sourire très professionnel sur son visage rond dont les années passées en politique n'avaient pas réussi à gommer l'aspect indéniablement poupin.

— Je n'ai pas eu ce plaisir, effectivement, mais je me réjouis de vous rencontrer, mademoiselle. On ne parle que de vous en ville, depuis quelques jours ! Permettez-moi de me présenter : je suis George Renshaw, le maire de cette charmante cité.

— Enchantée, monsieur le maire.

— J'ai appris le regrettable incident dont vous aviez été victime, le soir de votre arrivée, reprit Renshaw, visiblement flatté de l'attention polie que lui portait Grace. Je tenais à vous aviser personnellement des efforts tout particuliers que notre police municipale déploie pour traquer le vaurien qui vous a sauvagement attaquée.

— Merci, monsieur le maire. Inutile de vous dire que j'apprécie beaucoup ce geste.

— J'espère en tout cas que cela ne vous a pas dégoûtée de New Hope. Vous savez, les troubles de ce genre ne sont pas monnaie courante ici, bien au contraire. Matt pourra vous le dire mieux que moi. Nous formons une communauté généralement paisible et respectueuse de l'ordre public, avec un seul but : le bien-être de nos concitoyens et l'agrément de chacun de nos visiteurs.

— Allez, George, arrête les frais tout de suite : pas la peine de nous sortir tout ton boniment de politicien, vieux frère ! l'interrompit Matt d'un air amusé. Il te reste un an avant la campagne, alors inutile d'en faire des tonnes !

— Je suppose que vous devez avoir beaucoup de choses à vous dire, tous les deux, intervint Grace tout en repoussant son siège pour se lever. Quant à moi, j'ai une galerie à tenir. Si vous voulez bien m'excuser… Monsieur le maire, j'ai été ravie de vous rencontrer. Matt, merci beaucoup pour cet excellent déjeuner.

— Mais je vous en prie ! répondit Matt vivement. Et si vous avez envie de retenter l'expérience, surtout, n'hésitez pas à me faire signe !

Sur un dernier sourire, la jeune femme tourna les talons et s'éloigna vers la sortie. George la suivit des yeux avant de s'asseoir à la place qu'elle avait laissée libre.

— Eh bien, dis-moi ! C'est un sacré beau brin de fille, la nouvelle propriétaire de la galerie Hatfield ! commenta-t-il, les yeux brillant de curiosité. Est-ce qu'il y aurait anguille sous roche entre vous deux ?

— Je ne vois pas en quoi ça te regarde, mais je vais quand même te répondre : non, il n'y a rien d'autre entre nous que ce que tu as vu. Je ne la connais que depuis hier soir.

George lissa sa cravate d'un air important.

— Ça ne veut rien dire, déclara-t-il. Moi, par exemple, j'ai su que je voulais passer le restant de mes jours aux côtés de Louise dès la seconde où nos regards se sont croisés.

Il ouvrait la bouche pour en dire davantage quand la sonnerie de son téléphone portable l'interrompit net. Jetant un coup d'œil à l'écran où venait de s'afficher le nom de son correspondant, il soupira.

— C'est Thelma, mon adjointe à la mairie, fit-il avec une petite moue d'excuse à l'intention de son vieil ami. Tu veux bien patienter deux minutes ? Il faut vraiment que je prenne son appel.

— Vas-y, répondit Matt de bonne grâce.

Tout en écoutant George décommander une réunion municipale censée aborder les desiderata des seniors de la ville, Matt se renversa en arrière dans son siège, sa tasse de café à la main. George s'était bien débrouillé. Elève modèle au lycée, il avait décroché une bourse conséquente pour entrer à Harvard où il avait excellé dans ses études de droit. Un parcours sans faute pour l'intello de leur ancienne bande de « mousquetaires » ! A peine deux semaines après l'obtention de son diplôme d'avocat — avec une mention très honorable, évidemment — il s'était fait engager par une grande firme de juristes new-yorkaise où il avait gravi les échelons avec une régularité impressionnante.

Pourtant, après dix-sept ans de travail acharné et deux attaques cardiaques, George avait décidé de quitter la course et de retourner à ses racines. Il exerçait toujours son métier d'avocat dans sa ville natale, mais son emploi du temps était nettement moins chargé que lors de son expatriation à New York. Quelques années plus tôt, le maire de New Hope, qui préparait son départ à la retraite, s'était lié d'amitié avec lui et lui avait vivement conseillé de se présenter aux prochaines élections municipales. Ce que George avait accepté de faire, après avoir reçu l'assurance par son médecin traitant que le poste de maire ne risquait pas de lui causer de nouveaux ennuis de santé.

Ce tournant dans sa carrière s'était avéré bénéfique

non seulement pour son équilibre personnel mais pour la communauté tout entière. Il s'efforçait sincèrement d'améliorer la vie de ses concitoyens. Juste après sa nomination comme maire, il avait relevé les salaires des fonctionnaires de police et du corps des pompiers, les incitant ainsi à œuvrer encore plus sérieusement dans l'intérêt collectif. Il avait aussi mis un terme à l'habitude qui voulait que la collectivité accepte de signer des contrats avec des entreprises sans appel d'offre préalable, ce qui avait régularisé les transactions menées avec l'argent des contribuables. Enfin, il avait mis un point d'honneur à ce que les routes soient salées et déneigées pendant les mois d'hiver, permettant ainsi aux automobilistes de se rendre sans encombre à leur travail et aux cars scolaires de desservir les écoles primaire et secondaire sans retard intempestif.

Du coup, lorsqu'il avait soumis au conseil municipal un projet d'agrandissement du lycée avec construction de nouveaux locaux sur le tracé de la route 202, les vagues protestations émises au début par quelques irréductibles s'étaient vite tues, étouffées par l'enthousiasme contagieux du maire. Au vu des plans ambitieux de leur représentant, les conseillers s'étaient rangés à son avis, d'autant que son budget prévisionnel proposait un chiffre tout à fait modeste par rapport à l'importance des travaux. Par conséquent, le projet avait été adopté à l'unanimité, preuve s'il en était besoin du talent de George pour rallier les foules à sa cause quand il s'en donnait vraiment la peine.

— Tu es toujours aussi sollicité ? demanda Matt d'un air malicieux, après que George eut terminé sa conversation téléphonique. Ou est-ce que tu essaies de m'en mettre plein la vue ?

— Ça dépend, répondit George avec un petit sourire. Tu es impressionné ou pas ?

— Impressionné ? Tu veux dire *subjugué*, oui !

Un éclat de rire ponctua cette remarque ironique. Puis George coupa son portable, le glissa dans sa poche et prit soudain un air sérieux pour se pencher vers son ami.

— Je suis vraiment désolé pour ton père, Matt.

— Merci, mais il n'y a pas de quoi s'inquiéter puisqu'il est innocent. Ce n'est pas lui qui a assassiné Steven Hatfield.

— Je le sais bien ! lança George. Josh aussi, d'ailleurs, contrairement aux apparences. Il ne voulait pas arrêter Fred, mais le sort en a décidé autrement. Il fallait bien calmer les populations, et quand on sait que ton père s'est rué hors de « Chez Pat » après avoir failli casser la figure aux frères Badger, on peut imaginer qu'il aurait pu commettre le pire, et…

— Tu sais bien que ce soir-là, il est rentré tout droit à la maison pour mettre Denise au pied du mur, le coupa Matt d'un ton passablement énervé.

— Peut-être, mais il ne peut pas le prouver, répliqua George, l'air soucieux. Il n'a aucun alibi pour justifier de ses actes entre le moment où il a quitté le pub et celui où la police est venue l'arrêter à son domicile.

Matt prit un air de conspirateur pour glisser à l'oreille de son ami :

— Si tu veux la vérité, George, je suis prêt à parier n'importe quoi que mon père est victime d'un coup monté. Un stratagème bien ficelé, planifié par quelqu'un d'assez retors pour ne pas laisser d'indice derrière lui et faire porter le chapeau à Papa. Tout ce que je peux te dire, c'est que cette mystérieuse personne le connaissait suffisamment pour être au courant de ses habitudes, comme celle de s'arrêter « Chez Pat » avant de rentrer, ou de ranger son arme à un endroit bien précis de la maison. Ce quelqu'un savait aussi qu'il verrait rouge instantanément en entendant parler de Denise dans des termes aussi crus que ceux qu'ont employés ces imbéciles de Cal et Lou. Ce qui veut dire que ces deux idiots ont forcément joué un rôle dans cette sale combine.

Matt se redressa pour toiser son ami du regard, conscient de l'effet que cette dernière déclaration avait dû produire sur lui.

La réaction de George ne se fit pas attendre.

— Quoi ? s'écria-t-il.

Puis il jeta des coups d'œil furtifs alentour.

— Sinon, reprit Matt, pourquoi auraient-ils choisi le moment précis où mon père entrait dans le bar pour se mettre à déblatérer sur Denise et sa liaison avec Steven ?

— Pour l'embêter, c'est tout ! répondit George. Les frères Badger n'ont jamais vraiment porté Fred dans leur cœur, tu le sais bien. Quand ton père était encore commissaire, ces deux-là passaient plus de temps derrière les barreaux que sur leur lieu de travail !

— Hmm… Trop simple, comme explication, rétorqua Matt d'un air peu convaincu. Non, je suis certain d'être sur la bonne voie en soupçonnant les frères Badger de complicité avec le vrai coupable.

Une fois de plus, George lança un regard circulaire sur la salle du café, comme pour s'assurer que personne ne les espionnait.

— Ecoute, Matt, Josh t'a laissé pas mal de liberté d'action, et je suis le premier à m'en féliciter. C'est d'ailleurs moi qui lui ai conseillé d'attendre pour voir ce que tu arriverais à débloquer dans cette affaire qui nous enquiquine sérieusement. Mais si tu veux mon avis, ne t'en prends pas à ces deux affreux. Rien que d'y penser, j'en ai la chair de poule, mon gars !

Et il frissonna ostensiblement.

— Bah ! Ne t'en fais pas pour moi : je suis tout à fait capable de me coltiner les deux plus grands crétins de New Hope.

— Qui a dit que c'était pour toi que j'étais inquiet ?

15.

— Je suis bien contente que vous m'ayez appelée.

Assise sur le canapé du cottage, une tasse de café fumant dans les mains, Denise enleva ses chaussures d'un coup de talon pour replier ses longues jambes fines sous elle, aussi à l'aise que si elle s'était trouvée dans son propre appartement.

— Je n'avais pas l'intention de vous obliger à venir jusqu'ici, surtout avec les trombes d'eau qui tombent depuis tout à l'heure, répliqua Grace, un peu gênée par l'obligeance de sa nouvelle amie.

Les averses de la journée s'étaient intensifiées considérablement à l'heure de pointe, ce qui avait créé des embouteillages record et des problèmes de circulation dus à des inondations partielles dans tout le comté, d'après ce que Grace avait entendu aux infos.

— Voyons, ce n'est rien du tout ! rétorqua Denise. Et puis, de toute façon, je ne voulais pas que vous soyez toute seule chez vous quand Bernie arriverait.

— Vous m'avez pourtant affirmé hier qu'il était totalement inoffensif, lui fit remarquer Grace d'un air perplexe.

— Et je suis prête à vous le répéter, dit Denise avec chaleur. Seulement…

Elle eut une seconde d'hésitation avant de hausser les épaules.

— Sans vouloir vous vexer, Grace, je me suis dit que vous seriez sans doute plus à l'aise si j'étais à vos côtés pour recevoir Bernie. Après la frousse qu'il vous a causée hier soir…

Grace retint de justesse un sourire amusé. Qu'elle le veuille ou non, elle devrait compter avec Denise tout le temps de son séjour à New Hope. Car cette dernière s'était visiblement autoproclamée son amie la plus fidèle et sa protectrice attitrée, avec tout ce que ces appellations impliquaient !

— Ça ne le gênera pas de me voir ici, poursuivit Denise après avoir bu une gorgée de café bien chaud. Je fais partie des quelques rares personnes avec lesquelles il ne se comporte pas comme un sauvage. Peut-être parce qu'il était au courant pour Steven et moi. Un jour, il nous a surpris à la galerie, en train de nous embrasser dans la salle du fond. J'étais morte de honte, et très inquiète aussi : je me disais que si les gens apprenaient… Vous voyez ce que je veux dire ! Mais Steven a parfaitement géré le problème : il a fait promettre à Bernie de ne pas souffler mot de notre liaison à qui que ce soit, un point c'est tout. Evidemment, Bernie a obtempéré sans se faire prier. Après tout, Steven était son seul véritable ami à New Hope.

— C'était peut-être une précaution inutile, si Bernie ne parle à personne…, hasarda Grace.

— C'est ce que nous croyions, en tout cas, reprit Denise. Mais la suite a prouvé que nous nous étions trompés. Il a bien dû évoquer notre liaison devant quelqu'un, vraisemblablement sans faire attention. Après, il était trop tard pour rattraper le coup : le téléphone arabe fonctionne vite dans les petites villes. Il suffit d'une indiscrétion pour qu'en quelques heures, tout le monde soit au courant. Et quand il s'agit d'une histoire de cœur, vous imaginez à quelle vitesse l'information est transmise ! Bref, avant d'avoir pu dire « ouf », nous sommes devenus le sujet croustillant du moment, celui dont tous les habitués de « Chez Pat » se régalaient !

— Vous avez posé la question directement à Bernie ?

— Oui, et il m'a juré ses grands dieux qu'il n'était pas responsable de cette indiscrétion. Mais je ne sais pas trop si je dois le croire parce que… quand il m'a donné sa réponse, il avait l'air terrorisé.

— Terrorisé ? Mais de quoi pouvait-il bien avoir…, commença Grace avant d'être interrompue par un grand coup frappé à la porte qui la fit sursauter violemment.

— Au secours ! cria une voix de femme à l'extérieur. A l'aide, par pitié ! Une voiture vient de tomber dans la rivière !

D'un bond, Denise et Grace se levèrent et coururent ouvrir la porte. Une femme vêtue d'un grand imperméable bleu marine se tenait sur le perron, son capuchon luisant de pluie.

— Maureen ? fit Denise. Qu'est-ce que tu fais ici ? Qu'est-ce qui se passe ?

La femme agita frénétiquement la main vers la rivière en contrebas, tout en répétant d'une voix surexcitée :

— Une voiture est tombée à l'eau ! Et je n'ai pas mon portable sur moi !

— Denise, vite, appelez la police ! lança Grace.

Puis elle se retourna vers la dénommée Maureen.

— Où l'accident a-t-il eu lieu précisément ?

— Suivez-moi, fit la jeune femme tout en s'élançant sur

le chemin boueux qui serpentait jusqu'à la berge supérieure du fleuve.

Heureusement, il avait cessé de pleuvoir, mais le terrain était tout de même instable, et Grace se félicita intérieurement de ne pas avoir ôté ses bottes en rentrant chez elle.

— C'est ma voiture, là, expliqua Maureen tout en pointant du doigt une camionnette dont les phares éclairaient le cours d'eau en crue. Vous voyez, là bas ? Il y a un véhicule, dans l'eau, juste au bas du talus !

— Oh, mon Dieu ! s'exclama Grace tout en courant vers la berge.

La voiture était déjà à moitié submergée. On pouvait encore distinguer la silhouette du conducteur qui essayait désespérément d'ouvrir sa portière coincée par le courant. Il venait de lever des yeux emplis de panique vers les deux femmes quand Denise arriva, tout essoufflée.

— Ils envoient une équipe de secours tout de suite, dit-elle en se penchant à son tour vers le véhicule en fâcheuse posture. Bonté divine ! Mais c'est Bernie ! Maureen, tu le vois comme moi, n'est-ce pas ? C'est bien Bernie qui est coincé là-dedans ?

Maureen s'approcha un peu plus, et laissa échapper un juron.

— Mais oui, c'est bien lui ! C'est Bernie !

Grace l'avait reconnu, elle aussi.

— Vous avez un cric dans votre coffre ? demanda-t-elle à Maureen.

— Oui.

— Alors, allez le chercher, s'il vous plaît. Et faites vite !

Maureen obtempéra et quelques secondes plus tard, elle était de retour, le cric à la main. Elle le tendit à Grace qui, sans hésiter, pénétra dans l'eau glacée. Une seule chose comptait à ses yeux : sauver le pauvre Bernie.

— Grace ! cria Denise. Vous êtes complètement folle ou quoi ? Le courant ! Vous allez vous noyer !

— Mais non, je vais me débrouiller. Pendant que je repère le terrain, allez chercher des couvertures au cottage !

L'eau montait vite. Avant même d'avoir atteint la voiture, Grace était immergée jusqu'à la taille. Elle marchait avec précaution, sans se précipiter, malgré son désir de porter secours au sinistré le plus vite possible. Les bras étendus de chaque côté de son corps pour garder l'équilibre malgré la force du courant, elle progressait lentement mais sûrement vers le véhicule qui, heureusement, n'avait pas encore commencé à dériver. Ce qui voulait dire que ses roues n'avaient pas quitté le sol. Il lui serait donc moins difficile de passer à l'action. Bénissant intérieurement son père qui avait tellement insisté pour lui faire suivre des cours de sauvetage quand elle était plus jeune, elle se mit en devoir d'atteindre la poignée de la portière avant. Son entraînement de secourisme remontait à loin, mais elle était certaine que les réflexes acquis referaient surface au moment propice, même si elle n'avait jamais expérimenté ce genre d'opérations dans une rivière en crue.

A l'intérieur de l'habitacle, le niveau de l'eau avait continué à monter, de sorte que seule la tête de Bernie surnageait, à présent. Son visage reflétait une terreur sans nom, et Grace vit qu'il essayait de lui crier quelque chose. Mais le bruit de l'eau était tel qu'elle n'entendait rien. Pourtant, en se collant presque à la vitre, elle parvint à distinguer les mots qui se formaient sur ses lèvres blanches d'effroi.

— La porte est bloquée ! lui hurlait-il silencieusement.

Choisissant de communiquer avec lui par gestes, afin de ne pas gaspiller les précieuses minutes qui leur restaient avant que la voiture ne s'engloutisse définitivement, elle lui fit comprendre qu'elle allait essayer de manœuvrer la portière.

Mais au moment précis où elle tendait la main vers la poignée, un bruit de succion terrible se fit entendre, et la voiture disparut tout entière sous le flot mugissant.

16.

— Je vais avoir besoin d'aide ! cria Grace par-dessus son épaule, les yeux toujours fixés sur l'endroit où le véhicule de Bernie avait plongé sous les eaux déchaînées. Denise, venez vite ! Il faut me donner un coup de main !

— Vous voulez que je vienne... *dans l'eau* ? demanda la jeune femme d'une voix terrorisée.

— Evidemment ! Où voulez-vous aller ? répliqua Grace, agacée. Je vais essayer d'ouvrir la portière côté conducteur, et vous, vous vous occuperez de l'autre. A nous deux, nous devrions réussir à ménager une issue de secours à ce pauvre Bernie qui doit déjà être à moitié noyé !

Elle n'avait pas lâché le cric, pensant qu'il pourrait lui servir pour briser l'une des vitres.

— Mais je... je ne sais pas nager ! balbutia Denise, les yeux écarquillés, les bras ballants.

Sur le coup, Grace n'en crut pas ses oreilles : si c'était une excuse, elle était particulièrement mauvaise ! Elle décida d'ignorer cette protestation absurde, et poursuivit d'un ton persuasif :

— Ce n'est pas si profond que ça en a l'air, voyons ! Tout ce que vous aurez à faire, c'est retenir votre respiration et suivre mes indications. C'est tout !

Mais Denise secoua la tête tout en reculant de quelques pas, comme pétrifiée.

— Non, je… je ne peux pas, Grace. Je suis désolée, mais… C'est au-dessus de mes forces. J'ai affreusement peur de l'eau !

Il n'y avait plus une minute à perdre. Grace lança un dernier regard courroucé en direction de la jeune femme qui continuait à s'écarter de la rivière, puis elle prit une grande inspiration et s'enfonça sous l'eau.

Les quatre roues de la voiture lui apparurent, bien enfoncées dans le sol boueux. Heureusement, à cet endroit, le niveau de l'eau n'était pas trop monté, ce qui permit à Grace de rester campée sur ses deux pieds pendant qu'elle s'échinait vainement à ouvrir la portière côté conducteur. Elle eut beau tirer et secouer la poignée en tous sens, elle n'arriva à rien.

Les poumons en feu, elle donna un vigoureux coup de talons sur le fond pour remonter en flèche à la surface. A peine avait-elle émergé qu'elle reprit une nouvelle bouffée d'air pour replonger sous l'eau, sans écouter ce que Denise lui criait depuis la berge où elle s'était prudemment réfugiée. Cette fois-ci, Grace choisit de faire le tour de la voiture en nageant pour aller tenter sa chance côté passager. Peine perdue : la seconde portière était également coincée.

Toujours en apnée, la jeune femme revint vers le conducteur pour mettre son plan B en action. Essayant de rester calme pour ne pas lâcher l'air qu'elle avait dans les poumons sous l'effet de la panique, elle évita soigneusement de trop regarder Bernie, dont le visage complètement affolé risquait de la décourager avant même qu'elle n'eût tenté de lui venir en aide. Elle reposa les pieds sur le sol, leva le cric qu'elle tenait toujours solidement, fit signe à Bernie de s'écarter de la vitre à grand renfort de gestes amples, et prit son élan pour briser la vitre derrière laquelle s'agitait le pauvre naufragé.

L'eau s'engouffra en bouillonnant dans l'espace libéré par le trou dans la fenêtre, projetant Bernie en arrière, au risque de le noyer complètement. Mais la dépressurisation soudaine de l'habitacle permit à Grace de manœuvrer la portière, cette fois avec succès, et d'aider Bernie à s'extirper de la voiture.

Un bras passé autour de sa taille, la jeune femme prit appui sur le fond boueux pour remonter à la surface. Quelques secondes plus tard, ils réapparaissaient tous les deux, éclairés par les phares de la camionnette de Maureen qui leur montraient la rive toute proche.

Grace dut fournir encore quelques efforts pour atteindre la berge du fleuve en soutenant toujours Bernie, mais elle réussit enfin à poser le pied au sec. Après avoir lâché le rescapé qui toussait et crachait à fendre l'âme, elle sentit ses genoux faiblir, et s'effondra sur le sol, épuisée.

Aussitôt, Denise lui entoura les épaules d'une couverture bien sèche, cependant que Maureen s'occupait de Bernie.

— Vous êtes vraiment cinglée ! lança Denise en frottant vigoureusement le dos de son amie pour la réchauffer. Vous auriez pu vous noyer sous nos yeux ! Est-ce que ça va, Grace ?

— Oui, je… ça va, haleta la jeune femme avant de lever les yeux vers Denise. Ce… c'est vrai, que… que vous ne savez pas nager ?

— Je ne vous ai pas menti : je serais bien incapable de tremper ne serait-ce qu'un doigt de pied dans une piscine sans m'évanouir ou faire une crise de nerfs !

— Je… je vous crois, dit Grace entre deux grandes inspirations. C'est juste que… enfin, tous les gens que je connais savent nager — à part vous, maintenant !

— Croyez-moi, ce n'est pas de la mauvaise volonté de ma part, assura Denise en soupirant. Quand j'avais huit ans, j'ai échappé de justesse à la noyade, et depuis, je n'ai pas réussi à surmonter ma phobie de l'eau. Pour tout vous dire, il m'a fallu une année entière avant d'accepter de remonter dans une baignoire pleine, alors effectuer un sauvetage à la nage dans une rivière en crue, vous pensez si c'est dans mes cordes ! Je suis vraiment désolée de ne pas avoir pu vous aider. Je me suis comportée comme la dernière des nulles, n'est-ce pas ?

— Mais non, ne vous en faites pas ! protesta gentiment Grace qui retrouvait doucement son souffle. Tout ce qui compte, c'est que Bernie soit tiré d'affaire.

Elle se tourna vers l'homme qu'elle avait arraché à une mort affreuse. A part quelques égratignures sur les mains à cause des éclats de vitre, il avait l'air indemne, et elle ne put s'empêcher de soupirer de soulagement.

— Ah ! La voilà enfin, leur équipe de secours ! s'exclama Maureen lorsque le hululement d'une sirène se fit entendre au bout du chemin.

D'un bond, elle se remit sur ses pieds et courut au bord de la route pour signaler leur présence par de grands gestes des bras.

Quelques instants plus tard, la berge se retrouva littéralement inondée de lumière. Deux infirmiers sautèrent à bas de leur véhicule, suivis de près par deux policiers en uniforme venus à bord de leur voiture de patrouille, tous gyrophares allumés. Quant au troisième véhicule, il stoppa non loin de la scène dans un grand bruit de freins et laissa apparaître le commissaire Nader vêtu de la tenue complète du parfait loup de mer — ciré et suroît jaune vif, avec pantalon assorti et grosses bottes noires montantes.

— Bon sang de bonsoir ! grommela-t-il, l'air mécontent. Mais qu'est-ce qui s'est passé ici ?

Pendant que les urgentistes étaient occupés à désinfecter les coupures sur les mains de Bernie, Maureen et Denise se mirent à parler toutes les deux en même temps d'un air surexcité. Leur description était si incohérente et leur débit si rapide que le commissaire fit d'abord mine de se boucher les oreilles. Puis, au bout de quelques minutes, il eut l'air de comprendre à peu près ce que les deux jeunes femmes essayaient de lui expliquer. Se tournant vers la rivière dont le flot mugissait lugubrement, il suivit du regard le point que Denise lui désignait, puis il se tourna vers Grace.

— C'est vous qui êtes allée porter secours à Bernie ? lui demanda-t-il d'un air presque offusqué. Toute seule ? Avec ce courant qui risquait de vous entraîner, frêle comme vous êtes ?

Un peu agacée, Grace haussa les épaules.

— Il fallait bien agir : c'était ça ou le laisser se noyer !

— Il n'est pas le seul à avoir couru le risque de se noyer, mademoiselle McKenzie, déclara le commissaire en adoptant un air très grave. Vous auriez pu y passer tous les deux. Est-ce que vous vous en rendez compte, au moins ? La rivière peut s'avérer extrêmement dangereuse à certains endroits, surtout dans des conditions aussi mauvaises qu'aujourd'hui.

— Merci du conseil, je m'en souviendrai la prochaine fois ! lança Grace d'un ton acide.

Nader dut percevoir son énervement, car il changea aussitôt de ton.

— En tout cas, dit-il, vous avez été très courageuse, mademoiselle. Vous êtes sûre que tout va bien ?

— Les infirmiers m'ont dit que oui, répondit brièvement la jeune femme, tout en réprimant un frisson de froid et de fatigue.

Elle ne rêvait plus que d'une chose : rentrer chez elle, se faire couler un bon bain chaud pour détendre ses muscles tendus et se blottir ensuite sous les couvertures pour un repos bien mérité. Mais le commissaire ne semblait pas avoir terminé. Après avoir aboyé des ordres à ses subalternes, il se tourna vers Bernie qui, toujours enveloppé dans la couverture apportée par Maureen, avait cessé de trembler et reprenait un peu de couleurs.

— Bon, maintenant, Bernie, dis-moi ce qui s'est passé. Tu conduisais trop vite, c'est ça ? Ou tu t'es endormi au volant ?

Se redressant de toute sa taille, Bernie lança un regard outragé à Josh Nader avant de secouer la tête avec emphase.

— Ni l'un ni l'autre, commissaire. C'est un pick-up qui m'a fait quitter la route. Exprès !

Le commissaire et son second échangèrent un regard significatif.

— On t'a fait quitter la route, tu dis ? reprit Nader d'un ton dubitatif. C'est bizarre, parce que Maureen ne nous a rien signalé de tel quand elle nous a appelés au secours. Elle a dit que ta voiture était tombée dans la rivière, pas qu'on t'y avait poussé intentionnellement…

— C'est parce que je n'ai pas assisté à l'accident ! intervint Maureen aussitôt. J'étais en train de remonter vers l'autre côté de la route quand j'ai entendu un gros « plouf », et le temps que je fasse demi-tour, la voiture de Bernie était déjà dans l'eau.

— Le pick-up m'a percuté deux fois, reprit Bernie. Mais j'ai quand même réussi à me maintenir sur la route. Du coup, l'autre a accéléré pour venir sur ma droite, et il s'est mis à cogner dans la portière passager. A force, j'ai perdu le contrôle de ma voiture et elle a fait deux ou trois tonneaux en dégringolant le talus jusqu'à la rivière.

— Est-ce que, par hasard, tu aurais reconnu le véhicule en question ? demanda le commissaire. Ou peut-être même le conducteur ?

Bernie secoua la tête négativement.

— Et la couleur du pick-up ? Tu peux au moins me l'indiquer ?

— Eh bien, il faisait très sombre, alors… En tout cas, ce n'était pas une couleur claire, ça, j'en suis sûr. Peut-être un vert foncé ?

— Et la plaque d'immatriculation ? Tu as pu l'apercevoir ? insista Josh Nader, l'air visiblement sceptique face à ces réponses évasives.

Une fois de plus, Bernie fit non de la tête.

— Je ne saurais même pas vous citer un seul numéro. J'étais trop occupé à rester sur la route pour prêter attention à autre chose !

Le chef de la police soupira, l'air sceptique.

— Bon, dit-il à son adjoint, on va lancer des recherches sur tout le comté pour retrouver un pick-up de couleur sombre, vraisemblablement vert sapin, avec de forts impacts visibles à l'avant et côté conducteur. C'est noté ?

Puis il s'adressa de nouveau à Bernie :

— Juste pour vérification, tu peux me dire ce que tu

faisais sur cette route, le soir ? Tu habites pourtant de l'autre côté de la ville, non ?

Bernie jeta un regard paniqué à Grace qui vint immédiatement à son secours, piquée par le ton désagréablement soupçonneux qu'avait employé le commissaire.

— Il venait chez moi, monsieur le commissaire, rétorqua la jeune femme avec aplomb. J'ai retrouvé dans les affaires de Steven une boîte de matériel de pêche qui lui était destinée, alors je lui ai proposé de venir la chercher ce soir après son travail. D'ailleurs, ajouta-t-elle après une seconde d'hésitation, s'il est d'accord, il peut tout à fait venir se sécher et changer de vêtements au cottage. Il y a plein d'affaires qui appartenaient à Steven et qui lui iraient sûrement très bien. De toute façon, il vaudrait mieux qu'il se change s'il ne veut pas attraper du mal, par-dessus le marché !

— Eh bien, à vrai dire, je ne sais pas si ce serait très prudent, déclara le commissaire tout en se grattant machinalement la nuque. Les infirmiers comptent vous emmener à l'hôpital pour un check-up complet, juste par mesure de précaution, et…

— C'est ridicule, enfin ! lança Grace. Je vais très bien. Ce n'est pas moi qu'il faut soigner, cette fois !

— Moi non plus, je n'ai pas besoin de check-up ! affirma Bernie avant même que le commissaire ne lui eût posé la question. Par contre, j'aimerais bien appeler ma sœur à l'hôpital, justement, pour qu'elle ne s'inquiète pas quand elle apprendra par ses collègues ce qui vient de m'arriver.

Avec un hochement de tête compréhensif, Josh Nader tendit obligeamment son portable à Bernie. Le garçon composa rapidement un numéro qu'il connaissait visiblement par cœur, et s'éloigna légèrement du petit groupe pour passer son appel qui ne dura pas plus d'une minute et demie. En quelques pas, il revint vers le commissaire et lui rendit son mobile tout en le remerciant poliment.

— J'ai pu avoir ma sœur directement, ajouta-t-il à l'intention des autres personnes présentes qui attendaient de savoir quoi faire. Elle m'a dit que, vu ce qui s'était passé, il valait mieux que je ne reste pas seul. Elle est d'accord pour que j'aille au cottage avec Mlle McKenzie. En fait, ça l'arrange plutôt : comme ça, elle pourra venir me chercher directement là-bas, une fois qu'elle aura fini sa garde. Elle fait partie de la première équipe de nuit, et ils ne vont pas trop tarder à passer le relais aux autres, normalement.

— C'est bon, c'est bon, grommela le commissaire. Mais je te préviens : dès demain à la première heure, tu es prié de te présenter au poste pour me signer une déclaration de sinistre. Et vous aussi, Maureen.

— Je serai là, commissaire, c'est promis. Je peux y aller, maintenant ?

— Oui.

Bernie avait déjà tourné les talons pour suivre Grace, quand il fit volte-face pour demander au chef de la police d'un air ennuyé :

— Et ma voiture ? Qu'est-ce qu'elle va devenir ?

— Une chose est sûre : nous n'allons sûrement pas obtenir d'un dépanneur qu'il se déplace en plein milieu de la nuit pour venir la remorquer ! De toute façon, quand on l'aura récupérée, elle sera considérée comme une pièce à conviction. Si ce n'est pas un accident, comme tu nous l'as expliqué, il y aura forcément des traces de choc sur la carrosserie de ton véhicule. Ce qui veut dire qu'elle n'est pas prête à reprendre du service. Je vais être obligé de l'immobiliser tant que cette affaire n'est pas classée. Mais si ça peut te consoler, dis-toi qu'après un bain forcé comme celui qu'elle a pris ce soir, elle n'aurait certainement pas fonctionné aussi bien qu'avant. En fait, à mon avis, elle risque fort de se retrouver à la casse d'ici peu de temps…

L'air résigné, Bernie hocha la tête pensivement, puis il s'éloigna en compagnie de Grace et de Denise.

17.

— Tu l'aimes bien, je me trompe ? fit Denise avec un grand sourire en direction de Grace.

Elles se tutoyaient, maintenant. C'était Denise qui l'avait proposé à sa nouvelle amie, et celle-ci s'était empressée d'accepter.

Grace posa un doigt sur ses lèvres. Elle venait juste d'envoyer Bernie à l'étage prendre une douche chaude et se changer, et la porte de la chambre de Steven, où elle avait sélectionné quelques vêtements, était restée ouverte. Elle n'avait pas l'intention de le mettre mal à l'aise, timide comme il l'était !

Elle resta pensive quelques secondes, les mains tendues devant la cheminée où crépitait un bon feu allumé par Denise. Elle savourait le contact des vêtements propres et secs qu'elle avait enfilés au sortir de sa douche.

— Oui, je l'aime bien, répondit-elle enfin, les yeux dans le vague. Je ne sais pas trop pourquoi, mais c'est comme ça. Peut-être parce qu'il s'est montré tellement désolé de m'avoir fait peur l'autre soir ? Ou parce qu'il a toujours été très franc avec moi ? Ou encore parce que je le sens véritablement attristé de la disparition de Steven…

— Ce n'est pas étonnant que Bernie souffre de son décès, dit Denise. Après tout, Steven était son seul ami.

— Décidément, on ne peut pas dire qu'il ait de la chance, ces derniers temps, fit remarquer Grace avec un soupir désolé. D'abord, son meilleur ami — et maintenant, sa voiture… Comment va-t-il faire pour aller travailler demain ? Et s'il perd son emploi, qu'est-ce qui lui permettra de garder le moral ?

— Ne dramatisons pas ! fit Denise avec un gentil sourire. J'ai peut-être une solution pour le tirer de ce pétrin, du moins en ce qui concerne ses déplacements. Fred garde au garage une vieille Firebird qu'il ne conduit qu'occasionnellement. Il a une passion pour ce genre de guimbardes tellement « évocatrices de toute une époque », comme il dit… Bref, je suis à peu près sûre qu'il acceptera de la prêter à Bernie en attendant que le pauvre garçon ait le moyen de se racheter un véhicule.

L'air soudain embarrassé, elle baissa les yeux sur ses ongles vernis de rouge avant d'ajouter :

— Bien sûr, je ne pourrai pas lui demander *personnellement* s'il veut bien faire ça pour Bernie, mais il suffira que je parle à Rob : il lui en touchera un mot.

— Ton mari refuse toujours de te parler ?

Denise hocha la tête d'un air accablé.

— Je vais tous les jours à la prison en espérant qu'il aura changé d'avis. Mais je commence à me demander s'il me pardonnera un jour.

— Je suis désolée pour toi, Denise, murmura Grace.

Emue, elle vit sa nouvelle amie essuyer furtivement une larme. Elle allait se pencher vers elle pour la prendre dans ses bras quand un bruit de pas l'arrêta dans son élan. Se retournant, elle aperçut Bernie au bas des escaliers, très élégant dans un pantalon et un sweat gris. Il se dandinait d'un pied sur l'autre, l'air plutôt gêné.

— Eh bien ! Tu es magnifique, Bernie ! s'exclama Denise avec un enthousiasme légèrement forcé pour masquer son trouble.

— Merci, répondit-il en rougissant. Et merci à vous, mademoiselle McKenzie, de m'avoir prêté ces vêtements.

— Vous pouvez même les garder s'ils vous plaisent, rétorqua Grace avec un sourire amusé. Vous êtes un peu réchauffé ? Venez donc à côté de nous profiter de cette belle flambée que nous a préparée Denise !

Et elle tapota le siège le plus proche du canapé où elle s'était installée.

Laissant échapper un petit gloussement, Bernie obtempéra sans se faire prier davantage.

— Il ne faut pas vous inquiéter autant pour moi, mademoiselle McKenzie !

— C'est parce que je me sens en partie responsable de ce qui vous est arrivé. Si je ne vous avais pas demandé de venir jusqu'au cottage par un temps pareil, jamais…

— Oh, mais vous ne m'avez pas forcé ! l'interrompit Bernie avec une assurance qui la surprit. J'avais très envie de venir, vous savez ?

Son regard tomba sur la boîte d'appâts qui attendait sagement sur la table basse.

— C'est mon cadeau ? reprit-il avec une expression presque craintive sur son visage mobile.

— Oui, répondit Grace avec un sourire encourageant. Allez, ouvrez-le ! C'est pour vous que Steven l'avait acheté.

Bernie venait de manœuvrer le délicat loquet qui fermait la boîte quand Denise se leva.

— Bon, eh bien, j'adorerais rester pour découvrir ce fameux

cadeau, mais je crois que j'ai eu suffisamment d'émotions pour la soirée ! Ces appâts somptueux risqueraient d'être la goutte d'eau qui fait déborder le vase…

Elle se tourna vers Grace avec un clin d'œil complice.

— On se voit demain ?

— Absolument, répondit Grace en se levant à son tour pour raccompagner son amie à la porte.

Elle attendit d'avoir vu sa voiture s'éloigner dans la nuit pour refermer le battant et retourner auprès de son invité.

De toute évidence, elle ne lui avait pas manqué : il était tout simplement absorbé dans la contemplation d'un appât artificiel qu'il examinait avec autant de précautions que s'il s'était agi d'un trésor inestimable.

— C'est un Wigg-Lure ! souffla-t-il du même ton émerveillé qu'un petit garçon aurait employé en découvrant un fabuleux cadeau de Noël dans ses chaussons. Il s'est rappelé ce que je lui avais dit…

Se rasseyant sur le sofa, Grace le laissa admirer l'appât en silence avant d'oser interrompre sa contemplation.

— Je ne savais pas que Steven s'y connaissait autant en matière de pêche à la ligne.

— Oh, il n'avait rien d'un passionné ni d'un professionnel ! fit Bernie sans quitter son précieux Wigg-Lure des yeux. Mais il avait l'air intéressé par mon sport de prédilection, alors je lui ai appris quelques trucs. En échange, il me faisait découvrir son domaine : l'art.

— Vraiment ?

Il avait l'air nettement plus à son aise, maintenant que la glace avait été brisée entre eux. Les mots semblaient lui venir naturellement, sans que Grace eût besoin de se forcer à entretenir la conversation, comme elle l'avait craint au début.

— Mais oui ! reprit Bernie d'un ton fier et enthousiaste. Je passais beaucoup de temps avec lui à la galerie, et il m'apprenait plein de choses sur les peintres contemporains et leurs différentes techniques. Il m'a même donné quelques cours un peu plus pointus sur les artistes américains majeurs du dix-neuvième siècle. Du coup, je me suis mis à en préférer certains, comme par exemple Johann Berthelsen et Guy A. Wiggins.

Grace sourit devant tant de ferveur.

— Vous avez l'air d'aimer tout spécialement les paysagistes qui ont travaillé sur la ville de New York au moment de son fabuleux développement, on dirait !

— Exactement. Et vous ? Quelle est votre période préférée en peinture ? Votre style favori ? Les artistes que vous trouvez exceptionnels ?

— Je suis surtout spécialiste de l'impressionnisme américain, entre la fin des années 1800 et le début des années 1900.

— Ah ! Alors, vous devez connaître William Merritt Chase, Childe Hassam et William Leroy Metcalf, entre autres ?

Grace lança à son invité un regard étonné, empreint d'un nouveau respect pour l'étendue de ses connaissances. Pour un amateur, il se révélait plutôt calé.

— Dites-moi, Bernie, vous m'aviez caché que vous exerciez le métier d'expert en art à vos heures perdues ! dit-elle en souriant, sans chercher à dissimuler l'impression favorable qu'il lui avait faite. En vous écoutant, je commence à me demander si vous ne seriez pas plus qualifié que moi pour diriger la galerie Hatfield. Vous m'épatez, vous savez ?

— Bof ! répondit Bernie très modestement. Ce n'est pas moi qu'il faut féliciter, mais Steven. C'était un formidable professeur.

— Mais vous, vous étiez à l'évidence un élève très doué, rétorqua Grace. Vous ne vous êtes jamais dit que vous pourriez trouver un travail intéressant dans le secteur artistique ?

— Le problème, c'est que je n'aime pas trop être en contact avec les gens, surtout des visiteurs qui vous harcèlent de questions, reprit Bernie tout en reposant l'appât dans son compartiment pour en prendre un autre avec d'infinies précautions. Enfin, grâce à Steven, je m'étais un peu amélioré. J'avais réussi à surmonter ma timidité pour m'occuper de la galerie de temps en temps, quand Steven avait une course à faire ou un cours à l'université. Un jour, j'ai même vendu un tableau, tout seul, sans les conseils de personne !

A ce souvenir mémorable, le visage de Bernie s'illumina de fierté. Les yeux rêveurs, il poursuivit sur un ton nostalgique :

— Je me rappelle parfaitement ce que c'était, comme œuvre : une nature morte de Doug Emmerson. Vous pensez si j'étais content de moi quand Steven est revenu ! D'ailleurs, il a insisté pour me reverser un pourcentage. D'après lui, puisque j'avais travaillé en véritable professionnel — ce sont les mots qu'il a employés, je m'en souviens par cœur tellement ça m'a touché —, je devais être rétribué en conséquence et toucher ce qu'il a appelé ma « commission personnelle ». Vous vous rendez compte ?

— Il a eu parfaitement raison : j'aurais fait pareil à sa place. Vous l'aviez bien mérité, affirma Grace.

Elle resta silencieuse quelques secondes, puis se rappela

brusquement ses préoccupations actuelles. Si quelqu'un pouvait l'aider à mieux cerner son désagréable visiteur de l'après-midi, c'était peut-être Bernie, après ce qu'il venait de lui raconter.

— Je suppose que, comme vous passiez pas mal de temps dans cette galerie, vous avez dû entendre le nom de Victor Lorry ?

Bernie hésita, l'air interrogateur, avant de secouer la tête.

— Non, désolé. Pourquoi ? C'est un peintre ?

— Pas du tout, ce n'est qu'un négociant avec lequel Steven faisait affaire. Je me disais qu'il avait peut-être mentionné son nom devant vous, au hasard d'une conversation.

— Vous avez l'air de vous intéresser beaucoup à lui. Pourquoi donc ?

— Oh ! Comme ça, c'est tout, répondit Grace négligemment. C'est juste que Steven avait en dépôt une toile qui lui appartenait. Et ce M. Lorry m'a téléphoné pour savoir si le tableau avait déjà été vendu.

— De quelle œuvre s'agissait-il ? demanda Bernie, une lueur intriguée dans ses yeux ronds.

Grace n'eut qu'une seconde d'hésitation. Si elle n'avait pas l'intention de révéler à Bernie ses doutes quant à l'authenticité du tableau ni ses démêlés avec le négociant, elle pouvait malgré tout lui donner le nom de l'œuvre et celui de l'artiste. Il avait tellement soif d'apprendre qu'il aurait été dommage de le décourager.

— C'est un tableau assez remarquable qui s'intitule *Jour de marché*. Par Eduardo Arroyo, un artiste de la côte Ouest qui a vécu au dix-neuvième siècle et qui connaît un certain succès actuellement. Steven l'avait entreposé dans la pièce du fond avec un certain nombre d'autres toiles.

— Non, décidément, ce titre ne me dit rien. Mais je sais que Steven avait un faible pour l'art de la côte Ouest. Il regrettait que le public ne s'y intéresse pas davantage. Les gens préfèrent en général les paysages familiers : ça leur donne l'impression de s'y connaître un peu.

— En tout cas, l'Arroyo dont je vous parlais, je l'ai mis en expo dans la grande salle, reprit Grace. Donc, si vous avez envie de vous familiariser avec la peinture de la côte Ouest, vous êtes le bienvenu. Je serais ravie de vous initier autant que j'en serai capable aux techniques assez particulières de cet artiste qui me plaît beaucoup, et…

Elle s'interrompit, comme frappée brusquement par une idée de génie.

— Au fait, j'ai réorganisé l'agencement de la salle principale pour mettre davantage de tableaux aux murs, et je me demandais qui pourrait se montrer de bon conseil. J'ai besoin de votre avis, Bernie. Ça ne vous ennuierait pas trop de passer dans les jours qui viennent pour me dire ce que vous pensez de mes petits changements ?

Tout ému, les joues rouges de plaisir, Bernie balbutia comme un enfant ravi :

— Je… Vous pensez vraiment ce que vous dites ? Que vous aimeriez avoir mon avis ?

— Mais oui, absolument ! Alors, surtout, ne me dites pas non. Je peux compter sur vous ?

— Bien sûr. Et merci de me faire confiance alors que je ne suis qu'un amateur, fit Bernie tout en jetant un coup d'œil à la pendulette sur la cheminée. Pardonnez-moi de changer de sujet, mais vous êtes certaine que ça ne vous ennuie pas que j'attende ma sœur chez vous ? Ce n'est pas que votre compagnie me déplaise, bien au contraire. Mais vous savez, elle travaille comme infirmière à l'hôpital, et parfois, les horaires qu'on lui impose sont un peu… élastiques, si vous voyez ce que je veux dire.

— Ne vous en faites pas, Bernie. Je trouve notre conversation passionnante, et vous ne me dérangez pas le moins du monde. Mais vous avez raison : il est déjà tard. Vous avez dîné ?

Il secoua la tête.

— Généralement, je prends mon repas une fois rentré à la maison.

— Dans ce cas, vous devez mourir de faim ! s'exclama Grace tout en se levant avec un regain d'énergie. Et si j'allais voir ce que je peux nous dénicher dans la cuisine ?

— Oh, non, surtout, ne vous embêtez pas avec ça ! Vous avez déjà fait tellement de choses pour moi, ce soir… Vraiment, ça me gênerait. J'aurais l'impression d'abuser, et…

— Tut tut ! Arrêtez de vous mettre martel en tête. Pour être honnête, je commence à avoir un petit creux, alors de toute façon, je me serais préparé quelque chose même si j'avais été seule ici !

Sans lui laisser le temps de protester davantage, elle fila tout droit vers le congélateur avec l'espoir d'y trouver des plats tout préparés. Elle déchanta vite : dans les bacs, elle ne trouva que de la viande et des légumes surgelés qui nécessiteraient une certaine préparation. Un peu déconfite, elle décida de faire l'inventaire des placards. Peut-être aurait-elle plus de chance côté conserves ? Hélas ! Le résultat ne fut pas plus satisfaisant : il n'y avait que des paquets de céréales, du café, de la confiture, plus des herbes et épices variées. Rien que l'on pût faire réchauffer rapidement ! Elle avisa alors deux paquets au fond d'un placard, cachés par les boîtes de céréales. C'étaient des macaronis au fromage à préparer en « douze minutes chrono ».

Avec un soupir, elle prit l'une des boîtes et se mit en devoir de lire les instructions pour concocter « un délicieux dîner nourrissant, équilibré et rapide ». Elle doutait fort d'y arriver, étant donné ses connaissances extrêmement limitées en matière d'art culinaire, mais faute de grives... De toute façon, c'était soit ça, soit attendre le lendemain matin pour se restaurer.

— Faire bouillir un litre d'eau dans une grande casserole..., marmonna-t-elle.

Ça, elle devait être capable de le faire sans risque. Que disait la suite de la recette ?

— Quand l'eau bout, verser un paquet de pâtes et remuer avec une cuillère en bois.

Jusqu'ici, rien de trop compliqué.

— Faire cuire pendant dix minutes. Ensuite, égoutter les macaronis, les remettre dans la casserole avec une dose de sauce au fromage et bien mélanger le tout. Servir aussitôt.

C'était tout ? Finalement, ce n'était pas si compliqué ! En tout cas, elle ne voyait pas comment elle aurait pu rater une recette aussi simple...

La jeune femme retourna d'un pas alerte dans le salon où Bernie n'avait pas bougé de son siège.

— Des macaronis au fromage, ça vous tente ?

Perdu dans la contemplation d'une superbe mouche factice, Bernie hocha vaguement la tête.

— Super ! lança-t-il sans même détourner les yeux de son cadeau.

Une bouffée d'attendrissement envahit Grace. Même s'ils avaient pratiquement le même âge tous les deux, ce garçon lui faisait l'effet d'un tout jeune homme — d'un adolescent, à vrai dire. Elle éprouvait des sentiments presque maternels à son égard, tellement il paraissait gentil et perdu dans le monde impitoyable des adultes. Malgré sa timidité, il possédait beaucoup de qualités, y compris une capacité à s'enthousiasmer sans arrière-pensée pour des choses aussi diverses qu'un hameçon dernier cri ou une toile du dix-neuvième siècle. Elle comprenait mieux pourquoi Steven s'était lié d'amitié avec lui, en dépit de leurs différences.

De retour dans la cuisine, elle dénicha un grand faitout qu'elle remplit d'eau avant de le poser sur la gazinière. Elle alluma le feu sous la casserole. Il ne lui restait plus qu'à attendre que l'eau se mette à bouillir, et le tour serait joué — ou presque ! Elle avait déjà connu tant de déboires en matière de cuisine qu'elle s'attendait malgré tout à une catastrophe de dernière minute…

Enfin, pendant que l'eau chauffait, elle voulut ouvrir la boîte de macaronis.

A la vue de ce qu'elle contenait, Grace laissa échapper une exclamation étouffée.

A l'intérieur, au lieu des innocents paquets de pâtes qu'elle s'attendait à découvrir, s'alignaient des liasses de billets de cent dollars, proprement roulées et retenues par des élastiques. La boîte en était pleine à ras bord.

Après avoir jeté un coup d'œil par-dessus son épaule pour vérifier que Bernie n'avait pas eu la mauvaise idée de la suivre jusque dans la cuisine, la jeune femme saisit un rouleau du bout des doigts afin de compter les billets. Un, deux, trois, dix, vingt… cinquante billets de cent dollars en tout. Multiplié par le nombre de liasses que contenait le paquet de macaronis, soit vingt-deux rouleaux, cela faisait un total astronomique de… 110.000 dollars ! Sans compter les quelques billets de cent dollars épars sur le dessus des autres, ce qui laissait supposer qu'il y avait peut-être eu davantage d'argent dans cette cachette insoupçonnable. Et que Steven ne s'était pas privé d'en dépenser une partie.

Le cœur tambourinant dans sa poitrine, la jeune femme resta un instant interdite. Puis, comme mue par une impulsion subite, elle se haussa sur la pointe des pieds pour sortir du placard l'autre paquet de macaronis. Comme le premier, il était fermé par un simple scotch qu'elle trancha net à l'aide d'un couteau, malgré le tremblement soudain qui l'avait saisie à la vue de tout cet argent. Retenant son souffle, elle ouvrit la seconde boîte et faillit laisser échapper un cri. Elle devait contenir à peu près autant de billets que la première, à en juger par le peu d'espace qui restait entre les rouleaux serrés comme des sardines.

Mais ce n'était pas tout. Le paquet contenait également un objet des plus inquiétants. Un pistolet !

18.

Grace demeura un moment pétrifiée devant cette arme posée sur un matelas de billets. A sa connaissance, Steven était plutôt contre les armes à feu. Il n'avait même pas de permis !

Et que penser de cette énorme quantité d'argent cachée dans un placard de sa cuisine ? Ça ne collait pas du tout avec l'image de l'homme qui avait failli devenir son époux. Ce comportement ressemblait plutôt à celui des trafiquants de drogue qui planquaient leur argent sale et paraient aux éventuels règlements de comptes. Or, Steven méprisait profondément le trafic de drogue et tout ce qui pouvait s'y rapporter.

Mais alors, comment expliquer la présence de cette somme d'argent et de cette arme chez Steven ?

Grace comprit d'un seul coup comment il avait pu s'offrir des voyages en Europe, des costumes de grands couturiers, une Porsche et une Rolex, alors que sa galerie ne lui rapportait pas la moitié des sommes qu'il dépensait.

Mais si l'argent ne venait pas de la drogue — et elle en restait convaincue —, comment Steven se l'était-il procuré ?

Comme par un fait exprès, le commentaire acerbe que

Matt avait formulé au sujet de Victor Lorry lui revint subitement à la mémoire. Quelle expression avait-il employée, déjà ? Ah oui ! Il avait dit quelque chose comme : « *Un négociant en art ? Dites plutôt qu'il a l'allure du parfait petit truand !* »

Et si ce déplaisant personnage était un trafiquant d'art ? Et si Steven avait percé à jour sa couverture d'honnête négociant en peinture ? Il l'avait peut-être menacé de révéler à tout le monde sa véritable occupation, à moins que Lorry ne lui verse une coquette somme d'argent en guise de dédommagement. Pas la commission de trente-cinq pour cent mentionnée dans le contrat qui les liait pour l'Arroyo, mais bien plus. Et en liquide, pour qu'il ne subsiste aucune trace de leur petit arrangement à l'amiable…

« Oh, Steven ! Dans quelle galère es-tu allé te fourrer ? Et moi, as-tu seulement pensé aux problèmes que je risquais de rencontrer si tu me léguais la gérance de ta galerie ? »

Paniquée soudain à l'idée que quelqu'un d'autre — Bernie, dans l'immédiat — pût tomber sur le magot ou sur l'arme de Steven, Grace referma les deux boîtes. Mais le scotch ne tenait plus, et pour comble de malchance, l'eau s'était mise à bouillir à gros bouillons pendant qu'elle réfléchissait. Vite, elle éteignit le feu sous la casserole brûlante. Elle n'était plus en état de cuisiner quoi que ce soit. Et surtout pas des macaronis au fromage !

A pas de loup, elle alla jeter un coup d'œil du côté du salon. Bernie était toujours concentré sur ses nouveaux joujous. Rien à craindre de ce côté-là.

Mais comme deux précautions valaient mieux qu'une, elle fourragea dans les tiroirs et finit par en extraire un rouleau de scotch entamé qu'elle utilisa pour refermer soigneusement chacun des paquets de pâtes. Puis elle replaça les deux boîtes à l'endroit exact où elle les avait trouvées, en se promettant de réfléchir à l'usage qu'il convenait d'en faire.

En attendant, qu'allait-elle servir à son invité ? Il devait mourir de faim, à présent ! Elle s'agenouilla pour inspecter les placards du bas. Derrière les poêles et les casseroles, elle découvrit une boîte de chili con carne et un paquet de crackers au fromage. Ouf ! Ils auraient tout de même quelque chose à se mettre sous la dent.

Quelques minutes plus tard, Grace revenait dans le salon, chargée d'un grand plateau sur lequel elle avait déposé deux assiettes pleines de chili fumant, une carafe d'eau, deux verres et des couverts propres, sans oublier les crackers qu'elle avait disposés dans un plat creux.

Bernie la rejoignit à table sans cacher son enthousiasme, et lui assura que le chili con carne faisait partie de ses plats favoris. Joignant le geste à la parole, il dévora littéralement la grosse portion qu'elle lui avait servie d'autorité.

Pendant qu'ils mangeaient, ils continuèrent à discuter à bâtons rompus, comme deux amis de longue date. Grace apprit ainsi que Bernie n'avait jamais quitté New Hope de sa vie. A l'ère du tourisme de masse et des transports planétaires, cela pouvait paraître surprenant, mais à aucun moment il n'avait ressenti le besoin ou l'envie de s'éloigner de ses racines, même pour quelques jours. Il avait rencontré Steven par hasard, six mois auparavant, par un beau matin de printemps. Il était en train de pêcher dans son coin favori, à quelques centaines de mètres du cottage, et Steven avait interrompu son jogging pour le saluer gentiment. De fil en aiguille, ils avaient discuté de leurs passions respectives, et très vite, une véritable amitié s'était nouée entre eux.

Bernie en avait été lui-même étonné car il n'était pas

enclin à se lier aussi rapidement. A vrai dire, Steven représentait le seul véritable ami qu'il ait jamais eu.

— Je suppose qu'on pourrait dire de lui qu'il m'a fait sortir de ma coquille, en quelque sorte, conclut-il tout en croquant pensivement le dernier biscuit au fromage.

— Il y a tout de même quelque chose qui m'intrigue, dit Grace après avoir vidé son verre. Si Steven n'y connaissait absolument rien en matière de pêche à la ligne et que vous, vous n'en saviez pas plus dans le domaine de l'art, de quoi avez-vous bien pu parler, au début ?

Pour la première fois depuis qu'ils s'étaient rencontrés, Bernie prit un air gêné.

— Oh, de choses et d'autres ! Rien de bien intéressant, marmonna-t-il avant de vider son verre d'un seul coup, comme pour mettre fin à la conversation.

Il se leva, empila la vaisselle sale sur le plateau et prit la direction de la cuisine en annonçant d'une voix bien différente :

— Allez, ce soir, c'est moi qui fais la vaisselle !

— Mais non, vous n'êtes pas du tout obligé de…

— Vous vous êtes occupée de tout le reste : c'est le moins que je puisse faire pour vous remercier !

Vaincue, Grace le regarda s'éloigner vers la cuisine. Il avait l'air plutôt à l'aise chez Steven. Donc, il était déjà venu plus d'une fois… Mais alors, pourquoi avait-il éludé sa question, tout à l'heure ? C'était d'autant plus surprenant qu'il avait paru très détendu sur plein d'autres choses… Non, décidément, elle ne comprenait pas ce qui, dans sa question innocente, avait pu mettre Bernie sur la défensive. Mais elle se promettait bien de le découvrir en temps et en heure.

Elle fut interrompue au beau milieu de ses spéculations par un coup discret frappé à la porte d'entrée.

Elle alla ouvrir et se trouva nez à nez avec une nouvelle visiteuse. La femme qui se tenait debout sur le perron avait la cinquantaine lumineuse, et sa queue-de-cheval d'un roux flamboyant aurait suffi à la désigner automatiquement comme une parente de Bernie. Elle attirait la sympathie, avec son joli visage ovale et ses grands yeux sombres au regard pétillant d'intelligence. Sous son imperméable beige, elle portait un haut coloré qui éclairait d'une touche joyeuse le blanc crème de son pantalon évasé vers le bas.

— Vous devez être Judy, fit Grace en ouvrant grand la porte pour inviter la sœur de Bernie à entrer. Je suis Grace McKenzie. Je vous en prie, venez vous réchauffer près du feu !

— Merci, répondit Judy en ôtant son imperméable en même temps qu'elle jetait un coup d'œil circulaire dans la salle principale, sans doute pour essayer de repérer son frère. Je suis vraiment confuse : j'aurais dû venir chercher Bernie dès qu'il m'a appelée, mais comme apparemment il allait bien, je ne me suis pas inquiétée. D'autant qu'aux urgences pédiatriques, ce soir, il y avait foule. Je n'ai pas pu me libérer avant.

— Ne vous en faites pas, dit Grace. Votre frère va très bien, en effet. Allez donc le retrouver dans la cuisine, si vous voulez.

Juste à ce moment, Bernie revint dans le salon, un grand sourire aux lèvres. Le frère et la sœur s'étreignirent brièvement, et à les voir si proches l'un de l'autre, Grace ressentit une petite pointe d'envie. Elle n'avait pas eu de frère ni de sœur, et de temps à autre, ça lui manquait. Comme maintenant.

— Salut, ma sœur préférée ! fit Bernie avec un clin d'œil complice.

— Désolé d'arriver aussi tard, p'tit frère, mais à l'hôpital, c'était la panique et…

Judy s'interrompit brutalement à la vue des pansements qui parsemaient les mains de son frère.

— C'est quoi, ça ? lui demanda-t-elle. Je croyais que tu t'en étais sorti indemne !

— Ce n'est rien, juste quelques égratignures, répondit Bernie d'un ton apaisant. Ne va pas t'imaginer je ne sais quoi : je t'ai dit que j'allais très bien, et je le répète. Grâce à Mlle McKenzie, d'ailleurs. C'est elle qui a réussi à briser la vitre de la voiture pour me faire sortir, tu sais ?

Aussitôt, Judy se tourna vers Grace, une expression de gratitude infinie sur son visage marqué par la fatigue.

— Où sont passées mes bonnes manières ? Je ne vous ai même pas remerciée pour ce que vous avez fait, mademoiselle. Je n'ai aucune excuse, vraiment !

Elle marqua une petite pause, comme si l'émotion qu'elle ressentait menaçait de lui couper la voix, puis elle reprit avec une fougue qui fit rougir Grace :

— Vous avez été tout simplement extraordinaire ! Si, si, j'insiste ! Et ce n'est pas la peine de prétendre le contraire. Le commissaire Nader m'a tout raconté en détail. Sans vous, je crois bien que mon frère…

Sa voix se brisa, et ses yeux s'emplirent de larmes de soulagement. Elle dut inspirer profondément pour pouvoir reprendre :

— Bref, Bernie et moi vous sommes tellement reconnaissants ! Je ne sais pas comment nous pourrions vous remercier de votre aide, mais sachez que nous nous considérons comme vos obligés éternels !

— Eh bien, dit Grace avec un petit rire destiné à dissiper un peu la gêne qui s'était emparée d'elle devant tant de compliments, disons qu'à l'avenir, si je tombe à l'eau, c'est vous qui viendrez me sauver. Ça vous va, comme arrangement ?

L'expression sérieuse de Judy se transforma instantanément en un sourire charmant.

— Ça me va, répondit-elle. Considérez ça comme un pacte en bonne et due forme !

Son regard rencontra alors le coffret cadeau que Bernie avait laissé sur la table basse.

— Est-ce que ce ne serait pas la boîte d'appâts dont j'ai tellement entendu parler ?

— Si, et chacun de ces articles est une vraie petite merveille ! s'exclama le garçon avec enthousiasme, les yeux étincelants. Regarde celui-là, par exemple : est-ce que tu réalises que c'est un Wigg-Lure ? Un vrai de vrai ? Et qu'il est à moi ? Un Wigg-Lure… je n'arrive pas encore à y croire !

— Eh bien, moi, je suis certaine que tu en feras un excellent usage, conclut Judy avec une pointe d'amusement devant l'émerveillement naïf de son jeune frère. Allons, Bernie, je pense que nous ferions mieux d'y aller, à présent. Nous n'avons que trop abusé de l'hospitalité de Mlle McKenzie. Et sur le chemin, je voudrais m'arrêter au poste de police pour discuter un peu avec M. Montgomery.

— Pourquoi ? fit Bernie, visiblement étonné.

— Pour m'assurer que tout est bien mis en œuvre pour retrouver le chauffeur de ce pick-up qui a cherché à te tuer !

— A vrai dire, je crains que tu ne te fasses rembarrer,

déclara Bernie. Je n'ai pas l'impression qu'ils aient vraiment cru ce que je leur ai raconté.

— C'est ce que nous verrons ! répliqua Judy.

Elle resta quelques secondes silencieuse à regarder son frère ranger ses précieux appâts dans leur compartiment individuel, puis elle se tourna vers Grace, l'air désemparé.

— Qui pourrait lui vouloir autant de mal ? demanda-t-elle à la jeune femme, tout bas pour que son frère ne puisse pas l'entendre. Et pourquoi donc chercherait-on à le supprimer ? Bernie n'a jamais causé de tort à personne. Il ne ferait pas de mal à une mouche, gentil et timide comme il est !

Plus tard dans la nuit, quand Grace se mit au lit pour un repos bien mérité, elle ne put s'empêcher de se poser à nouveau la question. Qui cherchait à éliminer ce pauvre garçon inoffensif, et pour quelle raison ? Il y avait là un mystère qu'elle ne voyait pas du tout comment résoudre…

19.

Ari Fishburn était un homme plein de surprises. A vrai dire, de tous les gens que Grace avait rencontrés au cours de sa carrière, c'était l'être le plus excentrique, le plus étonnant et aussi l'un des spécialistes les plus doués dans le secteur de l'art qu'il lui eût été donné de côtoyer. Né en Grèce, il avait été adopté à l'âge de dix ans par un couple d'Américains, et il avait manifesté très tôt sa passion pour l'art sous toutes ses formes. Particulièrement doué et extrêmement persuasif quand il voulait bien s'en donner la peine, il avait mené de brillantes études pour devenir un professionnel du secteur qui l'attirait inéluctablement. Il avait touché à toutes les branches, et avec un succès indéniable, au cours de sa longue carrière. Peu de gens pouvaient se targuer, après cinquante ans d'exercice, de posséder autant de qualifications et de connaissances qu'Ari. Ainsi, il avait rempli tour à tour les fonctions de technicien en laboratoire d'expertise, archiviste, défenseur du patrimoine culturel et conservateur. Il avait aussi passé dix ans au poste enviable de directeur général du Lakeside Museum de Chicago, l'un des plus prestigieux instituts de la région des lacs. Et bien qu'il fût à la retraite, il travaillait encore à temps partiel comme consultant spécialiste de l'art de la côte Ouest et de l'impressionnisme américain, ce qui signifiait qu'il était toujours dans la course, et sans doute bien plus au fait des dernières découvertes dans ces secteurs que la plupart de ses collègues.

Si l'on en croyait la majorité des experts en art, la réputation d'Ari Fishburn n'était plus à faire, et elle dépassait de loin les frontières de l'Etat où il résidait. En fait, il était même considéré comme l'un des meilleurs spécialistes du pays en authentification de tableaux. Même le FBI avait fait appel à ses talents afin de démêler plusieurs cas de faux assez épineux pour déconcerter ses propres spécialistes.

Grand, mince, l'expert possédait d'épais cheveux blancs et un regard bleu glacier absolument remarquable, à l'image de sa clairvoyance sans faille. Eté comme hiver, il arborait des costumes d'un blanc immaculé. Une véritable marque de fabrique, en somme ! Tout comme sa ponctualité légendaire. A midi précises, conformément au rendez-vous dont Grace et lui étaient convenus au téléphone, il s'était présenté à la galerie Hatfield, tout pimpant dans son costume Armani couleur neige fraîche avec chapeau de feutre assorti. Le voir sortir, tout de blanc vêtu, de sa luxueuse berline noire conduite par un chauffeur stylé constituait un spectacle à ne pas manquer, et Grace s'en était empli les yeux comme une petite fille émerveillée.

Elle sortit sur le trottoir pour l'accueillir. Il traînait derrière lui une épaisse valise à roulettes qu'il appelait familièrement son « laboratoire ambulant ».

— Bonjour, Ari ! lui lança la jeune femme d'un ton joyeux.

A sa demande, elle avait cessé de lui donner du « monsieur le professeur » depuis longtemps, malgré la déférence qu'elle ressentait pour ses qualités humaines et professionnelles. Ils avaient travaillé côte à côte à Boston pendant un certain temps, et cela les avait suffisamment rapprochés pour que Grace le considère presque comme un père adoptif — ou du moins, un père spirituel auprès duquel elle n'hésitait pas à chercher conseil. Lui, en retour, lui témoignait une bienveillance paternelle et lui prodiguait des encouragements toujours bienvenus dans le dur mais passionnant métier qu'elle avait choisi.

— Comment allez-vous, ma chère enfant ? demanda le professeur tout en ôtant galamment son couvre-chef pour embrasser avec chaleur celle qu'il surnommait son « élève fétiche ». Toujours aussi charmante, à ce que je vois !

— Et vous, toujours aussi flatteur ! riposta Grace avec humour.

Il leva les mains au ciel en signe de protestation effarée.

— Comme vous y allez, très chère ! Je ne fais pourtant qu'énoncer la stricte vérité.

Il lui prit le bras sans plus de cérémonie, et ils se dirigèrent vers la galerie.

— Je me sens encore coupable de vous avoir arraché à votre tournoi de golf, reprit Grace tout en lui indiquant la porte d'entrée qu'elle avait laissée entrouverte. Si j'avais su que vous étiez tellement occupé, jamais…

— Voyons, voyons ! l'interrompit Ari d'un ton plaisant. Ne vous jetez donc pas la pierre ainsi ! C'est le contraire qui m'aurait ennuyé : si vous aviez contacté quelqu'un d'autre que moi pour venir expertiser votre tableau, inutile de vous dire à quel point vous m'auriez vexé ! Sans compter que vous m'avez épargné l'occasion de me couvrir de ridicule devant toute une équipe de passionnés. Je suis un pitoyable golfeur, savez-vous ? La seule raison pour laquelle mon vieil ami Ray avait fait appel à moi pour ce tournoi, c'est la défection de son partenaire habituel. Lui et ses amis avaient urgemment besoin d'une bonne âme prête à tenir le rôle du quatrième, et il n'a pensé à moi qu'en dernier recours. Mais je vous avouerai que ce genre d'exercice ne fait pas partie de mes occupations favorites, loin de là ! Je m'étais sacrifié uniquement pour lui faire plaisir. On peut donc dire que votre coup de téléphone est tombé à pic pour m'éviter de me donner en spectacle !

Il s'arrêta net de bavarder : ils venaient de pénétrer dans la salle d'exposition de la galerie. Face à la porte, bien installé sur son chevalet de bois clair, l'Arroyo semblait les regarder, illuminé par un rayon de soleil qui l'auréolait somptueusement.

— Le voilà, Ari, murmura Grace, impressionnée par la concentration immédiate dont son vieil ami pouvait faire preuve quand une œuvre d'art était en jeu. C'est *Jour de marché,* le sixième volet de la série dite « de Santa Fe », peinte par Eduardo Arroyo.

— Il a toujours figuré parmi mes artistes de prédilection.

— C'est bien pour cette raison que je me suis permis de faire appel à vous, reprit Grace. Je savais combien vous seriez heureux de contempler l'une de ses œuvres. Si, du moins, c'est bien un authentique Arroyo que vous avez devant les yeux.

— Eh bien, il n'y a qu'un moyen de le savoir, n'est-ce pas ? Mettons-nous au travail tout de suite, comme ça nous serons fixés, conclut le Pr Fishburn tout en ouvrant sa valise où se trouvaient tous les ustensiles dont il avait besoin pour authentifier un tableau en dehors de son laboratoire.

De temps à autre, si le doute persistait sur une toile particulièrement bien imitée, il était obligé de faire transporter l'œuvre jusqu'à Boston pour la soumettre à une seconde batterie de tests. Mais dans la plupart des cas, il était capable de repérer le travail d'un faussaire sur le terrain.

Après avoir soigneusement examiné chaque centimètre carré du tableau à l'aide d'une grosse loupe, Ari demanda à Grace si elle pouvait baisser les stores un instant. Avec précaution, il enleva la toile de son chevalet pour la poser à plat sur le grand bureau de Steven où il avait déjà installé son appareil à rayons X.

Grace se tenait légèrement en retrait, pour ne pas gêner l'examen minutieux auquel se livrait le professeur. Elle ne quittait pas son visage des yeux, cherchant à deviner à l'expression de ses traits le résultat de son expertise. Tout ce qu'elle espérait, c'était qu'il pourrait lui donner une réponse rapidement — elle n'avait plus beaucoup de temps devant elle, si elle s'en tenait à sa décision initiale de ne rester qu'une semaine à New Hope pour remettre les affaires de la galerie en ordre avant de passer la main à Sarah.

Au bout d'un temps qui parut interminable à la jeune femme, tant elle était avide d'obtenir une réponse à ses questions, Ari Fishburn éteignit son appareil et se redressa lentement, l'air grave.

— Cette toile est d'une facture remarquable, fit-il sans détourner son attention du tableau. La peinture a été appliquée par touches successives, tout à fait comme Arroyo a l'habitude de procéder. On retrouve ses coups de pinceau très particuliers aux endroits classiques, comme ces deux arcades à la périphérie de la place du village. Quant aux effets d'ombre et de lumière si caractéristiques de sa technique, je ne trouve rien à y redire. Par exemple, l'ombre portée de ce marchand sur la couverture qui lui sert de présentoir a tout de la signature d'Arroyo.

Il se tourna vers Grace, une lueur de compassion dans ses yeux si bleus.

— Malheureusement, rien de tout cela ne nous permet d'affirmer que ce tableau est authentique. Il est même de mon devoir de vous annoncer que, si parfaite qu'elle puisse paraître, la toile à laquelle vous avez donné la place d'honneur dans votre exposition est un faux.

Grace s'en doutait bien, mais la confirmation officielle d'un spécialiste aussi éminent qu'Ari lui causa une vive émotion. Elle songea immédiatement au scandale que cette découverte risquait de déclencher, à la mauvaise réputation qui s'ensuivrait pour la galerie… Et que dirait Sarah quand elle apprendrait la nouvelle ? Mieux valait ne pas y penser tout de suite.

— Vous en êtes certain ? demanda-t-elle timidement, essayant de s'accrocher vaille que vaille aux dernières bribes d'espoir qu'il lui restait.

— Venez un peu par là, dit le professeur en lui tendant sa loupe. Et regardez attentivement cet endroit en particulier. Vous voyez, pour gagner en authenticité quand il choisit de représenter des chemins de terre battue comme ceux du village ci-dessous, Arroyo prend toujours soin de mélanger un peu de poussière du désert à la peinture qu'il utilise. Cette technique, dont peu de gens connaissent l'existence, lui permet de donner aux routes qui figurent sur ses tableaux une qualité spéciale, granuleuse, comme si les gravillons originaux avaient été miniaturisés pour être ensuite transposés sur la toile. On peut les distinguer à l'œil nu, mais avec la loupe on les voit encore mieux.

— Effectivement, dit Grace en se penchant sur le détail que son vieil ami et mentor lui avait indiqué.

— Le problème, c'est que l'effet produit ici ne provient absolument pas d'un mélange de sable et de gouache. Il a été obtenu par le passage d'une brosse dure juste après la première couche de peinture. C'est ça qui donne cette impression de granulé et de relief. L'analyse radiographique est formelle. Comme vous le savez, elle permet de déterminer si une teinte comporte un mélange quelconque d'autres substances, ou si elle est pure. Or, je suis au regret de vous annoncer que le passage du tableau aux rayons X ne m'a pas permis de conclure à la présence de poussière du désert. Ce qui signifie que ce superbe Arroyo n'en est, hélas, pas un.

Lentement, Grace releva la tête, la loupe à la main.

— Je suis désolé, Grace, fit Ari en passant un bras autour des épaules de la jeune femme. Je sais que vous espériez un autre diagnostic.

Elle acquiesça pensivement. En réalité, des deux scénarios qu'elle avait imaginés, elle n'aurait su dire lequel était le pire : celui du faux ou celui de l'original volé. Dans un cas comme dans l'autre, elle se serait retrouvée dans l'impasse, et la suite des événements risquait d'être particulièrement délicate.

Elle haussa les épaules dans un geste fataliste.

— Surtout, n'ayez pas de scrupules, Ari. De toute façon, j'aurais bien fini par découvrir la vérité.

— Qu'allez-vous faire, mon petit ? lui demanda le professeur avec bonté.

— Eh bien, je vais signaler au catalogue central des œuvres mises sur le marché que cette toile est un faux, répondit la jeune femme en soupirant. Il serait malhonnête de reporter davantage cette annonce. Seulement, j'avoue que je m'inquiète pour l'avenir de la galerie Hatfield, après ce second coup du sort qui la frappe de plein fouet. D'abord un assassinat, ensuite une histoire de faux…

— Si vous voulez mon avis, elle s'en relèvera, votre galerie. Ce n'est pas la première ni la dernière fois que ce genre d'événement se produit dans le monde de l'art. Il y a même des institutions célèbres qui ont été victimes de faussaires particulièrement retors. Lorsque j'étais encore conservateur chez O'Keefe, la célèbre salle des ventes de Seattle, moins de quarante pour cent des œuvres que l'on nous proposait étaient authentiques ! Vous vous rendez compte ? Une fois, alors que je supervisais une vente particulièrement courue, un faux Raphaël est parti pour un prix absolument indécent sans que personne n'ait repéré la supercherie. Même moi, qui l'avais examiné en détail, je m'étais fait prendre au piège. Vous imaginez notre surprise quand, une semaine plus tard, l'acheteur, furieux, nous a renvoyé le tableau après l'avoir fait dûment expertiser : c'était un faux, et nous n'y avions vu que du feu ! A la suite de ce déplaisant épisode, beaucoup de gens se sont dit que la fondation O'Keefe allait faire faillite, d'autant que la vente au cours de laquelle le prétendu Raphaël avait été mis aux enchères avait bénéficié d'une couverture médiatique importante, et que la nouvelle s'était répandue dans le milieu de l'art comme une traînée de poudre. Eh bien, malgré tout, il n'est rien arrivé de terrible. Ils font toujours salle comble, aujourd'hui, chaque fois qu'ils organisent une vente. Après tout, ce n'était pas leur faute… En ce qui concerne Steven Hatfield, il est très possible qu'il n'ait rien soupçonné, auquel cas il ne peut absolument pas être

tenu pour responsable de quoi que ce soit. Et vous non plus, d'ailleurs.

Mais alors, comment expliquer la présence dans sa cuisine d'un quart de million de dollars et d'une arme à feu ? songea Grace, le cœur serré d'angoisse.

Ari avait déjà commencé à remballer son matériel d'expertise quand la jeune femme sortit brusquement de ses ruminations.

— Vous ne voulez pas rester encore un peu, Ari ? lui demanda-t-elle. Je voudrais vous inviter à déjeuner quelque part : c'est le moins que je puisse faire pour vous remercier. Nous pourrions rattraper le temps perdu et bavarder un peu…

— Ma très chère enfant, votre proposition me tente infiniment, vous vous en doutez. Mais je me vois dans l'obligation de refuser car ce soir, ma fille fête ses trente ans, et je lui ai promis que je serais de retour à temps pour participer à la petite fête organisée en son honneur.

— Mes meilleurs vœux à votre fille, alors. Et pour notre déjeuner, ce n'est que partie remise : nous organiserons ça dès que je serai de retour à Boston.

Ari n'eut pas le temps de lui donner sa réponse, coupé dans son élan par le soupir que venait de pousser la jeune femme. A travers la fenêtre, elle avait aperçu la jeep de Matt : il venait de s'arrêter non loin de l'allée qui menait à la galerie.

Intrigué, Ari tourna la tête dans la même direction qu'elle.

— Que se passe-t-il donc ? fit-il d'un air curieux.

— C'est Matt Baxter : le fils de l'homme que l'on accuse d'avoir assassiné Steven. Il se trouve qu'il exerce également la profession d'agent du FBI, et qu'il est remarquablement doué !

— Précision inutile, il me semble. Le FBI n'engage que les meilleurs ! répliqua Ari qui venait de ranger sa loupe dans son « laboratoire ambulant ».

— Je me suis mal exprimée, reprit Grace hâtivement. En fait, Matt a travaillé au département des fraudes artistiques pendant un certain temps. Assez longtemps en tout cas pour s'y connaître en matière de faussaires.

— Est-ce qu'il est au courant pour l'Arroyo ?

— Pas exactement. Mais il a déjà flairé quelque chose de suspect.

— Alors, vous devriez lui dire toute la vérité. C'est un fardeau un peu lourd pour vos frêles et néanmoins ravissantes épaules, ne croyez-vous pas, ma chère petite Grace ?

Elle ne répondit pas. Avec un sourire entendu, Ari Fishburn regarda la silhouette bien découpée de Matt avancer vers l'entrée de la galerie.

— Vous lui faites confiance ? demanda-t-il à mi-voix, ses yeux perçants fixés sur le visage de sa protégée avec la même intensité que celle dont il avait fait preuve quelques instants plus tôt pour scruter la surface du faux Arroyo.

— Eh bien…, répondit la jeune femme d'un ton hésitant. Je ne le connais pas depuis très longtemps, et…

— Quand vous avez un doute, suivez toujours votre instinct, dit le professeur d'un ton docte.

Grace ne remarqua pas que les iris bleu clair de son vieil ami pétillaient d'enthousiasme car elle était trop préoccupée par l'irruption soudaine de Matt sur ce qui lui apparut brusquement comme la « scène du crime ». En un éclair, il avait tout enregistré, et sans doute tiré des conclusions immédiates. Et pour cause : l'Arroyo était toujours posé sur le bureau, et Ari terminait seulement de remballer tout son équipement.

— J'espère que je ne vous interromps pas dans un moment particulièrement critique ? demanda le fils de Fred Baxter d'une voix polie.

— Non, non, pas du tout ! lança Grace tout en s'étonnant de ne pas se sentir plus nerveuse.

D'un geste, elle fit les présentations avec autant de naturel qu'une hôtesse confirmée.

— Matt, voici mon vieil ami, Ari Fishburn. Ari, voici Matt Baxter, agent spécial du FBI.

— Comment allez-vous ? fit Ari tout en saisissant vigoureusement la main que lui tendait Matt.

— Vous avez bien dit Ari Fishburn ? demanda Matt, l'air visiblement impressionné. Le professeur Fishburn ? Celui-là même qui a aidé le Bureau à coincer Joseph Reid, l'un des plus éminents faussaires de notre époque ?

Ari ne put retenir un sourire d'autosatisfaction.

— C'est bien moi, jeune homme.

— C'est un honneur de vous rencontrer, monsieur, reprit Matt tout en s'inclinant légèrement. Je me rappelle m'être inscrit à l'un des cours que vous dispensiez aux agents désireux de se perfectionner en détection de contrefaçons artistiques. Malheureusement, un impératif de dernière minute m'a empêché de le suivre — une mission urgente qui m'obligeait à quitter la région —, et je l'ai toujours regretté.

— Vous vous intéressez donc particulièrement à l'art, agent spécial Baxter ?

— Oui. J'ai travaillé pendant deux ans et demi au sein du département des fraudes.

— Dirigé par un homme remarquable avec lequel je suis

toujours en contact, reprit le professeur. Carlton Brown est-il toujours aussi apprécié de ses troupes ?

— Tout à fait, répondit Matt. Nous avons également conservé d'excellents rapports, même si je travaille désormais dans un autre service.

Avec un hochement de tête approbateur, Ari referma sa valise.

— Eh bien, cela m'a fait extrêmement plaisir d'évoquer tous ces souvenirs avec vous, agent spécial Baxter. Je serais ravi de continuer à bavarder agréablement, mais comme je l'ai déjà expliqué à cette charmante jeune femme, je me vois dans l'obligation de vous quitter, pour assister à un dîner de la plus haute importance.

Tout en se penchant vers Grace pour l'embrasser paternellement sur la joue, il lui glissa à l'oreille :

— Ce garçon me plaît bien.

Reprenant une voix normale, il ajouta en la regardant droit dans les yeux :

— Eh bien, très chère, j'ai été enchanté de vous revoir. Surtout, ne restez pas trop longtemps sans me donner de vos nouvelles, c'est promis ?

— Promis, Ari. Et… merci encore.

Elle le regarda s'éloigner de son pas alerte jusqu'à la voiture qui l'attendait au coin de la rue, puis elle se tourna vers Matt.

— Alors, quel bon vent vous amène ?

— Disons que j'ai entendu parler de votre petit bain de minuit, répondit Matt avec une lueur taquine dans les yeux, et je voulais me rendre compte par moi-même de votre état. Vous allez bien ?

— Parfaitement bien, ne vous inquiétez pas. Mais merci quand même de vous soucier de ma santé !

— Vous avez pris un gros risque, Grace, reprit Matt d'un ton soudain sérieux qu'elle trouva particulièrement réconfortant.

— Je ne me suis pas posé de questions, vous savez, répliqua-t-elle avec modestie. Sinon, je crois que je n'aurais jamais eu le courage d'y aller. Et puis, de toute façon, je n'étais pas seule : Denise se trouvait juste à côté.

— Peut-être, mais je vous rappelle qu'elle ne sait pas nager !

— Bah ! fit la jeune femme en haussant négligemment les épaules. Ce n'est qu'un détail !

— Eh bien, au moins, vous n'avez pas perdu votre sens de l'humour dans la bagarre ! s'écria Matt. Enfin, si vous le prenez si bien, c'est que vous n'avez pas de bobo, effectivement. En parlant de ça, comment va Bernie ?

— Il a eu terriblement peur, comme vous pouvez vous en douter. Il y avait de quoi, franchement ! Mais maintenant, il va beaucoup mieux. Vous savez, il est persuadé que quelqu'un l'a volontairement expédié dans le fleuve !

— C'est ce que j'ai entendu dire, en effet, acquiesça Matt. Je me suis arrêté au poste de police sur le chemin de la galerie, et j'ai appris que sa voiture avait été remontée ce matin.

— Est-ce qu'on a remarqué des traces de peinture vert sombre aux endroits des chocs ?

— Les experts sont au travail. Ils ne devraient pas avoir de mal à trouver des preuves, si toutefois Bernie dit bien la vérité…

— Comment pouvez-vous en douter ? s'exclama Grace. Je ne vois vraiment pas pourquoi il aurait menti ! Et je suis prête à défendre sa bonne foi auprès de n'importe qui !

— Ne vous emballez pas, voyons ! fit Matt en levant une

main apaisante. Je ne fais que répéter ce qu'on m'a suggéré au commissariat. Vous êtes assez fine pour comprendre que Josh Nader préférerait de loin la version de l'accident dû à un moment d'inattention. Une tentative de meurtre ne ferait qu'ajouter une sombre histoire à la ville de New Hope qui n'en a vraiment pas besoin. Et les citadins pourraient bien finir par tenir le représentant de l'ordre pour responsable de tous ces drames. Quelle mauvaise publicité pour lui !

— Je suis désolée de m'être emportée contre vous, dit Grace d'un air contrit. Je ne voulais pas vous crier dessus, d'autant que vous n'avez rien à voir avec cette vilaine histoire. Mais avec le meurtre de Steven qui n'est pas encore élucidé, plus l'agression dont j'ai été victime à mon arrivée, je dois dire que je suis un peu sur les nerfs. Tant que ces affaires ne seront pas résolues, je risque de rester sur la défensive et de prendre la mouche plus facilement que d'habitude.

— Pour calmer les nerfs, j'ai exactement le remède qu'il vous faut.

Rien que de l'entendre énoncer cette phrase calmement, Grace se sentit mieux. Elle ne put empêcher un sourire coquin de venir jouer sur ses lèvres.

— J'en suis convaincue !

Il fit mine de s'offusquer, mais ses yeux riaient silencieusement.

— Je n'ose imaginer ce à quoi vous songiez exactement, jeune fille ! Ce que j'avais en tête était tout simple : je voulais vous proposer d'aller prendre un verre à Lambertville, au « Bar de la Rive Gauche ». C'est mon ami Glenn qui y officie, et il concocte les meilleurs cocktails du coin. De quoi faire disparaître la tension qui vous noue la nuque et les épaules.

Elle faillit rougir de confusion. Sa proposition était si simple, si gentille ! Et elle, qu'était-elle donc allée s'imaginer ? Elle en avait presque honte.

Elle préféra saisir l'occasion qu'il lui offrait de changer de sujet plutôt que continuer à élaborer des élucubrations ridicules.

— Comment savez-vous que j'ai mal dans la nuque et les épaules ?

— Ah ha ! J'aimerais vous impressionner en vous racontant que je l'ai senti, que j'ai des antennes qui perçoivent toutes les ondes émanant de votre charmante personne… Mais non, la vérité est bien plus simple — et bien moins magique, hélas pour moi ! C'est juste que depuis tout à l'heure, vous n'arrêtez pas de vous masser machinalement à cet endroit. Voilà, c'est aussi bête que ça… Alors, ce cocktail, ça vous dit ?

D'instinct, elle baissa le bras — elle était effectivement en train de se masser la nuque !

— Plus vous en parlez, et plus j'ai envie de me laisser convaincre d'y goûter !

— Et ensuite, nous pourrions aller dîner ensemble, ajouta Matt. Dans un endroit tranquille où vous oublierez pendant un moment toutes ces mésaventures déplaisantes.

— Dites donc, vous voulez vraiment me transformer en poupée de chiffon ? lança Grace d'un ton faussement fâché que tentait de démentir la lueur d'amusement dans ses grands yeux. Si je me détends exagérément, je risque de m'endormir au beau milieu de notre repas !

— Aucun danger ! rétorqua Matt avec un sourire éblouissant. J'en conclus que vous êtes d'accord : si on se donne rendez-vous vers 19 h 30, ça vous va ?

Décidément, il avait de la suite dans les idées ! Ce qui

n'était pas pour déplaire à Grace : elle aimait les hommes persévérants — surtout quand ils étaient aussi séduisants et virils que celui qu'elle avait sous les yeux !

— Tout à fait, répondit-elle d'une voix légèrement éraillée par l'émotion.

Pour s'occuper les mains et l'esprit, elle s'empara du tableau qui se trouvait sur le bureau, mais au lieu de le remettre bien en évidence sur son chevalet, elle l'emporta vers la pièce du fond, le posa contre le mur et ferma soigneusement la porte.

— Eh bien, on dirait que cet Arroyo a perdu vos faveurs ! dit Matt sans cacher son intérêt pour ce qu'elle venait de faire. Il a fait des bêtises, c'est pour ça que vous le mettez au coin ?

— C'est juste que je ne suis pas encore prête à l'exposer, rectifia la jeune femme d'un air soucieux.

— Et pourquoi cela ?

Elle lui adressa un regard appuyé, comme pour lui faire comprendre qu'il n'était plus temps de feindre l'innocence.

— Je pense que vous le savez parfaitement.

— C'est un faux, n'est-ce pas ? C'est pour cette raison que vous avez fait venir le Pr Fishburn, pas vrai ?

Elle hocha gravement la tête.

— Je m'en doutais depuis mon altercation avec Victor Lorry hier, mais je voulais en être certaine. C'est pourquoi j'ai fait appel aux talents d'Ari, et il a été formel : j'avais raison de craindre une supercherie. Ce prétendu Arroyo est un faux, et il ne vaut pas plus de trois dollars !

— Un coup dur pour inaugurer votre nouvelle affaire, fit remarquer Matt, une lueur de compassion dans ses beaux yeux.

Sur le moment, elle ne comprit pas.

— Qu'est-ce que vous entendez par « nouvelle affaire » ? J'ai peur de ne pas vous suivre.

— Eh bien, tout ça, répondit-il avec un large geste englobant l'ensemble de la galerie. C'est à vous, maintenant, non ? Alors, comme carte de visite, un meurtre plus un faux, ça fait plutôt mauvais effet…

Elle prit conscience, à sa grande surprise, qu'elle ressentait le besoin de lui avouer toute la vérité. A lui seul.

— La galerie ne m'appartiendra que si j'accepte le testament de Steven. Or, il se trouve que je n'ai pas l'intention de le faire.

Il resta silencieux pendant quelques secondes, comme pour se laisser le temps de modifier complètement l'image qu'il se faisait d'elle précédemment. Après quoi, il répéta d'un ton incrédule :

— Vous n'avez pas l'intention d'accepter ce cadeau ? Vraiment ?

— Vraiment, oui, répondit Grace, un brin agacée par l'étonnement qu'elle percevait dans sa voix.

— Dans ce cas, que faites-vous ici ?

— Je respecte le vœu de Steven. Il avait prévu que je refuserais son testament, c'est pourquoi il avait inclus une clause me demandant de passer au moins une semaine ici avant de prendre ma décision.

— Quelle drôle d'idée, cette clause ! A votre avis, pourquoi l'a-t-il ajoutée ?

— Il espérait sans doute que j'allais prendre du plaisir à diriger sa galerie et que, de ce fait, je changerais d'avis.

— Mais il s'est trompé : vous n'avez pas changé d'avis, n'est-ce pas ?

C'était plus une affirmation qu'une vraie question, et

Grace ne s'y trompa pas. Il était vraiment très perspicace. Mais en même temps, c'était censé faire partie des attributions d'un agent spécial du FBI…

— Non, Matt, je n'ai pas changé d'avis. Vous savez, j'ai un poste qui me plaît énormément, à Boston : je n'ai pas l'intention de le lâcher de sitôt. Et puis, au cas où vous ne l'auriez pas remarqué, votre charmante bourgade de New Hope semble ne pas vraiment vouloir de moi ! Je n'ai eu que des ennuis depuis que j'ai mis le pied dans la région.

— Vous vous rendez compte de ce que vous allez refuser ? dit Matt d'un air sérieux. Cette galerie a un véritable potentiel pour qui saurait s'y prendre — et vous avez l'air de vous y connaître assez pour accomplir des merveilles.

— Merci du compliment, mais ma décision est prise. Je vais déjà avoir fort à faire avant de partir, avec ce faux à déclarer aux autorités compétentes…

Pour cacher son trouble, elle se mit à arranger une pile de catalogues d'art qui s'était un peu effondrée quand le Pr Fishburn avait posé son appareil à rayons X sur le bureau.

— Ce qui m'ennuie le plus, c'est le choc que cette nouvelle va causer à Sarah Hatfield. Oh ! Elle ne s'est jamais voilé la face au sujet de son fils : elle savait bien que Steven n'était pas un saint, mais de là à tremper dans un trafic de faux… Elle va avoir du mal à s'en remettre. Comment expliquera-t-elle à son entourage les déviances de son unique rejeton ? Déjà qu'au club de bridge, on doit la regarder d'un sale œil depuis que Steven a commis la faute de goût de se faire assassiner…

L'ironie de ses propos était teintée d'une compassion non feinte, aussi Matt se garda bien de relever cette dernière pique et préféra revenir au vif du sujet.

— A votre avis, Steven pouvait-il ignorer que ce tableau était un faux ? fit-il en écho aux paroles d'Ari Fischer, quelques instants plus tôt.

— Je me suis posé la question, moi aussi, jusqu'à ce que…

Elle s'arrêta net et se mordit la langue.

Certes, elle avait envie de se confier à Matt, mais devait-elle vraiment tout lui raconter ?

Enfin, elle n'avait plus le choix, à présent : elle lui en avait déjà trop dit pour que sa curiosité ne fût pas éveillée.

— Jusqu'à ce que… ? reprit-il avec douceur mais fermeté.

Elle inspira profondément. Maintenant qu'elle avait commencé, autant aller jusqu'au bout ! Peut-être même serait-elle soulagée de mettre quelqu'un d'autre dans la confidence.

— Eh bien, hier soir, en cherchant de quoi grignoter dans la cuisine, je suis tombée sur un quart de million de dollars en liquide, plus un pistolet, cachés dans d'innocentes boîtes de pâtes au fromage !

Matt écarquilla les yeux, l'air visiblement impressionné.

— Je suppose que cette jolie somme ne lui venait pas de la simple vente de tableaux paysagers !

— Je ne crois pas, non.

— Ce qui veut dire que cet argent provient d'une autre source, nettement moins avouable…

Une boule dans la gorge, Grace se contenta de hocher la tête en signe d'affirmation.

— A mon avis, c'est le résultat d'un chantage, reprit Matt. Sauf si vous êtes prête à me jurer que Steven était au-dessus de ce genre de malversations.

— Tout ce que je peux vous dire, c'est que Steven aimait l'argent, répondit la jeune femme. Il n'a jamais eu à se préoccuper de sa situation financière jusqu'au jour où sa mère lui a coupé les vivres. A ce moment-là, il a dû se débrouiller tout seul. Et même après qu'ils se sont réconciliés, elle ne s'est plus jamais montrée aussi généreuse que par le passé.

— A quel moment Mme Hatfield a-t-elle cessé d'alimenter le compte en banque de son fils ?

— Il y a plusieurs années de cela. A l'époque, Sarah était furieuse contre Steven parce qu'il avait décidé de faire carrière dans l'art au lieu de choisir la politique, comme tous ses ancêtres avant lui, y compris son propre père. Du coup, elle s'est vengée. Bien entendu, Steven en a été très affecté : il s'était habitué à un certain standing, et il lui en coûtait énormément de devoir se passer du luxe auquel il estimait avoir droit. En conclusion, il ne serait pas totalement absurde d'imaginer qu'il se soit tourné vers des activités frauduleuses pour arrondir ses fins de mois. Vous savez comme moi que, dans tous les secteurs, le marché noir est nettement plus lucratif que la voie légale !

— C'est une possibilité, en effet, admit Matt. Tout comme il est parfaitement plausible que ce Lorry ait voulu récupérer le faux Arroyo par n'importe quel moyen. Et même en vous agressant, le soir de votre arrivée, parce que vous l'aviez surpris en pleine tentative de cambriolage.

— Raison de plus pour signaler à qui de droit que cette maudite toile est un faux, conclut Grace, tout en décrochant le téléphone fixe de la galerie.

Avant qu'elle n'ait eu le temps de composer le numéro du bureau central des fraudes, Matt posa une main sur son bras pour l'arrêter.

— Avant de passer cet appel, voudriez-vous m'accorder une faveur ?

— Encore une ? s'exclama la jeune femme avec bonne humeur.

Ari avait raison : cet homme attirait naturellement la sympathie. Et peut-être même un peu plus que de la sympathie, en ce qui la concernait personnellement…

— Il va falloir que j'établisse une liste des choses pour lesquelles vous allez m'être redevable, dit-elle d'un ton léger pour dissiper le trouble qui s'était emparé d'elle.

— Je vous dédommagerai largement, tranquillisez-vous, répliqua Matt sur le même ton.

Etait-ce une lueur coquine qu'elle avait lue dans ses yeux ? Elle ne savait que penser… Elle choisit donc de continuer dans la même veine ironique.

— J'y compte bien ! Alors, quelle nouvelle faveur sollicitez-vous, agent spécial Baxter ?

— Je voudrais parler à Victor Lorry.

— Avant que le commissaire ne l'interroge ?

— Si possible, oui. Pour tout vous dire, je doute que Josh soit capable de lui poser les bonnes questions.

Un peu étonnée, Grace raccrocha.

— Vous croyez vraiment que Lorry acceptera de vous parler ? Quand vous vous êtes retrouvés tous les deux dans la même pièce, hier, il m'a suffi d'une minute pour percevoir la tension qui existait entre vous !

— J'en suis parfaitement conscient, dit Matt. Mais si vous le permettez, je voudrais vous soumettre une idée là-dessus…

20.

Matt ne voulait surtout pas mettre Grace en danger, pas plus qu'il n'avait l'intention de l'impliquer dans une stratégie en porte-à-faux avec la loi. Pas question de lui attirer les foudres de Josh si ce dernier venait à apprendre qu'elle lui avait donné un coup de main. Il fallait donc agir vite et bien. Et si possible, sans faire de vagues.

Un peu plus tôt, Grace avait appelé Lorry pour lui annoncer qu'elle avait vendu le tableau incriminé à l'acheteur initialement prévu par Steven, et qu'il s'était montré prêt à augmenter sa mise de départ, sans toutefois atteindre le montant qu'elle espérait. Elle était volontairement restée vague quant à la somme déboursée par l'acquéreur fictif, mais elle avait tout de même laissé entendre à son interlocuteur que la toile avait permis à la galerie Hatfield d'empocher nettement plus que les 25.000 dollars sur lesquels Lorry et Steven s'étaient mis d'accord au départ. Elle avait ensuite annoncé à Lorry, qui jubilait visiblement à l'autre bout du fil, que son chèque l'attendait. Pour s'assurer qu'il allait venir le récupérer avant la fin de la journée, elle s'était empressée d'ajouter qu'elle comptait fermer la galerie pour inventaire dès le lendemain, un vendredi. Ce qui voulait dire que s'il avait l'intention de toucher sa part de bénéfice au plus vite

— ce dont elle et Matt étaient intimement persuadés —, il devrait venir lui rendre visite avant la tombée de la nuit.

— Le voilà ! fit la jeune femme à voix basse. Il n'a pas perdu de temps : il est à peine plus de 14 heures ! Il vient de garer sa voiture au coin de la rue.

— C'est la grosse berline noire ?

— Oui.

Matt se cacha dans la pièce du fond pour mieux observer l'arrivée de Victor Lorry, qui venait de descendre de son véhicule, un air hautement satisfait sur son visage anguleux. Il marchait d'un pas alerte, presque dansant. L'appât du gain avait l'art de modifier du tout au tout le comportement de certaines personnes... Et apparemment, ce Lorry en faisait partie.

Soudain anxieux, Matt jeta un coup d'œil à Grace, dont le visage ne trahissait pas la moindre nervosité. A sa place, pourtant, il aurait été sur les dents. Mais maintenant que le processus était engagé et qu'elle ne pouvait plus revenir en arrière, la jeune femme semblait avoir totalement repris le contrôle de ses émotions. Après tout, elle savait ce qu'elle avait à faire, et sa contribution au plan que Matt avait mis sur pied tout à l'heure comportait très peu de risques. Ils avaient soigneusement répété leur petite mise en scène : elle devait accueillir son « client » avec courtoisie, puis faire mine d'aller chercher son prétendu chèque dans la salle du fond. A ce moment-là, Matt ferait son apparition et le soumettrait à un véritable interrogatoire en règle.

Tandis qu'elle rectifiait l'alignement d'une pile de magazines, Matt se prit à admirer son calme olympien. A la voir ainsi se comporter le plus naturellement du monde, on aurait pu croire qu'elle avait passé toute sa vie à coincer des criminels ! Encore une raison de la trouver diablement attirante…

Il secouait la tête pour chasser ces pensées incongrues quand la porte d'entrée s'ouvrit en grand pour laisser entrer le négociant en art. Comme si cette irruption soudaine la surprenait, Grace releva la tête d'un air étonné avant de plaquer un sourire époustouflant sur son joli visage.

— Ah, monsieur Lorry, vous êtes venu, finalement ! s'exclama-t-elle, une expression positivement enchantée sur ses traits délicats, comme si leur dispute de la veille n'avait jamais existé.

Fidèle à lui-même, Lorry ne perdit pas de temps en politesses. Après avoir jeté un coup d'œil circulaire autour de la pièce pour s'assurer qu'ils étaient bien seuls, il s'avança d'un pas décidé vers la jeune femme et lui demanda d'un ton rogue :

— Vous avez le chèque ?

— Mais oui ! répondit-elle d'une voix suave. Si vous voulez bien patienter quelques instants, je vais aller le chercher.

Sur ces mots, elle se leva dignement et se dirigea vers la pièce du fond.

Elle n'avait pas disparu depuis deux minutes que Matt apparut, un sourire affable sur son visage viril.

— Mais c'est monsieur Lorry ! dit-il en faisant le tour du bureau pour se rapprocher du soi-disant négociant. Vous êtes justement la personne que je voulais voir !

— Qu'est-ce qui se passe, ici ? lança Lorry. Et qui êtes-vous, d'abord ?

Matt lui mit négligemment son insigne sous le nez.

— Pardonnez-moi si je ne me suis pas présenté d'emblée, monsieur Lorry. Je suis l'agent spécial Baxter, du FBI.

Il vit une expression paniquée se peindre sur les traits de son interlocuteur. Il allait franchir la distance qui les séparait encore quand le soi-disant négociant en art réagit avec une promptitude qui prit Matt par surprise. Avec une agilité incroyable, il bondit en direction de la porte et, avant que Matt ait eu le temps de tendre le bras pour l'arrêter, il s'enfuit à toutes jambes.

— Et merde ! s'exclama Matt, furieux de s'être laissé avoir comme un amateur.

Alertée par son cri de déception, Grace se précipita.

— Qu'est-ce qui ne va pas ? demanda-t-elle. Et où est passé Lorry ?

— Envolé ! grommela Matt, furieux. Vite ! Appelez la police !

Et il se rua à la poursuite du fugitif.

Lorry n'avait pas eu le temps d'aller bien loin. Un camion de livraison s'était garé en double file juste devant sa voiture, ce qui lui rendait toute fuite impossible. Il avait encore la main sur la poignée quand il vit Matt arriver droit sur lui. Etouffant un juron, il abandonna son plan initial et se mit à courir comme un fou pour échapper à son poursuivant.

Matt n'était pas trop inquiet quant à l'issue de cette course-poursuite : il bénéficiait d'un solide entraînement physique, et il en avait rattrapé de plus costauds que ce petit trafiquant ! Il se faufila derrière Lorry au milieu de la foule de touristes et de jeunes mamans qui composait l'essentiel des passants à cette heure de la journée. Il y avait beaucoup de monde dans la rue, et à la différence de Matt qui prenait bien garde de ne bousculer personne, Lorry n'hésitait pas à jouer des coudes pour zigzaguer entre les personnes qui se hâtaient vers le restaurant ou le café le plus proche pour aller déjeuner.

Au croisement de la rue principale et de la rue du Pont, il traversa le carrefour juste au moment où le feu passait au vert. Un camion qui arrivait droit sur lui fut obligé de piler, et s'arrêta juste à temps dans un hurlement de freins. Le chauffeur du poids lourd écrasa son klaxon à plusieurs reprises avant de lancer des injures au « taré » qui l'avait échappé belle.

Matt ne se formalisa pas des protestations vigoureuses du camionneur, pas plus qu'il ne prêta attention aux commentaires furieux des autres automobilistes obligés de stopper leurs véhicules au beau milieu de l'intersection. Sans se démonter, il fonça derrière Lorry, évitant les voitures qui arrivaient des deux côtés à la fois. Le trafiquant avait maintenant plus d'un pâté de maisons d'avance sur lui, et il se dirigeait à toute vitesse vers le pont qui reliait New Hope à Lambertville.

Cette fois, Matt ne perdit pas de temps à éviter les gens qui se pressaient sur le trottoir d'en face, visiblement intrigués par l'agitation inhabituelle du quartier. Il dut heurter quelques épaules au passage, car il entendit des voix courroucées s'élever derrière lui. Cependant, certains badauds avaient dû comprendre qu'il se passait quelque chose de grave, car ils s'écartèrent d'eux-mêmes devant lui, lui permettant ainsi de gagner quelques précieux centièmes de secondes sur Lorry. Il y eut même quelqu'un pour demander d'un air intéressé si c'était un film qu'on était en train de tourner !

Soudain, sans prévenir, Lorry bifurqua juste devant le pont. Au lieu de s'y engager, comme Matt l'avait escompté, il descendit comme une flèche vers la rive où était aménagé un petit port privé. Lorsqu'il vit une vedette à moteur se mettre à quai, Matt comprit en un éclair ce que l'autre avait dans la tête : il allait s'échapper par bateau.

— Oh non, mon gars ! Pas si je peux t'en empêcher ! marmonna l'agent Baxter dans sa barbe tout en se laissant glisser le long de la pente herbeuse qui menait à l'embarcadère afin de prendre Lorry de court.

A un ou deux mètres seulement de l'eau, Matt sauta sur ses pieds et plongea en avant pour attraper le fugitif par un pan de sa veste.

Sous les yeux ébahis des passants qui s'étaient arrêtés sur le chemin, les deux hommes roulèrent au bas du talus jusqu'à la rivière. Quand ils en émergèrent, Matt fut plus rapide que son adversaire. Lorry essaya bien de se défendre, se débattant comme un beau diable pour échapper à la poigne de fer de l'agent spécial qui l'avait saisi par le collet, mais malgré ses contorsions et ses coups de poing au hasard, il ne parvint même pas à desserrer un tout petit peu la main de son poursuivant. Matt, de son côté, lui envoya deux crochets du droit en plein dans les mâchoires, résistant à l'envie de lui en décocher un troisième qui le mettrait définitivement KO. Le faux négociant était suffisamment estourbi pour ne plus lui opposer de résistance.

— Donnez-moi un coup de main, là-haut ! cria-t-il à l'intention du chauffeur de la vedette qui avait assisté, médusé, à toute la scène.

— Tout de suite ! répondit le garçon qui ne devait pas avoir vingt ans.

Avec agilité, il sauta à bas de son bateau, puis rejoignit Matt qui pataugeait sur le bord pour passer un bras sous l'une des épaules de Lorry. A deux, ils réussirent à le hisser sur le talus où l'herbe était toute humide et poisseuse.

— Laissez-moi passer ! cria quelqu'un au milieu de

l'attroupement qui s'était formé au bord du fleuve. Police de New Hope ! J'ai dit, laissez-moi passer ! Et plus vite que ça !

La foule s'écarta devant la silhouette massive de Josh. Il n'avait pas l'air content du tout : les poings sur les hanches, des éclairs dans les yeux, il se campa devant Matt encore tout dégoulinant pour l'invectiver sans tendresse.

— Tu ferais mieux d'avoir une sacrée bonne explication à ton comportement, mon salaud ! siffla-t-il d'un air mauvais.

— Oh ! Mais il en a une parfaitement claire à vous fournir, intervint Grace qui avait fendu la masse des badauds à la suite de Josh. Et je suis prête à la confirmer dans les moindres détails, si nécessaire.

Josh fit volte-face.

— Mademoiselle McKenzie, comme par hasard ! Je ne suis pas tellement surpris par votre complicité dans cette nouvelle histoire abracadabrantesque !

— Elle n'a rien à voir avec tout ça ! protesta Matt, tout en lançant un regard réprobateur à la jeune femme. Vous ne devriez pas être à la galerie, en ce moment ?

— J'en ai confié la garde à Denise.

— Arrêtez ces bavardages inutiles ! cria Josh qui fulminait littéralement. J'en ai ras la casquette de vous deux ! On dirait que vous avez décidé d'unir vos forces pour transformer notre bonne ville de New Hope en champ de foire, ma parole ! D'abord, c'est elle (il pointa peu élégamment son index sur Grace) qui saute à l'eau pour aller sauver un homme en perdition, et maintenant, c'est toi qui t'y jettes pour casser la figure à un autre bonhomme ! C'est quoi, ce foutoir ? Vous faites un concours ?

Reprenant son souffle, il parut découvrir dans quel

état pitoyable se trouvait Lorry, ce qui eut pour effet de redoubler sa colère.

— Et lui, c'est qui, hein ? Bon sang de bonsoir, vous avez juré ma perte ou quoi ? Si vous vous mettez à démolir les touristes, maintenant…

— Cette espèce de serpillière se trouve être un receleur d'œuvres d'art contrefaites ! déclara Matt. Il escroque le public depuis des années. Par ailleurs, je le soupçonne fortement de ne former qu'une seule et même personne avec le mystérieux cambrioleur qui a pénétré dans la galerie Hatficld l'autre soir et qui a agressé Mlle McKenzie. Enfin, il se pourrait également qu'il soit responsable, directement ou indirectement, du meurtre de Steven Hatfield.

A ces mots, Lorry s'étrangla de stupeur.

— Hein ? Vous avec perdu la tête ou quoi ? Je n'ai jamais tué personne, moi ! Je n'étais même pas sur le territoire américain quand Hatfield s'est fait descendre, alors…

— Avez-vous une preuve de ce que vous avancez ? demanda Josh, l'air soudain intéressé.

— Parfaitement, j'ai une preuve ! Vous n'avez qu'à regarder mon passeport et vous verrez bien que je dis la vérité. Vous pouvez aussi interroger mon voisin, Gary Wickers. C'est lui qui a relevé mon courrier pendant mon séjour à l'étranger.

Quand Josh reporta son attention sur Matt, ses yeux étaient animés d'une petite lueur presque triomphante.

— Jc croyais qu'on vous apprenait à ne pas inventer de fausses allégations, au FBI ! lança-t-il d'un air suprêmement méprisant. A moins qu'il ne s'agisse de vos nouvelles méthodes pour appuyer des accusations bidon ?

— Je n'ai jamais affirmé que cet homme était coupable : j'ai seulement dit qu'il se pourrait qu'il le soit, nuance !

rétorqua Matt, exaspéré par la suffisance de son ancien camarade. S'il n'avait pas pris la fuite, j'aurais eu le temps de lui poser mes questions calmement. Mais il a préféré la solution la plus compliquée. Ce n'est pas ma faute, quand même !

— Dois-je te rappeler au passage qu'il ne t'appartient pas de questionner un suspect potentiel sur un crime commis dans *ma* juridiction ? demanda Josh d'un ton grinçant.

— Alors là, excuse-moi, mais tout ce qui relève de la fraude en matière d'art constitue un délit du niveau fédéral, répliqua Matt.

Pas question de laisser cet imbécile bouffi de prétention lui marcher sur les pieds !

Sans perdre une seconde, il sortit son portable de sa poche.

— Et qui comptes-tu appeler comme ça ? fit Josh d'un air un peu moins faraud.

— Le Bureau, qui d'autre ? Je dois mettre mes supérieurs au courant de cette histoire.

Josh connaissait trop bien la loi pour s'obstiner bêtement. Il savait qu'il ne serait pas raisonnable de tenir tête au FBI, fût-il représenté par l'homme qu'il détestait le plus au monde.

— C'est bon, c'est bon, grommela-t-il à contrecœur. Mais avant que tes copains ne débarquent, j'aurai tout de même quelques questions à vous poser à tous les trois.

Et il fit un grand geste englobant Grace dans le lot.

— A ta disposition, dit Matt avec un sourire un peu crispé. Mais permets-moi d'aller d'abord me changer à l'auberge où je suis descendu. Dans ces vêtements trempés, je commence à trouver l'atmosphère un peu fraîche !

Et il tordit le bas de sa veste qui dégoulina d'eau glacée.

— Et moi ? geignit Lorry qui s'était mis à claquer des dents. Je n'ai pas le droit de me changer ?

— Vous avez des vêtements de rechange? lui demanda Matt d'un ton peu amène.

— Non, bien sûr que non. Mais je pourrais peut-être...

Matt l'interrompit d'un haussement d'épaules.

— Dans ce cas, vous devrez patienter jusqu'à ce qu'on vous donne une tenue plus appropriée — comme un uniforme de prisonnier, par exemple !

Et sur ce, il composa le numéro de l'antenne de Philadelphie où il savait pouvoir joindre son chef. Pendant ce temps, le commissaire adjoint, Rob Montgomery, lui tendit une couverture, puis en lança une autre à Lorry. Ce dernier s'était rassis sur le talus, les genoux remontés contre sa poitrine, les mâchoires secouées de tremblements irrépressibles. Il n'avait pas fière allure, c'était le moins que l'on pût dire !

— Tenez, fit Montgomery d'un air vaguement dégoûté. Si ce que dit l'agent Baxter est exact, c'est plus que vous ne méritez.

Il laissa quelques secondes au prétendu négociant pour s'emmitoufler dans sa couverture, puis il le saisit par le bras.

— Allez, debout ! Et sans protester !

Matt résuma toute l'affaire à son patron le plus clairement possible, tout en surveillant la foule du coin de l'œil. Les gens, attirés par tout ce remue-ménage dans un endroit habituellement si tranquille, s'étaient enhardis jusqu'à descendre au bord de l'eau pour entourer le pilote de la vedette. Ce dernier, tout content d'attirer l'attention, racontait à qui voulait l'entendre sa propre version des faits, avec force gesticulations.

Soudain, à la périphérie de la scène, Matt perçut un mouvement qu'il n'avait pas remarqué tout d'abord. Sans interrompre sa communication, il se tourna vers l'endroit où il avait cru voir deux silhouettes bouger.

Là-haut, accoudés à la balustrade du pont qui traversait le fleuve, plus patibulaires que jamais, se tenaient les sinistres frères Badger.

21.

— Oh, Bernie ! Mais elles sont magnifiques ! s'exclama Grace tout en enfouissant son visage ravi dans l'énorme bouquet de roses jaunes pour en humer le parfum. Et elles sentent divinement bon. Comment avez-vous su que j'adorais les roses jaunes ?

— C'est une idée de ma sœur, répondit Bernie, rouge comme une pivoine. Je voulais vous remercier de m'avoir sauvé la vie, mais je ne savais pas trop quoi vous apporter. Ce n'est pas grand-chose, mais…

— Ne soyez pas si modeste, Bernie, le coupa gentiment Grace. C'est vraiment charmant de votre part d'avoir eu un geste aussi attentionné, et je vous en suis très reconnaissante. Ça me touche énormément. Et regardez-vous ! ajouta-t-elle en le regardant de haut en bas avec un étonnement non dissimulé. Vous voilà sur votre trente et un ! Vous avez beaucoup d'allure, comme ça, vous savez ?

— Merci, fit-il d'un air positivement enchanté, tout en lissant le revers de sa veste de costume. J'appelle ça « ma tenue Galerie Hatfield ». C'était Steven qui m'avait aidé à la choisir. Mais je ne m'en sers pratiquement plus.

A l'idée qu'il avait revêtu son plus beau costume uniquement pour lui rendre visite, Grace se sentit très émue. Denise avait raison : Bernie était un garçon adorable, sincère et droit. C'était son honnêteté fondamentale et sa gentillesse qui avaient dû inciter Steven à lui confier la garde de sa galerie de temps à autre.

— Au fait, comment êtes-vous venu jusqu'ici ? reprit-elle. C'est votre sœur qui vous a amené ?

— Denise ne vous a pas raconté ? s'étonna Bernie. Le commissaire Baxter a été assez aimable pour me prêter sa Firebird en attendant que je touche l'argent de l'assurance et que je puisse me payer une nouvelle voiture. L'ancienne est bonne à mettre à la casse, apparemment.

— Je ne savais pas que vous étiez dans les petits papiers de Fred Baxter ! dit Grace. En tout cas, c'est drôlement gentil de sa part de vous dépanner. Et soit dit en passant, si c'est vraiment une Firebird que vous conduisez, attention aux femmes : elles risquent de vous sauter dessus ! Plutôt chouette, comme voiture, non ?

Les joues de Bernie virèrent au cramoisi, et il bredouilla d'un air gêné :

— Je… Il… C'est exactement ce que ma sœur a dit quand elle a su… pour la voiture…

Grace resta quelques instants à le contempler rêveusement, tournant et retournant une idée qui venait de germer dans son esprit. D'un seul coup, elle le regarda droit dans les yeux, l'air soudain très sérieux.

— Bernie, je suis en train de penser à quelque chose de fabuleux, et je voudrais avoir votre avis.

— Ça concerne la galerie ? demanda-t-il, le visage illuminé.

— Venez avec moi dans la pièce du fond. Je voudrais mettre les fleurs dans l'eau. Je dois avoir un récipient quelque part…

Effectivement, à l'arrière de la galerie, elle dénicha un vase de la bonne taille qu'elle remplit d'eau. Tout en disposant les roses avec soin, elle leva les yeux vers Bernie qui attendait sans mot dire.

— Que diriez-vous de continuer à travailler ici, de temps à autre, comme vous le faisiez quand Steven vous le demandait ? fit-elle d'un ton enthousiaste. Je sais que vous avez déjà un emploi du temps bien chargé, mais vous pourriez peut-être vous libérer à certains moments pour me donner un coup de main ? Le samedi ou le dimanche, par exemple ? Denise m'a dit qu'en général, il y avait foule ici, pendant le week-end. Une bonne volonté supplémentaire ne serait sûrement pas de trop !

La poitrine de Bernie se gonfla de fierté, et il parut grandir d'un seul coup.

— J'adorerais venir vous aider à la galerie !

— Combien Steven vous payait-il quand vous le remplaciez ?

A sa grande surprise, Bernie secoua vigoureusement la tête.

— Oh, mademoiselle McKenzie, voyons, je ne pourrais pas accepter de rémunération pour ça. Pas venant de vous, ça non ! C'est moi qui vous serai reconnaissant, pas le contraire !

D'un pas décidé, Grace retourna dans la salle d'exposition et déposa le bouquet de roses bien en vue au centre du grand bureau.

— Mais moi, j'insiste pour vous verser quelque chose. Tout travail mérite salaire, Bernie. Et ce n'est pas une activité de tout repos que je vous propose, surtout si ça doit vous prendre vos week-ends ! Si vous refusez que je vous paye, je crains de devoir annuler notre accord.

Il hésita un instant, déchiré entre son désir de s'en tenir à ce qu'il jugeait convenable et son envie de revenir dans cette galerie qu'il aimait tant. Enfin, il marmonna du bout des lèvres :

— Eh bien, il me donnait généralement 15 dollars de l'heure. Mais c'était sûrement trop généreux de sa part, étant donné que je n'ai aucune qualification dans ce secteur.

— Je ne crois pas, non. Cela me semble équitable. Bon, c'est décidé : je vous paierai 15 dollars de l'heure. Et vous toucherez aussi une commission de dix pour cent sur toutes les ventes que vous conclurez, évidemment. Est-ce que ça vous paraît honnête, comme arrangement ?

— Oh oui, mademoiselle ! Et merci… merci infiniment !

— Ne me remerciez pas, Bernie. C'est vous qui me tirez une belle épine du pied. Je me voyais mal faire face toute seule aux hordes d'acheteurs potentiels que m'a décrites Denise ! Bien, maintenant que ce point est réglé, vous faites officiellement partie du personnel de la galerie. A ce titre, j'estime avoir le droit et le devoir de vous consulter sur les changements que j'y ai apportés. Que pensez-vous de ma réorganisation ? Très franchement ?

Il promena un regard circulaire sur les murs de la pièce avant de hocher la tête en signe d'approbation.

— J'aime beaucoup ce que vous avez fait. Vous avez sorti des chevalets supplémentaires ?

— Oui, je voulais libérer de la place sur les murs pour inclure certains tableaux que j'ai repérés dans l'arrière-salle.

— C'est vraiment très beau comme ça, dit Bernie. Je n'aime pas les galeries qui se veulent très « mode ». Vous savez, le style épuré : quand il n'y a que deux ou trois toiles dans un gigantesque espace. C'est froid et très désagréable. Moi, je suis plutôt partisan des murs bien garnis et aussi des chevalets : ça donne une autre dimension à la collection présentée… Non, vraiment, l'atmosphère que vous avez créée dans cette pièce me plaît beaucoup.

Grace le regarda s'approcher des nouvelles toiles qu'elle avait exposées.

— Ce sont des œuvres que vous avez trouvées dans la pièce du fond ? demanda-t-il sans quitter les tableaux des yeux.

— Tout à fait. Mais je me rends compte que je ne connais pas grand-chose aux artistes du comté de Bucks. Vous pourriez peut-être m'éclairer un peu sur ce point ?

Il ne se fit pas prier davantage : il se lança dans une explication enthousiaste des différences et des similarités existant entre les quelques peintres que la jeune femme avait mis à l'honneur, appuyant son exposé improvisé par des gestes en direction de tel ou tel détail sur les tableaux exposés. Il parlait avec un naturel délicieux, totalement dépourvu d'affectation, et Grace songea que sa petite leçon, fort instructive au demeurant, avait un côté rafraîchissant par rapport aux nombreuses conférences rébarbatives auxquelles elle avait assisté au cours de sa carrière. Elle ne put s'empêcher d'éprouver de l'étonnement devant l'étendue des connaissances de Bernie. Après tout, si l'on se fiait à ce qu'il lui avait raconté, il ne connaissait strictement rien à l'art avant de se lier d'amitié avec Steven. En six mois, il en avait plus appris que la plupart des spécialistes du secteur ! Steven ne s'était pas contenté de lui servir de mentor pour le guider dans les méandres de la peinture contemporaine ; il avait su donner à cet homme simple le goût des belles choses et une surprenante capacité à apprécier les nuances de chaque œuvre.

Bernie venait de lui indiquer un endroit particulier sur une toile où l'on remarquait une caractéristique de l'artiste quand il s'interrompit net pour regarder autour de lui. Il semblait chercher quelque chose.

— Où est l'Arroyo ? fit-il d'un air désemparé. Je croyais que c'était l'une des plus belles pièces que vous aviez pour le moment…

— Il n'est plus à vendre, répondit Grace.

Elle lui détailla toute l'histoire, y compris l'incident avec Victor Lorry.

— Enfin, maintenant, ce sinistre personnage est en de bonnes mains, conclut-elle, puisque Matt Baxter s'en est occupé personnellement. Et New Hope devrait recevoir d'ici peu la visite de deux agents du FBI appelés en renfort. Comme ça, nous serons fixés sur le sort de ce Victor Lorry.

Bernie prit un air ennuyé.

— Vous pensez qu'ils vont soupçonner Steven d'avoir été de mèche ? J'espère bien que non, parce que ça ne correspond vraiment pas à sa personnalité…

— On ne peut se livrer à aucune spéculation tant que Lorry n'aura pas donné sa version des faits, déclara Grace d'un ton qu'elle voulait neutre.

Elle vit dans les yeux de Bernie qu'il avait d'autres questions sur le bout de la langue — des questions auxquelles elle n'aurait pas le droit de répondre étant donné que l'enquête était en cours. Aussi, elle se dépêcha de changer de sujet.

— Ecoutez, dit-elle, je voudrais retourner au magasin de Denise Baxter pour acheter quelques babioles à l'intention de mes amies de Boston. Mais cela m'ennuierait de fermer la galerie. Vous voulez bien vous en occuper pendant mon absence ? Je vous promets de ne pas trop tarder. Et puisque vous avez déjà revêtu votre tenue de travail, autant que vous en fassiez bon usage... si vous n'avez rien d'autre de prévu, bien sûr.

A ces mots, le pli soucieux qui barrait le front de Bernie disparut instantanément, et fit place à une expression de joie indicible.

Tout naturellement, Grace rajusta la cravate de son nouveau collaborateur, et ôta d'une pichenette une trace de poussière qui traînait sur le col de sa chemise, comme une grande sœur pointilleuse et pleine de bonnes intentions.

Ce fut d'une voix pleine d'entrain qu'il répondit, les yeux brillant d'enthousiasme :

— Justement, je suis libre ! J'ai terminé mon tour de garde au cimetière, et je ne commence mon travail de nuit qu'à 18 heures. Ce qui veut dire que vous ne pouviez pas mieux tomber !

— Bien, dans ce cas, je vous laisse la responsabilité de la galerie, fit Grace avec un grand sourire, tout en notant son numéro de portable sur une carte de visite. Surtout, n'hésitez pas à m'appeler si vous avez le moindre souci. Je vous laisse. Bon courage !

Plus tard dans la soirée, Grace s'assit à la table qui leur avait été réservée, près de la fenêtre, jetant un regard sur la salle emplie de convives visiblement très satisfaits du contenu de leur assiette. Le restaurant « Numéro 9 » était installé dans une ravissante maison ancienne qui donnait sur une calme petite place de Lambertville, et sa réputation avait dépassé les frontières de la ville. C'était, d'ailleurs, l'un des endroits préférés de Matt. On y servait des plats savoureux et sans prétention qui faisaient le bonheur des gros appétits comme des fins gourmets.

Un serveur attentionné avait déposé une corbeille de pain croustillant sur le coin de la table, pour faire patienter Grace jusqu'à ce que Matt arrive, et elle ne s'était pas privée de piocher dedans. Elle commençait à avoir faim, après la journée riche en émotions qu'elle avait vécue !

Après avoir confié la galerie à Bernie, elle s'était livrée à une petite demi-heure de shopping, puis elle était passée au commissariat pour déposer une main courante auprès de Rob Montgomery. Elle devenait experte dans ce genre de dépositions ! Elle était maintenant capable d'anticiper les questions de l'affable commissaire et d'y répondre avec une clarté et une assurance qu'elle n'aurait jamais soupçonnées. Résultat de sa notoriété involontaire, le second de Josh Nader l'appelait désormais par son prénom, et inversement.

Pendant que Rob, donc, tapait et imprimait la déclaration de la jeune femme, Matt s'était arrêté au sortir de la salle d'interrogatoire juste assez longtemps pour demander à la jeune femme de le retrouver directement au restaurant « Numéro 9 ».

Un peu déçue, mais faisant contre mauvaise fortune bon cœur, Grace était retournée à la galerie pour tomber sur un véritable attroupement de curieux. Une vingtaine de personnes au bas mot avaient investi les lieux et assaillaient le pauvre Bernie de questions toutes plus indiscrètes les unes que les autres. Evidemment, la nouvelle de la « course-poursuite » s'était répandue comme une traînée de poudre, et les gens les plus avides de sensations fortes s'étaient enhardis jusqu'à venir chercher à la source des détails croustillants. Bernie, surmontant sa timidité naturelle, avait fait de son mieux pour contenir l'excitation de tous ces badauds, mais à en juger par le regard paniqué qu'il avait lancé à Grace lorsque celle-ci s'était précipitée à l'intérieur, il aurait préféré se trouver à des kilomètres de là !

A l'instant où la jeune femme avait pénétré dans la salle d'exposition, la foule s'était tournée vers elle pour la prendre d'assaut, exigeant des informations plus précises sur l'aventure. Profitant de ce que l'attention du public s'était momentanément détournée de lui, Bernie s'était éclipsé discrètement dans la pièce du fond, laissant sa « patronne » gérer la suite des événements. Poliment mais fermement, Grace avait reconduit les visiteurs importuns à la porte sans se soucier de leurs protestations. Après quoi elle était allée rasséréner Bernie qui s'en voulait terriblement de n'avoir pas su contenir cette invasion massive, alors qu'il n'en était absolument pas responsable.

Elle entamait sa troisième ou quatrième tranche de pain délicieux quand Matt fit son entrée dans le restaurant, une expression fatiguée sur son beau visage viril.

Il fit signe au serveur d'apporter la bouteille qu'il avait fait mettre de côté par téléphone, et s'assit en face de Grace après s'être galamment incliné.

— Bonsoir, lui dit-il d'une voix grave qui la fit légèrement frissonner. Je ne savais pas ce qui vous plairait comme vin, alors j'ai pris la liberté de commander à l'avance du blanc et du rouge. Si ça vous dit de commencer par le blanc, il devrait parfaitement convenir à un apéritif tardif.

Elle acquiesça vaguement de la tête, trop occupée à scruter les traits de son compagnon pour s'inquiéter du vin qu'il avait choisi. De toute façon, elle lui faisait confiance : ce serait sûrement parfait. Ce qui lui importait surtout, c'était l'issue qu'avait pu avoir l'interrogatoire de Lorry. Mais le visage de Matt restait impassible, à l'exception de ce pli de fatigue qui s'était creusé juste au-dessus de ses sourcils bien dessinés.

Le serveur, décidément efficace, avait déjà ouvert la bouteille et rempli leurs verres. Lorsqu'il se fut retiré pour leur laisser le loisir d'étudier la carte, Grace se pencha vers Matt.

— Allez, ne me faites pas languir davantage ! Qu'est-ce que Lorry vous a dit ? Je sais que vous espériez lui tirer les vers du nez au sujet de l'assassinat de Steven. Est-ce que c'est lui qui l'a commandité ?

— J'ai été un peu trop optimiste, à vrai dire, répondit Matt tout en levant son verre pour étudier pensivement la couleur du liquide ambré. Malheureusement pour l'avancée de notre affaire, son alibi tient parfaitement la route. Il se trouvait effectivement à l'étranger au moment de la mort de Steven ; il n'est rentré au pays que le 3 octobre, ce qui l'innocente complètement sur ce point. Il y a des témoins et des preuves matérielles de ce qu'il soutient, évidemment. Il a juste admis qu'après avoir appris la triste nouvelle, il avait paniqué. Il a décidé de venir récupérer le faux Arroyo le plus vite possible, afin de le soustraire à l'inventaire détaillé que la police n'aurait pas manqué d'ordonner après le meurtre du propriétaire de la galerie.

— C'est donc lui qui est entré par effraction et que j'ai surpris en flagrant délit ?

— Tout à fait. Il a avoué cette partie de l'histoire. Notre soi-disant négociant en art n'est rien de plus qu'un minable truand de bas étage. Après avoir fait de la prison pour délits mineurs, il a changé d'identité et il s'est embarqué dans une tout autre carrière : celle du trafic de faux chefs-d'œuvre. Cela fait des années qu'il opère dans l'ombre. Il a toujours soin de ne traiter qu'avec des galeries ou des salles des ventes de moindre importance, pour éviter de se retrouver nez à nez avec un expert qui risquerait de contester l'authenticité des toiles qu'il propose. Il se concentre sur les petits exposants comme Steven : des gens qui s'y connaissent suffisamment en art pour ouvrir une galerie mais pas assez pour repérer un faux au premier coup d'œil. Et même en cas de doute, il sait que des établissements modestes n'iraient jamais engager de dépenses pharamineuses pour faire venir un expert à domicile afin d'authentifier les œuvres qu'ils ont en dépôt.

Grace ne put retenir un soupir de soulagement.

— Alors, si je comprends bien, ça signifie que Steven ignorait que l'Arroyo était un faux ? Il pensait traiter avec un honnête négociant, n'est-ce pas ?

— Exactement. Il n'avait aucune idée du petit trafic particulièrement lucratif auquel se livrait son prétendu associé. Lorry savait où trouver des faussaires peu scrupuleux, non seulement pour réaliser des copies illicites de grandes œuvres d'art, mais également pour établir des pseudo-certificats d'authenticité. Il fournissait toujours les documents « officiels » avec les tableaux qu'il confiait à Steven, et ce dernier n'y a vu que du feu.

— Et pour l'Arroyo ? Qui a exécuté la copie ?

— Lorry avait un petit réseau de faussaires dont il nous a livré les noms, et qui vont être arrêtés sous peu. Le spécialiste de l'art de la côte Ouest est particulièrement doué. Il s'agit d'un certain Eric Rossmann que Lorry a rencontré au Nouveau-Mexique, il y a quelques années. A cette époque,

Rossmann travaillait en toute légalité : il peignait des reproductions de toiles qu'il vendait aux particuliers ou même aux musées. Ça lui permettait de vivre confortablement, et il s'offrait même le luxe de ne copier que les peintres qu'il admirait particulièrement. Eduardo Arroyo en faisait partie. Quand Lorry a découvert le talent de Rossmann, il a tout de suite vu l'intérêt qu'il pouvait en tirer. Du coup, il l'a convaincu de déménager en Pennsylvanie pour entrer dans sa combine. Evidemment, l'autre a été attiré par les gains fabuleux qu'il pouvait réaliser en un temps record. Et cette association a fonctionné à merveille pour les deux escrocs.

— Mais ce… Rossmann, objecta Grace, il ne s'est jamais fait pincer ? Personne n'a eu de soupçons ?

— Comme je vous l'ai expliqué, Lorry faisait bien attention à ne traiter qu'avec des galeries de petite envergure, pour être sûr de continuer à écouler ses faux en toute impunité. Il sait s'y prendre en matière de filouterie, croyez-moi ! Sauf qu'il n'avait pas du tout prévu votre entrée en scène. Quand il a appris que la galerie Hatfield allait être reprise par un conservateur de premier ordre qui n'hésiterait pas à commander des expertises si nécessaire, il a pris peur. Il savait qu'il ne pouvait pas vous laisser son faux Arroyo, parce que vous finiriez forcément par vous douter de quelque chose.

Matt marqua une pause, le temps de prendre une gorgée de vin qu'il apprécia en connaisseur. Puis il continua, le sourire aux lèvres :

— Apparemment, il n'avait pas prévu de tomber sur une résistance aussi farouche que celle que vous lui avez opposée ! Pour votre information, il ne peut pas s'empêcher de grimacer, maintenant, quand il s'assied…

— Je n'ai aucun remords de l'avoir traité comme le bandit qu'il est, rétorqua Grace tout en jouant distraitement avec une boulette de mie de pain. Et je suis bien contente qu'il ait enfin récolté la monnaie de sa pièce, après le nombre d'escroqueries honteuses auxquelles il a dû se livrer. Mais il y a un dernier détail qui me chiffonne.

— Lequel ?

— D'après les documents que j'ai épluchés à la galerie, Steven et Lorry ne collaboraient que depuis un peu plus de deux ans. Steven avait vendu un certain nombre de tableaux fournis par Lorry, tous signés d'artistes différents — ce qui colle avec la stratégie dont vous m'avez parlé.

— Oui, et alors ?

— Alors, chaque vente a été minutieusement reportée dans les comptes de la galerie, et les commissions touchées par Steven étaient toutes dans la limite légale de dix à vingt pour cent. Ce qui, même mis bout à bout, est bien loin d'approcher le quart de million de dollars ! Dans ce cas, comment expliquer la présence de cette somme au cottage ?

— J'ai demandé à Lorry s'il avait dû verser certains montants en liquide à Steven, et il a nié farouchement. Ce qui signifie que la personne que Steven faisait chanter est toujours dans la nature. A mon avis, c'est pour ça qu'il a été assassiné. Il serait logique que notre mystérieux coupable soit passé à l'action parce qu'il en avait assez de débourser des sommes astronomiques. Il a dû se dire qu'en éliminant celui qui connaissait son secret, il retrouverait la tranquillité. Seulement, avec tout le remue-ménage autour de la mort de Steven, notre inconnu doit se sentir plutôt nerveux !

— Il n'est pas le seul ! répliqua Grace. Dire que j'ai un placard plein de billets de banque et que quelqu'un va peut-être essayer de me les voler… Il y a de quoi perdre le sommeil, vous ne trouvez pas ?

Elle s'interrompit brusquement, une lueur d'espoir dans ses pupilles étincelantes.

— A moins que je ne propose le tout à la mère de Steven ? Comme ça, elle pourrait rembourser les clients escroqués, ce qui éviterait des procès longs et coûteux…

Matt secoua la tête.

— Malheureusement, votre généreuse suggestion n'est pas réalisable. Les billets dont vous parlez seront forcément considérés comme de l'argent sale, puisque le chantage dont ils sont issus constitue une forme de délit passible d'amende et de peine de prison. Par conséquent, j'ai bien peur que la totalité de la somme ne doive être remise à la police, laquelle la restituera à la personne victime du chantage. Impossible de la léguer au même titre que les biens du maître chanteur, puisqu'elle ne lui appartenait pas au départ. Mais au fait, avez-vous mentionné cet argent lors de votre déposition ?

— Oui. La position du commissaire est très claire : rien ne permet de penser qu'une somme d'argent liquide retrouvée au domicile d'un particulier ait forcément été acquise de façon illicite. Il refuse donc de la saisir. Quant au pistolet, il ne peut pas non plus le confisquer, puisqu'il était correctement enregistré au nom de Steven. Du moment qu'il avait un permis de port d'arme en règle, rien ne lui interdisait de ranger son revolver où bon lui semblait. C'est du moins ce que Rob Montgomery m'a expliqué avec beaucoup de patience et de gentillesse.

— Et il a eu tout à fait raison, déclara Matt. Mais pour être plus tranquille, vous devriez peut-être déposer cet argent dans le coffre d'une banque. Cela vous permettrait de dormir sur vos deux oreilles. Et s'il s'avère que ces 250.000 dollars ont été obtenus en toute légalité, vous serez libre de les reverser à Sarah Hatfield, comme vous le souhaitez.

— Mais dans l'intervalle, elle devra prendre sur ses propres deniers pour rembourser les clients mécontents, dit Grace en soupirant.

— Sauf si elle ne le juge pas nécessaire, répliqua Matt en repliant son menu. La plupart des gens ne le savent pas, mais un héritage possède légalement le statut de don, ce qui veut dire qu'il est libre de tout droit ou réclamation. Les services de perception peuvent enregistrer une plainte uniquement si les biens comprennent, en plus de l'héritage principal, un certain nombre d'autres éléments — biens immobiliers, comptes en banque, actions et obligations… La liste est longue. Quant au légataire de la galerie, que ce soit vous ou Mme Hatfield, il peut choisir de rembourser les parties lésées, mais il n'existe aucune législation pour l'y obliger. Ce serait un geste purement volontaire, en somme. Certes, il pourrait permettre de sauvegarder la réputation de la galerie Hatfield, mais en dehors de cela…

— Si j'ai bien compris tout ce que vous venez de m'expliquer, dans le cas très probable où je rendrais l'héritage de Steven à sa mère, ce serait à elle de choisir si oui ou non elle compte indemniser les clients escroqués ?

— Exactement.

Un pan du mystère s'était un peu éclairci, se dit Grace. Mais ils en étaient toujours au même point en ce qui concernait la recherche du vrai meurtrier de Steven : le père de Matt était toujours sous les verrous, et le véritable coupable courait encore.

Grace regarda Matt avec une admiration mêlée de

compassion : il n'aurait de cesse que de disculper son père de l'accusation qui pesait sur ses épaules, même s'il lui fallait pour cela mettre sa propre carrière entre parenthèses pendant une durée indéterminée. Il devait se sentir tellement frustré de ne rien avoir trouvé d'essentiel !

— Si Lorry avait été le meurtrier de Steven, ça nous aurait bien arrangés, et vous auriez pu faire sortir votre père de prison, au lieu de devoir patienter encore jusqu'à Dieu sait quand…

— C'est gentil de me dire ça, Grace. Mais vous savez, je ne m'avoue pas vaincu, surtout maintenant !

— Pourquoi *surtout maintenant* ? Il y a du nouveau, finalement !

— On pourrait dire ça, en effet. On a retrouvé des traces de peinture vert bouteille sur la voiture de Bernie. En même temps que plusieurs traces d'impact à l'avant témoignant de chocs violents et répétitifs.

— Alors, il disait la vérité ? Il a bien été victime d'une tentative de meurtre ?

— On dirait bien, oui.

— Mais… pourquoi chercherait-on à lui faire du mal ? Je ne comprends pas : c'est un garçon tellement inoffensif…

— Vous voulez mon idée là-dessus ?

Elle sourit.

— Décidément, vous avez des idées sur à peu près tout !

Matt ne parut pas avoir entendu sa petite pique. L'air sérieux, il se pencha vers elle pour lui prendre la main.

— Vous risquez de ne pas apprécier ce que je vais vous confier.

Le regard captivé par la grande main brune posée sur la sienne, si frêle par comparaison, Grace dut inspirer profondément pour calmer les battements soudain affolés de son cœur. Ce n'était pas le moment de se laisser aller à des rêveries d'adolescente, quand l'heure était visiblement aux choses graves.

— Vu la tête que vous faites depuis que vous êtes arrivé, reprit-elle en masquant son trouble derrière une petite grimace, je me doute bien que ce que vous allez m'annoncer n'a rien d'agréable. Mais allez-y tout de même : je suis toute ouïe.

— La personne qui a voulu supprimer Bernie a vraisemblablement pris sa décision quand vous avez invité le pauvre garçon à vous rendre visite au cottage. Ce qui laisse supposer que ce mystérieux chauffard et le meurtrier de Steven sont de mèche, ou qu'ils ne sont qu'une seule et même personne. En tout cas, quelqu'un savait que Bernie devait venir vous voir chez vous, et c'est pour l'en empêcher qu'on a cherché à l'éliminer une fois pour toutes.

— Pardonnez-moi, mais je trouve votre théorie un peu dure à avaler. Comment la visite innocente d'un homme comme Bernie pourrait-elle être jugée menaçante à ce point ? C'est absurde, voyons !

— Voilà où le bât blesse, en effet. Or, je ne vois qu'une seule raison à la tentative de meurtre dont Bernie a fait les frais : il doit en savoir plus qu'il ne le dit sur les circonstances de la disparition de Steven. Je ne sais pas dans quelle mesure, mais j'en suis persuadé. Sans compter que Steven et Bernie n'avaient pas grand-chose en commun, et que leur association avait de quoi en surprendre plus d'un…

— Qu'est-ce que vous êtes en train d'insinuer exactement ? l'interrompit Grace, brusquement sur la défensive.

Que l'amitié entre Steven et Bernie n'était pas sincère, du moins du point de vue de Steven ?

Matt lui lâcha la main pour lui resservir un peu de vin blanc.

— Au risque de me faire traiter de cynique une fois de plus — ma petite sœur trouve que j'ai tendance à ne voir que le mauvais côté des choses —, eh bien, oui ! C'est exactement ce que je pense. Je ne nie pas que leur relation ait pu se muer en véritable amitié à la longue, mais ce dont je reste persuadé, c'est qu'au début, Steven n'a cherché à se rapprocher de Bernie que par intérêt. Reste à découvrir lequel.

— Quel intérêt, en effet, pouvait représenter ce pauvre Bernie ? reprit Grace d'un ton légèrement ironique.

— Je vous répète que je n'en sais rien. Du moins, pour le moment.

— En admettant que vous ayez vu juste, comment notre apprenti tueur aurait-il su que Bernie avait l'intention de me rendre visite après son travail ? Je n'ai parlé de ce rendez-vous à personne d'autre que Denise. Et je vois mal à qui le timide Bernie en aurait soufflé mot.

— On a pu l'espionner. Mettre sa ligne sur écoute.

— Ça y est, vous retrouvez votre vocabulaire d'agent du FBI !

Matt haussa les épaules.

— Comme je vous l'ai dit, ce n'est qu'une hypothèse. Rien de certain pour le moment. Mais si jamais elle se confirme…

— Je me refuse à envisager la possibilité que Steven se soit volontairement servi de Bernie ! lança Grace avec conviction. J'ai discuté un peu avec lui, hier soir, pendant qu'il attendait sa sœur, et d'après ce qu'il m'a raconté, Steven était plus qu'un ami pour lui : c'était presque son héros. Si jamais il devait s'avérer que Steven l'ait embobiné à des fins peu louables, je ne sais pas comment il réagirait. Ça l'anéantirait, j'en suis à peu près sûre.

Devant tant de fièvre, Matt ne put dissimuler un sourire attendri.

— Vous aimez beaucoup Bernie, hein ?

— Oui, et je ne m'en cache pas. Il me fait l'effet d'un petit garçon perdu dans un monde trop complexe et trop machiavélique pour lui…

A cet instant, le serveur revint, carnet en main, pour prendre leur commande. Brusquement rappelée à des considérations plus matérielles, Grace réalisa qu'elle mourait de faim. Elle jeta un dernier coup d'œil au menu qu'elle tenait toujours ouvert devant elle.

— Je crois que je vais commencer par la tartelette au chèvre chaud, fit-elle d'un air gourmand. Et je prendrai aussi les asperges vinaigrette.

— Bien, madame. Souhaitez-vous substituer cette seconde entrée au plat principal de votre dîner ?

— Non, non, je veux deux entrées. Comme plat principal, je prendrai les côtelettes braisées. Et en accompagnement, serait-il possible d'avoir de la purée maison ?

— A la place des haricots verts initialement prévus dans le menu ?

— Non, *en plus* des haricots verts.

— Mais certainement, madame, répondit le serveur avec une courtoisie imperturbable, tout en s'empressant de noter sa commande. Désirerez-vous un supplément de sauce avec vos côtelettes ?

Elle opina du chef, puis lança un regard noir en direction de Matt qui venait d'émettre un rire étouffé.

— Je n'ai pas pris le temps de déjeuner, lui expliqua-t-elle.

Il sourit.

— Vous vous rattrapez ce soir, c'est ça ?

Avant qu'elle ait pu lui intimer l'ordre de se taire, il passa sa commande auprès du serveur qui attendait patiemment. A côté de la montagne de nourriture qu'allait engloutir Grace, sa salade César et son pavé de saumon à l'unilatérale avaient l'air bien sage !

— Vous voulez me faire honte, c'est ça ? chuchota la jeune femme, une fois que le garçon se fut éloigné.

— Loin de moi cette idée ! répondit Matt. J'apprécie les femmes qui ont un solide appétit. Au moins, vous n'êtes pas de celles qui chipotent devant une salade verte qu'elles ne mangent qu'à moitié sous prétexte de garder la ligne !

— Ah bon ? Vous savez, l'un de mes ex m'a reproché de lui coûter trop cher quand nous sortions au restaurant, alors depuis…

— Et c'est pour ça que vous l'avez quitté ?

— Non. J'ai rompu quand j'ai découvert qu'il avait passé un détail sous silence. Oh ! Un tout petit détail, à l'en croire, mais qui m'a semblé assez énorme. En fait, il avait tout simplement « oublié » de me prévenir qu'il était déjà marié.

— Je vois…

— Vous devez me trouver bien bête, hein ?

— Tout le monde peut faire une erreur !

— Une erreur, peut-être. Mais *quatre* ?

Sur le coup, Matt reposa son verre, l'air intrigué.

— Comment ça, *quatre* ?

— Eh bien oui, quatre grosses erreurs ! Voyons, si je

me rappelle bien, avant Preston — l'homme marié à la mémoire courte —, il y a eu Michael. C'est lui qui m'a jetée comme une malpropre quand il s'est rendu compte que je ne votais pas pour le même candidat que lui. Un abruti borné comme on n'en fait plus ! Mon deuxième petit ami était un vrai despote, possessif et jaloux. Mais au début, j'avais pris ce monstrueux défaut pour une preuve de son attachement envers moi. Encore une fois, mauvaise pioche !

— Ça ne fait que trois, pour l'instant. Et le quatrième ?

— C'était un hypocondriaque. Dès qu'il entendait quelqu'un parler d'une maladie, paf ! il l'attrapait automatiquement. Ce que j'ai pu faire comme allers-retours inutiles à la pharmacie de garde !

Cette fois, Matt eut du mal à s'empêcher de rire.

Avec un air mi-ironique, mi-désabusé, Grace croisa les bras et conclut :

— Alors, qu'est-ce que je vous disais ? Bête à manger du foin !

— Ce qui a pu vous arriver n'a rien à voir avec la bêtise, affirma Matt. Vous n'avez pas eu de chance jusqu'ici, c'est tout.

— Pas de chance ? C'est un euphémisme, oui ! Dites plutôt que j'ai une sacrée poisse en ce qui concerne les hommes ! Ah ! Et j'oubliais le pompon : mon ex-fiancé, Steven Hatfield, qui trouve tout de même le bon goût de se faire assassiner et de me léguer sa galerie, avec tous les problèmes qui vont avec… Si ce n'est pas une malédiction qui pèse sur moi, dites-moi ce que c'est !

— Bah ! Le prochain sera peut-être le bon, répliqua Matt avec philosophie.

— Peut-être, mais je n'ai pas l'intention de le chercher.

— Eh bien, c'est un tort : voilà une remarque qui me paraît totalement stupide, pour le coup !

Un peu étourdie, Grace le regarda en silence. Jamais elle ne s'était livrée aussi facilement à un représentant du sexe fort, surtout quelqu'un qu'elle ne connaissait que depuis quelques jours. Mais la facilité avec laquelle elle bavardait avec Matt lui procurait un sentiment grisant : il était si ouvert, si chaleureux, si sincèrement intéressé par ses histoires risibles ! Elle aurait adoré passer le reste de la soirée à discuter de tout et de rien avec lui, tout en dégustant les mets succulents qu'on leur avait apportés. Mais elle ne pouvait se permettre d'oublier Bernie, surtout si, comme l'avait suggéré Matt, c'était sa faute à elle si le pauvre garçon s'était retrouvé en danger de mort.

— Bon, maintenant que vous connaissez tous mes secrets, même les plus honteux, que diriez-vous de changer de sujet ? fit-elle à brûle-pourpoint.

— Vous voulez que je vous parle de mes ex-petites amies, c'est ça ? Ce ne serait qu'un juste retour des choses, et je suis certain que vous changeriez d'avis sur votre prétendue « bêtise » en matière de relations sentimentales si je vous racontais mes propres mésaventures !

Elle ne put s'empêcher de rire franchement devant le sourire narquois de son compagnon.

— Pourquoi ? Cela risquerait de prendre plus longtemps que le récit de mes déboires amoureux ?

— Oh là là ! Si vous saviez… Le reste de la soirée ne me suffirait pas, j'en ai bien peur !

— Dans ce cas, nous ferions mieux de garder cette conversation pour une autre fois.

— Vous ne savez pas ce que vous perdez, répliqua Matt en levant exagérément les yeux au ciel. Enfin, si vous insistez, d'accord pour changer de sujet. De quoi aviez-vous envie de parler exactement ? Car je suppose que vous avez une idée bien précise en tête.

— De Bernie. Ça me tracasse de savoir que je l'ai peut-être exposé involontairement à la vindicte d'un sale type planqué dans l'ombre. Si vraiment le meurtrier de Steven s'est senti menacé par lui, pourquoi ne leur a-t-il pas réglé leur compte en même temps à tous les deux ?

— Pour ne pas que cela paraisse suspect…, hasarda Matt. Ou peut-être qu'il n'avait pas pris la mesure du danger que représentait Bernie ?

Grace sentit alors tout le poids de sa responsabilité.

— Je me sens affreusement coupable, fit-elle d'un air désolé, au bord des larmes. Tout ce qui lui arrive est uniquement ma faute. Si vous saviez comme ça me tracasse…

— Vous ne pouviez pas deviner comment les choses allaient évoluer, dit Matt pour la tranquilliser.

— C'est gentil de me dire ça, mais il n'empêche que j'ai failli causer la mort de ce pauvre innocent. Je m'en veux à un point… Je ne sais pas comment faire pour réparer les dégâts.

— Est-ce que ça vous soulagerait de savoir qu'il est en sécurité quelque part ? demanda Matt. Le FBI dispose d'un certain nombre de résidences sécurisées ; il ne me serait pas difficile d'obtenir une place pour Bernie, le temps de boucler l'enquête.

— Oh oui, quelle bonne idée ! Seulement, je ne suis pas du tout persuadée que Bernie acceptera d'être mis à l'écart, même pour des questions de sécurité.

— Et moi, je suis sûr qu'il sera d'accord, au contraire, répliqua Matt avec détermination. Il suffit pour ça qu'on lui montre le danger qu'il court. S'il a peur, il s'en remettra à nous, vous pouvez en être sûre.

22.

Matt se tenait sur le perron de la maison de son enfance, pris par les souvenirs qui se télescopaient aux portes de sa mémoire. Il avait connu tant de bons moments, ici — les Noëls en famille, les soirées costumées pour Halloween, les anniversaires, l'arrivée de sa petite sœur Lucie... Il se rappelait aussi les événements plus tristes, comme la longue maladie qui avait fini par emporter sa mère. Oui, cet endroit était chargé de réminiscences, et le simple fait d'y être revenu l'emplissait de nostalgie.

Quand sa mère les avait quittés, épuisée par le combat qu'elle avait dû livrer, ça les avait tous secoués, en particulier Lucie qui n'était âgée que de dix ans, à l'époque. C'était certainement, entre autres raisons, pour lui redonner une maman, à elle qui en avait tellement besoin, que Fred s'était remarié à peine un an après la mort de sa première femme. Bien entendu, Matt avait été choqué par la hâte de son père et aussi la grande différence d'âge entre Fred et celle qu'il avait choisie comme « remplaçante ». Vingt-huit ans, ce n'était pas rien, comme écart ! Mais Fred n'avait pas laissé son fils lui dicter sa conduite, et il l'avait remis à sa place par quelques phrases bien senties.

— Si tu fais un complexe sur la différence d'âge, c'est

ton problème, pas le mien. J'aime profondément Denise, mais pas pour les mauvaises raisons que tu avances. Je ne suis pas attiré par elle uniquement parce que c'est une « jeunette », contrairement à ce que tu sembles croire ! Je l'aime parce qu'elle déborde de charme, d'énergie et de gentillesse. Grâce à elle, j'ai retrouvé le goût de vivre. Est-ce que ça te paraît trop difficile à avaler, que ton vieux père puisse se sentir de nouveau heureux ?

Matt n'avait rien répondu : il s'était contenté de remâcher ses griefs envers une union qu'il jugeait précipitée et qui, d'après lui, présageait des pires catastrophes. Pourtant, il ne pouvait nier que l'ancienne baby-sitter de Lucie — car c'était ainsi que Denise avait noué des liens avec la famille Baxter — témoignait d'un attachement sans faille envers eux.

Quand Lucie et Fred, abandonnés à eux-mêmes, s'étaient battus pour retrouver une existence à peu près normale, Denise ne les avait jamais laissés tomber. Souriante et douce, elle avait mis toute sa vivacité à les consoler. Elle avait rempli le garde-manger régulièrement, confectionné des petits plats et donné de son temps sans compter à la famille tout entière. Elle s'était aussi chargée de fournir à Fred, complètement perdu en ce qui concernait les tâches ménagères, les coordonnées d'une femme de ménage dont tout le monde disait le plus grand bien, en ville.

Quant à Lucie, elle avait trouvé en Denise une aide et une confidente toujours prête à l'écouter, en plus d'un « chauffeur » pour la conduire à ses cours de danse ou venir la chercher à la sortie de l'école.

Matt en avait su gré à Denise, évidemment. Et jamais il ne l'avait soupçonnée d'être intéressée. Si elle était venue au secours de la famille, ce n'était sûrement pas pour s'imposer à eux de quelque manière que ce fût. Elle avait un cœur d'or, voilà tout. Les Newman étaient comme ça : sensibles, attentionnés, honnêtes et profondément généreux.

La seule exception avait été Felicia. La brebis galeuse de la famille, comme certains la surnommaient. Ravissante et très appréciée de la gent masculine, elle adorait se sentir au centre de toutes les attentions, et la plupart du temps, elle se fichait éperdument de ce que les autres pouvaient bien ressentir. Elle avait tendance à mépriser ceux qui avaient eu moins de chance qu'elle dans la vie, y compris ce pauvre Dusty Colburn, l'homme qui avait fini par être arrêté comme suspect principal dans la disparition de la jeune fille.

En tout cas, de son vivant — car elle était probablement morte, à l'heure qu'il était —, Felicia Newman se montrait dure et méchante envers les gens qui ne se pressaient pas autour d'elle avec adoration. Elle manquait cruellement de sensibilité, même si elle mettait généralement un point d'honneur à dissimuler ce côté déplaisant de sa personnalité. C'était d'ailleurs pour cette raison que Matt avait préféré mettre un terme à leur relation. Ils avaient donc déjà rompu lorsque la jeune fille s'était évanouie dans la nature. Pourtant, le jeune homme qu'il était à l'époque n'avait pu s'empêcher d'être aussi bouleversé que le reste de leur petite communauté.

Alors que la majorité des habitants avait accepté la version de la police selon laquelle Colburn aurait été le responsable de ce drame, Denise, qui n'était âgée que de quinze ans à l'époque, avait manifesté son désaccord assez vivement pour une adolescente. Elle répétait à qui voulait l'entendre que les forces de l'ordre s'étaient trompées de cible en mettant Dusty Colburn en état d'arrestation. A l'en croire, tout le monde savait parfaitement que, si le pauvre homme n'avait plus toute sa tête, il n'en restait pas moins totalement inoffensif, et que le boucler derrière des barreaux uniquement parce qu'il s'avérait incapable de se constituer une défense valable représentait une grossière erreur judiciaire.

— Car pendant ce temps, avait-elle pris l'habitude d'ajouter avec force, le vrai coupable court toujours ! Et ma sœur n'est pas vengée !

Etant donné la façon dont elle critiquait ouvertement la police de New Hope, tout le monde s'était plus ou moins attendu à ce que les Baxter renoncent à ses services de baby-sitter. Mais ils ne l'avaient pas fait, principalement à cause de l'adoration que Lucie éprouvait à son égard, et aussi pour la bonne et simple raison qu'ils pouvaient faire totalement confiance à la jeune fille sur la plupart des sujets.

Malgré les qualités indéniables de Denise, Matt s'était braqué dès qu'il avait compris qu'elle allait devenir plus qu'une simple baby-sitter. D'après lui, elle était trop immature pour devenir la compagne d'un homme sérieux comme son père. Combien de temps résisterait-elle à la tentation d'aller voir ailleurs ? Jeune et jolie comme elle l'était, elle ne tarderait sûrement pas à se lasser de Fred, si amoureux et si attentionné qu'il fût.

Malheureusement, les prévisions pessimistes de Matt s'étaient avérées justifiées. Il aurait tout donné aujourd'hui pour s'être trompé, mais il était trop tard, désormais. Et les conséquences de l'infidélité de Denise s'étaient révélées désastreuses.

D'un doigt hésitant, il pressa le bouton de la sonnette, presque à contrecœur. Quelques instants plus tard, Denise ouvrit la porte. Elle affectionnait particulièrement les couleurs vives, et aujourd'hui encore, sa tenue le démontrait clairement : elle portait un pull orange vif avec une grosse citrouille brodée sur le devant. Elle avait remonté ses cheveux blonds en une queue-de-cheval haute qui laissait voir ses oreilles où pendaient des boucles blanches et noires en forme de fantôme — pour un effet « halloweenesque » des plus réussis.

Elle marqua un bref temps d'hésitation avant de retrouver le sourire chaleureux qui la caractérisait. Denise n'était pas rancunière, c'était l'une de ses principales qualités.

— Matt ! s'exclama-t-elle. Quelle bonne surprise ! Tu as changé d'avis, finalement ?

— A quel sujet ? demanda-t-il d'un ton un peu rogue.

— Eh bien, tu viens t'installer à la maison, je suppose ?

— Non, je suis juste passé pour te parler, répondit-il, un peu gêné. Enfin, si tu as une ou deux minutes à m'accorder, bien sûr…

— Aucun problème. Mais entre donc ! dit la jeune femme en le précédant dans la cuisine. Qu'est-ce que je te sers ? Une bière ? Un soda ? Un café ?

Rien du tout, merci, répondit Matt qui se sentait de plus en plus mal à l'aise.

Le naturel et l'amabilité dont faisait preuve Denise n'allaient pas lui faciliter la tâche. Il aurait presque préféré qu'elle l'insulte ou qu'elle lui fasse la tête.

— Denise, je… Enfin, ce n'est pas une simple visite de courtoisie que…

Comme elle était loin d'être stupide, elle comprit aussitôt.

— Bien sûr, j'aurais dû m'en douter. Tu fais le tour des suspects potentiels, n'est-ce pas ? Tu interroges le voisinage sans en avoir l'air, tu glanes le maximum d'informations… A vrai dire, je me demandais quand tu viendrais me questionner. Je pensais même que tu commencerais par moi !

— Ça n'a rien de personnel, tu sais…, bredouilla Matt, un peu décontenancé par la simplicité avec laquelle Denise acceptait son comportement pour le moins hostile.

— Je sais. Assieds-toi quand même — à moins que cela ne te semble trop… personnel ?

Il y avait une pointe d'ironie dans sa suggestion, mais Matt choisit de ne pas la relever. Au lieu de protester, il s'assit à la table où il avait partagé tant de dîners conviviaux avec le reste de la famille. Une bouffée de nostalgie l'envahit au souvenir de ces moments heureux. Détournant les yeux pour ne pas trahir son émotion, il aperçut une tarte à la citrouille encore fumante sur le bar — le dessert préféré de Lucie.

— Alors, fit Denise tout en s'asseyant en face de lui, les jambes croisées, les mains sur les genoux. Que veux-tu savoir au juste ?

— Eh bien, tu pourrais commencer par me dire ce que tu faisais et où tu te trouvais, le soir où Steven a été assassiné.

La question était pour le moins directe. Si Denise en était offensée, elle ne le montra pas.

— Tu n'as pas lu le rapport de police sur ce sujet ?

Bien sûr que si : Matt en avait détaillé chaque page — chaque ligne, même. Il avait tout en tête, depuis le constat du coroner jusqu'aux conclusions des experts en balistique, en passant par les témoignages des clients de « Chez Pat ». La déclaration faite par Denise ne lui avait donc pas échappé.

— J'aimerais mieux entendre de ta bouche ce que tu as à me dire, reprit Matt d'un ton égal.

— D'accord. Comme je l'ai expliqué à la police, ce soir-là, je suis restée plus longtemps que d'habitude au magasin pour travailler sur un nouveau modèle de bijoux. Je n'ai pas vu le temps passer, mais quand j'ai levé les yeux de mon bureau, j'ai constaté qu'il était plus de 19 heures. Je suis certaine que, si tu te renseignes un peu, tu trouveras d'autres commerçants prêts à confirmer mes dires.

— Justement, c'est là que le bât blesse, Denise. Jay Dunn et Gloria Saunders, les commerçants les plus proches, ne se rappellent pas t'avoir vue dans ta boutique quand ils ont quitté leur poste. Ils ne sont même pas certains d'avoir remarqué que les lumières étaient toujours allumées chez toi.

— C'est qu'ils ne sont pas observateurs ! répliqua Denise, sur la défensive. Ça ne suffit quand même pas à faire de moi une meurtrière, si ?

— Non, évidemment.

— Pourtant, c'est bien pour cette raison que tu es là, non ? ajouta-t-elle, des larmes dans la voix. Pour me mettre cet horrible assassinat sur le dos ?

— Je ne cherche pas à mettre quoi que ce soit sur le dos de qui que ce soit, Denise, contrairement à ce que tu sembles croire, affirma Matt avec calme. Ce que je veux, c'est découvrir la vérité sur toute cette affaire. Et la seule façon pour moi d'y parvenir, c'est d'obtenir des réponses franches aux questions que je pose à droite et à gauche.

— Dans ce cas, je te réponds que ce n'est pas moi qui ai tué Steven. Ça te va, comme franchise ?

Matt attendit quelques secondes avant d'aborder la question suivante.

— Est-ce que vous vous entendiez bien, avec Steven ?

Un peu étonnée, Denise ne put retenir un petit rire amer.

— Entre un amant et sa maîtresse, les choses vont généralement bien, non ?

— Toute relation passe nécessairement par des hauts et des bas, répliqua Matt d'un air blasé. Et nous savons tous les deux que Steven était un vrai don juan, toujours à l'affût d'une nouvelle conquête.

— Pour ta gouverne, et même si je ne vois pas en quoi ça te concerne, nous nous entendions très bien, fit Denise d'un ton nettement moins affable.

— Vous n'avez jamais eu de prise de bec ? Ses petites escapades ne te dérangeaient pas plus que ça ?

— Quelles *petites escapades* ? demanda la jeune femme d'un air franchement fâché, cette fois. Il n'était pas question de ce genre de choses !

— Ce n'est pas ce que j'ai entendu dire.

— C'était un dragueur, Matt. Un incorrigible séducteur. Je l'ai toujours su.

— Et ça ne t'ennuyait pas ?

— Du moment qu'il ne donnait pas suite à ses flirts, pourquoi cela m'aurait-il dérangée ? Les hommes sont ce qu'ils sont, et aucune femme ne peut changer leur nature.

A cet instant, une porte claqua dans la maison.

— Matt ! Matt, c'est toi ?

Quelques secondes plus tard, Lucie entrait dans la cuisine et courait pour se jeter dans les bras de son grand frère.

— Je ne savais pas que tu devais venir ! Alors, ça y est, tu as changé d'avis ? Tu vas rester à la maison avec nous ?

— Non, Luce, bredouilla Matt. En fait, je… je croyais que tu avais un cours, ce matin. Tu n'es pas censée être à la fac, à cette heure-ci ? ajouta-t-il en espérant noyer le poisson.

— Si, mais le cours a été annulé, commença Lucie avant de s'arrêter net, comme frappée par la foudre.

L'espèce de sixième sens qu'elle avait toujours manifesté aux moments les plus critiques venait encore d'entrer en action, se dit Matt en étouffant un soupir de contrariété. A en juger par le regard suspicieux qu'elle venait de lui lancer, elle avait deviné la véritable raison de sa visite.

Se tournant vers Denise, elle demanda, la voix soudain enrouée :

— Qu'est-ce qui se passe ici ?

— Mais rien ! protesta Denise un peu trop gaiement pour ne pas alerter davantage la jeune fille. Ton frère s'est juste décidé à passer nous faire un petit bonjour. C'est plutôt sympa, tu ne trouves pas ? Ça semble vouloir dire que tout espoir n'est pas perdu en ce qui nous concerne…

— Hum, hum ! marmonna Lucie tout en secouant la tête d'un air sceptique. Tu m'excuseras, Denise, mais je n'en crois pas un mot !

Elle laissa tomber ses livres et ses classeurs sur la table de la cuisine et se tourna de nouveau vers Matt pour le regarder droit dans les yeux.

— Allez, Matt, n'essaie pas de me raconter des bêtises ! Qu'est-ce que tu es vraiment venu faire ici ?

— Je ne fais que mon travail, Luce.

— Ton *travail* ? explosa la jeune fille. Parce que c'est ton *travail* de soumettre Denise à un interrogatoire comme si elle était une vulgaire criminelle ? C'est bien ça que tu faisais, hein ?

Une fois de plus, Denise tenta de s'interposer.

— Voyons, Lucie, ne t'emballe pas, c'est juste…

— Non, l'interrompit Lucie avec fermeté. Je ne veux pas qu'il te traite de cette façon. Tu as intérêt à fiche la paix à Denise, Matt, tu m'entends ? Je ne plaisante pas !

Avec douceur, Denise posa une main apaisante sur l'épaule de Lucie.

— Ce n'est pas grave, ma chérie. Après tout, je n'ai rien à cacher, tu le sais bien.

Matt aurait presque mordu à l'hameçon si Lucie n'avait pas lancé un coup d'œil apeuré à sa belle-mère. Visiblement, la déclaration de cette dernière n'était pas si justifiée que cela, Lucie ne possédant pas la maîtrise consommée de Denise en matière de dissimulation de sentiments : elle venait de se trahir en une fraction de seconde. Cet échange furtif aurait peut-être échappé à quelqu'un d'autre que Matt, mais pour un agent du FBI, il était révélateur.

Il y avait un secret entre Lucie et sa belle-mère, Matt en aurait mis sa main à couper.

Mais Denise ne lui laissa pas le loisir de les questionner davantage. Elle serra gentiment l'épaule de sa belle-fille avant de reporter son attention sur Matt.

— J'ai bien peur que tu n'aies mis ta sœur dans tous ses états, Matt. Si ça ne t'ennuie pas, nous pourrions peut-être reporter cet entretien à plus tard ?

Qu'aurait-il pu opposer à cela ? Rien, évidemment. Il n'allait tout de même pas traumatiser sa propre sœur en s'obstinant bêtement !

— Bien sûr, dit-il en se levant, sans quitter Lucie des yeux. Ça ne remet pas en cause notre projet de déjeuner ensemble, j'espère ?

Cette fois, c'était à sa sœur qu'il s'adressait directement, mais la jeune fille évita soigneusement son regard.

— Je te dirai ça plus tard.

— D'accord, fit-il en se penchant vers elle pour déposer un baiser léger sur sa joue pâle.

Un instant, il crut qu'elle allait le repousser violemment. Mais elle n'en fit rien. Elle ne lui rendit pas son baiser non plus.

— Allez, à plus tard, Luce ! lança-t-il sans obtenir davantage de réaction.

Son regard croisa celui de Denise qui tenait toujours la jeune fille contre elle, comme pour la protéger.

— Ne vous dérangez pas pour moi, dit-il, un peu attristé par le désarroi des deux femmes. Je connais le chemin de la sortie.

23.

Dès le lendemain matin, Grace appela Sarah, devançant ainsi le commissaire Nader qui n'aurait certainement pas pris de gants pour lui décrire les faits. Mais à peine avait-elle prononcé le mot « faux » que Sarah se mit à pousser les hauts cris.

— Mon Dieu, Grace ! Comment pouvez-vous rester calme, alors que vous m'annoncez une nouvelle aussi épouvantable ? Il ne s'agit pas d'une petite anicroche que l'on traite à la légère, enfin ! La contrefaçon et le recel constituent des délits très sérieux. C'est grave, ce que vous me racontez, vous en êtes consciente ?

Grace se mordit la lèvre pour ne pas s'emporter. A l'évidence, Sarah était bouleversée, d'où sa réaction un peu vive. Elle inspira profondément pour se calmer avant de répondre :

— Ne vous méprenez pas sur mon compte, Sarah ; je suis parfaitement consciente de la gravité de cette découverte, et de ses conséquences. Si je vous ai donné l'impression de ne pas m'inquiéter suffisamment à ce sujet, je vous prie de m'en excuser. Ne croyez pas que je considère toute cette affaire comme mineure ; seulement, comme j'ai commencé à vous l'expliquer avant que vous ne m'interrompiez, il se trouve que j'ai peut-être une solution pour éviter que le scandale ne prenne des proportions démesurées. Si vous remboursiez les clients de Steven qui ont été escroqués par son fournisseur peu scrupuleux, je pense sincèrement que cela arrangerait les choses. Mais ce n'est pas de mon ressort : c'est à vous de prendre la décision de le faire ou pas… Qu'en pensez-vous ?

Il y eut un silence prolongé à l'autre bout du fil. Quand Sarah reprit la parole, ce fut d'une voix considérablement adoucie.

— Et vous, Grace, dans une situation pareille, que feriez-vous ?

Incroyable ! Voilà que le dragon lui demandait son avis, maintenant !

— Si j'étais à votre place, répondit Grace en veillant bien à ne pas utiliser un ton trop directif, j'appellerais chaque client concerné personnellement pour lui expliquer ce qui s'est passé et lui proposer un remboursement dans les semaines à venir.

— C'est tout ? Vous n'iriez pas plus loin ?

Grace faillit lui rétorquer que c'était déjà pas mal. Mais elle se ravisa. Pour une femme aussi fortunée que Sarah, rembourser quelques clients lésés ne posait apparemment aucun problème. Pourtant, la jeune femme ne put s'empêcher de faire remarquer à celle qui avait failli devenir sa belle-mère :

— Eh bien, cela vous coûtera une belle somme, sans aucun doute. Mais à mon avis, ça devrait suffire.

— Et la galerie ? Que va-t-il se passer quand toute cette histoire sera ébruitée ?

— Pour reprendre l'expression d'un ami à moi, la galerie s'en relèvera. Les affaires de ce genre sont monnaie courante dans le monde de l'art. Entre les faussaires et les voleurs patentés…

— Mais c'est une telle humiliation d'en être victime ! s'exclama Sarah, reprise par sa colère initiale. Comment vais-je m'y prendre pour expliquer ça à mes…

— J'ai déjà répertorié les clients concernés, la coupa Grace pour éviter une nouvelle digression. Ils sont au nombre de sept, pas plus, pas moins. Si vous voulez, je peux les contacter au nom de la galerie Hatfield. A moins, bien sûr, que vous ne teniez absolument à leur parler…

— Vous savez bien que non ! Je ne saurais pas quoi leur dire, alors que vous… Mais au fait, vous êtes sûre et certaine que Steven n'était pas au courant de ce trafic ? Qu'il n'a jamais trempé dans ces combines honteuses ?

— Steven a été victime de ce réseau frauduleux, au même titre que les collectionneurs auxquels il a vendu des faux sans le savoir, affirma Grace.

Elle ne se sentait pas le courage d'avouer à Sarah qu'elle avait trouvé un quart de million de dollars dans les placards du cottage, et une arme par-dessus le marché. Pas la peine de lui suggérer, dans l'état où elle se trouvait, que son fils avait vraisemblablement engrangé une petite fortune en faisant du chantage ! Cela n'aurait fait que l'accabler davantage, et elle n'en avait vraiment pas besoin.

Comme pour confirmer ce diagnostic, Sarah poussa un gros soupir.

— Bien. Dans ce cas, faites ce que vous jugerez bon, Grace. Vous me direz juste quelle somme je dois débourser.

— Ça risque de prendre quelques jours, mais je vous tiendrai au courant, bien entendu.

Après avoir assuré à Sarah qu'elle avait fait le bon choix, Grace raccrocha et reporta son attention sur la liste de noms fournie par Victor Lorry. Elle consacra les deux heures suivantes à appeler les sept clients spoliés, et fut plutôt contente d'arriver à en joindre quatre auxquels elle présenta des excuses au nom de la galerie Hatfield pour l'escroquerie dont ils avaient été victimes. Elle assura à chacun qu'ils seraient entièrement remboursés s'ils le souhaitaient. Deux d'entre eux prirent la nouvelle avec philosophie. Les deux autres commencèrent par s'emporter, mais avec une bonne dose de diplomatie et un soupçon de cajolerie, Grace vint à bout de leurs réticences.

Pendant qu'elle passait ces appels, quelques personnes, des commerçants du voisinage pour la plupart, étaient passées lui adresser des mots d'encouragement, ce que Grace avait trouvé particulièrement gentil de leur part. Elle s'était donc trompée en craignant au départ d'être considérée comme une étrangère et d'être rejetée ou méprisée parce qu'elle arrivait, en somme, comme un cheveu sur la soupe dans la petite ville. Même le parfum de scandale qui régnait autour de la galerie et qui aurait pu en énerver plus d'un ne parvenait pas à la rendre antipathique, apparemment...

Dire qu'elle n'était arrivée que depuis trois jours et qu'elle se trouvait au centre d'un véritable imbroglio qui défrayait la chronique... Elle se serait certainement sentie déprimée, voire abattue, si son entourage ne lui avait pas prodigué ces marques d'attention touchantes.

Peu après midi, ce fut Denise qui l'appela pour lui proposer de partager un nouveau déjeuner sur le pouce avec elle à la boutique. Grace se rendit compte qu'elle mourait de faim, et qu'une pause serait effectivement la bienvenue dans une journée qui promettait d'être chargée. Aussi, ce fut sans la moindre hésitation qu'elle accepta l'invitation de sa nouvelle amie.

— Qu'est-ce qui te tenterait ? lui demanda Denise, quelques instants plus tard. Mortadelle et provolone sur pain de seigle noir ? Ou plutôt dinde et gruyère suisse sur petit pain rond au froment ?

Grace eut un sourire ravi.

— Tu me gâtes, tu sais ? Comment vais-je bien pouvoir me réhabituer à Boston et à ma cuisine absolument minable après m'être gavée de repas tous plus délicieux les uns que les autres pendant une semaine complète ?

Elle contempla avec gourmandise l'un des sandwichs que Denise avait pris soin de déballer.

— Mortadelle et provolone, tu dis ? fit Grace avec un sourire enthousiaste. Ça me va parfaitement !

Avec une lenteur inhabituelle, Denise lui tendit le sandwich demandé, une lueur contrariée dans les yeux.

— Je ne suis pas sûre de bien comprendre… Te réhabituer à Boston ? Mais pour quoi faire ? Qu'est-ce que tu veux dire ?

Oh là là ! faillit s'exclamer Grace. Elle aurait mieux fait de se taire ; elle n'avait pas du tout eu l'intention de raconter toute la vérité à Denise. Mais en fin de compte, si sa langue avait fourché, c'était peut-être aussi bien. Après tout, cette jeune femme était devenue une véritable amie, et elle méritait qu'on soit franc avec elle.

— J'ai bien peur de ne pas t'avoir tout dit sur mon compte, reprit Grace avec une petite grimace d'excuse.

— Comment ça ?

— Eh bien, pour être honnête, je rentre à Boston dans quelques jours.

— Ne dis pas de bêtises ! protesta Denise. Et l'héritage de Steven ? La galerie ? Tu en es propriétaire, quand même ! Tu ne vas pas tout laisser tomber !

— En fait, je vais refuser le testament.

Il y eut un bref silence pendant lequel Denise accusa le coup. Puis, elle reprit la parole d'une voix étrangement faible :

— Tu… tu viens de le décider ? A cause de tout ce qui s'est passé depuis ton arrivée, c'est ça ?

— Non, répondit Grace en secouant la tête. J'avais pris ma décision dès le début. Je l'ai même annoncé à Sarah quand elle est venue me parler de cette histoire, à Boston.

— Mais alors, qu'est-ce que tu es venue faire ici ? rétorqua Denise d'un ton presque agressif. Pourquoi as-tu rouvert la galerie, comme si tu en étais la véritable propriétaire ?

Une fois de plus, Grace dut expliquer en détail les termes du testament de Steven, et la requête à laquelle elle n'avait pas trouvé le courage de résister.

— Je n'étais pas obligée d'exécuter ses dernières volontés, conclut-elle. Mais ça avait l'air de beaucoup compter pour sa mère, et j'avais un peu de temps devant moi, alors je me suis dit : « Pourquoi pas ? »

Devant l'expression abattue qui se peignait sur le visage ordinairement si souriant de son amie, Grace sentit une grosse boule lui nouer la gorge.

— Je suis vraiment désolée si je t'ai donné de faux espoirs, reprit-elle. Mais quand on s'est rencontrées, je n'avais pas l'intention de parler de mes plans à toute la ville. Ça me semblait plus simple de ne rien dire, sinon on m'aurait posé des questions à n'en plus finir.

— Eh bien, décidément, je n'ai pas de chance ! soupira Denise tout en reposant son sandwich à peine entamé. Pour une fois que je m'étais trouvé une véritable amie, quelqu'un à qui je pouvais faire confiance et qui me comprenait…

C'est bien ma veine ! Au bout d'une semaine à peine, qu'est-ce qui se passe ? Je la perds !

— Mais non, tu ne m'as pas perdue, comme tu dis, lui affirma Grace. Tu seras toujours la bienvenue à Boston si tu as envie de me rendre une petite visite, crois-moi !

— Pfff ! Dans un mois maximum, tu m'auras oubliée !

Grace ne put s'empêcher d'émettre un petit rire amusé devant la propension à dramatiser de son amie.

— Je ne crois pas, Denise. Tu n'es pas quelqu'un que l'on oublie facilement, je t'assure.

Avec un nouveau soupir de lassitude, Denise reprit son petit pain garni de viande et de fromage.

— Tu sais, sans toi, New Hope ne sera plus la même. Et moi non plus, d'ailleurs. Tu vas me manquer terriblement.

— On n'aura qu'à se téléphoner régulièrement. Tous les jours, si tu veux. Et si ça peut te rassurer, je te promets de t'appeler dès que je serai arrivée en Californie, chez mon père. Ça te va ?

— Tu me le jures ?

— Promis, juré ! « Croix de bois, croix de fer, si je meurs, je vais en enfer », ajouta la jeune femme en dessinant un signe de croix sur son cœur, comme si elle avait eu dix ans et qu'elle s'était trouvée dans une cour de récréation avec sa meilleure copine.

Mais cette pirouette ne fit pas rire Denise, qui réprima un petit frisson.

— Arrête, ne dis pas ce genre de trucs, pas après tout ce qui s'est déjà passé dans le secteur…

Un peu ragaillardie malgré tout, la charmante épouse de Fred Baxter mordit dans son sandwich. Elle prit le temps de mâcher consciencieusement sa bouchée et de l'avaler avant de demander à Grace :

— Est-ce que quelqu'un d'autre est au courant de tes intentions ?

— Oui. Matt.

Le visage encore assombri de Denise se décrispa un peu plus.

— On dirait que ça a fait « tilt » entre vous deux, non ?

— Eh bien, pour être franche, j'apprécie beaucoup Matt, avoua Grace sans rougir. Il est charmant, je me sens bien avec lui et, d'après ce que j'ai pu constater, il tient énormément à sa famille.

— Mis à part sa belle-mère ! rectifia Denise.

— Si tu veux mon avis, rien n'est perdu, rétorqua Grace. Les hommes peuvent se révéler imprévisibles ; ils ont beau dire que c'est nous, les femmes, qui réagissons bizarrement, ils ne sont pas les derniers à changer d'avis sans prévenir !

— Tu crois ? En tout cas, c'est ce que j'espère de toutes mes forces. Tu ne peux pas savoir comme ça me mine, cette désapprobation permanente que je sens chez lui… Enfin, chaque fois que je m'apitoie un peu trop sur mon sort, j'essaie de relativiser en comparant avec des gens qui ont des problèmes nettement plus graves à régler. Comme Bernie, par exemple. Savoir que quelqu'un a déjà essayé de vous tuer et pourrait recommencer n'importe quand, ça ne doit pas être facile à gérer ! Je ne voudrais vraiment pas être à sa place, obligée de vérifier sans arrêt si on ne me suit pas et si un ennemi invisible ne va pas me frapper de nouveau…

— Ce n'est pas comme ça que tu vas retrouver le moral ! Tu ferais mieux de penser à autre chose !

— Mais je m'inquiète pour ce pauvre Bernie ! Et je croyais que toi aussi, tu t'en souciais ?

— Bien sûr, mais je n'ai pas du tout l'intention de me laisser abattre. D'autant qu'il n'est pas très coopératif. Matt lui a proposé de le mettre à l'abri dans une résidence sécurisée, mais il a refusé. Il dit qu'il ne peut pas abandonner sa sœur ni son travail, même pour quelques jours ou quelques semaines. Alors, qu'est-ce qu'on peut faire ? Matt n'en revient pas que Bernie puisse se montrer aussi têtu…

— Si j'ai bien compris, dans la mesure où Bernie ne veut pas se placer sous la protection du FBI, il risque de se faire éliminer pour de bon par ce mystérieux assassin ?

— J'espère que non, mais on n'est jamais sûr de rien, répondit Grace après avoir repris une énorme bouchée de son succulent sandwich. Matt pense qu'après l'échec de sa première tentative, le tueur y réfléchira à deux fois avant de retenter le coup. La police est sur les dents, et ce serait trop risqué. C'est du moins ce que doit se dire le sale type qui en veut à Bernie.

— Mais pourquoi a-t-on pris ce pauvre garçon pour cible ? Il doit savoir quelque chose qui le rende dangereux pour notre malfaiteur. Mais quoi ?

— C'est ce que Matt essaie de découvrir. Seulement, pour l'instant, il n'a pas l'ombre d'une piste. Et comme je te l'ai dit, Bernie n'est pas vraiment coopératif.

— Peut-être que vous devriez demander au père Donnelly de vous aider, suggéra Denise. Bernie et lui étaient très proches à un certain moment, même si ce n'est plus vraiment le cas aujourd'hui. Quand Bernie était plus jeune, il allait volontiers à l'église. Mais après la mort de sa mère, il a été tellement chamboulé qu'il a complètement changé d'attitude. Même le père Donnelly n'a pas réussi à lui redonner la foi. Enfin, ça ne coûte rien d'essayer…

A cet instant, Denise vit que Grace s'essuyait discrètement les doigts sur un mouchoir en papier. Aussitôt, elle sauta à bas de son tabouret.

— Je suis vraiment nulle, aujourd'hui ! s'exclama-t-elle avec vigueur. Je n'ai pas pensé aux serviettes en papier ! Ne bouge pas, je vais en chercher dans la pièce du fond. Pendant ce temps-là, ça t'intéressera peut-être de jeter un coup d'œil à ma nouvelle collection ?

Et elle pointa du doigt une vitrine accrochée au mur de l'autre côté du comptoir.

Grace s'en approcha pour en étudier le contenu avec un intérêt sincère.

— J'aime beaucoup, dit-elle. C'est différent de ce que tu as l'habitude de créer, comme bijoux, mais ça me plaît.

— Oui, j'essaie de diversifier mon style, répondit Denise depuis le fond de la boutique. J'ai un ou deux autres modèles en cours d'élaboration dans une boîte en carton, juste sous la caisse. Tu la vois ? Sors-la et dis-moi ce que tu en penses, si tu veux bien.

Grace se pencha derrière le comptoir pour prendre la boîte en question et la poser précautionneusement sur le dessus du meuble. Lorsqu'elle l'ouvrit, elle faillit pousser une exclamation admirative : devant ses yeux éblouis brillait un collier de perles d'eau douce absolument ravissantes, agrémentées d'un somptueux pendentif violet en forme de poire, remarquablement mis en valeur par l'écrin de papier de soie rose pâle qui l'environnait.

— Ce collier est tout simplement splendide ! déclara la jeune femme. C'est une améthyste, le pendentif ?

— De l'alexandrite ! C'est une pierre moins chère que l'améthyste, mais tout aussi jolie à mon avis.

C'était aussi l'opinion de Grace. Pensant qu'elle allait trouver un autre bijou sous les couches de papier de soie, elle les souleva et découvrit un élégant bracelet en or dont une moitié était sertie de petits diamants. Cela ne ressemblait pas au style très original de Denise. Intriguée, elle sortit le bracelet de la boîte.

Accrochée au fermoir du bijou, il y avait une petite carte où étaient inscrits à la main les mots suivants :

« Pardonne-moi. Et reviens. »

C'était signé : « Steven. »

24.

Grace jeta un coup d'œil vers le fond du magasin. Le rideau de perles qui servait de séparation n'avait pas bougé. Elle reporta son attention sur la carte qui se balançait doucement au bout de son fin cordon.

« Pardonne-moi » ? Qu'est-ce que ça signifiait ? Denise n'avait jamais mentionné une rupture dans sa liaison avec Steven. Alors, que penser de ce cadeau ?

Avant que Grace ait eu le temps de reposer le bracelet dans sa boîte, Denise était réapparue, un paquet de serviettes en papier à la main. Lorsqu'elle vit le bijou que tenait toujours son amie, elle s'arrêta net, le visage blême.

— D'où sors tu ce bracelet ?

— Il était sous le collier de perles…, bredouilla Grace, très ennuyée par sa découverte inopinée. Je… je suis désolée, je ne voulais pas…

Denise ne lui laissa pas la possibilité de terminer sa phrase. D'un geste sec, elle lui prit le bracelet des mains et le remit dans son emballage.

— N'en parlons plus, fit-elle avant de refermer la boîte pour la ranger à sa place, sous la caisse.

Grace garda un silence gêné pendant quelques secondes avant d'oser demander d'une voix douce :

— Qu'est-ce qu'il t'avait fait ?

— Hein ?

— Steven. Qu'avait-il à se faire pardonner ?

Le visage fermé, Denise sortit deux serviettes neuves et les déposa sur le comptoir, à côté des tasses de café.

— Je ne me souviens pas bien…, fit-elle avec une réticence perceptible. Sans doute quelque chose de stupide. Rien de bien méchant, sûrement.

— Pour quelque chose de stupide, comme tu dis, le Steven que je connaissais aurait offert des fleurs ou des chocolats. Il réservait les bijoux coûteux pour de très grosses bêtises, pas pour des bagatelles.

— Ecoute, Grace, laisse tomber, tu veux ? Ce ne sont pas tes affaires.

Le ton cassant de Denise fit mal à la jeune femme, si bien qu'elle ne se priva pas pour lui dire ce qu'elle avait sur le cœur.

— C'est un peu facile, maintenant, de m'envoyer sur les roses, tu ne crois pas ? Il y a quelques jours à peine, c'était moi qui te disais que ta vie privée ne me regardait pas. Mais tu as insisté pour tout me raconter. Tu m'as impliquée dans cette histoire, Denise. Je ne t'avais rien demandé ; c'est toi qui m'as choisie comme amie. Alors maintenant, il est trop tard pour revenir en arrière. Je ne t'ai jamais obligée à me parler de ta liaison avec Steven ni de tes problèmes. Mais je fais partie de ta vie, désormais, que ça te plaise ou non. Je n'y peux rien, c'est comme ça.

Denise garda les yeux obstinément baissés. Un peu déçue par son absence de réaction, Grace ne put s'empêcher d'insister.

— Tu avais rompu avec Steven, n'est-ce pas ?

— Non, marmonna la jeune femme.

— Voyons, Denise, ne me prends pas pour une idiote ! Sur le petit mot attaché au bracelet, il t'avait demandé de revenir. Ça veut bien dire que tu l'avais quitté, n'est-ce pas ?

Seul un silence buté lui répondit.

— Il voyait une autre femme, c'est ça ? hasarda Grace qui refusait de lâcher prise.

Comme piquée au vif, Denise releva la tête, les joues rouges d'indignation.

— Pourquoi faut-il que tout le monde pense ça ? Ce n'est pas parce que Steven était un dragueur incorrigible qu'il sautait sur *tout* ce qui portait jupon !

— C'est la réputation qu'il avait, en tout cas !

— Il ne voyait personne d'autre, d'accord ? Un point, c'est tout !

Grace ouvrait la bouche pour protester quand le carillon de la porte d'entrée tinta, l'empêchant de continuer. C'était le commissaire Nader qui venait de pénétrer dans la boutique. Le visage aussi sévère que d'habitude, il ôta galamment son chapeau et leur adressa un petit salut guindé.

— Mesdames, fit-il après avoir promené son regard sur le magasin.

— Qu'est-ce que je peux faire pour vous, Josh ? demanda Denise.

Le policier se tourna vers Grace en haussant les sourcils.

— Vous voulez bien nous excuser quelques instants, mademoiselle McKenzie ? Je ne suis pas là à titre personnel.

— Mais bien entendu ! acquiesça Grace tout en commençant à faire le tour du comptoir.

Contre toute attente, Denise lui posa une main sur le bras pour la retenir.

— Grace peut rester. Je n'ai rien à lui cacher, pas plus qu'à n'importe quel résident de cette ville, d'ailleurs.

Le chef haussa les épaules en signe de capitulation.

— Comme vous voudrez.

D'un air décidé, la jeune femme avala le reste de son café, jeta la tasse en polystyrène à la poubelle et s'accouda au comptoir.

— J'espère que vous avez de bonnes nouvelles, pour venir interrompre notre déjeuner de la sorte ? fit-elle à l'intention de Josh Nader.

Il ne parut pas se formaliser de son agressivité à peine voilée.

— Dans un sens. Je voulais juste vous signaler qu'une douzaine de résidents avait lancé une pétition pour exiger la réouverture de l'enquête sur l'assassinat de Steven Hatfield.

— Alors ça, pour une bonne nouvelle, c'en est une ! s'exclama Denise en croisant les bras avec détermination. Mais à vrai dire, ça ne me surprend pas outre mesure. Vous êtes le seul dans cette ville à avoir cru Fred coupable du meurtre de Steven… Alors, vous allez les écouter ? Vous allez reprendre l'enquête à partir de zéro ?

— Je ne promets rien, bougonna le commissaire. S'il y a une chose que je ferai sûrement, c'est regarder de plus près les raisons avancées par ces pétitionnaires pour faire rouvrir un dossier déjà clos.

— Vous devez en connaître une partie, sinon vous n'auriez pas cette tête.

— En effet. Apparemment, Steven aurait eu une liaison avec quelqu'un d'autre que vous, Denise. Du coup, votre mari ne serait plus le seul suspect.

Grace lança un bref coup d'œil en direction de son amie qui venait de blêmir.

— C'est la vérité ? insista Nader.

— Non, absolument pas, répondit Denise avec la même conviction qu'elle avait mise à nier l'évidence, quelques instants plus tôt. Croyez-moi, si ç'avait été le cas, je l'aurais su.

Elle s'humecta machinalement les lèvres, comme si le stress les avait brutalement asséchées, avant d'ajouter sur un ton faussement désinvolte :

— Mais les pétitionnaires, comment… Enfin, sur quoi se fondent-ils pour affirmer des choses pareilles ? Ils ont des preuves ? Des indices révélateurs ?

Il y avait dans sa voix une angoisse bien perceptible que le commissaire ne parut pas remarquer.

— Non, répondit-il en hochant la tête. Ils ne font qu'extrapoler par rapport à la réputation de coureur de jupons qu'avait Steven Hatfield. Ils pensent qu'il a dû rompre avec l'une de ses maîtresses et que la dame a voulu se venger.

Denise laissa échapper un ricanement méprisant.

— Alors comme ça, c'est la théorie de la femme outragée qui est retenue ? Vous ne trouvez pas ça un tout petit peu mélodramatique ?

— Il y a un autre scénario, reprit le commissaire, imperturbable. Dans celui-là, vous auriez découvert que votre amant vous trompait et vous l'auriez tué par jalousie.

Josh n'avait pas détaché son regard du visage mobile de Denise, comme pour jauger la moindre de ses réactions.

— Comment pouvez-vous dire des choses pareilles de but en blanc, commissaire ? lança Grace. Si ça se trouve, les gens n'ont lancé cette pétition que pour accabler Denise !

— Je sais qu'elle n'est pas précisément en odeur de sainteté, figurez-vous, mademoiselle ! Mais il y a suffisamment de signatures sur le document pour que je mette mon nez dans les histoires de cœur de feu Steven Hatfield. Je ne fais que mon devoir, vous savez ?

— Allez-y, commissaire, menez votre enquête ! lança Denise d'une voix où ne perçait plus la moindre trace de nervosité. J'ai la conscience tranquille. Et je maintiens ce que j'ai déjà dit concernant mon emploi du temps le soir du meurtre. J'étais ici, au magasin, jusqu'à 19 heures.

— Dans ce cas, vous n'avez rien à vous reprocher, Denise !

— A *me reprocher* ? Qui fait des reproches, en ce moment ? répliqua la jeune femme en soutenant le regard soupçonneux du commissaire.

Ils s'affrontèrent silencieusement pendant quelques instants. Puis, comme il n'avait plus rien à ajouter, Josh remit son chapeau sur sa tête et, sur un bref signe du menton, il sortit de la boutique.

Quand il eut tourné au coin de la rue, Grace reporta son attention sur Denise, qui reprenait doucement des couleurs.

— C'était quoi, cette confrontation ?

Denise haussa les épaules.

— Oh, Josh a toujours tendance à en faire trop !

— Non, cette fois, c'était plus grave. Il est venu t'avertir de quelque chose, Denise.

— Bah, ne t'inquiète pas pour ça ! Moi, ça ne m'atteint même plus, ce genre d'intimidation !

— Pas la peine de feindre l'indifférence : je vois bien que tu es préoccupée, reprit Grace. Et ne me dis pas le contraire. D'autant que le commissaire ne s'est pas laissé prendre à ta fausse désinvolture ! Qu'est-ce qui se passe en réalité ? Raconte-moi tout. Je pourrai peut-être t'aider si tu te confies à moi.

— Mais il n'y a rien du tout, je t'assure ! affirma la jeune femme avec un sourire factice.

— Je ne te crois pas, répliqua Grace. Tu dissimules quelque chose. Quoi ? Je n'en sais rien, mais à l'évidence, cela pèse sur ta conscience. Alors, tu ne veux vraiment rien me dire ? Après tout, on est amies, maintenant, non ?

Denise garda le silence, penchée sur le comptoir de verre transparent dont elle faisait mine de réorganiser l'agencement. Elle échangea la place d'une bague avec celle d'un bracelet, décrocha un collier d'un présentoir métallique pour le mettre à l'autre bout de la vitrine, et se recula légèrement pour juger de l'effet produit.

Grace décida de ne pas la brusquer. Certains secrets mettaient du temps à sortir, et elle avait véritablement l'intention d'aider sa nouvelle amie à s'épancher du mieux qu'elle le pourrait.

Enfin, Denise murmura d'une voix presque inaudible :

— Il ne faut en parler à personne. Même pas à Matt ! Promis ?

— C'est en rapport avec la mort de Steven ?

— Je ne te dirai rien tant que tu ne m'auras pas juré de le garder pour toi !

— D'accord, d'accord. Je te promets de tenir ma langue. Maintenant, tu veux bien me confier ton secret ?

Denise s'arrêta net de triturer les chaînes et les bracelets exposés dans la vitrine. Levant les yeux vers Grace, elle déclara lentement :

— Il voyait quelqu'un d'autre. Tu avais vu juste.

Grace garda une expression neutre. Ironie du sort, l'histoire qu'elle avait vécue s'était répétée. Décidément, Steven n'avait pas changé. A elle aussi, ce genre de déconvenue était arrivé, plus de dix ans auparavant. Même schéma, même scénario pitoyable.

— Comment l'as-tu découvert ? demanda-t-elle simplement.

— Je l'ai suivi un jour, après ses cours, répondit Denise, les yeux brillant d'indignation. Je l'ai détesté pour ça. C'était lui qui me transformait en une espèce de mégère jalouse et soupçonneuse, à cause de sa conduite égoïste et mesquine. Je lui en voulais à mort !

Grace ne s'attendait pas à une telle explosion de colère de la part de son amie. Elle n'aurait jamais cru la charmante Denise capable de proférer des paroles aussi vibrantes de rancœur.

— Et où est-il allé, ce jour-là ?

— Au cottage. Pour la retrouver, *elle*. Cette espèce de salopard n'avait même pas eu la décence de lui donner rendez-vous dans un hôtel. Non, il fallait qu'il la saute là, dans le lit que nous avions partagé quelques heures auparavant ! Tu y crois, toi ? Moi, ça m'a écœurée.

Oh, oui, elle y croyait, malheureusement !

— Cette femme avec laquelle il te trompait… c'était qui ?

Denise eut un soupir à fendre l'âme, et baissa les yeux sur sa main gauche où brillait son alliance.

— C'était Lucie, avoua-t-elle dans un souffle.

Il y eut un moment de silence absolu pendant lequel Grace se contenta de regarder Denise, bouche bée, les yeux écarquillés.

— Je… Tu en es sûre ? demanda-t-elle sans réfléchir, trop abasourdie pour trouver autre chose à dire.

— Certaine. Sa voiture était garée juste à côté, derrière un arbre, pour qu'on ne la voie pas depuis la route, je suppose. Au lieu de m'en aller pour ne pas souffrir davantage, je suis restée là, postée derrière les buissons, à attendre qu'elle ressorte de chez lui. Au bout d'un moment, j'avais presque réussi à me convaincre qu'elle était venue voir Steven en tout bien tout honneur. Il dispensait parfois des conseils à des étudiants, alors, pourquoi pas elle ? Certes, il n'avait jamais donné de cours particuliers chez lui, mais c'était peut-être l'exception qui confirmait la règle… Malheureusement, toutes mes belles théories se sont effondrées d'un seul coup lorsque Lucie est ressortie du cottage.

Denise pleurait à chaudes larmes, à présent. Mais elle ne fit pas un geste pour les essuyer.

— Je n'oublierai jamais cet instant où j'ai tout compris. Lucie avait l'air si… si heureuse, si épanouie, si rayonnante, que j'ai su tout de suite le tour qu'avait pris leur relation. Ils étaient devenus amants, que je le veuille ou non.

— A en juger par le coûteux présent que tu gardes derrière le comptoir, je suppose que tu as mis Steven au pied du mur après avoir découvert la vérité, intervint Grace.

— Tu penses bien que je n'allais pas faire comme si de rien n'était ! Je lui ai demandé des explications le soir même. Et tu sais ce qu'il m'a répondu ? Il a eu le culot de me dire que Lucie ne représentait rien pour lui ! Qu'elle n'était qu'une petite escapade temporaire. Que ce n'était qu'une gamine, et que le simple fait de coucher avec elle le rajeunissait ! Il a été infect : un vrai goujat ! Il parlait de Lucie en termes si durs, si cruels, que j'ai vu rouge. Sans mentir, j'étais tellement furieuse contre lui que j'aurais pu…

Elle s'arrêta net pour se tamponner les yeux. Mais Grace

avait deviné sans mal la fin de sa phrase. Elle aurait pu le tuer. Et c'était absolument terrible !

— Et Lucie ? Elle était au courant pour toi et Steven ?

— Pas avant que je ne lui raconte tout, quelques jours plus tard. Inutile de te dire que j'ai longuement hésité avant de lui avouer la vérité. J'aime cette petite comme ma fille, Grace, et j'étais malade à l'idée de lui faire du mal. Mais d'un autre côté, je refusais de la laisser gâcher sa jeunesse avec un sale type comme Steven Hatfield.

— Et… comment a-t-elle pris la nouvelle ?

— Très mal, tu t'en doutes. Elle a commencé par me traiter de menteuse, puis de jalouse. Elle croyait dur comme fer que j'essayais de la faire rompre avec Steven pour prendre sa place. Ensuite, comme elle a fini par comprendre que je lui disais la vérité, elle est devenue comme folle : elle s'est mise à hurler et à traiter Steven de tous les noms. Quand elle a quitté le magasin où je lui avais donné rendez-vous, elle était dans un tel état que je n'ai pas osé la retenir. C'est pour cette raison que je suis restée plus tard à la boutique : je voulais reprendre mes esprits et réfléchir à ce que j'allais bien pouvoir répondre quand Fred me confronterait à la vérité. J'étais certaine que Lucie avait filé tout droit à la maison pour lui raconter ma liaison avec Steven. Mais je m'étais trompée : ce n'est pas elle qui lui a appris le fin mot de l'histoire. Ce sont ces abrutis de frères Badger, au pub. Tu connais la suite…

— Mais… Et Lucie, dans tout ça ? Est-ce qu'elle était effectivement rentrée chez vous ?

Denise détourna le regard, visiblement mal à l'aise.

— Non, murmura-t-elle finalement.

— Où était-elle, alors ?

— Je n'en sais rien.

— Tu n'as pas cherché à la retrouver, après ce qui s'était passé ?

— Non, Grace, je n'ai pas cherché à la retrouver, d'accord ? répliqua Denise d'un ton cinglant. J'avais d'autres choses en tête, figure-toi ! Comme, par exemple, essayer d'empêcher la police d'emmener mon mari en prison !

— Excuse-moi, j'essaie juste de t'aider…, fit Grace d'un ton peiné.

— Je sais, je sais… Tu…

Mais Denise ne termina pas sa phrase. Les épaules affaissées, elle enfouit son visage dans ses mains et, après un hoquet étouffé, elle éclata en sanglots convulsifs.

Le cœur serré, Grace se précipita de l'autre côté du comptoir pour la prendre dans ses bras.

— Ne pleure pas, Denise ! Inutile de te mettre dans des états pareils ! Lucie va s'en remettre. Elle a de l'énergie, cette petite. Je suis sûre qu'elle a déjà surmonté le plus gros de cette histoire sordide.

Mais les larmes de Denise semblaient intarissables.

— Est-ce qu'il y a autre chose ? demanda doucement Grace. Un autre secret que tu ne m'aurais pas encore confié ?

Dans un dernier hoquet, Denise releva lentement la tête, les yeux rouges et gonflés, les joues luisantes de pleurs. Lorsqu'elle reprit enfin la parole, ce fut d'une voix brisée.

— Oui, il y a autre chose. Je… je crois que c'est Lucie qui a tué Steven.

25.

Grace regardait Denise fixement, l'air incrédule, ne sachant que dire. Elle revoyait Lucie le soir où elle était venue chez les Baxter, penchée au-dessus de l'évier de la cuisine, occupée à nettoyer la salade, souriante, bavarde et animée. Impossible qu'elle fût coupable ! Elle était trop jeune, trop douce, trop innocente pour avoir commis un crime aussi affreux.

— Je n'arrive pas à y croire, dit-elle finalement.

— Je comprends ça. Mais le soir où Steven a été tué, quand elle a fini par rentrer à la maison et que je lui ai appris la terrible nouvelle, elle n'a eu aucune réaction. On aurait dit une statue de marbre. Elle gardé un silence absolu. Ses yeux étaient totalement secs, comme si je lui avais annoncé la mort d'un parfait inconnu. C'était vraiment étrange — on aurait presque dit un zombie…

En prononçant ces mots, Denise avait frissonné subitement, comme glacée au souvenir de la scène qu'elle venait d'évoquer.

— Elle était peut-être en état de choc ? Il s'était passé tant de choses en si peu de temps…

Denise secoua la tête en signe de désaccord.

— Tout à l'heure, tu te rappelles, tu m'as demandé si

je savais où elle se trouvait pendant que l'on assassinait Steven. Eh bien, je ne t'ai pas dit la vérité. En fait, je lui ai posé cette question dès qu'elle est rentrée. Elle était dans un tel état…

— Et alors ? Qu'a-t-elle répondu ?

— Qu'elle était allée faire un tour en voiture pour se calmer avant de rentrer à la maison.

— Ça me paraît tout à fait plausible, dit Grace. Beaucoup de gens font ça.

— Peut-être, mais ils ne reviennent pas blancs comme des linges, tremblant des pieds à la tête et les cheveux en bataille !

— Ce n'était — et ce n'est encore qu'une enfant, Denise. Tu ne pouvais pas attendre d'elle qu'elle maîtrise ses émotions aussi bien que nous, qui sommes adultes depuis longtemps.

— Tout de même… Je te rappelle qu'elle savait où se trouvait le pistolet de son père, qu'elle est une tireuse hors pair et qu'elle était littéralement folle de rage quand elle a quitté la boutique.

— Elle n'était pas la seule à être folle de rage, il me semble !

— Je ne nie pas que j'aurais bien aimé me venger de Steven. Mais la différence, c'est que moi, je ne l'ai pas fait. Tout simplement parce que j'en étais incapable.

— Pourquoi ne pourrait-on pas penser la même chose de Lucie ?

Denise ne répondit pas.

— Tu veux que je te donne mon avis sur tout ça ? Franchement ? lui demanda Grace.

Denise ne répondit pas. Elle se contenta d'adresser à son

amie un bref signe de tête pour l'encourager à poursuivre, ce que Grace s'empressa de faire.

— Tu devrais parler à Matt. Non, pas seulement à Matt — à Lucie aussi. Vous devriez vous asseoir tous les trois autour d'une table et abattre vos jeux respectifs. Parce que cette enquête ne pourra aboutir que si vous avez toutes les cartes en main.

— Honnêtement, ta proposition ne me dit rien qui vaille, Grace. S'il n'y avait pas tout ce passé entre Matt et moi, je ne dirais pas non. Mais étant donné nos différends, tu comprendras que j'hésite énormément. Nous ne sommes pas précisément proches l'un de l'autre, tu as dû le remarquer !

— Pourtant, tu m'as dit toi-même qu'il était le plus habile enquêteur que tu aies jamais connu !

— Oui. Et je le maintiens.

— Alors, tu ne crois pas que ça vaudrait le coup de mettre vos griefs respectifs de côté, au moins jusqu'à ce que cette sale affaire soit éclaircie ? En travaillant ensemble, vous avanceriez beaucoup plus vite. Et puis, ça t'éviterait d'avoir à supporter le poids de ce secret toute seule. Parce que si ça continue, tu vas en perdre la raison. C'est moi qui te le dis.

Pour appuyer ses dires, Grace exerça une légère pression sur l'épaule de son amie.

— Est-ce que tu me fais confiance ? reprit-elle.

— Tu sais bien que oui !

— Alors, suis mon conseil : va parler à Matt de tout ça.

— Et de quoi veut-on me parler ?

Grace et Denise se retournèrent en même temps : Matt venait d'entrer dans la boutique.

Les sourcils froncés, il les regarda tour à tour d'un air inquisiteur.

— C'était bien de moi que vous parliez, Grace, n'est-ce pas ? fit-il au bout de quelques secondes de silence gêné. Ou y a-t-il dans cette ville un autre Matt dont je ne connaissais pas encore l'existence ?

Grace resta muette. Elle avait promis à Denise de ne souffler mot de son secret à personne, et elle avait bien l'intention de respecter sa parole.

— Grace n'a rien à se reprocher, Matt, déclara vivement Denise. C'est moi qui bavarde à tort et à travers, comme d'habitude.

— Et qu'est-ce que je venais faire dans votre conversation ? Tu as des ennuis, Denise ?

— Et voilà, c'est reparti pour un tour ! s'exclama la jeune femme d'un ton courroucé. Toujours en train d'imaginer le pire à mon sujet, hein ? Est-ce que tu ne pourrais pas, au moins une fois dans ta vie, me laisser le bénéfice du doute ?

En parfait gentleman, Matt s'inclina légèrement.

— Tu as parfaitement raison. Pardonne-moi… Puis-je m'asseoir deux minutes ?

Denise haussa les épaules.

— Tu peux même t'installer confortablement, vu le temps que ça risque de prendre.

— Alors, j'avais vu juste : quelque chose ne tourne pas rond ! rétorqua Matt, l'air sérieux, après avoir adressé un petit sourire à Grace. Bon, est-ce que je peux t'être d'une quelconque utilité, Denise ?

— Je ne sais pas. Peut-être.

Elle lui raconta alors ce qu'elle avait confié à Grace quelques instants plus tôt. Il resta impassible jusqu'à ce qu'il apprenne que Lucie avait eu une liaison avec Steven. A cet instant, Grace crut qu'il allait bondir sur ses pieds pour aller demander des comptes à un cadavre, tant son expression était féroce. Mais par miracle, il parvint à garder le contrôle de ses émotions et à laisser Denise poursuivre sa confession.

— Merci, fit-il d'une voix sourde quand la jeune femme eut terminé. Merci infiniment d'avoir voulu protéger Lucie malgré tout ce qu'on a pu penser de toi, en ville. Merci de ton honnêteté dans toute cette affaire.

Se sentant de trop, Grace se leva du tabouret où elle avait discrètement pris place.

— Je crois que je devrais vous laisser tête à tête. Vous avez sûrement des choses personnelles à vous dire, et…

— Oh, non ! s'écria Denise tout en retenant son amie par le bras. Je t'en prie, reste ! Ça me fait du bien que tu sois là.

Elle jeta un coup d'œil interrogateur à Matt.

— Ça ne t'ennuie pas, j'espère ? Après tout, sans l'intervention de Grace, je ne t'aurais rien dit de mon lourd secret.

— Grace, je suis tout à fait d'accord pour que vous restiez, dit Matt. Si vous le voulez bien, évidemment.

Il attendit qu'elle se fût rassise à sa place pour poursuivre la conversation.

— Si je m'écoutais, je refuserais d'envisager la possibilité que Lucie ait pu abattre Steven, dit-il d'un air las. Mais j'ai assisté à trop de revirements insoupçonnables au cours de ma carrière dans le FBI pour mettre automatiquement ma propre famille hors de cause.

— Alors, que comptes-tu faire ? lui demanda Denise.

— Je n'ai pas le choix : je dois parler de cette histoire avec

Lucie. Si notre entrevue a les conséquences que j'espère, nous pourrons passer à la phase numéro deux.

— *Nous ?* répéta Denise, tout en lançant un regard étonné à Grace qui n'avait toujours pas pipé mot.

— Oui, *nous*. Il va falloir que tu m'aides à coincer le vrai meurtrier de Steven.

— Tu as besoin de moi pour enquêter sur l'assassinat de Steven ?

Un sourire fugace éclaira le visage tendu de Matt.

— Je n'irais pas jusque-là. Mais tu peux m'aider, ça oui. Il faudrait que tu te remémores autant de détails que possible à propos de la vie que menait Steven. Tout, absolument tout peut s'avérer utile : depuis ses habitudes jusqu'à ses loisirs, ses marottes, ses envies — bref, tout ce qui me permettrait de dresser un emploi du temps de ses journées types.

— Eh bien, pour commencer, il n'avait pas beaucoup d'occupations en dehors de son travail. Il aimait draguer, comme chacun le sait, voyager aussi, s'offrir de bons repas dans des restaurants à la mode, et puis, évidemment, assister à des vernissages et à des expositions. De temps à autre, il faisait un tournoi de golf avec les membres du comité municipal d'urbanisme... Voilà, je crois que j'ai fait le tour.

— Est-ce qu'il t'est arrivé de remarquer quelque chose d'inhabituel dans ses faits et gestes ?

L'enthousiasme de Denise retomba brusquement.

— Je suis désolée, Matt, mais je n'ai pas à ce point le sens de l'observation. En tout cas, je n'ai jamais rien vu de bizarre.

— C'est très important que tu essaies de te rappeler, insista Matt. Tu es sûre qu'à aucun moment, son comportement ne t'a semblé étrange ?

La jeune femme s'absorba dans ses pensées pendant un moment que Grace vécut comme une éternité. Elle commençait à se dire qu'il ne servait à rien de s'acharner de ce côté-là quand Denise releva la tête.

— Il y a au moins une chose qui m'a paru inattendue sur le moment : sa soudaine amitié avec Bernie Buckman. Quand je lui ai demandé ce qui les rapprochait tous les deux, il m'a soutenu que c'était uniquement parce que Bernie était un bon garçon qu'il s'était pris d'affection pour lui. Il m'a dit qu'il appréciait sa compagnie, et je n'avais pas de raison d'en douter.

Elle prit le temps de ramasser quelques miettes qui traînaient sur le comptoir avant d'ajouter d'un ton angoissé :

— Maintenant que Bernie est menacé de mort, je ne suis plus tout à fait sûre de trouver l'attachement de Steven pour lui si naturel que ça…

— Le commerçant qui tient la boutique d'épices en face de la galerie Hatfield m'a dit que Bernie travaillait là-bas plusieurs fois par semaine. C'est vrai ? demanda Matt.

— Tout à fait. Le pauvre garçon avait commencé à manifester un certain intérêt pour l'art, et Steven lui confiait parfois la galerie pendant le week-end. Tout le monde était gagnant : Bernie parce qu'il affinait son apprentissage, Steven parce qu'il avait un peu plus de temps libre.

— A quel moment as-tu entamé une liaison avec Steven ?

A la suite de cette question pour le moins indiscrète, Grace vit son amie se crisper. Mais en vaillant petit soldat, Denise répondit honnêtement, malgré sa gêne évidente :

— Il y a huit mois environ. Peut-être neuf, mais pas plus.

— Il a dû te raconter beaucoup de choses sur lui pendant tout ce temps ?

— Pas vraiment. En fait, c'était plutôt moi qui me confiais à lui, et non le contraire, bredouilla Denise, de plus en plus mal à l'aise, tout en jetant un rapide regard à Matt, comme pour vérifier si elle pouvait continuer ses aveux. Je… je lui ai même parlé de Felicia.

— Tu as discuté avec lui de la disparition de ta sœur, vingt ans après les faits ? s'étonna Matt.

Denise hocha la tête en signe d'acquiescement, les yeux baissés sur ses mains aux ongles laqués, comme une écolière honteuse.

— Pour une fois que quelqu'un voulait bien m'écouter… Il avait l'air sincèrement intéressé, alors je lui ai raconté qu'avec ma famille, nous n'avions jamais été complètement convaincus de la justesse de l'enquête menée par les forces de police. Je suis vraiment désolée, Matt. Je sais bien que ton père avait fait tout ce qui était en son pouvoir pour élucider ce problème, mais nous nous sommes toujours dit qu'on aurait pu aller plus loin. Faire d'autres recherches, soupçonner plus de monde… je ne sais pas, moi. Et au cas où tu te poserais la question, je tiens à te préciser que je ne casse pas de sucre sur le dos de Fred. J'en ai discuté avec lui plusieurs fois, et il sait exactement ce que je ressens à ce sujet.

Grace jeta un regard de biais à Matt pour épier sur son visage un signe de compréhension ou de compassion. Mais il demeurait impassible, en bon professionnel. Il continua donc son interrogatoire.

— Tu m'as bien dit que Steven avait l'air intéressé par la disparition de ta sœur ?

— Ce n'est peut-être pas le mot juste. En fait, il m'a manifesté un soutien et une compassion qui m'ont fait beaucoup de bien sur le moment. Mais quelques semaines plus tard, alors que je ne pensais plus du tout à notre conversation initiale, il s'est mis à me reparler de cette affaire pour me demander des précisions. Evidemment, j'ai pris son intérêt pour une marque d'attention, et je n'ai pas hésité à lui dire tout ce que je savais — et tout ce que je soupçonnais, aussi. En peu de temps, il a connu les moindres détails : avec qui Felicia était sortie, comment ses différentes histoires de cœur s'étaient terminées, la battue gigantesque pour la retrouver, les interrogatoires des témoins éventuels... Bref, je lui ai livré tout en vrac. Ça m'a fait mal de parler de Felicia, mais d'un autre côté, je suppose que ça a eu un effet thérapeutique.

— Est-ce que tu lui as demandé pourquoi il s'intéressait si subitement à ta sœur ?

— Oui, mais il a noyé le poisson. Il a prétendu que c'était par simple curiosité, rien de plus.

— Si vous me permettez un petit commentaire, intervint Grace, il se trouve que Steven était justement assez curieux de nature. D'ailleurs, « curieux » n'est peut-être pas un terme assez fort. Il avait toujours tendance à se mêler des affaires des autres. C'est en cela qu'il ressemblait beaucoup à sa mère : impossible de l'empêcher de fourrer son nez là où il n'était pas censé le mettre !

— Tu crois qu'il aurait découvert quelque chose à propos de la disparition de ma sœur ? demanda Denise en se tournant de nouveau vers Matt.

— Peut-être...

— Mais dans ce cas, il m'en aurait sûrement parlé !

— Pas forcément.

Grace se mordit la lèvre : les mots lui avaient échappé, et

elle n'était pas sûre qu'elle devait mettre Denise au courant de tous les détails.

Elle lança un regard interrogateur à Matt qui lui répondit par un bref signe d'approbation.

Leur petit manège n'avait pas échappé à Denise.

— Qu'est-ce que vous manigancez, tous les deux ? C'est quoi, ces petits regards en coin ? Qu'est-ce que vous me cachez ?

— Eh bien, dit Grace en soupirant, puisque tu fais partie de l'équipe, maintenant… Voilà. J'ai trouvé de l'argent au cottage. Dans une planque, comme on dit.

— De l'argent ? Mais où ça ? Et sous quelle forme ? Du liquide ?

— Il y a 250.000 dollars en billets de 100 cachés dans un placard de la cuisine.

D'abord éberluée par l'énormité de la somme, Denise comprit très vite les implications de cette découverte. Elle reporta son attention sur Matt dont le visage sombre en disait long sur la gravité de la situation.

— Je suppose que cet argent ne provient pas du trafic de copies illégales puisque Steven l'ignorait.

— Effectivement.

— Alors, c'est du chantage, murmura la jeune femme d'une voix étouffée, tout en portant une main à sa gorge.

Passée cette première réaction d'abattement, elle parut se ressaisir d'un seul coup. Comme mue par un puissant ressort, elle bondit sur ses pieds, les joues rouges d'excitation.

— Bon sang ! Mais bien sûr : du chantage ! C'est la seule explication possible ! Il savait qui avait kidnappé Felicia !

26.

Comme Matt s'y attendait, Lucie avait annulé leur déjeuner par un simple message sur la boîte vocale de son portable. Il avait hésité quant à la conduite à adopter avec elle : fallait-il la laisser tranquille, le temps qu'elle se calme ? Ou serait-il préférable d'aller la chercher à la sortie de ses cours, comme si de rien n'était ? Il avait longuement réfléchi avant d'opter pour la seconde solution, plus optimiste mais aussi plus risquée. Après tout, elle pouvait très bien l'envoyer sur les roses devant tous ses camarades de fac, et il n'aurait plus qu'à repartir bredouille.

Quelques étudiants sortaient déjà de l'université lorsque Matt arriva sur les lieux. Au bout de cinq minutes à peine, il vit la jolie silhouette de sa sœur apparaître aux portes du bâtiment principal. Contrairement à la dernière fois, elle était seule et marchait d'un pas rapide, tête baissée, comme pour éviter de se faire remarquer. Comme elle ne levait pas les yeux, elle faillit passer devant Matt sans le remarquer. S'il ne l'avait pas appelée, elle aurait sans doute poursuivi sa route sans se rendre compte de rien.

L'air interloqué, elle s'arrêta net.

— Tu n'as pas eu mon message ? demanda-t-elle d'un

ton sec. Je te disais que ce n'était pas la peine de venir me chercher.

— Si, mais que veux-tu ? J'aime vivre dangereusement ! rétorqua Matt avec un clin d'œil qui ne la fit pas sourire. Et à mon âge, il est trop tard pour changer ses habitudes.

— J'ai déjà déjeuné, fit la jeune fille avec brusquerie.

— Qu'à cela ne tienne : dans ce cas, on va aller faire une petite promenade tous les deux, répliqua Matt en lui prenant le bras d'un geste autoritaire auquel elle n'osa pas résister.

Il l'entraîna vers le canal pour emprunter avec elle le chemin de halage qui traversait la ville, le long du Delaware.

— Qu'y a-t-il donc de si urgent pour que tu t'entêtes comme ça ? demanda Lucie après quelques minutes de marche silencieuse.

Matt inspira un grand coup avant de se lancer. Il avait toujours été partisan des approches directes, et le fait que sa sœur fût concernée n'allait pas changer ses méthodes de travail.

— Je suis au courant pour toi et Steven.

Elle lui lança un regard affolé et piqua un joli fard. Puis elle se reprit et tenta d'adopter un air désinvolte, alors qu'elle venait de se trahir sans équivoque possible.

— Je ne vois pas de quoi tu veux parler…

— J'ai eu une petite discussion avec Denise, lui expliqua Matt. Et avant que tu ne montes sur tes grands chevaux et que tu ne t'imagines qu'elle t'a trahie, je préfère te préciser que je ne lui ai pas tellement laissé le choix.

Lucie marqua une pause, le temps de digérer la nouvelle, et reprit d'une toute petite voix :

— Et alors, qu'est-ce que ça t'a fait ? Ça t'a choqué, je suppose ? Fâché ? Peiné ?

— Ne t'inquiète pas, je ne vais pas te servir le classique sermon du grand frère responsable, si c'est ce que tu crains.

— Merci, murmura la jeune fille.

— Mais pourquoi ne m'as-tu jamais parlé de ta liaison avec Steven Hatfield ?

— Parce que tu n'aurais pas compris.

— Qu'une jeune fille de dix-neuf ans ait une relation avec son professeur d'art ? Un homme de vingt et un ans son aîné ? Effectivement, je ne comprends pas. Et si tu m'en avais parlé, j'aurais certainement essayé de te rappeler à la raison.

— Parce que tu trouves ça mal, c'est ça ? demanda Lucie d'un air méprisant.

— Disons plutôt que ma priorité, depuis la mort de Maman, a toujours été de te protéger.

— Je n'ai pas besoin qu'on me protège, Matt. Je suis une grande fille, maintenant, tu sais ? Je n'ai plus douze ans. Je peux me débrouiller toute seule.

— Sans doute, mais ça n'a pas dû être facile pour toi de découvrir que l'homme dont tu étais tombée amoureuse était l'amant de ta belle-mère.

Sans répondre, Lucie se laissa brusquement tomber sur l'un des bancs qui parsemaient le chemin, pour contempler d'un œil vague les eaux troubles du canal.

Avec précaution, Matt s'assit à ses côtés, adoptant un ton à la fois doux et persuasif.

— Ecoute, ma puce, je ne peux pas aider Papa si tu n'es pas franche avec moi.

Les yeux toujours baissés, elle soupira.

— Qu'est-ce que tu veux savoir ?

— Je voudrais que tu me dises ce qui s'est passé le soir où Steven a été assassiné.

— Je ne sais rien de plus que ce que j'ai pu entendre ou lire dans les journaux, par la suite.

— Denise m'a dit que ce soir-là, elle t'avait confié sa relation avec Steven, et que tu étais sortie de sa boutique en courant comme une folle furieuse.

— Elle t'a dit la vérité. J'étais dans une telle rage !

— Et où es-tu allée ?

— En quoi est-ce que ça t'intéresse tellement ? répliqua la jeune fille d'un ton où perçait une note cynique qui ne lui ressemblait pas. Tu t'imagines que j'ai tué Steven ?

Elle regarda son frère dans les yeux, et blêmit en découvrant son expression.

— Oh, mon Dieu ! C'est ça ! Tu crois que je suis coupable !

— Ne t'énerve pas, Luce, je…

— Et comment veux-tu que je réagisse ? explosa-t-elle. Mon propre frère me prend pour une criminelle, et je n'aurais pas le droit d'être horrifiée ?

Il tenta de poser une main apaisante sur son épaule, mais elle s'écarta d'un geste brusque, comme s'il avait été atteint de la peste et qu'elle avait craint la contagion.

— Alors, tu penses que je suis allée chercher le pistolet de Papa, que j'ai filé à la galerie, que j'ai abattu Steven de sang-froid et que j'ai laissé l'arme du crime sur place pour faire porter le chapeau à Papa ? Tu crois vraiment qu'après avoir commis une horreur pareille, je pourrais vous regarder en face, Papa et toi ? Alors qu'il est en prison et qu'il risque…

Elle s'interrompit, la voix brisée, pour cacher son visage dans ses mains tremblantes. Lorsqu'elle releva la tête, ses traits exprimaient un mélange de douleur et de déception qui bouleversa son grand frère.

— Comment peux-tu… Comment oses-tu…, balbutia-t-elle.

— Ce n'est pas moi qui ai imaginé cette version, reprit Matt en luttant contre la compassion qui lui serrait le cœur. Il se trouve qu'il y a des blancs dans la version des faits que tu as servie à Denise. C'est pour ça que je suis venu te trouver : pour qu'on en discute tous les deux, tête à tête, calmement.

De nouveau, la jeune fille s'agita nerveusement.

— Quels *blancs* ? De quoi est-ce que tu parles ?

— Tu te rappelles dans quel état tu étais quand tu as fini par rentrer à la maison, le soir où Steven a été assassiné ?

Elle laissa échapper un petit rire sans joie.

— Bien sûr. J'étais complètement démolie.

— Après avoir quitté le magasin de Denise, qu'est-ce que tu as fait ?

— J'ai sauté dans ma voiture. J'avais besoin de me défouler, alors j'ai filé d'une seule traite jusqu'à Washington Crossing. Je pleurais toutes les larmes de mon corps. J'étais sous le choc. J'aurais été ivre que je n'aurais pas eu plus de mal à suivre la route !

— Et ensuite ? Est-ce que tu te rappelles le moment où Denise t'a appris que Steven venait d'être tué ?

— Oui.

— Ça a dû être un choc encore plus terrible pour toi. Pourtant, d'après ce que m'a dit Denise, tu n'as eu aucune réaction. Comme si ça ne te touchait même pas.

Une fois de plus, Lucie baissa les yeux.

— Il y a une raison à cela, murmura-t-elle.

A la façon dont elle évitait son regard, Matt comprit

qu'il n'allait pas apprécier outre mesure ce qu'elle était sur le point de lui confier.

— Vas-y, Luce, fit-il avec douceur. Je t'écoute.

— Eh bien... je ne t'ai pas dit toute la vérité, en fait. Quand Denise m'a parlé de la relation qu'elle entretenait avec Steven, il s'est passé quelque chose en moi. Je... j'ai un peu perdu la tête, je crois. Enfin, j'ai pété les plombs, quoi. Je suis partie du magasin et je suis allée tout droit à la maison, à l'endroit où je savais que P'pa gardait son arme.

Matt sentit ses muscles se raidir, mais il fit bien attention à ne pas interrompre la confession difficile de sa sœur.

— Ne me demande pas si j'avais l'intention de tuer Steven ou si je voulais faire autre chose avec ce pistolet, parce que je n'en sais strictement rien, poursuivit Lucie. Je ne me souviens pas. Peut-être que je voulais juste lui faire peur, pour qu'il comprenne à quel point il m'avait blessée.

Une bouffée de vent froid vint lui coller une mèche de cheveux devant les yeux. D'un geste machinal, elle la repoussa pour la coincer derrière son oreille.

— J'ai bien regardé, mais le revolver de Papa n'était pas à sa place habituelle. Du coup, je suis quand même partie à la galerie, sans autre arme que ma colère, pour affronter Steven et le mettre au pied du mur. Je savais qu'il travaillerait tard, ce soir-là.

— Il était quelle heure ?

— Un peu plus de 18 heures, je crois. Peut-être 18 h 15.

— Continue.

— Je n'étais plus qu'à quelques mètres de la galerie quand j'ai vu un homme s'enfuir par la porte d'entrée.

A ces mots, Matt faillit exploser.

— Quoi ? Tu as vu le meurtrier ? Et tu ne l'as pas dit à la police ?

— Je ne pouvais pas ! geignit Lucie.

— Pourquoi ? Tu savais bien qu'une telle information aurait pu innocenter Papa !

La jeune fille parut se recroqueviller sur son siège. Elle avait l'air si misérable, si vulnérable, que Matt ne put s'empêcher d'avoir pitié d'elle.

— Je ne pouvais rien dire, fit-elle dans un souffle, pour la bonne raison que l'homme que j'ai vu, c'était… Papa.

— *Quoi ?*

— J'ai reconnu sa veste des Eagles, celle qu'il porte toujours quand il va à un match. Et il avait aussi sa casquette des Eagles.

— Voyons, Luce, ce n'est pas une preuve ! Une bonne moitié des hommes de cette ville possèdent des vêtements aux couleurs de cette équipe.

La jeune fille se plongea dans un mutisme qui en disait long sur ce qu'elle pensait.

— Est-ce que tu as vu son visage ? insista Matt.

— Non. Il courait dans le sens opposé.

— Alors, comment peux-tu être sûre que c'était Papa ?

Cette fois, Lucie leva les yeux vers son frère, et il y lut un accablement indicible.

— Parce que. J'en suis persuadée, c'est tout.

— Tu peux me le décrire ?

Elle prit un air interloqué.

— Te décrire Papa ?

— Non. Me décrire l'homme que tu as vu s'enfuir de la galerie.

— Eh bien, il ressemblait beaucoup à Papa. Même

corpulence, même taille, mêmes épaules larges. Et puis, il courait très vite, comme Papa.

— Voyons, ma puce, c'est bien trop vague comme description pour qu'on soit sûr que c'était bien Papa.

— Et l'arme ? Je l'ai vue, Matt. Je n'ai pas rêvé, tout de même !

— Comment ça, tu l'as vue ?

— Eh bien, après avoir vu Papa filer, je…

Elle s'interrompit, visiblement submergée par l'émotion. Après avoir inspiré profondément, elle poursuivit son récit douloureux, les yeux fermés.

— Enfin, je me suis douté qu'il y avait quelque chose de louche, alors je suis allée jusqu'à la galerie. La porte était restée ouverte, et c'est là que… que j'ai vu Steven. Il était allongé à terre dans une mare de sang. Sous le choc, j'ai reculé et j'ai aperçu l'arme du crime abandonnée dans un parterre de fleurs. J'ai tout de suite reconnu le pistolet de Papa — d'autant que je l'avais vu s'enfuir comme un voleur, quelques minutes plus tôt. J'ai paniqué : je ne savais pas quoi faire ni vers qui me tourner. J'avais l'impression d'être en plein cauchemar. Je ne voulais pas appeler la police parce qu'ils m'auraient interrogée et que j'aurais fini par leur avouer que j'avais vu Papa sortir de la galerie en courant. Mais j'étais horrifiée par ce que j'avais découvert. Alors, je suis remontée dans ma voiture et j'ai conduit comme une folle jusqu'à Washington Crossing. Là, j'ai coupé le moteur et j'ai essayé de réfléchir posément, mais ce n'était pas facile. Au bout d'un moment, je me suis rappelé le pistolet de Papa. J'étais furieuse contre moi-même : j'aurais dû l'emporter avec moi pour éviter que les soupçons se portent sur lui ! Du coup, j'ai voulu retourner à la galerie pour réparer mon erreur. Mais quand je suis arrivée en vue du bâtiment, il y avait déjà plusieurs véhicules de police stationnés autour. Qu'est-ce que tu voulais que je fasse ? En désespoir de cause, je suis rentrée à la maison, complètement désemparée.

— Oh, Luce ! s'exclama Matt, ému aux larmes par les tourments que sa petite sœur avait endurés. Ma pauvre chérie !

Il l'attira contre lui, et cette fois, elle n'essaya pas de se dégager de son étreinte. Elle appuya sa tête contre l'épaule virile de son frère, comme si elle pouvait enfin se reposer après tout ce qu'elle avait dû supporter.

— Tu comprends pourquoi je n'ai rien dit à la police ? Je ne voulais pas impliquer Papa encore plus. Or, c'est ce qui se serait passé si je leur avais raconté ce que j'avais vu !

Matt ne put s'empêcher de sourire devant tant de naïveté.

— Ce n'était pas lui, Boucles d'Or. C'était quelqu'un qui cherchait à lui ressembler, c'est tout. Pour lui faire porter le chapeau. Bien tenté, je dois dire, comme machination !

Lucie releva la tête, intriguée.

— Quelle machination ? De quoi est-ce que tu parles ? Je ne comprends rien du tout !

— L'assassin de Steven — je veux parler du véritable coupable — s'est débrouillé pour faire accuser Papa à sa place. Tout était prévu : il a subtilisé son pistolet, il a filé à la galerie pour tirer sur Steven et il a pris bien soin de se débarrasser de l'arme du crime pas trop loin, pour être sûr que la police la découvrirait aussitôt.

Le jeune visage de Lucie prit une expression d'horreur outragée.

— Mais… mais c'est vraiment affreux d'imaginer une chose pareille !

— Comme tu dis, ma puce, renchérit Matt tout en caressant tendrement les longs cheveux blonds de sa sœur. Maintenant qu'on s'est tout dit, tu n'es plus fâchée contre moi ?

— Non. Bien sûr que non ! s'exclama la jeune fille tout en se blottissant dans les bras protecteurs de son grand frère.

Ils restèrent serrés l'un contre l'autre pendant quelques instants, puis Lucie releva la tête, une lueur d'espoir dans ses grands yeux innocents.

— Comment vas-tu réussir à prouver que l'homme que j'ai vu s'enfuir de la galerie n'était pas Papa ?

— Pour le moment, je n'en sais rien. Mais pendant que je cherche une solution, je voudrais que tu fasses quelque chose pour moi.

— Quoi ?

— Va rassurer Denise. Elle est malade d'inquiétude à ton sujet, tu sais ?

27.

— Qu'est-ce que tu sais sur Ellie Colburn ? demanda Matt à son père qu'il était passé voir à la prison juste après son entrevue avec Lucie.

— La mère de Dusty ? fit Fred d'un air étonné. Pourquoi ? Qu'est-ce que tu lui veux ?

— J'ai de bonnes raisons de penser que Steven Hatfield a cherché à se procurer des informations au sujet de la disparition de Felicia.

— En quoi cette triste histoire vieille de plus de vingt ans aurait-elle pu l'intéresser ? Surtout une affaire classée !

Matt prit son courage à deux mains : son père risquait fort de ne pas apprécier ce qui allait suivre.

— Avec Denise, ils en avaient discuté. Elle lui a raconté que sa famille ne s'était jamais satisfaite des conclusions de l'enquête. Et aussi qu'à leur avis, la police n'avait pas tout mis en œuvre pour retrouver Felicia ni pour coincer le véritable kidnappeur.

Comme Matt s'y attendait, Fred réagit au quart de tour, frappant violemment du poing les barreaux de sa cellule.

— Il vaut mieux entendre ça qu'être sourd ! rugit-il. Alors comme ça, la police n'aurait pas bien fait son travail, hein ? Dire que mes hommes ont passé la région au crible pour retrouver une trace de cette fille ou de son kidnappeur ! Dire que j'ai interrogé à peu près tous les hommes qui étaient liés à elle, de près ou de loin ! Y compris *toi*, mon propre fils !

— Personne ne songe à nier les efforts que vous avez faits, P'pa, et surtout pas moi, dit Matt d'un ton apaisant. Mais reconnais que Dusty a été accusé uniquement sur la base de preuves indirectes et d'une présomption de culpabilité.

— Parfois, ça suffit pour clore une affaire, déclara Fred. D'ailleurs, nous avions assez discuté avec Denise pour qu'elle n'aille pas se plaindre auprès de toi de l'inefficacité de mes services à l'époque ! Quelle mauvaise langue…

— Alors, là, P'pa, je t'arrête tout de suite ! fit Matt avec fermeté. Denise ne s'est absolument pas plainte de toi, bien au contraire !

Il allait poursuivre quand l'incongruité de la situation lui apparut brusquement : voilà qu'il prenait la défense de Denise ! C'était le monde à l'envers !

De son côté, Fred fit comprendre à son fils qu'il ne souhaitait pas évoquer l'infidélité de Denise.

— Et si on revenait plutôt à Steven ? Qu'est-ce qu'il voulait savoir exactement à propos de Felicia ?

— Pour l'instant, je ne sais pas. Mais je suis bien décidé à élucider ce mystère.

— Et c'est pour ça que tu veux interroger Ellie ? s'écria Fred. Mon garçon, tu ne sais pas à quoi tu t'exposes ! Tu te rappelles sûrement la vieille pétoire qui lui sert de fusil de chasse ? Eh bien, méfie-toi, parce qu'elle l'a toujours, et elle n'hésite pas à s'en servir contre ceux qu'elle considère comme des intrus.

— Je prends le risque. Si notre théorie est bonne…

— *Votre* théorie ? répéta Fred en haussant les sourcils.

— Oui. Denise m'aide beaucoup sur ce coup-là.

— Quoi ? Tu plaisantes, j'espère ! Tu as demandé à Denise de coopérer, *toi* ?

— C'était la seule qui pouvait me raconter avec précision ce dont elle se souvenait à propos des habitudes de vie de Steven.

— Laisse tomber, mon garçon, bougonna Fred. Laisse-la en dehors de ça : elle ferait tout foirer.

— Arrête, P'pa ! Elle ne veut qu'une chose : que tu sois libéré et acquitté. S'il y a bien un point commun qui nous rapproche, c'est celui-là !

Têtu comme une bourrique, Fred fit semblant de ne pas avoir entendu cette dernière remarque et choisit de se concentrer sur la première question de Matt.

— En ce qui concerne Ellie, on ne peut rien lui reprocher. Elle a fait de son mieux pour élever Dusty, étant donné les circonstances. Son mari était un alcoolique notoire, et quand il a appris que Dusty avait deux ou trois cases en moins, il s'est empressé de fiche le camp pour ne pas avoir à affronter ses responsabilités de père. Evidemment, avec le salaire de son incapable de mari en moins, Ellie n'était pas assez riche pour payer à son fils un institut spécialisé. Du coup, elle a décidé de le scolariser à domicile et de se charger de son éducation toute seule. Petit, il était plutôt gentil, calme et souriant. Personne ne se plaignait de lui dans le voisinage. Mais quand il a atteint l'adolescence, la puberté a eu raison de son caractère paisible. Il s'est mis à s'intéresser de très près aux filles, et à manifester ses goûts de manière un peu exagérée, si l'on peut dire… C'est à partir de ce moment-là qu'il est devenu une plaie pour New Hope. Mais je suppose que je ne t'apprends rien.

— Une petite piqûre de rappel de temps en temps, ça ne peut pas me faire de mal, reconnut Matt.

— Tu te souviens sûrement qu'il était particulièrement attiré par Felicia, poursuivit Fred. Ellie avait pourtant essayé de développer son intérêt sur plein d'autres sujets ! Elle avait même réussi à lui trouver deux ou trois petits boulots, et pendant une courte période, il s'est tenu à carreau. Il aimait bien avoir le sentiment de gagner son argent de poche. Malheureusement, on ne pouvait pas se fier à lui, parce qu'il demeurait fondamentalement instable.

» Le soir où Felicia a disparu, des gens ont dit qu'ils avaient vu Dusty parler avec elle. Enfin, le terme juste serait plutôt « parler à côté d'elle », parce qu'en général, c'était Dusty qui monologuait pendant que Felicia s'occupait de tout autre chose. Elle ne lui prêtait guère attention, même quand il se collait littéralement à elle. Et chaque fois qu'elle lui adressait la parole, c'était pour l'envoyer balader ou lui faire des remarques méchantes. Cela aurait suffi à en décourager plus d'un — mais pas Dusty.

— Qui les avait vus ensemble, le soir où Felicia a été kidnappée ?

— Ce bon vieux Cliff — Cliff Barnard, paix à son âme. Il n'est plus là pour en témoigner, mais à l'époque, il avait fait une déclaration sous serment auprès de nos services.

— C'est tout ? Personne d'autre n'avait remarqué Felicia et Dusty, ce soir-là ?

Fred secoua la tête.

— Rappelle-toi qu'il n'y avait pas foule dans les rues. Tout le monde était plus ou moins occupé à fêter quelque chose. Toi, tu venais d'obtenir ton diplôme de Penn State.

George avait décroché son admission à Harvard pour faire son droit, et Josh célébrait sa démobilisation. N'oublions pas non plus Eddie qui venait de signer un contrat de cinq ans avec les Reading Phillies et qui se payait la plus belle cuite de son existence !

A ce souvenir, Matt ne put s'empêcher de glousser.

— C'est vrai que je ne l'aurais jamais cru capable d'ingurgiter autant d'alcool en si peu de temps !

— C'est exactement ce que je voulais souligner : ce soir-là, les bars étaient pleins à craquer et les rues désertes.

— Te souviens-tu qui a signalé la disparition de Felicia ?

— Sa mère, le lendemain matin, quand elle s'est rendu compte que sa fille n'était pas rentrée de la nuit. Tout le monde a pensé qu'elle avait encore fugué. Elle n'en était pas à son coup d'essai. On l'avait déjà crue morte, alors qu'elle avait simplement filé à l'aventure. Une semaine plus tard, elle réapparaissait, la bouche en cœur, la démarche chaloupée, et une expression contrite sur son joli visage d'ange. Une manière comme une autre de se faire pardonner instantanément !

» Bien entendu, Julie Newman nous a accusés de ne pas avoir mené des recherches approfondies pour retrouver sa fille. A l'entendre, on aurait été influencés par les tendances fugueuses de Felicia. Mais c'est faux : je me rappelle très bien qu'on avait battu la campagne. On avait même fait appel à nos collègues des comtés voisins pour qu'ils nous aident dans notre enquête. Quand je pense qu'on est allés jusqu'à engager des plongeurs pour fouiller le fond de la rivière pendant des jours entiers ! Sans parler d'une centaine de civils volontaires qui ont retourné chaque centimètre carré ! Bref, jamais nous n'avions déployé pareils moyens pour retrouver quelqu'un. Et voilà que Denise se croit autorisée à me casser du sucre sur le dos ! Ça me dégoûte, franchement…

— Qu'est-ce qui t'avait mis sur la voie, pour Dusty ? demanda Matt vivement, pour éviter que son père ne s'étende davantage sur un sujet visiblement brûlant pour lui.

Fred garda le silence quelques secondes, le temps que sa colère retombe.

— Cinq jours plus tard, reprit-il d'une voix plus calme, on a trouvé Dusty assis au bord de la route, à l'endroit exact où il avait été vu en compagnie de Felicia pour la dernière fois. Dans ses mains, il serrait convulsivement l'écharpe de satin qu'elle portait le soir où elle avait disparu. Evidemment, il a refusé de nous dire quoi que ce soit, pas plus à nous qu'à l'équipe médicale appelée en renfort. Par la suite, l'un des médecins qui l'avaient examiné a expliqué qu'il souffrait d'un choc post-traumatique, un peu dans le genre des symptômes qui ravagent les anciens combattants, une fois que la guerre est terminée. Personne n'a jamais pu lui arracher la moindre parole depuis ce jour-là.

— Si c'était bien un choc post-traumatique, ça ne voulait pas forcément dire qu'il avait commis quelque chose de terrible, fit remarquer Matt. Peut-être qu'il avait tout simplement assisté à une scène traumatisante ? En l'occurrence, la mort de Felicia ?

— Bien sûr, c'était une possibilité tout à fait recevable, et nous l'avons envisagée. Mais le témoignage de Cliff avait de quoi faire pencher la balance de l'autre côté.

— Qu'est-ce qu'il vous a dit exactement ?

— Que Dusty avait l'air assez agité, ce fameux soir. Il s'était même mis à rudoyer quelque peu Felicia, aux dires de Cliff qui s'était senti obligé de descendre de voiture pour s'interposer. Il avait peur que la situation ne s'envenime, étant donné les circonstances.

— Et qu'a-t-il fait pour empêcher leur altercation de dégénérer ?

— Il a dit à Dusty de laisser Felicia tranquille et de rentrer chez lui.

— Et Dusty lui a obéi ?

— Apparemment, oui. Cliff nous a raconté qu'il avait suivi Dusty des yeux jusqu'à ce qu'il disparaisse au tournant de la route. Il avait pris la direction du centre-ville, et Cliff ne s'est pas posé davantage de questions : il est remonté en voiture, sans se préoccuper outre mesure de Dusty. Du coup, il ne peut pas jurer que le garçon n'est pas revenu en arrière, après son départ.

— Et Felicia ? Il était tard, elle se trouvait seule sur une route déserte… Pourquoi Cliff ne lui a-t-il pas proposé de la ramener chez elle ?

— Il l'a fait, mais elle a refusé. Tu sais combien elle pouvait se montrer hautaine et imprévisible, parfois.

Repris par la sourde colère qui le tenaillait, Fred serra les poings autour des barreaux de sa cellule avant de poursuivre son récit.

— J'ai essayé par tous les moyens de faire parler ce pauvre garçon. J'ai exploité toutes les ressources psychologiques qui me venaient à l'esprit. Mais ça ne m'a mené nulle part : Dusty restait fermé comme une huître, et je n'ai rien pu en tirer. Pas un mot. Deux semaines plus tard, il a été déclaré inapte à subir l'épreuve d'un procès pour raison médicale, et on l'a interné dans un institut spécialisé.

— Et il garde toujours le silence ?

— Je dois avouer que je n'ai pas pris la peine de me tenir au courant de son évolution. Mais à mon avis, s'il avait recommencé à communiquer, Ellie ne se serait pas privée de nous le faire savoir, crois-moi !

— Elle habite toujours sur la route de Lower York ?

— Oui. Mais comme je te l'ai dit tout à l'heure, à ta place, je ne me ferais pas trop d'illusions. Tu risques fort de tomber sur un os avec elle, fiston.

— Et pourquoi ça ? répliqua Matt en adressant à son père un sourire éblouissant. Tu ne crois plus au charme légendaire des hommes de la dynastie Baxter ?

Un sourire fugace vint éclairer les traits crispés de Fred Baxter. Et ce fut d'un ton faussement bourru qu'il lança à son fils :

— Allez, file, espèce de clown !

28.

Les rides sur le visage d'Ellie Colburn, associées au perpétuel affaissement de ses épaules, attestaient que la vie n'avait pas été tendre avec elle. Elle n'avait que soixante ans, mais on lui en aurait facilement donné vingt de plus, tant elle était usée par les épreuves.

Pour l'heure, ses doigts crispés, déformés par l'arthrite, ne lâchaient pas le battant de sa porte d'entrée qu'elle avait entrebâillée avec méfiance pour dévisager le visiteur qui venait la déranger. En le reconnaissant, elle lança d'un air furieux :

— Qu'est-ce que tu me veux, Matt ?

L'accueil n'était pas vraiment chaleureux, mais au moins, elle ne lui avait pas claqué la porte au nez, et rien que pour ça, Matt devait s'estimer heureux !

Ce fut donc avec un sourire courtois qu'il répondit, aussi suavement que possible :

— Bonjour, Ellie. Je voudrais savoir si tu as un petit moment à me consacrer. J'aimerais discuter avec toi d'un sujet qui me tient à cœur, et…

Le regard revêche de la vieille femme se fit soudain suspicieux, tout comme son ton.

— Quel sujet ? De quoi tu veux parler, au juste ?

— De Steven Hatfield, reprit Matt sans plus tourner autour du pot.

— Il est mort et enterré. Tu ne peux pas le laisser tranquille ? Il a bien le droit de reposer en paix, non ?

— Je n'ai aucunement l'intention de manquer de respect à sa mémoire, rassure-toi. Mais il se trouve que, comme tu l'as sûrement déjà entendu dire en ville, j'enquête sur son assassinat.

— Mmmh, c'est effectivement ce qu'on m'a dit.

— C'est pour cette raison que je suis venu te voir. Pas parce que je te crois coupable de ce meurtre, bien entendu ! s'empressa d'ajouter Matt en voyant qu'Ellie commençait déjà à refermer la porte. Non, si je suis ici, c'est parce qu'il existe une possibilité qui t'intéressera sûrement : si je ne me trompe pas, la mort de Steven Hatfield aurait un lien avec la disparition de Felicia.

Aussitôt qu'il eut mentionné ce prénom, Ellie rouvrit lentement la porte, les yeux brillant d'intérêt.

— Et qui t'a raconté ça ?

— Tu ne vois pas d'inconvénient à ce que j'entre ? fit Matt. Si ça ne t'ennuie pas, bien sûr. Mais il me semble que nous ferions mieux de ne pas discuter de ça sur le perron. C'est plutôt… confidentiel, si tu vois ce que je veux dire.

Avec un grognement désapprobateur, Ellie laissa Matt entrer mais elle ne l'invita pas à la suivre jusqu'au salon. Visiblement, elle trouvait cela suffisamment confortable de le recevoir dans l'entrée. L'endroit était d'ailleurs joli, avec une petite crédence ouvragée adossée au mur de droite, et un lustre de cristal qui dispensait sa lumière douce depuis le plafond. La maison sentait bon le bois et les plantes, une odeur de propre « à l'ancienne » qui donnait envie d'y rester. Ellie elle-même arborait une tenue soignée :

un pantalon de toile parfaitement repassé, un chemisier blanc immaculé et une paire de baskets qui avaient l'air presque neuves.

Etant donné le regard impatient que son hôtesse lui lançait, Matt comprit qu'il fallait en venir tout de suite au vif du sujet.

— D'après ce que j'ai entendu dire, Steven aurait posé des questions un peu partout concernant les circonstances de la disparition de Felicia, dit-il d'un ton volontairement neutre. Du coup, je me suis demandé s'il était venu te voir pour en discuter avec toi.

— Et quand bien même il l'aurait fait ? A quoi est-ce que ça va t'avancer, de le savoir ? Tu comptes faire quoi, ensuite ? Reprendre là où ce pauvre garçon s'est arrêté et finir comme lui, une balle dans le crâne ?

Là, ça commençait à devenir intéressant ! songea Matt. Mais il veilla soigneusement à cacher l'excitation qu'il sentait monter en lui pour demander à Ellie :

— Tu crois que c'est pour ça que Steven s'est fait tuer ? Parce qu'il était trop curieux, à fureter comme ça sur un sujet brûlant ?

— Et en quoi ce que je pense pourrait soudain s'avérer utile ? rétorqua la mère de Dusty. Personne ne me croit, de toute façon. Personne ne m'a jamais crue, dans cette ville. Quand j'ai appris que Steven s'était fait descendre, j'ai raconté à la police qu'il m'avait rendu visite, et de quoi on avait parlé tous les deux. Oh ! Ils ont scrupuleusement noté chacune de mes paroles, ça, on ne peut pas le nier ! Mais après, qu'est-ce qu'ils en ont fait ? Rien du tout ! Zéro !

— A qui as-tu raconté ton histoire ?

— Au commissaire adjoint Rob Montgomery. Il m'avait promis qu'il en toucherait deux mots à son chef, mais il m'a menti, à l'évidence. Ou alors, il a bien transmis le message, mais ce fainéant de Josh n'a pas jugé utile de donner suite…

— Je te promets de vérifier si oui ou non, Rob a parlé au commissaire comme il te l'avait dit, Ellie, déclara Matt, tout en réprimant un mouvement d'exaspération à l'idée que Josh eût bâclé son travail. Tu peux compter sur moi. En attendant, tu veux bien m'aider ?

Ellie contempla le visage sérieux de Matt pendant quelques instants. Visiblement, elle essayait de déterminer le degré de sincérité de ses propos avant de s'engager sur quoi que ce soit. Cette femme ne se laissait pas facilement intimider ni influencer, ça se voyait tout de suite. Elle avait connu des épreuves, et pourtant elle avait réussi à surmonter le pire et à garder son intégrité. Ce qui faisait d'elle une personne doublement difficile à convaincre !

Elle avait beau masquer ses émotions le plus possible, Matt vit tout de même passer une étincelle dans ses yeux. Pas uniquement de l'intérêt, mais un sentiment qu'elle n'avait sans doute pas dû éprouver depuis plus de vingt ans : l'espoir.

— J'ai pas mal entendu parler de toi, ces derniers temps, dit-elle enfin. D'après ce qu'on dit, tu es plutôt finaud comme garçon, et aussi têtu que nos vieilles mules !

Matt ne put s'empêcher de sourire à cette entrée en matière faussement bourrue.

— Pour le côté malin, je ne sais pas. Mais pour la tête de mule, tu peux demander à mon père ce qu'il en pense !

En voyant ses traits s'adoucir imperceptiblement, Matt sut qu'il avait touché un point sensible, et qu'elle allait sûrement l'aider.

— Et pour mon garçon à moi, qu'est-ce que tu comptes

faire ? reprit-elle d'une voix enrouée par l'émotion. Tu vas me le sortir de cette maison de fous, oui ou non ?

— Je ne sais pas si j'y arriverai, répondit Matt prudemment, mais j'aimerais bien essayer, oui.

— Mon Dusty… Il est tout ce qu'il me reste, tu sais ? Quand on me l'a enlevé, ça m'a complètement démolie. J'ai tout perdu avec lui, jusqu'au peu de courage qu'il me restait pour survivre.

Ce courage, il devait tout de même lui en rester une bonne partie, vu le cran et l'énergie dont elle faisait preuve au quotidien, se dit Matt en son for intérieur. Il s'agissait donc de le solliciter d'une manière adéquate.

— Est-ce que Dusty a jamais tenté de t'expliquer ce qui s'était passé la nuit où Felicia a disparu ?

— Il ne parle plus depuis ce moment-là. Je me dis qu'il ne peut y avoir que deux raisons à son mutisme : soit il est incapable d'articuler deux mots, soit il s'y refuse. Les médecins m'ont expliqué que ce genre de réaction était classique après un grave traumatisme. C'est une manière pour mon pauvre Dusty d'éviter de revivre ce qu'il a vu.

Elle avait bien dit « ce qu'il a vu », et non « ce qu'il a fait », nota Matt dans un coin de son cerveau. C'était important, et il s'empressa de relever ce qui n'était peut-être qu'un lapsus.

— Tu as l'air de croire dur comme fer que ton fils était innocent.

— Ce n'est pas que je le croie, c'est que je le sais, affirma Ellie avec force. Mon pauvre garçon montrait peut-être un peu trop d'enthousiasme, parfois, surtout quand il y avait des filles dans le coin. Ce n'est un secret pour personne qu'il perdait un peu les pédales dès qu'il apercevait une jolie plante ! Mais de là à faire du mal à quelqu'un… je n'y crois pas une seule seconde. Il était absolument inoffensif. Quand je pense qu'on est allé l'accuser d'avoir violenté Felicia, alors qu'il la vénérait comme une déesse ! Il était complètement subjugué par cette fille — pourquoi, je n'en sais rien, mais le fait est qu'il se serait fait couper les bras et les jambes pour elle.

Le ton d'Ellie s'était teinté d'une vive amertume à l'évocation de la sœur de Denise, et Matt ne manqua pas de le remarquer.

— Je n'ai jamais compris pourquoi il était aux pieds de Felicia Newman, poursuivit-elle. Cette fille ne méritait pas une telle adoration. C'était une petite peste, voilà tout, avec un cœur de pierre, pourrie jusqu'à la moelle.

— Et Dusty, dans tout ça ? reprit Matt, attentif à garder son interlocutrice concentrée sur l'essentiel. Comment il s'en sort, maintenant ?

Ellie haussa les épaules dans un geste fataliste qui en disait long sur sa lassitude.

— Bah ! Il continue à faire des cauchemars, mais il n'a toujours pas retrouvé l'usage de sa langue. En dehors des cris qu'il pousse quand il se réveille en sursaut, ou de quelques onomatopées de temps en temps, il ne communique plus avec le monde extérieur. Il ne dit rien. Enfin, au moins, il s'est trouvé une activité : il lit beaucoup. Surtout des bandes dessinées. Je lui en apporte autant que je peux, et il les avale à une vitesse impressionnante.

— Tu lui rends souvent visite ? demanda Matt.

— Tous les jours.

— Et il reçoit d'autres visites ?

— Non. Pas étonnant, après ce dont on l'a stupidement accusé… Ah, si ! Il y a une personne qui est venue à l'asile : c'était Steven. Je lui avais bien dit que ça ne servirait à rien, mais il a tellement insisté que je l'ai emmené là-bas en voiture. Il disait qu'il voulait tenter l'impossible… Mais c'était sans espoir.

— Qu'est-ce qui s'est passé quand Steven est allé voir Dusty ?

— Ce que j'avais prévu : rien du tout. Dusty n'a pas plus ouvert la bouche que les autres jours. Pendant tout le temps où Steven était là, mon pauvre garçon a gardé le nez baissé sur ses BD. L'autre a bien essayé d'engager la conversation, mais c'était peine perdue. Dusty était complètement absorbé dans sa lecture, et on aurait pu faire exploser une bombe à deux centimètres de ses oreilles que ça n'aurait rien changé. Enfin, après l'échec de cette tentative, je n'ai plus jamais revu Steven vivant.

— Est-ce qu'il t'avait dit pour quelle raison il s'intéressait tellement aux circonstances de la disparition de Felicia ?

— Je lui ai posé la question avant de l'emmener voir mon fiston, tu penses bien ! Il m'a servi une histoire à dormir debout, comme quoi il voulait se familiariser avec le passé de New Hope pour mieux s'intégrer… Bref, une excuse bidon, quoi !

— Tu n'y as pas cru ?

— Bien sûr que non ! Mais je n'ai pas posé davantage de questions. Après tout, je me suis dit que si Steven fourrait son nez dans cette histoire, il arriverait peut-être à dénicher un nouvel indice, une preuve qui mettrait mon garçon hors de cause. C'est pour ça que je suis allée faire une déclaration à la police après l'assassinat du jeune Hatfield. Je sentais qu'il y avait quelque chose de louche là-dessous.

— Est-ce que tu sais si Steven avait obtenu d'autres renseignements sur la disparition de Felicia ? S'il avait interrogé d'autres personnes à New Hope ?

— Pas que je sache, non. Il aurait bien aimé questionner Cliff Barnard, mais ce pauvre vieux est mort il y a environ huit ans, donc bien avant que Steven ne vienne s'installer chez nous.

— Cliff Barnard…, répéta Matt pensivement. C'est bien l'homme qui a déclaré avoir vu Dusty et Felicia ensemble sur la route 32, le soir où elle s'est évanouie dans la nature ?

— Exactement. Il a dit qu'elle faisait du stop. A 11 heures du soir, tu te rends compte ! fit Ellie en secouant la tête d'un air réprobateur. Ce qu'elle a pu faire comme bêtises, cette sale gamine ! Ça rendait sa pauvre mère folle d'inquiétude. Si tu veux mon avis, ce qui est surprenant, ce n'est pas qu'elle ait été assassinée, mais plutôt qu'elle soit restée en vie aussi longtemps, avec le nombre d'imbécillités qu'elle a pu commettre !

Matt sauta sur l'occasion.

— Parce que tu penses vraiment qu'on l'a tuée ?

— Si elle était encore en vie, quelqu'un l'aurait forcément remarquée. Mignonne et vive comme elle était…

C'était effectivement ce que la plupart des gens se disaient dans la région, y compris Matt qui n'avait jamais cru à l'hypothèse d'une fugue prolongée.

— Bon, si on résume tout ce que tu m'as dit, à l'heure actuelle, tu es la seule personne qui rende visite à Dusty, conclut-il. C'est bien ça ?

— Non. Il y a aussi le père Donnelly, répondit Ellie d'une voix soudain empreinte de respect et de gratitude. Il a toujours été tellement bon avec mon garçon ! Tu te rends compte que malgré son emploi du temps chargé, il va le voir une fois par semaine, sans exception ? C'est vraiment un saint homme, ce prêtre ! Je crois bien qu'il n'a jamais manqué son rendez-vous hebdomadaire avec Dusty, depuis vingt ans qu'il est incarcéré chez les fous.

— Comment est-ce possible ? s'étonna Matt. Je croyais que le père Donnelly avait été muté ailleurs, il y a dix-huit ou dix-neuf ans ? Et qu'il n'était revenu prêcher à New Hope que tout récemment ?

Ellie hocha la tête en signe d'acquiescement.

— Effectivement, un an après le départ de mon garçon pour l'hôpital psychiatrique, le père Donnelly a été nommé à Harrisburg. Il y est resté quelques années, après quoi on l'a envoyé dans une petite paroisse sur le comté de Lancaster. Mais finalement, il a été nommé curé de New Hope et il est revenu parmi nous, pour notre plus grand bonheur à tous.

— Donc, même quand il n'officiait plus sur New Hope, il continuait malgré tout à rendre visite à Dusty ? Y compris quand il se trouvait à Harrisburg, qui n'est tout de même pas la porte à côté ?

— Exactement ! répondit Ellie avec une lueur de fierté dans les yeux. Et il n'a jamais manqué à l'appel : fidèle au poste jusqu'au bout ! Tu y crois, toi ? Moi, ça m'a bluffée, je dois bien l'avouer. Il y a quelques années, il a même fait un cadeau à Dusty. Et quel cadeau ! Il lui a offert son propre exemplaire de la bible, celui qu'on lui avait remis à sa sortie du séminaire pour l'accompagner dans sa vie d'homme de Dieu. Pourtant, Dusty n'a jamais été très porté sur les choses de la religion. Eh bien, je peux t'assurer que cette bible l'a aidé à trouver la foi nécessaire pour tenir le coup. La preuve, c'est qu'il la trimballe partout avec lui, et qu'il en lit un petit peu chaque jour. Je crois bien que ce cadeau lui a apporté la paix.

Et elle ponctua son récit ému d'un hochement de tête plein de sagesse.

— Je suis sûr que tu as raison, dit Matt, tout en jetant un rapide coup d'œil à sa montre. Mais il se fait tard, et je ne voudrais pas abuser de ta gentillesse. En tout cas, merci d'avoir bien voulu m'accorder cet entretien, Ellie. Ce que tu m'as confié va certainement s'avérer très utile.

— Tu ne vas pas disparaître dans la nature, comme Steven, hein ? s'inquiéta la vieille dame d'un air soupçonneux. Tu me tiendras au courant de l'avancée de tes recherches, d'accord ?

— D'accord. Et c'est une promesse que je te fais là : si je trouve quoi que ce soit qui puisse servir à innocenter Dusty, je te le communiquerai aussitôt. Encore merci, Ellie, et à bientôt, j'espère !

29.

— Pourquoi tu ne t'installes pas directement dans mon bureau ? fit Josh d'un ton chargé de sarcasme. Ça t'éviterait de faire tous ces allers-retours ! Tu pourrais même carrément me piquer la place, comme ça tu te servirais à ta guise !

— Arrête, Josh, tu exagères ! Je ne te demande pas la lune, tout de même ! Je veux juste que tu me laisses jeter un coup d'œil au dossier de Felicia Newman, et après, je te fiche la paix.

— Tu ne m'as toujours pas dit ce que tu comptais en faire, de ce foutu dossier, grommela le commissaire.

Matt soupira. Après tout, que risquait-il en confiant ses intentions à son ancien camarade ? Il aurait peut-être plus de chance de voir Josh coopérer s'il le mettait au parfum… et dans l'état actuel de son enquête, il avait vraiment besoin de toutes les bonnes volontés disponibles.

— Le cas de Felicia pourrait être lié à l'assassinat de Steven Hatfield, voilà !

A ces mots, l'expression sarcastique de Josh fit place à un air presque outragé.

— Bon sang de bois ! Mais où es-tu allé pêcher une idée aussi saugrenue, mon pauvre gars ?

— Eh bien, il y a quelques mois de cela, Steven Hatfield a commencé à s'intéresser de près à la disparition de Felicia : il s'est mis à fureter à droite et à gauche pour récolter des informations à ce sujet.

— Pff ! N'importe quoi ! fit Josh avec un mépris à peine déguisé. S'il était allé fourrer son nez dans cette vieille histoire, tu penses bien que j'en aurais entendu parler. Ou qu'un de mes adjoints me l'aurait rapporté. Pour la bonne et simple raison que, s'il voulait vraiment avoir des infos sur la disparition de Felicia Newman, Hatfield serait venu tout droit au commissariat pour nous demander des précisions. S'il y a bien un endroit dans cette ville où il existe des traces fiables de cette enquête, c'est ici !

— Mais Steven a préféré aller interroger Ellie Colburn, répliqua Matt avec patience. Et quand la mère de Dusty a appris que Steven s'était fait tuer, elle est venue au commissariat pour faire une déclaration. Rob ne te l'a pas dit ? C'est lui qu'elle a vu, ce jour-là.

— Si, il m'en a parlé, fit Josh en hochant la tête.

— Et alors ? Qu'en as-tu fait, de cette déclaration ?

— Qu'est-ce que tu voulais que j'en fasse ? rétorqua le commissaire d'un air vaguement impatienté. La priorité d'Ellie Colburn a toujours été de chercher à faire sortir son dingue de fils de l'hôpital psychiatrique, tout le monde le sait ! Mieux vaut prendre ses pseudo-témoignages avec des pincettes, si on ne veut pas se couvrir de ridicule !

— Sur ce coup-là, tu aurais peut-être dû lui accorder un peu plus crédit ! grommela Matt, énervé par l'attitude supérieure qu'affichait son vieil ennemi.

Bien entendu, Josh tiqua nettement à cette remarque.

Et qu'est ce que c'est censé signifier, cette petite pique ?

— Ça veut dire que si tu t'étais donné la peine de vérifier les dires d'Ellie Colburn, tu aurais découvert qu'à la demande expresse de Steven Hatfield, elle l'avait emmené rendre visite à Dusty. Ça doit être consigné dans un registre à l'hôpital : consulte-le et tu verras qu'elle n'a rien inventé.

— Et alors, quand bien même tu aurais raison, qu'est-ce que ça prouve ? Que Steven Hatfield était un incorrigible curieux ? Un fouineur compulsif ? Ou peut-être qu'il faisait partie de ces amateurs prétentieux qui croient surpasser la police sur des enquêtes criminelles sérieuses ?

— Ça, je l'ignore. Mais si ça se trouve, en fouinant, comme tu dis, Steven Hatfield a peut-être réussi à mettre la main sur un élément dont la police n'avait pas connaissance. Et cet élément pourrait bien modifier complètement la donne.

— La donne ? Mais quelle donne ? répéta Josh avec un énervement bien perceptible. Je ne suis plus très sûr de te suivre, là !

— Réfléchis deux secondes, Josh. Si Dusty Colburn est innocent et que Steven, en remuant cette histoire, a découvert un dossier que tout le monde croyait classé depuis bien longtemps, le vrai meurtrier de Felicia a dû se sentir drôlement mal !

— En admettant que Hatfield ait bien découvert quelque chose de gênant !

— Exactement ! s'exclama Matt. Je vois qu'on est sur la même longueur d'ondes, tous les deux.

— Pas si vite ! rétorqua Josh. Normalement, si ton bonhomme avait eu en sa possession des preuves inédites, il serait venu directement au poste pour nous en avertir, ce qui nous aurait permis d'entamer de nouvelles recherches.

— Sauf si Hatfield préférait se taire pour tirer un avantage financier de ce qu'il savait, objecta Matt.

— Tu veux parler de chantage ?

Matt hocha gravement la tête.

— Je ne vois que cette hypothèse pour expliquer la découverte par Grace d'un quart de million de dollars en liquide dans un placard de sa cuisine. Et toi, qu'est-ce que tu en penses ?

Josh ne réagit pas tout de suite, comme s'il avait besoin d'un temps de réflexion pour assimiler cette stupéfiante information.

— Ce que j'en pense ? répondit-il finalement. A mon avis, tu chauffes, voilà ce que j'en pense. On n'est plus très loin du but.

— Je ne veux pas trop m'avancer, fit Matt avec modestie, bien qu'il eût l'impression d'avoir remporté une victoire non négligeable. Nous ne serons sûrs de rien tant que je n'aurai pas jeté un coup d'œil sur le compte rendu de la première enquête menée par tes services. Alors, tu veux bien me montrer ce fameux dossier ?

Josh laissa échapper un long soupir, comme s'il prenait sur lui pour accorder une énorme faveur à son ennemi de longue date. Finalement, il tourna la tête en direction d'une porte dans le fond de son bureau, et appela d'une voix tonitruante :

— Montgomery !

Presque instantanément, la tête de Rob Montgomery s'encadra dans l'ouverture de la porte.

— Oui, commissaire ?

— Apporte-moi le dossier Felicia Newman, tu veux ?

Rob lança un regard suspicieux en direction de Matt, puis il reporta son attention sur le commissaire.

— Le dossier Newman ? Mais pour quoi faire, chef ?

— Matt en a besoin.

— Mais voyons, c'est une affaire classée depuis plus de vingt ans !

— Je suis au courant, figure-toi ! s'exclama Josh d'un air exaspéré. Si tu pouvais garder tes réflexions inutiles pour toi, ce serait aussi bien. Tout ce que je te demande, c'est d'aller me chercher ce fichu dossier et de le remettre à Matt, point final.

Une fois que Rob eut disparu, Matt vit le doigt menaçant du commissaire se pointer dans sa direction. Josh n'avait pas l'air de plaisanter lorsqu'il précisa :

— Seulement, je te préviens, Matt : j'exige que ce dossier soit de retour sur mon bureau d'ici vingt-quatre heures. Passé ce délai…

— Merci, Josh, répondit Matt vivement, pour éviter une nouvelle altercation qui n'aurait fait que retarder son travail. Tu es vraiment beau joueur.

Pendant la journée, la température extérieure avait brusquement baissé. Elle avoisinait maintenant les quatre ou cinq degrés maximum. Résultat : les gens s'étaient précipités dans les boutiques, à la recherche de vêtements qui leur permettent d'affronter les soudaines rigueurs de cette fin d'automne.

Regrettant de ne pas avoir pris de manteau dans ses bagages, Grace remonta frileusement le col de sa veste de cuir et baissa la tête pour se protéger du vent glacial sur le chemin de l'église. Elle espérait bien y trouver le père Donnelly, sûrement en pleins préparatifs pour sa messe du soir qui avait invariablement lieu à 20 heures. Matt avait tenté de la convaincre que cette démarche était inutile et que le prêtre ne parviendrait pas plus que d'autres à convaincre Bernie de se laisser placer en résidence sécurisée le temps de l'enquête. Mais la jeune femme était persuadée du contraire.

Au moment où elle atteignait le parking près de l'église, la porte du fond s'ouvrit brusquement et une silhouette familière s'en échappa en courant. C'était Bernie ! Comme s'il avait eu le diable à ses trousses, il se précipita vers la rue Ferris.

— Bernie ! s'exclama la jeune femme.

Mais il ne s'arrêta pas. Apparemment, il n'avait même pas remarqué sa présence, alors qu'ils n'étaient qu'à deux mètres l'un de l'autre. Mettant son absence de réaction sur le compte d'une distraction passagère, Grace réitéra son appel.

— Bernie ! Attendez !

Peine perdue : Bernie avait déjà tourné au coin de la rue, sans même lui accorder un regard.

Elle resta immobile pendant quelques minutes, essayant de remettre ses idées en place. Les yeux fixés sur le grand bâtiment élégant dont les flèches de pierre taillée s'élevaient vers le ciel, elle crut entendre la voix de Denise résonner dans son esprit interloqué :

Bernie n'a plus jamais remis les pieds dans cette église après la mort de sa mère, pas même pour venir à la messe célébrée en souvenir de Steven…

Si Denise avait dit vrai, alors, comment expliquer la présence de Bernie ce soir en ces lieux ? Et pourquoi donc ne s'était-il pas arrêté quand elle l'avait appelé ?

La porte de l'église était restée entrouverte. Obéissant à une impulsion qu'elle n'aurait su expliquer, Grace monta les quelques marches usées par le temps et pénétra dans l'édifice sacré.

L'intérieur de l'église était sombre, et ça sentait l'encens. Seul un faible éclairage provenant d'une rangée de cierges allumés évita à la jeune femme de trébucher. La lueur tremblotante prodiguée par leurs flammes vacillantes projetait sur les murs des ombres aux formes biscornues, créant une atmosphère étrange et inquiétante. Les deux rangées de bancs, de chaque côté de l'allée centrale, paraissaient changées en une armée silencieuse et menaçante qui aurait monté la garde jusqu'à l'autel, où brillait un grand cierge pascal solitaire.

— Père Donnelly ? fit la jeune femme d'une toute petite voix qui résonna de façon lugubre.

Seul le silence lui répondit — un silence oppressant qui accentua l'impression désagréable qu'elle ressentait depuis qu'elle avait poussé la porte de l'église. Comme si un danger terrible la guettait quelque part, derrière un pilier de cette nef étrangement vide.

— Père ? C'est Grace McKenzie… Je voulais vous parler…

Elle avait lentement remonté l'allée centrale, et elle se tenait maintenant au pied de l'autel. Levant les yeux, elle ne put s'empêcher de frissonner à la vue de la statue de Jésus en croix au-dessus de la table de pierre. L'appréhension l'emplit tout entière. Et en même temps, elle se sentait un peu stupide de réagir ainsi, comme une gamine effarouchée.

— Vous me cherchiez, mademoiselle McKenzie ? fit une voix grave derrière elle.

Surprise, Grace laissa échapper un petit cri effrayé avant de faire brutalement volte-face. A quelques pas d'elle se tenait le père Donnelly, le visage serein, les mains croisées.

— Oh, mon Père, c'est vous ? chuchota la jeune femme tout en posant une main sur son cœur qui tambourinait follement dans sa poitrine. Vous m'avez fait peur !

— Vraiment ? Vous m'en voyez désolé. Vous êtes ici depuis longtemps ?

— Oui. Enfin, non, bredouilla Grace, l'esprit encore confus. J'ai… je vous ai appelé plusieurs fois, mais personne ne répondait.

— J'étais juste sorti quelques instants, répondit le prêtre avec un gentil sourire. Je ne m'étais pas rendu compte que quelqu'un était entré dans l'église pendant mon absence… Mais que puis-je faire pour vous, mademoiselle McKenzie ?

La jeune femme inspira profondément pour calmer les battements précipités de son cœur qui semblait avoir du mal à revenir à la normale après son accès de frayeur injustifié.

— En fait, je… j'ai vu Bernie sortir d'ici en courant, et je voulais vous demander si vous saviez ce qui…

— Bernie ? répéta l'homme d'église en fronçant les sourcils. Bernie Buckman ?

— Eh bien… oui, répondit Grace d'une voix hésitante. Je viens juste de le voir sortir par la porte de derrière.

A son grand étonnement, elle vit le père Donnelly secouer la tête en signe de dénégation.

— Vous devez faire erreur, mon petit. Bernie n'était pas là. Il ne *pouvait pas* être là pour la bonne et simple raison que, depuis le décès de sa pauvre mère, il n'a jamais remis les pieds dans cette église.

— Mais je vous assure que je ne me trompe pas ! reprit la jeune femme un peu plus vertement qu'elle ne l'aurait souhaité. J'ai bien vu Bernie sortir en courant. Il est passé par cette porte, là, précisa-t-elle en pointant le doigt dans la direction du lourd battant qu'elle n'avait pas complètement refermé derrière elle. C'est par là que je suis entrée après avoir vainement cherché à l'intercepter !

— Ecoutez, chère mademoiselle, je veux bien vous accorder qu'il y avait quelqu'un dans l'église, tout à l'heure. Une personne qui s'était installée dans le fond, vers les derniers bancs, pour prier. Mais je peux vous assurer que ce n'était pas Bernie.

Il n'avait pas quitté son sourire aimable et réconfortant, et Grace se trouva partagée entre un sentiment d'énervement et une sorte de confusion honteuse. Se serait-elle trompée ? Elle n'était plus aussi sûre d'elle, maintenant...

Son visage devait refléter ses émotions successives car le père Donnelly s'enquit d'une voix pleine de bonté :

— Qu'est-ce qui vous tracasse, mademoiselle McKenzie ?

— Je n'arrive pas à comprendre pourquoi Bernie ne s'est pas arrêté quand je l'ai appelé, répondit-elle du bout des lèvres.

— Peut-être la personne que vous avez vue sortir de l'église ne vous a-t-elle pas entendue ? suggéra le prêtre.

— Il m'a parfaitement entendue, mon Père. Il ne pouvait pas ne pas m'entendre !

— Ecoutez, mon petit, si c'était Bernie, il ne vous aurait certainement pas ignorée. J'ai appris ce que vous aviez fait pour lui récemment. J'ai parlé avec sa sœur aînée, le lendemain du drame qui a failli lui coûter la vie, et elle m'a expliqué en détail le sauvetage que vous aviez organisé au pied levé. Elle m'a aussi raconté qu'elle et son frère vous seraient éternellement reconnaissants de votre courage. Sans vous, Bernie ne serait plus de ce monde, vous savez ?

Tout en parlant, le père Donnelly s'était rapproché de

Grace, et tous deux redescendaient l'allée centrale en direction de la porte principale.

— Bernie est un bon garçon. Il était pleinement dévoué à l'Eglise et à Dieu, autrefois, mais j'ai bien peur que la mort prématurée de sa chère maman n'ait mis un terme à son engagement. J'ai bien essayé de le ramener à la raison, mais malheureusement…

Dans un geste un peu théâtral qui aurait fait sourire Grace s'il n'avait été exécuté avec un naturel aussi désarmant, il leva les deux bras au ciel, puis les laissa retomber mollement, indiquant par là son impuissance devant ce qu'il considérait sans doute comme la volonté de puissances supérieures à son pauvre entendement humain.

— Vous savez, parfois, on a beau faire de gros efforts pour aider son prochain, ça ne mène à rien, hélas ! Comme j'aimerais que vous ayez raison et que ce soit bien Bernie que vous ayez vu sortir de ce lieu saint ! Cela signifierait qu'il a surmonté ses griefs envers notre Seigneur, qu'il a fait la paix avec Dieu et son Eglise et qu'il a décidé de s'en remettre de nouveau à la miséricorde divine. Mais malheureusement, je ne peux croire à cette version, si enthousiasmante soit-elle. Je n'ai pas quitté l'autel pendant l'heure qui vient de s'écouler ; j'étais occupé à prier, et je ne me suis absenté que pour me rendre dans mon bureau qui se trouve juste à côté. Si Bernie avait pénétré dans l'église, je l'aurais forcément vu.

Comment aurait-elle pu douter de ces paroles pleines de bon sens ? Les hommes d'église ne mentaient pas. Pourtant, elle restait persuadée d'avoir bien vu Bernie s'enfuir. Peut-être avait il voulu parler au père Donnelly, mais quelque chose ou quelqu'un l'avait effrayé…

— Vous avez sûrement raison, murmura-t-elle sur un ton d'excuse. Pardon de vous avoir dérangé, Père.

— Je vous en prie, répondit gentiment le père Donnelly tout en lui tapotant paternellement le bras, comme ils arrivaient devant la porte d'entrée. Inutile de vous excuser pour si peu. Toutefois, je me permets de vous rappeler votre promesse d'assister à la prochaine messe dominicale.

Maintenant, elle allait être obligée d'honorer son engagement. Elle le lui devait.

— Je serai là, fit-elle avec un peu plus d'assurance. Bonsoir, mon Père.

— Bonsoir, mademoiselle McKenzie.

Elle sortit sur le parvis, descendit jusqu'au parking toujours désert et prit une grande inspiration. Elle se sentait encore un peu mal à l'aise, mais elle se fit une raison. Il ne lui restait plus qu'à éclaircir ce nouveau mystère avec Bernie…

Plongeant les mains dans ses poches, elle reprit la direction de la galerie où elle avait laissé sa voiture en début de journée. Pas très loin du coin de la rue du Pont, elle jeta un regard en arrière, juste au cas où, par le plus grand des hasards, Bernie serait revenu sur ses pas, corroborant ainsi sa quasi-certitude.

Bernie n'était visible nulle part. Par contre, entre les deux battants de la grande porte se tenait le père Donnelly, raide comme la justice, les yeux fixés sur elle.

Seulement, cette fois, son bon sourire avait disparu.

30.

Des feuilles mortes tourbillonnaient autour des chevilles de Grace cependant qu'elle se hâtait de rejoindre la galerie. Elle n'avait pourtant qu'une idée en tête : mettre le plus de distance possible entre elle et l'église, ou plutôt, entre elle et le père Donnelly, dont elle sentait toujours le regard peser sur elle.

La galerie n'était qu'à quelques pâtés de maisons, mais elle regretta soudain de n'avoir pas pris sa voiture pour venir jusqu'à l'église. C'était stupide, et pourtant, son malaise s'intensifia d'un seul coup lorsqu'elle crut apercevoir une ombre qui la suivait. Saisie de panique, elle s'arrêta net et se retourna d'un bloc, juste à temps pour voir quelqu'un se cacher derrière un gros chêne. Elle jeta un coup d'œil rapide en direction du parvis de l'église : le père Donnelly avait disparu. Elle fut tentée un bref instant de penser que c'était lui qui la suivait ainsi, mais chassa aussitôt cette possibilité. Ridicule ! C'était tout simplement ridicule !

Incapable malgré tout de se défaire de l'angoisse qui la tenaillait, elle se mit à courir comme si sa vie en dépendait.

Elle venait de tourner au coin de la rue quand elle heurta

un homme de plein fouet. Emportée par son élan, elle se serait effondrée s'il ne l'avait pas rattrapée de justesse.

— Lâchez-moi ! hurla-t-elle.

Puis elle sentit deux mains puissantes se refermer sur ses bras tremblants.

— Grace ! s'exclama l'homme tout en la secouant légèrement pour la ramener à la raison. Du calme ! C'est Matt !

Aussitôt, la jeune femme cessa de se débattre.

— M… Matt ? balbutia-t-elle, le cœur battant à cent à l'heure, les jambes flageolantes.

Incapable de maîtriser le tremblement nerveux qui la secouait tout entière, elle jeta un coup d'œil paniqué derrière elle. Elle aperçut une lumière blanche venant des phares d'une voiture au loin. A cette exception près, la rue était déserte. Avait-elle rêvé ? S'était-elle forgé de toutes pièces une histoire de filature comme dans les films noirs ? Si c'était le cas, il y avait de quoi rire !

— Est-ce que… Est-ce que vous me suiviez, à l'instant ?

— Non. Pourquoi ferais-je une chose pareille ? demanda Matt, l'air surpris.

— Je… Je ne sais pas, je…, haleta Grace tout en surveillant du coin de l'œil la voiture qui passait tranquillement devant eux et s'éloignait dans la nuit. Qu'est-ce que vous faites par ici, Matt ?

— Je me suis arrêté à la galerie pour vous voir. Mais quand je suis arrivé, il n'y avait personne, et je suis reparti dans l'autre sens. Mais qu'est-ce qui vous arrive, Grace ? Vous n'arrêtez pas de frissonner.

— Ça va, dit la jeune femme en essayant de reprendre son souffle, les yeux pleins de larmes. Non, je raconte n'importe quoi : ça ne va pas du tout. Il y a quelqu'un qui me suivait, et ça m'a complètement paniquée !

Matt scruta les alentours, les sourcils froncés.

— Quelqu'un vous suivait, vous dites ? Mais où ça ?

— Je l'ai vu se cacher derrière un arbre, sur le parking de l'église.

— Que faisiez-vous donc là-bas ?

— J'étais allée voir le père Donnelly, avoua-t-elle d'un air piteux. Je voulais le convaincre de parler à Bernie… En fait, vous allez rire, mais je n'ai même pas eu l'occasion de lui demander son concours.

Et la jeune femme confia à son « coéquipier » ce qui s'était passé quand elle était arrivée devant l'église : comment elle avait vu Bernie s'enfuir à toutes jambes sans l'écouter, et comment le père Donnelly avait tout nié en bloc quand elle l'avait interrogé à ce sujet.

— Vous êtes certaine que c'était bien Bernie ? fit Matt d'un air dubitatif.

— Ah ! Vous n'allez pas vous y mettre, vous aussi ! Oui, je suis sûre que c'était Bernie et personne d'autre ! Il a dû se passer quelque chose qui lui a fait peur à l'intérieur de l'église… En tout cas, ça devait être grave pour qu'il ne s'arrête même pas quand je l'ai appelé.

— Il ne vous a peut-être pas reconnue ? Ou alors, il faisait déjà trop sombre, et il n'a pas réussi à vous identifier rien qu'au son de votre voix…

— Non, fit Grace en secouant impatiemment la tête. Il m'a forcément reconnue. Mais il ne pouvait plus contrôler sa peur, voilà tout. Je parle d'expérience, croyez-moi ! Vous avez vu comment j'ai réagi tout à l'heure : j'étais incapable de raisonner de façon logique, tellement j'étais terrorisée.

Matt posa une main rassurante sur son bras, et l'entraîna d'un pas tranquille. Elle se sentait déjà bien mieux depuis qu'elle l'avait retrouvé, et cette petite promenade acheva de la rasséréner.

Ils marchèrent quelques instants en silence, puis Matt reprit la parole.

— Pourquoi vous faites-vous tant de souci pour Bernie ? demanda-t-il d'une voix douce et grave. C'est un grand garçon, vous savez ? Il est loin d'être stupide, même s'il a parfois des réactions imprévisibles. En tout cas, il se débrouille parfaitement par lui-même, et je ne crois pas, sans vouloir vous offenser, qu'il ait besoin d'une mère poule qui se préoccupe de ses moindres faits et gestes.

— Vous avez raison, Matt, et je ne sais que répondre à votre question. C'est vrai que j'ai tendance à vouloir le surprotéger depuis que nous nous sommes rencontrés. Sans doute parce que je sais qu'il n'a jamais eu d'autre ami que Steven, et qu'il se retrouve maintenant seul pour faire face… Et puis, vous savez, j'ai entendu dire que lorsqu'on sauvait la vie de quelqu'un, on devenait responsable de lui pour toujours.

— Ah, ah ! s'exclama Matt, l'œil pétillant de malice. Mais vos sources datent un peu, ma chère ! Depuis que vous l'avez entendu, ce vieil adage a subi un régime amincissant : la preuve, c'est qu'il s'est délesté de deux mots : « pour toujours ». Vous l'ignoriez ?

— Vous venez de l'inventer ! répliqua la jeune femme en retenant une envie subite de rire.

— Vraiment ? Je vais vous dire ce qu'on va faire, alors : vous me montrez où vous avez lu votre petit proverbe, et en échange, moi, je vous montre où j'ai lu l'amendement que je viens de vous citer. Ça marche ?

— Vous dites vraiment n'importe quoi !

Sans lâcher son bras ni changer d'allure, il lui fit faire un demi-tour inopiné sur le trottoir.

— Mais… mais où m'emmenez-vous ? lança-t-elle, interloquée.

— Je refuse que vous vous torturiez les méninges au sujet de ce sacré Bernie. Telle que je vous connais, vous risquez de ne pas fermer l'œil de la nuit, alors nous allons retourner voir le père Donnelly pour mettre les choses au clair tous les trois, d'accord ?

La tension qu'elle avait senti s'accumuler sur ses épaules depuis les dernières vingt-quatre heures se dissipa légèrement, et ce fut un visage souriant qu'elle tourna vers son compagnon.

— Merci beaucoup, murmura-t-elle avec reconnaissance.

Le parking avait beau rester désespérément désert et sombre, il parut bien moins lugubre à la jeune femme, maintenant que Matt se tenait à ses côtés. Quant à l'inconnu qui l'avait épiée dans l'ombre, il devait s'être évanoui dans la nature depuis longtemps.

— C'est par là que vous êtes passée ? lui demanda Matt tout en s'approchant avec elle de l'entrée secondaire.

— Oui. Bernie avait laissé la porte entrouverte en s'enfuyant, et je n'ai eu qu'à pousser légèrement le battant pour pénétrer dans l'église.

Matt tenta d'ouvrir la porte, sans succès.

— C'est fermé. Le père Donnelly a dû la verrouiller de l'intérieur. Ce n'est pas bien grave : nous n'aurons qu'à passer par la porte principale, celle qui donne sur le devant de l'église.

Ils s'exécutèrent, et cette fois, les battants de bois sculpté ne leur offrirent aucune résistance.

L'église était aussi silencieuse que tout à l'heure, mais Grace ne ressentait plus la moindre angoisse.

— Père ! appela Matt d'une voix forte dont l'écho roula quelques secondes sous les hautes voûtes de l'église. Père ! C'est Matt Baxter. Je voulais vous parler de…

D'un geste, Grace lui fit signe de baisser d'un ton.

— Il est en train de prier, chuchota-t-elle en désignant du doigt le père Donnelly agenouillé devant l'autel. Vous croyez qu'on peut le déranger ?

— Restez où vous êtes, lui ordonna Matt d'un ton qui ne plaisantait pas.

— Pourquoi ? Que se passe-t-il ?

— Je ne sais pas — pas encore, marmonna-t-il tout en la faisant passer derrière lui.

Il se dirigea d'un pas pressé vers la silhouette du prêtre toujours en prière. Au lieu d'obéir à l'ordre que lui avait donné Matt, Grace le suivit, intriguée, et s'arrêta presque en même temps que lui, le souffle coupé, les yeux exorbités. Elle ouvrit la bouche pour crier, mais aucun son ne voulut sortir de sa gorge nouée.

Le père Donnelly n'avait pas bougé : agenouillé, la tête penchée, les mains jointes, il avait tout du célébrant en pleine méditation. Mais de son dos courbé devant la croix du Seigneur sortait le manche d'un long couteau.

31.

Le visage sombre, le commissaire Nader contemplait d'un œil lugubre le corps inerte du père Donnelly. Il n'avait toujours pas été changé de position ; son torse sans vie reposait sur la barrière dorée qui séparait le chœur de la nef, ce qui donnait l'étrange illusion qu'il était toujours absorbé dans la prière. Deux officiers de police s'étaient chargés d'isoler la scène du crime du reste de l'église, à l'aide d'un cordon rouge tendu derrière le cadavre. Pendant ce temps, dehors, le commissaire adjoint Montgomery tentait vainement de calmer la foule angoissée qui s'était rassemblée devant l'église, alertée par la nouvelle qui avait vite fait le tour de la ville.

Après quelques secondes de silence tendu, le commissaire soupira et vint se placer près de Grace et Matt, debout non loin du corps. En un geste protecteur, Matt avait passé son bras autour des épaules de la jeune femme que traversaient des frissons incontrôlables. Elle lui savait gré de son attention ; sans ce contact rassurant, elle se serait sans doute effondrée sur le sol, comme une poupée de chiffons.

— D'après ce que j'ai pu comprendre, c'est vous deux qui avez découvert le corps ? fit le chef de la police d'une voix où perçait une note plus sarcastique que jamais.

— C'est exact, répondit Matt d'une voix ferme.

Le commissaire se tourna vers son deuxième adjoint, un homme jeune et remarquablement efficace que Grace avait croisé la veille, au poste de police.

— Locheck ! lança Josh Nader. Viens par là, tu veux ? Je vais avoir besoin que tu prennes des notes, alors ouvre bien tes oreilles.

Se tournant vers Grace, il lui demanda d'un ton plutôt abrupt, dénué de courtoisie :

— Vous êtes la dernière personne à avoir vu le père Donnelly vivant, n'est-ce pas ? Alors, à vous l'honneur. Il va falloir me raconter tout ça, et dans l'ordre !

Matt jeta un regard soucieux à sa compagne qui tremblait toujours par à-coups.

— Etes-vous sûre que vous vous sentez capable de subir cet interrogatoire, Grace ? Si ce n'est pas le cas, je suis certain que Josh ne verra aucun inconvénient à le remettre à plus tard — disons, demain, par exemple, le temps que vous surmontiez le choc.

— Tu m'excuseras, Matt, mais jusqu'à preuve du contraire, c'est moi qui dirige cette enquête ! Et il se trouve que je verrais un gros inconvénient à ce que mademoiselle ne réponde pas à mes questions tout de suite ! J'ai besoin de recueillir son témoignage maintenant, sans délai, pendant que tous les détails sont encore frais dans sa mémoire. Je ne veux pas courir le risque d'une déclaration incomplète ou faussée, alors autant s'en débarrasser le plus rapidement possible.

Grace sentit Matt frémir devant la rudesse avec laquelle Josh lui avait parlé. Voulant à tout prix éviter une altercation qui n'aurait fait qu'envenimer les choses, elle posa une main apaisante sur le bras de son compagnon.

— C'est bon, Matt, fit-elle d'une voix enrouée par la tristesse. Je vais répondre aux questions du commissaire ; je m'en sens tout à fait capable, ne vous inquiétez pas.

Entre-temps, le coroner était arrivé. Malgré l'assurance qu'elle avait manifestée à l'instant, la jeune femme détourna le regard pour ne pas assister à l'examen du corps. D'une voix un peu tremblotante, elle expliqua au commissaire tout ce qui s'était passé depuis qu'elle avait vu Bernie sortir en courant de l'église, à savoir sa discussion avec le père Donnelly et la façon dont ce dernier avait nié la présence de Bernie.

Aussitôt qu'elle eut prononcé ce nom, le commissaire Nader fit un geste à deux de ses hommes.

— Hep ! Vous savez où habite Bernie Buckman ? leur demanda-t-il d'un ton rogue.

— Oui, chef. Il partage avec sa sœur une maison vers le haut de la route de Windy Bush.

— Allez me le chercher, séance tenante ! Surtout, n'entrez pas dans les détails : ce serait perdre du temps inutilement. Veillez seulement à bien lui préciser que vous ne vous livrez pas à une arrestation sur sa personne. Je veux juste discuter avec lui de cette histoire sans queue ni tête.

Les deux hommes opinèrent du bonnet avant d'obéir aux ordres de leur supérieur. Ce dernier les regarda s'éloigner, puis se tourna vers Matt qui n'avait toujours pas lâché les épaules de Grace, comme s'il cherchait à lui communiquer un peu de sa force à toute épreuve.

— Allez, à ton tour ! fit Josh d'un air sombre.

Pendant que Matt livrait sa version des faits, Grace jeta un coup d'œil autour d'elle. Un photographe de la police prenait des clichés du pauvre père Donnelly sous différents angles, cependant que deux experts de l'équipe appelée sur la scène du crime époussetaient les bancs et la balustrade du chœur à la recherche d'empreintes digitales susceptibles de les mettre sur la voie de l'assassin. Un troisième policier, courbé vers le sol, examinait scrupuleusement chaque centimètre carré du dallage de pierre, sans doute pour essayer de repérer des traces de pas ou des indices quelconques laissés par le coupable.

Elle sentit soudain la tête lui tourner. C'était trop affreux pour qu'elle n'ait pas l'impression que tout ceci était irréel. Elle avait le sentiment de se tenir à distance de la scène, comme si elle avait assisté au tournage d'un film noir dans lequel elle n'aurait eu aucun rôle, pas même celui de figurante. Etrange comme elle ne pouvait détacher ses pensées de Bernie… Comment allait-il supporter un interrogatoire en règle ? Il était encore fragile, après cet accident qui avait failli lui coûter la vie. Nul doute que le décès du père Donnelly, après la disparition de Steven, allait le bouleverser encore un peu plus. Malgré tout, il allait bien falloir qu'il se plie aux exigences du commissaire — qui ne faisait que son devoir, finalement. Se pourrait-il qu'en mentionnant son nom, Grace l'eût trahi d'une manière ou d'une autre ? Elle ne voulait même pas envisager cette hypothèse, et pourtant son esprit la retournait en tous sens…

Un quart d'heure à peine s'était écoulé lorsque les deux officiers de police envoyés au domicile de Bernie revinrent bredouilles.

— Il n'est pas chez lui, chef, fit l'un des deux hommes. Quand on a vu ça, on s'est arrêtés à l'hôpital pour mettre sa sœur au courant. La pauvre, elle est toute retournée par cette histoire ! Elle va venir vous en parler elle-même. Elle se fait remplacer par une collègue : elle devrait arriver d'une minute à l'autre.

— Bien. Pendant ce temps, je vous demande de poursuivre les recherches : il faut absolument retrouver Bernie. La dernière fois qu'on l'a vu (le commissaire esquissa un petit mouvement de tête en direction de Grace), il était à pied, ce qui veut dire qu'il n'a pas pu aller bien loin. A moins qu'il ne se soit débrouillé pour récupérer le véhicule que Fred Baxter lui a prêté : vous le reconnaîtrez facilement : c'est sa vieille Firebird.

Et il s'empressa de faire noter à ses coéquipiers le numéro d'immatriculation de la voiture du père de Matt.

Voyant Josh se diriger vers le coroner qui avait terminé son examen, Matt lui posa une main sur le bras pour attirer son attention.

— Si ça ne pose pas de problème, fit-il à voix basse, j'aimerais autant raccompagner Grace chez elle pour qu'elle se remette de ses émotions. Pas la peine de lui imposer le rapport d'autopsie, si tu vois ce que je veux dire.

Satisfait d'avoir été consulté dans les formes, Josh hocha la tête en signe d'acquiescement.

— J'ai des questions subsidiaires, mais ça peut attendre demain matin, répondit-il en prenant un air de grand seigneur.

Dans un état second, Grace sentit Matt la pousser gentiment vers la sortie.

— Allez, venez ! murmura-t-il à son oreille. Sortons de là, vous voulez bien ?

Matt dut user de toute sa force de persuasion pour se frayer un passage à travers la foule compacte qui se pressait sur le parvis de l'église. Ils parvinrent à jouer des coudes pour se diriger vers la voiture que Matt avait laissée non loin de là. Mais une bonne trentaine de personnes s'étaient déjà agglutinées autour d'eux, les assaillant de questions auxquelles Matt leur fit comprendre qu'il n'avait absolument pas l'intention de répondre.

— Il m'est impossible d'émettre le moindre commentaire sur une enquête en cours, fit-il d'une voix forte pour couvrir le brouhaha des badauds affolés. Cependant, je crois pouvoir vous informer que le commissaire devrait ressortir de l'église d'un instant à l'autre, et qu'il sera sans doute disposé à vous faire une déclaration.

— Grace ! s'exclama Denise en écartant sans douceur la foule qui l'empêchait d'avancer pour se précipiter dans les bras de son amie. Dieu soit loué, tu n'as rien ! C'est Adèle Scott qui est venue me trouver au magasin, il y a à peine cinq minutes. Elle m'a juste dit qu'il y avait eu un nouveau meurtre et que tu étais impliquée. J'ai cru devenir folle d'inquiétude ! Je me suis même imaginé des choses affreuses !

Elle leur emboîta le pas, et passa d'autorité son bras sous celui de Grace.

— Où l'emmènes-tu ? demanda-t-elle à Matt qui soutenait la jeune femme de l'autre côté.

— Chez elle, au cottage.

— Et tu comptes la laisser seule là-bas ? Pas question ! Tu devrais plutôt venir chez moi, Grace ! Il y a plusieurs chambres libres, tu sais, et tu ne te retrouverais pas complètement isolée au milieu de nulle part !

— Je n'ai jamais dit que j'allais la laisser seule, Denise, intervint Matt avec un calme olympien. J'ai l'intention de rester à ses côtés.

Habituellement, Grace ne supportait pas qu'on parle d'elle à la troisième personne quand elle était présente, et encore moins qu'on prenne des décisions à sa place, sans la consulter ! Mais en cet instant précis, bizarrement, ça ne la dérangeait pas. Cela faisait longtemps qu'elle n'avait pas laissé un homme digne de ce nom se charger de tout, et pour dire la vérité, elle appréciait plutôt cette situation. Bien sûr, elle ne l'aurait avoué sous aucun prétexte, par crainte de perdre la face !

— Je t'appellerai demain matin à la première heure, d'accord ? dit-elle à Denise, tout en la serrant rapidement dans ses bras. Et ne t'inquiète pas pour moi, surtout : je suis en de bonnes mains.

Denise lança un long regard à Matt, comme si elle voulait s'assurer qu'il n'abuserait pas de la faiblesse momentanée de Grace. Puis, un petit sourire aux lèvres, elle murmura à l'oreille de son amie :

— Prends bien soin de toi, Grace. Et appelle-moi !

— Auriez-vous envie d'une tasse de café ? demanda Grace avec une gaieté un peu forcée dès qu'ils furent entrés dans la maison

— Avec plaisir ! répondit Matt, tout sourire. De mon côté, je vais vous préparer une bonne flambée réconfortante. Ça vous va, comme programme ?

Grace n'était pas certaine qu'un simple feu parviendrait à dissiper le froid mortel qui s'était installé en elle, mais après tout, ça ne pourrait pas lui faire de mal.

— Bonne idée, dit-elle. Merci de la proposition.

Dix minutes plus tard, elle se pelotonnait devant un beau feu de bois, les genoux remontés contre elle, les mains crispées autour d'une grande tasse de café brûlant.

Au bout de quelques instants de silence, elle finit par soupirer.

— Je n'arrive pas à me défaire de l'image du père Donnelly. C'est tellement… atroce. Comment quelqu'un a-t-il pu tuer ce saint homme de sang-froid en lui plantant un couteau dans le dos, alors qu'il était en pleine prière ?

— Vous savez, Grace, dit Matt avec douceur, on ne sait jamais ce qui peut passer par la tête des gens tordus. Je suis vraiment désolé que vous ayez été témoin de cette scène.

— Mais qui a bien pu faire ça ? Et surtout, pourquoi ?

— Sans doute pour la même raison qui a mené Steven à sa perte. Le père Donnelly savait peut-être quelque chose sur l'enlèvement de Felicia Newman. Et peut-être aussi sur la mort de Steven.

C'était une hypothèse envisageable, mais pas évidente du tout.

— Comment un prêtre, un homme d'église qui a prononcé des vœux de piété et d'honnêteté, aurait-il pu garder pour lui des informations susceptibles d'innocenter l'un de ses paroissiens dans une horrible affaire de meurtre ? lança Grace avec indignation.

— Les prêtres ne sont que des hommes, en fin de compte. Et parfois, ils sont amenés à prendre des décisions difficiles, à faire des choix impossibles. Dont celui de ne pas dénoncer l'auteur d'un assassinat — peut-être par secret de la confession, que sais-je ?

— Vous avez l'air bien sûr de ce que vous avancez. Qu'est-ce qui vous dit que le père Donnelly en savait plus que nous sur le meurtre de Steven ou sur la disparition de Felicia Newman ?

— Il y a plusieurs détails qui, au premier abord, ne me

semblaient pas liés mais qui, mis bout à bout, paraissent s'imbriquer comme les pièces d'un puzzle.

— Par exemple ?

— Eh bien, pour commencer, je suis allé rendre visite à Ellie Colburn, aujourd'hui…

— Ellie Colburn ? Qui est-ce ?

— C'est la mère de Dusty, répondit Matt.

Puis, voyant que sa compagne ouvrait de grands yeux étonnés, il comprit qu'elle avait besoin de davantage d'éclaircissements.

— Dusty est l'homme qui a été accusé du rapt de Felicia, il y a vingt ans. Il n'a jamais été soumis à un procès en règle, pour la bonne et simple raison qu'il n'était pas apte à comparaître devant un jury, en raison de son *instabilité mentale*. Du coup, il a été envoyé dans un hôpital psychiatrique pour le restant de ses jours, et il y est toujours.

— Ah, oui, je me souviens de cette histoire, maintenant ! s'exclama Grace. Denise me l'a racontée. Pauvre garçon ! A cause du choc créé par cet événement, il s'est trouvé incapable de formuler le moindre mot, ce qui veut dire qu'il n'aurait pas pu se défendre devant un tribunal. Et qu'avez-vous obtenu comme information, lors de votre entretien avec la mère de Dusty ?

Matt lui raconta qu'aux dires d'Ellie, le père Donnelly avait rendu visite à Dusty chaque semaine, sans exception, depuis son entrée à l'hôpital psychiatrique.

— Vous savez, un tel comportement n'a rien de si exceptionnel — je veux dire, c'est déjà arrivé, fit Grace d'un air songeur. Je viens moi-même d'une famille catholique pratiquante, et s'il y a bien une chose dont je me souvienne à propos du curé de notre paroisse, c'est qu'il jouait un grand rôle dans la vie quotidienne de ses ouailles. Non seulement il célébrait des messes pour chaque grande occasion — mariage, baptême, enterrement —, mais il était aussi invité à toutes les fêtes privées ou publiques de la ville. On pouvait compter sur lui en toutes circonstances. S'il avait eu un cas comme celui de Dusty parmi ses paroissiens, je ne doute pas qu'il aurait agi exactement comme le père Donnelly et qu'il serait allé lui apporter soutien et réconfort chaque semaine, même s'il avait dû pour cela parcourir des kilomètres.

— Et croyez-vous que ce curé de votre enfance aurait agi comme le père Donnelly en ce qui concerne Bernie ? Croyez-vous qu'il vous aurait menti aussi grossièrement ? Qu'il aurait nié avoir vu ce pauvre garçon, alors que vous l'aviez reconnu sans l'ombre d'une hésitation ?

Grace hésita un instant avant de répondre d'une voix brisée :

— Non, je… je ne crois pas qu'il m'aurait menti.

— Ce qui veut dire que le père Donnelly n'est — pardon, *n'était* peut-être pas si irréprochable qu'il en avait l'air, conclut Matt, sans quitter des yeux le visage désolé de Grace.

Il attendit quelques secondes, le temps de laisser cette nouvelle hypothèse faire son chemin dans l'esprit de la jeune femme, puis reprit d'une voix douce :

— Les prêtres sont des hommes comme les autres, Grace : ils sont aussi faillibles que le commun des mortels, même si nous avons parfois envie de croire le contraire et de les considérer comme des saints. C'est une réalité. L'Eglise l'a suffisamment répété, ces derniers temps, pour expliquer les actions répréhensibles de certains de ses membres.

— Vous… Vous croyez vraiment qu'il puisse être impliqué

dans un… meurtre ? balbutia la jeune femme, comme si les mots lui brûlaient les lèvres.

— Peut-être pas directement, répondit Matt. Mais je suis certain qu'il savait quelque chose qui nous échappe encore. Sinon, je ne vois pas pourquoi il aurait terminé ses jours avec un couteau planté dans le dos.

— Quoi qu'il en soit, nous ne le saurons jamais, murmura Grace, les larmes aux yeux. Le père Donnelly aura emporté son lourd secret dans la tombe.

— Peut-être pas…

Intriguée, Grace jeta un coup d'œil inquisiteur à Matt, dont le visage impassible, comme à l'ordinaire, ne révélait rien de ce qu'il pensait. Il sentit son interrogation muette, et poursuivit d'un ton calme et assuré :

— Il nous reste Bernie. Bernie qui a rendu visite au père Donnelly après avoir refusé de poser le pied dans son église pendant vingt longues années. Bernie qui, si j'en crois ce brusque revirement, doit lui aussi être impliqué dans la disparition de Felicia — et peut-être également dans le meurtre de Steven. C'est terrible de le soupçonner comme ça, mais il faut se rendre à l'évidence : il n'est certainement pas tout blanc.

Une nouvelle fois, un silence pesant s'établit dans la pièce. Ce fut Grace qui le rompit en levant la tête vers son compagnon, les yeux brillants.

— Quel âge avait Bernie lorsque Felicia s'est évanouie dans la nature ?

— Treize, quatorze ans, pas plus. D'après mes souvenirs, il faisait partie des enfants de chœur du père Donnelly. Il ne loupait jamais une célébration. Il chantait aussi dans la chorale paroissiale. Un vrai petit garçon modèle, en somme !

— Ne plaisantez pas avec ça, Matt ! protesta Grace sans lâcher son idée. Si ce que vous me dites est vrai, Bernie devait passer beaucoup de temps en compagnie du père Donnelly. Ce qui signifie qu'il a peut-être entendu des bribes de conversation au sujet de Felicia…

— C'est une possibilité, en effet, et je suis de plus en plus persuadé que nous touchons à la vérité sur ce point, acquiesça Matt. Tout le monde ici, y compris sa propre sœur, a cru que son rejet soudain de l'église avait été motivé par la mort prématurée de sa mère. Qu'il ne voulait plus être en contact avec personne, pas même avec le père Donnelly dont il était pourtant si proche, auparavant. Mais si ça se trouve, la raison est tout autre.

— Sans doute. Oui, cette hypothèse me paraît maintenant parfaitement plausible ! s'exclama la jeune femme. Il faut absolument le retrouver au plus vite, Matt. Nous devons être plus rapides que le tueur !

A cet instant, le téléphone portable de Grace se mit à sonner. Jetant un coup d'œil sur l'écran, elle vit s'afficher un numéro qu'elle ne reconnut pas. Avec un haussement d'épaules à l'intention de Matt, elle décrocha.

— Allô ?

— Mademoiselle McKenzie ? lui répondit une voix si basse et tremblante qu'elle ne la reconnut pas davantage.

— Qui est à l'appareil ?

Il y eut un bref silence entrecoupé de halètements apeurés. Puis la voix reprit, presque inaudible :

— C'est moi. Bernie.

32.

— Je ne vois rien ! grommela Grace tout en scrutant désespérément l'obscurité à travers le pare-brise. Vous êtes sûr que vous allez dans la bonne direction ?

— Nous sommes bien sur la route d'Erwinna, répondit Matt sans se départir de son calme. Nous ne devrions pas tarder à apercevoir le moulin, normalement.

La conversation téléphonique que Grace avait eue avec Bernie ne s'était pas éternisée, loin de là. Il l'avait informée qu'il avait pu joindre sa sœur, laquelle lui avait dit que la police le cherchait pour le questionner au sujet du meurtre du père Donnelly. Il avait déclaré à Grace qu'il ne comptait pas se cacher plus longtemps. Il était prêt à dire tout ce qu'il savait, mais pas à n'importe qui : à elle et à personne d'autre.

La jeune femme, bien que touchée par cette marque de confiance, s'était récriée qu'elle ne ferait rien sans Matt. Au début, Bernie n'avait rien voulu entendre, mais finalement, elle avait obtenu gain de cause. Elle avait dû batailler ferme pour ça, mais elle ne le regrettait pas : sans Matt, elle n'aurait jamais eu le courage de se rendre en pleine nuit au pied du vieux moulin, le lieu du rendez-vous que Bernie lui avait fixé.

— Je n'arrive pas à croire qu'il soit venu jusqu'ici à pied, fit Grace sans quitter la route des yeux, cherchant à distinguer la silhouette désormais familière de Bernie. Nous avons dû parcourir au moins 15 ou 16 kilomètres depuis notre départ !

— Il ne pouvait tout simplement pas prendre le risque d'être repéré s'il utilisait la voiture de mon père, dit Matt. S'il était monté dans cette vieille Firebird, il se serait fait arrêter en moins d'un quart d'heure. Elle ne passe pas inaperçue, vous savez ?

— Sans doute… Je me fais du souci pour lui, Matt : il avait l'air tellement effrayé, au téléphone. Presque terrorisé !

— Et il a toutes les raisons de l'être. Sans vouloir dramatiser, je vous rappelle tout de même qu'il a non seulement la police aux trousses, mais également un dangereux criminel qui ne veut sans doute qu'une chose : l'éliminer définitivement.

Tout en parlant, Matt avait légèrement ralenti l'allure pour mieux lire les panneaux indicateurs.

— C'est ça, le fameux moulin ? demanda soudain Grace en pointant le doigt vers une haute construction de pierre comportant une seule fenêtre.

— On dirait bien, oui, répondit Matt en s'arrêtant dans un crissement de freins.

Il coupa le moteur et fit un bref appel de phares, comme Bernie le leur avait recommandé.

Quelques secondes plus tard, une tête apparaissait sur le côté du bâtiment. Aussitôt, Matt refit le même signal lumineux. Après une seconde d'hésitation, Bernie leva une main dans leur direction et s'élança vers eux à toute allure.

Vive comme l'éclair, Grace tendit le bras pour déverrouiller la portière arrière juste au moment où Bernie arrivait. Il s'engouffra dans l'habitacle, le souffle court, les jambes coupées, image même de la panique.

— Ça va, Bernie ? chuchota la jeune femme tout en lui tendant un couvre-lit qu'elle avait trouvé avant de partir dans l'un des placards de Steven.

Il s'emmitoufla dans la tiédeur cotonneuse de la courtepointe, ferma les yeux et se laissa tomber contre le dossier de la banquette bien rembourrée.

— Maintenant, oui, répondit-il en soupirant.

— J'étais inquiète à votre sujet, vous savez ? ajouta Grace d'un ton ému.

Comme alerté par la tension qui vibrait dans la voix de la jeune femme, Bernie rouvrit les yeux et lui adressa un sourire tremblant.

— Merci, mademoiselle McKenzie. Merci infiniment d'être au rendez-vous. Et merci à vous aussi, Matt. Je sais que vous prenez de gros risques en venant me trouver ici à cette heure.

— Et votre sœur ? demanda Grace. Elle sait que vous êtes venu vous cacher dans cet endroit perdu ?

— Non. Quand j'ai su que le père Donnelly avait été assassiné, je me suis dit qu'il valait mieux la tenir à l'écart de cette panade où je suis englué jusqu'au cou.

— Une panade, vous dites ? intervint Matt, l'air soudain extrêmement grave. Jusqu'à quel point êtes-vous mêlé à cette sombre histoire, Bernie ?

Au lieu de répondre tout de suite, Bernie baissa le nez et parut contempler rêveusement ses grandes mains serrées nerveusement l'une contre l'autre. C'étaient des mains fortes, solides, couvertes de cals qui témoignaient d'une vie passée à effectuer un dur labeur. Des mains de travailleur honnête qui ne rechignait pas à la tâche, songea Grace avec un pincement au cœur. Elle ne voulait pas y voir des mains d'assassin. Et pourtant…

Comme s'il avait senti le malaise de sa coéquipière, Matt se retourna pour regarder Bernie bien en face.

— Ecoutez, Bernie, fit-il au bout de quelques secondes de silence tendu, j'imagine que votre démarche n'a rien d'aisé, et que vous devez vous sentir dans une situation particulièrement désagréable, à l'heure qu'il est. D'autant que vous ne teniez pas particulièrement à ce que j'accompagne Grace. Mais puisque je suis là, je tiens à vous prévenir : j'aimerais vous promettre que ce que vous allez nous raconter restera confidentiel et que vous ne serez pas inquiété par la suite, mais je ne peux pas m'avancer là-dessus. S'il se trouve que vous avez commis un crime…

— Qu'entendez-vous par « crime » ? l'interrompit Bernie.

Matt parut hésiter une fraction de seconde, puis il alla droit au but, comme il en avait l'habitude :

— Eh bien, plusieurs choses, en fait. Si nous commencions par le plus grave, à savoir l'accusation de meurtre qui pèse désormais sur vous ? Est-ce vous qui avez tué le père Donnelly ?

— Non ! Bien sûr que non !

— Est-ce que vous savez qui l'a tué, alors ?

— Pas davantage. Mais je sais *pourquoi* on l'a éliminé.

— Et quelle est la raison ?

— Il savait qui a tué Steven.

— Comment ça ? Il a assisté au meurtre ?

Grace retint sa respiration. Elle était suspendue aux lèvres de Bernie.

— Non, pas exactement, chuchota ce dernier, les yeux perdus dans l'obscurité, comme s'il avait soudainement été happé par une force supérieure à sa volonté. Cette nuit-là… tout était si semblable à ce soir ! poursuivit-il sur le même ton rêveur qu'il aurait employé s'il s'était parlé à lui-même. Une nuit sans lune… Le noir complet… Les champs déserts…

Grace et Matt échangèrent un regard interloqué. Il divaguait, le pauvre ! De quoi pouvait-il bien parler ?

— Cette nuit-là ? Quelle nuit ? lui demanda Matt très doucement.

Comme si cette intervention l'avait subitement arraché à ses souvenirs, Bernie resserra les pans du dessus-de-lit autour de ses épaules, l'air apeuré.

— Je ne peux pas me rendre au poste de police pour témoigner, murmura-t-il si bas que Grace et Matt durent tendre l'oreille pour saisir le sens de ses paroles. Le commissaire ne me croira jamais…

— Pourquoi dites-vous ça ? demanda la jeune femme.

— Parce que mes concitoyens auraient du mal à accepter l'histoire que j'ai à leur raconter. Malheureusement, ils préféreraient croire que j'ai tout inventé. Ils sont déjà persuadés que j'ai menti au sujet du pick-up vert qui m'est rentré dedans volontairement pour me pousser dans la rivière, alors… Même le commissaire Nader met mes paroles en doute : il a confié à ma sœur que les traces de peinture verte sur ma carrosserie pouvaient très bien provenir d'un accrochage que j'aurais eu précédemment ! Moi qui conduis toujours avec la plus extrême prudence ! Quant à la tôle froissée, il a prétendu qu'elle résultait vraisemblablement des tonneaux que j'ai effectués en dégringolant de la berge jusqu'au cours d'eau.

— Si ce que vous avez déclaré s'avère exact, intervint Matt, je vous promets de faire en sorte que le commissaire accorde foi à vos propos.

— Merci.

— Bernie, savez-vous qui a tué Steven, oui ou non ?

— Non, mais..., bredouilla Bernie en se renfonçant dans son siège, l'air apeuré. Eh bien, je... je suis presque certain que ses assassins sont les mêmes que ceux qui ont enlevé Felicia, il y a vingt ans.

Sur le coup, Matt se redressa, vivement intéressé.

— Vous avez bien dit « ses assassins » ? Au pluriel ? Combien étaient-ils ?

— Deux, fit Bernie avec un soupir à fendre l'âme. Mais ce serait plus clair si je reprenais depuis le début.

Il laissa s'écouler quelques secondes, puis soupira une nouvelle fois, et baissa la tête pour déclarer presque honteusement :

— Le père Donnelly était un... pédophile.

A ces mots, Grace eut un hoquet de surprise. Comme Bernie l'avait prédit, son premier instinct fut de penser qu'il racontait des mensonges. Pourtant, depuis plusieurs années, les médias parlaient régulièrement des prêtres pédophiles. La réputation de l'Eglise en avait été entachée irrémédiablement, et les officiants soupçonnés de tels actes avaient dû démissionner de leurs fonctions ; certains s'étaient même retrouvés devant des tribunaux, comme n'importe quel criminel sexuel.

Mais de là à soupçonner le père Donnelly d'un comportement aussi écœurant...

C'était impensable, inimaginable, absurde. Et pourtant...

La jeune femme reporta son attention sur Matt. Devant

l'expression choquée de son visage habituellement si lisse, elle comprit que lui aussi devait éprouver de grosses difficultés à accorder foi à la déclaration de Bernie. Cette nouvelle découverte leur faisait l'effet d'une véritable bombe, ni plus ni moins !

— C'est très grave, comme accusation, Bernie, fit Matt d'un air sérieux. Avez-vous des preuves de ce que vous avancez ?

— Oui. J'ai même une preuve vivante : moi. Le père Donnelly s'est livré à des attouchements sexuels sur moi pendant des mois, avant que je trouve le courage de mettre un terme à cette situation.

Instinctivement, Grace porta ses mains à sa gorge, horrifiée par l'aveu pénible auquel le pauvre garçon venait de se livrer. La voix étranglée par l'émotion, elle laissa échapper un « Oh, Bernie ! » plein de compassion.

— J'avais treize ans, à l'époque, poursuivit-il d'un air désabusé qui contrastait étrangement avec le ton ferme qu'il avait soudain adopté — sans doute parce qu'il avait senti que ses auditeurs le croyaient, désormais. Ma mère était déjà malade, et je me doutais bien qu'elle allait mourir. Je me sentais complètement perdu. C'est à ce moment-là que le père Donnelly s'est rapproché de moi. Au début, il m'a été d'un grand secours : il me réconfortait chaque fois qu'on se voyait, il me disait toujours un petit mot gentil… Il me communiquait un peu de sa force et de sa foi en Dieu pour m'aider à surmonter ma douleur. Bref, il se montrait en tout point admirable. Mais un jour, sa façon de me réconforter a pris une toute nouvelle direction — une direction qui ne m'a pas fait de bien, quoi qu'il ait pu en dire.

Il s'interrompit quelques instants, comme si le fait d'évoquer à voix haute l'épreuve qu'il avait dû subir suffisait à le bouleverser. Grace ne se sentait pas tellement mieux que lui. Quant à Matt, elle le vit serrer les poings sur le volant jusqu'à ce que ses articulations blanchissent, mais il ne dit mot.

— Quand j'ai voulu l'empêcher de continuer, reprit Bernie sans lever les yeux, il m'a dit que ce n'était pas du tout ce que je croyais. A l'entendre, il se livrait à ces… attouchements dans le seul but de me réconforter. Il me répétait qu'il agissait pour mon bien, pour m'aider à surmonter la douleur de voir ma mère succomber à sa maladie. Je me rappelle encore les formules toutes faites qu'il me chuchotait à l'oreille : « Laisse-toi faire, Bernie… Fais-moi confiance… Je ne veux que ton bien ; tu me crois, n'est-ce pas ? » Et le pire, c'est qu'à force de me rabâcher ces prétendues raisons, il a fini par réussir à me persuader en partie que les choses qu'il me faisait subir pouvaient effectivement m'apporter du réconfort. Bien entendu, en même temps, je sentais bien que son petit jeu était malsain, et je luttais contre un sentiment de honte et de culpabilité. J'étais déchiré : d'un côté, j'avais désespérément besoin de confier ce qui m'arrivait à quelqu'un parce que je savais au plus profond de moi que c'était mal. Et de l'autre, je refusais de trahir un homme en qui j'avais toujours eu une confiance aveugle.

Il courba la tête davantage, comme écrasé par le poids de ce fardeau qu'il avait eu à porter si longtemps.

— Finalement, j'ai choisi de garder le silence, fit-il d'une voix pleine de sanglots réprimés.

— Combien de temps cette… situation a-t-elle duré ? demanda Matt avec le plus de tact possible.

— Plusieurs mois. Qui m'ont paru une éternité, d'ailleurs.

— Ce qui nous amène au soir où Felicia a disparu. Si vous nous disiez ce dont vous avez été témoin, cette nuit-là ?

— Je devais aider le père Donnelly à préparer le festival du printemps. A cette occasion, le maire avait accepté de nous laisser l'usage du champ de foire, à l'extérieur de la ville. Nous étions tous les deux à l'intérieur du stand principal pour terminer de l'aménager ; il était déjà tard et je voulais rentrer à la maison, mais le Père a insisté pour me récompenser « à sa manière à lui » des efforts que j'avais fournis pour décorer les lieux. Il disait que je l'avais bien mérité… Bref, c'est à ce moment-là que je l'ai vue.

— Qui ça ? Felicia ?

Bernie hocha la tête en signe d'acquiescement.

— Nous n'étions pas très loin d'une fenêtre. Je venais de lever les yeux quand j'ai aperçu Felicia descendre la route, une lampe torche à la main. Le père Donnelly était tout près de moi, et lui aussi l'a vue.

— Elle était seule ?

— Oui. Mais pas très longtemps après, une voiture est passée juste à côté d'elle. J'ai d'abord cru qu'elle ne s'arrêterait pas, mais au bout de quelques mètres, le conducteur a stoppé, puis il a fait marche arrière. A ce moment, l'homme qui était installé sur le siège passager a bondi hors de la voiture pour attraper Felicia par le bras. Elle s'est mise à hurler, mais le type lui a plaqué une main sur la bouche avant de l'entraîner de force à l'intérieur du véhicule. Ensuite, le conducteur a redémarré sur les chapeaux de roues et ils ont disparu dans la nuit.

— Avez-vous pu reconnaître l'homme qui avait kidnappé Felicia ? Ou au moins le chauffeur, son complice ?

— Non, malheureusement. Ça s'est passé tellement vite, et il y avait si peu de lumière… En plus, j'étais déjà en piteux état, et cet événement inattendu a achevé de me terrifier. Mais je suis certain que le père Donnelly a reconnu les deux malfaiteurs.

— Comment le savez-vous ? Il vous l'a dit ?

— Non. Mais je me souviens encore de son expression choquée à cet instant précis. Quand je lui ai demandé s'il avait reconnu les hommes qui venaient d'enlever Felicia, il m'a tourné le dos, sans un mot.

— Mais… s'il les avait identifiés, pourquoi donc n'est-il pas allé tout raconter à la police ? s'exclama Grace, abasourdie. Je n'arrive pas à croire qu'il ait pu laisser un pauvre innocent, qui plus est un handicapé mental, se faire accuser et interner pour un crime qu'il n'avait pas commis !

— C'est seulement plusieurs jours après le drame que nous avons appris l'arrestation de Dusty. Dès que je l'ai su, je suis allé voir le père Donnelly pour lui dire qu'il était de notre devoir de nous rendre au commissariat pour faire une déclaration en bonne et due forme. C'était la seule façon d'innocenter ce pauvre Dusty. Et personne d'autre que nous ne pouvait le faire : nous étions les seuls témoins de l'enlèvement de Felicia. Seulement…

Bernie s'interrompit brièvement. Les deux mains pressées sur ses paupières comme pour en faire sortir les images affreuses qui s'y étaient gravées, il poussa un profond soupir.

— Le père Donnelly m'a tout bonnement interdit d'aller parler à la police. Il a dit que c'était hors de question parce que nous serions tous les deux soumis à un interrogatoire serré, et qu'un garçon de treize ans aussi innocent et impressionnable que moi ne supporterait pas une telle pression. Il a pris son ton le plus persuasif pour m'expliquer que le commun des mortels ne comprendrait pas la nature de l'affection très spéciale qui existait entre lui et moi. Selon lui, les gens considéreraient à tort notre relation d'amour pur comme quelque chose de malsain et honteux. Si cela venait à se savoir dans la région, l'Eglise tout entière en ressortirait irrémédiablement salie, et à cause de moi, des centaines, voire des milliers de fidèles risqueraient de se détourner de Dieu.

En entendant ces paroles, Grace se sentit bouillir intérieurement. Comment un homme qui se prétendait pareil au Bon Pasteur avait-il pu abuser à ce point de la crédulité d'un adolescent sans défense ? Mais elle s'abstint de tout commentaire : il fallait que Bernie aille jusqu'au bout de sa confession, maintenant qu'il avait commencé.

— Je l'entends encore me dire sur ce ton de reproche et de tristesse qu'il employait toujours : « Pense donc à tous ces gens qui ont besoin qu'on intercède pour eux, et que je ne pourrai plus aider si on me retire mon ministère pour une faute qui n'en est même pas une ! Tous mes malades, tous mes pauvres, tous ceux que je soutiens et qui comptent sur moi chaque jour que Dieu fait… » Mais il avait beau insister, je tenais bon : je voulais coûte que coûte témoigner de ce que j'avais vu. Du coup, il a changé d'angle d'attaque : il s'est mis à me parler du choc que ressentirait ma mère, déjà affaiblie par sa maladie, et ma sœur, qui venait tout juste de commencer sa carrière d'infirmière diplômée, si jamais elles apprenaient la nature de nos relations. Ce qui ne manquerait pas de se produire si je commettais la bêtise de me rendre au commissariat.

La voix brisée, il inspira profondément, trouvant au fond de son être blessé la force de terminer son douloureux récit.

— Alors, je n'ai rien dit. A personne. Une semaine plus

tard, ma pauvre mère a succombé à sa maladie. J'étais littéralement écrasé de chagrin. J'étais persuadé que sa mort était ma punition pour tous les péchés que j'avais commis. C'est pour cette raison que j'ai cessé de fréquenter l'église. Je me serais senti trop hypocrite ; j'aurais eu l'impression de détonner parmi les honnêtes paroissiens qui avaient, eux, la conscience tranquille.

— Mais, après la mort de votre mère, plus rien ne vous retenait, si ? Pourquoi n'êtes-vous donc pas allé tout raconter à la police ?

— Parce que j'avais mortellement honte de mon comportement, avoua Bernie dans un souffle. Et aussi parce que je ne voulais surtout pas risquer de porter préjudice à Judy : elle aimait tellement son métier, et elle venait à peine de débuter dans ses fonctions…

Les yeux de Grace se remplirent de larmes. Vingt années s'étaient écoulées depuis lors, et pourtant la douleur et la culpabilité de Bernie étaient toujours aussi vives, presque palpables. A l'idée qu'un prêtre estimé d'une communauté tout entière ait pu faire porter un tel fardeau à un garçon aussi gentil, aussi sensible, elle sentit une rage impuissante l'envahir. Dire que le père Donnelly avait pratiquement été considéré comme un saint pendant tout ce temps, et qu'il n'était en fait qu'un misérable pédophile soucieux de sa réputation ! C'était tout simplement honteux et méprisable, comme comportement !

Elle comprenait mieux maintenant pourquoi le prêtre avait continué à rendre visite à Dusty chaque semaine, sans jamais faillir à ses obligations. De cette manière, il devait se sentir moins coupable, puisqu'il se forçait à accompagner l'homme qu'il avait, par péché d'omission, envoyé injustement dans une prison pour malades mentaux. Il s'était blanchi à sa manière. Mais Bernie ? Comment avait-il réussi à supporter son propre sentiment de culpabilité ?

Ce fut Matt qui rompit le silence pesant qui s'était établi dans la voiture. Il prit une voix nettement moins « professionnelle », nettement plus douce pour s'adresser à Bernie. Lui aussi avait visiblement été touché par la confession du pauvre garçon.

— Et… Quelle est la place de Steven dans cette histoire ? fit-il avec hésitation.

Une fois de plus, Bernie évita soigneusement de croiser le regard de ses amis, comme s'il craignait de lire la désapprobation sur leur visage.

— Pour lui aussi, tout est ma faute. Quand nous sommes devenus amis, c'était tellement nouveau pour moi, et il était tellement gentil et patient que je me suis laissé aller à des confidences qui n'auraient jamais dû franchir mes lèvres. Il m'a écouté avec attention et respect, comme il le faisait toujours. Au fur et à mesure que je me confiais à lui, je me sentais plus léger, presque serein, comme si le poids que je supportais depuis des années volait enfin en éclats. J'ai lu quelque part que la parole libère. Eh bien, c'est la vérité. Je l'ai vécue, cette libération, grâce à l'amitié de Steven.

— Vous lui avez tout raconté de votre vie, alors ? Y compris le soir où vous aviez vu ces deux mystérieux malfaiteurs kidnapper Felicia ?

— Oui.

— C'était risqué, non ? Steven aurait pu aller raconter ça à la police.

— Je lui avais fait jurer de ne rien dire à personne, et il a tenu parole.

— Et vous ne vous êtes jamais demandé pourquoi il

n'avait pas soufflé mot de cette histoire au commissaire ou à l'un de ses adjoints ? demanda Grace.

— Non, parce que j'avais déjà la réponse, dit simplement Bernie. Steven était mon ami, et les amis ne se trahissent pas entre eux, voilà tout.

Ou alors, se dit Grace avec un serrement de cœur, Steven avait immédiatement mesuré l'avantage qu'il pourrait tirer de cette affaire en se taisant. Et dans ce cas, l'amitié n'avait vraisemblablement rien à voir là-dedans. Mais bien sûr, elle n'allait pas faire part de ses réflexions à Bernie qui paraissait si certain de la fidélité de son ami.

A la lueur du plafonnier, la jeune femme vit l'expression de Bernie virer du nostalgique au lugubre.

— Six mois plus tard, Steven se faisait assassiner, reprit-il d'un ton morne. Ça m'a complètement démoli. Je me suis mis à ressasser jour et nuit toutes les choses affreuses qui étaient arrivées par ma faute : l'arrestation de Dusty, la mort de ma mère, le meurtre de Steven… A force de retourner toutes ces questions dans ma tête, j'ai fini par prendre une décision. Quoi qu'il advienne, et même si cela devait me mettre en danger, il fallait que je sorte de ma retraite et que je révèle toute la vérité. C'est pour ça que je suis allé voir le père Donnelly, ce soir : je ne voulais pas le prendre en traître. Je lui ai donc expliqué ce que je m'apprêtais à faire, et surtout pour quelles raisons.

— Comment a-t-il pris cette nouvelle ?

— Très mal, vous vous en doutez bien. Il est allé jusqu'à me supplier de reconsidérer ma décision, en insistant sur la peine que j'allais lui infliger, non seulement à lui personnellement mais aussi à l'Eglise tout entière puisqu'il en était le représentant à New Hope. Il m'a aussi rappelé quel lourd fardeau j'allais faire porter à ma pauvre sœur qui s'était si longtemps sacrifiée pour moi. Bref, il s'en est tenu aux excuses qu'il avait si souvent invoquées par le passé. J'étais plus déçu que furieux contre lui : dans ma naïveté, je m'étais imaginé qu'il comprendrait ma démarche, qu'il compatirait à la douleur que je ressentais. Mais en réalité, je me suis rendu compte qu'il se fichait de moi comme d'une guigne. Tout ce qui lui importait, c'était sa réputation.

— Qu'est-ce qui vous a poussé à vous précipiter hors de l'église, alors ? demanda Grace.

— J'ai vu quelqu'un sortir du confessionnal, et j'ai pris peur. Je me suis dit que cette personne avait peut-être tout entendu, alors j'ai paniqué et je suis parti en courant.

— Cette personne, c'était un homme ou une femme ? demanda Matt d'un ton pressant.

— Un homme, je crois. Mais je n'en suis pas sûr : il faisait trop sombre dans cette partie de l'église pour que j'aie pu l'identifier.

— Vous avez eu de la chance, Bernie, conclut Grace.

— Je sais, balbutia le pauvre garçon en tournant les yeux vers le compagnon de la jeune femme. Je ne veux plus avoir à me cacher, Matt. Je ne souhaite qu'une chose : en terminer avec toute cette histoire qui me ronge.

— Vous n'aurez plus à fuir, Bernie, affirma Matt d'une voix ferme et rassurante. Voilà ce que nous allons faire…

33.

Matt et Grace avaient eu du mal à convaincre Bernie de suivre leur plan. Toujours emmitouflé dans son dessus-de-lit, le visage grave, il avait écouté Matt avec attention mais au bout de quelques instants, il s'était mis à secouer la tête en signe de dénégation. Matt avait eu besoin de vingt bonnes minutes supplémentaires pour le persuader de les accompagner au commissariat : c'était l'endroit le plus sûr pour lui, étant donné les circonstances. Et ça lui permettrait de faire d'une pierre deux coups : une fois là-bas, il pourrait sans danger faire sa déposition, et accélérer du même coup la progression de l'enquête. Plus vite les deux criminels seraient découverts, plus tôt il serait libre.

Une fois Bernie rallié à leur projet, Grace et Matt auraient pu croire que les ennuis étaient terminés. Mais pas du tout, car Josh s'avéra au moins aussi difficile à raisonner que Bernie, voire plus. Le commissaire resta silencieux tout le temps de son récit, mais son visage reflétait bien les émotions qui se succédaient en lui. Au moment où Bernie raconta que le père Donnelly n'était autre qu'un pédophile impénitent, Grace vit les traits de Josh Nader se crisper sous le choc, tandis qu'une lueur d'incrédulité brillait dans ses yeux. Heureusement, il se contint suffisamment pour ne pas interrompre la confession du pauvre garçon, qui revivait pour la seconde fois des souvenirs affreusement pénibles en présence d'autrui.

Lorsque Bernie eut terminé, Josh lui posa quelques questions visant à rendre sa déclaration plus précise, puis il lui demanda d'apposer sa signature au bas du document qui reprenait l'essentiel de sa déposition. Ensuite, il appela son premier adjoint pour lui demander d'emmener leur témoin numéro un dans une cellule libre où il serait enfermé à double tour, pour plus de sécurité. Enfin, il pria Matt de lui exposer le plan qu'il avait concocté.

Il laissa le fils de Fred parler jusqu'au bout, avant d'exprimer ses doutes et son indignation.

— Te rends-tu compte de ce que tu me demandes d'avaler ? s'exclama le commissaire. Le prêtre que notre communauté tout entière a révéré comme un saint pendant presque un quart de siècle aurait été un *pédophile* ? Je ne sais pas si as conscience de l'énormité de cette accusation, Matt !

— Ce ne serait pas la première fois qu'un prêtre oublierait ses vœux de chasteté et de bonté chrétienne, répliqua Matt.

— Un prêtre parmi d'autres, je ne dis pas. Mais le père Donnelly ? Franchement, Matt, tu ne crois pas que c'est un peu fort de café, cette histoire ? Tu as vu ce qui s'est passé devant l'église quand les gens ont appris qu'il avait été assassiné ? On a frôlé l'émeute, tu en conviendras avec moi. Et cette nuit, près de deux cents personnes se sont rassemblées pour une veillée funéraire à sa mémoire. Pour tout te dire, Bernie a de la chance que la foule ne se soit pas encore précipitée jusqu'ici pour venir le lyncher en direct. Parce que jusqu'à preuve du contraire, pour eux, c'est toujours lui le suspect numéro un dans l'affaire du meurtre du père Donnelly !

Comme pour confirmer les paroles pleines de bon sens que venait de prononcer le commissaire, Montgomery déboula en trombe dans le bureau.

— La presse est dehors, chef ! Les journalistes disent qu'ils ne partiront pas d'ici avant d'avoir pu vous interroger. Ils sont drôlement excités !

— Bon sang de bonsoir ! fulmina Josh. Il est plus de 22 heures ! Qu'est-ce qu'ils croient, ces fous furieux ? Que je n'ai que ça à faire : répondre à leurs questions inutiles ? J'en ai suffisamment entendu pour aujourd'hui : je rentre chez moi. Ras le bol, à la fin !

Matt secoua la tête.

— Si tu veux mon avis, Josh, tu n'auras pas la paix avant de leur avoir parlé. Si tu les éconduis brutalement, ils vont te pourrir la vie : tu les auras sur le dos pendant toute l'enquête, et ça ne te facilitera pas la tâche, loin de là !

— Mais qu'est-ce que je suis censé leur raconter, à cette bande de casse-pieds ?

— Eh bien, tu peux toujours leur dire que Bernie est en prison pour cause de suspicion de meurtre, mais sans préciser qui est véritablement soupçonné. Et tu peux ajouter que le motif de l'assassinat du père Donnelly n'est pas encore connu, mais qu'une enquête est ouverte.

— Et après ? Ça nous avancera à quoi, de faire une déclaration aussi limitée ?

— A gagner du temps, répondit Matt calmement. En apaisant les craintes et les envies de vengeance de tes concitoyens, tu vas pouvoir leur donner un faux sentiment de sécurité qui nous permettra d'avoir les coudées franches pour découvrir les vrais coupables. Souviens-toi d'une chose avant tout : c'est toi qui mènes la danse, pas le public ni les journalistes. Alors, laisse-les poser leurs questions, et sélectionne celles auxquelles tu veux bien répondre. Ne te laisse pas impressionner : tu ne leur dois rien, et surtout pas des informations qui pourraient gêner la progression de l'enquête. Enfin, s'ils se montrent trop insistants, n'hésite pas et dis-leur que l'interview est terminée.

L'espace d'un instant, Grace crut que le commissaire allait demander à Matt de l'accompagner pour faire face à la presse. Il hésita brièvement puis, avec un haussement d'épaules fataliste, il coiffa son chapeau d'uniforme et sortit du poste de police.

— Il n'a pas l'air très à l'aise, dit la jeune femme en rejoignant Matt à la fenêtre pour ne rien perdre de la scène qui allait se dérouler.

— Il n'a pas l'habitude de se trouver sous les feux des projecteurs, expliqua Matt. Mon père non plus, d'ailleurs. Mais quand il le fallait, il était tout à fait capable de gérer la situation. La réaction de Josh me surprend quand même : je pensais qu'il aurait un peu plus de cran. On a beau connaître les gens, on a parfois de drôles de surprises…

Ils regardèrent le commissaire répondre à une dernière question, puis tourner le dos à la foule de journalistes et rentrer dans le poste de police.

Le front plissé, les sourcils froncés, Josh n'avait pas l'air satisfait, c'était le moins que l'on pût dire. Rob Montgomery, qui venait de raccrocher le téléphone après une brève communication, en fit les frais.

— C'était Paul Doone, chef !

— S'il appelle encore pour se plaindre de son voisin dont la barrière empiète soi-disant sur sa propriété, tempêta Josh Nader, envoie-le au diable ! Il y a des géomètres pour vérifier ce genre de problème, bon sang ! Je n'ai pas le temps d'écouter ses jérémiades !

— Euh, chef, je crois que vous devriez quand même écouter, protesta faiblement Montgomery. Ça n'a rien à voir avec sa barrière, cette fois. M. Doone voulait juste nous signaler qu'il avait vu un pick-up filer à tout berzingue à la sortie de la rue principale, juste au moment où Matt et Grace devaient être en train de découvrir le corps. D'après lui, c'était un pick-up vert bouteille.

En entendant ces paroles, Grace se redressa, aux aguets.

— Si ça se trouve, c'est le même pick-up qui a poussé Bernie dans la rivière !

L'air peu convaincu, le chef secoua la tête.

— Nous n'en savons rien du tout, grommela-t-il.

— C'est quand même une drôle de coïncidence ! lança Matt.

— Toi, fous-moi la paix, OK ? rugit Nader. Et arrête de te prendre pour un caïd : je n'ai pas besoin de tes conseils pour faire mon boulot, compris ?

Un peu décontenancé par cette attaque soudaine, Matt leva les mains en signe d'abandon.

— D'accord, d'accord. Puisque tu le prends sur ce ton, je crois que nous n'avons plus rien à faire ici. Prends bien soin de Bernie.

Et sur ce, il entraîna Grace hors du commissariat, sous le regard courroucé de Josh.

— Vous êtes sûr que Bernie sera en sécurité ici ? demanda Grace lorsqu'elle fut installée dans la jeep de Matt.

— J'espérais que mon père serait encore dans sa cellule

et qu'il garderait un œil sur lui, mais d'après ce que m'a dit Josh, il a été transféré à la prison centrale du comté, répondit Matt tout en tapotant gentiment la main glacée de sa compagne. Enfin, ce n'est pas bien grave. Cessez de vous inquiéter pour Bernie, d'accord ? Je vous assure qu'il est plus solide qu'il n'en a l'air. Vous avez vu comme il a bien réagi lorsque Rob l'a emmené dans sa cellule ? Calme et pondéré. Un véritable exemple pour nous tous. A votre place, je ne m'en ferais pas trop.

— S'il s'est montré calme et pondéré, comme vous dites, c'est bien grâce à vous, répondit la jeune femme. La petite discussion d'homme à homme que vous avez eue avec lui a produit des miracles. Vous lui avez redonné confiance en lui, vous savez ? Qu'est-ce que vous lui avez dit, d'ailleurs, pour le décider ?

Matt démarra, un petit sourire satisfait aux lèvres.

— Si je vous le disais maintenant, ce ne serait plus une conversation d'homme à homme ! répliqua-t-il d'un air taquin.

— Vous avez raison, acquiesça Grace en s'appuyant contre le dossier de son siège et en étouffant un bâillement.

Elle sentit le regard de Matt se poser sur elle.

— Fatiguée ?

— Oui, je l'avoue. La journée a été rude.

— Je vais rester au cottage avec vous, cette nuit.

Grace laissa échapper un petit rire.

— Pourquoi ? J'ai l'air à ce point démunie ?

— Vous voulez rire ? Vous êtes solide comme un roc ! Mais vous avez peut-être envie d'un peu de compagnie après tant d'émotions fortes ?

— Ne vous inquiétez pas pour moi. Si j'ai besoin de

quelqu'un, j'appellerai Denise. Elle avait l'air vexé tout à l'heure : je ne voudrais pas lui faire de peine.

— D'accord. Vous avez sans doute raison, Grace.

Ils étaient arrivés devant le cottage, et Matt se gara dans l'allée qui menait à la porte d'entrée.

— Et voilà ! Madame est arrivée !

— Merci, Matt. Et merci aussi de votre patience avec Bernie.

Elle allait sortir de la voiture quand il l'attrapa gentiment par le col de sa veste pour rapprocher son visage du sien.

— C'est tout ? Vous n'auriez pas une autre façon de me remercier ? Pour ne rien vous cacher, j'en ai quelques-unes en tête qui devraient vous plaire…

Surprise, la jeune femme ne sut que dire. Cela faisait si longtemps qu'elle ne s'était pas retrouvée dans une telle situation ! Combien de mois s'étaient donc écoulés depuis sa dernière tentative de séduction ? Dix ? Douze ? Plus d'un an ? Avait-elle oublié l'art et la manière de flirter avec un homme charmant ? Elle avait terriblement peur de commettre une bévue, de répondre à côté… Mais qui ne tentait rien…

— Eh bien, commença-t-elle, puisque vous en parlez…

— Chut ! fit Matt d'une voix rauque en lui posant un doigt sur les lèvres. Laissez-moi faire, Grace.

D'une caresse, il effleura une mèche rebelle du bout des doigts avant de poser ses deux mains de chaque côté de sa tête pour l'attirer plus près.

Grace ne sut pas ce qui l'avait fait basculer dans une torpeur bienheureuse. Peut-être l'effet conjugué du baiser passionné dans lequel il lui avait pris les lèvres et de ses grandes mains tièdes qui la retenaient prisonnière. Peut-être aussi la fougue avec laquelle elle lui avait répondu, mêlant sa langue à la sienne presque avidement tant elle avait attendu cette étreinte.

Au milieu de ce délice, elle entendit, comme dans le lointain, une sonnette d'alarme retentir dans son cerveau. C'était la voix de la raison, sa vieille compagne, qui tentait de se frayer un chemin jusqu'à sa conscience embrumée par le plaisir.

Il ne peut pas être aussi merveilleux qu'il en a l'air. Il y a forcément quelque chose qui cloche chez lui. Tu le sais bien : tu n'attires que les losers, les pauvres types. Tu ferais mieux de mettre un terme à tout ça avant qu'il ne soit trop tard pour reculer.

C'était si facile : il aurait suffi qu'elle repousse son torse large et musclé du bout des doigts, et il l'aurait laissée tranquille. Parce que c'était un homme bien. Mais comment lui résister ? Vaincue d'avance, elle sentit son corps affamé se lover contre la poitrine virile de Matt, pendant que ses lèvres couvraient de baisers la bouche tendre et dure à la fois qui lui ouvrait les portes du désir. Elle entendait bien le signal du danger, mais comme étouffé par des épaisseurs cotonneuses qui l'assourdissaient.

Elle décida d'ignorer les messages que lui adressait sa conscience. Submergée par des sensations et des envies qu'elle n'avait pas éprouvées depuis un temps interminable, elle sentit un frisson d'anticipation la parcourir, signe avant-coureur de la passion qui menaçait de l'emporter.

La sonnette d'alarme retentit de plus belle.

Cette fois, elle l'écouta. Avec douceur, comme à regret, elle repoussa l'homme qui avait bien failli lui faire perdre la tête.

— Waouh ! fit-elle d'une voix enrouée par le désir.

Waouh ? C'était tout ce qu'elle trouvait à dire ?

Elle s'attendait à ce qu'il la serre de nouveau contre lui pour l'embrasser de plus belle, ou qu'il s'invite chez elle pour prolonger la soirée. Il avait peut-être — à tort ou à raison ? elle préférait ne pas se poser la question — pris son exclamation pour une incitation à pousser l'aventure un cran plus loin. Mais, gentleman jusqu'au bout des ongles, Matt la laissa s'éloigner sans rechigner. Elle ne put s'empêcher de soupirer de soulagement, mais aussi de déception. Car en vérité, elle avait très envie d'en découvrir davantage sur les talents de séducteur de son bel agent du FBI !

— Je crois qu'on peut se tutoyer, non ? fit-il, une étincelle amusée dans son regard vibrant. Je t'appelle demain, d'accord ?

D'une main tremblante, elle ramassa son sac à main.

— Je… Pas de problème. Seulement, je risque de ne pas être joignable facilement pendant la matinée. J'ai rendez-vous avec des artistes dont j'ai certaines œuvres en dépôt. Ils ont entendu parler de cette histoire de faussaires et ils veulent mettre les choses au clair avec moi. Ça risque de me prendre pas mal de temps.

— Pourquoi ? Tu as peur qu'ils soient mécontents ? S'ils n'ont rien à se reprocher, je ne vois pas pourquoi ils iraient te créer des problèmes.

— Je n'en sais rien, et je préfère ne pas imaginer le pire. Ils ont peut-être simplement besoin que je les rassure sur l'honnêteté des transactions réalisées par la galerie Hatfield. Cela dit, je ne leur en voudrais pas s'ils décidaient de reprendre leurs toiles. Avec la mauvaise publicité que vont forcément générer les aveux de Lorry, qui pourrait les en blâmer ?

Parler de ses soucis professionnels lui avait fait du bien. Grâce à cela, elle avait eu un peu de temps pour se ressaisir. Elle reporta donc sur son compagnon un regard qui ne cillait pas.

— Et vous… je veux dire, et toi ? Qu'est-ce que tu as prévu de faire, demain ?

— Moi ? rétorqua Matt d'un air satisfait. Oh ! Pas grand-chose. En fait, j'ai l'intention d'aller à la chasse au pick-up vert. Si jamais ça te dit et que tu as un peu de temps… tu peux toujours venir aux nouvelles !

34.

Matt avait décidé de suivre la piste des frères Badger. Il prit donc sa jeep dès le lendemain matin pour se rendre au domicile des deux affreux, dans le comté de Hunterdon, espérant sans trop y croire qu'il tomberait directement sur un pick-up vert bouteille correspondant à la description qu'en avait faite Bernie. Bien entendu, il n'était pas du tout certain du succès de son enquête. Cal et Lou n'étaient peut-être pas assez futés pour avoir l'idée de dissimuler le véhicule suspect, s'il leur appartenait bien, mais l'homme pour lequel ils avaient dû œuvrer l'était certainement.

Les frères Badger habitaient une grande maison délabrée dont la peinture extérieure n'avait pas dû être rafraîchie depuis un bail, à en juger par la façon dont elle s'écaillait un peu partout. Dans l'allée étaient stationnées une vieille moto et une camionnette presque hors d'usage. Quant aux marches du perron branlant, elles étaient couvertes d'une dizaine de prospectus détrempés que personne ne s'était donné la peine de ramasser.

Le jardinet derrière la maison n'avait pas meilleure allure que le devant. Ce qui avait dû constituer autrefois une pelouse acceptable disparaissait littéralement sous les détritus de tout genre et les pièces détachées de voiture pleines de rouille. Une allée poussiéreuse menait à un abri de jardin qui menaçait de s'effondrer tant il était en piteux état.

Matt s'avança jusqu'à la petite construction et aperçut, derrière les planches disjointes, une forme ressemblant vaguement à un véhicule que recouvrait une grande bâche bleu délavé.

— Bingo ! fit-il pour lui-même.

En trois grandes enjambées, il atteignit l'arrière du local et souleva la couverture plastifiée avec un enthousiasme qui retomba comme un soufflé. Quelle déception ! Au lieu du fameux pick-up vert qu'il s'attendait à découvrir, ce fut un tracteur d'occasion, qui s'offrit à son regard dépité. Les Badger l'avaient sûrement mis à l'abri pour l'hiver. Rien que de très normal, en somme.

Les poings sur les hanches, Matt se redressa pour scruter les alentours. La propriété n'était pas bien grande. Il marcha résolument jusqu'à la clôture haute d'un mètre vingt environ pour regarder de l'autre côté, chez le voisin. Sa cour était un peu mieux tenue que celle des Badger, mais Matt n'y vit rien de plus intéressant. A part la pelouse jaunie, il n'y avait qu'un bac à sable pour les enfants. Pas le moindre pick-up vert en vue !

Avant que Matt ait pu revenir sur ses pas, la porte donnant sur la cour s'ouvrit brutalement sur un homme de soixante ans bien tassés. Matt le reconnut aussitôt : c'était Horace Badger, le père de Cal et Lou. Un peu moins grand que ses fils, il possédait néanmoins une carrure impressionnante et arborait la mine patibulaire des hommes de cette famille peu recommandable.

— On peut savoir c'que vous êtes venu foutre dans mon

jardin ? s'exclama Horace d'une voix tonitruante qui en aurait effrayé plus d'un.

— Vous êtes bien Horace Badger ? demanda Matt sans se démonter.

— En quoi ça vous r'garde ?

— Je voulais être sûr de ne pas me tromper d'adresse, déclara Matt avec aplomb. Voyez-vous, monsieur, je suis intéressé par le pick-up à vendre.

Lentement, l'air plus méfiant et renfrogné que jamais, Badger descendit les marches du perron pour aller se poster tout près d'une batte de base-ball appuyée contre le mur de sa maison.

— Quel pick-up ? maugréa-t-il. J'ai pas de pick-up à vendre, moi !

— Vraiment ? Vous en êtes certain ? Il s'agit d'un pick-up vert bouteille dont vous vouliez vous débarrasser. Autant jouer franc jeu avec vous : je suis très intéressé par ce genre de véhicule, et je peux vous en proposer un bon prix — un *très* bon prix, même.

— Bon sang de bonsoir ! fulmina le bonhomme. Mais vous êtes qui, exactement ? Qui c'est qui vous envoie me casser les pieds, hein ?

— J'ai vu une annonce dans le journal au sujet de ce pick-up…, poursuivit Matt.

Mais il n'eut pas le temps de terminer sa phrase. Badger l'interrompit, agitant un doigt menaçant dans sa direction.

— Attendez une minute, jeune homme ! Ça y est, je vous remets ! Vous êtes le fils Baxter, hein ? fit-il en criant presque. Sale gamin ! Venir m'enquiquiner jusque chez moi, tout ça parce que ton père a fait des conneries grosses comme le popotin de sa bonne femme ! Je vais t'en faire voir de toutes les couleurs si tu ne déguerpis pas de ma propriété vite fait !

Malgré la menace très claire, Matt ne montra aucun signe d'inquiétude, ce qui eut pour effet de redoubler la fureur d'Horace Badger.

— Allons, monsieur Badger, calmez-vous ! Vous ne voudriez pas vous rendre coupable d'intimidation ou d'assaut sur la personne d'un agent du FBI, n'est-ce pas ?

— Agent du FBI ou pas, tu es entré chez moi sans autorisation, mon gars. Ce qui signifie que tu es en tort à cent pour cent, et que moi, je peux faire ce que je veux puisque tu es sur mes terres !

Comme pour bien lui faire comprendre qu'il ne plaisantait pas, Horace avança vers lui, les sourcils froncés, en faisant machinalement claquer le bout de la batte de base-ball dans sa paume ouverte.

— Eh, Matt ! le héla une voix familière.

Les deux hommes tournèrent la tête dans la direction d'où était venu l'appel. C'était Eddie O'Hara qui venait de descendre de sa BMW, l'air vaguement inquiet.

— Qu'est-ce que tu fabriques dans le coin, Matt ? demanda-t-il comme il se rapprochait de la maison des Badger.

— Excuse-moi, mais je crois que je pourrais te poser la même question, rétorqua Matt, mécontent de se faire rappeler à l'ordre comme un adolescent pris en faute, même par un vieux camarade comme Eddie.

Il jeta un coup d'œil alentour : il n'y avait pas âme qui vive dans le coin. Hormis les corps de ferme éparpillés à bonne distance les uns des autres, le paysage ne montrait pas trace d'une présence humaine.

— Tu es un peu loin de chez toi pour venir me faire la leçon, tu ne crois pas ? ajouta-t-il d'un air courroucé.

Son ami ne releva pas cette note soupçonneuse, et se contenta de répondre très simplement :

— J'étais en route pour le marché aux fruits et légumes où j'avais l'intention d'acheter deux ou trois bricoles dont j'ai besoin. En passant, j'ai vu ta jeep.

— Ton copain était en pleine infraction ! lança Horace. Pénétrer sur une propriété privée sans autorisation, ça peut lui coûter très cher ! Sans compter que je pourrais aussi me plaindre de harcèlement, si je voulais. Je suis chez moi, nom de Dieu ! Et je n'ai pas à supporter les casse-pieds dans son genre !

Eddie saisit le bras de son ami pour l'entraîner avec lui.

— Allez, viens, Matt, laisse tomber ! Ce vieux cow-boy irascible ne peut t'attirer que des ennuis. Pour un peu, on se croirait dans un western de mauvaise qualité : il ne manque plus que la scène de duel au soleil, et on y serait ! Mieux vaut s'en aller avant qu'Horace n'appelle les flics à la rescousse, parce que là, ce serait le pompon !

Matt commençait à trouver l'intervention d'Eddie parfaitement déplacée. Soit, ils étaient amis de longue date, mais ça ne lui donnait pas le droit de lui couper l'herbe sous le pied !

— Mais pour qui tu te prends, Eddie ? bougonna-t-il tout en s'écartant d'un air fâché. Pour mon tuteur ? Pour mon père ?

— Non, mais si tu continues à te conduire comme un gamin irresponsable, je vais être obligé de sévir ! rétorqua l'ancien joueur de football. Qu'est-ce qui t'arrive, mon pote ? Tu connais Horace : tu sais bien que c'est un vieux chameau récalcitrant, toujours prêt à foncer dans le tas quand il n'est pas content. Et tu sais parfaitement que ta tête ne lui revient pas et qu'il n'a pas besoin d'une autre raison pour te coller une raclée. Alors, pas la peine de lui tendre le bâton pour te faire battre !

Avec gentillesse, Eddie posa un bras protecteur sur les larges épaules de Matt qui avait fini par sortir de chez les Badger.

— Qu'est-ce que tu lui voulais, d'abord ?

— Je suis à la recherche d'un pick-up vert, et je pensais qu'il avait peut-être des tuyaux là-dessus, répondit Matt, faisant contre mauvaise fortune bon cœur. Tu n'en aurais pas repéré un dans les parages, par le plus grand des hasards ?

— Ah ! C'était donc ça : tu es sur la trace de ce fameux pick-up introuvable ! J'en ai entendu parler en ville — tu sais comme le moindre ragot se répand à la vitesse grand V, chez nous. Mais je crains fort de ne pas pouvoir t'être très utile sur ce coup-là, parce que je n'en ai vu nulle part.

Eddie raccompagna Matt jusqu'à sa jeep avant de lui poser la question qui lui brûlait visiblement les lèvres depuis qu'ils avaient laissé Horace debout sur son perron.

— Tu crois que c'est Horace qui a poussé la voiture de Bernie dans la rivière ?

Avant de répondre, Matt jeta un dernier coup d'œil par-dessus son épaule : Horace n'avait pas bougé, et il ne les quittait pas des yeux. Il ôta le chapeau qu'il vissait invariablement sur son crâne dès qu'il mettait un pied dehors et l'agita dans leur direction, comme il aurait fait pour chasser un insecte nuisible ou un poulet particulièrement récalcitrant.

— Non, répondit Matt à voix basse. Ce n'est pas Horace que je soupçonne, mais ses deux imbéciles de fils.

Une fois à l'abri dans l'habitacle de sa voiture, Matt passa un coup de fil à la dernière personne auprès de laquelle il espérait obtenir des renseignements utiles, à savoir Buzz Brown. Il pensait faire chou blanc, mais à sa grande satisfaction, Buzz décrocha aussitôt : il venait de rentrer du Kansas, et accueillit l'appel de Matt avec une chaleur qui lui remit du baume au cœur.

— Passe me voir quand tu veux ! lui dit le vieux fermier.

Ragaillardi par la gentillesse que Buzz lui avait témoignée d'emblée, Matt tourna au carrefour le plus proche de la propriété des Badger pour prendre la direction de la ferme Suddenly, en empruntant la route 232. Lorsqu'il arriva à destination et qu'il sauta à bas de sa jeep, il vit Buzz debout sur son perron, les bras grands ouverts, un large sourire sur son visage tanné par la vie au grand air.

— C'est bon de te revoir, mon garçon ! fit-il en serrant affectueusement la main que Matt lui tendait.

Il lui décocha ensuite une bourrade amicale, puis l'invita à le suivre à l'intérieur.

— On ne va pas rester là dehors, comme des chiens de faïence ! Que dirais-tu d'un bon café fraîchement moulu ? C'est ma spécialité.

Pour qui se fiait aux apparences, Buzz Brown n'avait rien d'un fermier : petit et mince, presque frêle, il ne possédait pas le physique type d'un exploitant agricole. Et pourtant, c'était un gros bosseur qui ne rechignait jamais devant la tâche. Cela faisait une bonne cinquantaine d'années qu'il menait sa barque avec talent et persévérance. Sa détermination, son énergie sans faille et son amour authentique de la terre dont il savait extraire des richesses insoupçonnées forçait le respect, et lui valait l'admiration de tous ses voisins, y compris les plus sceptiques.

— Un café, ce sera parfait, répondit Matt. Tu le fais toujours aussi fort ?

— Toujours ! C'est comme ça qu'il est bon.

— Super ! Alors, j'en veux bien une grande tasse — et pleine à ras bord.

Le fermier étouffa un gloussement ravi et fit signe à Matt de le suivre dans une grande cuisine impeccable. Cette pièce spacieuse et fonctionnelle avait toujours été le cœur vivant de la maison des Brown, surtout quand Alma était encore de ce monde.

— Et ce voyage au Kansas ? s'enquit Matt. C'était comment ?

— Plutôt intéressant. J'avais dans la tête de déménager à l'ouest depuis pas mal de temps, comme tu le sais sans doute. Mais les choses ont changé : mon frère m'a annoncé qu'il comptait revenir en Pennsylvanie, alors bon… Du coup, je lui fais un peu de place ici pour qu'il ait un point de chute provisoire avant de se trouver une maison dans le coin.

— Quelque chose me dit que tu es plutôt content qu'il revienne au pays, dit Matt.

— Mmm hmm, tu as vu juste, mon garçon. Jerry et moi, on s'est toujours bien entendus. Et c'est pas drôle tous les jours de vivre tout seul, tu sais ?

Buzz sortit deux grandes tasses d'un placard, les posa sur un plateau et se tourna de nouveau vers son visiteur.

— Comment va ton père ?

— Bah ! Il fait de son mieux, étant donné les circonstances. Au fait, il m'a chargé de te transmettre ses amitiés.

— C'est sympa de sa part. Tu lui diras que je le soutiens à cent pour cent. Si tu veux mon avis, Josh devait avoir complètement perdu la boule pour mettre Fred derrière les barreaux !

— C'est justement la raison pour laquelle je suis venu te voir, Buzz, enchaîna Matt, saisissant la perche que lui tendait son hôte. Il se pourrait fort qu'il y ait du nouveau en ce qui concerne l'assassinat de Steven Hatfield, et qu'on parvienne à innocenter mon père. J'avais dans l'idée que tu pourrais peut-être m'aider là-dessus.

— Moi ? s'étonna le vieux fermier tout en tendant à Matt une tasse pleine de liquide noir et délicieusement odorant. Je ne demanderais pas mieux, mais je ne vois pas bien en quoi je pourrais t'être utile.

Ils allèrent s'asseoir à la grande table d'érable sur laquelle était posé un plateau tournant contenant du sel, du poivre, du sucre et du miel. Buzz saupoudra son café de sucre, le touilla brièvement et le goûta avec précaution.

— Alors, si tu me disais ce que tu as en tête, mon gars ?

— Eh bien, voilà : je suis allé discuter avec Duke il y a quelques jours, et il m'a parlé de cette histoire avec le comité municipal d'urbanisme. Je voulais savoir pourquoi le projet immobilier auquel tu voulais participer avait été refusé.

A ces mots, le visage de Buzz s'assombrit.

— C'est un sujet sensible pour moi, Matt.

— Je sais bien, Buzz. Crois-moi, je n'ai pas pour habitude de m'amuser à rouvrir des blessures encore douloureuses ni de chercher à réveiller le passé si ça n'en vaut pas la peine. Mais là, j'ai vraiment besoin que tu m'en dises un peu plus sur cette affaire, parce que ça pourrait s'avérer important pour disculper mon père.

D'un air absent, Buzz donna une pichenette dans le plateau qui se mit à tourner sur lui-même, puis il reprit la parole d'une voix chargée d'émotion.

— Alma adorait cette ferme. Tout le monde savait à quel point elle y était attachée. Elle avait su faire de notre maison un endroit chaleureux, toujours ouvert aux amis de passage. Les gens venaient nous rendre visite à toute heure de la journée, histoire de bavarder un peu tout en dégustant les fameuses tartes d'Alma. Elle était vraiment une cuisinière hors pair, doublée d'une maîtresse de maison accomplie et d'une épouse adorable. Bref, c'était le bonheur, ici.

Il reprit une gorgée de café qu'il sirota quelques secondes avant de l'avaler.

— Mais ma chère Alma n'avait pas une très bonne santé, c'était le moins qu'on puisse dire. Chaque hiver, elle attrapait une grosse bronchite qui ne tardait pas à se transformer en pneumonie. J'ai failli la perdre deux années de suite. La deuxième fois, le médecin qui était venu la soigner d'urgence m'a prévenu qu'elle ne résisterait pas à un troisième hiver ici. Il m'a conseillé de déménager au soleil. Arizona, Nouveau-Mexique…

Il poussa un profond soupir.

— Tu sais comme moi combien j'aime cette terre où j'ai toujours vécu, reprit-il d'un ton passionné. Et, Dieu m'en soit témoin, je détestais l'idée de voir la ferme que m'avait léguée mon père transformée en complexe immobilier. Mais il fallait la vendre : je n'avais pas d'autre solution, compte tenu de ma situation financière. Oh ! Bien sûr, je ne me suis jamais plaint de mon sort : on s'en sortait plutôt bien tous les deux. Mais tous les bénéfices que j'arrivais à tirer de mon exploitation, je les réinjectais dedans. L'agriculture, c'est du boulot, et il faut réinvestir sans cesse dans du matériel plus performant ou des locaux mieux adaptés… Bref, après ce que m'avait dit le médecin, je n'arrivais plus à dormir la nuit. Je me creusais les méninges pour trouver un moyen de nous payer non seulement le déménagement en Arizona mais aussi les soins que nécessitait l'état d'Alma. Et puis, ce n'était pas le tout de s'en aller d'ici : sans la ferme et le revenu substantiel que j'en tirais, comment subvenir aux besoins de ma famille ? C'était un vrai casse-tête, et j'en perdais le sommeil. C'est à ce moment-là qu'un certain Gordon Shapley, un promoteur immobilier du Delaware, est venu me trouver pour me faire une offre d'achat. Quand il m'a dit combien il me proposait, je n'ai pas pu refuser. Avec la somme rondelette que j'allais empocher si je lui vendais ma propriété, j'avais de quoi déménager et vivre correctement avec Alma pendant un bon moment. Que voulais-tu que je fasse ? Je lui ai dit oui.

— Malheureusement, le projet du promoteur n'a pas été accepté au conseil municipal, fit Matt en posant la main sur celle de Buzz.

Le vieil homme serra les dents.

— Non, et tout ça à cause de ce Steven Hatfield de malheur. Cette espèce de salopard a commencé à faire tout un foin à propos de la subdivision de mon terrain en parcelles. A l'entendre, un morcellement de ce genre aurait dénaturé l'ensemble de la région, et blablabla… Il ne parlait plus que d'intégrité du paysage, lui qui n'était même pas natif de la région ! Il s'est mis à raconter que la transformation envisagée allait créer d'énormes complications sur tous les plans, que cela entraînerait entre autres une augmentation record des impôts locaux et des embouteillages, plus des problèmes d'évacuation des eaux usagées, que sais-je encore ? Tu aurais dû l'entendre monter au créneau : on aurait dit qu'il y avait danger de mort pour les habitants du coin, tellement il mettait de fougue à démolir le projet ! Evidemment, à force de répéter à cor et à cri quelles catastrophes cela causerait pour la région, il a fini par convaincre la plupart des gens. Au bout d'un certain temps, les résidents étaient tellement remontés contre le promoteur qu'ils ont même lancé une grande campagne contre lui. Comme de bien entendu, le comité municipal d'urbanisme s'est lui aussi laissé persuader pour l'essentiel ; il n'y a eu que deux ou trois votes pour le projet de nouveaux logements.

A cet instant, la voix bien timbrée de Buzz se brisa. Ce fut dans un souffle qu'il termina son récit par quelques mots simples mais terribles :

— Cet hiver-là, Alma a succombé à la maladie.

— Je suis vraiment désolé, Buzz, dit Matt avec sincérité. Et je le suis doublement de te faire revivre ces moments douloureux.

— Ce n'est rien, bougonna le vieux fermier en essuyant discrètement une larme qui perlait au coin de sa paupière. Seulement, pour être franc avec toi, je ne vois toujours pas le lien entre cette histoire et l'assassinat de Steven.

— Je t'expliquerai tout ça dans deux minutes, c'est promis. Pour l'instant, j'aimerais que tu me dises ce qui motivait la prise de position de Steven. Il devait avoir des raisons solides pour s'opposer aussi radicalement au projet de développement immobilier !

— Je viens de te le dire, mon garçon, maugréa Buzz. Il prétendait que cette parcelle du comté devait rester…

— Intacte et inchangée, oui, j'ai bien compris. Mais ce

qui me surprend, c'est que Steven n'était pas particulièrement attaché aux problèmes écologiques !

— Ça, tu l'as dit ! C'était plutôt le contraire, en fait. Je me rappelle même qu'il avait voté en faveur d'un projet qui n'avait aucune chance de passer parce qu'il était trop dangereux pour l'environnement. Une autre fois, il avait soutenu mordicus que l'installation d'un poste à essence juste à côté de la forêt de Glenwood, qui fait partie des sites protégés du comté, ne posait aucun problème majeur !

— Alors, pourquoi a-t-il tellement insisté pour que le projet te concernant passe à la trappe ? Il avait quelque chose contre toi ?

— Pas que je sache. Par contre, inutile de te dire qu'après son coup d'éclat, c'était moi qui avais une sacrée dent contre lui !

— Et Alma ? Il avait des raisons de lui en vouloir ?

— Pas la moindre, fit le vieil homme en se levant pour aller chercher la cafetière. Je te ressers ?

— Volontiers.

Il s'exécuta consciencieusement, reposa le pot de café encore fumant sur la table, et se rassit en face de Matt.

— Ce que je ne comprends toujours pas, ajouta-t-il d'un ton pensif, c'est ce qui l'a fait virer de bord à cent quatre-vingts degrés.

— Comment ça ? s'étonna Matt. Je croyais qu'il s'était toujours montré farouchement opposé au projet de développement de ta propriété.

— Eh bien, en fait, au tout début, il n'était pas si virulent. Il s'était montré curieux, mais sans plus. Quand le promoteur s'est pointé pour la première fois en ville et qu'on a commencé à murmurer qu'il avait des vues sur ma propriété pour son projet immobilier, Steven est venu me rendre visite : apparemment, certaines personnes râlaient parce qu'elles ne voulaient pas entendre parler d'un remaniement de mon terrain. Steven n'était pas particulièrement d'accord avec elles, et il s'est montré plutôt neutre. Tout ce qui l'intéressait, c'était de connaître les raisons susceptibles d'être invoquées pour contrer les plans du promoteur.

— Ces personnes qui n'étaient pas d'accord, il t'a dit qui c'était ?

— Non. Il a été plutôt vague, d'ailleurs. Mais bon, qu'est-ce que tu voulais que j'y fasse ? Je ne voyais pas du tout pourquoi on aurait pu s'opposer à ce que je vende mon terrain pour y faire construire des logements individuels. Et je n'y vois toujours aucune objection ! J'adore cet endroit, mais il faut bien l'avouer, ma ferme est un peu au milieu de nulle part. En plus, elle n'a aucune valeur historique ou culturelle, ce qui écarte d'emblée la préservation du patrimoine ou autres trucs de ce genre. Quant aux bois qui recouvrent une partie de mes terres, ils ne présentent aucun intérêt ! Les seuls événements un peu « palpitants » qui ont eu lieu dans ce coin, c'était quand des ados venaient se bécoter en cachette et que je sortais ma grande fourche pour les faire déguerpir !

Contre toute attente, Matt parut extrêmement intéressé par cette remarque anodine. Avec une lenteur calculée, il reposa sa tasse sur la table et demanda d'une voix étrangement calme :

— Arrête-moi si je me trompe — ça fait si longtemps que je me mélange peut-être les pédales —, mais tu n'as pas eu la visite de deux jeunes, le soir où Felicia a été enlevée, par hasard ?

— Mais si, je m'en souviens parfaitement ! C'était deux garçons. Ils devaient avoir dans les vingt ans tout au plus, mais je ne les ai pas vus de près. Ils traînaient dans le coin, alors je suis sorti pour les chasser à coups de pied aux fesses, ou plutôt à coups de fourche, selon mon habitude. Mais avant que j'aie pu les reconnaître, ils ont pris la poudre d'escampette. En tout cas, ils avaient leur permis, parce que j'ai entendu le bruit d'un moteur s'éloigner à toute vitesse.

— Et tu l'as signalé à la police ?

— Evidemment ! Ne te fais pas trop d'illusions, Matt ; je vois où tu veux en venir, maintenant, mais à mon avis, tu fais fausse route. Ton père et toute son équipe ont fouillé les bois d'un bout à l'autre, et ils n'ont pas trouvé âme qui vive. Ils ont même poussé les recherches jusqu'à passer au peigne fin toutes les propriétés du comté. Sans succès. Ça n'a servi à rien : ils en sont ressortis bredouilles.

Les paroles de Duke revinrent tout à coup à l'esprit de Matt. Qu'avait-il dit, déjà ? Que s'il y avait eu de l'or en barre enterré dans le bois de Buzz, les gens ne l'auraient pas défendu plus énergiquement ?

Il n'était pas loin de la vérité, finalement, se dit-il. Sauf que ce n'était pas de l'or, mais un cadavre qui avait été enterré sur la propriété de Buzz, il en aurait mis sa main à couper.

Buzz, qui l'observait avec attention depuis quelques minutes, finit par lui demander d'un ton inquiet :

— Qu'est-ce qu'il y a, Matt ? A quoi tu penses exactement ? Tu es en train d'échafauder un plan pour arriver à tes fins ?

Le vieil homme avait raison. Dans l'esprit de Matt, une idée prenait lentement forme, plus folle que toutes celles qu'il avait pu avoir en vingt ans de carrière au FBI. Il reporta son attention sur Buzz : le fermier constituait pour le moment son atout maître, et il avait bien l'intention de réussir son pari. Seulement, pour ça, il avait besoin de l'entière coopération de son hôte.

— Tu me fais confiance, Buzz ? demanda-t-il, l'air très sérieux.

Le vieil homme eut un sourire malicieux.

— Ça dépend des moments, bougonna-t-il pour la forme. Mais quelque chose me dit que je ne vais pas avoir tellement le choix. Alors, si tu me disais ce que tu as dans le crâne, gamin ?

35.

Dans l'heure qui suivit, toute la ville fut au courant de la nouvelle. Pour être sûr de produire un maximum d'effet, Buzz avait pris soin de l'annoncer bien haut « Chez Pat », juste au moment où les consommateurs commençaient à emplir les lieux. Il avait répété à qui voulait l'entendre que finalement, il n'allait pas partir pour le Kansas, parce que c'était son frère qui venait s'installer chez lui. Avec son aide, il parviendrait enfin à réaliser un projet qui lui tenait particulièrement à cœur : exploiter les cinquante dernières acres de son terrain, dont la surface était actuellement en friche et recouverte par la forêt.

A l'autre bout du bar, Matt écoutait discrètement Buzz réciter son petit discours à la perfection. Ils étaient convenus des grandes lignes ensemble, et le vieux fermier s'avérait être un orateur remarquable. Ici et là, il ajoutait des petites improvisations très accrocheuses, sans pour autant dévier du tracé que Matt lui avait fixé. Bref, il exécutait sa mission à la lettre, et il avait même l'air de s'amuser comme un petit fou !

— Qu'est-ce que tu comptes planter dans le terrain que tu vas défricher ? lui demanda Sam Gladstone qui avait passé toute sa vie à travailler la terre.

— Des germes de soja, claironna Buzz avec aplomb. Ces jours-ci, on n'arrête pas d'entendre parler de pousses de soja par-ci, d'huile de soja par-là. Je suis sûr qu'avec ça, je vais faire un malheur !

Sam secoua la tête avant d'énoncer une remarque pleine de sagesse :

— Pour remettre ces cinquante acres en état, ça va te faire beaucoup de boulot, Buzz. Et sans vouloir te vexer, tu n'es plus de la première jeunesse.

— Je sais bien, figure-toi ! C'est pour ça que j'ai décidé d'engager une équipe de quatre gros bras pour faire le boulot à ma place. Ils vont abattre les arbres, arracher les racines et labourer le sol pour que je puisse y planter mes fameuses graines de soja.

— Et tu as l'équipement nécessaire à tout ce tintouin ?

— Je veux, mon neveu ! Tout est prêt : y a plus qu'à donner le coup d'envoi. Si mes gars travaillent aussi vite et bien que je l'espère, j'aurai même le temps de planter du seigle qui me servira de culture dérobée, pour maintenir la fertilité du sol. Alors, c'est te dire si je suis content de ce changement de plan !

Tout en sirotant sa bière d'un air nonchalant, Matt ne perdait pas une miette des réactions des autres clients du pub. Il espérait voir quelqu'un se lever brusquement ou tripoter son téléphone portable ; ç'aurait été un indice certain que la nouvelle annoncée par Buzz faisait mouche. Mais personne ne bougeait. Il avait aussi compté sur la présence des frères Badger, qu'il continuait de soupçonner. Mais les deux abrutis n'avaient pas encore fait leur entrée dans le bar, et il ne pouvait pas passer la soirée entière à attendre qu'ils daignent montrer le bout de leur nez.

Par association d'idées, il jeta un coup d'œil à sa montre.

17 heures, déjà. Les habitués continuaient d'arriver dans le pub, et Buzz reprenait son histoire sans se faire prier à chaque nouvelle demande. Tout marchait comme sur des roulettes pour le moment. Il était temps pour Matt de mettre le reste de son plan sur pied.

D'une traite, il vida ce qu'il restait de sa cannette de bière, déposa un billet de dix dollars sur la table et quitta les lieux, un demi-sourire aux lèvres.

Au fur et à mesure que Matt lui exposait son plan d'attaque, Grace se sentait de plus en plus enthousiaste. Si tout se passait comme prévu, ils allaient bientôt forcer les assassins à se démasquer.

— C'est tout simplement génial, Matt. Du moins, sur le papier. Mais est-ce que tu es sûr que ça va marcher ?

Matt s'appuya négligemment contre un coin du bureau de Grace, et elle réprima une bouffée de désir en le regardant.

— Aucun plan, si bien orchestré soit-il, n'est sûr à cent pour cent, répondit-il, inconscient de l'émotion qu'il suscitait chez la jeune femme. Mais si mes intuitions s'avèrent exactes et que Felicia a bien été enterrée dans les bois qui recouvrent une partie du terrain de Buzz, alors ses meurtriers n'auront pas le choix : ils devront agir. Et à ce moment-là, on les prendra la main dans le sac.

— Tu penses qu'ils étaient là, au pub ? Qu'ils écoutaient ce que Buzz racontait ?

— Je n'en sais trop rien, parce que je n'ai pas repéré de comportement suspect. Mais je ne suis pas resté jusqu'au bout. En tout cas, s'ils n'ont pas entendu de vive voix Buzz dépeindre ses projets d'aménagement, ils seront au courant d'ici peu grâce au téléphone arabe qui fonctionne à merveille en ville. S'ils réagissent comme je le crois, ils attendront qu'il fasse nuit pour se mettre en route. Dès que le soir sera tombé, ils sauteront dans une voiture pour filer jusqu'à la ferme de Buzz. Là, ils se rendront directement dans les bois, à l'endroit précis où ils ont enterré Felicia, pour la déterrer ni vu ni connu.

A cette évocation, Grace ne put retenir un frisson d'horreur.

— Brrr ! Rien que d'imaginer la scène, j'en ai froid dans le dos ! Déterrer une morte... quelle horreur !

— En tout cas, ce n'est pas plus horrible que de l'avoir assassinée et planquée là il y a vingt ans, rétorqua Matt d'un air sévère.

— Si on se concentrait plutôt sur ton plan d'attaque ? reprit Grace, désireuse de changer de sujet. Comment comptes-tu t'y prendre pour les pincer ?

— Pas compliqué : je vais me poster un peu à l'écart, et dès qu'ils arriveront, je ne les perdrai plus de vue. J'attendrai qu'ils se soient mis à creuser, et j'appellerai la police.

— Et si jamais ça tournait mal ?

— Il n'y a aucune raison, Grace ! répondit Matt avec un sourire indulgent devant l'inquiétude que manifestait sa compagne. Réfléchis deux minutes : je les observerai depuis ma cachette, en prenant bien garde de ne pas me montrer. Et puis, j'aurai mon téléphone portable avec moi. Pour couronner le tout, j'aurai une arme. Ce ne sera pas la première fois que je me retrouverai dans ce genre de situation, crois-moi... Alors, tu te sens mieux ?

— Nettement, répondit la jeune femme avec un soupir de soulagement qu'elle ne songea même pas à étouffer. Et tu m'appelleras dès que ce sera terminé ?

Plutôt que de lui faire la promesse qui la tranquilliserait, Matt regarda Grace intensément, un étrange petit sourire aux lèvres.

— On dirait que tu t'inquiètes beaucoup pour moi, Grace !

La jeune femme se sentit rougir.

— C'est vrai, admit-elle du bout des lèvres. Toute cette atmosphère de série B, toute cette pression, c'est peut-être la routine pour un agent chevronné comme toi, mais pour moi, c'est particulièrement éprouvant. D'autant que depuis mon arrivée à New Hope, j'ai déjà eu mon quota d'expériences extrêmes, si tu vois ce que je veux dire !

— Je comprends. Mais surtout, ne te tracasse pas : tout ira bien.

— Est-ce que je peux faire quelque chose pour t'aider ?

— Tout ce que je te demande, c'est d'attendre mon appel. Et entre-temps, de ne souffler mot de notre plan à qui que ce soit. Ça ne marchera que si nous parvenons à prendre les coupables par surprise, alors, silence absolu. D'accord ?

La jeune femme esquissa un petit geste mélodramatique, roulant des yeux et posant un doigt sur sa bouche avec une lenteur exagérée.

— D'accord. Je serai muette comme une tombe. C'est de circonstance, d'ailleurs !

Une lueur d'amusement brilla dans les prunelles de Matt. Elle crut aussi y lire une étincelle un peu différente, mais il s'était déjà écarté d'elle, et elle en fut pour ses frais.

A cet instant, la porte de la galerie s'ouvrit pour laisser passage à un couple.

— Bonsoir ! dit la jeune femme. J'ai amené mon mari voir le paysage de Bruno Fendi qui m'avait tellement plu, l'autre jour. Ça ne vous ennuie pas si nous y jetons un coup d'œil ? Rien que quelques minutes.

— Mais je vous en prie ! répondit Grace avec un sourire accueillant. Je m'occupe de vous tout de suite.

Comprenant qu'elle avait du travail, Matt se contenta de l'embrasser délicatement sur la joue, comme un grand frère protecteur.

— A tout à l'heure, lui murmura-t-il au creux de l'oreille.

Il allait s'écarter de nouveau quand un horrible pressentiment glaça le sang de la jeune femme. D'une main tremblante, elle le retint par le bras pour lui glisser tout bas :

— Surtout, sois prudent !

— Je le suis toujours, Grace, répondit Matt avec un petit clin d'œil réconfortant, avant de s'éloigner vers la sortie d'un pas décidé.

— Tiens, le voilà, ton précieux document ! fit Matt tout en déposant avec ostentation le dossier intitulé « Felicia Newman » sur le bureau de Josh. Tu vois, je ne t'avais pas menti : je l'ai gardé vingt-quatre heures, pas une minute de plus.

L'air soulagé, Josh se renfonça dans son siège avec un soupir de bien-être. Puis il demanda avec un brin d'ironie :

— Alors, tu as trouvé des trucs intéressants là-dedans ?

— Rien que je ne sache déjà, répondit Matt.

— Tu vois ? Je te l'avais bien dit ! lança Josh avant de tourner la tête en direction de la porte de communication. Montgomery ?

Rob ne tarda pas à entrer dans le bureau. L'air affable,

comme toujours, il vint serrer chaleureusement la main de Matt.

— Comment ça va, Matt ?

— Bah ! Ça pourrait aller mieux, à vrai dire.

Rob jeta un coup d'œil au dossier.

— Il n'y a pas grand-chose dans ce classeur, hein ?

Matt secoua la tête.

— Pas grand-chose, effectivement. Ton chef m'avait prévenu, mais je n'ai rien voulu entendre. Ça m'apprendra à être têtu !

— Tu peux ranger ce dossier à sa place, Rob, fit Josh avec un petit sourire satisfait devant la promptitude avec laquelle Matt avait reconnu son erreur.

Il allait ajouter quelque chose quand un boucan de tous les diables s'éleva dans la salle d'accueil.

— Tu n'as pas le droit d'entrer dans le bureau du commissaire comme ça, Cal ! criait l'officier de police Duncan. Si tu veux avoir un entretien avec Josh, il faut prendre rendez-vous et…

— Dégage de mon chemin ! Tout de suite !

Il y eut un bruit terrible de meubles renversés. Puis, au moment où Josh se levait d'un bond et où Rob Montgomery sortait son arme de service, Cal Badger fit irruption dans la pièce, Duncan à ses trousses.

— J'ai essayé de l'empêcher de passer, commissaire, bredouilla le pauvre policier, mais…

D'un geste, Josh lui fit signe d'arrêter les frais, et il se tourna vers Cal, l'air furibond.

— On peut savoir pourquoi tu mets le foutoir ici, Cal ? Tu es vraiment le roi des casse-pieds, en ce moment !

Cal l'ignora superbement. D'un pas décidé, il se dirigea droit sur Matt, un index vengeur pointé vers sa poitrine.

— Ça t'servira à rien de venir te planquer chez ton pote le commissaire, p'tit agent de mes deux !

Offusqué, Matt se dressa d'un bloc.

— Et qui parle de se planquer ?

— Hé là, doucement, vous deux ! lança Josh. Pas question de vous livrer à un règlement de comptes dans mon bureau : on n'est pas à OK Corral, ici ! Allez vous prendre la tête ailleurs, compris ? Mais je vous préviens : si jamais j'entends parler de violence à votre sujet, je vous colle tous les deux la tête dans une glacière. Pigé ?

— C'est quand même pas ma faute si cette espèce d'enfoiré est venu fouiner dans ma propriété ! aboya Cal. Non seulement il a pénétré chez nous sans autorisation, mais en plus il s'est permis de faire son gros caïd avec mon père. Il l'a même menacé, et ça lui a foutu les jetons, j'vous raconte pas !

Matt eut un rire sarcastique devant tant de mauvaise foi.

— Alors comme ça, j'aurais terrorisé ton pauvre vieux papa ? Je te rappelle quand même qu'il m'a accueilli avec une batte de base-ball à la main !

— C'est seulement parce que tu refusais de dégager : légitime défense ! Alors, tu me l'arrêtes, ce salopard, commissaire ? ajouta Cal en se tournant vers Josh

— Non, Cal, je ne peux pas…

Josh n'eut pas le temps de terminer sa phrase : Cal poussa un hurlement guttural qui fit sursauter tout le monde. Puis, avant que les policiers ne réagissent, il fonça tout droit sur Matt, tête baissée comme un taureau furieux, bousculant Josh au passage.

Le commissaire ne parvint pas à se rattraper et tomba lourdement sur le sol. Matt, plus agile, esquissa un petit saut de côté qui le mit hors d'atteinte de Cal. Ce dernier, emporté par son élan, alla heurter de plein fouet le bureau de Josh. Matt profita alors de son étourdissement passager pour le saisir au collet, le retourner vers lui et lui écraser son poing dans la figure.

Aussitôt, le sang jaillit du nez de Cal. Hurlant de douleur, il l'essuya d'un revers de main avant de décrire un grand moulinet du bras droit, une lueur meurtrière dans ses petits yeux porcins. Mais cette fois, l'effet de surprise ne jouait plus en sa faveur : avant qu'il ait eu l'occasion de se jeter sur Matt pour le bourrer de coups, Josh, Rob et Duncan lui sautaient dessus pour l'immobiliser. Après une courte lutte, ils parvinrent à le plaquer au sol et à le maintenir comme un jeune veau récalcitrant dans un rodéo de cow-boys, le temps que Rob lui passe les menottes.

— Il m'a pété le nez ! braillait Cal comme un forcené. Cette espèce de connard m'a pété le nez, j'vous dis !

Josh se releva péniblement, l'air absolument furieux, le souffle court.

— Mettez-moi cet abruti dans une cellule ! lança-t-il aux deux autres policiers. Et lui aussi ! ajouta-t-il en désignant Matt du menton.

— Hé là ! protesta Matt. Ecoute un peu, Josh…

— Non, TOI, tu vas m'écouter ! cria le commissaire, visiblement à bout de nerfs. Tu n'as pas arrêté de causer des ennuis à tout le monde depuis que tu as remis les pieds dans le coin, et je commence à en avoir ras la casquette de tes âneries ! Tu m'entends ? RAS LE BOL !

— Et qu'est-ce que j'étais censé faire, sur ce coup-là ? lança Matt. Lui laisser me coller une beigne en pleine figure, sans protester ?

— Tu aurais dû attendre que j'intervienne, voilà tout.

— Tu m'excuseras, mais tu n'as pas fait preuve d'une efficacité fulgurante ces derniers temps, Josh !

Furieux, Josh inspira profondément avant de faire un signe de tête à Rob.

— Allez, c'est bon. Boucle-moi cet insolent.

L'air penaud, Rob obtempéra et posa une main sur l'épaule de Matt.

— Désolé, Matt. Tu veux bien me suivre ?

Le fils de Fred Baxter ne protesta pas. Rob avait reçu des ordres, et ce n'était pas le moment de lui causer des ennuis. De toute façon, se rebeller contre la décision de Josh ne ferait que reporter l'inévitable : si le commissaire voulait lui faire passer la nuit au poste, il parviendrait obligatoirement à ses fins.

Furieux contre lui-même autant que contre Cal et Josh, Matt se mit à réfléchir à toute vitesse. A présent que son plan était mis en place, rien ne pourrait l'arrêter. Il aurait largement préféré agir lui-même, mais maintenant, il se trouvait forcé de déléguer le travail. Il fallait absolument que quelqu'un aille se poster à la ferme pour attendre les meurtriers et les faire coincer sur le fait. Buzz serait parfaitement à sa place dans ce rôle : il allait l'appeler et lui demander de prendre le relais.

Il porta la main à sa poche pour y prendre son portable.

— Allez, Matt, amène-toi ! fit Rob tout en lui donnant une légère bourrade dans le dos pour le faire avancer vers sa cellule.

— Attends deux minutes, tu veux ? Je ne trouve plus mon téléphone mobile. Il a dû tomber de ma poche quand Cal s'est jeté sur moi comme un fou furieux.

— Tu le chercheras plus tard, grommela Josh. Quand je t'autoriserai à passer ton coup de fil, et pas avant !

— Bon sang de bonsoir, Josh, tu ne tournes vraiment pas rond aujourd'hui ! explosa Matt. Tu oublies les règles les plus élémentaires ! Je te rappelle que j'ai légalement le droit de passer un coup de téléphone, et tout de suite si je veux !

La seule réponse qu'il obtint de Josh fut un haussement d'épaules exaspéré. Après quoi, le commissaire sortit de la pièce à grands pas énervés.

36.

— Matt est en prison ! s'exclama Denise au moment précis où Grace franchissait le seuil de sa maison.

Sous le coup de la surprise, la jeune femme en resta bouche bée.

— Qu'est-ce que ça veut dire ? Matt, en prison ? Mais… Qu'est-ce qui s'est passé ? Qu'est-ce qu'il a fait pour mériter ça ? Comment est-ce arrivé ?

Denise la précéda dans la grande salle pour se laisser tomber sur le canapé d'un air désespéré.

— C'est Rob qui vient de m'annoncer ça au téléphone. Apparemment, Cal Badger avait suivi Matt au commissariat pour lui chercher des noises, et ils en sont venus aux mains dans le bureau de Josh.

— Et Matt ? Il est blessé ?

— Non, mais il a cassé le nez de Cal. C'est pour ça qu'il passe la nuit derrière les barreaux.

— C'est plutôt original comme prétexte ! répliqua Grace avec une ironie amère.

— La raison importe peu. Si tu veux mon avis, Josh avait envie de les mettre tous les deux en cellule, et c'est ce qu'il a fait, point final.

L'air déterminé, Grace saisit son téléphone portable et

commença à composer un numéro qu'elle avait appris par cœur. Mais Denise l'arrêta d'un geste las.

— Si tu comptais appeler Matt, laisse tomber. Ils lui ont confisqué son portable. Tu te rends compte ? Il n'a même pas eu le droit d'appeler un avocat ! C'est Josh qui a décrété ça, et tant qu'il n'aura pas décidé que Matt a le droit de contacter quelqu'un, on en restera au même point !

— Quand est-ce qu'il pourra appeler, alors ?

Denise haussa les épaules d'un geste fataliste.

— Ça, Dieu seul le sait ! Ça dépend beaucoup de l'humeur de Josh — et comme chacun le sait, il a un caractère de cochon…

— Mais il faut absolument qu'il puisse téléphoner ce soir !

Devant la réaction excessive de son amie, Denise fronça les sourcils.

— Pourquoi ? Qu'est-ce qu'il y a donc de si important ce soir ?

Au lieu de répondre à Denise, Grace jeta un coup d'œil angoissé à sa montre. Il n'était que 19 h 30. Ouf ! Ça leur laissait largement le temps d'agir.

— Il faut absolument sortir Matt de là, déclara-t-elle avec fougue.

— Tu n'as pas l'air de bien comprendre la situation, Grace, protesta Denise. Josh l'a mis sous les verrous. Et tel que je le connais, il doit se frotter les mains de contentement : il cherchait une excuse pour boucler Matt depuis le moment où il l'a vu débarquer à New Hope. Il y a une telle rivalité entre ces deux-là… Enfin, maintenant que Josh est arrivé à ses fins, il n'est pas près de laisser partir Matt. Je suis certaine qu'il doit jubiler à l'idée de faire mariner un agent du FBI, lui, petit commissaire de province. Après le père, le fils. Quelle victoire pour lui !

Grace s'était mise à marcher de long en large dans la pièce.

— Je dois trouver un moyen de le faire sortir de prison. Ce soir. Sinon, tout est fichu.

— Arrête, Grace, tu commences à me faire peur ! Qu'est-ce qui se passe ? Pourquoi es-tu si pressée ?

— Je ne peux pas te le dire.

— Tu ne me fais pas confiance ? répliqua Denise sur un ton de reproche qui serra le cœur de Grace.

— Si, mais ça n'a rien à voir avec la confiance ni avec notre amitié. C'est une affaire très délicate, et j'ai promis à Matt que je n'en soufflerais mot à personne, répondit Grace tout en posant les mains sur les épaules de son amie, l'air plus déterminé que jamais. Ecoute, Denise, tu connais sûrement quelqu'un qui pourrait m'aider à faire sortir Matt le plus vite possible. Réfléchis bien, je t'en prie ! J'ai besoin d'une personne qui ait suffisamment d'influence pour que Josh daigne l'écouter. S'il te plaît, Denise ! C'est très important.

Denise garda un silence pensif durant quelques instants, puis elle bondit brusquement de son siège.

— Ça y est, j'ai trouvé ! George Renshaw ! Tu sais bien : le maire. C'est un excellent ami de Matt. En plus, il a la cote avec Josh ! il est au moins aussi influent que lui en ville, et pour couronner le tout, c'est un avocat renommé.

Le sourire triomphant qu'arborait Denise redonna immédiatement du tonus à Grace.

— Mais bien sûr, le maire ! J'aurais dû y penser ! Je l'ai rencontré l'autre jour, et il m'a paru effectivement très proche de Matt.

Elle récupéra sa veste de cuir rouge, déjà prête à passer à l'action.

— Où est-ce qu'on peut le trouver ? demanda-t-elle à Denise.

— En principe, à cette heure-ci, il est encore à la mairie.

Tout en enfilant la deuxième manche de sa veste, Grace se précipita vers la porte.

— Allez, viens ! lança-t-elle à son amie. On fonce !

Les deux jeunes femmes s'arrêtèrent à la mairie, puis au cabinet d'avocat de George Renshaw. Hélas, le maire avait quitté son bureau à 18 heures pour se rendre à une représentation de *Mame*[1] au Théâtre régional du comté.

Pour la énième fois, Grace regarda sa montre : il était 19 h 55. Il n'y avait plus de temps à perdre.

— Viens vite ! dit-elle à Denise, tout en se ruant hors du bâtiment où George Renshaw avait installé son bureau de juriste. Si on se dépêche, on arrivera peut-être à le coincer avant le lever de rideau.

Denise dut se mettre à courir elle aussi pour se maintenir à la hauteur de son amie.

— Tu veux bien me dire ce qui se passe, maintenant ? Je te jure sur ma propre tête que je ne le répéterai à personne !

Elles bondirent presque en même temps dans la Toyota que Denise avait garée non loin du bureau de Renshaw.

— Pas le temps ! Allez, pleins gaz, Denise !

1. Célèbre comédie musicale américaine des années 1960 (Ndt).

Obéissante, la jeune femme fit un demi-tour sur les chapeaux de roues et fonça vers la rue South Main.

— C'est là ! annonça-t-elle au bout de quelques minutes à peine, en pointant du doigt un grand bâtiment rouge de l'autre côté du canal.

Après avoir perdu un temps précieux à chercher une place de stationnement, elles se dirigèrent au pas de course vers le théâtre illuminé.

— Ma mère était ouvreuse, il y a quelques années, fit Denise d'une voix hachée par leur course effrénée. Avec un peu de chance, je vais repérer quelqu'un que je connais parmi le personnel.

— Denise ? fit une voix rocailleuse, comme elles arrivaient devant l'entrée du théâtre. C'est bien toi ?

Elles se tournèrent d'un seul bloc vers la petite femme à la silhouette rondelette et aux cheveux blancs coupés court qui se dirigeait vers elles. Denise accueillit cette nouvelle arrivante avec un soupir de soulagement.

— Sandra ! Grâce au ciel, c'est toi qui es de service ce soir ! J'ai justement une faveur à te demander.

— Pourquoi es-tu aussi essoufflée ?

— C'est une longue histoire, et nous sommes assez pressées…

Prenant son temps, Sandra dévisagea Grace avec un intérêt non dissimulé. Apparemment, l'urgence qui vibrait dans la voix de Denise ne l'affectait pas outre mesure. Elle finit par demander :

— Vous êtes Grace McKenzie, n'est-ce pas ?

— C'est bien moi, en effet, répondit Grace avec un petit sourire crispé.

— J'ai entendu dire que vous n'aviez pas hésité à sauver ce pauvre Bernie de la noyade. Quel courage, alors que l'eau était littéralement glaciale, de plonger comme ça ! Vous avez dû…

— Pardonne-moi si je t'interromps, Sandra, la coupa Denise, mais le temps presse. Je ne voudrais surtout pas te paraître impolie, mais il est de la plus haute importance que nous parlions au maire.

— Quoi ? Tu veux dire, maintenant ? Tout de suite ?

— Tout de suite, oui.

— Mais c'est impossible : le spectacle a déjà commencé.

— Ecoute, Sandra, désolée d'insister, mais il s'agit d'une urgence. Crois-moi sur parole : si jamais le maire apprenait par la suite que j'ai essayé de le contacter et que je n'ai pas pu lui faire passer le message, il risquerait de ne pas être content. Mais alors, pas content du tout !

— Une urgence ? répéta Sandra tout en regardant tour à tour les deux jeunes femmes d'un air suspicieux. Et pourquoi est-ce toi qui viens l'en informer, plutôt que l'équipe municipale ?

— Parce que c'est privé, répondit Denise.

Puis elle baissa le ton pour confier à Sandra, d'un air mélodramatique :

— C'est une question de vie ou de mort !

Dans d'autres circonstances, Grace se serait follement amusée des talents de comédienne dont faisait preuve son amie. Mais pour l'instant, elle ne pouvait que prier pour que ce stratagème fasse son effet.

Comme elle l'espérait, Sandra ouvrit de grands yeux effarés tout en portant une main à sa bouche.

— Oh, mon Dieu ! fit-elle d'une voix étranglée. Pourquoi n'as-tu pas commencé par là ? Je vais chercher monsieur le maire tout de suite. Tu n'as qu'à attendre ici avec Mlle McKenzie : je me charge du reste.

Moins d'une minute plus tard, la porte du théâtre s'ouvrait pour laisser passage à la silhouette imposante de George Renshaw. Cette irruption imprévue avait dû le contrarier, car il arborait une mine pour le moins revêche.

— Que se passe-t-il ? Il y a le feu chez moi ? Parce que c'est à peu près la seule excuse que je puisse te trouver, Denise !

Voyant que le maire était si remonté contre Denise, Grace s'interposa. Elle n'allait pas laisser accuser son amie pour un acte dont elle ne connaissait même pas la raison.

— Pardonnez-moi, monsieur le maire, mais tout ceci est entièrement de mon fait. J'ai pratiquement dû menacer Denise pour qu'elle accepte de me conduire jusqu'à vous.

— Permettez-moi d'en douter fortement, mademoiselle McKenzie, bougonna le maire avec un dernier regard furibond en direction de la femme de Fred. En tout cas, j'exige une explication. De quelle affaire urgente estimiez-vous nécessaire que je sois averti ?

— Je vais faire court : Matt est en prison. Et le commissaire refuse de lui laisser voir un avocat ou même de l'autoriser à passer un coup de fil, alors que juridiquement parlant, il en a tout à fait le droit. Vous êtes la seule personne à New Hope qui puisse intervenir en sa faveur, alors nous sommes venues vous trouver, toutes affaires cessantes.

— Qu'est-ce qu'il a bien pu faire pour se retrouver derrière les barreaux ?

— Tout est la faute de Cal Badger. Il est arrivé comme un fou au commissariat et il s'est jeté sur lui pour le bourrer de coups. Matt s'est défendu, évidemment. Et Josh Nader a décidé de les arrêter tous les deux pour faire un exemple.

— Il y a eu des blessés ?

— Cal a le nez cassé, c'est tout.

Grace prit un ton suppliant pour ajouter :

— Vous voulez bien appeler le commissaire Nader, monsieur le maire ? S'il vous plaît ! Matt n'a fait que se défendre, vous savez ? Il n'aurait jamais causé une bagarre par plaisir. Vous le connaissez mieux que moi.

— Allons, calmez-vous, mademoiselle, et écoutez-moi plutôt. Vous savez parfaitement que je n'ai absolument pas le pouvoir d'interférer dans les décisions prises par le commissaire de New Hope. Comment croyez-vous que mes électeurs réagiraient si j'usais de mon influence pour que mes amis obtiennent des traitements de faveur ? Ce serait du piston et du copinage éhonté ! Et ils auraient toutes les raisons de me désavouer lors des prochaines élections.

— Oh, bon sang, George, arrête les frais, s'il te plaît ! explosa Denise. Tu ne comprends pas ? Tout ça, c'est uniquement parce que Josh est têtu comme une vieille mule, et qu'il a décidé de s'acharner contre les Baxter pour ne pas perdre la face. Si tu t'inquiètes tant que ça de ce que pensent tes électeurs, tu devrais y réfléchir à deux fois avant de nous congédier comme des malpropres. Déjà que les gens ne sont pas très contents de l'arrestation de Fred, imagine un peu comment ils vont réagir quand ils apprendront que Josh a bouclé son fils en prime ! Et sans raison valable, en plus ! S'ils savent que tu n'as rien fait contre cette décision arbitraire et injuste, leur fureur risque fort de se retourner contre toi, un de ces jours. Tu ne crois pas que tu ferais mieux de reconsidérer tes priorités ?

Contre toute attente, Renshaw parut touché par le ton emphatique qu'avait employé Denise. Il réfléchit quelques instants, comme s'il pesait le pour et le contre, puis finit par hocher la tête sentencieusement.

— En temps normal, je ne me mêlerais pas de ce genre d'histoire, mais tu n'as pas tout à fait tort, Denise. D'après ce que vous m'avez raconté, la punition dépasse la hauteur de la faute commise. Et puisque cela paraît avoir tant d'importance pour vous, mademoiselle McKenzie, ajouta-t-il avec une légère inclinaison du buste à l'intention de Grace qui trépignait d'impatience, et que mes concitoyens vous doivent déjà beaucoup, je veux bien essayer de persuader Josh de revenir sur sa décision. Mais attention : je ne peux rien vous promettre. J'espère que vous en êtes bien consciente.

— Tout à fait, monsieur le maire. Et merci.

Sur un dernier hochement de tête, George Renshaw sortit son téléphone et s'éloigna de quelques pas afin d'appeler le poste de police.

Pour Denise et Grace, déjà sur les nerfs, la conversation parut s'éterniser au-delà des limites du supportable. Lorsque le maire revint les trouver, elles bouillaient d'impatience. Mais leurs espoirs s'évanouirent devant la mine désolée de Renshaw.

— Je suis navré, mesdames. J'ai fait ce que j'ai pu, mais Josh estime que Cal et Matt ont tous deux besoin d'une petite leçon. Il pense qu'une nuit au poste leur permettra d'y réfléchir à deux fois avant de se livrer à une nouvelle démonstration de violence. Il me charge de vous dire qu'il ne les relâchera que demain matin, pas avant.

Sur ces mots, le maire rempocha son mobile d'un air vaguement excédé.

— Et maintenant, si vous voulez bien m'excuser, je vais assister au reste de la représentation. Denise, mademoiselle McKenzie, ajouta-t-il en les saluant de la tête, je vous souhaite une bonne nuit.

— Alors ? Qu'est-ce qu'on fait, maintenant ? demanda Denise, une fois que George Renshaw eut disparu.

— Je crois bien que tout repose sur moi, désormais.

L'expression de Denise redevint soupçonneuse.

— Comment ça, tout repose sur toi ? fit-elle d'un ton un peu abrupt. Mais de quoi est-ce que tu parles ?

— Du boulot que Matt avait commencé, répondit Grace, toujours aussi énigmatique. C'est à moi de le terminer, à présent.

— Et c'est quoi exactement, ce mystérieux boulot ?

Grace prit le bras de son amie et l'entraîna dans la nuit glaciale vers l'endroit où elles avaient garé leur voiture.

— Oh, pas grand-chose ! répondit-elle d'un petit air fanfaron destiné à masquer la sourde angoisse qui montait en elle, mêlée à une excitation qu'elle n'aurait jamais pensé ressentir dans de telles circonstances. C'est juste à moi de pincer les deux assassins. Et c'est ce soir ou jamais !

37.

Compte tenu de la situation, Grace se sentait autorisée à rompre la promesse qu'elle avait faite à Matt de se taire. Elle accepta donc enfin de mettre Denise au courant du fameux plan, en essayant de ne pas être trop dramatique. Elle souligna surtout le fait que ni Matt ni elle n'étaient certains du résultat de leur machination. Matt ne se basait que sur une intuition, ce qui voulait dire qu'il y avait autant de chances que leur stratagème fonctionne que de possibilités qu'il échoue lamentablement. Si la théorie échafaudée par Matt s'avérait exacte, ils auraient gagné, et toute cette histoire affreuse serait enfin clarifiée. Dans le cas contraire, ils n'auraient plus qu'à repartir de zéro.

A l'idée que ceux qui avaient fait disparaître sa petite sœur, vingt ans plus tôt, se trouvaient peut-être à portée de main, prêts à déterrer son cadavre, Denise se sentit comme galvanisée.

— C'est exactement ce que mes parents et moi avons attendu pendant toutes ces années ! confia-t-elle à Grace. Alors, je compte bien participer à la capture de ces infâmes personnages !

— Je… Quoi ? balbutia Grace, un peu déstabilisée par le tour que prenaient les événements.

— Tu m'as très bien entendue, Grace : je veux t'aider à attraper ces salauds.

— Il n'en est pas question ! protesta la jeune femme.

— Ne sois pas stupide, voyons ! Tu vas avoir besoin d'aide : tu ne peux pas agir seule, enfin !

— Non. Je refuse de te mettre en…

— Tu sais où se trouve la ferme de Buzz ?

— Non, mais je réussirai bien à la trouver.

— Et la voiture, tu y as pensé ? Tu as une idée de l'endroit où tu vas la garer pour qu'on ne l'aperçoive pas depuis la route ?

— Arrête tes manœuvres d'intimidation, Denise, ça ne sert à rien ! grommela Grace. Je ne suis pas complètement idiote !

— Justement : moi non plus, je ne suis pas complètement idiote. Et toutes les deux, on forme une excellente équipe, tu ne trouves pas ? Tu ne préfères pas attendre ces deux monstres en ma compagnie plutôt que toute seule, en priant le ciel qu'ils ne te voient pas ?

— Justement ! riposta Grace en écho aux paroles de son amie. Ça pourrait devenir dangereux.

— Alors, maintenant, tu as peur que ça tourne mal ? Pourtant, il n'y a pas deux minutes, tu prétendais que tu n'avais rien à craindre, qu'il suffisait d'attendre que les meurtriers se mettent à creuser pour appeler la police.

— Eh bien…, bafouilla Grace. Euh… en fait, si le plan fonctionne comme prévu, je… il n'y a aucun risque. Mais, comme dit Matt, aucun plan n'est jamais sûr à cent pour cent. On ne sait jamais : il pourrait y avoir un hic, n'importe quoi, et ça aurait vite fait de tourner mal.

— Et qu'est-ce que tu entends exactement par « mal » ? Tu veux dire qu'on pourrait se faire capturer, attacher à une chaise et torturer ? s'esclaffa Denise. Voyons, Grace, remettons les choses en perspective. On est à New Hope, en Pennsylvanie, pas sur le tournage de *24 heures chrono* !

— Bon, pour dire la vérité… tu as raison. Enfin, sur un point, au moins : c'est que je me sentirai nettement mieux si tu m'accompagnes.

Denise se frotta les mains, la mine réjouie.

— Bien, puisque c'est réglé, autant me mettre complètement au parfum. Alors, c'est quoi, le plan ?

— A vrai dire, Matt ne m'a pas donné beaucoup de détails sur la façon dont il comptait procéder, puisqu'il était bien décidé à passer seul à l'action. Mais si on se fie au simple bon sens, quelque chose me dit qu'on ferait mieux d'aller se poster à la ferme Suddenly dès que possible pour être sûres de ne pas manquer l'arrivée des assassins. Et aussi qu'on devrait prévoir de quoi patienter un bon moment.

— Ça, je m'en charge, fit Denise d'un air confiant. Je vais préparer une grande Thermos de café bien chaud, une énorme provision de sandwichs et une couverture pour nous installer confortablement pendant qu'on fera le guet.

Un éclair d'inspiration frappa soudain l'esprit de Grace.

— Des lampes de poche ! Il nous faudra des lampes de poche pour y voir clair. Et aussi des piles de rechange au cas où l'attente s'éterniserait.

— Pas de problème : j'en ai tout un stock à la maison.

— Il vaudrait peut-être mieux prendre ma voiture plutôt que la tienne. Elle est plus petite, plus discrète, et les gens d'ici ne la connaissent pas encore, alors qu'ils repéreraient la tienne sans difficulté. Tu connais bien la propriété de Buzz, au moins ?

— Pour être franche, ça fait un certain temps que je n'y suis pas allée, mais je devrais pouvoir me repérer.

— Bien, conclut Grace avec une calme assurance qui l'étonna elle-même. On va d'abord retourner chez toi pour prendre tout ce dont on aura besoin, et ensuite, on passera au cottage pour changer de voiture.

Les deux jeunes femmes échangèrent une brève accolade. Elles étaient désormais dans le même bateau, et cette aventure commune les rapprochait encore.

Elles rassemblèrent en un temps record toutes les affaires qui pouvaient leur servir avant de les fourrer pêle-mêle dans un grand sac de plage. Depuis l'étage, des bribes de musique pop leur parvenaient, signe que l'une des chambres était occupée.

Au regard interrogateur que lui lança Grace, Denise répondit simplement :

— C'est Lucie.

— Tu ne crois pas que tu devrais la prévenir que tu ne seras pas là ce soir ? demanda Grace, un peu ennuyée pour la jeune sœur de Matt. Tu pourrais lui dire que tu vas au cinéma, ou une excuse de ce genre…

Mais Denise hocha résolument la tête.

— Elle n'aime pas être dérangée quand elle étudie. On s'est déjà dit bonsoir tout à l'heure, et généralement, chacune vaque à ses occupations comme bon lui semble, depuis que Fred… enfin, depuis quelque temps. Elle pensera que je suis montée me coucher de bonne heure, voilà tout. Pas la peine de l'inquiéter avec cette histoire.

Grace hocha la tête. Moins il y aurait de gens au courant de leur petite escapade nocturne, mieux cela vaudrait.

Elles filèrent sans plus tarder au cottage où elles transférèrent leur gros sac d'un coffre à l'autre, puis elles grimpèrent à bord de la voiture de Grace, et Denise se mit au volant. Elles allaient démarrer quand un véhicule passa devant l'allée menant à l'ancienne maison de Steven. La prudence leur dicta de patienter jusqu'à ce que la voiture ait disparu. Après quoi, elles se hâtèrent de prendre la direction de la ferme de Buzz.

Denise conduisait remarquablement bien. Elle accéléra après s'être engagée sur la route 232, sans pour autant dépasser la limite de vitesse autorisée.

— C'est encore loin ? demanda Grace qui gardait un œil sur sa montre.

— Non, à peine quelques kilomètres, maintenant. On ne peut pas rater la ferme : pour éviter les promeneurs du dimanche, Buzz a planté un grand panneau qui signale l'entrée de sa propriété. On le voit très bien depuis la route.

Elle jeta un coup d'œil à sa coéquipière dont les lèvres serrées indiquaient son état de crispation.

— Tu es nerveuse, on dirait ?

— Hmm. J'ai la bouche un peu sèche, reconnut Grace.

— Moi aussi, répliqua Denise le plus naturellement du monde. Je n'arrête pas de me dire que cette équipée rocambolesque pourrait bien nous permettre de faire enfin sortir Fred de prison.

— Seulement si la théorie de Matt se vérifie, corrigea Grace, en dépit de l'espèce d'euphorie qu'elle ressentait, elle aussi.

— Voilà, on y est ! s'exclama Denise tout en pointant le menton vers un panneau où était inscrit en grosses lettres « FERME SUDDENLY ».

Quittant la grand-route, elle tourna sur un chemin de

terre battue dont le tracé rocailleux était à peine assez large pour la petite Taurus de Grace.

— Tu ne vois pas d'autre voiture ?

Grace balaya du regard les environs, englobant les champs et les bois touffus qui recouvraient une partie de la propriété de Buzz.

— Non, il n'y a personne en vue. Il est encore trop tôt.

La voiture cahotait désagréablement, malgré l'allure bien moins soutenue que Denise avait automatiquement adoptée en s'engageant sur le chemin privé.

— Je pense qu'on devrait s'arrêter là, fit-elle au bout de quelques instants, en ralentissant encore. La végétation est assez haute et dense pour nous camoufler. Avec ça, personne ne remarquera la voiture.

Elle s'arrêta et coupa le moteur avant de se tourner vers Grace, comme pour lui demander confirmation de son choix. Un bref hochement de tête, et les deux jeunes femmes sortirent ensemble du véhicule.

— Où va-t-on s'installer ?

Denise pointa le doigt vers une petite colline qui s'élevait non loin du bois.

— Là-haut, ça me semble l'endroit idéal. On sera un peu surélevées par rapport au reste de la propriété, ce qui nous permettra d'avoir un point de vue imprenable.

— Ce n'est pas très protégé, fit remarquer Grace. On ne risque pas de se faire repérer ?

— Je n'avais pas pensé à ça… On verra bien une fois qu'on y sera, qu'est-ce que tu en penses ? répondit Denise tout en levant son regard vers le ciel sans nuage. Tu as vu ? C'est la pleine lune, ce soir. Avec un peu de chance, on n'aura même pas besoin d'allumer nos lampes. Tiens, prends la couverture. Moi, je vais porter le sac.

Une fois le coffre de la voiture refermé à clé, les deux jeunes femmes se lancèrent dans l'ascension de la colline. Cela ne leur prit que quelques minutes, et lorsqu'elles furent arrivées au sommet, elles inspectèrent les alentours avec satisfaction. Contrairement à ce que Grace craignait, le monticule de terre n'était pas si exposé : il y avait suffisamment de broussailles pour qu'elles puissent s'asseoir à l'abri des regards. Et la vue était parfaitement dégagée jusqu'au corps de ferme, dont les lumières brillaient chaleureusement. Bref, c'était l'endroit rêvé pour s'installer en attendant les coupables.

— Là, je crois que ce serait parfait, déclara Denise tout en se dirigeant vers un bouquet de houx sauvage assez haut et touffu pour les dissimuler toutes les deux.

Elle étala la couverture sur le sol après avoir pris soin d'enlever les plus grosses pierres, puis elle s'assit avec un soupir de soulagement.

— Quand penses-tu qu'ils vont se montrer ? demanda-t-elle à son amie.

Grace se rapprocha pour s'asseoir en tailleur à côté de Denise.

— A mon avis, ils ne peuvent pas se permettre d'attendre trop longtemps. Ils doivent être drôlement inquiets, étant donné que Buzz a raconté à qui voulait l'entendre que les travaux allaient commencer dès que possible. Ils veulent sûrement que tout soit terminé ce soir. Et comme ils vont avoir besoin de temps pour retrouver l'endroit exact, ils ne devraient pas trop tarder.

Sans faire de bruit, Denise fourragea dans le sac pour en

extraire la Thermos de café et deux tasses qu'elle remplit jusqu'en haut de liquide odorant.

— Tu es sûre que ça va aller ? lui demanda Grace.

— Je dois reconnaître que j'éprouve des sentiments mitigés. Il y a une part de moi qui redoute ce qui va se passer et une autre qui se sent presque soulagée. Depuis le temps que cette histoire me tracasse…

Elle n'eut pas le temps de terminer sa phrase. Grace lui avait posé une main sur le bras. Elle avait les yeux fixés sur l'endroit d'où venait de lui parvenir un éclair lumineux.

— Attention, c'est le moment ! murmura-t-elle.

— Ils sont déjà là ? chuchota Denise. Je ne vois rien, moi !

— C'est normal, ils viennent d'éteindre leurs phares, répondit Grace tout en pointant du doigt une forme sombre qui avançait doucement le long du chemin de terre sinueux.

— Ça y est, je les vois ! souffla Denise. Heureusement que c'est la pleine lune !

— Tu reconnais la voiture ?

— Non, malheureusement.

Un nuage voila la lune juste au moment où le véhicule s'arrêtait. Deux hommes en sortirent pour inspecter les alentours avec attention. Au bout de quelques secondes, ils firent le tour de la voiture, ouvrirent le coffre et en extirpèrent deux grandes bêches dont ils posèrent les manches sur le sol dur.

— Il y en a un qui me paraît un peu plus petit que l'autre, fit Grace à l'oreille de sa coéquipière.

Denise voulut se redresser pour mieux voir, mais Grace la retint juste au moment où elle allait passer la tête au-dessus du bouquet de houx qui les masquait.

— Tu es folle ou quoi ? chuchota-t-elle furieusement. Ils vont nous repérer si tu n'es pas plus prudente !

— Mais il faut absolument qu'on sache qui ils sont !

— On le saura bien assez tôt. Rappelle-toi ce qu'avait prévu Matt : il ne faut surtout pas donner l'alerte tant qu'ils n'ont pas commencé à creuser.

Retombant sur ses talons, Denise commença à se mordiller les ongles pour tromper sa nervosité.

— Bon sang, mais qu'est-ce qu'ils fabriquent ? Pourquoi restent-ils là sans bouger ? Ils n'ont pas plus d'énergie que deux zombies !

— Ils doivent essayer de se rappeler l'endroit exact où ils doivent creuser, murmura Grace sans quitter des yeux les deux silhouettes immobiles.

A cet instant, la lune refit son apparition, éclairant le paysage de toute la force de ses rayons. Elle avait des teintes rousses, ce soir-là, et son visage rond baignait la propriété de Buzz d'une atmosphère étrange.

Brusquement, le plus petit des deux hommes fit un geste vers le corps de ferme. Les deux femmes suivirent du regard la direction qu'il indiquait : dans la grande maison, les lumières s'éteignaient une à une.

— Est-ce que c'est un signal ? souffla Denise. Est-ce que Buzz est dans le coup ? Il a un rôle à jouer pour coincer ces deux bandits ?

— Non, répondit Grace sur le même ton étouffé. Matt ne voulait pas courir le risque de le mettre en danger. Je crois que Buzz n'est même pas au courant de la petite embuscade de ce soir.

Une dizaine de minutes s'écoula, qui parut durer une éternité aux deux jeunes femmes, toujours tapies dans l'ombre du fourré. Enfin, les deux hommes soulevèrent leurs bêches pour les poser sur l'épaule et se dirigèrent vers les bois touffus. A la faveur de la lune qui brillait toujours, Grace pouvait suivre tous leurs faits et gestes.

Elle sentait son cœur battre à cent à l'heure. Dans quelques instants, il serait temps d'agir.

Tout près d'elle, Denise laissa soudain échapper un petit cri involontaire.

Vivement, Grace se retourna vers son amie pour lui dire de garder un silence absolu. Mais lorsqu'elle vit l'expression qui s'était peinte sur le visage de la jeune femme, les mots moururent dans sa gorge. Denise aurait contemplé un cadavre en décomposition qu'elle n'aurait pas eu l'air plus horrifié.

Dans un chuchotement à peine audible, Grace lui demanda, saisie d'une sourde angoisse :

— Quoi ? Qu'est-ce qu'il y a ?

— Oh, mon Dieu ! souffla Denise d'une voix étranglée. Oh, mon Dieu ! Oh, mon Dieu !

— Pour l'amour du ciel, Denise..., commença Grace d'un ton exaspéré.

Une fois de plus, elle s'interrompit devant le manège de son amie. Denise agitait frénétiquement l'index vers l'une des silhouettes qui s'activaient à l'orée du bois.

— Oh, mon Dieu, mais c'est *George* ! C'est le *maire*, Grace ! Tu m'entends ? *Le maire !*

38.

Abasourdie, Grace se retourna vers le bois.

— Tu es sûre ?

— Sûre et certaine ! Regarde bien : il est juste en face de nous. Regarde son visage !

Denise avait raison. L'homme dont Grace avait remarqué tout à l'heure qu'il était un peu moins grand que son comparse, et qui portait une parka bleu sombre, était bien le même qui les avait reçues, moins de deux heures plus tôt, pour un entretien express devant les portes du théâtre. C'était vers lui qu'elles s'étaient tournées pour chercher de l'aide. Lui, le maire de New Hope, l'ami de Matt, l'insoupçonnable George Renshaw.

— Je n'arrive pas à le croire, chuchota Denise. Dire qu'il faisait partie des volontaires qui ont battu la campagne pour retrouver ma sœur quand elle a disparu ! Tu le savais ?

— Non, fit simplement Grace, trop sonnée par cette découverte pour trouver autre chose à répondre.

— Quand je pense que j'ai voté pour cette espèce d'immonde salaud ! ajouta Denise d'une voix glacée. Et que je suis allée jusqu'à faire campagne en sa faveur !

Elle laissa échapper un petit rire amer.

— Ah ça, on peut dire qu'il a bien caché son jeu ! L'homme

parfait, toujours prêt à rendre service, toujours aimable… Exactement le même genre que Fred. Sauf qu'évidemment, Fred est sincère alors que lui n'est qu'un sale imposteur doublé d'un assassin !

Comme frappée par une idée soudaine, elle se tourna vers Grace, les yeux brillant de fureur.

— Tu crois qu'il avait déjà planifié sa petite visite chez Buzz quand on est allées le voir au théâtre ?

— Forcément ! Combien de temps dure une représentation, en général ?

— Au minimum deux heures.

— Ce qui veut dire qu'il a dû quitter le théâtre tout de suite après la fin du spectacle, vers 22 heures en gros, calcula Grace. Il a raccompagné sa femme à la maison, puis il est ressorti sous un prétexte quelconque. Ou alors, il a attendu qu'elle s'endorme pour filer.

— N'importe. Dans tous les cas, il a organisé tout ça aussi froidement que l'assassinat de ma petite sœur, fit Denise d'un air terrible. Je veux sa peau, Grace, tu m'entends ? Je veux le tuer de mes propres mains. Ce n'est qu'un horrible monstre, et il mérite la mort !

Malgré les émotions fortes qu'elle ressentait elle-même, Grace tenta d'apaiser son amie. Il n'était pas question qu'elle fasse rater le plan que Matt avait soigneusement élaboré.

— Il sera puni pour ses crimes, Denise, mais ce n'est pas à toi de t'en charger. Pour le moment, nous ne devons surtout pas faire de bruit, sinon, ils vont prendre la fuite et la police ne pourra pas les prendre la main dans le sac.

— Tu veux dire que le fait qu'ils soient dans ce bois en plein milieu de la nuit avec une pelle sur l'épaule ne suffirait pas à les accabler ?

— Je n'en sais rien, je ne suis pas experte en condamnations, rétorqua Grace avec un calme qu'elle était bien loin d'éprouver. Tout ce que je sais, c'est que Matt, qui s'y connaît sûrement mieux que nous, voulait attendre qu'ils aient commencé à creuser pour avertir les forces de l'ordre. Et c'est bien ce que nous allons faire.

Elle avait parlé avec fermeté pour être sûre de convaincre sa coéquipière. Mais elle sentait bien l'impatience de Denise à confondre les meurtriers de sa sœur. Sa nervosité était presque palpable.

— Et s'ils n'arrivent pas à se rappeler l'endroit exact où ils ont enterré ma pauvre Felicia ? Et s'ils ne se mettent jamais à creuser ? Et s'ils nous filent sous le nez ?

— Mais non, c'est impossible. Ils vont forcément rester jusqu'à ce qu'ils aient retrouvé la tombe. Ils sont sûrement persuadés que Buzz va commencer les travaux de défrichement du bois demain matin, à la première heure. Tu te rappelles ce que je t'ai dit ? C'était ça, le plan. Et jusqu'ici, il a plutôt bien fonctionné, non ? Alors, ne t'inquiète pas : ils ne risquent pas de s'en aller tant qu'ils n'ont pas effacé la trace de leur méfait, même s'ils doivent rester dans ces bois toute la nuit. Ils ne peuvent tout simplement pas se permettre de rater leur coup, cette fois. Ils ne vont pas laisser cette preuve accablante les dénoncer après tant d'années de tranquillité !

Denise hocha enfin la tête en signe d'acquiescement. Soulagée, Grace se rendit soudain compte qu'une de ses jambes était ankylosée. En faisant le moins de bruit possible, elle se rassit un peu plus confortablement.

— Est-ce que tu as reconnu l'autre ? demanda-t-elle à sa compagne.

— Non, mais je n'ai pas encore eu l'occasion de bien le regarder. Il n'a pas tourné la tête dans notre direction depuis tout à l'heure, alors, même avec la lumière de la lune, c'est impossible de distinguer ses traits.

Le maire et son mystérieux complice se livraient à un étrange manège : ils donnaient l'impression d'errer au hasard, de tourner en rond. De temps à autre, ils s'arrêtaient sans raison pour se pencher vers le sol, puis ils reprenaient leur marche sans but.

— Ils viennent de s'arrêter, murmura Grace.

— Encore ? Mais qu'est-ce qu'ils peuvent bien fabriquer ? A ce rythme, on va passer toute la nuit à se geler dans ce buisson !

— Je crois qu'ils ont trouvé quelque chose. Regarde ! On dirait qu'ils se repèrent par rapport à la ferme de Buzz. A mon avis, ils ne sont plus très loin du but, maintenant.

Comme pour corroborer ses dires, un murmure de voix leur parvint.

— Je crois qu'on y est, Denise, chuchota la jeune femme en essayant de réprimer l'excitation soudaine qui l'avait saisie. A mon avis, ils ont repéré l'emplacement de la tombe.

Elle avait à peine prononcé ces mots que les deux hommes ôtaient leur veste et se mettaient à creuser de concert.

Aussitôt, Grace plongea la main dans son sac pour y chercher son portable à tâtons. Mais elle tremblait tellement et son cœur battait si fort qu'elle n'arrivait pas à contrôler ses mouvements. Pour un peu, elle se serait évanouie, tant la tension s'était accrue depuis quelques secondes.

— Allez, vite ! la pressa Denise.

— Du calme, voyons ! Ne panique pas : ils sont encore là pour un bon moment.

— Pas à la vitesse où ils creusent ! répliqua Denise tout en saisissant le sac de Grace. Laisse-moi faire. Tu n'arriveras à rien comme ça : regarde-toi, tu trembles comme une feuille !

— Laisse, je te dis : je l'ai !

Elles mirent la main sur le téléphone en même temps. Mais dans leur hâte à le saisir, elles le laissèrent tomber. Comme au ralenti, elles le regardèrent s'envoler de l'autre côté de la colline.

— Oh non !

Vive comme l'éclair, Grace avait plongé en avant, dans un effort désespéré pour rattraper le téléphone avant qu'il ne roule au bas de la pente. Elle serait sûrement tombée par-dessus bord si Denise ne l'avait pas retenue in extremis.

— Qu'est-ce que tu cherches à faire ? lui demanda-t-elle. Tu veux te tuer ?

Impuissante, Grace regarda d'un œil atterré son téléphone dégringoler la descente qui menait au bois. Elle pria de toutes ses forces pour qu'il rencontre un obstacle qui le stoppe dans sa chute — n'importe quoi, un caillou, une branche morte, une motte de terre… Mais le mobile continua sa course folle et ne s'arrêta qu'au bas de la colline où il heurta le sol avec un bruit sec qui leur parut résonner autant que la détonation d'un fusil de chasse.

Alertés, les deux hommes se retournèrent brusquement et restèrent immobiles quelques instants, l'oreille aux aguets. Au bout de quelques secondes, pendant lesquelles les jeunes femmes retinrent leur souffle, terrorisées, le plus grand des deux inclina la tête vers son compagnon pour lui murmurer quelque chose. L'air sceptique, George Renshaw haussa les épaules et secoua sa main libre avant de se remettre à creuser de plus belle.

— Pourquoi a-t-il fallu que tu interviennes ? siffla

Grace d'un air furieux. Tu as vu ce que tu as fait ? C'est malin !

— Tu mettais tellement de temps !

— Et alors ? Ce n'était pas bien grave ! répliqua la jeune femme sèchement. Je t'ai dit qu'on n'était pas pressées. Tu n'as pas entendu ?

— Parce que tu penses que c'est ma faute, c'est ça ? Tu crois que j'ai fait exprès de balancer ton maudit portable ?

Grace prit une grande bouffée d'air pour se calmer. Qu'étaient-elles donc en train de faire ? Elles se disputaient comme des chiffonnières alors qu'elles auraient dû rester soudées. C'était complètement stupide comme réaction.

— Je suis désolée, murmura la jeune femme d'un air contrit. Je suis plus irritable que je ne l'aurais cru. C'est toute cette pression…

Denise, toujours prête à pardonner, hocha la tête avec un sourire penaud.

— Ce n'est rien, Grace. Moi aussi, j'ai réagi de manière excessive. Je suis tellement anxieuse !

— Bon, puisque c'est réglé, concentrons-nous sur l'essentiel. Nous allons utiliser ton portable, d'accord ?

— Oui, évidemment ! répondit Denise tout en posant son grand sac de plage sur ses genoux pour en fouiller le contenu. Après quelques secondes d'efforts infructueux, elle commença à s'agiter nerveusement.

— Qu'est-ce qui ne va pas ? demanda Grace. Tu as bien emporté ton mobile, n'est-ce pas ?

— Bien sûr, bien sûr, répondit vivement Denise tout en continuant à chercher frénétiquement dans son sac. Je ne me déplace jamais sans. C'est juste qu'il y a tellement de trucs dans mon fourre-tout que je n'arrive pas à mettre la main dessus.

Elle sortit une à une les affaires qui encombraient son sac : la Thermos de café encore à moitié pleine, des gobelets, deux sandwichs appétissants enveloppés dans du film étirable, un tricot en cours de réalisation, deux cannettes de soda à l'orange, trois lampes de poche et une demi-douzaine de piles dans leur emballage.

— Tu as emporté du tricot ? s'étonna Grace, surprise d'un tel déballage hétéroclite.

— Non, je n'ai pas pris le temps de le retirer du sac, c'est tout, répondit Denise un peu sèchement.

Avec un haussement d'épaules, Grace examina soigneusement les objets étalés sur la couverture.

— Et ton portable ? Où est-il ? demanda-t-elle en fronçant le sourcil.

— Je… je ne sais pas, je ne le vois pas, bredouilla Denise d'un air contrit. Je suis vraiment désolée, Grace. Je suis complètement nulle : j'ai tout gâché !

— Mais non, mais non ! dit Grace sans grande conviction.

— Si ! A cause de moi, le plan tombe à l'eau. Sans téléphone, on ne va pas pouvoir prévenir la police !

C'était l'évidence même, et Grace se dispensa de commentaire. Au pied de la colline, les deux hommes continuaient à s'activer. Ils avaient un peu ralenti l'allure, mais le trou qu'ils creusaient s'agrandissait tout de même à vue d'œil. Combien de temps encore allaient-ils rester là ? Impossible de le deviner. Cela dépendait de la profondeur à laquelle ils avaient enterré le corps de Felicia, vingt ans plus tôt. En tout cas, il ne leur faudrait certainement pas toute la nuit pour venir à bout de leur tâche rebutante.

— Je vais aller récupérer mon téléphone, lâcha soudain Grace d'un air décidé.

— Tu es folle ? Il n'est qu'à quelques mètres des assassins ! Tu veux te faire tuer, c'est ça ?

— Je ne ferai pas de bruit. De toute façon, ils sont trop occupés à creuser pour prêter attention à quoi que ce soit derrière eux.

— A ta place, je ne jurerais de rien. Tu as vu comme ils se sont retournés d'un seul coup, tout à l'heure, quand on a fait tomber le portable ? Ils risquent de t'entendre, Grace, et si jamais ils te voient... Je n'ose pas imaginer la suite !

A vrai dire, Grace n'était pas si rassurée qu'elle voulait bien en donner l'impression. Mais comme il fallait absolument agir, elle persista dans sa décision.

— Même s'ils perçoivent un léger bruit, ils n'iront sûrement pas jusqu'à penser que quelqu'un a pu les suivre jusqu'ici. Ils croiront que c'est un animal qui a été dérangé par leur agitation — il y a sûrement plein de petits rongeurs qui peuplent ce bois.

— Mais tu seras totalement à découvert ! lui fit remarquer Denise en roulant de grands yeux effarés. Si jamais ils jettent un coup d'œil dans cette direction, ils te repéreront forcément ! Ce sont des tueurs, Grace, pas de simples promeneurs !

— Ils ne me verront pas, affirma la jeune femme avec détermination. Je vais ramper au bas de la pente, et je veillerai bien à rester cachée derrière les broussailles.

Denise émit un grognement désapprobateur, mais Grace ne l'écouta pas : elle s'était déjà mise à plat ventre et entamait sa lente descente à la manière d'un soldat en manœuvre. Le craquement des feuilles mortes sous son poids lui parut résonner comme une salve d'artillerie, mais elle savait que c'était une impression subjective, et que les deux hommes n'avaient probablement rien entendu.

Prudemment, elle poursuivit son avancée, essayant d'évaluer approximativement la distance qui la séparait de son téléphone. Elle le voyait très distinctement, mais elle n'était pas sûre du temps qu'il lui faudrait pour l'atteindre. Et une fois qu'elle l'aurait récupéré, elle devrait encore vérifier que la chute ne l'avait pas endommagé. Dans le cas contraire, elle aurait fourni tous ces efforts pour rien !

Elle s'arrêta un instant pour réfléchir à la direction qu'elle allait prendre. Le plus court chemin jusqu'à son mobile était facilement repérable, mais il ne permettait pas de se dissimuler. Si elle choisissait de rester sur la droite, elle opérerait à couvert, ce qui était nettement préférable, étant donné les circonstances.

Elle tourna donc dans cette direction et poursuivit son équipée aussi silencieusement que possible. Elle avançait à présent sur un tapis d'aiguilles de pin qui lui piquaient la paume des mains et les genoux.

Derrière elle, aucun bruit ne s'échappait du bouquet de houx sauvage où elles avaient établi leur campement provisoire. Elle se demanda ce que pouvait bien faire Denise en cet instant critique. Elle devait se ronger les ongles d'angoisse.

Bien cachée derrière une grosse touffe de laurier des montagnes, Grace continua sa progression, jetant un coup d'œil discret de temps à autre pour vérifier qu'elle ne déviait pas de son objectif. De là où elle se trouvait, elle entendait le bruit des bêches quand elles mordaient le sol asséché par les rigueurs automnales, accompagnées des ahanements d'effort des deux hommes, chaque fois qu'ils soulevaient une pelletée.

Elle n'était plus qu'à un ou deux mètres de son téléphone, mais les buissons salvateurs s'arrêtaient là. Elle chercha du regard quelque chose qu'elle aurait pu utiliser comme une sorte de râteau, pour l'attirer vers elle. Un bâton ou une branche feraient l'affaire…

Toujours à plat ventre, elle tendit le bras pour casser une branche de l'arbuste le plus proche. Ce ne fut pas chose facile, mais elle parvint à en venir à bout. La branche bien serrée dans sa main droite, elle rampa à découvert sur quelques centimètres et étendit le bras aussi loin qu'elle put. Le bout de son bâton improvisé effleura le téléphone sans qu'elle parvienne à l'accrocher.

Elle faillit pousser un soupir de découragement, mais se ressaisit vite. Elle allait devoir avancer encore un tout petit peu pour atteindre son but.

Retenant sa respiration, elle se rapprocha furtivement de sa cible. Elle n'eut pas à bouger beaucoup : cette fois, elle réussit à positionner le bout de sa branche juste derrière son mobile. Tout ce qu'elle avait à faire, maintenant, c'était ramener son précieux téléphone jusqu'à elle et repartir aussi silencieusement qu'elle était arrivée.

Hélas ! Trois fois hélas ! Au moment même où le portable commençait à glisser vers elle, une grosse botte noire s'abattit dessus.

Grace sentit son sang se glacer dans ses veines. C'était fini. Elle était découverte !

— Eh bien, eh bien ! fit une voix masculine qui lui était devenue familière. C'est cette chère Mlle McKenzie ! Quelle surprise de vous rencontrer ici !

Les jambes flageolantes, les oreilles bourdonnantes, la jeune femme leva les yeux pour rencontrer le regard impassible du commissaire Nader.

39.

— Je vais vous débarrasser de cet objet encombrant, poursuivit le commissaire en se penchant pour ramasser le portable.

Il appuya sur un bouton pour vérifier le dernier numéro que la jeune femme avait appelé. Ce qu'il lut sembla lui convenir : un seul coup d'œil lui suffit pour constater qu'elle n'avait pas contacté les autorités. Arborant un petit air satisfait, il éteignit le téléphone et le glissa dans la poche de son pantalon.

Grace ne s'était toujours pas relevée. A plat ventre, en état de choc, elle continuait à fixer le commissaire comme s'il s'était agi d'un revenant. Incapable de prononcer le moindre mot, elle porta son regard sur le maire qui se tenait debout, juste derrière lui, puis de nouveau sur Josh Nader. Une vague d'émotions fortes la submergeait, lui ôtant jusqu'à la volonté de se redresser pour faire face avec dignité à ces affreux personnages.

D'un air suspicieux, le chef de la police de New Hope scruta les environs.

— Qui vous a accompagnée jusqu'ici ? demanda-t-il d'une voix qui n'avait rien d'aimable.

Grace dut s'y reprendre à deux fois pour déglutir, tant le nœud qui lui serrait la gorge l'étranglait.

— Pe… personne, bredouilla-t-elle d'une voix mourante. Je suis venue toute seule.

Il aurait peut-être cru à son mensonge si, à cet instant précis, Denise n'avait pas perdu l'équilibre. Elle se rattrapa avant de dégringoler la pente, mais il était trop tard : Josh l'avait vue.

— Eh bien, mais vous formez un très joli duo ! lança-t-il d'un ton ironique, tout en sortant un pistolet de sa ceinture pour le pointer vers la femme de Fred qui le regardait, pétrifiée. Allez, descends de là et viens donc nous rejoindre, Denise ! Tu sais ce qu'on dit : plus on est de fous…

Sans piper mot, Denise s'exécuta, la tête haute, le regard foudroyant.

Lorsqu'elle eut atteint le bas de la colline, le commissaire secoua le canon de son arme en direction du gros sac de plage qu'elle portait toujours en bandoulière.

— Donne-moi ça !

Elle allait lui apporter le sac quand il l'interrompit d'un geste menaçant.

— Non ! Pas la peine de t'approcher. Fais-le glisser sur le sol. Et vous, ajouta-t-il en se retournant vers Grace qui n'avait pas bougé d'un millimètre, relevez-vous et rejoignez votre copine. Je vous préviens : n'essayez pas de fuir ou d'improviser une attaque surprise, parce que vous risqueriez fort de vous retrouver avec une balle en pleine tête. Compris ?

Quand les deux jeunes femmes furent côte à côte, Josh fourragea d'une main dans le sac qu'il avait ramassé, pendant que de l'autre, il les tenait en respect, son pistolet pointé sur elles.

— Où est ton portable ? demanda-t-il à Denise en levant la tête vers elle.

— A la maison, répondit-elle piteusement. Je l'ai oublié.

— Ben voyons, comme si j'allais te croire ! s'esclaffa Josh Nader. George, fouille-la !

George s'approcha lentement de la jeune femme, mais d'un regard meurtrier, celle-ci le dissuada d'avancer davantage.

— Tu n'as pas intérêt à poser tes sales pattes sur moi, espèce d'immonde salopard ! siffla-t-elle d'un air mauvais. Si jamais tu me touches, je te jure que je t'arrache le nez d'un coup de dents !

Le maire de New Hope eut un instant d'hésitation. Il se tourna vers son complice pour l'interroger du regard —visiblement, c'était Josh le chef de cette misérable association de malfaiteurs.

— Ne sois pas stupide, George ! lança le commissaire d'un ton impatient. Elle serait bien incapable de porter sa pauvre menace à exécution. C'est de l'intimidation pure et simple. Allez, fouille-la vite !

Puis, s'adressant à Denise tout en agitant le canon de son arme, il ajouta d'un ton glacial :

— Tu es prévenue : tu bouges ne serait-ce qu'un petit doigt et je t'expédie ad patres, rejoindre ton idiote de sœur !

— Reste tranquille, Denise, d'accord ? fit George d'un ton qui ressemblait presque à une excuse. Je vais faire vite, c'est promis.

Il tint parole. Après avoir soigneusement examiné le contenu des poches de la jeune femme, il recula comme si son contact l'avait brûlé.

— RAS, Josh.

— Alors comme ça, on prépare un petit guet-apens et on oublie son portable ? lança le commissaire d'un air moqueur. Si ce n'est pas faire preuve d'une stupidité incommensurable…

Ce n'était pas une question, et il ne leur laissa pas le temps de protester. Il se tourna de nouveau vers le maire qui attendait, debout, l'air mal à l'aise.

— Bon, puisqu'elles sont inoffensives, autant en terminer avec cette maudite tombe. Tu n'as qu'à finir de la remblayer.

— Et pourquoi ce ne serait pas toi qui t'en chargerais ? répliqua George. Je suis exténué, moi ! C'est un miracle si je n'ai pas déjà succombé à une attaque, tellement toute cette histoire me porte sur les nerfs !

— Arrête de te plaindre et dépêche-toi ! fit Josh d'un ton qui n'admettait pas de réplique. Il faut qu'on se tire d'ici en vitesse, tu piges ?

Tout en marmonnant dans sa barbe, George s'éloigna, laissant le commissaire seul face aux deux jeunes femmes qui n'en menaient pas large.

— Il y a tout de même un truc qui me chiffonne, grommela-t-il. Comment avez-vous fait pour tout comprendre, avec vos têtes de linottes ?

Au regard furtif que lui lança Denise, Grace hocha imperceptiblement la tête, espérant de toutes ses forces que Josh ne percevrait pas leur petit manège. Leurs vies ne tenaient sans doute qu'à un fil, maintenant qu'elles étaient découvertes, mais il fallait qu'elles protègent celle de Matt coûte que coûte. D'autant qu'il restait encore un mince espoir qu'il eût réussi à prévenir quelqu'un d'autre…

— A vous de voir, commissaire, rétorqua Grace avec un aplomb totalement factice. Peut-être que finalement, les deux têtes de linottes sont moins stupides que vous ne le croyiez !

— Je vais vous dire ce que vous êtes, mademoiselle McKenzie : vous êtes une vraie plaie ! Vous me cassez les burnes depuis que vous avez posé le pied en ville ! Enfin, l'avantage, c'est que vous n'allez plus m'embêter très longtemps. Alors, si vous pouviez me répondre sans tergiverser, ça m'arrangerait nettement : qui avez-vous mis au courant de votre petit jeu de détectives ?

Grace s'efforça de prendre un air innocent.

— Personne. Je voulais avertir Matt, et j'ai même essayé de demander un coup de pouce à votre copain le maire pour qu'il soit libre ce soir et qu'il vienne nous aider. Mais vous avez refusé catégoriquement de le laisser sortir de prison avant demain.

— Un coup de génie, pas vrai ? lança Josh, apparemment très fier de lui.

Puis il se tourna vers Denise, l'air plus menaçant que jamais.

— Et toi, hein ? A qui es-tu allée raconter votre plan foireux ? Tu as toujours eu beaucoup de mal à fermer ta grande gueule, alors, avoue !

— Je n'étais au courant de rien jusqu'à ce que Grace m'entraîne ici, répondit la jeune femme d'une voix vibrante de colère.

Puis, brusquement, la rage la submergea, et elle explosa littéralement.

— Espèce de répugnante crapule ! Salaud ! cria-t-elle avec un mépris cinglant. Tu déshonores la police ! Tu es une honte pour l'humanité tout entière !

— Garde ta salive, Denise ! fit le commissaire sans

montrer la moindre émotion devant les insultes que lui lançait la jeune femme.

Il jeta un œil par-dessus son épaule en direction du bois où George officiait.

Grace réprima un haut-le-cœur. Elle venait d'apercevoir un grand sac à ses pieds, qui contenait vraisemblablement les restes de Felicia. Le maire avait déjà remis pas mal de terre dans la tombe désormais vide.

— Alors, ça avance ? lui lança Josh avec impatience.

— J'ai presque fini, répondit George en haletant, comme si l'effort qu'il fournissait depuis le début, conjugué à la peur qui devait le tenailler, menaçait d'avoir raison de ses dernières forces.

— Pourquoi n'avez-vous pas eu au moins la décence d'envoyer une lettre anonyme à ma famille pour nous dire où trouver le corps ? reprit Denise sur le même ton hargneux. Nous aurions pu faire notre deuil et offrir à notre pauvre Felicia une sépulture digne de ce nom, avec un vrai enterrement au lieu de cette mascarade répugnante !

— Tu commences à me les briser menues, Denise ! la prévint Josh d'un ton menaçant.

Inquiète quant aux réactions que pourrait avoir le commissaire si elles le poussaient à bout, Grace toucha légèrement le bras de son amie.

— Pas maintenant, Denise, souffla-t-elle d'une voix étranglée par la peur.

— Pour une fois, tu ferais mieux d'écouter ta copine, reprit Josh d'une voix presque amusée. Au moins, elle, elle fait preuve d'un minimum de bon sens !

Derrière eux, George laissa échapper un grognement : il avait terminé sa tâche, et s'était mis en devoir de traîner le grand sac en plastique jusqu'à leur véhicule, une vieille

Chrysler. Il venait de le hisser sur le siège arrière quand Denise succomba à l'émotion. Dans un tremblement de tout son être, elle enfouit son visage dans ses mains et éclata en sanglots convulsifs.

George s'appuya contre la carrosserie pour reprendre son souffle.

— Bon, et maintenant, qu'est-ce qu'on fait de ces deux-là ? demanda-t-il au commissaire.

— Ouvre le coffre !

George obéit, et le coffre s'ouvrit avec un clic sinistre. Du bout de son pistolet, Josh fit signe aux deux jeunes femmes de marcher jusqu'au véhicule.

— Allez, montez là-dedans ! Toutes les deux ! Et pas de vagues, hein ?

Grace s'attendait à ce que Denise proteste vigoureusement, mais le chagrin avait apparemment brisé ses élans contestataires : elle ne prononça pas un mot. Tête basse, elle se dirigea vers la voiture et s'installa à l'endroit indiqué, se recroquevillant sur le côté pour laisser de la place à son amie.

Mais Grace n'avait pas l'intention de se laisser faire sans résister. Une fois qu'elles seraient toutes deux enfermées à double tour dans le coffre, elle ne doutait pas de leur destin : Josh et George les emmèneraient dans un endroit sûr, à l'écart, et les élimineraient aussi froidement qu'ils avaient dû tuer Felicia, vingt ans plus tôt.

— Pas question ! répondit-elle à l'ordre silencieux que venait de lui intimer le commissaire qui n'avait toujours pas lâché son arme.

Tout en parlant, elle s'était préparée à lui expédier son fameux coup de pied retourné qui lui avait si bien réussi, lors de sa première soirée à New Hope. Cette fois, au lieu de viser les parties sensibles de son adversaire, elle avait l'intention de lui faire lâcher son pistolet. Avec un peu de chance, l'arme irait voler hors de sa portée, et elle se jetterait dessus avant que le maire ne réagisse.

— Josh ! Fais gaffe ! s'exclama George au moment où Grace lançait la jambe en l'air.

Avec une agilité remarquable, le commissaire para le coup en s'écartant d'un bond. Furieux de s'être laissé surprendre, il appliqua une manchette dans le dos de la prisonnière rebelle, qui en eut le souffle coupé.

— J'ai dit : montez dans ce putain de coffre, c'est clair ? hurla-t-il, tout en lui fourrant le canon de son arme au creux du ventre pour la pousser en arrière vers la voiture. Si vous refusez de m'obéir, je vous envoie une balle dans les entrailles. Et croyez-moi, ça ne vous fera pas de bien !

Vaincue, Grace s'exécuta et enjamba le rebord du coffre pour s'installer tant bien que mal à côté de Denise. Peut-être qu'à deux, elles parviendraient à élaborer un plan pour s'échapper ? De toute façon, elle n'avait plus le choix, maintenant.

Le couvercle du coffre se referma sur elles, les plongeant dans une obscurité étouffante. Elles entendirent le verrou cliqueter, puis plus rien.

— Pourquoi est-ce qu'ils ne démarrent pas ? demanda Denise à voix basse.

— Ils sont sûrement en train de réfléchir à l'endroit où ils vont nous emmener, répondit Grace tout en écarquillant les yeux.

Au bout de quelques secondes, elle parvint à adapter un peu mieux sa vision à la pénombre environnante, et elle vit alors que Denise tâtonnait le long de la charnière du coffre.

— Qu'est-ce que tu fais ? chuchota-t-elle.

— Je cherche le bouton de sécurité pour ouvrir le coffre de l'intérieur. Il y en a forcément un. Toutes les voitures en sont équipées.

— Seulement les modèles récents, objecta Grace. Et cette voiture-là a au moins vingt ans !

— Tu as raison, je n'y avais pas pensé, soupira Denise en laissant retomber sa main avec découragement.

A cet instant, le bruit du starter leur parvint, comme étouffé par des épaisseurs de coton. Peu après, la voiture se mit à rouler, d'abord lentement puis plus vite et avec moins d'à-coups. Josh avait dû quitter le chemin de terre et rejoindre la grand-route.

— Il faut absolument qu'on trouve une solution de secours ! s'exclama Grace. Sinon, ils sont bien capables de nous tuer.

— Tu as une idée ?

— Pour le moment, non, pas vraiment. Tant qu'on est coincées là-dedans, je ne vois pas bien ce qu'on peut faire. Par contre, quand Josh arrêtera la voiture et qu'il viendra rouvrir le coffre, on pourrait se débattre et hurler de toutes nos forces…

— Et alors ? En quoi ce serait une bonne défense ?

— Eh bien… ça les prendra par surprise, non ?

— Peut-être, mais après ?

— Après ? On se concentrera sur Josh : c'est lui le vrai danger. Il est dur et inflexible, et en plus, il est le seul à posséder un pistolet. Il va falloir qu'on se débrouille pour le désarmer rapidement…

— Mais George ? Tu oublies George ! fit Denise en secouant la tête. Il ne va quand même pas rester les bras croisés à regarder son complice se faire assaillir par deux faibles femmes comme nous ! D'autant que nous ne sommes même pas sûres de venir à bout de Josh. Comme tu l'as dit, c'est un dur, ce salopard.

Un peu déçue par cette douche froide, Grace se tourna vers son amie dont elle percevait à peine les traits dans l'obscurité.

— Ne me dis pas que tu abandonnes, Denise ! Je pensais que ce n'était pas ton genre de baisser les bras.

— Qui parle de baisser les bras ? rétorqua la jeune femme tout en se contorsionnant pour atteindre le revers de son jean. J'ai un plan, moi aussi. Tu vois, on n'a pas à s'en faire à propos de Josh. Son projet de nous éliminer n'a pas vraiment d'importance, parce que…

D'un geste triomphal, elle brandit l'objet qu'elle était allée chercher dans son pantalon : c'était un pistolet !

— C'est moi qui vais l'éliminer en premier, conclut-elle d'une voix qui ne tremblait plus.

40.

— Tu… tu avais un pistolet sur toi ? balbutia Grace, éberluée. Mais… mais comment… Où l'avais-tu caché ? Et quand George t'a fouillée, comment as-tu fait pour qu'il ne le trouve pas ?

— Il n'a fait que palper mes poches. Il n'aurait jamais osé pousser plus loin ses vérifications.

Elle eut un petit gloussement amusé qui détendit un peu l'atmosphère.

— Tu as vu sa tête quand je l'ai menacé ? Il a vraiment cru que je lui arracherais le nez d'un coup de dents s'il s'approchait un peu trop !

Grace ne put s'empêcher de sourire.

— Moi aussi, j'y ai presque cru. Tu as dit ça avec un air si féroce !

— Eh oui ! Je sais me montrer convaincante quand j'estime que ça en vaut la peine.

Cette fois, Grace rit franchement devant la fierté avec laquelle sa coéquipière s'exprimait.

— Alors ça, c'est ce que j'appellerai un retournement de situation ! Quand je pense que Nader nous a traitées de têtes de linottes, et qu'il n'a même pas songé à vérifier que nous n'avions pas d'arme !

Grace se redressa légèrement sur un coude, adoptant une position un peu moins inconfortable.

— Tu peux m'expliquer un détail ? Pourquoi n'as-tu pas utilisé ce pistolet plus tôt ?

— J'y ai bien pensé, mais le moment ne me paraissait pas encore venu. Du coup, j'ai décidé de garder mon atout pour plus tard, quand on ne pourrait plus se défendre autrement.

Emportée par l'enthousiasme, Grace déposa un baiser amical sur la joue de sa compagne d'infortune.

— Denise, tu es vraiment super !

— Merci. Bon, comment on s'y prend ? J'ai plusieurs cartouches : je peux toujours en utiliser une pour faire sauter ce maudit verrou.

— Non, non, surtout pas ! La voiture roule bien trop vite : il faut attendre qu'ils s'arrêtent et qu'ils ouvrent le coffre…

— A ce moment-là, je leur ferai exploser la figure !

Denise parlait avec tant de détermination qu'elle donnait l'impression d'attendre impatiemment le moment où elle pourrait se venger de Josh et de son complice.

— Tout ce que je sais, c'est qu'il ne faut pas agir à la hâte, reprit Grace prudemment. Souviens-toi que nous sommes toujours bloquées dans ce coffre, et que nous souffrons donc d'un net désavantage par rapport à nos adversaires. Ce que je veux dire, c'est que nous n'aurons qu'une seule chance de nous en sortir, et qu'il ne faudrait pas la gâcher.

— Pourquoi tu me dis tout ça ? répliqua Denise d'une voix chargée de reproches. Tu t'imagines que je ne serai pas capable de tirer, c'est ça ?

— Eh bien… Tu m'as dit que tu ne savais pas viser, non ?

— C'est vrai, mais quand ils ouvriront le coffre, je les aurai pile en face de moi. Je n'aurai qu'à tirer à bout portant. Alors, je vois mal comment je pourrais manquer ma cible !

Grace jeta un coup d'œil en direction du pistolet que Denise tenait fermement contre elle, mais à cause du manque de lumière, elle ne parvint pas à l'identifier.

— C'est quoi, ton arme ? Un calibre 22 ? demanda-t-elle au hasard. Parce que si c'est le cas, ça ne risque pas de produire beaucoup de dégâts.

Denise se mit à rire.

— D'accord, je suis peut-être nulle en tir, mais je m'y connais en armes. Je ne ferais pas confiance à un calibre 22 pour me sauver la vie !

Soulevant le pistolet un peu plus haut, elle le tourna d'une main experte.

— Cette belle bête s'appelle un Grizzly, et c'est l'un des revolvers les plus efficaces jamais conçus. Son chargeur est rempli de balles de Magnum 357, c'est te dire la portée de son tir ! Il existe des modèles plus récents de cette arme, mais Fred n'aurait jamais échangé son bon vieux Grizzly contre une version améliorée.

— Et le recul ?

— Plutôt fort. C'est normal, avec une arme aussi puissante.

— Ça ne risque pas de poser problème ?

— La dernière fois que j'ai tiré avec un Magnum 357, avoua Denise, je me suis pratiquement retrouvée par terre tellement j'ai accusé le choc !

Ce n'était pas très encourageant pour la suite des événements !

— Est-ce que le commissaire est au courant que tu ne

sais pas viser ? poursuivit Grace, l'estomac de plus en plus noué.

— Bien sûr : tout le monde est au courant à New Hope. Mais ce n'est pas bien grave. Fred m'a dit un jour que les hommes avaient plus peur des femmes qui ne savent pas tirer que l'inverse. C'est comme pour la conduite automobile : ils croient toujours qu'on est un danger public !

— Super ! dit Grace d'un ton ironique. Je me sens nettement mieux, maintenant que tu m'as dit ça !

— Chut ! fit soudain Denise en posant un doigt sur ses lèvres. J'ai l'impression que la voiture ralentit. Fais-moi un peu de place, tu veux ? Il faut que je sois au premier plan quand ils ouvriront le coffre, histoire de jouer la carte de la surprise au maximum.

Grace se serra contre le fond du coffre pour permettre à son amie de s'installer devant. C'était un plan complètement fou, comme on en conçoit seulement dans les films, mais elle ne voyait pas d'autre option. Elles n'allaient tout de même pas mourir sans avoir tenté de sauver leur peau ! Non, il fallait tenter le tout pour le tout.

Quelques instants plus tard, la voiture s'arrêta. Elles entendirent les portières s'ouvrir, puis des bruits de pas et des voix qui se rapprochaient.

— Ça va être à toi de jouer ! murmura Grace. Tu es prête ?

— Prête ! chuchota Denise en s'appuyant contre le fond du coffre pour limiter le recul du tir.

Comme si elle avait fait ça toute sa vie, elle cala la poignée du revolver au creux de sa paume droite et conforta sa prise en la recouvrant de son autre main.

— Allez, mes mignons, fit-elle entre ses dents, venez voir par là si j'y suis !

A l'instant même où le coffre s'ouvrait, Denise bondit, comme mue par un puissant ressort, et poussa un cri de guerre à la façon des Marines. Au sursaut des deux truands, Grace sut qu'ils ne s'attendaient absolument pas à cette entrée en scène explosive.

— Les mains en l'air ! hurla Denise, pendant que Grace sautait elle aussi à bas du coffre. Tout de suite !

A la vue de l'énorme pistolet qu'elle pointait sur eux, les deux hommes reculèrent instinctivement, l'air complètement effaré.

— Lâchez vos armes ! reprit Denise tout en agitant le Grizzly sous le nez de Josh et George pour achever de les intimider. Vite ! Sinon, je tire !

— Pauvre folle ! lança Josh d'un air mauvais. Lâche ce pistolet avant de te blesser.

Les yeux étincelants, Denise fit partir un coup. La balle ne toucha ni le commissaire ni le maire, mais elle produisit l'effet escompté. Du moins sur George qui avait un pistolet, lui aussi. D'une main tremblante, il arracha l'arme accrochée à sa ceinture et la lança sur le sol en direction des deux jeunes femmes.

Prompte comme l'éclair, Grace se courba pour la ramasser. Maintenant, elles avaient l'avantage : deux armes contre une seule — car Josh gardait la sienne bien en main.

— Mais qu'est-ce que tu viens de faire, pauvre idiot ? siffla-t-il à l'intention de son complice. Tu ne vois pas qu'elle te joue la carte de l'intimidation, une fois de plus ?

Avant qu'il n'ait eu le temps d'ajouter autre chose, Denise tira une deuxième fois. Cette fois, elle toucha sa cible : le commissaire poussa un hurlement de douleur qui n'était certainement pas feint. Lâchant son pistolet, il se mit à sauter sur un pied en se tenant l'autre des deux mains, dans une position absolument ridicule.

— Aïe, aïe, aïe ! Mais c'est qu'elle m'a tiré dessus, cette saleté ! Putain, elle m'a tiré dans le pied, la garce !

— C'est la pleine lune, ce soir, fit remarquer Denise d'un ton sentencieux qui donna à Grace l'envie soudaine de pouffer de rire. Vous voulez un conseil pour la prochaine fois ? Ne sous-estimez jamais une femme armée par une nuit de pleine lune, messieurs les bandits !

— Ne tire plus ! Par pitié, Denise, ne tire plus ! l'implora George d'un ton geignard, tout en levant les bras au-dessus de sa tête en signe de reddition.

— Toi, George, ferme-la ! lui intima Denise qui gardait Josh dans sa ligne de mire. Quant à toi, Josh, fais glisser ton arme jusqu'à Grace. Attention : pas de mouvement brusque !

Une grimace de douleur sur son visage éclairé par la lune, le commissaire obtempéra. Grace n'eut plus qu'à se baisser pour ramasser le pistolet qui venait d'atterrir à ses pieds. Ensuite, elle le glissa dans la ceinture de son jean, frissonnant au contact froid et glacé du canon. Elle avait gardé le revolver de George à la main pour tenir les deux criminels en respect — deux précautions valaient mieux qu'une. Mais apparemment, le danger était écarté. Assis sur le sol, Josh se balançait d'avant en arrière, les mains crispées autour de son pied blessé, avec des petits gémissements qui le faisaient ressembler à un chiot mal en point. George, lui, n'avait pas bougé d'un centimètre : il avait l'air pétrifié.

D'un pas assuré, Grace se dirigea vers le commissaire, jouissant du triomphe qu'elle et sa coéquipière de choc avaient remporté sur ces deux costauds.

— Alors, qui est stupide, maintenant, chef ? ironisa-t-elle tout en tendant la main vers la silhouette recroquevillée de Josh Nader. Mon portable, je vous prie.

La bouche tordue dans un rictus de souffrance, il mit la main dans sa poche arrière et en sortit le téléphone de Grace. D'une main, elle composa un numéro qu'elle avait appris par cœur dès le lendemain de son arrivée à New Hope, pendant que de l'autre, elle continuait à pointer l'arme de George sur le commissaire.

— Allô ? Ici le commissariat de New Hope.

— Bonsoir, ici Grace McKenzie, fit la jeune femme avec un calme qui l'étonna elle-même. Denise Baxter et moi-même gardons actuellement le commissaire Josh Nader et le maire George Renshaw dans notre ligne de mire. Nous avons besoin d'aide.

Il y eut un long silence. L'agent devait se demander s'il n'avait pas affaire à un auteur de canulars, tant cette déclaration était incongrue. Enfin, il reprit la parole avec une hésitation perceptible :

— Mademoiselle McKenzie, je... vous êtes sûre que ça va ?

— Moi, oui, mais le commissaire est blessé.

Il y eut un brouhaha de l'autre côté du téléphone, comme si les différents agents en faction se consultaient à la hâte. Enfin, Grace entendit la voix chaleureuse et bien timbrée du commissaire adjoint Rob Montgomery :

— Grace ? C'est bien vous, Grace ? Qu'est-ce qui se passe exactement ? Vous pouvez nous dire où vous êtes ?

— Je vais tout vous expliquer : avec Denise, nous avons surpris le commissaire Nader en compagnie du maire de New Hope alors qu'ils étaient en train de déterrer le cadavre de Felicia Newman, déclara Grace d'un ton posé. Ils l'ont tuée il y a vingt ans et ils l'avaient enterrée à la hâte sur la propriété agricole de Buzz Brown. Ce soir, ils avaient l'intention de nous éliminer, nous aussi, mais ça n'a pas marché comme ils l'espéraient. Nous vous raconterons les détails plus tard. Et si vous ne croyez pas à cette histoire, parlez-en à Matt. Il serait venu lui-même coincer les meurtriers de Felicia s'il ne s'était pas trouvé en prison.

— J'ai déjà pris la liberté de demander à Matt des explications avant de vous répondre, fit Montgomery. Mais je peux vous le passer si vous voulez.

— J'aimerais bien, mais nous n'avons pas de temps à perdre, Rob. Par contre, emmenez-le avec vous, si vous êtes d'accord.

— Bien sûr ! Mais où êtes-vous ?

La jeune femme posa un regard interrogateur sur Josh, toujours recroquevillé à terre.

— Où sommes-nous ?

— Sur la route de Durham, à Ottsville, répondit ce dernier avec un regard assassin. Juste après le carrefour avec la route d'Easton.

— C'est bon, j'ai entendu, fit Rob à l'autre bout du fil. Tenez bon, Grace ! On arrive !

41.

La nuit allait être longue. Grace, Denise et Matt se trouvaient maintenant au poste de police de New Hope, tout comme George Renshaw et Josh, tous deux dûment menottés. Les ossements de Felicia avaient été transportés à la morgue. Quand Denise avait émis le désir d'accompagner les restes de sa sœur pour assister à l'authentification, Rob Montgomery l'en avait gentiment dissuadée.

— Vous savez, Denise, le contenu de ce grand sac en plastique n'est pas précisément ce qu'il y a de plus agréable à regarder, avait-il dit, tout en lui posant une main réconfortante sur l'épaule. Cela risque de vous faire un tel choc, après tout ce que vous avez déjà vécu ce soir… Il est nettement préférable que vous vous rappeliez votre sœur telle qu'elle était avant sa disparition, ne serait-ce que pour sa propre mémoire. Elle n'aurait certainement pas souhaité que vous contempliez sa déchéance physique.

Denise avait tenu à appeler aussitôt ses parents qui résidaient en Floride. Ils avaient beaucoup pleuré, de tristesse autant que de soulagement, en apprenant que le corps de leur plus jeune fille avait enfin été retrouvé. Ils prendraient le premier avion pour la Pennsylvanie et seraient là dès le lendemain matin.

Etant donné la situation, Rob avait dû remplir les fonctions de commissaire intérimaire en attendant qu'une nomination officielle soit effectuée. Il avait scrupuleusement pris note des déclarations de Grace, Denise et Matt. Au début, il avait paru un peu perdu : d'un seul coup, une foule de responsabilités lui tombaient dessus, dont celle de mettre sous les verroux son propre supérieur hiérarchique. Il fallait admettre que sa position n'était pas des plus aisées ! Mais après avoir pataugé quelques instants, il s'était glissé dans son nouveau rôle avec le sérieux, l'efficacité et la simplicité qui le caractérisaient.

Une fois les dépositions signées et scellées, Rob se leva du fauteuil du commissaire.

— Bien, messieurs dames. Je pense que nous en avons terminé pour le moment. Je vous propose donc de regagner vos foyers respectifs. Et ne vous inquiétez pas : dès que j'aurai reçu des nouvelles susceptibles de vous intéresser, je me ferai un plaisir de venir vous les annoncer en personne. C'est le moins que je puisse faire après tous les efforts que vous avez déployés pour rétablir la vérité !

— Et Bernie ? demanda Grace d'un ton chargé d'anxiété.

— Sa grande sœur est venue le chercher quand vous étiez encore en chemin. Mais il a promis qu'il vous appellerait dès demain matin.

Matt repoussa sa chaise pour se lever à son tour.

— Et mon père ?

— Pas de souci à vous faire : j'ai déjà contacté le procureur et je lui ai raconté toute l'histoire. Il m'a dit qu'il aurait besoin d'interroger George et Josh lui-même, pour pouvoir rendre son verdict final. Mais il m'a assuré que la libération de Fred ne devrait pas poser de problème. Où pourrai-je vous joindre, les uns et les autres ?

— A la maison, fit Denise avant que ses compagnons n'aient eu le temps d'ouvrir la bouche. Nous rentrons tous à la maison, n'est-ce pas, Matt ? Tu es d'accord ?

Grace jeta un coup d'œil au visage grave de Matt et croisa les doigts, espérant de toutes ses forces qu'il accepterait la main que Denise lui tendait. Elle avait sans nul doute prouvé à quel point elle aimait son mari : sa loyauté et sa détermination à le sauver ne pouvaient plus faire l'objet de la moindre suspicion, après son coup d'éclat. Elle avait bravé tous les dangers pour innocenter celui qu'elle chérissait profondément. Il était temps pour Matt d'oublier ses griefs et de reconnaître l'attachement réel de Denise pour Fred.

— Oui, c'est d'accord, répondit-il enfin. Mais d'abord, je veux parler à mon père. Je tiens à lui annoncer la bonne nouvelle de vive voix. Toi et Grace, vous n'avez qu'à partir devant ; je vous rejoindrai un peu plus tard. C'est promis.

Impulsive comme toujours, Denise se haussa sur la pointe des pieds pour embrasser son beau-fils sur la joue.

— Merci, Matt.

Il tourna les talons pour se diriger vers la sortie, puis parut se raviser et fit demi-tour, une ombre de sourire sur les lèvres.

— Dis-moi, Denise, pendant que j'y pense, cette tarte à la citrouille que tu avais préparée spécialement pour Lucie, l'autre jour, il n'en resterait pas un petit morceau dans un coin de la maison ?

Un large sourire éclaira le joli visage de la jeune femme.

— Non, malheureusement, mais je vais en faire une autre

spécialement pour toi ! Elle sera prête quand tu reviendras de la prison centrale. Promis !

Des bribes de ce qui s'était passé à la ferme de Buzz Brown étaient déjà parvenues aux oreilles de Fred Baxter, mais quand Matt lui raconta en détail l'aventure rocambolesque de Denise et Grace, il se dérida complètement. Lorsque son fils en arriva à l'épisode où Denise avait menacé leurs ravisseurs de son arme, et qu'il se mit à décrire la façon dont elle avait rabattu le caquet de Josh, l'ancien commissaire de New Hope riait aux larmes.

— Je n'arrive pas à le croire ! dit-il en essayant vainement de maîtriser le fou rire qui l'avait gagné. Elle a vraiment fait sauter un gros orteil à Josh ?

— Eh bien, pas exactement : en fait, elle n'en a touché qu'une moitié. Mais d'après Rob, ce qui en reste n'est pas beau à voir.

— J'aurais bien aimé voir ça ! dit Fred en s'essuyant les yeux d'un revers de la main. Ça devait valoir son pesant d'or ! Et dis-moi, comment va Denise ?

— Ça peut aller, répondit Matt laconiquement.

Il laissa s'écouler quelques secondes pour observer les réactions de son père. Quand il devint évident que ce dernier n'avait pas l'intention d'ajouter quoi que ce soit à propos de sa femme, Matt décida qu'il était temps pour lui de prendre l'initiative.

— Ecoute, P'pa, tu sais bien que je n'ai pas pour habitude de te dire ce que tu devrais faire, et encore moins de te donner des conseils en matière d'histoires de cœur, mais là, ça devient excessif. Tu ne crois pas que Denise a assez souffert ? Après ce qu'elle a fait ce soir, tu ne trouves pas qu'elle mérite au moins un petit mot gentil de ta part ?

— On peut savoir quand tu as rejoint le fan-club de ta belle-mère ? rétorqua Fred d'un air bourru.

— C'est vrai, je ne l'ai pas toujours très bien considérée, reconnut Matt sans hésitation. Mais elle a prouvé sa dévotion à notre famille, et tout particulièrement à toi, de façon exceptionnelle, ce soir. Même moi, je l'admets volontiers. Alors, tu pourrais peut-être faire un effort, P'pa : c'est ta femme, après tout. Elle a risqué sa vie pour t'innocenter. Tu pourrais au moins lui dire merci, non ?

— D'après ce que j'ai cru comprendre, elle n'était pas toute seule sur les lieux du drame, dit Fred pour changer habilement de sujet. Il me semble qu'il y en a une autre qui mérite un petit remerciement : ta chère petite Mlle McKenzie. Parce que si je ne me trompe pas, elle n'a pas hésité à se battre comme une forcenée pour un homme qu'elle n'avait encore jamais rencontré !

— Loin de moi l'idée de nier sa participation ! répliqua Matt. D'ailleurs, j'ai déjà prévu de la remercier comme il se doit quand le moment serait venu. Mais inutile de t'emballer : ce n'est pas MA chère Mlle McKenzie !

— Ah bon ? C'est bizarre, parce qu'on m'a raconté que vous étiez devenus inséparables, tous les deux. Allons, fils, ne me prends pas pour plus bête que je ne suis ! Tu l'aimes, n'est-ce pas ?

« Plus que de raison », faillit répondre Matt. Mais il n'était pas question de se livrer à des confidences aussi intimes alors que sa relation avec Grace n'était encore qu'à l'état d'ébauche, et qu'il n'avait aucune idée de la suite des événements. Avec un haussement d'épaules fataliste, il se contenta donc d'avouer du bout des lèvres :

— Je l'aime bien, oui. Elle est sympa…

Fred ne fut absolument pas dupe : il connaissait trop bien son fils pour tomber dans le panneau. Rejetant la tête en arrière, il laissa échapper un grand éclat de rire.

— Allons, Matty, laisse tomber ton petit numéro d'agent secret blasé ! Pas de ça avec moi, mon garçon : ça ne passe pas. Je suis ton père, rappelle-toi : c'est moi qui t'ai fait, alors, si tu crois que je vais me laisser prendre à tes faux airs de macho, tu te mets le doigt dans l'œil. D'accord, je suis peut-être derrière des barreaux, mais ça ne me rend pas aveugle. J'ai bien vu comment tes yeux brillent quand tu parles de cette jeune femme. C'est une expression que je ne t'ai pas souvent vue ; il est donc normal que je l'aie remarquée. Alors, tu vas être honnête avec moi et me dire ce que tu penses *vraiment* de Mlle McKenzie ?

— Bon, bon, tu as gagné, fit Matt tout en levant les mains en signe de reddition. Je l'aime beaucoup. Enormément, même. Là, tu es content ? Le seul problème, c'est que je ne suis pas sûr d'avoir le droit de donner libre cours à mes sentiments.

— Et pourquoi donc ?

— Voyons, P'pa, réfléchis : qu'est-ce que j'ai à lui proposer ? Dix mois par an à rester seule pendant que je pourchasse les terroristes du monde entier ?

— Ça, c'est une fausse excuse, répliqua Fred. Tu ne m'avais pas dit que tu songeais à demander ton transfert dans un autre département ? Que tu comptais retourner dans la section profilage, même ? Tu as bien évoqué cette possibilité, ou je deviens sénile et je me mets à inventer n'importe quoi ?

— Non, tu ne te trompes pas. J'ai effectivement envisagé cette solution, mais…

— Il n'y a pas de mais qui tienne ! l'interrompit son père avec fermeté. Demande-le, ce transfert. Après quatre années complètes passées au sein de la brigade antiterroriste, tu as bien mérité un changement de rythme, tu ne crois pas ? En tout cas, ça te permettrait de construire enfin quelque chose de solide avec une charmante jeune femme qui ne demande que ça, j'en suis certain !

— Mais je..., bredouilla Matt. Enfin, elle ne sait rien de moi ! Comment veux-tu que...

— Elle ne sait rien de toi ? répéta Fred. La belle affaire ! Tu n'as qu'à y remédier dès aujourd'hui. C'est facile : emmène-la quelque part, loin des coups de feu, des noyades et des prêtres assassinés. Trouve un coin tranquille où elle pourra se remettre de ses émotions, et chouchoute-la comme tu sais si bien le faire quand tu le veux. Fais-lui découvrir ton côté sensible et affectueux, celui que moi, ta sœur et même ta belle-mère apprécions tellement. Ce n'est quand même pas compliqué, fiston ! Il faut vraiment que je te mâche le travail à ce point ?

Matt ne put s'empêcher de pouffer.

— Tu sais, P'pa, je me demande si tu ne devrais pas te recycler dans le conseil matrimonial.

— Puisque ça a l'air de te faire de l'effet, tu veux un dernier conseil avisé ?

— Non merci, P'pa : ça devrait aller, maintenant. Je pense que je vais pouvoir me débrouiller tout seul.

— Que tu le veuilles ou non, je vais te le donner, ce conseil. Si tu dois tenter ta chance auprès de cette demoiselle, dépêche-toi, parce que j'ai l'impression qu'elle plaît aussi beaucoup à Rob.

Matt s'en doutait un peu, mais il trouva touchant de la part de son père de le prévenir qu'il n'était pas seul sur les rangs. Il lui serra la main avec effusion de l'autre côté des barreaux de sa cellule.

— Merci, P'pa. Et à demain matin pour l'audience.

Une heure plus tard, Matt franchissait la porte du domicile de la famille Baxter.

— Papa doit comparaître pour une audition devant la cour de justice à 10 heures demain matin — enfin, plutôt, ce matin, vu l'heure qu'il est —, confia-t-il aux deux jeunes femmes, tandis que Denise lui tendait une assiette où trônait une énorme part de tarte à la citrouille. Le procureur dit qu'il devrait être relâché sans problème. Ce n'est qu'une ultime formalité.

— Oh, Matt, quelle merveilleuse nouvelle ! s'exclama Grace en se jetant dans ses bras. Ton père doit être tellement soulagé que ce cauchemar soit enfin terminé !

— Oui, c'est vraiment une excellente nouvelle, fit Denise en écho aux paroles de son amie, avant de lancer un regard interrogateur à Matt. Et… est-ce qu'il t'a parlé de… de nous ? De notre… situation ? Est-ce qu'il veut bien que… ?

Elle laissa sa phrase en suspens, les yeux brillant d'espoir. Matt secoua la tête d'un air désolé.

— Non. Il n'a rien voulu entendre. Je suis vraiment navré, Denise.

Bravement, la jeune femme releva le menton.

— Ne le sois pas, tu n'y es pour rien. Je ne m'attendais pas vraiment à ce qu'il change d'avis aussi rapidement. C'est juste que… je ne pouvais pas m'empêcher d'espérer, malgré tout…

Sa voix se brisa, et elle essuya furtivement une larme qui

perlait au coin de sa paupière. Elle soupira profondément avant d'ajouter, les yeux fixés sur le mur opposé :

— Qu'est-ce qu'il faut que je fasse ? Que je déménage ? Que je m'en aille pour de bon ?

— Certainement pas ! répondit Matt, le cœur serré devant la détresse de sa belle-mère. Pourquoi voudrais-tu déménager ?

— Parce que cette maison est à Fred, pas à moi, répondit-elle d'une voix mal assurée. S'il songe à entamer une procédure de divorce, je serai la seule fautive. C'est donc à moi de partir.

— Ton père a-t-il parlé de divorce quand vous étiez ensemble ? demanda Grace à Matt.

— Non, il n'a absolument rien dit à ce sujet.

— Alors, ne prends pas de décision inconsidérée, Denise, reprit la jeune femme en se tournant vers son amie pour lui prendre gentiment la main. Toi et Fred, il va falloir que vous mettiez les choses à plat, une fois qu'il sera rentré à la maison. Après, tu y verras plus clair. S'il fait comme si de rien n'était, à sa sortie de prison, ce sera à toi de faire le premier pas et de le faire asseoir en face de toi pour que vous discutiez calmement de ce qui vous arrive. Enfin, je crois que c'est la meilleure solution. En se parlant, on arrive généralement à s'entendre. Qu'est ce que tu en penses, Matt ?

— Je suis tout à fait d'accord avec Grace, répondit-il avec chaleur. Mon père est parfois têtu comme une mule, surtout quand il se sent dans son tort. Avec un peu de patience, tu devrais arriver à le faire sortir de sa coquille.

Jetant un coup d'œil vers l'escalier qui menait à l'étage, Matt reprit un ton plus bas :

— Ce n'est pas que je veuille absolument changer de

sujet, mais le réveil de Lucie ne va sûrement pas tarder à sonner, et je voulais discuter avec toi de son… aventure avec Steven.

Comme une mère poule défendant son poussin, Denise se mit aussitôt sur la défensive.

— Pourquoi ? Tu penses vraiment que c'est la peine de revenir là-dessus ? fit-elle d'un ton revêche qui ne lui était pas coutumier.

— Justement pas ! répondit Matt en levant une main apaisante. Etant donné que leur relation n'a eu aucune incidence sur les événements qui se sont produits par la suite, je me suis dit qu'il serait sans doute préférable de garder ce petit secret entre nous. Si tu es d'accord, évidemment, ajouta-t-il en regardant Denise droit dans les yeux.

Une lueur de soulagement apparut instantanément dans le regard bleu tendre de la jeune femme.

— Bien sûr, que je suis d'accord ! lança-t-elle. Tu as entièrement raison, Matt. Il est inutile d'exposer davantage cette pauvre petite. Sauf si elle décide de tout raconter à ton père. Peut-être pas tout de suite, mais plus tard, quand toute cette histoire se sera un peu tassée. Dans ce cas, je ne m'opposerai pas à son désir. C'est elle que ça regarde, après tout.

— Tout à fait. Ce n'est donc pas à nous de nous en mêler. Si Papa l'apprend, ce sera uniquement parce que Lucie aura décidé de le lui dire.

Denise souleva le pot de café fumant qu'elle avait préparé, et remplit la tasse de Matt.

— Bon, maintenant que nous avons réglé ce détail important, venons-en à ce qui nous intéresse au plus haut point, Grace et moi, fit-elle en croisant les bras avec détermination. Matt, tu veux bien nous raconter ce que tu as appris sur Josh et George ? Nous mourons d'envie de savoir si ces deux affreux ont confessé leur crime ou pas. Est-ce qu'ils ont au moins admis qu'ils avaient assassiné ma sœur ? Parce que s'ils nient tout en bloc, je te signale qu'il me reste des balles dans le barillet du Grizzly !

Matt laissa échapper un petit rire bref avant de reprendre son sérieux pour annoncer :

— Tu n'auras pas à ressortir le Grizzly de son étui, Denise, rassure-toi. Ils sont passés aux aveux. Par contre, je te préviens, ce n'est pas joli à entendre.

— Je ne m'attendais pas à un conte de fées, rétorqua Denise. Tout ce que je veux, c'est savoir enfin la vérité sur ce qui est arrivé à ma petite sœur. Il n'y a que comme ça que je retrouverai la paix.

— Bien, fit Matt en s'appuyant sur ses avant-bras et en croisant les mains sur la table. Pour commencer, Josh a déclaré qu'il ne parlerait qu'en présence de son avocat. Il connaît ses droits — il est bien placé pour ça !

— Et George ? Il a parlé ?

— J'y arrive : notre vénéré maire, contrairement à son complice de toujours, est tellement loquace qu'on ne parvient plus à endiguer le flot de ses déclarations ! Il jure aussi sur tout ce qu'il y a de plus sacré qu'il n'est pas coupable du meurtre de Felicia. Il espère sans doute qu'en échange de sa pleine et entière collaboration, le procureur ne sera pas trop sévère avec lui.

— Eh bien, moi, je souhaite qu'il aille brûler en enfer avec son complice ! déclara Denise avec violence.

— Si le procureur obtient gain de cause, c'est effectivement le sort qui les attend, dit Matt.

Soudain exténuée par cette accumulation d'émotions

fortes, Denise tira un tabouret pour s'y asseoir aux côtés de Grace.

— Et si tu en venais au fait, Matt ? dit-elle en se passant une main lasse sur le front. Que s'est-il vraiment passé le soir où Felicia est… le soir où elle a disparu sans laisser de trace ?

— George Renshaw a confirmé les dires de Bernie, répondit Matt sans plus attendre. Lui et Josh étaient partis pour une petite virée nocturne, sans but précis, quand ils ont croisé la route de Felicia. Elle était à pied, seule, vulnérable… Josh a arrêté la voiture pour lui proposer de se joindre à eux. Comme elle a refusé tout net, il a crié à George de la faire monter de force dans leur véhicule. Elle s'est débattue bec et ongles, mais hélas, elle n'était pas de taille à leur résister.

— Ils l'ont… violée, ces salauds, c'est bien ça, Matt ? fit Denise en ravalant ses larmes, les poings serrés à s'en enfoncer les ongles dans la peau. Ils l'ont violée, puis ils l'ont tuée, et après, ils l'ont enterrée à la va-vite pour que personne ne sache ce qui s'était passé. Et ils n'en ont jamais éprouvé le moindre remords.

Grace se pencha vers Denise pour lui poser une main sur le bras.

— Matt avait peut-être raison d'hésiter à te raconter toutes ces horreurs, dit-elle, émue par la détresse de son amie. Tu ne devrais pas te forcer à écouter son récit. C'est trop douloureux, ça te touche de trop près…

— Oui, c'est douloureux, reconnut Denise d'un air misérable, mais ce n'est rien à côté de ce que ma pauvre Felicia a dû subir.

Elle prit une grande inspiration pour se calmer, essuya

ses yeux rougis et se tourna vers son beau-fils avec une expression déterminée.

— Continue, Matt, s'il te plaît. J'ai besoin d'entendre toute l'histoire.

— D'après George, seul Josh a violé Felicia. Sa version différera peut-être sur ce point, mais comme je vous l'ai dit tout à l'heure, nous ne saurons rien tant que Josh n'aura pas décidé de passer aux aveux. Ce qui veut dire que, pour le moment, nous sommes obligés d'ajouter foi aux déclarations de George.

Denise hocha la tête en signe de compréhension.

— Au moment où Josh…

Matt s'interrompit, le temps de choisir la formulation la moins blessante pour Denise.

— Bref, quand ils se sont retrouvés tous les deux enfermés dans la voiture, elle s'est mise à hurler. Alors, Josh lui a décoché une claque magistrale qui a projeté sa tête contre la vitre. Elle a probablement été tuée sur le coup. George attendait dehors, et il n'a rien vu. Il ne s'était même pas rendu compte que Felicia était morte avant que Josh ne ressorte pour le lui annoncer.

— Cette espèce d'ordure s'imagine peut-être qu'il va pouvoir plaider non coupable parce qu'il n'a pas violé ni tué ma sœur ? coupa Denise d'une voix vibrante de rage. S'il patientait à l'extérieur de la voiture, c'est bien qu'il attendait son tour ! Et même si ce n'est pas le cas, il a aidé Josh à se débarrasser du cadavre, n'est-ce pas ? Ce soir, pour finir, il est allé le déterrer avec son complice. Je l'ai vu de mes propres yeux. Il est complice de cette abomination, et j'espère bien qu'il ne s'en tirera pas comme ça !

Il y eut un long silence pendant lequel tous les trois se repassèrent le film du meurtre tel qu'on le leur avait raconté.

Enfin, Grace osa briser le mutisme ambiant pour poser la question qui lui brûlait les lèvres.

— Et les frères Badger, dans tout ça ?

— Ils sont convoqués pour être interrogés, mais apparemment, on ne les trouve nulle part. Juste avant mon départ, Rob a reçu un coup de fil d'un motard qui avait repéré un pick-up vert bouteille sur la route 29. Il filait tout droit vers le sud. Trois voitures de police sont immédiatement parties sur sa trace. Si Cal et Lou se trouvent effectivement à l'intérieur du véhicule en question, ils ne tarderont pas à être mis en état d'arrestation.

Repoussant son siège, Grace se leva et marcha nerveusement jusqu'à la fenêtre où se découpait un pan de ciel piqueté de myriades d'étoiles.

— Et si c'est une fausse piste ? lança-t-elle. Ces deux malabars pourraient aussi bien se trouver à des centaines de kilomètres d'ici, à l'heure qu'il est.

Matt vint se placer juste derrière elle.

— Rob finira bien par les retrouver. Il faut lui faire confiance, dit-il avec douceur.

— Je ne doute pas des capacités de Rob, répliqua Grace. Mais tant qu'il n'a pas coffré ces deux affreux, Bernie n'est pas en sécurité. Je ne veux pas critiquer les décisions de Montgomery, mais il me semble qu'il n'aurait pas dû laisser Bernie partir aussi vite. Et si jamais Cal et Lou revenaient terminer ce qu'ils ont commencé ?

— Parce que tu es certaine qu'ils sont responsables de la première tentative ?

— Toi aussi, tu en es persuadé ! rétorqua la jeune femme en se tournant vivement vers son compagnon. Sinon, tu ne serais pas allé chez eux, au risque de te faire bastonner par leur père, tout ça pour chercher des traces du fameux pick-up vert !

— C'est vrai, reconnut Matt sans l'ombre d'une hésitation. Cependant, même si les frères Badger travaillent, ou plutôt *travaillaient* pour Josh, à l'heure qu'il est, ils sont bien trop occupés à protéger leurs arrières pour s'inquiéter du sort de Bernie, tu peux en être sûre.

Grace ne répondit pas. Le raisonnement de Matt tenait parfaitement debout. Malgré tout, elle savait qu'elle ne se sentirait vraiment rassurée qu'après l'arrestation des deux frères.

42.

Une heure plus tard, Rob Montgomery vint les trouver avec de bonnes nouvelles. Le signalement du pick-up vert sur la route 29 s'était avéré une fausse alerte. Mais peu de temps après, Cal et Lou Badger avaient été appréhendés dans un motel sur la route 202. Ils auraient peut-être réussi à s'échapper si Cal n'était pas resté bêtement coincé dans l'encadrement de la fenêtre de la salle de bains par laquelle il tentait de fuir.

Cette anecdote apporta une diversion dans l'atmosphère tendue qui régnait chez les Baxter. Rien qu'à imaginer la scène, Matt, Denise et Grace pleuraient de rire. Puis, quand leur hilarité fut un peu endiguée, Rob s'assit à la table de la cuisine et leur raconta ce qu'il avait appris de George Renshaw en poursuivant son interrogatoire.

— En fait, dès que le père Donnelly a su que Felicia avait été enlevée, et par qui, il est allé voir Josh et George afin de les convaincre de se rendre à la police, pour le salut de leurs âmes. George, le plus influençable, s'était presque laissé persuader quand Josh s'est interposé. Il ne lui avait pas fallu longtemps pour deviner le secret honteux du prêtre, et il lui a fait comprendre qu'il n'était pas en position de les forcer à faire quoi que ce soit car ils pouvaient très bien le dénoncer. C'était bien vu : le prêtre les laissa tranquilles. Il ne représentait pas de réel danger pour eux, d'ailleurs. Pas plus que Bernie, puisqu'il ne les avait pas reconnus quand ils avaient kidnappé Felicia. Résultat : sachant qu'ils n'auraient pas d'ennuis, ils se sont empressés d'enterrer jusqu'au souvenir de la jeune fille, tout comme ils avaient caché son cadavre à la va-vite dans le bois de Buzz.

— Et puis, Steven est arrivé, reprit Denise d'un air sombre.

— Effectivement, dit Rob en opinant du chef. Steven Hatfield est venu s'installer à New Hope, et en moins de temps qu'il ne faut pour le dire, il avait déjà compris pas mal de choses. En fait, il était bien plus malin qu'il ne le laissait croire. Quand il a appris que la disparition brutale de Felicia, vingt ans plus tôt, n'avait jamais été totalement élucidée, il s'est mis à enquêter. Hélas pour vous, Denise, rien ne nous permet de conclure qu'il avait entrepris cette démarche pour vous apporter la paix. Son intérêt était surtout motivé par l'appât du gain, plus que par une bonne cause ou de la simple curiosité. Lorsqu'il a rencontré Bernie, sans le savoir, il a touché au but. A sa décharge, je suis obligé de reconnaître que, même si personne ne peut en jurer, son amitié avec Bernie devait être authentique, du moins au début. A mon avis, c'est par hasard, au détour d'une conversation, qu'il a appris les relations que Bernie avait entretenues avec le père Donnelly. Comment aurait-il pu deviner que son nouvel ami possédait la clé d'une énigme vieille de plus de vingt ans ?

Le commissaire par intérim observa une petite pause, le temps que ses auditeurs se fassent leur propre opinion sur ce qu'il venait de raconter. Puis il reprit sur le même ton égal :

— Ma théorie est la suivante : quand Steven a appris que Bernie et le père Donnelly se trouvaient juste à l'endroit où Felicia avait été enlevée, il a vite compris ce qu'il pouvait y gagner. Du coup, il s'est empressé d'aller voir le père pour le menacer de tout révéler de ses tendances pédophiles s'il ne lui donnait pas le nom des deux hommes qu'il avait vus ce soir-là.

— Et le père Donnelly n'a pas compris que Steven projetait de faire chanter les meurtriers ? demanda Grace, encore choquée par la véritable personnalité du prêtre dont tout le monde lui avait dit tant de bien.

— Bien sûr que si ! Il n'était pas bête, loin de là. Mais que pouvait-il faire d'autre qu'obéir à Steven ? Il avait trop peur de voir son lourd secret exposé sur la place publique. Pour sauver sa peau, il a livré l'identité des assassins à Steven, et il n'a rien dit à la police. Il a continué à faire le mort, en somme.

— Et quelle somme Steven a-t-il réussi à extorquer aux vrais coupables ?

— Il a exigé un million de dollars en petites coupures. Ce n'était pas une somme trop astronomique pour George Renshaw, mais Josh, lui, n'avait pas d'argent. Pas assez, en tout cas.

» C'est là que Steven s'est lourdement trompé. Pour lui verser le demi-million de dollars qu'il réclamait, Josh n'avait qu'une seule solution : vendre le petit pavillon de chasse situé dans les montagnes Poconos où il comptait prendre sa retraite, le moment venu. Mais comme il n'avait absolument pas l'intention de se délester de ce bien, il a élaboré un plan de contre-attaque. Il a convaincu George que Steven ne s'arrêterait pas là, et qu'il leur soutirerait jusqu'à leur dernier cent s'ils ne mettaient pas tout de suite un terme à ses agissements. La seule solution, c'était de le tuer, et vite.

Rob se tourna vers Matt.

— Ensemble, ils ont organisé le scénario complet de leur vengeance, y compris la mise en cause de ton père. Quand il a parlé de ses soupçons concernant le vol probable de son ancienne arme de service, il a mis dans le mille. C'est effectivement ce qui s'est passé. En tant que commissaire adjoint et, plus tard, commissaire tout court, Josh passait beaucoup de temps chez ton père. Il connaissait ses habitudes, ses horaires d'entraînement au tir, et même l'endroit où il rangeait ses armes et ses munitions. Une vraie taupe, en somme !

— Sauf qu'il y avait une chose qu'il ignorait forcément, intervint Denise. Il ne pouvait pas savoir pour Steven et moi. Alors, qui l'a mis au courant ?

— En fait, lui et moi avons découvert ta relation avec Steven en même temps, par l'intermédiaire du rapport d'un des officiers de police qui t'avait vue sortir du cottage, un soir où il terminait sa patrouille, et embrasser Steven sur le pas de la porte. Par respect pour Fred, Josh et moi avons enjoint l'officier en question de n'en parler à personne d'autre, et je pense sincèrement qu'il a tenu parole. Cependant, il ne pouvait pas savoir — ni moi, d'ailleurs — qu'en divulguant cette information à ses supérieurs, il avait précisément fourni à Josh la pièce manquante pour son puzzle diabolique. Il possédait maintenant le motif idéal pour faire accuser Fred à sa place. Tout ce dont il avait besoin, c'était de faire courir le bruit que Denise et Steven avaient une liaison, et de s'arranger pour que cela parvienne aux oreilles de Fred. Le connaissant, il était certain qu'il réagirait en conséquence. Il fallait juste qu'il le fasse devant témoins, pour que son cas soit ensuite indéfendable.

Matt laissa échapper un petit rire sec.

— Et il n'a pas pu trouver mieux que ces deux abrutis de Cal et Lou Badger pour exécuter cette partie de son plan machiavélique ?

— Les gens de New Hope prêts à participer à un coup monté contre ton père se comptent sur les doigts de la main, Matt, tu n'es pas sans le savoir. Les frères Badger faisaient partie de ces rares personnes qui avaient une dent contre lui, à cause des arrestations à répétition dont ils avaient fait les frais, à juste titre, pendant la période où Fred tenait encore les rênes du commissariat. Du coup, ils ont sauté sur l'occasion pour se venger de lui. Bêtes comme ils sont, ils auraient pu tout faire capoter mais curieusement, le plan de Josh a fonctionné à merveille. Sauf qu'il ne s'attendait pas à tomber sur un os tel que vous, Grace.

— Moi ? répéta la jeune femme, interloquée. Et en quoi ai-je été un « os », comme vous dites ?

— Eh bien, en fait, George et Josh ne s'étaient pas rendu compte des dangers que pouvait représenter la soudaine amitié entre Bernie et Steven. Ils s'étaient rendus coupables d'un second meurtre, et ce n'était pas très bon pour leur moral — surtout celui de George, qui a toujours été plus enclin à paniquer devant une menace. Du coup, quand vous êtes arrivée en ville, que vous avez neutralisé votre agresseur, que vous avez retrouvé cette boîte d'appâts de pêche et invité Bernie au cottage pour la lui donner de la part de Steven, ils se sont vite dit que vous alliez remplacer Steven auprès de Bernie, et que le même scénario risquait de se répéter. C'est pourquoi ils ont décidé d'éliminer Bernie qui leur avait déjà causé suffisamment de problèmes.

— Mais comment ont-ils su qu'il devait venir chez moi ? demanda Grace. Ils avaient mis sa ligne sur écoute ?

— Non, ils n'en ont pas eu besoin. C'est Bernie lui-même qui a lâché le morceau : il était tellement excité d'avoir été invité chez vous pour se voir remettre un cadeau surprise qu'il n'a pas pu s'empêcher d'en parler à l'un de ses collègues de travail au cimetière. Ensuite, eh bien, le téléphone arabe a fait le reste — vous avez déjà pu constater à quel point les nouvelles se répandent vite dans notre petite ville. Lorsque le commissaire a appris que Bernie allait se rendre au cottage pour passer une soirée avec vous, il a compris qu'il devait empêcher cette entrevue.

— Et c'est là que le fameux pick-up vert est entré en scène ?

— Exactement, répondit Rob Montgomery. Soit dit en passant, nous avons mené une petite enquête pour remonter à la source, et il s'est avéré que le véhicule en question appartient non pas à Horace Badger, mais à son frère, ce qui revient pratiquement au même. Sauf qu'en plus d'avoir des liens avec Cal et Lou, leur oncle est actuellement sous les verrous : il purge une condamnation pour vol de voitures.

— Jolie famille ! lança Matt, une lueur dure dans les yeux. Et les deux autres zigotos ? Qu'est-ce qu'ils racontent, maintenant qu'on les a bouclés ?

— Pas grand-chose, mais ce n'est pas très grave. Les empreintes relevées à l'église parlent d'elles-mêmes : ce sont celles de Cal. Il n'a pas eu d'autre choix que d'avouer son crime.

— Parce que c'est lui qui a tué le père Donnelly ?

— Oui. Après le ratage complet de leur tentative de noyade sur la personne de Bernie, Josh s'est fâché tout rouge contre Cal et Lou. Il leur a intimé de ne plus se mêler de quoi que ce soit jusqu'à nouvel ordre. Mais ils devaient quand même garder un œil sur les agissements de Bernie. Quand Cal, qui était de faction hier soir, a vu qu'il pénétrait dans l'église, il l'a suivi à l'intérieur pour l'espionner, caché dans le confessionnal. C'est à ce moment-là qu'il a entendu toute la conversation entre le père Donnelly et Bernie, y compris la partie où ce dernier parlait d'aller tout raconter à la police. Du coup, Cal s'est empressé d'alerter Josh, qui lui a donné l'ordre d'éliminer Bernie. Pour de bon, cette fois-ci. Heureusement pour lui, Bernie a aperçu Cal juste au moment où il sortait la tête du confessionnal. Il a pris peur et il s'est enfui sans demander son reste.

Saisie d'un frisson glacé, Grace demanda d'une voix tremblante :

— Il était encore là, tapi dans l'ombre, quand je suis allée voir le père Donnelly, n'est-ce pas ? Caché comme une bête féroce, à écouter tout ce que nous nous disions ?

— J'ai bien peur que oui, répondit simplement Rob.

— Mais… si c'était Bernie qu'il devait tuer, pourquoi s'est-il attaqué au père ?

— Parce que Donnelly avait finalement pris une décision honorable, reprit le commissaire adjoint. En voyant Cal sortir du confessionnal comme un diable de sa boîte et Bernie filer à toutes jambes, il a tout de suite compris ce qui se tramait. Il a voulu empêcher Cal de rattraper Bernie ; il lui a dit que si lui et son frère ne laissaient pas Bernie tranquille, il sortirait de sa retraite et irait tout raconter au procureur. Dans le feu de l'action, Cal l'a poignardé sur-le-champ, sans même demander son avis à Josh. Malgré sa stupidité, il avait compris qu'il n'y avait pas de temps à perdre. Après avoir assassiné le prêtre, il l'a transporté jusqu'à l'autel et l'a placé dans la position où vous et Matt l'avez retrouvé.

— Il y a une raison à cela ? demanda Grace, vaguement écœurée au souvenir de cette vision atroce. C'était tellement morbide, tellement choquant, ce corps inerte qui avait encore l'air de prier…

— Pas de raison logique, non : il trouvait ça drôle, c'est tout. D'ailleurs, quand il nous a raconté son exploit en détail, il avait l'air d'en retirer beaucoup de fierté — et d'amusement, aussi —, reprit Rob avant de pousser un long soupir. Enfin, c'est à peu près tout ce que je sais pour l'instant. Dans quelques jours, quand Josh se sera décidé à nous livrer sa version des faits, nous pourrons corroborer les dires de George et Cal. Mais pour le moment, nous n'en savons pas plus. Ah ! J'allais oublier de vous dire que j'ai fait les démarches nécessaires pour que Dusty soit remis en liberté. J'en ai informé sa mère, évidemment.

Se tournant vers Matt, il conclut avec un sourire entendu :

— Prépare-toi à avoir de la confiture de pêches faite maison jusqu'au jour de ta mort, Matt !

— Merci de l'info, rétorqua ce dernier avec un clin d'œil. Et tu peux compter sur moi pour en faire profiter mes amis !

— C'est bien ce que j'espérais entendre, répondit Rob.

Il parut alors s'abîmer dans la contemplation de Grace, qui se tenait tout près de Matt. Pendant un court instant, elle crut qu'il allait ajouter quelque chose, mais il ne le fit pas. Jetant un coup d'œil à sa montre, il se leva lentement, comme à regret.

— Bon, eh bien, je crois qu'il vaudrait mieux que j'y aille, maintenant, fit-il d'un ton aussi tranquille que d'habitude.

J'ai un entretien avec le procureur à 6 heures, et j'aimerais quand même pouvoir dormir un peu !

Matt se leva également pour serrer la main de Rob avec effusion.

— Merci, Rob. Merci pour tout.

— Inutile de me remercier : je n'ai fait que mon travail. Je suis vraiment désolé que ta famille ait dû passer des moments aussi durs à cause de cette affaire… On pourrait déjeuner tranquillement ensemble avant que tu ne t'en ailles, si ça te dit ?

— Avec plaisir, répondit Matt en tapant amicalement sur l'épaule du commissaire adjoint.

Rob avait déjà la main sur la poignée de la porte quand il se retourna vers le petit groupe.

— Décidément, je n'ai plus de tête en ce moment ! J'allais encore oublier quelque chose. Quelque chose qui te concerne, Denise.

— Ah bon, et qu'est-ce que c'est ? demanda la jeune femme d'un air intrigué.

— Une nouvelle qui risque de te faire plaisir, répondit Rob tout en adressant un clin d'œil complice à Grace. Fred a demandé à te voir.

— C'est plutôt bon signe, non ? fit Denise d'un ton nerveux, après le départ de Rob.

Elle s'était mise à faire les cent pas dans la pièce, comme un animal en cage.

— Bon signe ? s'exclama Grace. Tu plaisantes ! Moi, je trouve ça tout simplement merveilleux. Pourquoi ne cours-tu pas tout de suite retrouver ton mari ?

— Parce qu'il… parce que je ne suis pas prête, bredouilla

Denise en passant une main dans ses cheveux emmêlés. Je ne suis même pas coiffée, je porte encore les vêtements de notre petite embuscade, je n'ai pas eu le temps de prendre une douche…

— Ne t'inquiète pas pour ça ! la coupa gentiment Grace. Tu es superbe, comme toujours !

— Je veux au moins changer de tenue avant d'aller le voir… Grace, tu veux bien m'aider à choisir une tenue ?

Sous le regard amusé de Matt, Grace prit le bras de son amie et la fit s'asseoir pour la réconforter.

— Ecoute-moi, Denise : arrête de te préoccuper de ton allure. Tu es ravissante, et de toute façon, c'est toi que ton mari veut voir, pas les derniers vêtements que tu t'es achetés. Focalise-toi là-dessus et vas-y : fonce à la prison ! Tu veux que je te conduise en voiture ?

— Non, fit la jeune femme bravement avant de se lever pour jeter un coup d'œil attristé à son reflet dans le miroir. Bon, tant pis ! J'y vais comme ça !

Dans un élan d'affection, Grace la prit dans ses bras et l'embrassa.

— Bonne chance, ma belle !

Elle l'accompagna jusqu'à la porte d'entrée qu'elle referma soigneusement avant de revenir s'asseoir au côté de Matt.

— Je ne l'ai jamais vue aussi nerveuse, lui confia-t-elle avec étonnement.

— C'est vrai, dit-il avec un petit sourire en coin. Elle a les nerfs à fleur de peau quand il s'agit de plaire à mon père.

En entendant cette confession inattendue, Grace inclina la tête vers son compagnon, une expression soupçonneuse dans ses jolis yeux.

— Tu as quelque chose à voir avec ça, pas vrai ? Je veux dire, avec le soudain revirement de ton père.

— Eh bien, je n'ai pas vraiment eu à lui forcer la main, si c'est ce qui te soucie.

— Ça, je m'en doute : la force physique, ça ne marche pas avec les hommes de la dynastie Baxter !

Matt éclata de rire devant le sérieux de la jeune femme.

— Et depuis quand es-tu devenue experte en ce qui concerne les Baxter père et fils ?

— Pourquoi ? rétorqua Grace. Ça te fait peur ?

— Non. Ce qui me fait vraiment peur, c'est de ne pas avoir l'occasion de devenir moi-même un expert en ce qui vous concerne, mademoiselle Grace McKenzie.

— Et pourquoi cette occasion ne se présenterait-elle pas ?

— Tout simplement parce que tu vas bientôt rendre la galerie à la mère de Steven pour retourner à Boston et retrouver ton poste prestigieux de conservateur dans un grand et beau musée, fit Matt sur un ton désabusé. Et qu'avant longtemps, New Hope ne sera plus pour toi qu'un vague souvenir.

— Pour dire la vérité…

Elle s'interrompit afin de le faire mariner un peu.

— Pour dire la vérité, répéta-t-elle en gardant les yeux obstinément baissés, il y a eu un léger changement de plan, depuis que nous en avons discuté.

— Du genre ?

— Du genre grand chamboulement : finalement, je ne compte plus rendre la galerie à Sarah Hatfield.

— Tu as donc décidé d'en conserver la propriété exclusive ?

— Oui, mais ce n'est pas moi qui me chargerai de la gérer.

— Ah bon ? Et qui le fera à ta place ?

— Bernie. Je ne lui en ai pas encore parlé, mais j'ai bien l'intention de le faire dès qu'il m'aura contactée. Et je suis certaine qu'il acceptera.

Matt eut exactement la réaction qu'elle avait prévue : il prit un air totalement abasourdi.

— Bernie ? Vraiment ?

— Mais oui ! Il en sait plus que quiconque sur la galerie Hatfield, et pour couronner le tout, il est responsable, loyal et digne de confiance.

— Mais il n'est pas particulièrement qualifié pour faire des affaires, si ?

— Pas pour l'instant, admit Grace, mais il est tout à fait capable de se former, et bien plus vite que la plupart de ses concitoyens, à mon avis. Je viendrai lui donner un coup de main aussi souvent que nécessaire. Le reste du temps, je ne serai pas bien loin. S'il a le moindre doute, la moindre hésitation, il n'aura qu'à me passer un coup de fil.

— Et sa timidité maladive ? objecta Matt, l'air soucieux.

— Maintenant qu'il est débarrassé du lourd fardeau qu'il a été obligé de porter pendant ces vingt dernières années, et qu'il sait que personne ne lui en veut pour ce qui s'est passé, je suis sûre que son comportement en société va s'améliorer rapidement. Il a déjà effectué des progrès remarquables, je trouve.

Avec tendresse, Matt prit la petite main de Grace dans la sienne pour la porter à ses lèvres et y déposer un délicat baiser.

— C'est une merveilleuse idée que tu as eue là, Grace.

Mais je crains de devoir tirer la sonnette d'alarme : malheureusement, je ne suis pas certain que Sarah Hatfield accueille cette proposition avec un enthousiasme démesuré !

— Bah ! Pour ça, je ne m'en fais pas trop, finalement. Elle aussi a beaucoup évolué depuis la mort de son fils. Peut-être parce qu'elle ne se sent plus menacée par rapport à moi… En tout cas, tu ne vas peut-être pas le croire, mais elle commence à se fier à mes décisions.

— Et quand comptes-tu lui annoncer ces différentes nouvelles ?

— Je vais prendre le vol de midi pour Boston et faire l'aller-retour dans la journée. J'essaierai d'alléger le choc au maximum, mais ça ne va pas être facile. Comment annoncer à une mère que son fils unique s'est livré à un chantage éhonté ? Comment lui dire sans l'accabler davantage qu'il aurait pu empêcher l'incarcération en asile psychiatrique d'un homme innocent mais qu'il ne l'a pas fait par appât du gain ? Comment réussirai-je à soulager un peu la nouvelle peine qu'elle va ressentir en découvrant que la mémoire de son enfant restera souillée à jamais par cet épisode navrant ?

— Tu trouveras un moyen, j'en suis persuadé, répondit Matt avec le calme olympien qui le caractérisait.

— Et… et toi ? Quels sont tes plans pour l'avenir ? fit la jeune femme d'un ton qu'elle voulait neutre mais où perçait malgré tout une note de nervosité.

Elle ne pouvait s'empêcher de trembler pour le futur de leur relation à peine entamée. Après tout, qu'avaient-ils partagé ? Un baiser sur le pas d'une porte, ce n'était pas grand-chose… Ils n'avaient même pas vécu ensemble l'aventure qui avait permis de rétablir la vérité sur la mort de Steven et l'enlèvement de Felicia. En somme, elle tablait sur du vide. Comment ne pas avoir peur de la suite, alors qu'elle s'était attachée plus que de raison à cet homme fort et tendre à la fois ?

— Eh bien, pour commencer, j'ai pris un congé temporaire pour raisons personnelles, déclara Matt d'un air aussi impassible que d'habitude.

— C'est tout à fait compréhensible, dit la jeune femme avec une note de déception qu'elle espérait suffisamment perceptible. Ton père ne va pas tarder à être libéré, et ta sœur aura besoin de ton soutien. Quant à Denise, maintenant que vous vous êtes réconciliés, tous les deux, elle…

Grace s'interrompit brusquement : Matt venait de se pencher si près d'elle que son souffle tiède lui caressait délicieusement le visage.

— Ma famille est suffisamment solide pour se remettre de ces épreuves toute seule, dit-il d'une voix rauque. C'est autre chose qui me tient à cœur : ce que toi, tu veux faire prochainement. Serais-tu prête à passer du temps avec moi, Grace ? Cela pourrait-il rentrer dans tes plans ?

Le cœur de la jeune femme manqua un battement.

— Je… passer du temps avec toi ? balbutia-t-elle, les joues en feu, le souffle court. Tu veux dire… avec toi, ton père, ta sœur et ta belle-mère ? Avec toute la tribu Baxter ?

— Non, répondit Matt en souriant et en lui pressant tendrement la main. Juste avec moi. Tête à tête.

Elle sentit une grosse boule d'émotion lui serrer la gorge. D'une voix étranglée, elle demanda :

— Ça dépend… Qu'est-ce que tu avais en tête exactement ?

— Un week-end prolongé, rien que tous les deux, dans un endroit chaud et… exotique.

« Ne va pas tout gâcher maintenant en lui disant que tu

es allergique au soleil ! se dit Grace. Il s'en rendra compte bien assez tôt — et de toute façon, tu n'auras qu'à mettre un tube d'écran total dans ta valise. »

— Chaud et exotique ? répéta-t-elle en faisant mine de réfléchir intensément. Qu'est-ce que tu entends par là ? Parce que si tu me proposes des plages de sable blanc, des palmiers bercés par la brise et des *piñas coladas* à foison, alors là, je serai peut-être tentée d'accepter…

Une étincelle amusée dans le regard, Matt déposa un baiser aussi léger qu'une aile de papillon sur les lèvres entrouvertes de sa compagne.

— C'est effectivement à tout cela que je faisais allusion. Sans oublier de jolis Bikinis. Tu as bien un Bikini dans tes affaires, Grace ?

— Pas ici, non, mais je…

Il plongea ses doigts dans les boucles de la jeune femme, lui coupant tout à la fois le souffle et l'envie de parler.

— Pas grave, murmura-t-il tout contre ses cheveux. Oublie le Bikini — tu n'en auras pas vraiment besoin !

Cette fois, elle n'entendit aucune sonnette d'alarme se déclencher dans sa tête. Se pourrait-il qu'elle ait finalement trouvé l'homme idéal ? Celui qui lui correspondait parfaitement ? Elle en avait bien l'impression.

— Je…, bredouilla-t-elle, plongée dans une sorte de confusion brumeuse qui l'enchantait littéralement. Il faudrait que je puisse appeler mon père pour lui dire de ne pas s'attendre à ma visite tout de suite…

Aussitôt, Matt lui tendit son téléphone portable.

Avec un petit rire débordant de bonheur, elle lui entoura le cou de ses bras graciles. Plus rien ne les retenait, à présent. Ils pouvaient donner libre cours à leur amour.

— Quand partons-nous ?

— Le 1er septembre —

Un été à Willow Lake - Susan Wiggs • N°298

Pour oublier une douloureuse déception sentimentale, Olivia accepte la proposition de sa grand-mère : passer l'été à Willow Lake pour remettre en état le camp de vacances appartenant à ses grands-parents, où, enfant, elle a passé tous ses étés. Or le jour où se présente l'entrepreneur devant l'aider dans cette tâche, elle reconnaît avec stupéfaction Connor Davis, le garçon qu'elle a secrètement aimé durant son adolescence…

Poison - Alex Kava • N°299

C'est impossible. Et pourtant, tout le confirme. Sabrina Galloway, brillante scientifique qui travaille dans une usine experte en énergies renouvelables, vient de découvrir que celle-ci rejette des déchets toxiques dans la rivière toute proche. Consciente des conséquences mortelles de ce qui semble être un sabotage, elle décide d'en parler à ses supérieurs. Mais l'un vient de disparaître dans d'étranges circonstances, tandis que l'autre reste sourd à ses alertes…

Noirs soupçons - Brenda Novak • N°300

Lorsqu'Allie McCormick revient à Stillwater, la petite ville de son enfance, elle est fermement décidée, en tant qu'officier de police, à faire toute la lumière sur la mystérieuse disparition du Reverend Barker. Car depuis vingt ans toute la ville, en proie aux rumeurs les plus sombres, accuse de meurtre Clay Montgomery, son fils adoptif. Celui-ci, taciturne et solitaire, semble porter un lourd secret… Intriguée, mais aussi séduite par cet homme au charme mystérieux, Allie va devoir garder tout son sang-froid pour découvrir s'il est ou non l'assassin qu'elle est venue démasquer.

La poupée brisée - Amanda Stevens • N°301

Depuis la mystérieuse disparition de sa fille Ruby, il y a sept ans, Claire est inconsolable. Mais un jour, c'est le choc : dans une vitrine de la Nouvelle-Orléans, elle découvre une poupée de collection qui reproduit à la perfection les traits de sa fille... Mais la poupée est enlevée à son tour, comme Ruby, sept ans plus tôt. Volée par un homme de l'ombre, que la beauté de la petite fille avait autrefois fasciné – et dont l'obsession n'a jamais pris fin...

Retour à Belle Pointe - Karen Young • N°302

Épouse du célèbre champion Buck Whitaker, Anne a apparemment tout pour être heureuse. Mais sa vie ne la satisfait pas : elle veut un enfant, lui non. Et, quand elle fait une fausse couche, le couple entre en crise. Anne part pour Tallulah, Mississippi, où l'accueillent son père et sa belle-mère. Elle décide alors d'étudier le passé de la petite ville, où la famille de Buck possède depuis des générations la grande plantation de Belle Pointe, célèbre dans toute la région. Elle ne se doute pas, ce faisant, qu'elle va découvrir des secrets enfouis depuis bien longtemps...

L'héritière de Rosewood - Brenda Joyce • N°303

Amérique, Irlande et Angleterre, 1812 – À la mort de ses parents, Virginia Hugues apprend que son oncle, établi à Londres, compte vendre Rosewood, la plantation de tabac familiale située en Virginie. Bouleversée, la jeune fille se révolte. Certes, la propriété, incendiée pendant la guerre de Sécession, n'est plus qu'une ruine, mais elle reste la maison de son enfance, le berceau de ses souvenirs... Aussitôt, elle embarque pour l'Angleterre avec l'espoir de convaincre son oncle de renoncer à son projet. Mais elle est enlevée par un pirate irlandais...

Mortelle impasse - Helen R. Myers • N°177 *(réédition)*

Lorsqu'elle découvre une empreinte de main rouge sang tracée sur un panneau « Impasse », non loin de chez elle, Brette Barry veut d'abord croire à une farce macabre liée à Halloween. Mais l'inquiétude s'empare d'elle lorsque son fils lui révèle que Hank, son meilleur ami, a disparu la veille. L'adolescent au caractère révolté a-t-il une fois de plus décidé de fuguer... ou l'empreinte sanglante était-elle la sienne ?

ABONNEMENT...ABONNEMENT...ABONNEMENT...

Oui, je désire profiter de votre offre exceptionnelle. J'ai bien noté que je recevrai d'abord gratuitement un colis de 2 romans* ainsi que 2 cadeaux. Ensuite, je recevrai un colis payant de romans inédits régulièrement.

Je choisis la collection que je souhaite recevoir :

(☑ cochez la case de votre choix)

- ❑ **AZUR** : Z7ZF56
- ❑ **BLANCHE** : B7ZF53
- ❑ **LES HISTORIQUES** : H7ZF53
- ❑ **AUDACE** : U7ZF52
- ❑ **HORIZON** : O7ZF54
- ❑ **BEST-SELLERS** : E7ZF53
- ❑ **MIRA** : M7ZF52
- ❑ **JADE** : J7ZF52
- ❑ **PRELUD'** : A7ZF54
- ❑ **PASSIONS** : R7ZF53
- ❑ **BLACK ROSE** : I7ZF53

*sauf pour les collections Jade et Mira = 1 livre gratuit.

Renvoyez ce bon à : Service Lectrices HARLEQUIN
BP 20008 - 59718 LILLE CEDEX 9.

N° d'abonnée Harlequin (si vous en avez un) ⊔⊔⊔⊔⊔⊔⊔⊔⊔

Mme ❑   Mlle ❑   NOM ____________________

Prénom ____________________

Adresse ____________________

Code Postal ⊔⊔⊔⊔⊔   Ville ____________________

Le Service Lectrices est à votre écoute au 01.45.82.44.26
du lundi au jeudi de 9h à 17h et le vendredi de 9h à 15h.

Conformément à la loi Informatique et Libertés du 6 janvier 1978, vous disposez d'un droit d'accès et de rectification aux données personnelles vous concernant. Vos réponses sont indispensables pour mieux vous servir. Par notre intermédiaire, vous pouvez être amené à recevoir des propositions d'autres entreprises. Si vous ne le souhaitez pas, il vous suffit de nous écrire en nous indiquant vos nom, prénom, adresse et si possible votre référence client. Vous recevrez votre commande environ 20 jours après réception de ce bon. Date limite : 31 décembre 2007.

Offre réservée à la France métropolitaine, soumise à acceptation et limitée à 2 collections par foyer.

Composé et édité par les
éditions Harlequin
Achevé d'imprimer en juin 2007

BUSSIÈRE
GROUPE CPI

à Saint-Amand-Montrond (Cher)
Dépôt légal : juillet 2007
N° d'imprimeur : 70800 — N° d'éditeur : 12868

Imprimé en France